宋詩鈔

〔清〕吴之振 呂留良 吴自牧 選

〔清〕管庭芬 蔣光煦 補

第一册

中華書局

圖書在版編目(CIP)數據

宋詩鈔：全四册/(清)吴之振,(清)吕留良,(清)吴自牧選;(清)管庭芬,(清)蔣光煦補. —北京：中華書局,1986.12(2025.8重印)

ISBN 978-7-101-00734-3

Ⅰ.宋… Ⅱ.①吴…②吕…③吴…④管…⑤蔣… Ⅲ.宋詩-詩集 Ⅳ.I222.744

中國版本圖書館 CIP 數據核字(2015)第 175109 號

初版編輯：馬　蓉
責任編輯：劉　明
責任印製：陳麗娜

宋　詩　鈔

(全四册)

〔清〕吴之振　吕留良　吴自牧　選

〔清〕管庭芬　蔣光煦　補

*

中　華　書　局　出　版　發　行

(北京市豐臺區太平橋西里 38 號　100073)

http://www.zhbc.com.cn

E-mail:zhbc@zhbc.com.cn

三河市中晟雅豪印務有限公司印刷

*

850×1168 毫米 1/32 · 118½印張 · 2590 千字

1986 年 12 月第 1 版　　2025 年 8 月第 8 次印刷

印數:10301-11300 册　　定價:480.00 元

ISBN 978-7-101-00734-3

出版説明

這部《宋詩鈔》，包括《宋詩鈔初集》、《宋詩鈔補》兩種書，凡收録宋詩一百家。清康熙二年癸卯（一六六三）夏，吕留良、吴之振、吴自牧開始選刻宋詩，高旦中、黄宗羲也曾參與搜討勘訂，最後由吴之振、吴自牧叔姪兩人編定爲《宋詩鈔初集》。《初集》擬選一百家的詩，每集之首，繫以小傳，並加品評或考證。其中楊萬里選了《江湖集》等九集、謝翱選了《晞髮集》等二集外，其餘皆一人一集。實際上劉弇、鄧肅、黄榦、魏了翁、方逢辰、宋伯仁、馮時行、岳珂、嚴羽、裘萬頃、謝枋得、吕定、鄭思肖、王柏、葛長庚、朱淑真等十六家有目無書，《初集》並未編完。《初集》的編定在康熙十年辛亥（一六七一）仲秋，前後歷時九年。到了一九一四年，李宣龔校補《宋詩鈔》缺文，計五十八家七百二十八字，由商務印書館刊印。李宣龔又因爲《初集》缺詩十六家，從吴興劉翰怡處得别下齋舊藏本管庭芬、蔣光煦《宋詩鈔補》，既補選原缺十六家，又補選其他各家之詩。不僅補原書之缺，亦使原書所選更爲完善，一九一五年由商務印書館涵芬樓刊行。

吕留良（一六二九—一六八三），字莊生，别號晚村。又名光綸，字用晦。浙江石門縣人。明亡後，隱居不仕，先後拒鴻博、隱逸之舉，削髮爲僧，取名耐可，字不昧，號何求老人。所著書多民族思想。死後爲曾静文字獄所連，毁墓戮屍，著作亦被禁毁，故清代所刊《宋詩鈔》都不署他的名字。吴之振（一六四〇—一七一七），字孟舉，號橙齋，别號黄葉村農，浙江石門人。吴之振「詩古文辭俱工，書畫藝事如有天授」，「平生鋭意於詩，新不傷巧，奇不涉纖，頗學宋人，不專一家，於聖俞、山谷最爲脗合」（《清代學者象傳》第一集第一册）。

選刻宋人詩，宋已有之。吕本中（居仁）曾列《江西宗派圖》，自山谷以下共二十五人。陳振孫《直齋書録解題》卷十五著録有《江西詩派》一百三十七卷，續派十三卷，只選一派的詩。南宋陳起編《江湖小集》九十五卷，選六十二家；又《江湖後集》二十四卷，選四十九人，所選較偏於南宋江湖詩人。明代弘治中，以李夢陽、何景明爲首領的「前七子」樹起「復古」的旗幟，提倡「文必秦漢，詩必盛唐」。到嘉靖時，「後七子」繼之而起，復古之風更甚。實際上「前後七子」的復古不過是「是古非今」，重模仿而輕創造，滿足於「尺尺寸寸」地模擬古人。致使「尊唐黜宋」的詩風盛行，「宋人集覆瓿糊壁，棄之若不克盡」。「後七子」領袖之一的李攀龍認爲「宋無詩」，他選的《古今詩删》共三十四卷，自古逸始，竟以明直接唐代，宋、元詩連一個字的位置也没有。明中葉以後，以三袁爲首的「公安派」對統治文壇近百年的復古主義批判猛烈，竟然捧得宋詩超過盛唐詩，蘇軾高出杜甫，歸根結底，這都是針對「前後七子」的復古而表揚宋詩的。其間，較爲人知的宋詩總集或選本有明李蓘（于田）所編的《宋藝圃集》，二十二卷，收入二百三十七位詩人的二千多首詩，經過十三載的「殫力蒐羅」，至隆慶丁卯（一五六七）年始成。還有曹學佺（一五七六—一六六四，字能始，號雁澤，又號石倉）編選的《石倉歷代詩選》（又名《十二代詩選》），所選百數十家，總五百零六卷，其中宋詩一百零七卷。吴之振《宋詩鈔序》稱：「李蓘選宋詩，取其離遠於宋而近附乎唐者，曹學佺亦云：『選始萊公，以其近唐調也。』以此義選宋詩，其所謂唐終不可近也，而宋人之詩則已亡矣。」

清代詩人有尊唐、宗宋兩大派。清初，黄宗羲、吕留良、吕之振、陳訏等人提倡宋詩，黄宗羲曾說：「詩不當以時代而論，宋、元各有專長。」又說：「天下皆知宗唐詩，余以爲善學唐者唯宋。」吕、吳有感於宋詩「向無總集，亦無專選」，極欲使「天下黜宋者得見宋之爲宋」，于是親手編選了卷帙繁多的《宋詩鈔》。錢鍾書先生《談藝録》補訂本稱：「潘雪帆問奇、祖夢巖應世合選《宋詩醊醨集》四卷，宗旨似在矯《宋詩鈔》之流弊。二人選此集，正以明宋詩不如唐詩，欲使人不震於吕、吳之巨編而目奪情移也。觀書名卽徵命意。卷四楊萬里詩，雪帆評曰：『矢口成音，終誤後學。而論者於誠齋云：落盡皮毛，自出機杼，古人之所謂似李白者，入今之俗目，皆俚諺也。又云：見者無不大笑，不笑，不足以爲誠齋之詩。嗚呼，信斯言也，則凡張打油、胡釘鉸皆當侑食李杜之庭矣。』卽隱斥《宋詩鈔》：『論者』云云諸語皆出《誠齋集鈔》弁首小傳中，晚村手筆也。」是則《宋詩醊醨集》貶低《宋詩鈔》實不當於理，因不能貶楊萬里爲張打油。從這裏看到吕、吳編選《宋詩鈔》來向「尊唐黜宋」的潮流挑戰，既反映了當時人對宋詩的看法，也顯示「尊唐黜宋」的勢力還有影響，《宋詩鈔》的編選是很有必要的。

從歷代詩的發展說，宋代詩人在唐詩極盛以後，對詩的創作有新的創造和成就，是值得重視的。因此，許多文學研究工作者要逐漸深入地探討和研究宋代詩歌、宋代詩人、宋詩的諸多流派及其藝術特色，一部宋代詩歌總集的編定當然是必不可少的。在這樣的總集編製以前，先出《宋詩鈔》和《宋詩鈔補》或可稍稍適應目前的急需。雖說《宋詩鈔》還有很多明顯的不足和疏漏，譬如說：對于卷帙繁多的別集往往鈔得「前詳後略」，而這種「詳」或「略」，其實並不包括選家的批判，使人難以理解；一些小序引人誤會；在鈔選的詩裏發現有「張冠李戴」的現象；詩題下小注亂入詩題；某人名下的一首組詩散抄在幾處，等等。嘉善曹廷棟（一六九九—一七八五，號六圃）痛感於兩宋詩人聲銷迹滅，許多集子不幸失傳，爲「存什一於千百」，補《宋詩鈔》的缺漏，編有《宋百家詩存》，可以參看。

《宋詩鈔》以及厲鶚（一六九二—一七五二）《宋詩紀事》是兩部流傳都很廣泛，選詩規模大，收詩數量又多，作用相當不小的書，特別是爲後世的許多宋詩研究者們開列了宋代詩人的詳細名單，給宋詩總集的編輯工作提供了較爲堅實的基礎。

此次整理，《宋詩鈔》用民國三年上海涵芬樓影印本（清康熙十年序刊本）爲底本，《宋詩鈔補》（管庭芬、蔣光煦補鈔）則用民國四年上海涵芬樓排印本（據別下齋本）爲底本。爲便利讀者，我們將這兩部分合編爲一書，統稱《宋詩鈔》。編制目錄時，爲照顧前後一致，統一了一些別集的名稱。《宋詩鈔補》中一些詩已收入《宋詩鈔》者，均予以删除。除加新式標點外，還改正了一些明顯的錯字，統一了一些異體字。

中華書局編輯部

一九八四年一月

宋詩鈔目録

宋詩鈔初集

宋詩鈔補

宋詩鈔初集

〔清〕吴之振 吕留良 吴自牧 選
李宣龔校

序

自嘉、隆以還，言詩家尊唐而黜宋，宋人集，覆瓿糊壁，棄之若不克盡，故今日蒐購最難得。黜宋詩者曰「腐」，此未見宋詩也。宋人之詩，變化於唐，而出其所自得，皮毛落盡，精神獨存。不知者或以爲「腐」，後人無識，倦於講求，喜其説之省事，而地位高也，則羣奉「腐」之一字，以廢全宋之詩。故今之黜宋者，皆未見宋詩者也。雖見之而不能辨其原流，則見與不見等。此病不在黜宋，而在尊唐，蓋所尊者嘉、隆後之所謂唐，而非唐宋人之唐也。唐非其唐，則宋非其宋，以爲「腐」也固宜。宋之去唐也近，而宋人之用力於唐也尤精以專，今欲以鹵莽剽竊之説，凌古人而上之，是猶逐父而禰其祖，固不直宋人之軒渠，亦唐之所吐而不饗非類也。曹學佺序宋詩，謂「取材廣而命意新，不勦襲前人一字」，然則詩之不腐，未有如宋者矣。今之尊唐者，目未及唐詩之全，守嘉、隆間固陋之本，皆宋人已陳之芻狗，踐其首脊，蘇而爨之久矣。顧復取而篋衍文繡之，陳陳相因，千喙一唱，乃所謂腐也。譬之膾炙，翻故出新，極烹芼之巧，則爲珍美矣。三朝三暮，數進而不變，臭味俱敗，猶以爲珍美也，腐乎？不腐乎？故臭腐神奇，從乎所化。嘉、隆之謂唐，唐之臭腐也。宋人化之，斯神奇矣。唐宋人之唐，唐宋之神奇也。嘉、隆後人化之，斯臭腐矣。迺腐者以不腐爲腐，此何異狂國之狂共不狂者歟！萬曆間，李蓘選宋詩，取其離遠於宋而近附乎唐者。曹學佺亦云：「選始萊公，以其近唐調也。」以此義選宋詩，其所謂唐終不可近也，而宋人之詩則已亡矣。余與晚村、自牧所選蓋反是，盡宋人之長，使各極其致，故門户甚博，不以一說蔽古人。非尊宋於唐也，欲天下黜宋者得見宋之爲宋如此。其爲腐與不腐，未知何如，而後徐議其合黜與否。或繇是而疑此數百年中，文人老學，游居寢食於唐者，不翅十倍後人，何獨於嘉、隆之說求一端之合而不可得，因忽悟其所以然，則是集也，未必非唐以後詩道之巫陽也夫！時康熙辛亥仲秋之朔洲錢吴之振書於鑑古堂。

凡例

一、宋詩向無總集，亦無專選，東萊《文鑑》所録無幾。至李于田《宋藝圃集》，所選名氏二百八十餘人，詩僅二千餘首，宜其精且備矣，而漫無足觀，非其見聞儉陋，則所汰者殊可惜也。曹能始《十二代詩選》所載，有百數十家，中如陸務觀、楊誠齋，宋之大家也，集又最富，然存者甚少，誠齋尤寥寥，他可知矣。潘訒菴《宋元詩集》，亦止三四十種，雖去取未精，然每集所存較多。蓋宋集爲世所厭棄，其存者如秦火後之詩書。余兩家幸收得此，歐陽所謂「物聚於所好，聚多而終必散」，則古人之精靈由我而滅矣。欲如古唐詩紀例，全刻則力有不能，故寬以存之，卷帙浩繁，亟於行世，先出初集，以見崖略。宇內同志之家，收藏必更多，倘有隱僻難得之集，近者乞以原書借抄，遠者望録副本惠教，當厚酬繕值，以報明賜。至表章古昔之功，敬識集端，不敢輒忘所自也。

一、是刻皆以成集者入鈔，其不及五首以下，無可附麗者，或雖有集而所選不滿五首者，皆以未成集例，另作一編，附全集之後。雖稗史、雜録、地志、山經、碑板、家乘所有，無不捃摭。同志有得，亦望録貽。

一、詩文選録，古人間有品題而無批點，宋以來方有之，亦自存其說，非爲一代定論也。若一加批點，則一人之嗜憎，未免有所偏著，而古人之全體失矣。是選於一代之中，各家俱收；一家之中，各法具在。

不著圈點，不下批評，使學者讀之而自得其性之所近，則眞詩出矣。由是取其所近者之全書而饜飫展拓焉，始足以盡古人之妙。朱子所云「以爲取足於此而可」，則非今日纂集此書之意也。

一、癸卯之夏，余叔姪與晚村讀書水生草堂，此選刻之始也。時甬東高旦中過晚村，姚江黄太沖亦因旦中來會，聯牀分檠，蒐討勘訂，諸公之功居多焉。數年以來，太沖聚徒越中，旦中修文天上，晚村雖相晨夕，而林壑之志深，著書之興淺。余兩人補掇較讎，勉完殘稿，思前後意致之不同，書成展卷，不禁慨然。

一、金元詩鈔，隨全集嗣出，其隱僻難得文集，亦望好我，或假或售，拜酬雅惠。

一、四方見投新篇及家藏近時文集，幾於充棟，欲專選今詩爲一集。作家巨手，已刻未刻，俱望賜教。

校補宋詩鈔記

《宋詩鈔》目録綜列百家，未刻者十六家，蓋吴氏此書標題《初集》，方謀續輯，適有吕氏文字之獄，嗣響闃然。後印之本，並匈奴、單于、夷狄、胡虜等字，亦一一剜去。且吴氏所刻之本，元多殘損，闕文斷句，錯綜互出，亦可見當時刊行之匆促。今歲涵芬樓影印是書，予董其役，乃盡發樓中所藏宋人集部，據以是正。不足，則從江陰繆藝風、嘉興沈乙盦、南陵徐隨庵、烏程劉翰怡諸君，輾轉借勘。最後更就武林文瀾閣、金陵圖書館抄補。計補五十八家，凡七百一十有八字，較諸原缺字數，什得八九。其爲各本所無者，仍從缺疑。至原書譌舛之字，猶復不免，儻承海内君子，確加校正，俾成善本，則是書之幸矣。甲寅仲冬，閩縣李宣龔記。

小畜集鈔　用影宋鈔本補三字

安陽集鈔　用蔣氏重刊本補三十一字

滄浪集鈔　用舊鈔本補七十四字

宛陵集鈔　用明初刊本補六字

武溪集鈔　用廣東文獻二集本補二字

歐陽文忠集鈔　用嘉靖翻宋本補三字

徂徠集鈔　用黄蕘翁藏抄本補七字
武仲清江集鈔　用文瀾閣本補十五字
平仲清江集鈔　用文瀾閣本補三十一字
南陽集鈔　用舊抄本補五字
臨川集鈔　用宋刻本補五字
東坡集鈔　用成化七集本補八字
西塘集鈔　用明刊本補一字
廣陵集鈔　用懷德堂校本補八字
後山集鈔　用趙氏學稼村莊本補六字
丹淵集鈔　用明刊本補六字
襄陽集鈔　用傳鈔吴匏菴本《寶晉英光集》補四字
山谷集鈔　用樹經堂刊本、祠堂本合補四字
宛丘集鈔　用舊鈔本補十三字
具茨集鈔　用海山仙館本補五字
陵陽集鈔　用影宋本補九字
雞肋集鈔　用明刻本補二字

淮海集鈔　用明刊本補十字

雲巢集鈔　用文瀾閣本補七字

節孝集鈔　用文瀾閣本補四字

簡齋集鈔　用武英殿聚珍本補十九字

盱江集鈔　用祠堂本補六字

雙溪集鈔　用明嘉靖本補三字

鴻慶集鈔　用《常州先哲遺書》本補一字

蘆川歸來集鈔　用影宋鈔本補一字

建康集鈔　用吴中後裔校正重刊本補二字

浮溪集鈔　用武英殿聚珍本補一字

香溪集鈔　用元刊明印本補四字

屏山集鈔　用明初刊本補十八字

韋齋集鈔　用雍正六年十七世孫玉刻本補一字

北山小集鈔　用文瀾閣本補四字

益公集鈔　用瀛塘別墅刊本、文瑞樓鈔本合補《省齋藁鈔》十八字、《平園續藁鈔》十二字

文公集鈔　用宋本補十三字

石湖集鈔　用秀野草堂本補九十六字
劍南集鈔　用正德刊本補六十六字
止齋集鈔　用永嘉本補三字
誠齋集鈔　用影宋端平本補，計《江湖集》十三字、《南海集》四字、《江東集》三字、《西歸集》一字、《朝天集》九字　《朝天續集》三字
浪語集鈔　用永嘉本補二字
水心集鈔　用永嘉本補一字
攻媿集鈔　用武英殿聚珍本補四十九字
芳蘭軒集鈔　用《江湖羣賢小集》本補八字
後村集鈔　用賜硯堂抄本大全集補三十七字
盧溪集鈔　用文瀾閣本補六字
漫塘集鈔　用明刊本補六字
義豐集鈔　用文瀾閣本補二字
石屏集鈔　用明刻本補九字
秋崖小藁集鈔　用嘉靖刊本補六字
晞髮集鈔　用金溪陳珪刻本補十四字

文山集鈔　用明刊本補二字
山民集鈔　用知不足齋本補三字
水雲集鈔　用《武林往哲遺著》本補三字
潛齋集鈔　用康熙刻本補二字
石門集鈔　用《武林往哲遺著》本補八字

小畜集鈔

王禹偁，字元之，濟州鉅野人。九歲能文。太平興國八年進士，授成武主簿。徙知長洲縣。端拱初，召試，擢右拾遺、直史館。拜左司諫、知制誥。坐劾妖尼，貶商州團練使，量移解州。進拜左正言，直弘文館。出知單州，尋召爲禮部員外郎，再知制誥。至道元年，入翰林爲學士，知審官院，兼通進銀臺封駁司。又坐謗訕，罷爲工部郎中，知滁州、揚州。召還，知制誥。又坐實録直書，出知黄州，徙蘄州而卒，年四十八。今有《小畜集》六十二卷，紹興丁卯，沈虞卿所編也。當時元之自編，按其序則三十卷，《宋史》言二十卷，脱誤也。元之詩學李、杜，故其《贈朱嚴》詩云：「誰憐所好還同我，韓柳文章李杜詩。」學杜而未至，故其《示子》詩云：「本與樂天爲後進，敢期子美是前身。」是時西崑之體方盛，元之獨開有宋風氣，於是歐陽文忠得以承流接響。文忠之詩，雄深過於元之，然元之固其濫觴矣。穆修、尹洙爲古文於人所不爲之時，元之則爲杜詩於人所不爲之時者也。

酬种放徵君一百韻

太歲在辛卯，九月萬木落。是時太陰虧，占云臣道剥。工牛出紫薇，讒逐走商洛。扶親又抱子，迤邐過京索。弊車載書史，病馬懸囊槖。西都不敢住，空負香山約。閿鄉正南路，秦嶺峭如削。肩輿礙巨石，十步三四却。妻孥亦徒步，磧礫不容脚。山店蓋木皮，烟火渾薰灼。夜深聞虥虎，合家屢驚愕。山泉何縈回，切裂無橋彴。卸鞍引羸蹄，解襪事芒屩。晨灡髮可鑑，朝涉脛如斮。商山六百里，天設皆岩崿。上洛在其中，猙牢曾未若。逐臣自可死，何必在遠惡。刺史不我顧，古寺聊淹泊。卜居雜民甿，致養無精鑿。知道由自寬，有親強爲樂。側聞种先生，終南卧雲壑。長沮既躬耕，元禮仍開學。王績婦未娶，介潔翹孤鶴。之推母偕隱，教誨修天爵。詩情亦嗜酒，道氣不服藥。田衣剪荷芰，野飯烹莔葯。霧豹澤文彩，冥鴻避矰繳。肯從羔雁聘？唯恐簪裾縛。如何宋右史，斥鷃議鵬鶚？起居舍人宋維翰奏：「种放隱居終南，乞量才録用。」頗爲識者所笑。玄纁與丹詔，恩禮誠非薄。仍勑京兆府，敦諭辭恭恪。先生戀板輿，純孝心堅確。散髮走烟巒，拜章謝恩渥。巨材猶在澗，大玉不出璞。使者遂空回，軟輪何寂寞！賢母召徵君，庭責詞嗃嗃：胡爲事章句，漏名入街郭？府縣污我山，胥徒譟吾喔。以兹近聲利，安得成高邈？誓將徙窮谷，庶可逃諠濁。先生拜引過，爲壽開樽杓。陶陶又熙熙，何啻聞竽籥！人傳到遷客，面目頓慚怍。器小識不遠，當年事頭角。遭時得一第，游宦何齷齪？逐羶甚蚍蜉，闘耀同蠛蠓。宰邑乏絃歌，諫垣無謇諤。便番朱紫綬，僭忝絲綸閣。方號騤騤龙，已困狺狺[illegible]。待罪始知非，咄哉昧先覺。一聆高世行，罪髮庸可擢。忍恥賦三章，塵埃寄一作「望」。寥廓。明年會恩宥，量移井蛙躍。靡暇謁南山，征途望西嶽。黄河波洶湧，白徑苔斑駁。中條圍解縣，五老烟矗矗。此焉爲郡副，烏敢事隕穫。籠禽幸未死，尚且謀飲啄。米呼村婢舂，樵顧山童斫。飼馬捽寒蕪，看書爇秋籜。信口亦吟哦，放心無適莫。君恩已絶望，人事終難度。相府一張紙，喚起久屈蠖。誠知有梁棟，未忍棄榱桷。五城天上開，三殿雲間卓。重取政衣冠，籠裹山猱玃。病翼得風雲，壞牆勞赭堊。諫官與史氏，沓職聊羈絡。舉袖拂石螭，凝眸睨金雀。冥心想前事，一夢何揮霍。長恐先生聞，倚松成大噱。闕中朋友來，遺我神仙作。繁華遠容綺，錚鏦美金錯。古澹毀鉶羹，大雅鏗木鐸。千言距百韻，旨趣何綽綽。孰念氣如虹，翻然輕抵鵲。俊甚麻姑爪，快比屠門嚼。渾金豈在鎔，尺璧寧施琢。愈風齊捧檄，忘味同聞樂。置之向懷袖，日夕芬蘭若。褎我塵俗韻，鉛刀化干莫。同聲必有應，過實還疑謔。盛誇山中事，雲屋張霞幕。蘭茅含露採，石髓和煙酌。巢由泉滌耳，園綺芝盈握。有時上絕頂，星斗近可摸。下視塵世人，營營似蟲蠖。男兒既束髮，出處歧路各。苟非秉陶鈞，即去持矛槊。致主比唐虞，安邊如衞霍。不爾爲逸人，深居返吾朴。胡然自碌碌，名節亦銷爍。行年過半世，功業無圭勺。無術鑄五兵，使民興錢鎛。無才統六師，逐寇開沙漠。空言說王道，肆目看人瘼。多慚指佞草，虛效傾心藿。一覽大雅文，起予亦何博。況茲山野性，謨畫昧方略。搔首謝朝簪，行將返耕鑿。

寄題陝府南溪兼簡孫何兄弟

甲湖在陝服，自昔名所重。許昌擅唐律，人口尚傳頌。舊迹困蓁莽，勝概猶出衆。前年謫商于，過此方憂恐。無暇濯溪泉，惻惻心甚痛！量移遇恩宥，方寸稍放縱。故人孫漢公，勤懇事迎送。枙車得三宿，延我入溪洞。春殘尚有蝶，夏首始見蝀。朱櫻實頗煩，黃鳥聲亦哢。地幽接府署，亭高瞰村壟。縈砌水透迤，入簷山巃嵸。鯉翻自躍金，蝸篆燒餘汞。石危君子介，筍亂小人勇。虛涼集鷗鷺，爽塏無蚊蠓。芰葉巧如剪，萍根密非種。逕苔白斑駁，岸草玄蓊蓁。官醞綠開瓶，時果青出籠。醉中猛別復，依約似一夢！唯愁當要路，時仗棲闒茸。解梁雖近山，坑埳費耕種。常風自鹽南，日夕塵塕埲。雲泉既遼遠，草樹非秀聳。況茲炎蒸月，縶縛何所動？緬懷八龍會，南溪與誰共？撮蓴本多才，甘棠應少訟。枕簟與琴書，鴒原聊自奉。篇章取李杜，講貫本姬孔。古文閱韓柳，時策闘鼂董。清吹席上來，當暑開冰凍。菱脆擘瓊枝，瓜甘浮蜜筩。氣秋緣蓧戰，露睍圓荷捧。照湖小賀監，溪堂輕馬總。此景且不同，此懷可長慟！平生好泉石，況復官散冗。近聞田紫微，漣水許就俸。田舍人量移軍州，表乞就漣水居，詔許之。援例苟得請，甲湖當日用。終老占溪居，卧看秋泉湧。

七夕 商州作。

去年七月七，直廬開獨坐。西日下紫垣，東窗昏青瑣。露柳蜩忽鳴，風簾燕頻過。寂寂紅藥堦，槿花開一朵。時清無詔誥，性淡忘物我。兀然何所營？横枕通中卧。夢入無何鄉，蛺蝶甚幺麽。孰謂處深岩，自得放慵惰。中官傳宣旨，御詩令屬和。驚起儼衣冠，拜舞蒼苔破。逸翰龍蛇走，雅調金石播。洋洋治世音，乃賡強牽課。暮隨丞相出，自謂天上墮！歸來備乞巧，酒肴間瓜果。海物雜時味，羅列繁且夥。家人樂熙熙，兒戲舞娑娑。寵辱方若驚，倚伏忽成禍！九月謫商于，羈縻伏窮餓。鳳儀因鴟嚇，驥足翻鱉跛。山城已僻陋，旅舍甚叢脞。夏旱麥禾死，春霜花木挫。吾親極衰耄，吾命何轗軻！稚子啼我前，孺人病我左。玄髮半凋落，紫綬空垂拖。客計魚脱泉，年光蟻旋磨。昨夜枕簟涼，西郊忽流火。

河漢勢清淺，牛女姿婀娜。商土本磽确，商民久勞瘴。霜旱固不支，水潦復無奈！今歲商山秋大水。居人且艱食，行商不通貨。郡小數千家，今夕惟愁呵。吾兒索來禽，即林擒。傾市得一顆。舉家成大笑，愁眉略舒嚲。自念一歲間，榮辱兩偏頗。賴有道依據，故得心安妥。窮乎止旅人，達也登王佐。匏瓜從繫滯，糠粃任揚簸。批鳳不足言，失馬聊自賀。委順信吾生，無可無不可！

不見陽城驛并序

予爲兒童時，覽元白集唱和《陽城驛》詩。時積貶江陵，過南山，感陽道州而作是詩也。且改驛爲避賢郵，不忍呼其諱也。樂天在翰林得而和之。又見杜紫薇《富水驛》詩，題下解云：「富水驛舊名與陽諫議同。」卒章曰：「驛名不合輕移改，留警朝天者惕然。」淳化二年九月，予自西掖左宦商于，訪其驛，則無有也。撿之圖經，求之郡境，則富水地存而驛廢。陽城之號，遂莫知矣。因作古風詩，申明三賢之作，且以「不見陽城驛」爲首句。至于道州之行事，元詩盡之矣。此不復云。

不見陽城驛，空吟昔人詩。誰改避賢郵？唱首元微之。微之謫江陵，顦顇爲判司。路道商山驛，一夕見嗟咨！所嗟陽道州，抗直貞元時。時亦被斥逐，南荒終一麾。題詩改驛名，格力何高奇！樂天在翰林，亦知遷客詞。遂使道州名，光與日月齊。是後數十年，借問經者誰？留題富水驛，始見杜紫薇。紫薇言驛名，不合輕改移。欲遣朝天者，惕然知在茲。一以諱事神，名呼不忍爲。一以名警衆，名存教可施。爲善雖不同，同歸化之基。邇來又百稔，編集空鱗差。我還上洛郡，罪譴身縶維。舊詩猶可誦，古驛殊無遺。富水地雖在，陽城名豈知？空想數君子，貫若珠累累。三章詩未泯，千古名亦垂。德音苟不嗣，吾道當已而。前賢尚如此，今我復何悲！題此商于驛，吟之聊自怡。

感流亡

謫居歲云暮，晨起厨無煙。賴有可愛日，懸在南榮邊。高春已數丈，和暖如春天。門臨商于路，有客憩簷前。老翁與病嫗，頭鬢皆皤然。呱呱三兒泣，惸惸一夫鰥。道糧無斗粟，路費無百錢。聚頭未有食，顏色頗飢寒。試問何許人？答云家長安。去年關輔旱，逐熟入穰川。婦死埋異鄉，客貧思故園。故園雖孔邇，秦嶺隔藍關。山深號六里，路峻名七盤。襁負且乞丐，凍餒復險艱。惟愁大雨雪，殭死山谷間。我聞斯人語，倚户獨長歎！爾爲流亡客，我爲冗散官。在官無俸禄，奉親乏甘鮮。因思筮仕來，倏忽過十年。峩冠蠹黔首，旅進長素餐。文翰皆徒爾，放逐固宜然。家貧與親老，睹爾聊自寬。

竹䶉

商嶺多修篁，蒼翠連山谷。有鼠生其中，薦食無厭足。春筍齧生犀，秋筠折寒玉。飫飽致肥腯，優游恣蕃育。林密鳶不攫，穴深犬難逐。鳳皇餓欲死，彼實無一掬。唯此竹間䶉，琅玕長滿腹。暖戲緑叢陰，舉頭傲鴻鵠。不知商山民，愛爾身上肉。有鍤利其鋒，有錐銛于鏃。開穴窘如囚，洞胸聲似哭。膏血尚淋漓，攜來入市鬻。竹也比賢良，鼠兮類商俗。所食既非宜，所禍誠知速。吁嗟狡小人，乘時竊君禄。貴依社樹神，倖盜太倉粟。笙簧佞舌鳴，藥石嘉言伏。朝見秉大權，夕聞罹顯戮。李斯具五刑，趙高夷三族。信有司殺者，在暗明與燭。彼狡無害賢，彼鼠無食竹。

送笻杖與劉湛然道士

有客遺竹杖，九節共一枝。鶴脛老更長，龍骨乾且奇。我問何所來，來從西南夷。因思漢武帝，求此民力疲。明明聖天子，德教嘉四維。蠻貊盡臣妾，縣道皆羈縻。僰僮與筰馬，入貢何累累！此竹日以賤，輕視如蒿藜。我年三十七，血氣未全衰。況在紫微垣，動爲簪笏羈。倚壁如長去聲物，歲月無所施。寸心空愛惜，惜此來天涯。忽承明主詔，來謁大乙祠。再見劉先生，氣貌清且羸。持此以爲贈，所謂得其宜。少助橘童力，好引花鹿隨。步月莫離手，看山聊搘頤。微物懶致書，故作笻竹詩。

對雪

帝鄉歲云暮，衡門晝長閉。五日免常參，三館無公事。讀書夜臥遲，多成日高睡。睡起毛骨寒，窗牖瓊花墜。披衣出户看，飄飄滿天地。豈敢患貧居！聊將賀豐歲。月俸雖無餘，晨炊且相繼。薪芻未闕供，酒肴亦能備。數杯奉親老，一酌均兄弟。妻子不飢寒，相聚歌時瑞。因思河朔民，輸挽供邊鄙。車重數十斛，路遥數百里。羸蹄凍不行，死轍冰難曳。夜來何處宿，闃寂荒陂裏。又思邊塞兵，荷戈禦胡騎。城上卓旌旗，樓中望烽燧。弓勁添氣力，甲寒侵骨髓。今日何處行？牢落窮沙際。自念亦何人，偷安得如是！深爲蒼生蠹，仍尸諫官位。謇諤無一言，豈得爲直士？褒貶無一詞，豈得爲良史？不耕一畝田，不持一隻矢。多慚富人術，且乏安邊議。空作對雪吟，勤勤謝知己。

送朱九齡

吏隱不求貴，親老不擇禄。之子有俊才，弱冠中正鵠。弗墜先人業，何慚有道穀。一命佐碭山，枳棘聊容足。再命宰嘉興，絲桐幾易俗。率身甘菽茹，養母求粱肉。承顔苟不虧，折腰未爲辱。解印無餘貲，舟中只琴筑。十口寄淮泗，一身來輦轂。又説東南行，秋風江水渌。鄱陽古名郡，赤金流山谷。每歲鼓錢刀，從來設官局。還得便高堂，無辭縻逸躅。飈帆江湖思，木脱天地肅！楓葉紫爛熳，蓼花紅罭歜。津吏曉來迎，溪僧夜留宿。至止事方簡，優游從所欲。江城豐稻粱，水市多魚蔌。三載奉甘飴，百錢飽家族。自有綵衣華，勿歎藍袍緑！行年未三十，氣壯顔如玉。行義日以聞，焉能長碌碌。終列侍臣班，耀我同年録。且賦《白華》詩，唱作離筵曲。

暴富送孫何入史館

孟郊嘗貧苦，忽吟不貧句。爲喜玉川子，書船歸洛浦。孟郊有《忽不貧喜盧仝書船歸洛》詩。乃知君子心，所樂在稽古。漢公得高科，不足惟墳素。一年佐棠陰，眼黑怕文簿。躍身入三館，爛目閲四庫。孟貧昔不貧，孫貧今暴富。暴富亦須防，文高被人妒。

送馮尊師 時馮再爲拾遺。

前日訪潘閬，下馬入窮巷。忽見雙筭石，卧向青苔上。云是馮尊師，秋來留在兹。今説東南行，問我堅乞詩。又見宋閣老，亦言詩其好。欲去天台山，卽別長安道。臺閣有羣英，贈別瑰與瓊。琤然滿懷袖，此事殊爲榮。安用徵吾句，吾道方齟齬。老爲八品官，有山未能去。束髮號男兒，出處貴得宜。出則學皐夔，獨立稱帝師。處則同喬松，決起如冥鴻。誰能似蚯蚓？蟠屈泥土中。師行甚可羨，雲鶴無羈絆。爲我持此詩，題于桐柏觀。

庶子泉

物趣同天造，物景不自勝。泉乎未遇人，石罅徒流迸。宫相政多暇，行樂躡岩磴。發蒙漲爲溪，幽致茲焉盛。唐賢大曆後，峭壁刻名姓。我來一何暮！今秋始乘興。山勢環有缺，山門壺引柄。乍挹清泚香，頗愜幽閑性。味將春茗宜，光與曉嵐暝。架竹落僧厨，遠聲入晴磬。何當宿禪室，欹枕終夜聽。飲多病骨換，照久塵襟迥。銷盡謫居愁，無心治歸艇。

陽冰篆

冷冷庶子泉，落落陽冰筆。雲氣勢奔垂，龍蛇互蟠屈。嶧山既劘滅，石鼓又缺失。唯茲數十字，遒勁倚雲窟。模印徧華夷，流傳耀緗帙。書誠一藝爾，小道詎可忽。乃知出人事，千古名不没。

東門送郎吏行寄承旨宋侍郎

西門送僕射，鞍馬照路光。南門送貳卿，冠蓋遥相望。東門送郎吏，艤舟隋隄傍。郎吏誠隔品，同直白玉堂。丈人況知己，振拔在舉揚。攜手惜我去，深勸離別觴。醉中不記事，烟水空茫茫。醒來聞鳴櫓，嘔軋獨一傷。猶疑在禁中，殘漏寒丁當。迴望銀臺門，五雲遮帝鄉。衆散今如此，升沉庸何傷！丈人名位峻，只欠登岩廊。平居倦朝請，高論思退藏。圃田有別業，古木羅修篁。覃亭寒蕭蕭，池波碧泱泱。嘗云拂袖去，可以傲羲皇。丈人果能爾，識度非尋常。安車比踈廣，辟穀如張良。再拜願丈人，壽考乃康強。自念山野士，不解隨圓方。宦途多齟齬，身計頗悲涼！行將解簪笏，歸去事農桑。幸容操履杖，洒掃循丘牆。

北樓感事有序

唐朱崖李太尉衛公，爲滁州刺史，作懷嵩樓，取懷歸嵩洛之義也。衛公自爲之記，其中述直翰林時同僚存没，且有白雞黄犬之歎，頗露知退之心。及自滁徵拜，再秉鈞軸，卒以怙權賈禍，貶死海外。則向之立言，誠空文爾！皇宋至道元年夏五月，僕自翰林學士，尚書禮部員外郎知制誥，除工部郎中知滁州、軍州事。到郡之日，訪衛公舊迹，樓之與記，皆莫知也。而郡有北樓，通刺史公署，登眺終日，甚亦自得。作《北樓感事》詩以見意。

北樓出林杪，登覽開病姿。旁帶滁州城，雉堞何逶迤。下入刺史宅，却臨統軍池。孟統軍作小池，在樓下。伊予翰林客，失職方在兹。兩衙部領外，盡日吟望時。晚窗度急雨，夏木交繁枝。淮南氣候殊，經秋囀黄鸝。簷前有山果，採掇亦甘滋。樽中有官醖，傾酌任醇醨。忘機得真趣，懷古生遠思。念昔李太尉，落落邦家基。下筆到西漢，料兵如六奇。謫官來此郡，鬱鬱持一麾。嘗在懷嵩樓，記文悲盛衰！甚得進退理，深明禍福機。未幾再入用，斯言忽如遺。君恩匪膠柱，天殃若影隨。六月萬里行，炎荒竟不歸。功成又名遂，不退將安之。姑以人事較，勿憑天命推。矧予草澤士，被褐復羹藜。謬因弄文翰，八載侍丹墀。三入承明廬，古人期並馳。玉堂百日罷，所累非文辭。強仕未爲老，望郎不爲卑。淮邊永陽郡，人物自熙熙。費用量所入，豐約從其宜。一妻本糟糠，不識金翠施。三男無庶孽，詎愛紈綺貲。甘貧絶誅求，易退無羈縻。五十擬歸耕，何必懸車期。且予望衛公，雲龍與山麋。唐賢昔際遇，文雅道光輝。進士取將相，易于俯拾棋。自從五代來，素風已陵遲。干戈爲政事，茅土輸健兒。儒冠笠仕者，僅免寒與飢。至今明聖代，此風猶未移。自無經濟術，焉能碌碌爲。歸歟復歸歟，無忘《北樓》詩。

官醞

爲郡得官醞，月給盈三斛。地僻少使車，時清罕留獄。老大復遷謫，吾懷頗幽獨。嬋娟樓上月，爛熳池邊菊。東院與西亭，脩脩風弄竹。對此不開樽，騷人應慟哭。獨酌入醉鄉，陶然瞑雙目。醒來成浩歎，胡爲事口腹？彝酒書垂戒，羣飲聖所戮。漢文亦禁酒，患在糜人穀。自從孝武來，用度常不足。推搉奪人利，取錢入官屋。古今事相倍，帝皇道難復。吾無奈爾何！更盡杯中淥。

黑裘

野蠶自成繭，繰密爲山紬。此物產何許，萊夷負海州。一端重數斤，裁染爲褻裘。守黑異華侈，崇儉非輕柔。燻香則無取，風雪曾何憂。朝可奉冠帶，夜以爲衾裘。一作裯晏嬰三十年，庶幾跡相侔。季子歎貂弊，吾服已爲優。不取狐貉者，亦當師仲由。況我屢遷謫，行採賡歌謳。映髮垂鷺頂，植杖昂鳩頭。袖寬可以舞，老農卽爲儔。不曳銀臺門，任爾争封侯！

聞鴞有序

滁，淮地也。郡堞之上，鵩鴞巢焉。永夕鳴嘯不已，妻子驚死，或終夜不寐。因作詩以喻之，並徵前賢放逐而聞是鳥者，總而述之，以見吾志。

元精自萬彙，羽族何茫茫！爲怪有鵩鴞，爲瑞稱鳳皇。鳳皇不時出，未識五色章。吾生在鄒魯，風土殊遠方。鳴鳩隨乳燕，日夕巢吾梁。翩翾雜鳥雀，比屋率爲常。又從筮仕來，五年居帝鄉。更直入承明，侍宴夜未央。上林聞鶯囀，巧舌如笙簧。鵩鴞徒知名，聞見實未嘗。頃年謫商山，聽之已悲涼！今茲出內庭，罰郡來永陽。誰知爾鶹鳩，營巢在城牆。年加睡漸少，秋盡漏且長。鳴嘯殊不已，歷歷含微霜。孺人泣我右，稚子啼我傍。吾心非達士，詎免亦悵悵。人生縱百歲，忽若石火光。其間有窮通，幽昧難自量。我愛皋與夔，峩冠虞舜堂。簫韶聞九成，丹穴來鏘鏘。又愛閎與散，陳力遇文王。鸑鷟聽岐山，多士周道昌。嗟嗟漢賈誼！年少謫南荒。故有《鵩鳥賦》，倚伏理甚詳。郇公曁鄴侯，放逐同一邦。夜深聞此鳥，韋公涕沾裳。李侯舉酒令，斯音非不祥。坐客如不聞，罰之以巨觴。遂使惡聲鳥，聽之無所傷。天寶中，韋郇公謫守蘄州，時李鄴侯亦以處士放逐。因夜飲聞鵩鴞，韋公泣下，李公曰：「此鳥，人以爲惡，其聲可聽。」乃令坐客，有不聞其聲者，罰以大杯。由是聽之不厭。贊皇貶袁州，懷鴞義亦臧。李太尉有《懷鴞賦》。乃知昔賢哲，未免亦悽遑。況予不肖者，邀寵在朝行。報國惟直道，謀身昧周防。四年兩度黜，髩髮已蒼蒼。雖得五品官，銷盡百鍊鋼。何當解印綬，歸田謝膏粱。教兒勤稼穡，與妻甘糟糠。鳳來非我慶，鴞集非我殃。優游盡天年，身世俱可忘。

甘菊冷淘

經年厭粱肉，頗覺道氣渾。孟春致齋戒，勅厨惟素飧。淮南地甚暖，甘菊生籬根。長芽觸土膏，小葉弄晴暾。采采忽盈把，洗去朝露痕。俸麪新且細，溲牢如玉墩。隨刀落銀鏤，煮投寒泉盆。雜此青青色，芳香敵蘭蓀。一舉無孑遺，空媿越盌存。解衣露其腹，稚子爲我捫。飽慚廣文鄭，飢謝魯山元。廣文先生飯不足，元魯山飢而死。況我草澤士，藜藿供朝昏。謬因事筆硯，名通金馬門。官供政事食，久直紫薇垣。知制誥給政事食，自小許公始。誰言謫滁上！吾族飽且温。既無甘旨慶，焉用味品煩！子美重槐葉，直欲獻至尊。事見杜工部《槐葉冷淘》詩。起予有遺韻，甫也可與言。

酬楊遂

楊君江左士，文律何飄飄。人言未冠時，作賦陵洞簫。甲科中南國，江南狀元及第。通籍趨東朝。入中朝，爲贊善。轗軻位不進，陶潛還折腰。復爲縣令。宰邑向蜀道，萑蒲忽興妖。官小力不支，奔竄避槍刀。朝廷責守土，黜入縣佐僚。昨朝寫孤憤，遺我有客謡。伊予亦左遷，諷之心無憀。人生一世間，否泰安可逃。但問道何如？未必論卑高。自古富貴者，撩亂如藜蒿。德業苟無取，未死名已消。豈期顏子淵，不朽在一瓢。推此任窮達，其樂方陶陶。達則爲鵾鵬，窮則爲鷦鷯。垂天與巢林，識分皆逍遥。

和楊遂賀雨

我罷内廷職，出臨永陽民。永陽民雖庶，未免多飢貧。富之既無術，齪齪爲謹身。可堪今夏旱，如燎復如焚。厥田本塗泥，坐見生塵氛。稚老無所訴，嗷嗷望穹旻。食禄憂人憂，早夜眉不伸。從決獄中囚，徧禱境内神。楚辭有山鬼，廟貌羅水濱。胡法有浮圖，寺宇連城闉。齋莊命寮寀，供給抽俸緡。鼓笛迎湫水，香花照金輪。誠知非典故，且慰旱熯人。偶與天雨會，霶霈四郊匀。插秧復修堰，野叟何欣欣！可辦官府調，亦免農艱辛。燮調賴時相，感應由聖君。于吾復何有，敢望歌頌云。清流楊水部，德與我爲鄰。仇香官位屈，何遜詩格新。見投《賀雨》詩，言自人口聞。夫君蓋私我，過實豈相親。爲霖非我事，職業惟詞臣。若有民謡起，當歌帝澤春。庶使採詩官，入奏助南薰。

揚州寒食贈屯田張員外成均吴博士同年殿省柳丞

前年寒食節，待詔直内庭。休假百官出，獨掩深嚴扃。近侍不敢醉，賜酒空滿瓶。閑就通中枕，時聞索上鈴。思入無何鄉，兀然欲忘形。去年寒食日，滁上忝專城。山歌喧里巷，春物媚池亭。永陽溪水緑，琅琊山色青。謫宦自消遣，不敢誇獨醒。往往取官醖，時時對花傾。醉來念身世，翻使淚縱横。今年蒞淮海，時節又清明。對案有留事，聽歌無歡聲。胥徒費簿領，使客煩送迎。狴牢未空歇，堰埭勞修營。

衰病力不支，懶慢性已成。虛花滿雙目，素髮添數莖。酒肴畧無味，妓樂固難聽。誰言寒食下，終日取茶烹。屯田布素交，屈此關市征。昔年同應舉，典衣飛巨觥。博士東觀客，求官得步兵。况且丹陛前，同爲出谷鶯。殿丞尹我邑，桑梓復弟兄。吏隱掌鹺茗，終朝談道經。三賢宴會少，七夕休假并。何不策我馬，廢苑尋流螢。何不蕩我舟，樓臺訪摘星。三春景欲盡，九曲波始平。居然逼吏後，頓此阻交情。老態厭春華，病身憂宿酲。如水若不改，藉糟亦胡寧？解印蓄素志，吟詩露丹誠。維揚非所愛，有便即爲耕。

揚州池亭即事

冥心閱羣動，亦各趣所安。胡爲名利人，戚戚常鮮歡。吾生四十四，結珮呼郡官。掌言入綸閣，待詔直金鑾。匪謂得禄少，所嗟行道難！前年謫滁州，憂時雙鬢殘。賴有琅琊溪，時濯塵纓冠。朝命徙淮海，任重力易殫。君恩詎可報！感激涕汍瀾。民瘼不能治，惻隱情悲酸。况復多病身，名宦心已闌。歸田未果決，懷禄尚盤桓。公退何所適？池亭一凭闌。旭日媚春弄，微風生鳴湍。呵僮勿挾彈，留客不持竿。用冀魚鳥馴，熙熙肆游觀。神仙未可學，吏隱聊自寬。孤吟刻幽石，此義非考槃。

一品孫鄭昱

鄭絪，元和中拜相，至鄭昱六世矣。

卜葬得假官，南出安上門。鞭馬六十里，暮投中書村。村翁館我宿，茅屋欲黄昏。有客忽投刺，自稱一品孫。氣貌不凡俗，因爲開酒罇。坐久問家諜，其族大且繁。池州有清節，濫觴發洪源。大傅擅鴻筆，入相又出藩。其家本開封，改號一何尊。至昱始六代，布衣老丘樊。跨驢入府縣，驅犢耕郊原。家廟固已毀，國史空具存。盛德百世著，功必格乾坤。高大已不祀，羨絪何可論。況復起章句，乘時寵便蕃。子孫雖替後，尚得守田園。我愛三代時，法度有深根。卿大夫稱家，世世奉蘋蘩。四民有定分，宦路無馳奔。自從雜霸道，傾奪日喧喧。脱耒秉金鉞，吮筆乘朱軒。朝榮暮又辱，容易如掌翻。古道不可仗，頹波益以渾。何況度木者，倒置輪與轅。我亦起白屋，兩朝直紫垣。蔭子有冠裳，賞延弟與昆。盡待食人禄，將何報君恩！農桑國之本，孝義古所敦。五族不力穡，終歲飽且温。雖非享富貴，亦以蠹黎元。唐賢尚消歇，我輩奚足言。呼兒諷此詩，播在篪與篔。

月波樓詠懷有序

月波之名，不知得于誰氏，圖綴故老，皆無聞焉。因作古詩一章，凡六百八十字。陷于樓壁，庶使茲樓之名，得與詩俱不泯也。

郡城無大小，雉堞皆有樓。其間有名者，不過十數州。吹簫事遼逈，仙迹難尋求。庾公在九江，締構何風流。謝守鎮宣城，疊嶂名有由。東陽敞八咏，吾聞沈隱侯。白雪架郢中，調高誰和酬？黃鶴倚鄂渚，仙去事悠悠。贊皇謫滁上，作賦懷嵩丘。樓居出俗態，澤國多勝遊。好景不遇人，安得名存留！齊安古郡廢，移此清江頭。築城隨山勢，屈曲伏環周。茲樓最軒豁，曠望西北陬。武昌地如掌，天末入雙眸。平遠無林木，一望同離婁。山形如八字，會合勢相勾。東晉方士戴洋言，武昌有山無林，山形八字，勢不及九，故孫權以黃武元年都武昌，八年遷建業。三國事既遠，六朝名亦休。近從唐末來，爭奪互仇仇。斯樓備矢石，此地控咽喉。終朝望烽燧，連歲事戈矛。可憐好詩景，牢落無人收。皇家統萬國，遠邇盡懷柔。三聖四十年，蕩蕩文德修。淮甸爲內地，萬岡爲上游。儒冠假郡印，踐更若公卿。況多辨職吏，誰肯恣吟謳。伊余何爲者？竊慕騷人儔。兩朝掌文翰，十年侍冕旒。去歲出西掖，謫居抱窮愁。日日江樓上，風物得冥搜。何人名月波？此義頗爲優。西南新桂魄，初上懸玉鉤。晚瀨清且淺，漂蕩影沉浮。三五金波滿，夜光如暗投。驪龍弄頷珠，晃朗照汀洲。澹臺拔寶劍，碎璧斬長虬。冰輪曉入地，推下赤金毬。闌干四五星，斜漢印清秋。誰家上元燈，皃盛刳瓠藪。此景吟不出，謾使聲呦呦。千里畫圖濶，四時詩興幽。野花媚宮纈，芳草鋪碧紬。火雲照沙浦，暴雨傾瓦溝。白亂蘆花散，紅殷蓼穗稠。簷冰垂若練，雪片大于鷗。江籬煙漠漠，宮柳雨颼颼。舟子斜邊槳，牧童倒騎牛。水獺有時戲，江豚頗能泅。山鳥奏竽籟，落霞展衾裯。魚網雪離離，酒旗風飂飂。旅懷雖自適，詩物奈相尤。右顧徐邈洞，精靈如在不？左瞰伍員廟，荒隙令人羞。樓中何所有，官醖湛蚍蜉。棋枰留客坐，琴調待僧抽。橘苞鄰藥鼎，墨筆問茶甌。平生性幽獨，寂寞誰獻酬？官常已三黜，懷抱罹百憂。凭闌憶王粲，望闕同子牟。自甘成潦倒，無復事聲猷。身世喻泡幻，衣冠如贅瘤。放意無何鄉，誰分親與仇！寓形朝籍中，毀譽任啁啾。君恩無路報，民瘼無術瘳。唯慚戀祿俸，未去耕田疇。題詩郡樓上，含毫思義猷。功名非范蠡，何必泛扁舟。

十月二十日作是日甚寒，始有冰。

重衾又重茵，蓋覆衰嬾身。中夜忽涕泗，無復及吾親。須臾殘漏歇，吏報國忌辰。陵旦騎馬出，溪水薄潾潾。路傍飢凍者，顏色頗悲辛。飽暖我不覺，羞見黄州民。昔賢終禄養，往往歸隱淪。誰教爲妻子，頭白走風塵。修身與行道，多愧古時人。

成武縣作

釋褐來成武，初官且自强。位卑松在澗，俸薄葉經霜。雨菌生書案，飢禽啄印牀。猶驚寫秋卷，枕砌落花黄。

寄碭山主簿朱九齡

忽思蓬島會羣仙，二百同年最少年。利市襴衫抛白紵，風流名紙寫紅牋。歌樓夜宴停銀燭，柳巷春泥污錦韉。今日折腰塵土裏，共君追想好淒然。

寄魚臺主簿傅翱

聽説魚臺景最奇，飽參軍到語多時。時林法椽來自魚臺，因言烟水之興，故有此句。天晴緑野懸魚網，木脱空城露酒旗。錦擲鮮鱗紅撥刺，雪翻寒鷺白褵褷。仍誇縣尹風騷客，應有秋來唱和詩。

寄寧陵陳長官

吏隱寧陵縣，琴堂枕古河。家山隔江遠，風雨過船多。假日親尋藥，公庭自種莎。相逢如舊識，執手勸勞歌。

寄金鄉張贊善

年少辭榮自古稀，朝衣不著着斑衣。北堂侍膳侵星起，南畝催耕冒雨歸。種竹野塘春笋脆，採蘭幽澗露牙肥。伊予自是徒勞者，未得同尋舊釣磯。

遊虎丘山寺

寺牆圍着碧孱顏，曾是當年海湧山。盡把好峰藏院裏，不教幽景落人間。劍池草色經冬在，石座苔花自古斑。珍重晉朝吾祖宅，一迴來此便忘還。

寄獻潤州趙舍人

南徐城古樹蒼蒼，衙府樓臺盡枕江。甘露鐘聲清醉榻，海門山色滴吟窗。直廬久負題紅藥，出鎮何妨擁碧幢。聞說秋來自高尚，道裝筇竹鶴成雙。

記言彩筆罷摛華，郡閣高閑似道家。琴院坐聽江寺磬，郡樓吟見海山霞。春園遺母親燒笋，夜榻留僧自煮茶。應笑陶潛未歸去，折腰奔走在泥沙。

寄毗陵劉博士

毗陵古郡接江堧，赴任琴書共一船。下岸且尋甘露寺，到城先問惠山泉。秋蟾吐檻供吟興，野鶴偎牀伴醉眠。官散道孤詩筆老，不應雙鬢更皤然。

除夜寄羅評事同年二首

歲暮洞庭山，知君思浩然。年侵曉色盡，人枕夜濤眠。移棹風搖浪，開窗雪滿天。無因一乘興，同醉太湖船。

郡僚方賀正，獨宿太湖稜。階下羞爲吏，船中祇載僧。折梅和薄雪，煮茗對孤燈。應笑排衙早，寒靴踏曉冰。

春日官舍偶題

薄宦苦流離，壯年心已衰。鶯花愁不覺，風雨病先知。曉月晃竹屋，寒苔疊槿籬。無人慰幽寂，庭柳自低垂。

寄獻翰林宋舍人

金鼎鹽梅偶未和，位高猶說野情多。宫牆月上開琴匣，道院風清响藥籮。留客旋燒含露筍，倩僧教種耐霜莎。孤寒知有爲霖望，未忍江頭釣綠波。

吴江縣寺留題

松江江寺對峰巒，檻外生池接野灘。幽鷺静翹春草碧，病僧閑説夜濤寒。晨齋施筍惟溪叟，國忌行香祇縣官。盡日門前照流水，塵纓渾擬濯汍瀾。

中元夜宿余杭山仙泉寺留題

祭廟迴來略問禪，薜墻莎徑碧山泉。風疏遠磬秋開講，水響寒車夜救田。藍綬有香花菡萏，竹窗無寐月嬋娟。自慚政術貽枯旱，忍卧松陰漱石泉。

言懷

宦途日日與心違，人事紛紛任是非。却爲遊山置行李，漁家船舫道家衣。

泛吴松江

葦蓬疏薄漏斜陽，半日孤吟未過江。唯有鷺鷥知我意，時時翹足對船窗。

蘇州寒食日送人歸覲

江城寒食下，花木慘離魂。幾宿投山寺，孤帆過海門。篷聲潑火雨，柳色禁烟村。定省高堂後，斑衣減淚痕。

春晚遊太和宫

數里新萍夾岸莎，春來乘興宿煙蘿。隨風蝴蝶顛狂甚，當路花枝採折多。絳節參差抽苦笋，翠鈿狼藉擻圓荷。湖山滿眼不歸去，空羡漁翁雨一蓑。

再泛吴江

二年爲吏住江濆。重到江頭照病身。滿眼碧波輸野鳥，一蓑疏雨屬漁人。隨船曉月孤輪白，入座晴山數點青。張翰精靈還笑我，绿袍依舊惹埃塵。

贈湖州張從事

前年春榜亞龍頭，詞賦曾推第一流。上直未歸紅藥院，供吟先得白蘋洲。酒醒野寺烹山蕨，公退溪亭狎海鷗。自是吴門折腰吏，滿衣塵土爲君羞。

送李中舍罷蕭山赴闕

吏隱江東五六年，歸時猶戀好山川。野僧送别攜詩句，瘦馬臨岐當酒錢。吴苑醉逢梅弄雪，隋隄吟見柳垂烟。自言更共秋濤約，未捨西興一釣船。

和郡寮題李中舍公署

樹影池光映曉霞，緑楊陰下吏排衙。閑拖屐齒妨橫筍，静拂琴牀有落花。地脈暗分吳苑水，厨烟時煮洞庭茶。青宫詞客多閑暇，按曲飛觴待歲華。

題張處士溪居

雲裏寒溪竹裏橋，野人居處絶塵囂。病來芳草生漁艇，睡起殘花落酒瓢。閑把道書尋晚逕，静攜茶鼎洗春潮。長洲懶吏頻過此，爲愛盤飧有藥苗。

送查校書從事彭門

佐幕徐方鬢未秋，官升芝閣更風流。姓名舊在鶯遷榜，詩什重題燕子樓。漸有俸錢供藥債，應無歸夢到漁舟。公餘時上臺頭寺，珠履金貂共勝遊。

送羅著作奉使湖湘

使星躔次入長沙，曉别延英去路賒。數刻漏中承密旨，幾重湖外奉皇華。山行馬拂湘川石，寺宿僧供嶽麓茶。迴日期君直西掖，當階紅藥正開花。

送馮學士入蜀

錦川宣共少年期，四十風情去未遲。蠶市夜歌欹枕處，峨眉春雪倚樓時。休誇上直吟紅藥，多羨乘軺聽子規。莫學當初杜工部，因循不賦海棠詩。

賀將作孔監致仕

泣辭明主挂冠簪，便約幽雲老舊林。朝請罷來頻典笏，田園歸去只攜琴。焚香靜院當山色，晒藥空庭避竹陰。一子得官三品禄，未饒疏傳有黄金。

和陳州田舍人留別

演綸多暇每封章，暫去頒條道更光。郡吏好排紅粉妓，使君曾是紫薇郎。樓臺有月新詩出，囹圄無人綠草長。地接清淮足佳致，水村煙塢是魚鄉。

閣下暮春

詔書稀少日何長，閑枕通中睡一場。院吏報來丞相出，紫薇花影上東廊。

初入山聞提壺鳥時秋暖，此鳥忽聞。

遷客由來長合醉，不煩幽鳥道提壺。商州未是無人境，一路山村有酒沽。

初到商州館于妙高禪院佛屋壁上見草聖數行讀之乃數年前應制時所作皇帝試貢士歌思追前事有感而成章

應制歌篇對玉除，是誰傳寫到商于。昔從蓂莢階前作，今向蓮花座畔書。商顔未甘隨綺季，漢庭曾忝用相如。山僧莫怪頻垂淚，乍別承明舊直廬。

謫居感事 一百六十韻。

遷謫獨熙熙，襟懷自坦夷。孤寒明主信，清直上天知。消息還依道，生涯只在詩。唯當諭山木，詎敢詠江蘺。偶嘆勞生事，因思志學時。讀書方睹奧，下筆便搜奇。賦格輕鸚鵡，儒冠薄鵔鸃。耕桑都不事，園井未曾窺。必欲縑湘富，寧教杼軸紕。光陰常矻矻，交友盡偲偲。步驟依班馬，根源法孔姬。收螢秋不倦，刻鵠夜忘疲。流輩多相許，時賢亦見推。叨榮借計吏，濫吹謁春司。僕瘦途中病，驢寒雪裏騎。空拳入場屋，拭目看京師。技癢初調筯，鋒銛欲試錐。甲科登漢制，太平興國五年，予首中甲科。內殿識堯眉。數刻愁晡矣，三題亦勉之。先鳴輸俊彥，上第遂參差。罷舉身何托？還家命自奇。惟慚親倚户，敢望嫂停炊。竭力求甘旨，終朝走路岐。貪希仲由米，多廢董生帷。丹桂何時折，孤蓬逐吹移。知憐無國士，志氣自男兒。季子貂裘弊，狂生刺字隳。廣場重考覆，蹇步敢驅馳。明代寧甘退，青雲暗有期。禮闈冠多士，御試拜丹墀。澤霧寧慚豹，搏風肯伏雌。重瞳念孤迹，一第忝鴻私。得告還鄉貴，除官佐邑卑。折腰稱小吏，矩步慎初資。予解褐得主簿。枳棘心何恨！松筠操自持。及親家有養，事長禮無虧。銅墨官常改，煙霄雨露垂。縣花聊主管，寺棘且羈縻。予九年授大理評事，知蘇州、長洲縣。吳郡包山側，長洲巨海湄。萬家呼父母，民間多呼縣令爲父母官。百里撫惸嫠。敢起徒勞嘆，長憂竊祿嗤。宦途甘碌碌，官業亦孜孜。政事還多暇，優游甚不羈。村尋魯望宅，甫里有陸魯望宅。寺認館娃基。靈岩寺，館娃故宮。西子留香逕，吳王有劍池。採香徑在靈岩寺，劍池在虎丘寺。狂歌殊不厭，酒興最相宜。草織登山履，蒲紉平聲挽舫綏。果酸嘗橄欖，花好插薔薇。震澤柑包火，松江鱠縷絲。三年無異政，一篋有新詞。多戀南園臥，蘇州南園，最爲勝景。俄從北闕追。雍熙四年，予奉徵召赴闕。呈材真樸樕，召對立茅茨。載筆居三館，登朝忝拾遺。紫泥天上降，朱紱御前披。侍從殊爲貴，圖書頗自怡。史才愧班固，諫筆謝辛毗。擬把微軀殺，慚將厚祿尸。安邊上章疏，端拱三年，詔百官各言邊事，因上封章極言，爲上容納。端拱獻箴規。予初拜拾遺，即上端拱箴，頗有諷諭。精鑒逢英主，知憐是首夔。予論邊事，特爲趙許公所器。賡歌才不稱，掌誥筆難摛。是歲，蒙上召予殿上作歌，遂有西掖之拜。制曆多無事，閤下有制曆當直舍人，如無除目，書名而出。詞頭每怯遲。繁陰温室樹，清吹萬枝年。青瑣霞光透，蒼苔露片萎。御香飄硯席，宮葉落纓緌。看浴池心鳳，閑捫殿角螭。上林花掩映，仙掌露淋漓。對近瞻旒冕，班清辟虎貔。宮簾垂翡翠，御水動漣漪。紀號年淳化，朝元月建寅。叶移攝官捧寶册，淳化元年立正伏，別上尊號，予攝中書侍郎，捧玉册玉寶。祝壽執樽彝。表案行低折，時予又押諸方表案。宮懸聽肅祇。德音王澤潤，是月德音降。謙柄斗杓移。時上省尊號。貴接皋夔步，深窺龍鳳姿。策勳何煊赫，賜紫更萎蕤。是歲加柱國，謝日，面賜金紫。蚊力山難負，鵜梁翼易滋。論功慚八柱，受服欲三褫。音遞祇慮殃將至！曾無事可裨。趁朝空俯僂，退食自逶迤。更直當春好，橫行隔宿咨。每休假三日後謂之橫行，于正衙參假，院吏隔夜報。內朝長得對，鴛幸每教隨。瓊院觀雲稼，金明閱水嬉。賞花臨鳳沼，侍釣立魚祇。拂面黃金柳，酡顏白玉卮。分題宣險韻，每應制賦詩，上出難韵。翻勢得仙碁。上嘗賜兩制棊勢圖，一日對面千里，二日獨飛天蛾，三日海底取明珠，四日妙算無窮。人莫能曉。競舉窺天管，爭燃煮豆萁。恨無才應副，空有表虔祈。每有御製詩韵難，并新棊勢，但上表免和，訴不曉而已。睿睠偏稱賞，天顏極撫綏。中官賜大字，兩朝每賜御詩，皆遣中官送至本院。院吏捧巾綦。遭遇誠堪惜，功名竊自思。請纓無壯志，硯草亦胡爲。未獻東封頌，空鐫北嶽碑。淳化元年，奉勑重修北岳，予撰碑。深慚專俎豆，長欲議邊鄆。但可懷驕子，何須斬谷蠡。胸中貯兵甲，堂上有熊羆。成敗觀千古，施張在四維。兼磨斷佞劍，擬樹直言旗。已上蓋言予平生之志也。遇事難緘默，平居疾喔咿。無權逐鳥雀，俛首任狐狸。廷尉專刑煞，以制誥舍人兼大理寺事。詞臣益等衰。五花儀久廢，三尺法聊施。書命猶無諂，予在閣下，草詞多不虛飾，以此亦爲人所怨。評刑肯有欺。厚誣淩近侍，內亂疾妖尼。妖尼道安，誣告徐騎省。丹筆當無赦，金科了不疑。拜章期悟主，仆法更防緋。萋菲終無已，雷霆遂赫斯。如弦傷訐直，投杼覓瑕疵。衆鑠金須化，羣排柱不支。佞權迴北斗，讒口簸南箕。闕下羊腸險，朝端虎尾危。道孤貽衆怒，責薄賴宸慈。西掖除三字，南山佐一麾。蒼黃塵滿面，揮洒涕交頤。目斷九重闕，魂銷八達衢！尊親遠扶侍，兄弟盡流離。秦嶺偏巉絶，商于更嶮巇。吾廬何處是，我馬忽長辭。六里山蒼翠，丹河浪渺瀰。分封思衛鞅，割地憶張儀。懶讀三間傳，空尋四皓祠。畬煙濃似瘴，松雪白如梨。壞舍床鋪月，寒窗硯結澌。振書衫作拂，解帶竹爲椸。呼童泥茶竈，從僧借藥篩。鐘愁上寺起，角怨水門吹。上寺在州北，子城有水門。舊友誰青眼，新秋出白髭。予到商州，始有白髭。煙嵐晴鬱鬱，風雨夜颸颸。我過徒三省，吾生自百罹。初來聞旅雁，不覺見黃鸝。市井攜山菜，房廊蓋木皮。商州民多以木皮苫屋。野花紅爛熳，山草碧欐機。副使官資冷，商州酒味醨。尾因求食掉，角爲觸藩羸。有夢思紅藥，無心採紫芝。瘦妻容慘戚，稚子淚漣洏。暖怯蚍穿壁，昏憂虎入籬。松根燃夜燭，山蕨助朝飢。豈獨堂虧養，還憂地乏鬐。跡飄萍渤海，親老日崦嵫。閣下辭巢鳳，山中伴野麋。風欺秀林木，雲隔向陽葵。屈產遭駑馬，丹山困嚇鴟。悔須分黑白，本合混妍媸。自此韜餘刃，終當學鈍鎚。窮通皆有數，得喪又奚悲！自顧才何者，空憐道在兹。宣尼猶削伐，大禹亦胼胝。運去當如鼠，投來且禦魑。避風聊戢翼，得水會揚鬐。琴酒圖三樂，詩章效四蚩。白公有四蚩詩。魚須從典賣，貂尾任傾欹。兀兀拖腸鼠，悠悠曳尾龜。北窗尋蛺蝶，南岸看鸕鷀。山翠樓頻上，雲生杖獨揩。簞閑留曉魄，簾暖負冬曦。松栢寒仍翠，瓊瑤涅不淄。望誰分曲直，祇自仰神祇。吾道寧窮矣，斯文未已而。狂吟何所益，孤憤洩黃陂。

龍鳳茶

樣標龍鳳號題新，賜得還因作近臣。烹處豈期商嶺水，碾時空想建溪春。香于九畹芳蘭氣，圓似三秋皓月輪。愛惜不嘗惟恐盡，除將供養白頭親。

上寺留題在商州北山作。

松杉疏瘦簇山根，樓殿參差對郭門。不惜馬蹄來北寺，爲憐熊耳在西山。一作「軒」。雲生石砌搖寒影，泉汲銅瓶露凍痕。遷客頻來何所得？一叢修竹拂吟魂。

歲暮感懷貽馮同年中允二首

謫居商于郡，閑門車馬稀。塵侵書命筆，香散入朝衣。燒盡峰巒出，霜晴木葉飛。夜來天欲雪，寒夢不成歸。

謫居京信斷，歲暮更淒涼。郡僻青山合，官閑白日長。燒烟侵寺舍，林雪照街坊。爲有遷鶯侶，詩情不敢忘。

畲田調并序

上洛郡南六百里，屬邑有豐陽、上津，皆深山窮谷，不通轍迹。其民刀耕火種，大底先斫山田，雖懸崖絶嶺，樹木盡仆，俟其乾且燥，乃行火焉。火尚熾，卽以種播之，然後釀黍稷、烹雞豚，先約曰某家某日有事于畲田，雖數百里如期而集，鉏斧隨焉。至則行酒啗炙，鼓譟而作，蓋斸而掩其土也。斸畢則生，不復耘矣。援桴者，有勉勵督課之語，若歌曲然。且其俗更互力田，人人自勉，僕愛其有義，作《畲田》五首，以侑其氣。亦欲采詩官聞之，傳于執政者，苟擇良二千石暨賢百里，使化天下之民如斯民之義，庶乎污萊盡闢矣。其詞則取乎俚，蓋欲山民之易曉也。

大家齊力斸孱顔，耳聽田歌手莫閑。各願種成千百索，山田不知畝畝，但以百尺繩量之，曰某家今年種得若干索，以爲田數。豆萁禾穗滿青山。

殺盡雞豚喚斸畬，由來遞互作生涯。莫言火種無多利，林樹明年似亂麻。種穀之明年，自然生木，山民獲濟。

穀聲獵獵酒醺醺，斫上高山入亂雲。自種自收還自足，不知堯舜是吾君。

北山種了種南山，相助力耕豈有偏。願得人間皆似我，也應四海少荒田。

畬田鼓笛樂熙熙，空有歌聲未有詞。從此商于爲故事，滿山皆唱舍人詩。

賀畢翰林新入

閒步花磚喜復悲，所悲君較十年遲。銀臺曉入批丹詔，銅鏡秋開鑷白髭。宮錦細袍宜與着，內閑驕馬賜來騎。家門記得咸通事，莫忘論兵夜召時。咸通中，畢相在翰林，時懿宗將復河湟，夜召論邊事。敷陳方略，甚稱旨。上曰：「吾方謀帥，不意頗、牧在吾禁苑。」遂有登壇之命。

商山海棠

錦里名雖盛，商山艷更煩。別疑天與態，不類土生根。淺著紅蘭染，深于絳雪噴。待開先釀酒，怕落預呼魂。香裏無勍敵，花中是至尊。桂須辭月窟，桃合避仙源。浮動冠頻側，霓裳袖忽翻。望夫臨水石，窺客出牆垣。贈別難饒柳，忘憂肯讓萱。輕輕飛燕舞，脈脈息嬀言。蕙陋虛侵逕，梨凡浪占園。論心留蝶宿，低面厭鶯喧。不忝神仙品，何辜造化恩。自期栽御苑，誰使擲山村。綺季荒祠畔，仙娥古洞門。煙愁思舊夢，雨泣怨新婚。畫恐明妃恨，移同卓氏奔。祇教三月見，不得四時存。繡被堆籠勢，燕脂浥淚痕。貳車春未去，應得伴芳罇。

翰林畢學士寄示醫瘿疾藥方因題四韻兼簡兩制諸知

預憂囊瘿病龍鍾，乞得仙方必有功。縱免項如樗里子，也應頭似夏黃公。西暉亭下峰巒碧，亭在州之西十里，對羣峰。每日落時，有如亭午。南靜川中木葉紅。川在州之南二三里，平如掌。居人百餘家，秋來一川紅葉，又有小桃細竹，夾水而生。春間，此景不惡矣。盡是貳車堪醉處，春來唯恐酒樽空。

賀柴舍人新入西掖

早折蟾宮第一枝，綸闈恩命若何遲？久爲俗吏殊無味，合掌王言亦有時。好繼忠州文最盛，應嫌長慶格猶卑。舍人嘗與余評前賢詔誥，以爲陸相首出。若奉天罪己詔，元白之徒，可坐在廡下。他年莫忘中吳宰，六里山前歌紫芝。

歲除日同年馮中允攜觴見訪因而沉醉病酒三日醒而偶贈

除夜渾疑便白頭，攜壺相勸醉方休。敢辭枕上三朝卧，且免燈前一夕愁。薄命我甘離鳳闕，多才君亦滯龍樓。相逢不盡杯中物，何以支當寂寞州。

放言

誰信人間是與非，進須行道退忘機。卦逢大壯羝羊困，鄉入無何蛺蝶飛。澤畔衣裳蘭作佩，山中生計竹爲扉。飢腸已共夷齊約，一曲高歌去採薇。

回襄陽周奉禮同年因題紙尾

武關西畔路巉岩，兩月勞君寄兩緘。鏡裏想添新白髮，篋中猶貯舊青衫。扶頭酒好無辭醉，縮項魚多且放嘰。譬似元和張太祝，十年不改舊官銜。

清明日獨酌

一郡官閑惟副使，一年冷節是清明。春來春去何時盡？閑恨閑愁觸處生。漆燕黃鸝誇舌健，柳花榆莢鬬身輕。脱衣换得商山酒，笑把《離騷》獨自傾。

寒食

今年寒食在商山，山裏風光亦可憐。稚子就花拈蛺蝶，人家依樹繫鞦韆。郊原曉緑初經雨，巷陌春陰乍禁烟。副使官閑莫惆悵，酒錢猶有撰碑錢。

山僧雨中送牡丹

數枝香帶雨霏霏，雨裏攜來叩竹扉。擬戴却休成悵望，御園曾插滿頭歸。

春居雜興

兩株桃杏映籬斜，粧點商山副使家。何事春風容不得，和鶯吹折數枝花。

春雲如獸復如禽，日照風吹淺又深。誰道無心便容與，亦同翻覆小人心。

登郡南樓望山感而作

西接藍田東武關，有唐名郡數商顏。二千石盡非吾道，一百年來負此山。自唐末至今百餘年，無文臣爲刺史。重疊曉嵐新雨後，參差春雪夕陽間。唯供遷客風騷興，醉望吟看不暫閒。

道服

楮符布褐皂紗巾，曾奉西垣寓直人。此際暫披因假日，如今長著見閑身。濯纓未識三湘水，漉酒空經六里春。不爲行香著朝服，二車誰信舊詞臣！

春遊南靜川

南過高車嶺，一云膏車嶺。膏音告。川源似掌平。峰巒開畫障，畝畝列棋枰。帝女柔桑緑，王孫野草生。提壺催我醉，戴勝勸人耕。商嶺堪攜妓，丹河好濯纓。蓋圓松影密，鞭亂竹根獰。勃勃畬田氣，磷磷水磑聲。野桃誰似主？山鳥不知名。欲舞寧無蝶，思歌亦有鶯。官閑春日永，擔酒此中行。

南郊大禮詩七首

聖君重卜祀南郊，仗擁黄麾間白旄。仙吹冷翻蒼玉佩，曉霞晴透絳紗袍。天開兜率齋宫静，海湧蓬萊帳殿高。遷客生還知有望，商山不敢讀《離騷》。

嚴配郊丘展孝思，質明參酌禮無違。大羹味薄牲牷潔，至樂聲和鳳鳥飛。黄道月斜風細細，紫壇天曉露霏霏。可憐此夜商山客，畫盡爐灰淚滿衣。

綵城殘月帶微霜，版奏中嚴夜未央。三獻欲終侵曙色，百神齊下散天香。珠旒微亂塤篪韵，柴燎輕籠劍佩光。此夕商山對何物？猿啼鳥哭樹蒼蒼。

嚴禋禮退一陽生，抃賀歡呼動四溟。聖壽久長南至日，寶圖高大北辰星。九重城闕天將曙，百萬人家户不扃。知有化工無棄物，海波分細一浮萍。

乾元門上赭袍光，雉扇初開散御香。郊祀一千年運祚，赦書三萬里封疆。人間草木沾皇澤，天上咸韶送壽觴。惆悵昔年曾侍從，而今翻似鼠拖腸。

千官雲擁御樓時，朝服紛紛換禮衣。萬里梯航歸大國，一聲雷雨破圜扉。青蠅傳去人人喜，丹鳳銜來處處飛。收盡洛南遷客淚，全家潛望日邊歸。

年來不見祀圓丘，謫宦攜親嘆白頭！作賦有時悲鵩鳥，殺身無路學犧牛。非才豈合居臺閣，歸夢徒勞近冕旒。千載遭逢如未替，此時重見帝王州。

恭聞种山人表謝急徵不赴

表讓皇家買酒錢，上令京兆府賜山人酒錢，讓而不受。醉鄉歸去更陶然。吾君若問徵君意，自有東皋種黍田。

不應明時鵠板書，可能終老傲唐虞？神仙見說須陰德，肯爲蒼生一出無。

五更睡

數載直承明，寵深還若驚。趁朝鷄喚起，殘夢馬馱行。左宦離雙闕，高眠盡五更。如將閑比貴，此味敵公卿。

遣興

百年身世片時間，況是多愁鬢早斑。貧有琴書聊自樂，貴無功業未如閑。波平南浦堪垂釣，日滿東窗尚掩關。祇爲慈親憶歸去，商山不隱隱何山？

新秋卽事二首

宦途流落似長沙，賴有詩情遣歲華。吟弄淺波臨釣渚，醉披殘照入僧家。石挨苦竹旁抽笋，雨打戎葵卧放花。安得君恩許歸去？東陵閑種一園瓜。

百歲浮生一夢中，夢中何事有窮通。姓名舊署黃麻紙，顔狀今成白髮翁。煙暝小窗螢火碧，雨昏幽徑蓼花紅。謫居始信爲儒苦，生計兼無一畝宫。

秋居幽興三首

秋光雖寂淡，幽興入詩家。籬暗蟄啼菊，園荒蟻上茄。圍棋知日影，理髮見霜華。向曉兒童喜，溪僧遺晚瓜。

園林經積雨，晚步思幽哉。宿鳥頭相並，秋瓜頂自開。藥田荒野蔓，屐齒没蒼苔。幽興將何遣？焦琴貰酒來。

謫居人事慵，幽興與誰同。僧到烹秋菌，兒啼索草蟲。掃苔留嫩緑，寫葉惜殘紅。歲晏琴樽好，籬邊有竹叢。

前賦村居雜興詩二首閒半歲不復省視因長男嘉祐讀杜工部集見語意頗有相類者咨于予且意予竊之也予喜而作詩聊以自賀

命屈由來道日新，詩家權柄敵陶鈞。任無功業調金鼎，且有篇章到古人。本與樂天爲後進，予自謫居時，多取白公詩，時時玩之。敢期子美是前身。從今莫厭閑官職，主管風騷勝要津。

村行

馬穿山徑竹初黄，信馬悠悠野興長。萬壑有聲含晚籟，數峰無語立斜陽。棠梨葉落胭脂色，蕎麥花開白雪香。何事吟餘忽惆悵，村橋原樹似吾鄉。

淳化二年八月晦日夜夢于上前賦詩既寤唯省一句云九日山川見菊花間一日有商于二車之命實以十月三日到郡重陽已過殘菊尚多意夢已徵矣今忽然一歲又逼登高追續前詩因成四韻

節近登高忽嘆嗟，經年憔悴别京華。二車何處搔蓬鬢，九日山川見菊花。夢裏榮衰安足道，眼前杯酒且須賖。商于鄒魯雖迢遞，大底攜家即是家。

仲咸就嘉郡印因以四韻爲賀且有以勉之

如何小郡滯清賢，未得徵歸振鷺班。莫怕三年持漢詔，猶勝遷客卧商山。俱諳宦路須推命，同有詩情令好閑。唯是謫官無考限，比君知向幾時還？

寄豐陽喻長官

七十年華鬢未霜，道情偏稱宰豐陽。且衙請印無仇覽，豐陽户不滿千，例省主簿。夜榻圍棋祇孟光。喻好碁，與內子敵手。庭户萬重嵐氣盛，盤餐數飣藥苗香。猶言彭澤終歸去，門柳青青檻菊黃。

喜雪貽仲咸

半冬無雪懶吟詩，薄暮紛紛喜可知。衣上惹來看不足，竹邊聽處立多時。光迷曙色侵窗早，片舞寒空到地遲。今日使君吟望好，一車飛絮醉褰帷。

霽後望山中春雪

誰種離離碎玉苗，曉樓吟望興偏饒。白雲作伴宜長在，紅日無情已半銷。聚映早霞明野寺，散隨春水過溪橋。世間安得王摩詰，醉展霜縑把筆描。

杏花七首

紅芳紫萼怯春寒，蓓蕾粘枝密作團。記得觀燈鳳樓上，百條銀燭淚闌干。
暖映垂楊曲檻邊，一堆紅雪罩春煙。春來自得風流伴，榆莢休抛買笑錢。
桃紅梨白莫争春，素態妖姿兩未勻。日暮牆頭試回首，不施朱粉是東鄰。
長愁風雨暗離披，醉遶吟看得幾時。只有流鶯偏稱意，夜來偷宿最繁枝。
登龍曾入少年場，錫宴瓊林醉御觴。争戴滿頭紅爛熳，至今猶雜桂枝香。
長安廢棄遷都後，曲沼荒涼一夢中。見説舊園爲茂草，寂寥無復萬枝紅。
陌上紛披枝上稀，多情猶解撲人衣。雙成灑道迎王母，十里濛濛絳雪飛。

日長簡仲咸

日長何計到黄昏，郡僻官閑晝掩門。子美集開詩世界，伯陽書見道根源。風騷北院花千片，月上東樓酒一樽。不是同年來主郡，此心牢落共誰論！

自嘲

三月降霜花木死，九秋飛雪麥禾災。蟲蝗水旱霖霪雨，盡逐商山副使來。

偶圃小園因題二首

千眼春畦兩眼泉，置來因得弄潺湲。三年謫宦供厨菜，數月朝行貰宅錢。空愧先師輕學圃，未如平子便歸田。此心久畜耕山計，不敢拋官爲左遷。

偶營菜圃爲盤飧，淮瀆祠前水北村。泉響静連衙鼓響，柴門深近子城門。濛濛細雨春蔬甲，亹亹寒流老樹根。從此商于地圖上，畫工添个舍人園。

三月二十七日偶作簡仲咸

一未量移一轉勳，時數後予未量移，仲咸祇加騎都尉。貂冠羊胄總非真。予檢校常侍，故云貂冠。仲咸騎都尉，故云羊胄。韶光祇有兩三日，浮世稀逢七十人。青杏勸君重酌酒，牡丹邀我且尋春。請看富貴趙中令，已作北邙山下塵。

別丹水

曾經爛漫濯吾纓，忍別潺湲月夜聲。便入紅塵染詩思，吟魂猶合數年清。

寄潘處士

賣藥先生白布衣，書來方信在京師。減君爐裹燒丹術，助我山中買酒貲。處士自京寄白金相贈。閑似野雲終不住，閉如籠鶴已多時。飄飄又去黄河北，更負中條幾首詩。

自寬

身世龍鍾且自寬，追量才分合飢寒。朝中舊友休誇貴，篋裏新詩不博官。曉髮靜梳微霰落，夜琴閑拂古風殘。會須歸去滄江上，累石移莎擁釣灘。

贈衛尉宋卿二十二丈

謫宦歸來髮更斑，徊翔猶在寺卿閑。幾多僚友三台上，大半生徒兩制間。舊賜錦袍多貰酒，新裁紗帽欲歸山。東垣小諫龍鍾甚，空愧洪爐早鑄顏。

送融州任巽户曹撰越王愛姬墓誌得罪

御前曾取好科名，一椽如何萬里行！身落蠻方人共惜，罪因文學自爲榮。吏供版籍多魚税，民種山田見象耕。君看咸通十司户，投荒終久是公卿。

寧公新拜首座因贈

著書新奏御，上詔承旨蘇公道士韓德純與公集《三教聖賢事迹》各五十卷，故有首座之命。優詔及禪扉。首座名雖貴，家山老未歸。磬聲寒遶枕，塔影靜侵衣。終憶西湖上，秋風白鳥飛。

幕次閑吟三首

二年憔悴詠江籬，恩詔重教侍玉墀。寓直掖垣休入夢，常參幕次且吟詩。新文自負山中集，舊吏多驚鬢畔絲！莫道諫官無一事，猶勝閑卧解州時。

文章曾受帝褒稱，幕次孤吟冷似冰。借馬趁朝長後到，問人求米盡難憑。僮教罷樂朝無酒，兒廢看書夜絶燈。除却金章在腰下，其餘滋味一如僧。

江籬吟盡鬢成霜，謫宦歸來夢一場。每日祇窺丹鳳案，被人猶唤紫薇郎。齋宫獨坐風翻幕，客舍閑吟葉滿床。若是承明容再入，未曾荒廢舊文章。

寄題義門胡氏華林書院

水閣山齋架碧虚，亭亭華表映門閭。力田歲取千箱稻，好事家藏萬卷書。旋對杯盤燒野筍，别開池沼養溪魚。吾生未有林泉計，空愧妨賢卧直廬。

送張監察通判餘杭

郡城瀟灑浙江濱，暫輟乘驄慰遠民。莫放霜威誇御史，且收風景屬詩人。雪侵樓上迎潮眼，花擁湖中泛月身。盡是公餘吟咏處，好飛佳句寄詞臣。

書齋

年年賃宅住閑坊，也作幽齋作道裝。守静便爲生白室，著書兼是草玄堂。屏山獨卧千峰雪，御札時開一炷香。莫笑未歸田里去，宦途機巧盡能忘。

送柴諫議之任河中

蒲津名郡得名公，諫紙盈箱且罷封。紅藥階墀曾吐鳳，綠莎廳事舊鳴蛩。故事，河府院有綠莎廳，唐來治平時好事者嘗加澆溉。兵興之後，爲不好事剗去之，公好事者也，可復此景，故云。下車首謁重華廟，入境先經五老峰。見說丘門詩版在，應教回也繼遺蹤。故兵部王侍郎常知河府，公之座主也。

送李著作

芸閣新銜捧詔歸，歷陽湖畔拜庭闈。已聞愛子披朱綬，著作郎君，已賜服色。猶學嬰兒著綵衣。飯饋海陵紅稻軟，鱠擘淮水白魚肥。吾生自失榮親祿，謾踏花磚入北扉。

滁州官舍

忽從天上謫人間，知向山州住幾年。俸外不教收果實，公餘多愛入林泉。朝簪未解雖妨道，宦路無機即是禪。鈴閣悄然私自問，郡齋何異玉堂前。

今冬

休思官職落青雲，且算今冬病養身。白紙糊窗堪聽雪，紅爐着火別藏春。旋篘官醞漂浮蟻，時取溪魚削白鱗。況是豐年公事少，爲郎爲郡似閑人。

高閑

謫官滁上欲何爲，惟把高閑度歲時。費盡俸錢因合藥，忙丁公事是吟詩。京中吏去慵傳信，江外僧來與撰碑。更待吾家婚嫁了，解龜休致未全遲。

臘月

臘月滁州始覺寒，年豐歲暮郡齋閑。官供好酒何憂雪，天與新詩合看山。日照野塘梅欲綻，燒迴荒徑草猶斑。吏人散後無公事，門戟森森夕鳥還。

有傷

壁上時牌催晝夜，案頭朝報見存亡。懸車又喪司空想，延閣新薨賈侍郎。二公相繼薨。陶鑄官資經化筆，某登朝後，所任官皆司空，在中書。品題名姓在文場。予應舉時，賈公以駕部員外知制誥，同知貢舉，遂蒙首冠多士。總帷一慟無由得，徒灑春風淚數行。

寄杭州昭慶寺華嚴社主省常上人

夢幻吾身是偶然，勞生四十又三年。任誇西掖吟紅藥，何似東林種白蓮。入定雪龕燈焰直，講經霜殿磬聲圓。謫官不得餘杭郡，空寄僧高結社篇。

詩酒

白頭郎吏合歸耕，猶戀君恩典郡城。已覺功名乖素志，祇憑詩酒送浮生。剛腸減後微微諷，病眼昏來細細傾。樽杓不空編集滿，未能將此换公卿。

贈朱嚴

未得科名鬢已衰，年年憔悴在京師。妻裝秋卷停燈坐，兒趁朝飡乞米炊。尚對交朋賒酒飲，徧看卿相借驢騎。誰憐所好還同我，韓柳文章李杜詩。嚴妻能書。

戲和壽州曾秘丞黄黄詩

黄黄真是小巫娥，買恐千金價不多。别母語嬌空有淚，對人聲顫未成歌。産從南國勝桃李，攜去東山隱薜蘿。滁上老郎無妓女，草玄讀易擬如何。

和朱嚴留别依本韻

之子有文行，常流竊比難。揮毫秋露下，生文學餘力，尤工篆隸。開卷古風寒。場屋推盟主，聲詩立將壇。論儒輕五伯，議古嫉三桓。師仰惟韓愈，才名壓李觀。生有師韓説。固窮多短褐，憂道卽忘餐。見訪山園郡，相逢菊滿欄。眼青憐造士，頭白愧郎官。罷舉層霄遠，監州勺水蟠。貧厨兼味少，市醞數杯酸。舊業煩君勘，新題爲我刊。生爲予刊《小畜集》，又書八絶詩石。臨岐留雅什，天馬感金鑾。

歲暮感懷

歲暮山城放逐臣，老從霄漢委泥塵。公卿別後全無信，兄弟書來祇說貧。眼看青山休未得，鬢垂華髮摘空頻。文章氣概成何事？霑惹虛名誤此身。

茶園十二韻

勤王修歲貢，晚駕過郊原。蔽芾餘千本，青葱共一園。牙新撑老葉，新牙之上，去年舊葉尚在。土軟迸新根。舌小侔黄雀，毛獰摘绿猿。出蒸香更別，入焙火微温。採近桐華節，生無穀雨痕。緘縢防遠道，進獻趁頭番。待破華胥夢，先經閶闔門。汲泉鳴玉甃，開宴壓瑶罇。茂育知天意，甄收荷主恩。沃心同直諫，苦口類嘉言。未復金鑾召，年年奉至尊。

寒食

寒食江都郡，青旗賣楚醪。樓臺藏绿柳，籬落露紅桃。妓女穿輕屐，笙歌泛小舠。使君慵不出，愁坐讀《離騷》。

牡丹十六韻

艷絶百花慚，花中合面南。賦詩情莫倦，中酒病先甘。國色渾無對，天香亦不堪。遮須施錦帳，戴好上瑶簪。苞拆深擎露，枝拖翠出藍。半傾留粉蝶，微亞摘宜男。鄰妓臨粧妒，胡蜂得蕋貪。忽行晴吹動，濃睡曉烟含。話别年經一,相逢月又三。遣誰撏白髮,爲爾换新衫。池館邀賓看,衙庭放吏參。仙娥喧道院,魔女逼禪庵。道院、禪庵皆公署内所有。亂折窠雖惜,分題韻更探。歌歡殊未厭,零落痛曾諳。觳雨供湯沐,黄鸝助笑談。顔生如見此,未免也醺酣。顔回不飲酒。

芍藥開花憶牡丹

風雨無情落牡丹,翻階紅藥滿朱欄。明皇幸蜀楊妃死,縱有嬪嬙不喜看。

海仙花詩并序

海仙花者,世謂之錦帶。維揚人傳云:初得于海州山谷間,其枝長而花密,若錦帶然。其花未開如海棠,既開如木瓜,而繁麗嫋弱過之。一朵滿頭,冠不克荷。惜其不香而無子,第可鈎壓其條,移植他所。因以《釋草》、《釋木》驗之,皆無有也。近之好事者作《花譜》,以海棠爲花中神仙,予謂此花不在海棠下,宜以仙爲號,目之錦帶,俚俗甚焉!又取始得之地,名曰海仙,且賦詩三章,以存其名。題諸僧壁。

一堆絳雪壓春叢,嫋嫋長條弄晚風。借問開時何所似?似將繡被覆薰籠。

春憎窈窕教無子,天爲妖嬈不與香。盡日含毫難並比,花中應是衞莊姜。

何年移植在僧家,一簇柔條綴綵霞。錦帶爲名俚且俗,爲君呼作海仙花。

后土廟瓊花詩二首并序

揚州后土廟有花一株，潔白可愛，且其樹大而花繁，不知實何木也？俗謂之瓊花云。因賦詩以狀其態。

誰移琪樹下仙鄉，二月輕冰八月霜。若使壽陽公主在，自當羞見落梅粧。

春冰薄薄壓枝柯，分與清香是月娥。忽似暑天深澗底，老松擎雪白婆娑。

芍藥詩并序

芍藥之義，見毛、鄭《詩》。百花之中，其名最古。謝公直入中書省，詩云「紅藥當階翻」，自後詞臣引爲故事。白少傅爲主客郎中知制誥，有《草詞畢詠芍藥》詩，詞彩甚爲該備。然自天后以來，牡丹始盛，而芍藥之艷衰矣。考其實，牡丹初號木芍藥，蓋本同而末異也。予以端拱己丑歲，由左司諫爲制誥舍人，後坐事黜棄。淳化甲午年，又以禮部員外郎牽復舊職。尋以本官充翰林學士，則謝公、白傅之任，皆躁躪矣。自出滁上，移廣陵，追念綸闈，于今九載，而編集之内，未嘗有芍藥詩，言于詞臣，不得無過。揚州僧舍植數千本牡丹，落時繁艷可愛，因賦詩三章，書于僧壁。

牡丹落盡正淒涼，紅藥開時醉一場。羽客諳傳尸解術，仙家重爇返魂香。蜂尋檀口論前事，露濕紅英試曉粧。曾忝掖垣真舊物，多情應認紫薇郎。

東君留着占殘春，得得遲開亦有因。曾與掖垣留故事，又來淮海伴詞臣。日燒紅艷排千朵，風遞清香滿四鄰。更愛緑頭弄金縷，異時相對掌絲綸。

滿院匀開似赤城，帝鄉齊點上元燈。感傷綸閣多情客，珍重維揚好事僧。酌處酒杯深蘸甲，拆來花朵細含稜。老郎爲郡辜朝寄，除却吟詩百不能。

暮春

索寞紅芳又一年，老郎空解惜春殘。纔聞鶯囀誇楊柳，已被蟬聲哭牡丹。壯志休磨三尺劍，白頭誰藉兩梁冠。酒樽何必勞人勸，且折餘花更盡歡。

贈呂通秘丞楚州監倉。

聞君公事苦喧卑，紅粟堆邊獨斂眉。已入朝行翻掌庾，未如畿尉且吟詩。君前任畿尉。堰頭笑傲同張祜，市裏優游比路隨。惟有才名藏不得，山陽留滯肯多時。

贈省欽師師善八分書，太宗召于殿上。書數行，得賜紫衣。

舊隱何年别翠微，瀑泉聲外鎖禪扉。御前曾寫八分字，天上曾宣三事衣。燈照夜寒霜後冷，鼎烹秋菌雨中肥。終歸五老峰邊去，杯渡長江一錫飛。

送宋澥處士之長安

轡笏盈門獨紹蘭，卧龍潛在八龍間。鴒原任説朝賢貴，鶴鼇惟稱處士閑。静按仙經燒大藥，狂挨僧壁畫遥山。老郎見説林歸計，分取圭峰並掩關。

贈狀元先輩孫僅

病中何事忽開顔，記得詩稱小狀元。予淳化辛卯歲，贈君詩云「明年再就堯階試，應被人呼小狀元」。粉壁乍懸龍虎榜，錦標終屬鶺鴒原。青雲隨步登花塔，紅雪飄衣醉御園。還有一條遺恨處，不教英俊在吾門。

贈浚儀朱學士

潘岳花陰覆杏壇，門生參謁絳紗寬。西垣久望神仙侶，北部休誇父母官。雨屐送僧莎逕滑，夜棋留客竹齋寒。何時儤直來相繼，三入承明興漸闌。

青猿

小僕如猿狖，貧家備指呼。未堪隨馬足，已慣典魚須。時洗塵侵硯，閒收雨滴圖。歸田如有計，留負酒胡蘆。

頃年謫官解梁收得令狐補闕毛詩音義其本乃會昌三年所寫數行殘闕後人添之其筆跡乃工部畢侍郎所補也昨因問之乃云亡失多年矣作四韻以還之

謫宦山州自訓童，因求書籍有遺逢。偶收毛鄭古《詩》義，認得歐虞舊筆蹤。南郡攜行心不足，此本自解梁徽廻，便合納上。尋值侍郎，入聖上幕府，不敢私謁，遂攜去滁、揚二州。西齋送去手親封。塵侵煙染尤堪重，年號標題歷武宗。

伏日偶作

移牀施簟就南軒，門掩閑坊半樹蟬。多病形容只有骨，食貧生計旋無錢。掖垣已忝年深直，朝謁終妨日晏眠。會解綸闈求郡印，早收餘俸卜歸田。

贈密直張諫議

先皇憂蜀輟樞臣，獨冒兵戈出劍門。萬里辭家堪下淚，四年歸闕似還魂。弟兄次序元投分，兒女親情又結婚。且喜相逢開口笑，甘陳功業不須論。

送第三人朱嚴先輩從事和州

貰船東下歷陽湖，榜眼科名釋褐初。賓職不憂無厚俸，郡齋惟喜有藏書。伴吟先買秋江鶴，醒酒時烹晚市魚。廉使多情應問我，爲言衰病似相如。

對雪示嘉祐

去年看雪在商州，使君命我山寺頭。峰巒草樹六百里，飢鼯凍鳥聲啾啾。山城窮陋無妓樂，何以銷得騷人愁！抱瓶自瀉不待勸，乘興一引連十甌。晚歸上馬頗自適，狂吟醉舞夜不休。今年看雪在帝里，瑤臺瓊樹佳氣浮。朝回攬轡聊四望，移下五城十二樓。樽中有酒翻不飲，鬱鬱不快非怨尤。吾兒嬌騃未曉事，問我胡不私獻酬。因令把筆寫我意，爲渠吟作雪中謳。昔爲副使不理事，待罪且免憂人憂。今爲諫官非冗長，拾遺三館俸八優。秋來連澍百日雨，禾黍飄溺多不收。如今行潦占南畝，農夫失望無來𪎰。爾看門外飢餓者，往往殭殕塡渠溝。䍐冠旅進又旅退，曾無一事裨皇猷！俸錢一月數家賦，朝衣一襲幾人裘。安邊不學趙充國，富民不作田千秋。胡爲碌碌事文筆，歌時頌聖如俳優。一家衣食仰在我，縱得飽暖如狗偷。况我眼昏頭漸白，安能隱几勤校讎。何時提汝歸田去，賣馬可易數隻牛。深耕淺種苟自給，藜羹豆粥充飢喉。黍畦鋤理學元亮，瓜田澆灌師秦侯。素飡免作疲人蠹，開卷免對古人羞。未行此志吾戚戚，對酒不飲抑有由。斯言不敢向人道，語爾小子爲貽謀。

送晁監丞赴婺州關市之役

關征市賦縻賢俊，誰愛此官爲吏隱？將作晁丞于役時，婺女星臨海邊郡。黄絹辭高位尚卑，白華行潔身猶困。會待時來即伻伸，也知道在終無悶。君不見，路隨含笑坐市中，屈身豈愧丹陽尹。又不見，張生狂醉戀揚州，冬瓜堰下甘肥遯。此行况是奉皇華，數丈輕舠載一家。擕瓶下岸買竹葉，挂席背風穿蓼花。霜晴震澤初嘗橘，泉過惠山應試茶。虎丘曉露靈隱雪，錢塘夜潮照湖月。密排詩景在途中，旋吟新句教兒童。漸近金華見隼旟，五馬來迎使者車。應知驥足暫拘絆，八詠樓開頻啓宴。醉中官妓乞歌詩，剡溪紙貴抄新詞。他年誰獻《子虚賦》，召入金門五雲路。因思元白在江東，不似晁丞今獨步。

還揚州許書記家集許渾孫進家集得官。

君不見，近代詩家流，胡爲蹇滯多窮愁？ 孟郊憔悴死逆旅，浪仙斥逐長江頭。 張生飄泊冬瓜堰，徒云輕薄萬户侯。 浩然無成鹿門去，李洞慟哭昭陵休。 生無風教興王化，死無勳爵貽孫謀。可憐詩道日已替，風騷委地何人收。 高陽許公精六義，獨向聖朝生後嗣。 因將先集進九重，高步金臺曳珠履。 祖德光輝聖主知，府尹賢明丞相子。時維揚權牧，即故中令薛相子。 廣陵郡大古九州，記室官清外三事。 遂令天下學詩人，徒羨君家窮四始。 我來迎侍遊江都，玳筵往往陪歡娛。 遂求家集恣吟諷，海波乾處堆珊瑚。 因思賈孟數家一何苦！ 詩鬼嗷嗷餒無主。 子孫淪没誰及君，閑倚紅蓮傾淥醑。 草檄餘閑好賦詩，莫放風情忝爾祖！

酬處才上人

我聞三代淳且質，誰人熙熙誰信佛。 茹蔬剃髮在西戎，梵法不敢干華風。 周家子孫胡不肖，奢淫惛亂隳王道。 秦皇漢帝又雜伯，亦以威刑取天下。 蒼生哀苦不自知，從此中國羨西陲。 無端更作金人夢，萬里迎來萬民重。 爲君爲相猶皈依，嗤嗤聾俗誰敢非。 若教却似周公時，生民豈肯顛披緇。 可憐嗷嗷避征役，半入金田不耕織。 君子之道動即窮，亦有賢達藏其中。 上人來自九華山，叩門遺我瓊瑶編。 錚錚五軸餘百篇，定交仍以書爲先。 書中不說經，文中不言佛。 有心直欲興文物，感師自遠來相親。 爲師畫卦成同人，出門無咎非羣分。 袈裟墨綬何足云！

和馮中允爐邊偶作

誰爲東君掌青律，故將春日連人日。春日雨絲暖融融，人日雪花寒慄慄。雨雪寒暖苦不同，可比交情去就中。仲咸擁爐發歌詠，古風激破澆漓風。人情離合古來有，召公初亦疑周公。汾陽臨淮本仇隙，一旦分兵若親戚。四公翻覆人不訊，各各操心爲邦國。此外譸張多爲己，反掌背面如千里。張耳陳餘不忍言，魏其武安何足齒！我愛中允君子心，心與人交淡如水。別有人間勢利徒，一去一就隨榮枯。西漢董賢方佞倖，孔光迎拜卑如奴。是時揚雄在東觀，投閣欲死無人扶。有唐力士夫人死，朝士執喪平聲如喪妣。是時李白放江邊，憔悴無人供酒錢。小人之性何所似，真如蜂蝶并螻蟻。尋香逐臭苟朝昏，豈願松篁與蘭茝。重君誓心一何極，澗底松兮陵上柏。澗松陵柏有朽時，我約君心無改易。

烏啄瘡驢詩

商山老烏何慘酷，喙長于釘利于鏃。拾蟲啄卵從爾爲，安得殘我負瘡畜。我從去歲謫商于，行李惟存一蹇驢。來登秦嶺又巉岩，爲我馱背百卷書。穿皮露脊痕連腹，半年治療將平復。老烏昨日忽下來，啄破舊瘡取新肉。驢號僕叫烏已飛，劃觜振毛坐吾屋。我驢我僕奈爾何，悔不挾彈更張羅。賴是商山多鷙鳥，便問鄰家借秋鶻。鐵爾拳兮鈎爾爪，折烏頸兮食烏腦。豈惟取爾飢腸飽，亦與瘡驢復仇了。

拍板謡

麻姑親採扶桑木，鏤脆排焦其數六。雙成捧立王母前，曾按瑶池白雲曲。幾時流落來人間，梨園部中齊管絃。管絃纔動我能應，知音審樂功何全。吴宫女兒手如筍，執向玳筵爲樂準。數聲慢仙人，展齒下雲棧。老狐臘月渡黄河，緩步輕輕踏冰片。數聲急空江，雹打漁翁笠。鮫人泣對水精盤，滿把珠璣連瀉入。劃然一聲送曲徹，由基射透七重札。金罍冷落閴無聞，隴頭凍把泉聲絶。律吕與我數自齊，絲竹望我爲宗師。總驅節奏在術内，歌舞之人無我欺。所以唐相牛僧孺，爲文命之爲樂句。

筵上狂詩送侍棋衣襖天使

昔事先皇叨近侍，北門西掖華清地。太宗多材復多藝，萬機餘暇翻棋勢。對面千里爲第一，獨飛天蛾爲第二。第三海底取明珠，三陣堂堂皆御製。中侍宣來示近臣，天機秘密通鬼神。乃知棋法同軍法，既戒貪心又嫌怯。惟宜静勝守封疆，不樂窮兵用戈甲。先皇三勢有深旨，豈獨一枰而已矣。當時受賜感君恩，藏于篋笥傳子孫。至道年中出滁上，失脚青雲空悵望。移典維揚日望還，軒轅鼎成飛上天！龍髯忽斷攀不得，舊朝衣上淚潺湲。吾皇曲念先朝物，徵歸再掌西垣筆。悲涼忽見紅藥開，哭臨空隨梓宫出。去年領郡得齊安，山州僻陋在江干。黄民誰識舊學士，白頭猶在老郎官。昨日江邊天使到，隨例霑恩着衣襖。皇華本是江南客，久侍先皇對棋弈。筵中偶説當年事，三勢分明皆記得。我從失職别上臺，御書深鎖不將來。遥想棋圖在私室，天香散盡空塵埃。今日因君聊話及，翻作停杯向隅泣！

人生不易逢聖朝，君恩未報雙鬢凋。金鑾殿花春灼灼，永熙陵樹夜蕭蕭。空嘆拖腸在泥土，不如舐鼎升烟霄。多病相如猶未死，追思往事欲魂消。星使今辰廻馬首，強對離筵滿傾酒。悲歌一曲從事書，唱與朝中舊知友。

還楊遂蜀中集

上玄茫昧胡爲乎，施設吾道生吾徒。否多泰少是天意，生有述作死不虛。聖人憂患方演《易》，賢者窮愁始著書。盡令富貴陷逸樂，蠢蠢戢戢如雞豬。泯然無物作時端，誰識鳳皇與騶虞。經史子集燦今古，粉繪帝道張皇謨。一言可採卽不朽，名姓張與日月俱。乃知大心厚我輩，窮辱不足形悲呼！夫君擢秀在江左，國小而逼何區區。科名始得值兵火，金陵坐見成丘墟。歸朝纔得一贊善，黜降重爲縣大夫。彰明僻遠在蜀道，又遇祆賊攻成都。徒行抱印入隴氏，乞食夷落何崎嶇。歸來朝責作主簿，朱衣暗淡鬢毛疏。昨朝投我蜀中作，錚然一集如瓊琚。杜甫悲竄吟不輟，庾信悲哀情有餘。我逢聖代自多難，謾誇三入承明廬。近令編綴《小畜集》，文筆詩賦何紛如？才名官職不兩立，真宰折刻分毫銖。郎官疏遠既未貴，縣吏禮數不足拘。相逢且說文章樂，爲君酌酒焚枯魚。

騎省集鈔

徐鉉，字鼎臣，會稽人。與弟鍇未弱冠以文行稱。仕南唐三主，歷官至吏部尚書右僕射。機命制誥，咸出其手。文章議論，與韓熙載齊名。宋問罪江南，請使見太祖乞存，辨論不屈，太祖亦嘉禮之。後隨後主歸宋，授太子率更令，改左散騎常侍，累封東海郡開國侯、檢校工部尚書。卒，年七十六。精於篆隸，修許氏《説文》，自撰《韻譜》。江南馮延巳曰：「凡人爲文，皆事奇語，不爾，則不足觀。惟徐公率意而成，自造精極。」詩冶衍遒麗，具元和風律，而無澳涩纖阿之習。初，嗣主以讒貶移饒州，適周世宗兵過淮，鉉即榜小舟歸昇州。賦詩有云：「一夜黄星照官渡，本初何面見田豐。」其伉直如此。大梁以後，氣稍衰恭矣。蓋情鬱爲聲，悽楚宛折，則難言之意多焉。

寒食宿陳公塘上

垂楊界官道，茅屋倚高坡。月下春塘水，風中牧豎歌。折花閑立久，對酒遠情多。今夜孤亭夢，悠揚奈爾何！

登甘露寺北望

京口潮來曲岸平，海門風起浪花生。人行沙上見日影，舟過江中聞櫓聲。芳草遠迷揚子渡，宿煙深映廣陵城。游人鄉思應如橘，相望須含兩地情。

京口江際弄水

退公求静獨臨川，揚子江南二月天。百尺翠屏甘露閣，數帆晴日海門船。波澄瀨石寒如玉，草接汀蘋緑似煙。安得乘槎更東去，十洲風外弄潺湲。

重遊木蘭亭

繚繞長堤帶碧潯，昔年遊此尚青衿。蘭橈破浪城陰直，玉勒穿花苑樹深。宦路塵埃成久别，仙家風景有誰尋。那知年長多情後，重憑欄干一獨吟。

送魏舍人仲甫爲蘄州判官

從事蘄春興自長，蘄人應識紫薇郎。山資足後抛名路，蒓菜秋來憶故鄉。以道卷舒猶自適，臨戎談笑固無妨。如聞郡閣吹横笛，時望青谿憶野王。

宿蔣帝廟明日遊山南諸寺

便返城闉尚未甘，更從山北到山南。花枝似雪春雖半，桂魄如眉日始三。松蓋遮門寒黯黯，柳絲妨路翠毵毵。登臨莫怪偏留戀，遊宦多年事事諳。

愛敬寺有老僧嘗遊長安言秦雍間事歷歷可聽因贈此詩兼示同行客

白首棲禪者，嘗談灞滻遊。能令過江客，偏起失鄉愁。室倚桃花嶂，門臨杜若洲。城中無此景，將子剩淹留。

和殷舍人蕭員外春雪

萬里春陰乍履端，廣庭風起玉塵乾。梅花嶺上連天白，蕙草階前特地寒。晴去便爲經歲別，興來何惜徹宵看。此時鴛侶皆閑暇，贈答詩成禁漏殘。

從兄龍武將軍歿于邊戍過舊營宅作

前年都尉没邊城，帳下何人領舊兵？徼外瘴煙沉鼓角，山前秋日照銘旌。笙歌却返烏衣巷，部曲皆還細柳營。今日園林過寒食，馬蹄猶擬入門行。

景陽臺懷古六言。

後主亡家不悔，江南異代長春。今日景陽臺上，閑人何用傷神！

寄駕部郎中贍。

賤子乖慵性，頻爲省直牽。交親每相見，多在相門前。君獨疏名路，爲郎過十年。炎風久成別，南望思悠然。

秋日雨中與蕭贊善訪殷舍人於翰林座中作

野出西垣步步遲，秋光如水雨如絲。銅龍樓下逢閑客，紅藥階前訪舊知。亂點乍滋承露處，碎聲因想滴蓬時。銀臺鎖入須歸去，不惜餘歡盡酒巵。

和明道人宿山寺

聞道經行處，山前與水陽。磬聲深小院，燈影迥高房。落宿依樓角，歸雲擁殿廊。羡師閑未得，早起逐班行。

晚歸

暑服道情出，煙街薄暮還。風清飄短袂，馬健弄連環。水靜聞歸櫓，霞明見遠山。過從本無事，從此涉旬間。

除夜

寒燈耿耿漏遲遲，送故迎新了不欺。往事併隨殘曆日，春風寧識舊容儀？預慚歲酒難先飲，更對鄉儺羡小兒。吟罷明朝贈知己，便須題作去年詩。

正初答鍾郎中見招

高齋遲景雪初晴，風拂喬枝待早鶯。南省郎官名籍籍，東鄰妓女字英英。流年倏忽成陳事，春物依稀有舊情。新歲相思自過訪，不煩虛左遠相迎。

江舍人宅筵上有妓唱和州韓舍人歌辭因以寄

良宵絲竹偶成歡，中有佳人俯翠鬟。白雪飄飄傳樂府，阮郎憔悴在人間。清風朗月長相憶，佩蕙紉蘭早晚還。深夜酒空筵欲散，向隅惆悵鬢堪斑。

寒食日作

厨冷煙初禁，門閑日更斜。東風不好事，吹落滿庭花。過社紛紛燕，新晴淡淡霞。京都盛遊觀，誰訪子雲家？

賀殷游二舍人入翰林江給事拜中丞

清晨待漏獨徘徊，霄漢懸心不易裁。閣老深嚴歸翰苑，夕郎威望拜霜臺。青綾對覆蓬壺晚，赤棒前驅道路開。猶有西垣廳記在，莫忘同草紫泥來。

送歐陽太監遊廬山

家家門外廬山路，唯有夫君乞假遊。案牘乍抛公署晚，林泉已近洞天秋。海潮盡處逢陶石，江月圓時上庾樓。此去蕭然好長往，人間何事不悠悠！

秋日廬龍村舍

置却人間事，閑從野老遊。樹聲村店晚，草色古城秋。獨鳥飛天外，閑雲度隴頭。姓名君莫問，山木與虛舟。

和蕭郎中小雪日作

征西府裏日西斜，獨試新爐自煮茶。籬菊盡來低覆水，塞鴻飛去遠連霞。寂寥小雪閑中過，斑駁輕霜鬢上加。算得流年無奈處，莫將詩句祝蒼華。

中書相公谿亭閑宴依韻李建勳。

雨霽秋光晚，亭虛野興迴。沙鷗掠岸去，溪水上階來。客傲風欹幘，筵香菊在杯。東山長許醉，何事憶天台？

寄饒州王郎中效李白體

珍重王光嗣，交情尚在不？蕪城連宅住，楚塞並車游。別後官三改，年來歲六周。銀鉤無一字，何以緩離愁。

寄歙州吕判官

任公郡占好山川，谿水縈迴路屈盤。南國自來推勝境，故人此地作郎官。風光適意須留戀，禄秩資貧且喜歡。莫憶班行重迴首，是非多處是長安。

宣威苗將軍貶官後重經故宅

蔣山南望近西坊，亭館依然鎖院牆。天子未嘗過細柳，將軍尋已戍燉煌。史萬歲嘗謫戍燉煌。欹傾怪石山無色，零落圓荷水不香。爲將爲儒皆寂寞，門前愁殺馬中郎。

附池州薛郎中書因寄歙州張員外

新安從事舊臺郎，直氣多才不可忘。一旦江山馳別夢，幾年簪紱共周行。歧分出處何方是？情共窮通此義長。因附鄰州寄消息，接輿今日信爲狂。

寄江都路員外

吾兄失意在東都，聞説襟懷任所如。已縱乖慵爲傲吏，有何關鍵制豪胥。縣齋曉閉多移病，南畝秋荒憶遂初。知道故人相憶否，嵇康不得懶修書。

送應之道人歸江西

曾騎竹馬傍洪崖，二十餘年變物華。客夢等閒過驛閣，歸帆遥羨指龍沙。名題小篆矜垂露，詩作吴吟對綺霞。歲暮定知迴未得，信來憑爲寄梅花。

臨石步港

碕岸墮紫帶，微風起細漣。緑陰三月後，倒影亂峰前。吹浪游鱗小，黏苔碎石圓。會將腰下組，換取釣魚船。

病題二首

性靈慵懶百無能，唯被朝參遣夙興。聖主優容恩未答，丹經疏闊病相陵。脾傷對客偏愁酒，眼暗看書每愧燈。進與時乖不知退，可憐身計謾騰騰。

人間多事本難論，況是人間懶慢人。不解養生何怪病，已能知命敢辭貧！向空咄咄煩書字，舉世滔滔莫問津。金馬門前君識否？東方曼倩是前身。

寄江州蕭給事

夕郎憂國不憂身，今向天涯作逐臣。魂夢暗馳龍闕曙，嘯吟閑繞虎谿春。朝車載酒過山寺，諫紙題詩寄野人。惆悵儒夫何足道！自離羣後已同塵。

和江州江中丞見寄

賈傅南遷久，江關道路遥。北來空見雁，西去不如潮。鼠穴依城社，鴻飛在泬寥。高低各有處，不擬更相招。

和鍾郎中送朱先輩還京垂寄

分司洗馬無人問，詞客殷勤輟棹過。蒼蘚滿庭行徑小，高梧臨檻雨聲多。春愁盡付千杯酒，鄉思遥聞一曲歌。且共勝遊消永日，西岡風物近如何？

送郝郎中爲浙西判官

大藩從事本優賢，幕府仍當北固前。花繞樓臺山倚郭，寺臨江海水連天。恐君到即忘歸日，憶我遊曾歷二年。若許他時作閑伴，殷勤爲買釣魚船。

陪王庶子遊後湖涵虚閣東宫園。

懸圃清虚乍過秋，看山尋水上兹樓。輕鷗的的飛難没，紅葉紛紛晚更稠。風卷微雲分遠岫，浪摇晴日照中州。躋攀况有承華客，如在南皮奉勝遊。

柳枝辭十二首

把酒憑君唱《柳枝》，也從絲管遞相隨。逢春只合朝朝醉，記取秋風落葉時。

南園日暮起春風，吹散楊花雪滿空。不惜楊花飛也得，愁君老盡臉邊紅。

陌上朱門柳映花，簾鉤半捲緑陰斜。憑郎暫駐青驄馬，此是錢塘小小家。

夾岸朱欄柳映樓，緑波平幔帶花流。歌聲不出長條密，忽地風回見綵舟。

老大逢春總恨春，緑楊陰裏最愁人。舊遊一别無因見，嫩葉如眉處處新。

濛濛堤岸柳含煙，疑是陽和二月天。醉裏不知時節改，漫隨兒女打鞦韆。

水閣春來乍減寒，曉粧初罷倚欄干。長條亂拂春波動，不許佳人照影看。

柳岸煙昏醉裏歸，不知深處有芳菲。重來已見花飄盡，惟有黄鶯囀樹飛。

此去仙源不是遥，垂楊深處有朱橋。共君同過朱橋去，密映垂楊聽洞簫。

暫别揚州十度春，不知光景屬何人。一帆歸客千條柳，腸斷東風揚子津。

仙樂春來按舞腰，清聲偏似傍嬌嬈。應緣鶯舌多情賴，長向雙成説翠條。

鳳笙臨檻不能吹，舞袖當筵亦自疑。唯有美人多意緒，解衣芳態畫雙眉。

貶官泰州出城作

浮名浮利信悠悠，四海干戈痛主憂。三諫不從爲逐客，一身無累似虚舟。滿朝權貴皆曾忤，繞郭林泉已偏遊。惟有戀恩終不改，半程猶自望城樓。

過江

別路知何極，離腸有所思。登艫望城遠，摇櫓過江遲。斷岸煙中失，長天水際垂。此心非橘柚，不爲兩鄉移。

贈維揚故人

東京少長認維桑，書劍誰教入帝鄉。一事無成空放逐，故人相見重淒涼。樓臺寂寞官河晚，人物稀疏驛路長。莫怪臨風惆悵久，十年春色憶維揚。

泰州道中却寄東京故人

風緊雨淒淒，川迴岸漸低。吴州林外近，隋苑霧中迷。聚散紛如此，悲歡豈易齊！料君殘酒醒，還聽子規啼。

得浙西郝判官書未及報聞燕王移鎮京口因寄此詩問方判官田書記消息

秋風海上久離居，曾得劉公一紙書。淡水心情長若此，銀鈎蹤跡更無如。嘗憂座側飛鴞鳥，未暇江中覓鯉魚。今日京吴建朱邸，問君誰共曳長裾？

王三十七自京垂訪作此送之

失鄉遷客在天涯，門掩苔垣向水斜。只就鱗鴻求遠信，敢言車馬訪貧家。烟生柳岸將垂縷，雪壓梅園半是花。惆悵明朝樽酒散，夢魂相送到京華。

寒食成判官垂訪因贈

常年寒食在京華，今歲清明在海涯。遠巷蹋歌深夜月，隔牆吹管數枝花。鴛鸞得路音塵濶，鴻雁分飛道里賒。不是多情成二十，斷無人解訪貧家。

送客至城西望圖山因寄浙西府中

牧叟鄒生笑語同，莫嗟江上聽秋風。君看逐客思鄉處，猶在圖山更向東。

九日雨中

茱萸房重雨霏微，去國逢秋此恨稀。目極暫登臺上望，心遥長向夢中歸。荃蘼路遠愁霜早，兄弟鄉遥羡雁飛。唯有多情一枝菊，滿杯顔色自依依。

寄外甥苗武仲

放逐今來瘴海邊，親情多在鳳臺前。且將聚散爲閑事，須信華枯是偶然。蟬噪疏林村倚郭，鳥飛殘照水連天。此中惟欠韓康伯，共對秋風詠數篇。

寄從兄憲兼示二弟

別路吳將楚，離憂弟與兄。斷雲驚晚吹，秋色滿孤城。信遠鴻初下，鄉遥月共明。一枝棲未穩，回首望三京。

附書與鍾郎中因寄京妓越賓

暮春橋海陵橋名。下手封書，寄向江南問越姑。不道諸郎少歡笑，經年相別憶儂無？

亞元舍人不替深知猥貽佳作三篇清絶不敢輕酬因爲長歌聊以爲報未竟復得子喬校書示問故兼寄陳君庶資一笑耳

海陵城裏春正月，海畔朝陽照殘雪。城中有客獨登樓，遥望天邊白銀闕。天帝以黄金、白銀爲宫闕。白雲下何英英，雕鞍繡轂趨承明。閶門曉闢旌旗影，玉墀風細佩環聲。此處追飛皆俊彦，當年何事容疵賤？懷鉛晝坐紫薇宫，焚香夜直明光殿。王言簡静官司閑，朋好殷勤多往還。新亭風景如東洛，邱嶺林泉似北山。光陰暗度盃盂裏，職業未妨談笑間。有時邀賓復攜妓，造門不問都非是。酣歌叫笑驚四隣，賦筆縱横動千字。任他銀箭轉更籌，不怕金吾司夜吏。可憐諸貴賢且才，時情物望兩無猜。伊余獨稟狂狷性，褊量多言仍薄命。吞舟可漏豈無恩，負乘自貽非不幸。一朝削跡爲遷客，旦暮青雲千里隔。離鴻別鴈各分飛，折柳攀花兩無色。盧龍渡口問迷津，瓜步山前送暮春。去年三月三十日瓜步阻風。白沙江上曾行路，青林花落何紛紛！漢皇昔幸回中道，昇元中扈駕東游之路。極目牛羊卧芳草。舊宅重游盡隙荒，故人相見多衰老。禪智寺，山光橋，風瑟瑟兮雨蕭蕭。行杯已醒殘夢斷，征途未極離魂消。海陵郡中陶太守，相逢本是隨行舊。乍申拜起已開眉，却問辛勤還執手。精廬水榭最清幽，一税征車聊駐留。閉門思過謝來客，知恩省分寬離憂。郡齋勝境有後池，山亭菌閣互參差。有時虛左來相召，舉白飛觴任所爲。多才太守能撾鼓，醉送金船問歌舞。酒酣耳熱眼生花，暫似京華歡會處。歸來旅館還端居，清風朗月夜窗虛。駸駸流景歲云暮，天涯望斷故人書。春來憑檻方歎息，仰頭忽見南來翼。足繫紅牋墮我前，引頸長鳴如有言。開緘試讀相思字，乃是多情喬亞元。短韻三篇皆麗絶，小梅寄意情偏切。亞元詩云：「借問小梅應得信，春風新自海邊來。」此篇尤嘉。金蘭投分一何堅，銀鈎置袖終難滅。醉後狂言何足奇，感君知己不相遺。長卿曾作美人賦，玄成今有責躬詩。鉉去春醉中贈醉妓長歌，酷爲喬君所賞。來篇所引，故以謝之。報章欲託還京信，筆拙紙窮情未盡。珍重芸香陳子喬，亦解貽書遠相問。寧須買藥療羈愁，只恨無書消鄙吝。子喬問藥物所要，又問置書，故有此句。游處當時靡不同，歡娱今日兩成空。天子尚應憐賈誼，時人未要嘲揚雄。曲終筆閣緘封已，翩翩驛騎行塵起。寄向中朝謝故人，爲說相思意如此。

送蒯司録歸京

早年聞有蒯先生，二十餘年道不行。抵掌曾論天下事，折腰猶悟俗人情。老還上國歡娱少，貧聚歸貲結束輕。遷客臨流倍惆悵，冷風黄葉滿山城。

還過東都留守周公筵上贈座客

賈生三載在長沙，故友相思道路賒。已分中年甘寂寞，豈知今日返京華。麟符上相恩偏厚，隋苑留歡日欲斜。明旦江頭倍惆悵，遠山芳草映殘霞。

送楊郎中唐員外奉使湖南

江邊微雨柳條新，握節含香二使臣。兩綬對懸雲夢日，方舟齊泛洞庭春。今朝草木逢新曆，昨日山川滿戰塵。同是多情懷古客，不妨爲賦弔靈均。

和表弟包穎見寄

平生中表最情親，浮世那堪聚散頻。謝朓却令歸省閣，劉楨猶自卧漳濱。舊遊半似前生事，要路多逢後進人。且喜新吟報强健，明年相望杏園春。

使浙西先寄燕王侍中

京江風静喜乘流，極目遥瞻萬歲樓。喜氣龍葱甘露晚，水煙波淡海門秋。五年不見鸞臺長，明日將陪兔苑遊。欲問平津門下吏，相君還許吐茵不？

驛中七夕

七夕雨初霽，行人正憶家。江天望河漢，水館折蓮花。獨坐涼何甚，微吟月易斜。今年不乞巧，鈍拙轉堪嗟。

贈浙西顧推官

盛府賓寮八十餘，閉門高卧興無如。梁王苑裏相逢早，潤浦城中得信疏。狼藉盃盤重會面，風流才調一如初。顧君百歲猶强健，他日相尋隱士廬。

邵伯埭下寄高郵陳郎中

故人相别動經年，候館相逢倍慘然。顧我飲冰難輟棹，感君扶病爲開筵。河灣水淺翹秋鷺，柳岸風微噪暮蟬。欲識酒醒魂斷處，謝公祠畔客亭前。

謫居舒州累得韓高二舍人書作此寄之

三峰煙靄碧臨谿，中有騷人理釣絲。會友少于分袂日，謫居多却在朝時。丹心歷歷吾終信，俗慮悠悠爾不知。珍重韓君與高子，殷勤書札寄相思。舒人以灊、晥、天柱爲三峰。

和張先輩見寄二首

去國離羣擲歲華，病容憔悴愧丹砂。谿連舍下衣長潤，山帶城邊日易斜。幾處垂釣依野岸，有時披褐到鄰家。故人書札頻相慰，誰道西京道路賒。

清時淪放在山州，邛杖紗巾處處遊。野日蒼茫悲鵩舍，水風陰濕弊貂裘。雞鳴候旦寧辭晦，松節凌霜幾換秋。兩首新詩千里道，感君情分獨知丘。

印秀才至舒州見尋別後寄詩依韻和

羈游白社身雖屈，高步詞場道不卑。投分共爲知我者，相尋多愧謫居時。離懷耿耿年來夢，厚意勤勤別後詩。今日谿邊正相憶，雪晴山秀柳絲垂。

送彭秀才

賈生去國已三年，短褐閑行皖水邊。盡日野雲生舍下，有時京信到門前。無人與和投湘賦，愧子來浮訪戴船。滿袖新詩好回去，莫隨騷客醉林泉！

移饒州別周使君

正憐東道感賢侯，何幸南冠脫楚囚。皖伯臺前收別宴，喬公亭下艤行舟。四年去國身將老，百郡徵兵主尚憂。更向鄱陽湖上去，青衫憔悴淚交流。

避難東歸依韻和黄秀才見寄

慼慼逢人問所之，東流相送向京畿。自甘逐客紉蘭佩，不料平民著戰衣。樹帶荒村春冷落，江澄霽色霧霏微。時危道喪無才術，空首徘徊不忍歸。

酬郭先輩

太原郭夫子，行高文炳蔚。弱齡負世譽，一舉游月窟。仙籍第三人，時人故稱屈。昔余吏西省，傾蓋名籍籍。及我竄羣舒，向風心鬱鬱。歸來暮江上，雲霧一披拂。雷雨不下施，猶作池中物。念君介然氣，感時思奮發。示我數篇文，與我争馳突。綵褥粲英華，理深剖肌骨。古詩尤精奥，史論皆宏拔。舉此措諸民，何憂民不活。吁嗟吾道薄，與世長迂濶。顧我徒有心，數奇身正絀。論兵屬少年，經國須儒術。夫子無自輕，蒼生正愁疾。

和集賢鍾郎中

石渠册府神仙署，當用明朝第一人。腰下别懸新印綬，座中皆是故交親。龍池樹色供清景，浴殿香風接近鄰。從此翻飛應更遠，徧尋三十六天春。

送黄梅江明府江前爲江夏令，有善政。今更宰小邑，賦詩留别，作此和之。

封疆多難正經綸，臺閣如何不用君？江上又勞爲小邑，篋中徒自有雄文。書生膽氣人誰信，遠俗歌謡主不聞。一首新詩無限意，再三吟詠向秋旻。

和蕭郎中午日見寄

細雨輕風采藥時，褰簾隱几更何爲。豈知澤畔紉蘭客，來赴城中角黍期。多罪靜思如剉檗，赦書纔聽似含飴。謝公制勝常閑暇，願接西州敵手碁。

送黃秀才姑熟辟命

世亂離情苦，家貧色養難。水雲孤棹去，風雨暮春寒。幕府才方急　騷人淚未乾。何時王道泰，萬里看鵬摶。

送王四十五歸東都

海內兵方起，離筵淚易垂。憐君負米去，惜此落花時。想憶看來信，相寬指後期。殷勤手中柳，此是向南枝。

夢游三首

魂夢悠揚不奈何，夜來還在故人家。香濛蠟燭時時暗，户映屏風故故斜。檀的慢調銀字管，雲鬟低綴折枝花。天明又作人間別，洞口春深道路賒。

繡幌銀屏杳靄間，若非魂夢到應難。窗前人靜偏宜夜，户內春濃不識寒。蘸甲遞觴纖似玉，含詞忍笑膩於檀。錦書若要知名字，滿縣花開不姓潘。

南國佳人字玉兒，芙蓉雙臉遠山眉。仙郎有約長相憶，阿母無猜不得知。夢裹行雲還倏忽，暗中攜手乍疑遲。因思別後閑窗下，織得迴文幾首詩？

和翰長聞西樞副翰鄰居夜晏

開筵別有鄰居興，卜夜應憐禁漏長。舊友不期争命駕，新姬憑寵剩傳觴。香煙結霧籠金鴨，燭焰成花照杏梁。京邑衣冠多勝賞，鱸魚争敢道思鄉！

和清源太保寄湖州潘郎中

老大離羣一倍愁，谿山風物且淹留。醞成春酒誰斟酌，抄得新書自校讎。莫似牧之矜曠達，須教子重讓風流。恩門舊忿知難忘，題取新詩上郡樓。

送蒯員外東遊舊治

百歲猶强健，知君即地仙。孤飛下華表，太息問桑田。故吏今誰在，高名昔共傳。伊余亦遺老，相送一潸然。

送王監丞之歷陽

歎息曾遊處，江邊故郡城。青襟空皓首，往事似前生。緑綬君重綰，華簪我尚榮。年衰俱近道，莫話別離情。

奉和武功學士舍人寄贈文懿大師

舊國荒涼成黍稷，故交危脆似琉璃。高人獨喜湯師在，手把新文數道碑。文似春花鋪曉陌，思如泉涌注長江。詩情道性知無夢，頻見殘燈照曙窗。已潔心源起世表，却緣詩句有時名。初聞行業如耆宿，及見容顏是後生。

和錢祕監與邊諫議南宮同直贈答

筵上詩題共筆牀，罇前酒興話高陽。心清自覺官曹簡，院静先知節候涼。南國少年推貴重，東堂前輩讓賢良。好看雙鳳追飛處，胡粉新塗紫界牆。

送周郎中還司

憶在廬山始識君，當時唯擬共眠雲。那知身計關前定，却向人間逐世紛。紫閣峰前欣欲往，銀臺門裏歎離羣。青囊舊有登真訣，莫遣閑人取次聞。

送高先輩南歸

鄉國悲前事，風光屬後生。名從天上得，身入故都行。草色初裁綬，鵬飛不算程。自憐枯朽思，相送剩含情。

送曾秀才

塗水神仙宅，仙山夾縣樓。吾孫好詩句，歸詠故鄉秋。紫竹遮書幌，紅蕉拂釣舟。東堂有平路，莫謁外諸侯。

寄玉笥山沈道士

珍重江南沈鍊師，未曾相識久相思。已全真氣能從俗，不墜家風善賦詩。玉笥共遊知早晚，金貂回顧覺喧卑。多慚書札遥相問，更望刀圭換白髭。

和蕭少卿見慶新居

湘浦懷沙已不疑，京城賜第豈前期。鼓聲到晚知坊遠，山色來多與静宜。簪履尚應憐故物，稻粱空自愧華池。新詩問我偏饒思，還念鷦鷯得一枝。

又和

驚蓬偶駐知多幸，斷鴈重聯慊素期。當户小山如舊識，上牆幽蘚最相宜。清風不去因栽竹，隙地無多也鑿池。更喜良鄰有佳樹，緑陰分得近南枝。

送彭秀才南遊

問君孤棹去何之，玉笥春風楚水西。山上斷雲分翠靄，林間晴雪入澄溪。琴心酒趣神相會，道士仙童手共攜。他日時清更隨計，莫如劉阮洞中迷。

和明上人除夜見寄

酌酒圍爐久，愁襟默自增。長年逢歲暮，多病見兵興。夜色開庭燎，寒威入硯冰。湯師無別念，吟坐一燈凝。

送從兄赴臨川幕

梁王藉寵就東藩，還召鄒枚坐兔園。今日好論天下事，昔年曾受主人恩。石頭城下春潮滿，金柅亭邊綠樹繁。唯有音書慰離別，一杯相送別無言。

送陳先生之洪并寄蕭少卿

聞君仙袂指洪崖，我憶情人別路賒。知有歡娛遊楚澤，更無書札到京華。雲開翠閣連江靜，春滿西山倚漢斜。此處相逢應見問，爲言搔首望龍沙。

送龔明府九江歸寧

茂宰騶官去，扁舟著綵衣。湓城春酒熟，廬阜野花稀。解纜垂楊緑，開帆宿鷺飛。一朝吾道泰，還逐落潮歸。

和江西蕭少卿見寄二首

亡羊歧路愧司南，二紀窮通聚散三。老去何妨從笑傲，病來看欲懶朝參。離腸似線常憂斷，世態如湯不可探。珍重加餐省思慮，時時斟酒壓山嵐。

身遥上國三千里，名在朝中二十春。金印不須辭入幕，麻衣曾此歎迷津。卷舒由我真齊物，憂喜忘心即養神。世路風波自翻覆，虛舟無計得沉淪。

晚憩白鶴廟寄句容張少府

日入林初静，山空暑更寒。泉鳴細巖竇，鶴唳眇雲端。拂榻安棊局，焚香戴道冠。望君殊不見，終夕凴欄干。

題紫陽觀

南朝名士富仙才，追步東鄉遂不迴。丹井自深桐暗老，祠宮長在鶴頻來。巖邊桂樹攀仍倚，洞口桃花落復開。惆悵霓裳太平事，一函真跡鎖昭臺。

贈奚道士名含象。

先生曾有洞天期，猶傍天壇摘紫芝。處世自能心混沌，全真誰見德支離？玉霄塵閉人長在，金鼎功成俗未知。他日飇輪謁茅許，願同雞犬去相隨。

題白鶴廟

平生心事向玄關，一入仙鄉似舊山。白鶴唳空晴眇眇，丹砂流澗暮潺潺。嘗嗟多病嫌中藥，擬問真經乞小還。滿洞煙霞互陵亂，何峰臺榭是蕭閑。

奉和七夕應令

今宵星漢共晶光，應笑羅敷嫁侍郎。斗柄易傾離恨促，河流不盡後期長。靜聞天籟疑鳴佩，醉折荷花想艷粧。誰見宣猷堂上宴，一篇清韻振金鐺。

又和八日

微雲疏雨淡新秋，曉夢依稀十二樓。故作別離應有以，擬延更漏共無由。那教人世長多恨，未必天仙不解愁。博望苑中殘酒醒，香風佳氣獨遲留。

和印先輩及第後獻座主朱舍人郊居之作

成名郊外掩柴扉，樹影蟬聲共息機。積雨暗封青蘚徑，好風輕透白疏衣。《嘉魚》始賦人争誦，荆玉頻收國自肥。獨坐公廳正煩暑，喜吟新詠見玄微。印以《南有嘉魚賦》及第。

和致仕張尚書新創道院

梓澤成新致，金丹有舊情。挂冠朝睡足，隱几暮江清。藥圃分輕緑，松窗起細聲。養高寧厭病，默坐對諸生。尚書時有瘠疾。

和尉遲贊善秋暮僻居

登高節物最堪憐，小嶺疏林對檻前。輕吹斷時雲縹緲，夕陽明處水澄鮮。江城秋早催寒事，望苑朝稀足晏眠。庭有菊花樽有酒，若方陶令愧猶賢。

陪鄭王相公賦簷前垂冰應教依韻

窗外虚明雪乍晴，簷前垂霤盡成冰。長廊瓦疊行行密，晚院風高寸寸增。玉指乍拈饗尚愧，金階時墜磬難勝。晨餐堪醒曹參酒，自恨空腸病不能。

和尉遲贊善病中見寄

仙郎移病暑天過，却似冥鴻避罻羅。晝夢乍驚風動竹，夜吟時覺露霑莎。情親稍喜貧居近，性懶猶嫌上直多。望苑恩深期勿藥，青雲歧路未蹉跎。

池州陳使君見示遊齊山詩因寄

往歲曾遊弄水亭，齊峰濃翠暮軒横。哀猿出檻心雖喜，傷鳥聞弦勢易驚。病後簪纓殊寡興，老來泉石倍關情。今朝池口風波静，遥賀山前有頌聲。

再領制誥和王明府見賀

蹇步還依列宿邊，拱辰重認舊雲天。自嗟多難飄零困，不似當年膽氣全。雞樹晚花疏向日，龍池輕浪細含煙。從來不解爲身計，一葉悠悠任大川。

和方泰州見寄

逐客悽悽重入京，舊愁新恨兩難勝。雲收楚塞千山雪，風結秦淮一尺冰。置醴筵空情豈盡？投湘文就思如凝。更殘月落如孤坐，遥望船窗一點星。

奉使九華山中塗遇青陽薛郎中

故人相别動相思，此地相逢豈素期。九子峰前閑未得，五谿橋上坐多時。甘泉從幸余知忝，宣室徵還子未遲。且飲一杯消别恨，野花風起便離披。

南都遇前嘉魚劉令言遊閩嶺作此與之

我持使節經韶石，君作閑遊過武夷。兩地山光成獨賞，隔年鄉思暗相知。洪涯壇上長岑寂，孺子亭前自別離。珍重分歧一杯酒，强加餐飯數吟詩。

盧陵別朱觀先輩

桂籍知名有幾人，翻飛相續上青雲。解憐才子寧唯我，遠作卑官尚見君。嶺外獨持嚴助節，宮中誰薦長卿文？新詩試爲重高詠，朝漢臺前不可聞。

文彧少卿文山郎中交好深至二紀已餘睽別數年二子長逝奉使嶺南塗次南康弔孫氏之孤于其家睹文彧手書於僧舍慷慨悲歌留題此詩

孫家虛座弔諸孤，張叟僧房見手書。二紀歡遊今若此，滿衣零淚欲何如？腰間金印從如斗，鏡裏霜華已滿梳。珍重遠公應笑我，塵心唯此未能除。

奉和右省僕射西亭高卧作

院静蒼苔積，庭幽怪石欹。蟬聲當檻急，虹影向簷垂。晝漏猶憐永，叢蘭未覺衰。疏篁巢翡翠，折葦覆鸕鷀。對酒襟懷曠，圍碁旨趣遲。景皆隨所尚，物各遂其宜。道與時相會，才非世所羈。賦詩貽坐客，秋事爾何悲？

柳枝詞十首座中應制。

金馬辭臣賦小詩，梨園弟子唱新詞。君恩還似東風意，先入靈和蜀柳枝。

百草千花共待春，綠楊顏色最驚人。天邊雨露年年在，上苑芳華歲歲新。

長愛龍池二月時，毿毿金線弄春姿。假饒葉落枝空後，更有梨園笛裏吹。

綠水成文柳帶搖，東風初到不鳴條。龍舟欲過偏留戀，萬縷輕絲拂御橋。

百尺長條流麴塵，詩題不盡畫難真。憑君折向人間種，還似君恩處處春。

風暖雲開晚照明，翠條深映鳳凰城。人間欲識靈和態，聽取新詞玉管聲。

醉折垂楊唱柳枝，金城三月走金羈。年年爲愛新條好，不覺蒼華也似絲。

新春花柳競芳姿，偏愛垂楊拂地枝。天子偏教詞客賦，宮中要唱洞簫詞。

凝碧池頭蘸翠漣，鳳凰樓畔簇晴煙。新詞欲詠知難詠，說與雙成入管絃。

侍從甘泉與未央，移舟偏要近垂楊。櫻桃未綻梅花老，折得柔條百尺長。

九日落星山登高

秋暮天高稻穗成，落星山上會諸賓。黃花泛酒依流俗，白髮滿頭思故人。巖影晚看雲出岫，湖光遙見客垂綸。風煙不改年長度，終待林泉老此身。

十日和張少監

重陽高會古平臺，吟徧秋光始下來。黄菊後期香未减，新詩捧得眼還開。每因佳節知身老，却憶前歡似夢回。且喜清時屢行樂，是非名利盡悠哉。

陳侍郎宅觀花燭

今夜銀河萬里秋，人言織女嫁牽牛。珮聲寥亮和金奏，燭影熒煌映玉鉤。座客亦從天子賜，更籌須爲主人留。世間盛事君知否，朝下鸞臺夕鳳樓。

送蕭尚書致仕歸廬陵

江海分飛二十春，重論前事不堪聞。主憂臣辱誰非我，曲突徙薪唯有君。金紫滿身皆外物，雪霜垂領更離羣。鶴歸華表望不盡，玉筍山頭多白雲。

和鍾太監泛舟同遊見示

潮溝横趣北山阿，一月三遊未是多。老去交親難暫捨，閑中滋味更無過。谿橋樹映行人渡，村徑風飄牧豎歌。孤棹亂流偏有興，滿川晴日弄微波。

又和遊光睦院

寺門山水際，清淺照孱顏。客櫂晚維岸，僧房猶掩關。日華穿竹静，雲影過階閑。箕踞一長嘯，忘懷物我閒。

送陳秘監歸泉州

風滿潮溝木葉飛，水邊行客駐驂騑。三朝恩澤馮唐老，萬里鄉關賀監歸。世路窮通前事遠，半生談笑此心違。離歌不識高堂慶，特地令人淚滿衣。

又聽霓裳羽衣曲送陳君

清商一曲遠人行，桃葉津頭月正明。此是開元太平曲，莫教偏作別離聲！

安陽集鈔

韓琦，字稚圭，相州安陽人。弱冠舉進士，名在第二。方唱名，太史奏日下五色雲見。累官至右僕射、侍中，歷儀、衞、魏三國公。出備兩鎮，輔三朝，立二帝，決大策，安社稷，制西夏，出入將相。事具史傳，不載。卒年六十八。大星隕於治所，櫪馬皆驚。單贈尚書令，謚忠獻。詩率臆得之，而意思深長，有鍛鍊所不及。理趣流露，皆賢相識度。其題劉御藥畫册語云：「觀畫之術，維逼真而已。得真之全者絶也，得多者上也，非真卽下矣。」人謂此術不獨觀畫，卽可觀人物。竊謂惟詩亦然。魏公勳業彪炳，直無暇于筆墨争長，然語窺閫奧。無它，此道得也。

夜合

俗人之愛花，重色不重香。吾今得真賞，以矯時之常。所愛夜合者，清芬踰衆芳。葉葉自相對，開斂隨陰陽。不惭歷草滋，獨擅堯階祥。得此合歡名，憂忿誠可忘！茸茸紅白姿，百和從風颺。沉水燎庭檻，薰陸紛纓裳。彌月固未歇，況兹夏景長。凡目不我貴，馥烈徒自將。仲尼失滅明，史遷疑子房。以貌不以行，舉世同悲傷！予欲先馨德，羣艷孰可方？直饒妖牡丹，須讓花中王。

蜂蠆

事小不可忽，義或戒蜂蠆。蜂蠆之中人，始意脱己害。人兮怒一蟲，爲報速睚眦。白晝擿危巢，夜獨窮纖介。必獲而後已，立死已爲快。彼誠蓄微毒，謂己有所賴。失於小不忍，而自取糜壞。吁嗟陰巧徒，毒邁蜂蠆大。包潛中善良，斷腕未足駭。小或一身危，甚則家族逮。淵微如鬼神，無隙可漏敗。君子被戕賊，守道不爲怪。有時醜迹露，事或無可奈。一旦吾道行，乃置之度外。使其自愧縮，似不容覆載。非力不足較，顧有盛德在。陰巧既常幸，蜂蠆胡不貸。

啄木

剥剥復卜卜，意若念良木。營營求蠹心，未獲空我腹。或露一襦紅，或展雙翅緑。捷緣都盧橦，響弄羯鼓曲。搜索不知疲，利觜信摧禿。忽爾破姦穴，種類無遺族。内孽固難辨，一發知潛伏。彼實害珍材，盡殄此非酷。直疑天意深，不使嗜粱肉。專爲衆蠹仇，待飫弗與足。如令知庶味，恣擇蟲與粟。杞梓任陰賊，長喙罷攻觸。飽食作羣飛，時下泉沼浴。歸鳴涼樹陰，暮趁高枝宿。

來鳳

來鳳趨社期，翩若天外至。徘徊大厦間，汲汲營巢意。中心有所託，自謂得其地。銜泥兩吻瘡，旦暮不少憩。主人愛高堂，病爾如疣贅。爾巢屢膚寸，長挺輒摧墜。胡爲不識嫌，又續前功棄。何處無蓬茅，自足爲生計。不爾卵而覆，其禍愈非細。予既傷爾愚，竊復抑爾志。孜孜不忍去，欲動主人義。萬一憐其勤，庶獲息我類。巨棟既不撓，出處安且貴。其能無報乎？唯守信無貳。年年應候來，馴狎如兒稚。雙雙軒户前，爲君作嘉致。不學君家客，去就惟勢利。微羽一知歸，至死不他詣。

答孫植太博後園宴射

花梢點紅牙緑茁，宴亭爽塏堋雲列。呼賓習射次序升，體裁人人矜勇捏。六鈞力副百中藝，由基注目老羿拽。支左屈右何太工，象弭急收如列缺。須臾一鏑人鵠心，畫鼓連轟盡聲喝。後者審固意愈精，有時大呼劈箭筈。惜哉最是毫釐差，彩侯似動笴微撇。分明角勝各記暈，將終或爲一箭奪。當筵主籌令難犯，大白時舉出正罰。此禮自古尤所重，矍圃去留宜有别。五善大抵主和容，不止穿楊與穿札。因憶當年點羌叛，非才誤授將軍鉞。帳下貔貅十萬師，力過生犀心似鐵。大仁未許覆兇巢，飭謹封垂禦侵越。悍夫猛士志待騁，貯填憤氣何由洩。正值高秋大氣寒，塞場霜重嚴風刮。約束偏裨整隊兵，旌旗爍電戈矛雪。驅出長郊閲奇陣，離合應麾皆有節。次引精鋭較絶技，控弦命中無虚發。氣豪馬健走危坡，直下千尋未嘗蹶。收軍校獵圍平原，犬順人呼鷹解紲。山麋衝軼犯勁矢，罔兔奔逃迷狡穴。大鵰盤空不輕搏，老狐仰視肝膽裂。駐鞍賞獲犒部曲，浪瀉酒車輪染血！將軍未酣衆心醉，耳後風生鼻頭熱。此日淮藩奉寬詔，朱輪慢碾行春轍。鈴索聲沉訟牒稀，優遊大司養疏拙。斜蒿青青鱠鱠新，公醪香重醅才撥。射堂對客且相娱，不妨樂事陶嘉月。襟懷聊與水雲閑，夢魂猶寄關山闊！逢辰未立赫然動，破的求功真瑣屑。欲得心如外貌歡，報國之誠盡攄豁。

廣陵大雪

淮南常歲冬猶燠，今年陰沴何嚴酷。黑雲漫天一月昏，大雪飛揚平壓屋。風力軒號助其勢，擺撼琳琅摧凍木。通宵徹晝不暫停，堆積樓臺滿溪谷。有時造出可憐態，柳絮梨花亂紛撲。乘温變化雨聲來，度日階庭恣淋漉。幾縈寒霰不成絲，驟集疏簷還挂瀑。蟄蛙得意欲跳擲，幽鷺無情成挫辱。罾魚江叟冰透蓑，賣炭野翁泥没輻。閭閻細民誠可哀，三市不喧游手束。牛衣破解突無煙，餓犬聲微飢子哭。我聞上天主時澤，亦有常數滋農穀。膏潤均於一歲中，是謂年豐調玉燭。此來盛冬過爾多，却慮麥秋欠霑足。太守憂民仰天祝，願噓氛霾看晴旭。望晴不晴無奈何，擁被醉眠頭更縮。

和袁陟節推龍興寺芍藥

廣陵芍藥真奇美，名與洛花相上下。洛花年來品格卑，所在隨人趁高價。接頭着處騁新妍，輕去本根無顧藉。不論姚花與魏花，只供俗目陪妖姹。廣陵之花性絶高，得地不移歸造化。大豪大力或强遷，費盡擁培無艷冶。東君固是花之主，千苞萬萼從榮謝。似矯東君泛愛心，枉殺春風不肯嫁。遂令天下走香名，髣髴丹青競誇詫。以此揚花較洛花，自合揚花推定霸。其間絶色可粗陳，天工着意誠堪訝。仙家冠子鏤紅雲，金線粧治無匹亞。旋心體弱不勝枝，寶髻欹斜猶墮馬。冰雪肌膚一纈斑，新試守宮明似赭。雙頭兩兩最多情，象物更呈鞍面窊。樓子亭亭欠姿媚，特有怪狀堪圖寫。見者方知畫不真，未見直疑傳者詐。前賢大欲巧賦詠，片言未出心先怕。天上人間少其比，不似餘芳資假借。我來淮海涉三春，三訪龍興舊僧舍。問得龍興好事僧，每歲看承不敢暇。後園栽植雖甚蕃，及見花成由取捨。出羣標致必驚人，方徙矮壇臨大厦。客來只見軒檻前，國豔天姿相照射。因知靈種本自然，須憑精識能陶冶。君子果有育材心，請視維揚種花者。

苦熱

皇祐辛卯夏，六月朔伏暑。始伏之七日，大熱極炎苦。赫日燒扶桑，焰焰指亭午。陽烏自焦鑠，垂翅不西舉。炙翻四海波，天地入烹煮。蛟龍竄潭穴，汗喘不敢雨。雷神抱桴逃，不顧車裂鼓。豈無堂室深，氣鬱如炊釜。豈無臺榭高，風毒如遭蠱。直疑萬類繁，盡欲變脩脯。嘗聞崑閬間，別有神仙宇。雷散滌煩襟，玉漿清濁腑。吾欲飛而往，於義不獨處。安得世上人，同日生毛羽。

答章望之秘校惠詩求古瓦硯

魏宮之廢知幾春，其間萬事成埃塵。唯有昭陽殿瓦不可壞，埋没曠野迷荒榛！陶甄之法世莫得，但貴美璞踰方珉。數百年來取爲硯，墨光爛發波成輪。求之日盛得日少，片材無異圭璧珍。巧工近歲知衆寶，雜以假僞窺錢緡。頭方面凸概難別，千百未有三二真。我來本邦責鄴令，朝搜暮索勞精神。遺基壞地徧刓窟，始獲一瓦全元淳。蘇斑着骨尚乾翠，夜雨點漬痕如新。當時此復近簷溜，印以篆字花其唇。磨礱累日喜成就，要完舊質知無倫。吾才寡陋不足稱，思與好古能文人。好古能文今者誰？武寧秘書章表民。無詩尚欲兩手拊，何況大雅之奏聞鏗純！

答陳舜俞推官惠詩求全瓦古硯

鄴宫廢瓦埋荒草，取之爲硯成堅好。求者如麻幾百年，宜乎今日難搜討。吾邦匠巧世其業，能辨瓌奇幼而老。隨材就器固不遺，大則梁棟細棼橑。必須完者始稱珍，何殊巨海尋三島。荆人之璧尚有瑕，夏后之璜豈無考。況乎此物出坏陶，千耕萬斸常翻攪。吾今所得不專全，秘若英瑶藉文繅。君詩苦擇未如意，持贈只虞笑絶倒。君不見鎮圭尺二瑁四寸，大小雖異皆君寶。

觀胡九齡員外畫牛

丹青之筆奪造化，能者幾何登品録。蛟龍獰惡鬼神怒，更工不接時人目。有形之物至者稀，是否難欺衆所矚。絳臺胡掾文章外，偏向畫牛其好酷。海内馳名三十年，得者珍藏過金玉。老來纔始着青衫，養親不及朝家禄。前日野服忽相過，云訪恩知走京轂。微風入指未能畫，示我蠟本數十幅。採摭諸家百餘狀，毫端古意多含蓄。鬬者取力全在角，卧者稱身全在腹。立者髣髴精神慢，背者分數頭項促。行者動作皆得羣，乳者顧視真憐犢。當流泅戲益自在，欲走或疑猶蓄縮。從容飲嚙得天真，荷鞭時有童兒牧。或横一笛坐牛背，便是無聲太平曲。江天雨雪易溟濛，風勢掀號摧古木。欹斜簑笠趁牛歸，蕭疏暮景煙村宿。奇哉胡掾老筆不可到，戴叟重生須死伏。吾觀諸牛之態雖盡妙，尚有所遺思未熟。牛於生民功最大，不畫牛功牛亦辱。胡君胡君聽我言，别選輕綃成巨軸。寫出區區耒耜勤，貴知天下由吾方食足。

次韻和子淵學士春雨

天幕沉沉淑氣温，雨絲輕軟墜雲根。洗開春色無多潤，染盡花光不見痕。寂寞畫樓和夢鎖，依微芳樹過人昏。堂虛座密珠簾下，試問淳于醉幾樽？

和春卿學士柳枝詞五闋

樓前輕雪未全銷，偷得春光入嫩條。似向東風猶綽約，可能渾忘舞時腰。

陌閑宫古緑烟迷，惹盡春愁困拂堤。却爲多情足離恨，故教溝水亦東西。

章街風曉起新眠，寒食輕陰未雨天。無限青絲拂遊騎，一生芳意負金鞭。

淡烟輕日簇誰家，微出青旗一帶斜。對景似嫌春意老，更摇疏影掃殘花。

畫橋南北水連天，纔聽鶯聲又晚蟬。長使離魂容易斷，春風秋月自依然。

和春卿學士上元罷燈

絲竹沉聲月泛波，譬宵方喜罷誰何。樓深酒密客留易，路遠香殘人去多。寒燭倚蓮猶結淚，淡雲歸隴不停歌。那知夢穩瀛州上，正是鈞天九奏和。是夕館宿，聞宫中奏樂。

再賦柳枝詞二闋

曲江風暖曉陰斜，翠色相宜拂鈿車。自是春眠慵未起，日高人困又飛花。
葉葉新長約黛蛾，絲絲輕軟任風梭。啼鶯便學歌喉囀，知是春來舞意多。

上巳

遠道今逢祓禊辰，雨餘風物一番新。等閑臨水還思舊，取次看花便當春。絮雪暖迷西苑路，車雷晴起曲江塵。臺英正約尋芳會，誰是山陰作序人？

寓目

擁傳修途倦，逢春旅思長。遠煙含樹色，細雨起塵香。隴麥成行綠，林鶯並對黃。揚鞭聊自慰，舉目見韶光。

使回戲成

專對慚非出使才，拭圭申好斂旌回。禮煩偏苦元正拜，虜廷元日拜禮最煩。户大猶輕永壽杯。永壽，虜主元辰節名，其日以大白酌南使。欹枕頓無歸夢擾，據鞍潛覺旅懷開。明朝便是侵星去，不怕東風拂面來。

柳絮二闋

慣惱東風不定家，高樓長陌奈無涯。一春情緒空撩亂，不是天生穩重花。
絮雪紛紛不自持，亂愁縈困滿春暉。有時穿入花枝過，無限蜂兒作隊飛。

中秋月

月滿中秋夜，人人惜最明。悲歡徒自感，圓缺本無情。天外有相憶，世間多不平。嫦娥難借問，寂寞趁西傾。

謝丹陽李公素學士惠鶴

高籠攜得意何勤，玉樹慚無可待君。只愛羽毛欺白雪，不知魂夢託青雲。孤標直好和松畫，清唳偏宜帶月聞。自有三山歸去路，莫辭時暫處鷄羣。

重九會光化二園

誰言秋色不如春，及到重陽景自新。隨分笙歌行樂處，菊花萸子更宜人。

春晴

霽色破春昏，高樓日未曛。林梢零舊雨，山頂入殘雲。醉粉勻花頰，風羅皺水紋。踏青人誤約，芳思幾紛紛。

春霖

咫尺東郊路，春霖絶未通。銷閑生奕思，醒睡費茶功。樓迥昏昏霧，窗寒霎霎風。待晴桑陌上，五馬恣璁瓏。

登西大悲閣

藹藹西藍閣，煩襟一望開。山川歸盛德，姦傑委沉埃。城迥雲連堞，烽閑草蔽臺。誰知太守意，不爲納涼來。

新館

宴宇新成苦未嘉，忽膺朝委易軍才。張侯暫喜留歡客，開檻憑誰種好花。北沼不難平釣岸，釣岸未成。西峰猶欠入窗紗。城樓未立。後賢政敏多餘暇，高會何妨月影斜。

北塘避暑

盡室林塘滌暑煩，曠然如不在塵寰。誰人敢議清風價？無樂能過白日閑。水鳥得魚長自足，嶺雲含雨只空還。酒闌何物醒魂夢，萬柄蓮香一枕山。

髮白有感

區區邊朔有何成，三失流年只自驚。無一事來頭尚白，白人頭處豈堪行。

感事

一來邊障地，走馬過三秋。萬緒事常擾，九分春又休。鶯花誰在目，霜雪只侵頭。縱得風光住，風光可奈憂。

北塘春雨

葉葉輕雲帳薄羅，坐看膏澤灑庭柯。風前芳杏紅香減，煙外垂楊綠意多。聲落簷牙飛短瀑，點勻池面起圓波。晴來西北憑欄望，拂黛遥峰濯萬螺。

寄題廣信軍四望亭

西北雲高拂女牆，危亭虛豁望中長。田間堤陌成新險，天外江川是舊疆。古道入秋漫黍稷，遠坡乘晚下牛羊。憑欄多少無言恨，不在歸鴻送夕陽。

閱古堂前植菊二本九月十八日花猶未開因以小詩嘲之

只趁重陽選菊栽，當欄殊不及時開。風霜日緊猶何待，甚得迎春見識來。

後園閑步

池圃足高趣，公餘事少關。幽禽聲自樂，流水意長閑。近竹花終俗，過欄草費删。心休誰似我，官府有青山。

觀稼回北園席上

郊原飛隼拂晴霓，秋入豐年自慘悽。嘗酒管絃先社集，北人社前一日，親賓相會，謂之嘗酒。捺拳禾黍極雲齊。雪鋪蕎麥花漫野，黛抹蔓菁菜滿畦。區脱狴牢無一事，山翁贏得醉如泥。

壬辰重九卽席

中山風物有前緣，經賞重陽第五年。莫爲素毛悲晚歲，且吹萸菊酌芳筵。退求僻郡疑邀寵，甘老窮邊似好權。笑問此身何計是，不如嘉節倒垂蓮。

離天威驛

早發天威驛，深春尚薄寒。龍蛇盤道路，波浪卷峰巒。古木萌常晚，新流勢未湍。忠臣方叱馭，更險不辭難。

過故關

春入并州路，羣芳夾故關。前騶驅弩過，別境荷戈還。古戍餘荒堞，新耕入亂山。時平民自適，白首樂農閑。

出山口

待曉出山口，溟濛雨乍晴。始知經盡險，終得坦然平。草樹開春意，川原豁眼明。吏民當自信，竹馬不須迎。

次韻和都運崔諫議寄示立春前一日宿嵐谷山程

絕色風霜正樹威，不知韶律起從微。十千酒且迎春酌，五九寒須伴臘歸。破屐好山連日上，費詩嬌雪着人飛。屬封所過皆蒙惠，民吏應如挾纊衣。

六月六日雨後過嶽廟遊從封寺觀稼席上

暑雨頻經信宿休，近郊方出釋潛憂。雖妨麥始三停穫，且見苗知一半收。農語有之。神嶽怖民藏電雹，老松憑寺偃蛟虬。佳遊況遇從豐讖，好飭千倉待有秋。

北園秋雨

輕雨來秋晚，郊園對客樽。暫和春氣味，將冷雪胚渾。聲入關榆苦，陰纏塞嶺昏。黃花應自笑，搖落獨承恩。

後園春日

并塞園林古，春來似不知。雨輕成凍易，樹老發花遲。劇事隨年倦，歡悰入病衰。芳時期强賞，宴鼓揭天槌。

過吴兒谷

曉入吴兒谷，危途信不虛。千峰疑絶路，一逕俯容車。山鳥過雲語，田夫半嶺鋤。時平盡周道，天險欲何如？

觀稼

一夕甘滋起瘁田，陡回災沴作豐年。便晴惟恐禾生耳，將熟偏宜穀捺拳。雲退不留驅旱迹，氣清渾露已秋天。衰翁豈獨同民樂，更覺詩豪似有權。

再出行田

豐歲觀農穫，先疇路不遐。子多宜晚穀，生拗就新麻。蕎麥方成齪，蔓菁未入椏。鄉民愚自詫，太守是吾家。

暮春康樂園

榆莢紛紛擲亂錢，柳花相撲滾新綿。一年寂寞頻來地，三月芳菲已過天。樹密只喧閑鳥雀，臺高猶得好山川。病夫不飲時如此，徒有詩情益自然。

庚申相臺閔稼

淫雨農疇害復收，彼何恩厚此何仇？高田穀穗拖牛尾，卑地莊窠没獸頭。稔社徹宵喧鼓樂，災居無日苦飢流。如云禍福關爲政，安得豐凶在一州！

春陰馬上

正是風和日暖天，重陰凌擾苦纏綿。蕉心自結憑誰展，柳眼慵開只待眠。草濕謾鋪留醉席，榆寒難擲買春錢。幾時霞外氛霾散，放出紅輪一丈圓。

登廣教院閣

岑寂禪扉啓晝關，公餘爲會一開顔。高臺面壘包平野，老栢參天礙遠山。花去春叢蝴蝶亂，雨匀朝圃桔橰閑。徘徊軒檻何時下，直待前枝倦鵲還。

會故集賢崔侍郎園池再賦

門徑縈紆洞府間，了無塵外累幽閑。長楊十丈亂風雨，流水數枝鳴珮環。入户好峰誰可畫，礙人新竹不容删。池亭面面圓荷滿，薄暮飛香送客還。

凉榭池上二闋

遊鱗驚觸緑荷香，水馬成羣股脚長。逐浪相追留篆跡，偃波垂露滿方塘。病襟思適繞東塘，水荇初花吐嫩黄。行困老樗陰下坐，兒童争喜捨紅娘。

題玉泉院

兩行修栢夾雲根，引入蓮峰直下村。病骨醒魂安氣母，幽亭收景厭山孫。金堆望遠千灘出，玉溜聲喧萬馬奔。坐歎塵勞無計住，却尋歸路日黄昏。

觀魚軒

雨後方池碧漲秋，觀魚亭檻俯臨流。時看隱荇駢頭戲，忽見開萍作隊遊。喜擲舟前翻亂錦，静潛波下起圓漚。吾心大欲同斯樂，肯插�竿餌釣鉤。

九日水閣

池館隳摧古榭荒，此延嘉客會重陽。雖慚老圃秋容淡，且看寒花晚節香。酒味已醇新過熱，蟹黄先實不須霜。年來飲興衰難强，漫有高吟力尚狂。

九月四日會安正堂

秋光濃拂使君家，尚去重陽五日賒。且誦好詩成素飲，更先諸客對黃花。池萍漬雨錢錢密，塞鴈書空字字斜。但縱高吟開醉膽，莫驚搖落動悲嗟。

辛亥重九會安正堂

斯堂曾許占風光，去年詩有：「留與鄴都爲故事，年年常占好風光」之句。須到重陽復命觴。坐上半非前歲客，杯中無改舊花香。初晴已過登高日，散慮宜趨自得場。唯有一時詩酒戰，願開强户振雄鋩。

壬子十一月二十九日時雪方洽

近臘猶慳六出繁，忽驚盈尺及民寬。萬方蒙澤人人賀，通夕無風陣陣乾。危石蓋深鹽虎陷，老枝擎重玉龍寒。欲知靈鷲銀爲界，試陟高樓一望看。

再題狎鷗亭

危亭初起俯清潯，只得當軒幾醉吟。一日鄉園傷驟別，四年宮闕動歸心。簷前好竹今成篠，波下修鱗舊種針。鷗識再來猶不懼，向人馴狎似家禽。

郡圃春晚

溶溶春水滿方塘，欄檻風微落蕊香。盡日楊花飛又歇，有時林鳥見還藏。沉痾不爲閑來減，流景知從靜處長。欲戰萬愁無酒力，可堪三月去堂堂。

晝錦堂再賞牡丹

錦堂重賞牡丹紅，不惜殘英數日空。嘉艷豈無來歲好，清歡難得故人同。誰言山下曾爲雨，一「春無雨」。只恐身輕去逐風。共且對花開口笑，莫持姚左較雌雄。

暮春書事

榆莢空飛不算錢，韶光歸速置何緣？惜春情味過年少，戰酒英雄退日前。竹笋迸階抽兕角，楊花鋪水張龍涎。妖姸萬變成凋謝，長養須資大夏權。

北第同賞芍藥

芍藥名高致亦難，此觀妖艷滿彫欄。酒酣誰欲張珠網，醉西施。金細偏宜間寶冠。金線冠子。露裛更深雲髻重，髻子。蝶棲長苦玉樓寒。樓子。鄭詩已取相酬贈，不見諸經載牡丹。

乙卯晝錦堂同賞牡丹

從來三月賞芳姸，開晚今逢首夏天。料得東君私此老，且留西子久當筵。柳絲偷學傷春緒，榆莢爭飛買笑錢。我是至和親植者，雨中相見似潸然。

滄浪集鈔

蘇舜欽，字子美，梓州銅山人。以父任補太廟齋郎，調滎陽尉。尋第進士，改光祿寺主簿，知長垣縣，遷大理評事，監在京店宅務。以范仲淹薦，召試集賢校理，監進奏院。舜欽所論侵權貴，而婦父杜衍與仲淹、富弼在政府，爲時忌。會進奏院祠神晏會，不與者銜劾舜欽用鬻故紙公錢召妓樂，醉歌狂悖，因欲搖動衍等。舜欽坐除名。後爲湖州長史，卒，年四十一。既廢，居蘇州，買水石作滄浪亭，益讀書，時發憤懣于歌詩。善草書，酣酒落筆，往往驚人。與梅堯臣齊名，時稱蘇梅。劉後村謂其歌行雄放於聖俞，軒昂不羈，如其爲人；及蟠屈爲吳體，則極平夷妥帖。蓋宋初始爲大雅，於古朴中具灝落渟畜之妙，二家所同擅；而梅之深遠閒淡，蘇之超邁橫絕，則又各出機杼，永叔所謂「不能優劣」者也。至情志忠惻，而議論當理，要又非詩人粗豪一流所比。詩有云：「筆下驅古風，直趨聖所存。」又曰：「會將趨古淡，先可去浮囂。」其本領卓越如此。

感興三首

後寢藏衣冠，前廟宅神主。吾聞諸禮經，此制出中古。秦嬴食先法，乃復祭於墓。漢衣以月遊，於道蓋無取。宣帝尊祖廟，失制徧九土。孝元酌前文，一旦悉除去。魏帝樂銅臺，遺令置歌舞。昏嗣竟從之，此事狂夫阻。唐制益紛華，諸陵鎖嬪御。曠女日哀吟，於先亦奚補？吾朝三聖人，乘雲不可睹。威靈已霄漢，嗣皇念宗祖。繪事移天光，刻象肖神武。徧敕舊遊地，輸材起宫宇。階城釦以金，牆壁衣之黼。功既卽奉迎，法仗疊簫鼓。玩好擇珍奇，目奪不可數。三京佛老家，已有十數處。朝家雖奉先，越禮古不許。君不祭臣僕，父不祭支庶。丹楹豈非孝，聖貶甚蕭斧。大祀當以時，寢廟卽其所。惜哉恭儉德，乃爲侈所蠱。痛乎神聖姿，遂與夷爲侶。蒼生何其愚，瞻歎走旁午。賤子私自嗟，傷時淚如雨。在昔帝舜日，光宅闢四門。所貴無凶邪，德教日益敦。末世多濫姦，九重嚴大閽。扞掫主譏察，誰何辨語言？一闕百力士，列立甃石温。設官按尺籍，唱號於未昏。唐末稍懈怠，嘗值外使奔。京城凶豪兒，奮劍闖帝藩。狂呼嘯虎豹，便欲傾乾坤。賴有宰相在，不然神器翻。我朝講制度，門籍反不存。近知賤丈夫，突入犯赤軒，陛官未暇執，呶呶何其諠。祖宗創業難，慎重在後昆。勇夫猶重閉，況乃天子尊。何羅猶宜察，況乃外寇屯。與語一及此，舌出反自捫。吾家本寒微，世受朝廷恩。欲奏《鴟鴞》詩，當塗誰薦論？

瞽説聖所擇，愚謀帝不罪。況乎言有文，白黑時利害。前日林書生，自謂胸臆大。潛心摭世病，策成謂可賣。投匭觸諫函，獻言何耿介。云昨見凶星，上帝下警戒。意若日昏椓，出處恣蜂蠆。安坐弄神器，開門納珍賄。宗支若繫囚，親親禮日殺。大臣尸其柄，咋舌希龍拜。速速伐虎叢，無使自沉瘵。陛下幸察之，聰明卽不壞。如忽賤臣言，不瞬防禍敗。一封朝飛入，羣臣已眦睚。力夫暮塞門，執縛不容喟。十手捽其胡，如負殺人債。幽諸死牢中，繫灼若龜蔡。亦既下風指，黜而播諸海。長塗萬餘里，一錢不得帶。必令朝夕間，渴飢死於械。從前有口者，蹈脰氣如鞴。獨夫已去除，易若吹糠稗。奈何上帝明，非德不可蓋。倏忽未十旬，炎官下其怪。乙夜紫禁中，燎不存芥。天王下牀走，倉猝畏挂礙。連延舊寢廷，頓失若空寨。明朝黃紙出，大赦徧中外。嗟乎林書生，生命不可再。翻令凶惡囚，纍纍受恩貸。

慶州敗

無戰王者師，有備軍之志。天下承平數十年，此語雖存人所棄。今歲西戎背世盟，直隨秋風寇邊城。屠殺熟户燒障堡，十萬馳騁山嶽傾。國家防塞今有誰？官爲承制乳臭兒。酣觴大嚼乃事業，何嘗識會兵之機！符移火急蒐卒乘，意謂就戮如縛尸。未成一軍已出戰，驅逐急使緣嶮巇。馬肥甲重士飽喘，雖有弓劍何所施？連顛自欲墮深谷，騎虜指笑聲嘻嘻。一麾發伏雁行出，山下奄截成重圍。我軍免冑乞死所，承制面縛交涕洟，逡巡下令藝者全，爭獻小伎歌且吹。其餘劓馘放之去，東走矢液皆淋漓。首無耳準若怪獸，不自愧恥猶生歸！守者沮氣陷者苦，盡由主將之所爲。地機不見欲僥勝，羞辱中國堪傷悲。

及第後與同年宴李丞相宅

十年苦學文，出語背時向。茶力不自知，藝圍輒掉鞅。薄伎遭休明，一第君所唱。拔身泥滓底，飄迹雲霞上。氣和朝言甘，夢好夕魂王。軒眉失舊斂，舉意有新況。爽如秋後鷹，榮若凱旋將。台府張宴集，吾輩縱謔浪。花梢血點乾，酒面玉紋漲。狂歌互喧傳，醉舞迭閬伉。玆時實無營，此樂亦以壯。去去登顯涂，幸無隳素尚！

昇陽殿故址

昔在開元中，此名昇陽殿。西通大明宮，夾道直如箭。至尊黃金輿，乘春日幸宴。翠嬪戛鐘鼓，歡呼奏新徧。巧舞風燕翻，妖歌露鶯轉。酒光射錦幄，上下花會炫。雕盤堆繁英，艷粉弱自戰。天歡日無窮，臣諫莫敢獻。樂極哀繼之，在理亦可見。胡來塞宮闕，腥羶污香薦。縱火寢廟平，揮戈君臣迸。庸嗣忽前醜，泚巢福更亂。冉冉竟覆亡，返爲耕牧便。瓦礫雖費犂，土壤頗肥衍。蓋由殺人多，膏血浸漬遠。髑髏今成堆，皆昔燕趙面。每因鋤耨時，數得寶玉片。今秋雨澤多，穀穗密如辮。農惟喜豐稔，吾獨慨遷變。不有失德君，焉爲穡夫佃？大國尚如此，小人易流轉。道德可久長，作詩將自勸。

藍田悟真寺作

旅食長安城，迴遑奔走無停行。清懷壯抱失素尚，胸中塊積塵土生。偷閒得至玉峰下，爲聞悟真之寺之嘉名。杖笻赤脚渡藍水，細流激激心骨清。仰看蒼山高峰旁，白雲明滅藏日光。行人遙指置寺處，正在白雲之中央。逡巡緣棧更險絶，攀蘿捫壁隨低昂。明行咫尺乃相失，已與雲霧相翺翔。時聞啼鳥如吹竹，數步一休還縱目。行行未知高則危，下視昏煙覆平陸。滿巖佳樹尤樸樕，赫赤如霞間濃緑。是時八月初，路旁已見芬芬菊。貪奇戀景不知倦，側睥又復心瑟縮。神魂飛下大壑幽，定省移時進雙足。

寺門高開朝日輝，丹青黯淡唐時屋。老僧引我周遊看，且云白氏子詩乃實録。此詩疇昔予所聞，殷勤更向碑前讀。按言索像今無復，惟有流泉數道如車輻。我嫌世累欲暫居，又云此地無留宿。殿宇之後林莽中，日暮常有虎豹伏。鑿石龕邊崖至深，近有浮屠於此相根觸。快心宿忿兩不解，一乃顛擠死其谷。我聞爲之久顰感，此向期將避煩辱。不爲傷生事更多，争如平地隨流俗？歎息回頭急出山，始覺全軀已爲福。

興慶池

餘潤漲龍渠，疏溜連清漣。助曉遠昏山，浮秋明刮眼。漁歸別浦閒，雁下滄波晚。岸北有高臺，離魂蕩無限。

長安春日效東野

前秋長安春，今春長安秋。節物自榮悴，我有樂與憂。窮閻何卑漏！時燕不見投。門庭謝過從，蘭萌舒緑柔。燕託喜廣厦，亦非善是仇。蘭生静愈茂，堪將義爲儔。芳香誠可慕，對之豁窮愁。

太行道

行行太行道，一步三歎息。念厥造化初，夫何險此極。左右無底壑，前後至頑石。高者欲作天朋黨，深者疑斷地血脈。夜中巖下埋斗杓，日午陰壁風雪號。攀緣有路到絶仞，四望羣峰合沓如波濤。忽至逼側處，咫尺顛墜恐莫逃。嗟乎古昔未開時，隔截往來人不思。淳源一破山嶽碎，巧心遂去緣嶮巇。嶮巇不窮甚可畏，悼此二者亡其宜。天地不自嶮，嶮由人爲之。彼車摧輪馬傷足，中路勿歎勿慟哭。世上安塗故有焉，孰使汝行此道驅高軒，喪墜不收宜爾然。

對酒

丈夫少也不富貴，胡顏奔走乎塵世。予年已壯志未行，案上敦敦考文字。有時愁思不可掇，峥嶸腹中失和氣。侍官得來太行顛，太行美酒清如天。長歌忽發淚迸落，一飲一斗心浩然。嗟乎吾道不如酒，平褫哀樂如摧朽。讀書百事人不知，地下劉伶吾與歸。

夜中

夜分衆諠死，耿耿抱真履。中君湛以寧，不爲外官使。七兵乘間入，攻剽勢向圮。主將不謀陣敵惡，蕩然失守遽藏避。駭浪奔騰，一刻萬里，紛紛變化無窮已。俄如獨繭絲，忽復滿天地。乳虎不受縛，狂龍難馴致。我思精甲，以扞異類。邪慝弗萌，元辟復位。輔以逍遥之至道，爛然光輝照無際。

蜀士

蜀國天下險，奇怪生中間。有士賈其姓，抱才東入關。獻册叩諫鼓，其言蔚可觀。願以微賤軀，一得至上前，掉舌滅西寇，畫地收幽燕。且云太平久，兵戰無人言，臣嘗學其法，自集數百篇，治亂與成敗，密然不可删。三獻輒罷去，志屈心悲酸。將相門户深，欲往復見攔。負販冒日熱，引重衝雪寒。羇苦輦轂下，以圖晨夕餐。如此三歲餘，夜夜抱膝歎。義者或賑給，遂復歸巴川。嗟乎區宇大，此徒亦已繁。城市與巖穴，隱默孰辨旃。幸得出自鬻，何惜置末班！吾相柄天下，處事當機先。古之設爵位，蓋欲英雄躔。次第立名級，不使智慮閑。稍有才器者，必以禄仕牽。所患在不出，既出那棄捐？放蛟入大水，驅虎還深山。失一故無害，其類莫可攀。

己卯冬大寒有感

延川未撤警，夕烽照冰雪。窮邊苦寒地，兵氣相躔結。主將初臨戎，猛思風前發。朝笳吹餘哀，疊鼓暮不絕。淹留未見敵，愁端密如髮。予聞古烈士，自誓立壯節。丸泥封函關，長纓繫南越。本爲朝廷羞，寧計身命活？功名非與期，册書豈磨滅！然由在遇專，醜類易剪伐。訓士無他才，賞罰在果決。近聞邊方奏，中覆多沉没。罪者既稽誅，功者不見閲。雖使頗牧生，勇智當坐竭。或云廟堂上，與彼勢相戛，恐其立異勳，欻然自超拔。不知百萬師，寒刮膚革裂！關中困誅斂，農産半匱竭。我欲叫上帝，願帝下明罰，早令黠虜亡，無爲生民孽！

獵狐篇

老狐宅城隅，涵養體豐大。不知窟穴處，草木但掩藹。秋食承露禾，夏飲灌園派。暮夜出旁舍，雞畜遭横害。晚登埤堄鳴，呼吸召百怪。或爲嬰兒啼，或變艷婦態。不知幾十年，出處頗安泰。古語比社鼠，蓋亦有恃賴。邑中年少兒，耽獵若沉瘵。遠郊盡雉兔，近水殲鱗介。養犬號青鶻，逐獸馳不再。勇聞此老狐，取必將自快。縱犬索幽邃，張人作疆界。茲時頗窘急，迸出赤電駭。羣小助呼嗥，奔馳數顛沛。所向不能入，有類狼失狽。鉤牙咋巨顙，髓血相潰沫。喘叫遂死矣，爭觀若期會。何暇正首丘，腥臊滿蓬艾。數穴相穿通，城堞幾聚壞。久縱此凶妖，一旦果禍敗。皮爲榻上藉，肉作盤中膾。觀此爲之吟，書以爲警戒。

舟中感懷寄館中諸君 時得告之山陽挈家。

扁舟迎春色，東下淮楚鄉。側身風波地，回首英俊場。顧我本俗材，百事無一長。濫迹入冊府，舉動初不皇。乍脫泥滓底，稍見日月光。峻閣鬱前起，隱嶙天中央。春風花竹明，曉雨宮殿涼。溢目盡圖史，接翼皆鸞凰。明窗置刀筆，大案羅縑緗。文字雖幼學，鈍庸今廢忘。不能温舊習，考古評興亡。靦顔於其間，汗下如流漿。徒然日飽食，出入隨羣行。朝廷此多事，亦合强激昂。況有詔書在，爛然貼北牆。奮舌説利害，以救民膏肓。不然棄硯席，挺身赴邊疆。喋血鏖羌戎，胸膽森開張。彎弓射攙槍，躍馬掃大荒。功勳入丹青，名迹萬世香。是亦丈夫事，不爲鼠子量。數事皆不能，徒只飽腹腸。有如鳧雁兒，喈喈守稻粱。歲月今逝矣，齒搖髮已蒼。於時既無益，自合早退藏。諸君天下選，才業吁異常。願當發冊慮，坐使中國强。蠻夷不敢欺，四海無災殃。莫效不肖者，所嚮皆荒唐。又不耐羞恥，但欲歸滄浪。濡毫備歌詠，仰首看翱翔。舟中稍無事，思念益以詳。恨無一稜田，可以足糟糠。出處皆未決，語默兩弗滅。莽不知所爲，大叫欲發狂。作詩寄諸君，鄙懷實所望。

送李生

李生以病廢，東入徂徠峰。志氣尚突兀，形骸已龍鍾。男兒生世間，有如絶壑松。誤爲風雷傷，不與匠石逢。哀哉千尺榦，摧折似秋蓬！

哭曼卿

去年春風開百花，與君相會歡無涯。高歌長吟插花飲，醉倒不去眠君家。今年慟哭來致奠，忍欲出送攀魂車。春輝照眼一如昨，花已破顏蘭生芽。唯君顏色不復見，精魄飄忽隨朝霞。歸來悲痛不能食，壁上遺墨如棲鴉。嗚呼死生遂相隔，使我雙淚風中斜。

贈釋祕演

高車大馬闐上京，釋曰演者何聲名！當年余嘗與之語，實亦可喜無俗情。作詩千篇頗振絶，放意吐出吁可驚。不肯低心事鐫鑿，直欲淡泊趨杳冥。落落吾儒坐滿室，共論慤若木陷釘。賣藥得錢輒沽酒，日費數斗同醉醒。傷哉不櫛被佛縛，不爾烜赫爲名卿。數年不見今老矣，自說厭苦居都城。垂頤孤坐若癡虎，眼吻開合猶光精。雄心瞥起忽四顧，便擬擊浪東南行。開春余行可同載，相與曠快觀滄溟。

城南感懷呈永叔

春陽泛野動，春陰與天低。遠林氣藹藹，長道風依依。覽物雖暫適，感懷翻然移。所見既可駭，所聞良可悲。去年水後旱，田畝不及犁。冬温晚得雪，宿麥生者稀。前去固無望，即日已苦飢。老稚滿田野，斲掘尋鳧茈。此物近亦盡，卷耳共所資。昔云能驅風，充腹理不疑；今乃有毒厲，腸胃生瘡痍。十有七八死，當路橫其尸。犬彘咋其骨，烏鳶啄其皮。胡爲殘良民，令此鳥獸肥？天豈意如此，泱蕩莫可知！高位厭粱肉，坐論攙雲霓。豈無富人術，使之長熙熙？我今餓伶俜，閔此復自思。自濟既不暇，將復奈爾爲！愁憤徒滿胸，嶸岏不能齊。

吴越大旱

吴越龍蛇年，大旱千里赤。尋常秔穄地，爛漫長荆棘。蛟龍久遁藏，魚鼈盡枯腊。炎暑發厲氣，死者道路積。城市接田野，慟哭去如織。是時西賊羌，凶焰日熾劇。軍須出東南，暴斂不暫息。復聞籍兵民，驅以教戰力。吴儂水爲命，舟檝乃其職；金革戈盾矛，生眼未嘗識。鞭笞血塗地，惶惑宇宙窄。三丁二丁死，存者亦乏食。寃懟結不宣，衝迫氣候逆。二年春及夏，不雨但赫日。安得涼冷雲，四散飛霹靂？雱霈消祲癘，甘潤起稻稷；江波開舊漲，淮嶺發新碧。使我揚孤帆，浩蕩入秋色。胡爲泥滓中，視此久戚戚。長風卷雲陰，倚柂淚橫臆。

揚子江觀風浪

晚至瓜洲渡，繫舟泊西灣。日落暴風起，大浪得縱觀。憑凌積石岸，吐吞天外山。霹靂左右作，雪灑六月寒。吁嗟至柔物，威壯不可干！若爲神龍憑，氣勢非一端。大艦失所操，翻覆如轉丸。高山雖有路，轍險馬足酸。居朝號安逸，重禄多憂患。争得清静交，共騎雙翔鸞，矯翅入赤霄，不見此險艱？奈何蚩蚩衆，共處天壤間！因知古聖人，立法萬世安。濟川作舟梁，鑄鼎窮神姦。朝廷布禮度，粲粲莫可删。後來漸破壞，所向行路難。凶邪得騁志，物命遭摧殘。視此念古昔，杖藜空盤桓。

中秋夜吴江亭上對月懷前宰張子野及寄君謨蔡大

獨坐對月心悠悠，故人不見使我愁。古今共傳惜今夕，况在松江亭上頭。可憐節物會人意，十日陰雨此夜收。不唯人間重此月，天亦有意於中秋。長空無瑕露表裏，拂拂漸上寒光流。江平萬頃正碧色，上下清澈雙璧浮。自視直欲見筋脈，無所逃遁魚龍憂。不疑身世在地上，祇恐槎去觸斗牛。景清境勝返不足，歎息此際無交遊。心魂冷烈曉不寐，勉爲筆此傳中州。

越州雲門寺

翠嶂環合封白雲，中有蕭寺三爲鄰。雲門，梁武所作。今分爲三寺相連。老松偃蹇若傲世，飛泉噴薄如避人。蒼猿嘯斷夜月古，丹花開徧陽崖春。盤桓數日不忍去，舟出耶溪猶慘神。

和韓三謁歐陽九之作

予方居憂艱，胸懷積瘡刺。昏明走日月，慘慘絶生意。闔門厭過從，掩耳避時事。韓子我所佳，招我懃有謂。城南訪永叔，共可豁蒙蔽。是時窮陰久，泥淖没馬鼻。區區不憚遠，飢渴奔高誼。永叔聞我來，解榻顔色喜。殷勤排清罇，甘酸飣果餌。圖書堆滿牀，指論極根柢。伊余昏迷中，忽若出夢寐。劃然毛骨開，精神四邊至。既歸尚泠然，數日飽滋味。韓子歎不足，作詩暢精義。爛如珊瑚鉤，光豔不可閉。迫余使之和，庶以同氣類。自顧屯鈍極，出語少恣媚。抉剔雖强成，徒使腸胃沸。永叔經術深，爛漫不可既。雖得終日談，百未出一二。蒼皇逼行役，蕭颯包素志。不日便乖拆，安能訖精粹？他年老門牆，君子無我棄。

城南歸值大風雪

一夜大雪風喧豗，未明跨馬城南回。四方迷惑共一色，揮鞭欲進還徘徊。舊時崖谷不復見，縱有直道令人猜。低頭搶朔風，兩眼不敢開。時時偷看問南北，但見白羽之箭紛紛來。既以脂粉傅我面，又以珠玉綴我顋。天公似憐我貌古，巧意裝點使莫偕，欲令學此兒女態，免使埋没隨灰埃。據鞍照水失舊惡，容質潔白如嬰孩。雖然外飾得暫好，自覺面目如刀裁。又不知胸中肝膽挂鐵石，安能柔軟隨良媒？世人飾詐我尚笑，今乃復見天公乖。應時降雪故大好，慎勿改易吾形骸！

出京後舟中有作寄仲文韓二兄弟永叔歐陽九和叔杜二

久居倦京塵，歸心日傾寫。扁舟理棹楫，已與峻流下。斷岸如崩山，遠樹若奔馬。回頭雲間闕，出沒見圖畫。還家快雖暫，去國傷以乍。況我二三友，眷戀數迂駕。前夕南巷堤，昨日東城舍，論精如可收，意密不見罅。恍忽夢寐中，蕭然已相捨。他人所至樂，惟我氣類寡。迂僻不能鑴，往往自嗟罵。平生居京都，君輩乃知者。異鄉孰與言？救謗定不暇。柔軟衆所佳，佞面誰可借？中懷百憂集，包釀似菹鮓。身世苦飄浮，歲月不可把。後期浩難知，高吟但悲灑。

大風

秋半收穫登郊原，攲側小屋愁夕眠。是夜大風拔樹走，吹倒南壁如崩山。夢中驚起但呼叫，病僕未動徒豗喧。驅令燃火徧照燎，瓦甓狼藉滿我前。披衣抱枕欲避去，去此乃是曠野田。況時風怒尚未息，直恐涇渭遭吹翻。露坐不免念禾黍，必已刮刷無完根。六事不和暴風作，嘗聞《洪範》有此言。昔時大風禾盡偃，上帝蓋直周公寃。方今天子至神聖，惟恐臣下辜其恩。是何此風乃震作，吹盡秋實傷元元？有能返風起禾者，亦足表異知所存。至誠皎潔固不昧，時雖今古同乾坤。

檢書

煩心思所持，屏事入小閣。蹋撲下塵梁，侈哆張敗笈。雨爛百數番，蟲食三四夾。軒昂醉墨鬧，纖悉新書雜。魚子或破碎，蠶兒尚狎恰。快心伯長文，跋尾清臣揭。幼辭反知進，故句時自愜。墜亡多玩愛，存聚必劵帖。疏密交及戚，前後生與殖。誨束儼父師，寒暑布兒妾。謔浪笑忽還，私暱情再接。愴事涕涔涔，憫時歎喈喈。一餉誠寂寞，千里遽會合。遊心到句涌，開眼見茗霅。京華歷歷復，節物忽忽涉。恍爾驚異方，遁去乃幾臘。回頭厭襞積，舉體覺疲茶。東閣聊欠伸，夢斷風一颯。

別鄰幾予賦高山詩以見意

高山扶層巔，下與地盤結。氣貫不變移，澤枯乃朽裂。有如善人交，生死兩固節。語默無異方，黯沮在爲別。世風隨日偸，俗態逐勢熱。負子好古心，噓歎星斗滅。近得鄰幾生，胸懷貯霜雪。飢渴入册書，趣向著羈紲。又與斯人離，先日心破折。古也當貽言，在子可捫舌。奈何區區誠，敢以御者說！器成必刓琢，德盛資澡刷。空文謾徽墨，古訓乃佩玦。帝門急豪英，濟物無自孑！

雜興

虎豹性食人，智者畜爲戲。形影本相親，愚夫見而畏。疑同不疑異，遠哉愚與智！

往王順山值暴雨雷霆

蒼崖六月陰氣舒，一霆暴雨如繩粗。霹靂飛出大壑底，烈火黑霧相奔趨。人皆喘汗抱樹立，紫藤翠蔓皆焦枯。逡巡已在天中吼，有如上帝來追呼。震摇巨石當道落，驚嗥時聞虎與貙。俄而青巔吐赤日，行到平地晴如初。回看絶壁尚可畏，吁嗟神怪何所無！

依韻和勝之暑飲

九夏苦炎烈，入伏氣候惡。況茲大旱時，其酷甚炮烙。争得羿復生，射此赤日落！欲擘青天開，騰身出寥廓。狂走無處逃，坐恐肝腦涸。不如以酒澆，庶可免焦爍。相呼坐僧居，頃刻釂百酌。佳瓜判青膚，熟李吸絳膜；尚嫌味不爽，更與冰雪嚼。裂耳發浩歌，解顔縱善謔。逕趨無何鄉，回覺萬事錯。不知余中虚，外冷得所託。真氣潛遁亡，半夜忽發霍。嘔洩不暫停，逬筋走兩脚。初如巨繩纏，忽似秋蚓躍。委頓體不支，藜牀爲穿鑿。君言暑飲佳，但得一餉樂。艱難逾旬時，僅飲數斗藥。快意事皆然，遺殃慎無作！

答宋太祝見贈

窮冬三日雪，旅腸迫枯餓。不免東郭行，難效袁安卧。我謁故所宜，君來無乃左！復貺長句詩，如留萬金貨。恣睢莫能名，豪横不可挫。怒犇時旁出，力蕩復下墮。使人但驚絶，欲繼誰敢作！況君名家駒，少小聲已播。丈夫氣剛精，不必在長大。譬如利錐末，所向物已破。余資本滯濁，既壯困家禍。區區走俗格，僅若蟺循磨。詩枯實零丁，文僻又坎坷。翹然當路人，顧我甚涕唾。雅意返顧交，得無自卑涴！俛首已内傾，撫躬輒私賀。無以答高誼，胸中强搜邏。披豁聊短篇，安足謂酬和。莞爾當棄投，毋留重吾過。

送李冀州詩

冠蓋傾動車馬稠，都門曉送李冀州。冀州緑髮三十一，趯趯千騎居上頭。眼如堅冰面珂月，氣勁健鶻横清秋。不爲膏粱所汩没，直與忠義相沉浮。干戈未定民力屈，此行正解天子憂。男兒勝衣志四海，實恥坐得萬户侯。旆旌明滅朔野闊，笳鼓凄斷邊風愁。孤雲南飛莫回首，下有慈親雙淚眸。自古忠孝不兩立，功名及時乃可收。衆人刮目看能事，著鞭無爲儒生羞！

和鄰幾登繁臺塔

孝王有遺墟，寥落千年餘。今爲太常宅，復此繁華都。蹋甓冠舊丘，西人號浮圖。下鎮地脈絶，上與雲煙俱。我來歷初級，穰穰瞰市衢。車馬盡螻螘，大河乃汙渠。躋攀及其顛，四顧萬象無。迥然塵坌隔，頓覺襟抱舒。俄思一失足，立見糜體軀。投步求自安，不暇爲他謨。平時好交親，豈復能邀呼！舉動强自持，恐爲衆揶揄。一身雖暫高，争如且平居？君子不倖險，吾將監諸書。

依韻和伯鎮中秋見月九日遇雨之作

衆皆愛春發枯荄，我知惟動兒女懷。天地昏酣醉夢裏，人有爽思皆沉埋。豈如秋風勁利劇刃劍，刮破天膜清光開。衰根危蔕掃除盡，辨别松竹并蒿萊。青娥供霜洗夜月，兼以皓露驅纖埃。常年此夕或陰晦，今歲澄澈特快哉！是時呼賓賞此景，漸見照我白玉杯。清輝向人若有意，經歷窗户猶徘徊。放歌狂飲不知曉，爛熳酌客山嶽頹。時節飄流晦朔轉，已覺九日來相催。北軒隙地破蒼蘚，帶花移得黃金栽。倒冠露頂坐狂客，擷香咀蕊浮新醅。最憐小雨灑疏竹，爽籟颯颯吹醉顋。君時傳詩頗精麗，意苦泥淖不得來。開緘文采自飛動，欲和但愧頑無才。久之黽勉強爲答，嫌春愛秋真可咍。

夜聞秋聲感而成詠同鄰幾作

八月天氣肅，萬物日已闌。庭前兩高桐，夜籟如哀絃。志士感節物，中夕耿不眠。起聽抱膝吟，悲烈聲相干。念此華葉改，想見顏色鮮，顧人生世間，榮悴理亦然。豈傷歲月速，愧無功名傳。少小學文章，出值用武年。儒官多見侮，敢爲戰士先！欲棄俎豆事，强習孫吳篇。迂鈍不可爲，屈曲性亦難。虛言盜祿食，實又畏上天。未能追世好，且樂樽酒間。九日近不遠，同醉黃花前。

和聖俞庭菊

不謂花草稀，實愛菊色好。先時自封植，坐待秋氣老。頰粧翠羽枝，已喜金靨小。嚴霜發層英，益見化匠巧。搖疑光艷落，折恐叢薄少。一日三四吟，一吟三四遶。賞專情自迷，美極語難了。得君所賦詩，爛熳愜懷抱。朗詠償此心，清樽爲之倒。

答梅聖俞見贈

自嗟處身拙，與世嘗齟齬。至於作文章，實亦少精趣。低摧朝市間，所向觸謗怒。夫子與衆殊，琢飾貺佳句。將然紙上動，讀畢恐飛去。自覺異平居，恍惚忘世故。迥如出泥塗，熏滌失臭污。衣之青霞裾，飲以紫蕊露。輶軒駕飛黄，蹀躞上夷路。古貴知者稀，流俗豈足顧！雅意雖可珍，三復未敢報。退慚百不堪，尚恐君悔誤。

舟至崔橋士人張生抱琴攜酒見訪

晚泊野橋下，暮色起古愁。有士不相識，通名叩余舟。鏗鏗語言好，舉動亦風流。自鳴紫囊琴，瀉酒相獻酬。余少在仕宦，接納多交遊。失足落坑穽，所向逢戈矛。不圖田野間，佳士來傾投。山林益有味，足可銷吾憂。

維舟野步呈子履

白日出高岡，遠野春氣動。蒼鳩鳴相歡，幽草色已弄。繫舟大河曲，登步目一縱。逍遥翫物華，所樂與君共。已忘竄逐傷，但喜懷抱空。古人負才業，未必爲世用。吾儕性疏拙，擯棄安足痛！四顧不見人，高歌免驚衆。

滯舟

落照滿長河，流水暖冲融。中有鳧鷺羣，上下隨和風。捕魚没淺浦，矯翅入紫空。嬉遊意自得，肯顧冥冥鴻！伊余何所適，舟滯數見窮。十步九暗灘，咫尺不可通。獠工裂吻噪，拾檝將何從？巨組挽屢斷，有如拔山峰。夕憂寇盜至，蹶弩映岸叢。徊徨但搔首，歎息無所容。曾無鳥禽樂，虛在人曹中。

過濠梁別王原叔

交道今莫言，難以古義責。錙銖較利害，便有太行隔。予生性闊疏，逢人出胸臆。一旦觸駭機，四向盡戈戟。平生朋游面，化爲虎狼額。謗氣慘不開，中者若病疫。遂令老成人，坐是亦見斥。既出芸香署，又下金華席。摧辱實難任，官名亦非惜。罪始職於予，時情未當隙。今來濠川涯，日夜自羞惕。高風激頹波，相遇過疇昔。白璧露肺肝，晴雲見顏色。乃知天壤間，自有道義伯。明日又告行，吁嗟四海窄！

尹子漸哀辭有序

予昨得罪，子漸數相過，感慰激切，恐予重得罪于朝廷也。其意結括避慎，非昔時子漸也。與之劇飲，則必作薤露長歌，舉音淒斷，坐中不忍聞。已而又有厭苦世故之說。予謂死者人之所惡，子何樂焉？對曰：「吾未嘗死，安知死之不樂也？生理局促不足，槩見之矣。」既別，才百餘日，子漸化去。豈其魄兆歟？予始聞之，怛然震起，爲出涕。徐又追其緒言，作哀辭，以寄執紼者。

漂流江湖外，負罪氣慘悽。況聞故人死，驚呼不成啼。當案舍匕筯，紆懷大河西。箴言尚在耳，鏗若環珮隨。志氣凜已失，神魂飄何之？昔云死者樂，復以生爲悲。予知達士懷，將以二物齊。今也果何如？無乃往意迷！荆棘飽雨露，叢蘭委汙泥。紫鸞忽腸絕，永年賦狐狸。天理漭難問，我意多乖暌。哀吟蒼山澗，注目白日低。不得慟寢門，雪涕江上隄。

天平山

吳會括衆山，戢戢不可數。其間號天平，突兀爲之主。傑然鎮西南，羣嶺争拱輔。吾知造物意，必以屏大府。清溪至其下，仰視勢飛舞。偉石如長人，聚立欲言語。捫蘿緣險磴，爛漫松竹古。中腰有危亭，前對紺壁舉。石竇落玉泉，泠泠四時雨。源生白雲間，顏色若粉乳。旱年或播灑，潤可足九土。奈何但泓澄，未爲應龍取！予方棄塵中，巖壑素自許。盤桓擇雄勝，至此快心膂。庶得耳目清，終甘死於虎。

奉酬公素學士見招之作

人生交分恥苟合，貴以道義久可要。世俗盈虚逐勢利，清風綿邈日以凋。長吟宇宙獨引領，浩浩萬古與我遥。安得此身有兩翅，颼然遠舉隨風飈？近逢公素我同好，厭憤偷俗常鬱陶。君方調官鎮京口，我以重罪廢本朝。身雖俱在大江外，不得會合煩相邀。秋風八月天地肅，千里明迥草木焦。夕霜慘烈氣節勁，激起壯思衝斗杓。豈如兒女但悲感，唧唧吟歎隨螗蜩？擬攀飛雲抱明月，欲踏海門觀怒濤。念君治所近不遠，江山蟠鬭氣象豪。樓頭陰明變霞霧，檻下日夕鬭蜃蛟。便將一往刷滯悶，去與草茁不可休。呼兒襆衣辦舟楫，一日百里豈憚勞！君方酒酣亦思我，奔墨紙上爲長謠。上言風物麗復壯，下述宴集樂且遨。意我羈愁正無賴，欲以此事相誇招。此篇筆絶墨未滲，我舟適到范老橋。古人千里有神會，以兹可信非相遼。倜然不以窮見棄，曠然不以位自驕。開緘朗詠毛髮疏，通夕噤痒睫不交。病膜誰將寶篦刮，痒背恰得仙人抓。長川奔渾走一氣，巨鎮截薛上赤霄。又如陰雲載雷電，光怪迸漏不可包。驚呼歎伏已不暇，焉敢有意争其高！却疑欺我老困頓，故作大句來相鏖。近罹罪辱舌雖在，每避嫌謗口已膠。更遭揪攬豈不畏？欲取筆硯俱焚燒。既承嘉命敢無報，將吐復茹移昏朝。留連日日奉杯宴，殊無間隙吟風騷。看君岸幘卷大白，有似巨浸吸百潮。賓從傾頹尚未厭，直恐潰爛腸與脬。神迷耳熱眼生纈，嚼盡寶壓狂酲消。歡流樂極古所誡，不免厭旦潛遁逃。還家數日却愁寂，夢中猶奉笑與嘲。强爲短篇答高誼，鄙思軋軋空自撓。覽之捧腹定絶倒，幸爲投棄毋傳抄。相思復思往相會，予今豈復如繫匏？行看雪夜景清絶，更乘逸興飛輕舠。

遷居

前歲旅淮楚，去年還上都。上都一歲内，前後七徙居。歲暮被重謫，狼狽來中吴。中吴未半歲，三次遷里閭。京師重騰移，長物動數車。江湖亦稍便，一舟已有餘。破壞新器皿，散亡舊圖書。家人頗倦煩，行路亦歎呼。吾知人之生，天壤乃蘧廬，其間暫寄寓，一世還須臾。縱遊極南北，所歷足自娱。猶恨苦滯淹，舉動攜妻孥。□□出八極，浩與元氣俱。仰首羨日月，晨夕苦奔趨。二物本無情，亦爲氣所驅，況我有血肉，又生名利區。手足日不閑，在地無根株。流宕固宜矣，何必厭道塗？此身亦外物，安用傷羈孤。庸人所見狹，但以鄉井拘。屑屑寸粒食，何異雞在笯？擬隨犯斗槎，欲上浮海桴。寄語懷安者，嗟嗟爾何愚！

若神棲心堂

予心充塞天壤間，豈以一物相拘關！然於一物無不有，遂得此身相與閒。上人搆堂號棲心，不欲塵累相追攀。冷灰槁木極潰敗，雖有善迹輒自删。予嘗浩然無所撓，與子異指亦往還。卷舒動静固有道，期於達者誠非艱。

郡侯訪予於滄浪亭因而高會翌日以一章謝之

荒亭俗少遊，遷客心自愛。繞亭植梧竹，私心亦有待。昨朝十騎來，趍趕擁林外。水禽駭笳鼓，野老瞻車蓋。公餘喜静境，賓至因高會。跋石已行庖，臨流聊褫帶。優遊鄙情通，放曠末禮殺。酒醇引易釂，炙美舉必嘬。千蹠恣食雞，二螯時把蟹。解顔閒善謔，傾耳得嘉話。暮夜歡未厭，徘徊意將再。見跋已懵騰，跨鞍極倒載。明日尚狂酲，嘉貺不遑拜。

送關永言赴彭門

鄙性背時向，處身介且迂。自固以爲節，人皆指爲愚。少年宦京邑，與衆頗異涂。一朝被放棄，漂然落江湖。江湖信美矣，心迹益更孤。永言金閨彦，器識當世無。機發弦上矢，辯走盤中珠。高風落溪山，恥與勢利趨。殊科二十年，不肯仕京都。顧我窮悴者，一笑情相於。日日奉盃宴，但覺懷抱攄。瓊琚照坐席，內顧瓦礫粗。未飲心自醉，相對氣已舒。得忘羈旅憂，蓋以道義俱。雲間宿古寺，花下招歌姝。勝境尋已遍，賞心未嘗辜。璽書趣赴治，候吏擁舳艫，秋風卷大旆，喧喧指東徐。郊亭對別酒，我獨增悲吁。人生大塊間，氣類有萬殊。賢愚各有合，唯予邈無徒。君子誤見知，交契若勘符。一旦又暌索，千里成濶疏。期君早自奮，佐時發雄圖。功成速收身，單舸還東吳。白頭青林下，罇酒相從娛。

夏熱晝寢感詠

盛夏日苦永，解帶坐小軒。對案不能食，揮汗白雨翻。軋軋過午景，宛轉無由昏。偃卧一榻上，既覺復夢魂。恬然世慮寂，時被蒼蠅喧。睡味勝仙去，忽恍難俱論。晨事如隔日，半雜夢寐言。人生貴壯健，及時取榮尊。夏禹惜寸陰，窮治萬水原。櫛沐風雨中，子哭不入門。況復庸下者，不出強趨奔？奈何但耽寢，懶惰守壞垣！念昔年少時，奮迅期孤騫。筆下驅古風，直趣聖所存。山子逐雷電，安肯服短轅？便將決渤澥，出手洗乾坤。文章竟誤身，大議誰周爰？捽首下牢獄，殗殗如孤豚。法吏使除籍，其過秪一飧。賓朋四散逐，投竄向僻藩。九虎口牙惡，便欲膏其蹯。上賴天子明，不使鉗且髡。此身自流浪，豈能濟元元？天下無所歸，汎舟旅江村。春雨看秧稻，落日自灌園。殊鄉寡朋友，孰辨石與琨？卷藏經濟術，強談奉狙猿。閒困尚有待，不忍沉湘沅。人暑晝閉户，一徑惡草繁。出嫌鳥啅噪，行見蛇蜿蜒。蠹書徒盈篋，濁醪徒盈樽。談笑誰可共，道義孰與敦？終日對稚孺，千里遠弟昆。此心既無用，不寢徒自煩。況茲晝景長，但厭枕簟温。北窗無纖風，返昃赤日痕。流光何輝赫，獨不照覆盆！會當破氛祲，血吻叫帝閽。爛爾正國典，曠然滌羣寃。姦讒囚大幽，上壓九崑崙。賢路自肅爽，朝政不復渾。萬物宇宙間，共被陽和恩。

哭師魯

前年子漸死，予哭大江頭。今年師魯死，予方旅長洲。初聞尚疑惑，涕淚已不收。舉盃欲向口，荆棘生咽喉。憶初定交時，後前穆與歐。君顏白如霜，君語清如流。予年又甚少，學古衆所羞。君欲舉拔萃，聲偶日抉搜。不鄙吾學異，推尊謂前修。今踰二十年，迹遠心甚稠。後會國南門，夜談雪滿樓。青燈照素髮，酒闌氣益遒。昨君握兵柄，節制關外侯。予才入册府，俄作中都囚。飛章力辯雪，危言動前旒。時雖不見省，凜凜壓衆媮。旋聞君下獄，六月送渭州。渭州舊治所，昔擁萬貔貅。堂中坐玉帳，堂下森蛇矛。令嚴山石裂，恩煦春色浮。釁生無根牙，衆言起愆尤。返來入狴犴，吏對安可酬？法冠巧椎拍，刺骨不肯抽。削秩貶漢東，驅迫日置郵。窮途無一簪，百口誰相賙？諸子繼死亡，清血潰兩眸。貿然幾喪明，憤苦結不瘳。君性本剛峭，安可小屈柔！暴罹此寃辱，苟活何所求？人間不見容，不若地下遊。又疑天憎善，專與惡報讎。二豎潛膏肓，衆鬼來揶揄。棄局奔南陽，後事得所投。心膽尚卓犖，精明已彌留。生平經緯才，蕭瑟掩一丘。青天自茫茫，長夜何悠悠！萬物孰不死，死常在嚴秋。君齒方盛壯，衆期樹風猷。二邊況橫猾，四海皆瘡疣。斯時忽云亡，孰爲朝廷憂？予方編吳氓，日自親鋤耰。無緣匐匍救，兀兀空悲愁。時思莊生言，所樂唯髑髏。物理不可詰，此說誠最優！

和永叔瑯琊山庶子泉陽冰石篆詩

一氣破散萬事起，獨有篆籀含其真。周鼓秦山壞已久，下至唐室始有人。宗臣轉注得天法，質雖渾厚氣乃振。人間所存十數處，豐疏異體世共珍。其中琅玡石泉記，比之他法殊不倫。鐵鎖關連玉鈎壯，曲處力可掛萬鈞。復疑蛟虬植爪角，隱入翠壁蟠未伸。近來俗眼苦不賞，唯有風月時相親。紫薇仙人謫此守，此地勝絶舊喜聞。公餘往觀領賓從，獵獵畫隼摇青春。遠休車騎步泉側，酌泉愛篆移朝昏。揮弄潺湲玩點畫，情通恍忽疑前身。作詩緘本遠相寄，邀我共賦意甚勤。昨承見教久閣筆，壓以大句尤難文。永叔近以書戒予作詩。高風勝事日傾倒，安得身寄西飛雲？

答章傳

廢宫旅吴門，迹與世俗掃。構亭滄波間，築室喬樹杪。窮經文聖賢，放意狎魚鳥。志氣内自充，藜藿日亦飽。不圖名利場，有士同所好。南閩章其氏，傳名字傳道。清晨闖予門，疏爽見姿表。大篇隨自出，爛熳風力老。安敢當所褒，讀之欲驚倒。開軒延與語，指亦有深到。半生踏京塵，識子恨不早！扶疏珊瑚枝，本不自雕巧。當珍玉府中，何故委衰草？秋風還故鄉，無或歎枯槁。貴富烏足論，令名當自保。

寒夜

九河巨流凍長山，山高微黯石色頑。沙籠如煙吐朱灣，中天檛鼓雲垂關。壺炙不温乳烏死，城上琴聲愁九子。羅幕翻風花滿波，玉塵灑窗濕明綺。獸角消紅犀鳳乾，縷生篆字香盤盤。坐聆翰音拂南極，馳念疆埸中已酸。欲決沉雲叫陰帝，虜滅不使天下寒。

送施秀才

賤生罹凶喪，日與死亡逼。羈孤困猜嫌，動步畏蛇蜮。之子脱俗情，平生未相識。足繭千里來，顧我喜顏色。衣裘風霜凋，顏髮塵土蝕。開席揖之坐，意勤語膈塞。徐徐動辭氣，突兀露胸臆。紺囊出文章，發覆見寶璧。自羞無所有，曷以報相德？告行東風前，花草正狼藉。又無一樽酒，澆沃慰遠客。扁舟下長淮，企立空歎息。

送韓三子華還家

人在天壤間，共爲氣驅逐。歲月自崩奔，冉冉若轉轂。榮樂隨雲煙，凋零共草木。亨屯固常物，達者安可速？奈何此軀骸，未免混世俗！前年奔大凶，況復墮手足。零丁旅山陽，逐熟聚衰族。相逢眼盡白，閉户甘退縮。左丞鎮京亳，相去路重複。數遣令子來，千里弔荼毒。子華勇此行，東下甚匍匐。入門未及言，相向且慟哭。嗟我顏色枯，鬚蒼鬢雙秃。相別始踰年，世事何反覆！晤言出古表，但覺白日速。勘書春雨静，煮藥夜火續。襟懷兩沉淡，炯炯抱明玉。時苦外物喧，又嗟別期促。和風送歸帆，盎動淮氣綠。早寄別後篇，微吟慰孤獨。

觀放牐

沉沉滄淮口，植木限衆流。啓閉固有時，出納千萬舟。眷予懷抱昏，羇別相牽鉤。觀此巨派注，頗覺滯悶瘳。喧豗怒霆起，始駭久不收。既前目眩轉，足縮不敢留。朔雪下噴薄，散爲白霧浮。上懸赤油幕，旁斷縹玉旒。恐激地軸轉，人有魚鼈憂。驚嗟勢力壯，孰謂此物柔？吾思作至監，實以處上游。又欲接之口，沃蕩胸中愁。俄然漸枯涸，哮爾空泥溝。渟滀既因人，開洩豈自由。立間見底裏，咄哉爲爾羞！

金山寺

孤峰踴滄江，突兀臺殿積。驚波四面起，日夜走霹靂。陰壑滀風雲，陽崖産金碧。離披萬年樹，根抱太古石。修廊轉峻閣，窈窕壓山脊。寶像浮海來，珠瓔冷光滴。叩欄見黿鼉，揚首意自得。偃蹇互出没日此飽餘食。又有翠羽禽，羣飛喜賓客，口銜紺蒂花，近我若相識。開軒必曠絶，上下無異色。氣象特清壯，所覽輒快適。余心本高灑，悞爲塵土隔。不知人間世，有此物外迹。落日將登舟，低回空自惜。

秋夜

新秋積雨後，夜聞蚯蚓聲。似争絡緯繁，不讓蟋蟀清。嗟爾微陋物，身與土壤并。藐然本無心，天時使之鳴。空庭雜槁葉，亦能感人情。老蛟蟄汙泥，寂默不自驚。一旦走霹靂，飛雨洗八紘。幽蟠孰可聞，自有濟物誠。歲若弗大旱，此志豈忘行。

送黄莘還家

東風摇江波，碧草日夜芳。藹藹春物歸，遊子思故鄉。黄生士林華，志業收精剛。虎步南山隈，氣立衆獸旁。不肯受羈辔，但欲插翅翔。顧亦念所親，歸心劇風檣。想當舍檝初，喜氣充門牆。晨昏奉顔色，以時薦豆觴。雖享萬鍾禄，此樂不可償。予家白日下，偶來戀滄浪。因君江上别，撩我歸與長。

和菱磎石歌

滁州信至詫雙石，云初得自菱水濱。長篇稱誇語險絶，欲使來者不復言。畫圖突兀亦頗怪，張之屋壁驚心魂。麒麟才生頭角異，混沌雖死竅鑿存。瑯琊之郡褊且僻，得此固可駭衆觀。予嘗飛帆入震澤，窮探異境登龜黿。太湖二山名，最出怪石。居民百户石爲業，日夜采琢山不貧。山前森列戰白浪，猶似萬百鐵馬羣。雨昏浪打歲月古，千株萬穴偃復奔。自嗟才力本衰弱，安敢抵敵爲之文？況兹出産極易致，鄉俗見慣不甚尊。彼以至少合貴重，胡爲久棄如隱淪？偶逢精識見奬拔，衆目今乃稱奇珍。百人擁持大車載，城市觀走風濤翻。立於新亭面幽谷，共爲澡刷泥沙痕。涼泉下照嘉樹陰，翠影澄澹留煙雲。褒以篇章繪縑素，積歲汩没一旦伸。苟非高賢獨賞激，終古棄卧於窮津。世人愛憎逐興廢，使我吟歎傷精神。

頂破二山詩

北邑有頂山，下潛子母虬，其子去爲雨，以救鄉人憂。前壁穹峥開，化出百丈湫。後因號破山，致祠獻庶羞。歲來省其母，風雹六月秋。煙雲騰踏去，不復經月留。邑民賴其靈，雖旱歲有收。因成兩佛宇，幽邃號勝遊。磵泉走鸞車，松桂擁石樓。夜堂人噤滲，陰壁風颸飅。近年返暴雨，頗亦傷田疇。老農務祈禱，梵唄日不休。常爲釋徒利，乃作生民讐。嗚呼二虬者，其説何悠悠！

永叔石月屏圖

日月行上天，下照萬物根。向之生榮背則死，故爲萬物生死門。東西兩交征，晝夜不暫停。胡爲虢山石，留此皎月痕常存？桂樹散疏陰，有若圖畫成。永叔得之不得曉，作歌使我窮其原。且疑月入此石中，分此兩曜三處明。或云蟾兔好溪山，逃遁出月不可關。浮波穴石恣所樂，嫦娥孤坐初不覺。玉杵夜無聲，無物來擣藥。嫦娥驚推輪，下天自尋捉。遶地掀江踏山岳，二物驚奔不復見。留此玉輪之迹在青壁，風雨不可剥。此説亦詭異，予知未精確。物有無情自相感，不間幽微與高邈。老蚌向月月降胎，海犀望星星入角。彤霞爍石變靈砂，白虹貫巖生美璞。此乃西山石，久爲月照着。歲久光不滅，遂有團團月。寒輝籠籠出輕霧，坐對不復嗟殘缺。蝦蟇縱汝惡觜吻，可能食此清光没。玉川子若在，見必喜不徹。此雖隱石中，時有靈光發。土怪山鬼不敢近，照之僵仆肝腦裂。有如君上明，下燭萬類無遁形，光艷百世無虧盈。

演化琴德素高昔嘗供奉先帝聞予所藏寶琴求而揮弄不忍去因爲作歌以寫其意云

雙塔老師古突兀，素我瑶琴一揮拂。風吹仙籟下虚空，滿坐沉沉竦毛骨。按抑不知聲在指，指自不知心所起。節奏可盡韻可收，時於疏澹之中寄深意。意深味薄我獨知，陶然直到羲皇世。曲終暝目師不言，忽言昔常奉至尊。祥符天子政多暇，詔求絶藝傳中閽。紫宸仗退霜日紅，隨鞭入對蓬萊宫。平戎一弄沃舜聰，貂璫璧立亦動容。紫蘭之袍出禁府，聲華一日千門通。今來老病卧澤國，賞音不遇前事空。一雙玉鶴天上飛，人間但見枯死桐。幸逢寶器愜心手，因聲感舊涕灑胸。顧我踟躕不忍去，將行更欲留悲風。

寄王幾道同年

新安道中物色佳，山昏雲淡晚雨斜。眼看好景懶下馬，心隨流水先還家。步頭浴凫暖山没，石側老松寒交加。懷君覽古意萬狀，獨轉澗口吟幽花

田家詞

南風霏霏麥花落，豆田漠漠初垂角。山邊夜半一犂雨，田父高歌待收穫。雨多蕭蕭蠶簇寒，蠶婦低眉憂繭單。人生多求復多怨，天公供爾良獨難。

丙子仲冬紫閣寺聯句

白石太古水，才翁蒼崖六月冰。昏明咫尺變，子美身世逗留增。橋與飛霞亂，才翁人兼獨鳥升。風泉冷相搏，子美樓閣暮逾澄。反復青冥上，才翁躋攀赤日稜。唄音亢別壑，子美塔影弔寒藤。仙掌掛太一，才翁佛壇依古層。巖喧聞鬬虎，子美臺靜下飢鷹。晴檻通年雨，才翁濃蘿四面罾。日光平午見，子美霧氣半天蒸。潭碧寒疑裂，才翁鐘清遠白凝。陽陂冬聚笋，子美陰壁夏垂縆。有客饒佳思，才翁高吟出遠憑。雄心翻表裏，子美遠目著軒騰。岑寂來清夜，才翁沉冥接定僧。宿猿深更杳，子美落木靜相仍。松竹高無奈，才翁煙嵐翠不勝。甘酸收脫實，子美坳隩布清隥。北野纔沉著，南天更勃興。恣睢超一氣，才翁魑魅起孤鵬。並澗寒堪摘，看雲重欲崩。行中向背失，子美呼處下高應。庭樹巢金爵，樵兒弄玉繩。斷香浮缺月，才翁古像守昏燈。乳管明相照，莎髯綠自矜。深疑嘯神物，子美虒欲敵殽陵。俯仰孤心撓，回翔百感登。畫圖風動壁，詩句涕霑膺。先公有留題在澄心閣。歲月看流矢，才翁心腸劇斷絙。追攀初有象，悲憤遂相乘。故賞知無遁，遺靈若此憑。依然忍回首，子美愁絕下崚嶒。才翁

水輪聯句十六韻。

痛矣真源喪，紛紜物象來。子美水輪今若此，世事亦宜哉。才翁上下車交輻，周旋斗轉魁。子美咸淵日微墮，仙窟月初開，才翁旁梶從爲用，垂絙重亦回。枘多初不曉，機密暗相該。子美圜外滄浪洩，庭間霹靂摧。玉飛千仞表，纓掛九泉隈。才翁翻覆殊難定，牽連巧自媒。建瓴今比速，抱甕此相哀。子美平眠曾

無覺，深窺遂可猜。圝圝釋子璧，軋軋雁王臺。才翁解見陶埏運，寧觀將轂推，造端緣有發，汲用始知材。子美本異道家意，定遭怡士咍。轉圓非雅具，欹器有深炎。才翁持滿忘前監，相傾自下催。流風無以復，視此一徘徊。子美

薦福塔聯句

躋攀皇都壯，才翁盤基紫宙雄。山河供遠目，王緯簷户發高風。梯險三休上，子美輪開一氣中。門當谷子午，才翁影落陌西東。韻鐸翻天籟，緯危觚駐夕紅。側聆悲下俗，子美仰面識長空。絶若神擠至，才翁深疑鑿暗通。人寰如蟻垤，緯身世甚秋蓬。歎息興亡地，子美沉吟製作工。清思抱明月，狂欲把飛鴻。去矣登臨興，才翁巍乎造化功。涼襟當爽塏，幽意入鴻濛。頭角峰如揖，緯丹青樹不同。城郛回迤邐，閣殿矢穹隆。可使孤懷放，子美胡爲萬恨終。何當得壯士，提取出塵籠！才翁

悲二子聯句 穆修伯長、凌孟陽伯華。

有客自遠方，來以二子説。穆子疾病初，家事巨細缺。鄰人苦其求，才翁醫師久已決。案盃小大空，布被旁午裂。餘喘尚能鼓，子美老憤知已結。目淒望羊泓，髭斷反蝟茁。憂酸繫餘生，才翁嗥嘑留永訣。語妻後日計，書策未可徹。教子立世資，子美圓曲勿自悦。吾屬何流離，衆人方草竊。凌子久道路，才翁十口著羈紲。恰旅重江間，正值大飢節。既無裹飯交，子美疾走繼粗糲；又無執漿人，及時沃枯渴。惜哉殞天命，才翁痛焉在親絰！帝胡生爾身，世復稱其傑。胸伏氣萬丈，子美腸貯怨百折。艱難泊風波，憔悴

隳霜雪。久僕勤龍鍾，才翁弱女癡蹴躃。文隨寒餓空，道與煙焰滅。魂兮竟何歸？子美去矣不得別。長府豈無財？莫濟醫藥切，太倉豈無粟？才翁莫解腹腸熱。大了聖在上，海內清欲澈。伊人胡不官，子美既死安得活？朝青與暮紫，神喜天不軋；昂車與怒馬，才翁門滿道不絕。之子苟閒廁，斯民迺貪饕。高亢世弗親，子美方嚴鬼所掣。敢言才足珍，寧免否來𥁕！思潛淚輒抽，才翁慘舊面成衋。舉目此牢落，側身今鄙媟。箴言耳空虛，子美險論口𠪚𨉖。作詩告石梁，聊以慰寒骨。叔才

地動聯句天聖己巳十月二十二日作。

大荒孟冬月，才翁末旬高春時。日腹昏盲佷，子美風口鳴鳴咿。萬靈困陰戚，叔才百植嗟陽衰。濃寒有勝氣，子美大凍無敗期。六指忽搖拽，叔才羣蹠初奔馳。丸銅落蟾吻，子美始異張渾儀。列宿犯天紀，叔才預驗漢志辭。民甿函鼓舞，子美禁堞強崩離。坐駭市聲死，叔才立怖人足踦。坦途重車僨，子美急傳壯馬敧。陵阜動撫手，叔才礫塊當揚箕。停污有亂浪，子美僵木無靜枝。衆喙不暇息，叔才沓嶂驚欲飛。踊塔撼鐸碎，子美安流蕩舟疲。倒壺喪午漏，叔才顛巢駭眠鴟。居人眩眸子，子美行客勞髑兒。南北頓儵忽，叔才西東播戎夷。四鎮一毛重，子美百川寸涔微。斗藪不知大，叔才軒輊主者誰？共工豈復怒，子美富媼安得爲？寧無折軸患，叔才頓易崩山悲。衆蟄不安土，子美羣乇難麗皮。驚者去靡所，叔才仆或如見擠。轟雷下簷瓦，子美決玉傾倉粢。雙顛太室吻，叔才四躍宸庭螭。萬宇變旋室，子美百城如轉機。念此大災患，叔才必由政瑕疵。勝社勇厥氣，子美孤陽病其威。傳是下乘上，叔才亦曰尊屈卑。夫惟至靜者，子美猶

不可保之。況乃易動物，叔才何以能自持？高者恐顛墜，子美下者當鎮綏。天戒豈得慢，叔才肉食宜自思。變省孽可息，子美損降禍可違。願進小臣語，叔才兼爲丹扆規。偉哉聰明主，子美勿遺地動詩。叔才

瓦亭聯句

陰霜策策風呼虓，羌賊膽開凶焰豪。子美赤膠脆折乳馬健，漢野秋穟黃雲高。才翁驅先老厓伏壯黠，裹以山壑鬼莫招。子美烽臺屹屹百丈起，但報平安摇桔槔。才翁喜聞羸師入吾地，主將踴躍士慉驕。子美神鋒前揮擁勝勢，横陣立敵俱奔逃。才翁不知餌牽落檻穽，一麾發伏如驚飆。子美重圍八面鳥難度，相顧無路惟青霄。才翁地形窄束甲刺骨，背裂不復能相鏖。子美棄兵衮衮令不殺，部曲易主無纖囂。才翁慟哭皇天未厭禍，空同無色勁氣消。子美狂童得志賤物命，隴上盤馬爲嬉遨。才翁蒼皇林間健兒婦，剪紙瀝酒呼嗷嗷。子美將軍疾趨占葬地，年年載柩争咸崤。才翁朝廷不惜好官爵，絳蜜刻印埋蓬蒿。子美三公悲吟困數敗，車上輕重如鴻毛。才翁白衣壯士氣塞腹，憤勇不忍羞本朝。子美重瞳三顧可易得，亮輩本亦生吾曹。才翁窮居哀牢厭咄咄，歲月奔激朱顏彫。子美當年請行大明下，今日頹墮思南巢。才翁陽羨溪光逗蒼玉，尺半健鯽煙中跳。便欲買田學秧稻，不復與世争錙毫。奈何三世奉恩澤，肯以軀命辭枯焦！才翁以知出處繫大義，一飯四顧情如燒。賀蘭磨劍河飲馬，頸繫此賊期崇朝。歸來天下解倒掛，玉色藹藹宸歎饒。才翁筆傾江河紙雲霧，歎頌天業包陶姚。子美

淮上喜雨聯句

江淮經歲旱，春暮忽然雨。子美亂點踰廣津，散灑入原土。才翁萬物氣稍蘇，厲妖莫能聚。子美羣山洗故塵，紫翠坐可數。才翁昏如籠纖紗，媚若映紺縷。子美碧瓦南崦中，重疊出迴睹。才翁扁舟凌空飛，白鳥入煙舞。子美遥林動新滋，顏色若可取。才翁碧草弄微芳，低昂欲來語。子美繁聲過沙頭，上下謳鴉櫓。才翁濃淡新畫成，快愜久病愈。子美念此時多虞，豈得歲少阻！才翁焦心閔疲農，虛口待香稌。子美縣吏事凶貪，氣若解縛虎。才翁惟於縱誅斂，乃能奮怒武。子美青天雖云明，疑不照艱苦！才翁此時忽霶霈，知有神物主。子美不然諸蒼生，性命委草莽。才翁本壓邦豈寧，皮去毛安附？子美歌此告巨公，行當視前古。才翁

和石曼卿明河詠

八月銀河好，天高夜自明。樓臺通迴意，風露得餘清。幾爲浮雲亂，都宜小雨晴。離人強回首，耿耿邈無情。

師黯以彭甘五子爲寄因懷四明園中此果甚多偶成長句以爲謝

憶向江東太守園，猗猗甘樹蔽前軒。風搖玉蕊霏微落，霜發金衣委墜繁。枕畔冷香通醉夢，齒邊餘味滌吟魂。天彭路遠無因得，猶賴君心記舊恩。

遊洛中內

洛陽宮闕鬱嵯峨，千古榮華逐逝波。別殿秋高風淅瀝，後園春老樹婆娑。露凝碧瓦寒光滿，日轉觚稜暖豔多。早晚金輿此遊幸，鳳樓前後看山河。

送家靜及第後赴官清水

幾年塵土客京華，一日春乘犯斗槎。夢好夜歸全蜀道，眼明朝宴上林花。白頭佐邑非爲晚，藍綬還鄉亦可誇。況有雄圖看悟主，莫傷孤宦向天涯。

靜勝堂夏日呈王尉

虛堂吏事稀，吟卧欲忘機。窗靜蜂迷出，簾輕燕誤飛。煩心傾晚簟，倦體快風衣。更想霜雲外，同君看翠微。

黎生下第還鄉

人云之子賢，文采出巴川。失意聲名在，還家歲月遷。離懷春色裏，歸路夕陽邊。無廢青箱學，窮愁古亦然。

春日晚晴

人言春雨好，更好晚來晴。樹色通簾翠，煙姿著物明。得泥初燕喜，避弋去鴻輕。誰見危欄外，斜陽盡眼平？

遊南内九龍宫

昔帝龍驤後，因池大此宫。簫笳疊終日，旌仗展無窮。繪塑神靈集，飛潛爪角雄。陰軒常隱霧，暗堵亦含風。巨盜來移國，天王遽避戎。蒼黄狩巴蜀，倏忽陷河潼。閣殿回看遠，塵氛久見蒙。歸來故基在，不與往時同。疊瓦煙間碧，新蕖露下紅。波春蕩初月，沙晚發悲鴻。世變今無復，人愁杳莫終。樹穿瑶甃裂，碑碎玉樓空。九曲皆遺石，諸王祇斷蓬。興亡何足問，一一夕陽中。

送陳進士遊江南

昔也衣裾已化塵，驅車今去涉驚津。淮天蒼茫背殘臘，江路逶迤逢舊春。時有飄梅應得句，苦無蒸酒可霑巾！歸來莫戀溪山勝，楓鬼揶揄解笑人。

和馬承之古廟

廟貌空山裏，垣穨入徑斜。尚應名竹素，不復祭牲豭。木暗鴞呼鬼，庭荒雀啅蛇。有靈從寂寞，慎勿學凶邪！

和解生中秋月

不爲人間意，居然節物清。銀塘通夜白，金餅隔林明。醉客樽前倒，棲烏露下驚。悲歡古今事，寂寂墮荒城。

宿太平宫

驅車長道久塵勞，一宿清宫醒骨毛。古檜有風天自籟，石壇多露鶴争嗥。星河耿耿秋還迥，樓觀澄澄夜更高。吟對疏鐘俗機盡，已疑身世屬仙曹。

獨遊輞川

行穿翠靄中，絶磵落疏鐘。數里踏亂石，一川環碧峰。暗林麋養角，當路虎留蹤。隱逸何曾見，孤吟對古松。

過下馬陵

下馬陵頭草色春，我來懷古一霑巾。陵邊又有纍纍冢，應是當年取酒人。

覽含元殿基因想昔時朝會之盛且感其興廢之故

在昔朝元日，千門動地來。方隅正無事，輔相復多才。仗下簪纓肅，天中繖扇開。皇威瞻斗極，曙色辨崔嵬。赤案波光卷，鳴梢電尾回。熊羆驅禁衛，雨露覆蘭臺。横賜傾中帑，窮奢役九垓。只知營國用，不畏屈民財。翠輦還移幸，旻天未悔災。羣心尊困獸，回首戀寒灰。曾以安無慮，翻令世所哀。行人看碧瓦，獨鳥下蒼苔。雖念陵爲谷，遥知禍有胎。青編遺迹在，此地亦悠哉！

望秦陵

雄心雖蓋世，竟亦棄羣臣。役重傾天下，時危啓聖人。石麟空舉首，銀海罷流春。隴闕今無復，應深行路塵。

留題樊川李長官莊

杜曲東邊風物幽，我來繫馬獨淹留。門前翠影山無數，竹下寒聲水亂流。酒壓新陳常得醉，花開番次不知秋。主公堆案縈官事，早晚歸來今白頭。

宿終南山下百塔院

驅馬山前訪古蹤，僧居瀟灑隔塵籠。遶庭石甃谷間水，入户鳴鵐堆上風。無限老松秋色裏，數聲疏鐸月明中。村雞坐聽三號徹，去去前朝氣味同。

宿華嚴寺與友生會話

危構岧嶤出太虛，坐看斜日墮平蕪。白煙覆地澄江濶，皎月當天尺璧孤。疏磬悲吟來竹閣，青燈寂寞照吟軀。老僧怪我何爲者，說盡興亡涕淚俱。

送王揚庭著作宰巫山

蘭臺舊漫郎，爲邑上瞿塘。地僻風煙古，公餘日景長。江聲通白帝，山勢入青羌。落筆多佳句，時應滿錦囊。

晚意

晚色微茫至，前山次第昏。羸牛歸逕遠，宿鳥傍簷翻。盤喜黄粱熟，盃餘白酒渾。田家雖淡薄，猶得離塵喧。

春暮初晴自御宿川之華嚴寺

春暮曾無屬物心，野行聊得據鞍吟。路經廢苑情通古，水遶蒼山意共深。殘日花間浮暖豔，斷雲樓外卷輕陰。騷人自昔傷鶗鴂，休苦風前送好音。

次韻和師黯寄王耿端公

嫉惡曾收柱後冠，淹淪今未復榮班。青雲失路初心遠，白雪盈簪壯志閑。厩馬尚嘶驄奮迅，篋衣猶曝繡斕斑。風流縣尹多才思，時寄篇章與解顔。

聞京尹范希文謫鄱陽尹十二師魯以黨人貶郢中歐陽九永叔移書責諫官不論救而謫夷陵令因成此詩以寄且寬其遠邁也

朝野蔚多士，袞然良可羞。伊人秉直節，許國有深謀。大議摇巖石，危言犯采旒。蒼黄出京府，憔悴謫南州。引黨俄嗟尹，移書遽竄歐。安惭言得罪，要避曲如鉤。郢路幾來馬，荆川還泝舟。傷心衆山集，舉目大江流。遠動家公念，師魯父作牧於東川。深貽壽母憂。永叔有母垂老。横身罹禍難，當路積仇讎。衛上寧無術，亢宗非所優。吾君思正士，莫賦畔牢愁。

暑景

溽暑倦幽齋，縱横書亂堆。風多應秀麥，雨密不黄梅。乳燕並頭語，紅葵相背開。吟餘晴月上，涼思入樽罍。

夏中

院僻簾深晝景虚，輕風時見動竿烏。池中緑滿魚留子，庭下陰多燕引雛。雨後看兒争墜果，天晴同客曝殘書。幽棲未免牽塵事，身世相忘在酒壺。

夏意

别院深深夏簟清，石榴開遍透簾明。樹陰滿地日當午，夢覺流鶯時一聲。

和淮上遇便風

浩蕩清淮天共流，長風萬里送歸舟。應愁晚泊喧卑地，吹入滄溟始自由。

先公之愛馬以病寄他廄今死矣

先君所乘馬，其色白於銀。磊落龍之種，權奇世共珍。獨嘶如想望，久步見精神。方目照代夜，拳毛刷渭津。先公在河東、陝右，皆乘此馬。鬣寒如擁浪，蹄駛不驚塵。潦倒已伏櫪，蒼黃仍借人。俄傳斃帷信，無復錦蒙親。倚棹思神駿，蕭然淚灑巾。

重過句章郡

曾隨使旆此東歸，日日登臨到落暉。疇昔侍行猶總角，如今重過合霑衣。窺魚翠碧忘形坐，趁伴蜻蜓照影飛。風物依然皆自得，歲華飄忽賞心遲。

晚出潤州東門

京口古雄處，昔年嘗此過。風流看石獸，人事共江波。河轉路疑盡，日斜山更多。城樓鬱天半，回首恣吟哦。

無錫惠山寺

寺古名傳唐相詩，三伏奔迸予何之？雲山相照翠會合，殿閣對走涼參差。清泉絶無一塵染，長松自是拔俗姿。二邊羌胡日鬬格，釋子宴坐殊不知。

過蘇州

東出盤門刮眼明，蕭蕭疎雨更陰晴。綠楊白鷺俱自得，近水遠山皆有情。萬物盛衰天意在，一身羈苦俗人輕。無窮好景無緣住，旅棹區區暮亦行。

秀州通越門外八九里臨水多佳木茂樹以便風不得停舟一賞愴然爲詩

密樹重蘿覆水光，珍禽無數語琅琅。驚帆瞥過如飛鳥，回首風煙空斷腸。

秀州城外九里有竹樹小橋予十八年前與友人解晦叔飲别于此今過之景物依然而解生已亡悲嘆不足復成小詩

當年共醉此橋邊，道舊狂歌至暮天。得句旋題新竹上，移舟還傍亂花前。君埋塵土骨應化，我逐風波心欲燃。落日長號感人事，沙頭寂寞上漁船。

天章道中

晝鷁低飛湖水平，高低樓閣滿稽城。人遊鑑裏山相照，魚戲空中日共明。盡是荷風香不斷，忽逢溪雨氣尤清。藍轝却上蘭亭步，猿鳥雲蘿伴此行。

望太湖

杳杳波濤閲古今，四無邊際莫知深。潤通曉月爲清露，氣入霜天作暝陰。笠澤鱸肥人膾玉，洞庭柑熟客分金。風煙觸目相招引，聊爲停橈一楚吟。

大禹寺

鑑湖盡處衆峰前，寺古蕭疏水石間。殿閣北垂連禹廟，松筠東去入稽山。坐中巖鳥自上下，吟久溪雲時往還。我厭區區走名宦，未能來此一生閒。

杭州巽亭

公自登臨闢草萊，赫然危構壓崔嵬。涼翻簾幌潮聲過，清入琴樽雨氣來。疇昔江山何處好，生平懷抱此中開。東南地本多幽勝，此向東南特壯哉！

松江長橋未明觀魚

曙光東向欲朧明，漁艇縱横映遠汀。濤面白煙昏落月，嶺頭殘燒混疏星。鳴榔莫觸蛟龍睡，舉網時聞魚鼈腥。我實宦遊無況者，擬來隨爾帶笭箵。

淮中晚泊犢頭

春陰垂野草青青，時有幽花一樹明。晚泊孤舟古祠下，滿川風雨看潮生。

湘公院冬夕有懷

去年急雪灑窗夜，獨對殘燈觀陣圖。今夕悲風撼軒竹，又來開卷擁寒爐。禪房瀟灑皆依舊，世路崎嶇有萬殊。

離京後作

春風奈别何，一棹逐驚波。去國丹心折，流年白髮多。脱身離網罟，含笑入煙蘿。窮達皆常事，難忘對酒歌。

答和叔春日舟行

幽人漂泊與無窮，弄水尋花處處同。春入水光成嫩碧，日匀花色變鮮紅。静中物象知誰見，閒極情懷覺道充。寄語悠悠莫疑我，五湖今作狎鷗翁。

舟行有感

忽忽賞節物，區區何所歸？天陰鳥自語，水落岸生衣。客況知誰念，人生與願違。東風百花發，獨采北山薇。

淮亭小飲

山氣復清淮，亭臨亂石開。旅愁無處避，春色爲誰來？酒賴啼鶯送，歌隨去雁哀。相攜聊一醉，休使壯心摧。

壽陽閒望有感

維舟亭下偶登臨，下蔡風流古至今。遠嶺抱淮隨曲折，亂雲行野乍晴陰。幽人憔悴搔白首，啼鳥哀鳴思故林。觸處塗窮何足慟，直回天地入悲吟。

阻風野步有感呈子履

輕舟留滯已春殘，攜手栖栖田野間。盡日東風吹百草，有時雙鷺下前灣。古來少見如君困，世上應無似我閑。斗擻塵襟莫回首，謗書終不到溪山。

過泗水

五年六經此，仰首歎勞生。山是往時色，人皆今日情。機心去國少，塵眼向淮明。物理吾俱曉，漂流安足驚！

和丹陽公素學士晚望見懷

古郡登臨足勝遊，使君才調更風流。過雲送雨海山暗，斜口催蟬江樹秋。屢辱嘉招嗟放棄，又傳新詠慰淹留。霜天乘興當西謁，共醉城尖四望樓。

送子履

一舸風前五兩飛，南遷今去別慈闈。人生多難古如此，吾道能全世所稀。幸有江山聊助思，莫隨魚鳥便忘歸。君親恩大須營報，學取三春寸草微。

題花山寺壁

寺裏山因花得名，繁英不見草縱橫。栽培剪伐須勤力，花易凋零草易生。

春睡

別院簾昏掩竹扉，朝酲未解接春暉。身如蟬蛻一榻上，夢似楊花千里飛。嗒爾暫能離世網，陶然直欲見天機。此中有德堪爲頌，絶勝人間較是非。

覽照

鐵面蒼髯目有稜，世間兒女見須驚。心曾許國終平虜，命未逢時合退耕。不稱好文親翰墨，自嗟多病足風情。一生肝膽如星斗，嗟爾頑銅豈見明！

秋懷

年華冉冉催人老，風物蕭蕭又變秋。家在鳳凰城闕下，江山何事苦相留？

中秋松江新橋對月和柳令之作

月晃長江上下同，畫橋横絶冷光中。雲頭豔豔開金餅，水面沉沉卧綵虹。佛氏解爲銀色界，仙家多住玉華宫。地雄景勝言不盡，但欲追隨乘曉風。

病中得杜丞相見寄詩感而有作

易毁唯遷客，難諳是俗情。愁多怯秋夜，病久厭人生。委順聞之舊，衰羸見者驚。新詩如接侍，吟罷涕淋纓。

滄浪懷貫之

滄浪獨步亦無悰，聊上危臺四望中。秋色入林紅黯淡，日光穿竹翠玲瓏。酒徒漂落風前燕，詩社凋零霜後桐。君又暫來還徑去，醉吟誰復伴衰翁？

和彦猷晚宴明月樓二篇次韻。

溪聲來從一氣外，樓角插在蒼霞中。豔歌横飛送落日，哀箏自響吹霜風。低昂黛色四山黯，凌亂纈紋疏樹紅。憑欄揮手問世俗，何人得到蟾蜍宮？落晚天邊燕席開，溪山相照絶纖埃。緑楊有意簷前舞，涼月多情海上來。香穗紫斜凝畫棟，酒鱗環合起金罍。自疑身是乘槎客，泛徹銀河却欲回。

依韻和王景章見寄

歲律峥嶸臘候深，一天風雪卷愁陰。故人默默懷交意，逐客悽悽上國心。千里相望空眄盻，當年下吏阻追尋。咄嗟謗口聞高誼，披豁羈懷見雅吟。學道元將禦窮困，浮生何必計升沉。世間機穽知難避，往者圖書可自箴。猶得雲山開醉眼，可無俗物撓沖襟？鵬來閒暇何須怪，鬼見揶揄豈易禁！楚客留情著香草，啓期傳意入鳴琴。夫君自上丹霄去，莫忘雲泉寄好音。

答仲儀見寄

前歲京都吏議喧，勁弓摧翮兩連翩。男兒窮困終歸道，世路傾危自有天。雲壑已通塵外意，茅齋仍得日高眠。寄聲吾舅無相念，今作江湖九館仙。

雨中聞鶯

嬌騃人家小女兒，半啼半語隔花枝。黄昏雨密東風急，向此飄零欲泥誰？

秋雨

陰風攪林壑，驟雨到江湖。白日不覺沒，繁雲何處無？樓吟涼筆硯，溪夢亂菰蒲。聞説京華甚，污泥入敝廬。

懷月來求聽琴詩因作六韻

正聲今遁矣，古道此焉存。商緩知臣僭，風熏見帝尊。雄豪尚餘勇，淡泊忽忘言。繁極殊無間，來長若有源。已能通變化，直可探胚渾。此理師應得，西風獨掩門。

送黃通

浪遊天下訪知音，健節亭亭恥陸沉。當日拜官隨鶴版，此時孤宦入蛇林。羈愁雖得著書樂，風物能傷遷客心。顧我冥頑如瓦石，爲君分袂亦悲吟。

秋宿虎丘寺數夕執中以詩見貺因次元韻

生事飄然付一舟，吳山蕭寺且淹留。白雲已有終身約，醁酒聊驅萬古愁。峽束蒼淵深貯月，巖排紅樹巧裝秋。徘徊欲出向城市，引領煙蘿還自羞。

夢歸

雨隔疏鐘曉不知，春風吹夢過江西。雨聲破夢北窗響，卧憶江西路亦迷。

獨步遊滄浪亭

花枝低欹草色齊，不可騎入步是宜。時時攜酒祇獨往，醉倒唯有春風知。

初晴遊滄浪亭

夜雨連明春水生，嬌雲濃暖弄微晴。簾虚日薄花竹静，時有乳鳩相對鳴。

遊招隱道中

揚鞭望招隱，塵思漠然收。雲接青林合，泉兼碧草流。疏鐘傳别壑，晚日動前樓。嘉遁平生志，吁嗟得暫遊。

揚州城南延賓亭

亂蟬咽咽柳霏霏，獨上危亭俯落暉。江外山從林下見，城中人向渡頭歸。風煙遠近思高遁，豺虎縱横難息機。出處兩乖空自撓，傷哉吾道欲何依？

晚泊龜山

南灣晚泊一徘徊，小徑山間佛寺開。石勢向人森劍戟，灘光和月瀉瓊瑰。每傷道路銷時序，但屈心情入酒盃。夜籟不喧羣動息，長吟聊以寄餘哀。

滄浪靜吟

獨遶虛亭步石矼，靜中情味世無雙。山蟬帶響穿疏户，野蔓盤青入破窗。二子逢時猶死餓，三閭遭逐便沉江。我今飽食高眠外，唯恨醇醪不滿缸。

丹陽子高得逸少瘞鶴銘於焦山之下及梁唐諸賢四石刻共作一亭以寶墨名之集賢伯鎮爲之作記遠來求詩因作長句以寄

山陰不見換鵝經，京口今存瘞鶴銘。瀟灑集仙來作記，風流太守爲開亭。兩篇玉蕊塵初滌，四體銀鉤蘚尚青。我久臨池無所得，願觀遺法快沉冥。

遊雲上何山

今古何山是勝遊，亂峰縈轉繞滄州。雲含老樹明還滅，石礙飛泉咽復流。遍嶺煙霞迷俗客，一溪風雨送歸舟。自嗟塵土先衰老，底事孤僧亦白頭？

冬夕偶書

謾走聲名三十年，亦曾文采動君前。玉顏皓齒他人樂，獨守殘燈理斷編。

寒夜十六韻答子履見寄

風雨夜寒新，空齋感慨頻。詩書窮不放，燈火静相親。眺聽時懷土，低摧動畏人。魏文詩云：「客子常畏人。」漫書成咄咄，遠吠厭狺狺。念昔羅憂患，惟君共苦辛。漂流數千里，會合十餘旬。各閔傷弓翼，聊同煦沫鱗。誰知公治罪？衆笑伯龍貧。隔絕今一水，睽離將再春。嘉篇數爲貺，尺牘亦相珍。倚伏時難定，屯亨理亦循。劍埋猶有氣，蠖屈尚能伸。邦國方登俊，江湖且放神。不憂知在命，任重莫如身。白首襟期遠，青雲志業均。陶然任元化，慎勿損天真。

獨遊曹氏園因寄伯玉

去年把酒共徘徊，今日尋幽獨此來。竹密似嫌閒客入，梅含應待主人開。贊謀盛府方投刃，捍患長隄正展才。早晚得歸如舊約，伴君池上倒樽罍。

小酌

寒雀喧喧滿竹枝，驚風淅瀝玉花飛。霜柑糖蟹新醅美，醉覺人生萬事非。

送人還吳江道中作

江雲春重雨垂垂，索寞情懷送客歸。不憤東流促迴棹，羨他雙燕逆風飛。

題廣喜法師堂

我爲名驅苦俗塵，師知法喜自怡神。未如歡戚兩忘者，始是人間出世人。

詩僧則暉求詩

全吳氣象豪，詩思合翹翹。風雅久零落，江山應寂寥。會將趨古澹，先可去浮囂。好約長吟處，霜天看怒潮。

關都官孤山四照閣

勢壓蒼崖險可驚，攀雲半日到軒楹。旁觀竹樹回環翠，下視湖山表裏清。漸覺愁隨煙靄散，只疑身有羽翰生。他年君掛朱幡後，蜡屐笻枝伴此行。

清軒

誰鑿幽軒刮眼清，湖中嘉處更禪扃。龍聽夜講寒生席，鷗伴晨齋暖戲庭。水月澄明應作觀，雲山濃淡自開屏。我公亦爲留奇句，此地人間合有靈。

某爲世所棄困居于蘇平生交遊過門不顧長安侍讀葉丈不以秦吳之遠高下之隔閔此窮悴特貺以詩然韻險句奇不可攀續仰酬高

誼强扶蕪音

公鎮西都擁劇權，遠嗟窮苦寄新篇。氣雄迴出關河外，句險空驚魚鳥前。玉帳夜嚴兵似水，茅齋春靜草如煙。才愚榮悴皆殊絶，自笑相酬更斐然。

暑中閒詠

嘉果浮沉酒半醺，牀頭書册亂紛紛。北軒涼吹開疏竹，卧看青天行白雲。

寄題趙叔平嘉樹亭

嘉樹名亭古意同，拂簷圍砌共青葱。午陰閑淡茶煙外，曉韻蕭疏睡雨中。開户常時對君子，遠軒終日是清風。盤根得地年年盛，豈學春林一晌紅。

西軒垂釣偶作

曾以文章上石渠，忽因讒口出儲胥。致君事業堆胸臆，却伴溪童學釣魚。

夜聞笮酒有聲因而成詠

糟牀新壓響泠泠，欹枕初聞睡自輕。幾叚愁悰俱滴破，一番歡意已夠成。空階夜雨徒傳句，三峽流泉無此聲。只待松軒看飛雪，呼賓同引甕頭清。

秋夕懷南中故人

向夕依欄念昔遊，蕭條節物更他州。池光不動天深碧，月色無情人獨愁。千里江山幽信絶，一場風露敗荷秋。征鴻急急知何事，斷續哀鳴過不休。

乖崖詩鈔

張詠，字復之，濮州鄄城人。舉進士，知崇陽縣，歷官樞密直學士，知成都益州，禮部尚書。其治績多在蜀中，具載史傳。剛直自立，智識深遠，有澤被天下之心。尤博典籍，雖卜筮、醫藥、種植之書，無不精究。自少得劍術，無敵于兩河間。善弈碁，精射法。飲酒至數斗不亂。惡人諂事，不喜俗禮。因自號乖崖子，寫真自贊曰："「乖則違衆，崖不利物。乖崖之名，聊以表德。」嘗訪三峰陳希夷摶，摶顧謂弟子曰："「此人于名利淡然無情，達則爲公卿；不達則爲帝王師。」其爲高人推重如此。幼與青州傅霖同學。霖隱不仕。詠既貴，求霖者三十年，不可得。晚自金陵造朝，論丁謂、王欽若，出知陳州。一日霖忽來謁，閽走白詠，詠訶曰："「傅先生吾尚不得而友，汝敢呼姓名乎？」霖笑曰："「是豈知世間有傅霖者？」詠問："「昔何隱，今何出？」霖曰："「子將去矣，來報子爾。」詠曰："「詠亦自知之。」曰："「知復何言。」翼日辭去。後一月而詠卒，贈右僕射，謚忠定。詩雄健古淡，有氣骨，稱其爲人。其《與傅山人》詩云："「寄語巢由莫相笑，此心不是愛輕肥。」足以見其志也。

悼蜀四十韻

蜀國富且庶，風俗矜浮薄。奢僭極珠貝，狂佚務娛樂。虹橋吐飛泉，烟柳閉朱閣。燭影逐星沉，歌聲和月落。鬭雞破百萬，呼盧縱大噱。游女白玉璫，驕馬黃金絡。酒肆夜不扃，花市春漸作。禾稼暮雲連，紈繡淑氣錯。熙熙三十年，光景倏如昨！天道本害盈，侈極禍必作。當時布政者，罔思救民瘼。不能宣淳化，移風復儉約。情性非方直，多爲聲色着。從欲竊虛譽，隨性縱貪攫。蠶食生靈肌，作威恣暴虐。佞罔天子聽，所利惟剥削。一方忿恨興，千里攘臂躍。火氣烘寒空，雪彩揮蓮鍔。無人能却敵！何暇施擊柝。害物黷貨輩，皆爲白刃爍。瓦礫積臺榭，荆棘迷城郭。里第鎖苔蘚，庭軒喧鳥雀。斗粟金帛酬，束芻綺羅博。悲夫驕奢民！不能飽葵藿。朝廷命元戎，帥師盪兇惡。虎旅一以至，梟巢一何弱？燎毛焰晶熒，破竹鋒熠爚。兵驕不可戢，殺人如戲謔。悼耄皆麗誅，玉石何所度？未能剪强暴，争先謀剽掠。良生計空餘，死心愁隕穫。四野搆豺狼，五畝孰耕鑿？出師不以律，餘孽何由却！鄙夫識蜂蠆，寡術能籠絡。邊鄙未肅清，何顏食天爵？世方尚奔馳，誰復振蹇諤？黃屋遠萬里，九重高寥廓。時稱多英雄，才豈無衛霍？近聞命良臣，拭目觀奇略。

勸酒惜別

春日遲遲輾碧空，緑楊紅杏描春色。人生年少不再來，莫把青春枉拋擲！思之可不令人驚，中有萬恨千愁并。今日就花始暢飲，座中行客酸離情。我欲爲君舞長劍，劍歌苦悲人苦厭。我欲爲君彈瑶琴，淳風死去無回心。不如轉海爲飲花爲幄，贏取青春片時樂。明朝匹馬嘶春風，洛陽花發胭脂紅。車馳馬走狂似沸，家家帳幕臨晴空。天子盛明君正少，勿恨功名苦不早。富貴有時偷閑强歡笑，莫與離憂賈生老！

贈劉吉

天地有至私，劉生與英氣。學必摘其真，文能取諸數。叫回堯舜天，聒破周孔耳。通塞不我知，要在觀生意。居危不苟全，遇難立忠義！仕江南僞主，指斥姦佞曰：「果信是人，國將亡也。」歸國有名賢，天子聞之喜。倒海塞橫流，掀天建高議。治黃河有功，議邊將不才，廷辨大臣阿諛。冒死雪忠臣！證楊業忠赤，爲奸臣所陷。讜言警貴侍。重指中貴弄權。四海多壯夫，望風毛骨起。如今竟陵城，推司茶菽利。鶴情終是孤，仁性困亦至。勞勞憂衆民，咄咄罵貪吏。方期與叫閽，此實不可棄。如何不自持，稍負纖人累。酣歌引酒徒，亂入垂楊市。狂來拔劍舞，踏破青苔地。羣口咤若奇，我心憂爾碎。請料高陽徒，何如東山器？請料酒仙人，何如留侯志？去矣留跋江，深心自爲計。

寄晁同年

昔同白日昇穹碧，還同水國司民籍。三年不見頻寄書，兩月相過忘行役。桃花江上雪霏霏，黃鶴樓中風力微。幽勝逼人魂欲飛，此時不醉無與歸。人間美事應有主，別馬蹄霑邊塞土。南樓一望心凄迷，昨夜疏簷滴寒雨。休誇筆力驅真風，勿憶雲山千萬重。但遇西風一行鴈，殺青相問莫辭慵。

與進士宋嚴話別

人之相知須知心，心通道氣情轉深。凌山跨陸不道遠，躡屩佩劍來相尋。感君見我開口笑，把臂要我談王道。幾度微言似愜心，投杯着地推案叫。此事置之無復言，且須舉樂催金船。人生通塞未可保，莫將閑事縈心田。興盡忽告去，挑燈夜如何？彈琴起雙舞，拍手聊長歌。我輩本無流俗態，不教離恨上眉多！

縣齋秋夕

才薄難勝任，空銷懶惰情。公堂羣吏散，苔地亂蛩聲。隔歲鄉書絶，新寒酒病生。方今聖明代，不敢話辭榮。

登黃鶴樓

重重軒檻與雲平，一度登臨萬想生。黃鶴信移煙樹老，碧雲魂亂晚風清。何年紫陌紅塵息，終日空江白浪聲。莫道安邦是高致，此身終約到蓬瀛。

登麟州城樓

莫問戎庭苦，高欄是夕攀。時清官事少，邊静戍人閑。雉堞臨寒水，穹廬倚亂山。皇恩正無外，不擬更移還。

再任蜀川感懷

官職過身鬢已衰，傍人應訝退休遲。從來蜀地稱難制，此是君恩豈合違！兵火因由難卽問，郡城牢落不勝悲！無煩苦意思諸葛，只可頒條使衆知。李順、劉幹、王均，十年三亂。蜀人人思得諸葛亮，遇離亂提一旅之兵，平定川陝。此非宏才異略，則不濟也。方今天子仁聖，國富兵强，只宣馭遠寬平之詔，禁暴刑殺之令。不半年自整爾。

每憶家園樂蜀中寄傅逸人

每憶家園樂，名賢共里閭。劇談祛夜瘧，開寶中，與傅會于韓城，終夕談話。諸鄰病瘧，皆云不發。幽夢驗鄉書。每發家書，傅必先夢。漸老性情懶，隔年音信疏。終嫌累高節，不得薦相如。淳化末，余直省，密使人誘傅意勉之仕進，傅以爲薦己，是相污也，虛名何濟，遂止。

送趙侍丞罷秩遊青城山

公餘長閉目，只是老心情。閑道尋山去，連忙出户迎。好峰須到頂，靈迹要知名。迴日從容說，余將少解醒。

金陵郡齋述懷

傍人往往羨清途，野逸情懷亦自扶。官舍四邊多種竹，湖溝一面近生蘆。病嫌見客低佪甚，老覺臨官氣味粗。不信浮名是身累，有時閑撚白髭鬚。

郡齋書情寄仙游張及

老去慵仍甚，榮名舊日疏。又因經歲病，不答故人書。閉閣僧歸後，看山吏散初。何因論心跡，之子最相于。

遊趙氏西園

蜀中春豔世間疏，比並陳園恐未如。數里花光浮暖日，六街塵淨見香車。翻空雅樂催歡處，入格新詩上板初。方信承平無一事，淮陽閑殺老尚書。

寄田錫舍人

當年心計此心知，忽忽逢人亦自疑。枉是憂公生白髮，有何長略謝清時。林僧已怪抽身晚，朝侶猶嫌到闕遲。多喜通規識幽抱，路遥無處寄相思。

寄郝太冲

閑愁休問意休疑，此事關身合再思。心靜易求長世法，氣狂難與少年時。新編到底將何用，舊好如今更有誰！猶憶公堂秋會否，遶窗寒竹夜風吹。

送別蘇寺丞

公身多不定，何路慰飄離？莫以微言合，苦將幽思悲。山程朝醉少，雪屋夜眠遲。即問逢春約，芳菲折贈誰。

送馬道人歸天台

逢山長欲便辭榮，見説天台益自驚。絶頂要歸終久住，此時無計伴師行。囊攜鼎藥身難老，路接仙橋眼更明。莫笑官途滋味薄，五湖曾有片帆輕。

歸越東舊隱留別秦中知己

客亭楊柳葉初殘，歌咽秋空慘別顔！吟愛好峰歸越路，醉衝寒雨出秦關。煙蘿庭户重棲倚，漁浦人家舊往還。縱使功名無分得，免教心在怨尤間。

郊居會傅逸人

久客倦驚魂，田居乞暫安。義寧忘力學，貧要奉親歡。枕外河聲老，門前野色寬。支流狂繞砌，叢葦品當欄。書葉招鄰彦，扶筇話肺肝。吟懷難契遇，醉語動辛酸。隱几歲時變，凭軒雷雨殘。致君須有分，會此擲魚竿。

再會傅逸人

分到知心死不輕，幾年曾是愴離情！微風吹雨雁初下，落葉滿階蟲正鳴。燈静苦嫌論劍略，簟涼頻喜轉琴聲。從來共約雲泉老，肯向人間占好名。

貽傅逸人

少年名節動人羣，避俗身居積水濆。幾爲典衣留遠客，半來欹枕看閑雲。門連酒舍青苔滑，路近沙汀白鳥分。誰道無情活黎庶，數篇新製詠南薰。

郊居寄朝中知己

年來流水壞平田，客徑窮愁自可憐。汀葦亂摇寒夜雨，沙鷗閑弄夕陽天。狂嫌濁酒難成醉，冷笑清詩不直錢！碧落故人知我否，幾回相憶上漁船。

懷張白逸人

昔年吟社偶通隣，常貴高風入格真。名好已期天共歇，性孤翻與世無親。梁園醉别花燒眼，楚寺秋歸鶴伴身。從此幽懷不能説，五湖煙月二京塵。

訪人不遇

舊徑莓苔合，兒童獨閉門。踏霜歸遠店，涼月照空樽。雁響蒹葭浦，風驚橘柚村。知音在何處？凝寂欲銷魂。

舟次辰陽

昔賢勞苦爲憂官，我自無才欲忘餐。嗚棹幾程灘勢惡，宿亭一夜雨聲寒。村連古洞蠻煙合，地落秋畬楚俗歡。雖指公餘便東下，好峰猶得捲簾看。

舟中晚望桃源山

仙山初指眼初明，倚棹因妨半日程。雲裏未忘尋去路，世間争合有浮名。嵓空闇老松千尺，天静時聞鶴一聲。更謝暮霞憐惜别，滿坡紅影照峥嶸。

幽居

落花時節掩關初，請絶江城舊酒徒。滿屋煙霞春睡足，一谿風雨夜燈孤。易中有象閑消息，身外無求免歎吁。多謝嵓僧頻見訪，欲迴流水又踟躕。

旅中感懷

人世貪名豈是閑，幾回思算幾凄然。故鄉路遠不得信，寒月夜來還復圓。霜趁悲鴻歸楚澤，風移殘燒下秦川。莫言酒作銷憂物，更有新詩一兩篇。

新市駟别郭同年

驛亭門外敍分攜，酒盡揚鞭淚濕衣！莫訝臨岐再回首，江山重疊故人稀。

晚泊長臺驛

驛亭斜掩楚城東，滿引濃醪勸謙傭。自戀明時休未得，好山非是不相容！

過華山懷白雲陳先生

性愚不肯林泉住，强要清流擬致君。今日星馳劍南去，回頭慚愧華山雲。

途中

人情到底重官榮，見我東歸夾路迎。不免舊谿高士笑，天真喪盡得浮名。

桃源觀

簷下山光砌下苔，人間重遇眼重開。舊林諸子休移誚，已許孤雲作計迴。

雨夜

四簷風雨滴秋聲，醉起重挑背壁燈。世事不窮身不定，令人閒憶虎溪僧。

簾幕蕭蕭竹院深，客懷孤寂伴燈吟。無端一夜空階雨，滴破思鄉萬里心。

寄傅逸人

當年失脚下漁磯，苦爲明朝未得歸。寄語巢由莫相笑，此心不是愛輕肥。

闕下寄傅逸人

疏疏蘆葦映門牆，更有新秋膾味長。何事輕抛來帝里，至今魂夢遶寒塘。

送別王秘丞

帝鄉三十年前別，江外相逢鬢已衰。清論未窮行計速，爲君臨水立多時。

送別李司直

亭下依微見遠村，亭中離恨若爲論？數聲歌罷揚帆去，民吏相看有淚痕。

送魏道士

江上蕭蕭木葉飛，天台狂客杖藜歸。莫嫌俗吏勤相顧，曾是嵩陽舊掩扉。

答劉道人

嵩陽峰底洞中天，曾共浮丘對掩關。知道高閑少兼濟，折腰從此到人間。

謝雲居山人草鞋

雲居山客草爲鞋，路轉千峰此寄來。昨日公餘偷步躡，萬端心緒憶天台。

聞鷓鴣

畫中曾見曲中聞，不是傷情即斷魂。北客南來心未穩，數聲相應在前村。

清獻詩鈔

趙抃，字閱道，衢之西安人。中景祐元年進士乙科，通判宜州。以母喪廬墓三年，孫處爲作《孝子傳》。召爲殿中侍御史，京師號「鐵面御史」。進參知政事。已而求郡。旋召旋罷。英宗朝，除龍圖閣直學士，知成都，蜀益治。神宗初，召知諫院，曰：「聞卿匹馬入蜀，以一琴一鶴自隨，爲政簡易，亦稱是耶？」既與王安石議政不協，求去，除資政殿學士。出外，改越州，致仕。尋卒。贈太子少師，謚清獻。詩觸口而成，工拙隨意，而清蒼鬱律之氣，出於肺肝。然其學多本于佛，與濂溪爲僚而不知改，故亦不能卓然有所發揮也。

題周敦頤濂溪書堂

吾聞上下泉，終與江海會。高哉廬阜間，出處濂溪派。清深遠城市，潔淨去塵壒。毫髮難遁形，鬼神縮妖怪。對臨開軒窗，勝絶甚圖繪。固無風波虞，但覺耳目快。琴樽日左右，一堂不爲泰。經史日枕藉，一室不爲隘。有蓴足以羹，有魚足以膾。飲啜其樂真，靜正於俗邁。主人心淵然，澄徹一内外。本源孕清德，游詠吐嘉話。何當結良朋，講習取諸兑。

次韻江鉞都官涼軒

執己剛玉性，誰得同趣向？涕唾無所藉，歸居宅深曠。左右山林間，巑岏立屏障。坐期清風來，未許酷日晃。高棚立西軒，密葉覆其上。益爲晚宇廕，詎隔霞空望？聖書樂名教，俗事絶塵鞅。恬然寵辱驚，足矣庭闈養。下榻遲佳朋，盈樽倒新釀。藥劑矜有靈，神明助無恙。賢豪重出處，詞句大奔放。謂愚可與道，緘遺俾酬倡。忽如窮窶人，獲發金玉藏。收儲篋笥光，孰顧貪惏謗。

留題劍門東園

劍州古要害，重門搤開闔。隄防兩川地，喉吭此呀呷。在昔禦狂寇，如朽施巨拉。時平付良守，一與公論合。政成治東圃，於焉解賓榻。予方錦官去，邀我置壺榼。縱步車馬休，舉目蒼翠匝。攄懷談笑喧，傾車潺湲雜。不春亦芳菲，匪風自蕭颯。主賓飲興豪，量海川酒納。貳車臺中舊，題詩謂予盍。默默極佳趣，茲俗何以答？

雙竹

余家有故園，園中可圖録。天然一派根，一根生兩竹。一長復一短，比之如手足。長者似乃兄，短者弟相逐。我見人弟兄，少有相和睦。竹分長幼情，人豈無尊宿？將竹比人心，人殆類禽畜。常記五六歲，不見還啼哭。及至長大時，妻孥相親族。咫尺不相見，相疏何太速。不顧父母生，同胞又同腹。旦夕纂歌歡，幾能思骨肉。枉安人鬚眉，而食天五穀。静思若斯人，争及園中竹。

寄酬蔡州王陶正言

自顧愚無堪，老大何所用！得郡江湖來，一意雲泉縱。驚此西南身，連夕東北夢。乃知故人念，許與明月共。荆書一紙賢，季諾千金重。寄我瓊瑶篇，使得長諷誦。寒松有唳鶴，高梧有鳴鳳。何日謝知音，爲鼓商絃弄。

贈陽安除邁表兄屯田

少時所學苦，食蘗日自强。壯歲從宦清，飲冰中剛腸。陽安百里地，邈在天一方。惠政不鞭朴，期民樂耕桑。念予昨守贛，與兄會家鄉。兄今歲已滿，余遽提蜀疆。一朝此邂逅，五載忘參商。且勿語離索，易老驚鬢霜。且勿較通塞，放懷把酒觴。上方聖政新，求賢坐明堂。兄道足施設，兄志彌頡頏。喜予外祖門，從此生輝光！

送周穎之京師

吾鄉伯堅真丈夫，氣剛色强言詞疏。胸中一物不使有，日儲月斂唯詩書。布裘落魄韋帶緩，權門不肯低眉趨。朋游累百誰爾汝，人皆不與争揶揄。掩關啜菽苦意氣，糞壤玉璧泥沙珠。宜慈中山我孤處，昨日走介遺吾書。書云詔下籲俊乂，父兄命穎之京都。古人求養志擇禄，今而豈得逃馳驅。肩書手劍出門去，嚌咨肯復兒女如。我聞此語涕交下，人皆欲養緊我無。羨子之爲與道合，勸子亟往無踟躕。明年得志拜堂上，豈非人子榮親歟！

順風呈范御史

濠州抵泗里數百，長淮波平曉如席。嗚鼙解紼楊柳堤，畫船中有東吳客。君恩得請許歸去，聊治里閭去咫尺。歲窮天遠心欲飛，念之汲汲事行役。豁如天意適我願，號令西北起風伯。初時淅淅以鼓動，布帆尚留十幅窄。孤檣得勢安以平，中流激箭巨浪擘。橰橫櫓閣力不用，疾若摯隼增羽翮。瞥然兩眼瞬雲過，木葉馳黄山走碧。拏舟月餘今自快，一樽自歌兩手拍。樽中酒空不自歌，順風好景如之何？毗陵太守同此樂，爲言無惜新詩多。

溪山晚目

幽花連徑發，驚鳥避人啼。雨過晴虹上，風清走馬嘶。灘平魚艇穩，村小酒旗低。誰及山翁樂，號呶醉似泥。

村居

午寢忘譏刺，閑居杜送迎。雨泥雙燕下，烟壠一犂耕。座入山光迥，門連野色平。吟餘仍兀坐，誰與戰楸枰。

曲館

日華烘玉甃，烟縷亘雕甍。棗熟房櫳暝，花妍院落明。醉輕春有味，夢短晝無情。欲識愔愔意，回文織已成。

題九仙寺

墜果春三徑，蒸雲晚一軒。廊腰迴戰蟻，山腹合啼猿。泉淡禽窺影，苔深屐印痕。自慚名利者，聊免世紛喧。

贈吉安院主

學佛之徒衆，難能是向文。唯師獨奇尚，於我故殷勤。詩遇知音誦，琴防俗子聞。虚亭對明月，長許到宵分。

和何節判觀水

澄江抵練長，極目路滄茫。烟芷差差緑，風荷柄柄香。西流終古恨，南浦鎮時忙。擬待傳辭意，離人在楚鄉。

歲暮感懷

早是窮冬逼，那堪客思兼。事嗟流水遠，年愧入春添。與雪幸同操，驚霜忽到髯。晚舟前浦泊，何處有青帘？

寄任大中秀才

今我歲將暮，過橈鸚鵡洲。憶君人少與，買舍瀫江頭。客路書多絕，吾鄉夢半遊。明年誰到蜀，能寄好書不。

向晚

向晚立汀沙，人閑目更賒。林疏僧屋露，風轉客帆斜。幽白孤飛鳥，橫紅數抹霞。漁翁偶相問，憐我宦天涯。

和戴天使重陽前一夕宿長沙驛

楚館夜衾涼，離人念故鄉。遠吟只覺苦，歸夢不成長。壁有寒蛩怨，鄰聞綠蟻香。登高在何處？明日宴山陽。

春日陪燕會春園亭

爲怕三春過，因謀數刻狂。醉輕欣射中，歡甚惜歌長。蹯馬花間繫，啼鶯柳下藏。前旌歸去晚，十里淡風光。

和范御史初出都門

牘奏辭三院，鄉榮領百城。帝恩山嶽重，臣命羽毛輕。風月隨人好，江湖照膽清。須公贈金玉，光照重行行。

和韻前人初出鏁頭

奏懇初無飾，天恩亦重違。一麾新命下，兩槳故關歸。淮木林林脫，霜鴻陣陣飛。賢朋詩酒樂，行矣自相依。

驚濤

路半狂飈起，江心巨浪橫。蒼忙舟子叫，匍匐稚兒驚。古岸移時入，新醪薄暮傾。此宜無足道，大抵似人生。

題張果老洞

洞老壽松椿，高名古絶羣。亂山泉濺濺，舉世事紛紛。使者持丹詔，先生卧白雲。方今莫招隱，君德正華勛。

次韻孔憲山齋

訟簡歲豐盈，鈴齋竟日清。窗排羣石怪，簷擁遠山明。古木風千葉，新髭雪數莖。開樽向幽處，餘論見文情。

送范憲百禄赴闕

泥書下紫宸，公議協朝紳。真主正圖治，諫官今得人。從容陪國論，憔悴恤天民。大對如晁董，公嘗素所陳。

題靈山寺

我爲靈山好，登留到日曛。巖幽餘暑雪，鐘冷入秋雲。篇詠唯僧助，塵煩與俗分。明朝入東棹，因得識吾文。

送章岵少卿提舉洞霄宫

秘館紅塵外，瑶京白日邊。樽中不空酒，琴面已無絃。曉上朝真閣，春耕負郭田。優遊大自在，何處更神仙。

遊青城山

三十六峰峻，維岷在蜀奇。方行刺史部，重欸丈人祠。凍雪諸峯隔，晴雲六面披。訪山窮寶洞，山有寶仙第五洞，昔投龍之所。勑鬼覘豐碑。泉落寒崖響，蘿依古木垂。良工存舊筆，青城觀壁悉孫知微名畫。老叟琢新詩。句符台示岷山集。陟險齊雙屐，逢幽鼓七絲。盤桓不忍去，還作更來期。

書院

雨久藏書蠹，風高老屋斜。鄰居盡金碧，一一梵王家。

和范御史石倉晚泊

天逈旅懷濶，風長野叫來。日暮，江上輒數十人連續長歌，人謂之野叫。滄波清可愛，先爲濯京埃。

憶信安五弟附

臘殘鸚鵡洲邊過，憶汝東吴住舊廬。誦聖窮愁千卷外，覓官留滯十年餘。也知失意能平氣，底事多時不寄書？兄在松溪我荆楚，别懷三處一欷歔！

除夜泊臨江縣言懷

縣封蕭索楚江澄，旅況吟懷冷似冰。漏促已交新歲鼓，酒闌猶剪隔宵燈。立身從道思無愧，得路由機患不能。未報君恩踰四十，青春還是一番增。

寄里中親友

記得城南數刻歡，破歡爲別淚闌干。問關遠道初沿牒，寂寞長亭一據鞍。郊外此時涼葉亂，嶺頭平日臘梅殘。不辭頻寄南州信，草檄無功楯葉乾。

和人清明有感

湖外清明物態繁，曉林鶯舌鬭關關。枉緣春意無時盡，自是人心不暫閑。舊隱東君曾藉草，新官南郡亦登山。滿頭花卉盈罇酒，且向東風一破顏。

勸學示江原諸生

古人名教自詩書，淺俗頹風好力扶。口誦聖賢皆進士，身爲仁義始真儒。任從客笑原思病，莫管時譏孟子迂。通要設施窮要樂，不須隨世問榮枯！

初入峽

峽江初過三遊洞，天氣新調二月風。樵户人家隨處見，仙源雲路有時通。峰巒壓岸東西碧，桃李臨波上下紅。險磧惡灘各幾許，晚停征棹問漁翁。

過嶺回寄張景通先生示邑下同人

二年官役愧能名，賢得斯人幸合并。幾度孝廉交郡辟，一生文行出鄉評。君廬阜水江頭遠，我馬青泥嶺頂行。西首胡爲書以贈，欲持同邑寄諸生。

同萬州相里殿丞游溪西山寺

使君呼客入山行，曉徑前驅照彩旌。蠻女背樵巖側避，野僧擕刺馬頭迎。千層雲水迷三峽，一闋人烟認百城。樓閣凴餘清我聽，竹風蕭瑟澗泉鳴。

謁青城山

背琴肩酒上青城，雲爲開收月爲明。覿宿有詩招主簿，劉絳許約同遊。廬空無分遇先生。張俞出山。牆留古畫仙姿活，石載奇文俗眼驚。却念吾鄉山亦好，十年孤負爛柯行！

寄永倅周敦頤虞部

君去濂溪湖外行，倅藩仍喜便鄉程。九疑南向參空碧，二水秋臨徹底清。詩筆不閑真吏隱，訟庭無事洽民情。霜鴻已到衡陽轉，遠緒凴誰數寄聲！

招運判霍交回轅

自卬之雅漸高丘，所過從容盡勝遊。白鶴山頭雲裏寺，金鷄關外雨中州。公今南按蠲民瘼，歲已西成輟上憂。江濆荷花開似錦，且同歸去採蓮舟。

次韻王憲中秋不見月

一城歌管中秋樂，薄暮樓臺六幕垂。明月幸無虧損處，浮雲應有斂收時。聊因表海今宵醉，却起錢塘去歲思。有美堂前如白晝，練鋪江面鏡鬚眉。

次韻孔憲蓬萊閣

山巔危構傍蓬萊，水閣風長此快哉！天地涵容百川入，晨昏浮動兩潮來。遥思坐上遊觀遠，愈覺胸中度量開。憶我去年曾望海，杭州東向亦樓臺。杭有望海樓。

再登亭偶作

氣象三齊古得名，時登表海最高亭。河源一水下青嶂，人物兩城如畫屏。邑報有秋期俗阜，守慚無術濟民靈。從來獄市並容地，且向樽前任醉醒。

再有蜀命別王居卿

穆陵關望劍門關，岱嶽山連蜀道山。自顧松筠根節老，誰令霜雪鬢毛斑。離家敢謂虞私計，過闕尤欣覲帝顏。叱馭重行君莫訝，古人辭易不辭難。

寄題劉詔寺丞濫泉亭

泉名從古冠齊丘，獨占溪心湧不休。深似蜀都分海眼，勢如吳分起潮頭。連宵鼓浪揺明月，當暑迎風作素秋。亭上主人留我語，只將塵事指浮漚！

過鐵山鋪寄交代吳龍圖

暫留山驛又晨興，西望旌麾想舊朋。三院筆簪曾對直，兩川兵印復交承。年光頭鬢華如雪，世態心情冷似冰。境上憑詩馳遠意，青泥寒曉入雲燈。

過左綿偶成

東南再守二年間，自杭徙青。徙蜀何須問險艱！入覲已違龍尾道，出麾還過鹿頭關。與民共約三春樂，顧我都忘兩鬢斑。歲滿乞骸何處好，仙棋一局爛柯山。

鈐兵王閤使素芳亭賞梅花

素蕚清香並酒巵，主人勤意囑留詩。爲逢蜀國新開日，却憶江南舊賞時。春密未通桃李信，臘殘都放雪霜姿。先公舊植亭欄外，肯構重來見本枝。先司空鈐兵日，始創是亭閣，使復繼其職，是謂有子矣。

次韻李元方郎事

壯歲胸懷獨感時，肯隨寒暑似民咨。能思損益開長卷，任有閑忙不負詩。趣句已爲迂俗笑，聲名須共古人期。茅齋寂坐生秋思，無語西風夜月知。

聞嶺外寇梗

驚説炎飈煙瘴時，洞蠻蠭起寇南陲。家書萬倍金難得，遠夢千迴路不知。刺史没身專捍禦，康州趙潛叔死敵。諫官銜命救瘡痍。起居趙叔武出使。伏波死去今誰繼，大筆銘勳壓海涯。

次韻程給事寓越廨宇有懷

越郡江南盡不如，樂天流語信非疏。人從鎖闥中間出，宅在蓬萊向上居。言念玉符分鎮日，却思瓊苑拜恩初。臨風又辱詩筒寄，足見優遊刃有餘！

次韻郡齋偶成

兩火一刀名素勝，十分雙澗地長靈。賞心曾爲乘華舫，好手應難作畫屏。北海樓前千里静，南山天末四時青。蓬萊自是仙家景，解使詩翁醉眼醒。

武林卽事寄程給事

乞得錢塘下九天，徙從青社復三川。坤維十往萬餘里，吳分重來七八年。鑑水坐遥懷舊治，柯峰歸晚愧前賢。東州賴有微之約，曾寄詩筒遞百篇。

七十隨緣豈有由，樂天曾不厭杭州。青山未隱如千里，白首重來又九秋。月窟仙人遺桂子，海門神物助潮頭。自慚老守無心力，坐鎮吾民静卽休。

有懷程給事

稽嶺樓臺真曠絶，武林風物競豪華。兩州對望音題數，一水中分會晤差。言到越遲。東海渺茫排島嶼，西陵依約露人家。元和賡唱今猶古，此樂情懷豈有涯！

次韻歲暮有感

歲月如流不用嗟，盛衰前定豈曾差。自憐覽照頭渾雪，猶喜覩書目未花。竺嶺兩曾逢落桂，龍山三見擷新茶。春元便欲休官去，誰顧杭州十萬家。

次韻卽事見懷

鑑水寬閑稱越國，河塘繁劇是杭州。蓬山君繼元丞相，竹馬了慚郭細侯。郡邑豐穰真可喜，人家飽煖更何憂。西陵隔岸無多遠，數上臨江百尺樓。

清風閣卽事

庭有松蘿砌有苔，退公聊此遠塵埃。潮音隱隱海門至，泉勢潺潺石縫來。夜榻衾裯仙夢覺，曉窗燈火佛書開。休官不久輕舟去，喜過嚴陵舊釣臺。

有懷蔣堂侍郎

却憶東舟去若仙，津亭分袂忽經年。春風境上無多地，夜月湖中共一天。海閣坐觀濤擁鷺，山堂吟聽漏移蓮。新詩往復交情見，巨集成來已百篇。

寄酬前人上巳日鑑湖卽事二首

湖上初經上巳春，水邊遥見碧蕪新。輕舟競泛無涯樂，夾岸希逢不醉人。厨醖旋篘浮蟻醲，府茶深點卧龍珍。詩筒往復余知幸，垂老親仁得善隣。

蓬萊高與卧龍俱，位望兼崇似合符。絃管夜聲傳井邑，樓臺春影蘸江湖。休功卽報期年政，直節曾行萬里途。真是玉皇香案吏，坐看歸去贊蘿圖。

次韻前人蓬萊閣卽事

蓬萊窗外曉光分，夢覺初驚杜宇魂。但有吏供衙府喏，斷無人到訟庭喧。濛濛宿靄開湖面，隱隱更潮過海門。一水兩州皆重鎮，越清杭劇不同論。

上天竺寺石巖花

對植齊開古梵宫，欲求精筆畫難工。直將春占三旬盛，誰謂花無十日紅。未羡山桃資客笑，且陪庭栢作家風。遍尋他處都無此，寶殿前頭只兩叢。

陪趙少師遊西湖兼簡坐客

絲管喧喧擁畫船，澄瀾上下照紅蓮。一樽各盡十分酒，四老共成三百年。北闕音書休憶念，西湖風物且留連！杭民夾道焚香看，白髮朱顏長壽仙。

次韻程給事見寄

羨公鈴閣絶纖塵，顧我何嘗德被人。訟牘自憐無日暇，詩筒翻喜入秋新。白頭未許還官政，紫詔頻煩慰老臣。一去蓬萊已踰歲，夢魂長到十洲春。

次韻許遵少卿見寄

頭上有霜添白髮，囊中無藥駐朱顏。堪驚積歲加衰老，未省何時得退閑。淵淨思臨浮石渚，喧譁羞對武林山。君恩早賜俞音下，即擁菟裘故里還。

次謝許少卿寄卧龍山茶

越芽遠寄入都時，酬唱珍誇互見詩。紫玉叢中觀雨脚，翠峰頂上摘雲旗。啜多思爽都忘寐，吟苦更長了不知。想到明年公進用，卧龍春色自遲遲。

次韻程給事郡齋秋暑

老爲鄉郡止偷安，自愧仙踪未易攀。八面松陰籠古寺，三秋桂子下靈山。良朋寄意詩篇裏，高會追歡夢寐間。却憶會稽清曠處，樵風朝暮若邪灣。

次前人遊鑑湖

湖治誰能繼後塵，馬侯祠閣至今存。昔太守馬臻開鑑湖。窮源上達仙翁井，引派傍通吏部園。紅旆遍遊償素志，畫橈歸去近黄昏。别懷屈指期將半，況屬鄉州役夢魂。

累乞致政詔答未允述懷

自愧孤忠荷聖慈，恩榮肯向九天辭。于今蒲柳衰殘日，好是雲烟放曠時。玉闕累章煩賜詔，瀫江兩槳蹉歸期。宵征自有高人笑，漏盡鐘鳴曉未知。

贈别周元忠秀才

吾里推高節行孤，諸生師帳是規摹。窮經不治五畝宅，教子已爲千里駒。暫出林泉飛兩槳，且陪風月賞西湖。了知富貴儻來物，誰向浮雲問有無。

平溪堂

亭號休休古退藏，豈如溪上構虚堂。坐邀城市真瀟灑，却謂江湖太渺茫。下筆新題無俗事，搘笻野服是家常。臨流最有清風快，未見故人心已涼。

遊雁蕩將抵温州寄太守石牧之

霜風雙鬢雪鬖鬖，物外尋真頓離凡。子舍若非叨別乘，我車安得到靈巖。碧窺秋瀑心同洗，紅嚼山杷口似饞。多謝賢侯見招意，敷貽嘉詠與珍函。

次毛維瞻溪庵

退訪雲山遠世塵，結庵臺上古溪濱。圍棋每放争先手，隱几能安自在身。鷗鷺後前如舊物，龜魚遊泳不疑人。曲肱飲水真賢樂，何用淵明漉酒巾？

送穆舜賓承議致政還鄉

清修平日得無慚，學道勤行肯妄談。軒冕諠譁公始悟，林泉瀟灑我先諳。曾憐避弋雲中雁，每念纏絲蠒裏蠶。畫舫西歸時節好，春山如黛水如藍。

和沈太博小圃偶作二首

名園雨後百花繁，人倚危樓十二干。園裏芳菲樓上客，一般情緒怕春寒。

日烘薄霧開柔陌，風罥遊絲着柳條。語燕啼鶯自撩亂，驚人殘夢是春朝。

過青泥嶺

老杜休誇蜀道難，我聞天險不同山。青泥嶺上青雲路，二十年來七往還。

和宿峽石寺下

淮岸浮圖半倚天，山僧應已離塵緣。松關暮鎖無人跡，惟放鐘聲入畫船。

賞春亭

滂葩浩艷滿亭隈，當席芳樽醉看來。始信春恩不私物，亂山窮處亦花開。

玉泉亭

潺潺朝暮入神清，落澗通池遶郡廳。亂石長松山十里，討源須上玉泉亭。

和范都官行後九日奉寄

湖平風穩送歸航，望隔嚴灘七里長。更上高峰儘高處，黃花新酒醉重陽。

次韻范師道龍圖

舍車弭蓋争尋勝，坐石擕泉旋煮茶。可惜湖山天下好，十分風景屬僧家。

答贛縣錢顗著作移花

今尹憐花意思勤，海棠多種郡園新。自從兩蜀年年見，今日欄邊似故人。

次韻郁李花

花縣逢春對曉暉，朱朱白白綴繁枝。梅花菊後何須較？好似人生各有時。

辛巳青州玩月有懷

中秋去歲中和宴，中和，杭州堂名。表海今朝北海壘。表海，青州亭名。天上無私是明月，隔淮千里照人來。

題郡園亭館

爲愛東園四照亭，剪開繁木快人情。新秋雨過閑雲卷，十里南山兩眼明。

題御愛山

岷峨西列華排東，餘縱峥嶸敢競雄。不是當時經御愛，此山還與衆山同。

出雁蕩回望常雲峰

遊遍名山未肯休，征車已發尚回眸。高峰亦似多情思，百里依然一探頭。

客舟夜雨

朝發温江上處溪，小舟無寐枕頻攲。夜來雨作蓬篨響，恰似當年赴舉時。

宛陵詩鈔

梅堯臣，字聖俞，人稱宛陵先生，宣州宣城人。以從父蔭補太廟齋郎，歷主簿、縣令，監稅湖州，簽書忠武、鎮安兩軍節度判官。初，大臣屢薦宜在館閣，嘗一召試，賜進士出身，餘輒不報。嘉祐初，學士趙槩等十餘人列言于朝，乃得國子監直講，累官至尚書屯田都官員外郎。撰《唐載記》二十六卷，多補正。乃命編修《唐書》，書成，未奏而卒。聖俞少卽以能詩名天下，求者踵至。其初喜爲清麗閑肆平淡，久則涵演深遠，間亦琢剝以出怪巧；然氣完力餘，益老以勁。其應於人者多，故辭非一體，非如唐諸子號詩人者僻固而狹陋也。在河南時，王晦叔見而歎曰：「二百年無此作矣！」賢士大夫如温公、東坡、介甫諸人，咸敬重之。尤與歐陽文忠公善，世比之韓孟，兩公亦頗以自況。故貢奎詩云：「詩還二百年來作，身死三千里外官。知己若論歐永叔，退之猶自愧郊寒。」蓋言詩力也。又龔嘯云：「去浮靡之習于昆體極弊之際，存古淡之道于諸大家未起之先，此所以爲梅都官詩也。」果信。

河陽秋夕夢與永叔遊嵩避雨於峻極院賦詩及覺猶能憶記俄而僕夫自洛來云永叔諸君陪希深祠岳因足成短韻

夕寢北窗下，青山夢與尋。相歡不異昔，勝事却疑今。風雨幽林靜，雲烟古寺深。此二句夢中得。攬衣方有感，還喜問來音。

希深惠書言與師魯子聰永叔幾道遊嵩因誦而韻之

聞君奉宸詔，瑞祝疑靈岫。山水聊得游，志願庶可就。豈無朋從俱？況此一二秀！方蘄建春陌，十刻殘晝漏。初經緱氏嶺，古栢尚鬱茂。却過轘轅關，巨石相撑鬬。夕齋禮神祠，法袞被藻繡。畢事登山椒，常服更短後。從者十數人，輕齎不爲陋。是時天清陰，力氣勇奔驟。雲巖杳虧蔽，花草藏澗竇。傍林有珍禽，驚聒若避轂。盤石暫憩休，泓泉助呑漱。上窺玉女窗，嶄絶非可構；下玩擣衣碪，焜燿金紋透。尹子體雄恢，攀緣逾習狃；歐陽稱壯齡，疲軟屢顛踣。競歡相扶持，芒屩資踐蹂。八仙存故壇，三醉孰云謬？鄙哉封禪碑，數子昔鐫鏤，偶誌一時事，曷虞來者詬？絶頂瞰諸峰，隘然輕宇宙。遥思謝塵煩，欲知羣鳥獸。韓公傳石室，聞之固已舊；當時興稍衰，不暇苦尋究。東崖暗壑中，釋子持經呪，于今二十年，飲食同猿狖。君子聆法音，充爾溢膚腠。嘗期躡屐過，吾儕色先愀。叶韻。遂乖真諦言，兹亦甘自咎。中頂會幾望，涼蟾皓如晝。紛紛坐談謔，草草具觴豆。清露濕巾裳，誰人苦羸瘦？便卽忘形骸，胡爲戀纓綬？或疑桂宮近，斯語豈狂瞀！歸來遊少室，崷崪殊引脰。石室迢遞過，探訪仍邂逅。捫蘿上岑邃，仙屋何廣袤！乳水出其間，涓涓自成溜。凡骨此熏蒸，靈真安可覯？霞壁幾千尋，四字侔篆籀。咸意苔蘚文，誠爲造化授。標之神清洞，民俗未嘗遘。忽覺風雨冥，無能久瞻扣。忽忽遂宵征，勝事皆可復。俚歌縱喧譁，怪說多駭糅。淩晨闕塞陽，追賞顔匪厚。窮極四百里，寧憚疲左右！昨朝書報予，聞甚醉醇酎。所嗟遊遠方，心焉倍如疚。

送河清賈主簿歸任

不遠水雲間，悠悠泝鷁還。分亭接鷄犬，舉酒對河山。殘雪依荒磧，寒烟入暝灣。昔人鸞枳歎，一倂在離顏。

河南張應之東齋

昔我居此時，鑿池通竹圃。池清少游魚，林淺無棲羽。至今寒窗風，靜送枯荷雨。雨歇吏人稀，知君獨吟苦。

河南王尉西齋

官舍古城隅，西齋何寂寂。種竹幽趣深，開屏翠光滴。青山露南牆，落日明東壁。危臺起其傍，平隰坐可覿。歲暮野田空，天高霜隼擊。更憐風月時，幾弄林間笛。

余居御橋南夜聞祅鳥鳴効昌黎體

都城夜半陰雲黑，忽聞轉轂聲咿呦。甞憶楚鄉有祅鳥，一身九首如贅疣。或時月暗過閭里，緩音低語若有求。小兒藏頭婦滅火，閉門鷄犬不爾留。我問楚俗何苦爾，云是鬼車載鬼遊。鬼車載鬼奚所及？抽人之筋繫車輈。昔聽此言未能信，欲訪上天終無由。今來中土百物正，安得遂與南方儔？上帝因風如可達，願令驅逐出九州。

僧可真東歸因謁范蘇州仲淹。

姑蘇臺畔去，雲衲付清機。野策過寒水，山童護衲衣。松門正投宿，竹笠帶餘暉。誰愛杼山句，使君應姓韋。

魏屯田知楚州

淮南木葉驚，淮上使君行。天外高帆出，沙頭候吏迎。夜潮通廢埭，秋月滿孤城。正遲文翁化，從來楚俗輕。

和才叔岸傍古廟

樹老垂纓亂，祠荒向水開。偶人經雨踣，古屋爲風摧。野鳥棲塵坐，漁郎奠竹杯。欲傳《山鬼》曲，無奈《楚辭》哀！

新安錢學士以近詩一軸見貺輒成短言用叙單悃

早事太尉府，謬以才見論。身作邑中吏，日陪丞相尊。嵩山雲外寺，伊水渡頭村。泉味入香茗，松色開清罇。題詩人半醉，馬上景已昏。歸來屬後乘，冠蓋迎國門。悠悠失貧賤，苒苒歷涼温。而今處窮僻，落莫思舊恩。終日自鮮適，終年長不言。已覺人事寡，惟聞鷄犬喧。東風有來信，滿幅蘭與蓀。深知故人意，遺我滁冥煩。一章言罨畫，谿好如目存。何須到雲谿，便若游花源。一一先造化，可以輕瑶琨。成誦今在口，願將醒病魂。

彼鴷吟

斲木喙雖長，不啄栢與松。松栢本堅直，中心無蠹蟲。廣庭木云美，不與松栢比。臃腫質性虛，朽蝎招猛觜。主人赫然怒，我愛爾何毀！彈射出窮山，羣鳥亦相喜。啁啾弄好音，自謂得天理。哀哉彼鴷禽，吻血徒爲爾！鷹鸇不搏擊，狐兔縱横起。況兹樹腹怠，力去宜濱死。

陶者

陶盡門前土，屋上無片瓦。十指不霑泥，鱗鱗居大厦。

禽言四首

子規

不如歸去，春山云暮。萬木兮參雲，蜀天兮何處？人言有翼可歸飛，安用空啼向高樹！

提壺

提壺蘆，沽美酒。風爲賓，樹爲友。山花繚亂目前開，勸爾今朝千萬壽。

山鳥

婆餅焦，兒不食。爾父向何之？爾母山頭化爲石。山頭化石可奈何，遂作微禽啼不息！

竹鷄

泥滑滑，苦竹岡。雨瀟瀟，馬上郎。馬蹄淩兢雨又急，此鳥爲君應斷腸。

弔礦坑惠燈上人

生棲雲際巘，没葬寺傍村。破案殘經卷，新墳出樹根。松悲隔溪路，月照舊山門。自昔多詩句，而今幾許存。

范饒州坐中客語食河豚魚

春洲生荻芽，春岸飛楊花。河豚當是時，貴不數魚鰕。其狀已可怪，其毒亦莫加。忿腹若封豕，怒目猶吴蛙。庖煎苟失所，入喉爲鏌鋣；若此喪軀體，何須資齒牙。持問南方人，黨護復矜誇；皆言美無度，誰謂死如麻。吾語不能屈，自思空咄嗟。退之來潮陽，始憚餐籠蛇；子厚居柳州，而甘食蝦蟆。二物雖可憎，性命無舛差；斯味曾不比，中藏禍無涯。甚美惡亦稱，此言誠可嘉。

和元輿遊春次用其韻

乘閑多遠興，信馬與君行。碧樹斜通市，清流曲抱城。山花高下色，春鳥短長聲。日暮吾廬近，還歌空復情。

離蕪湖至觀頭橋

江口泊來久，菰蒲長舊苗。争鷁洲鵲鬭，遺子浦魚跳。宿岸欣逢戍，歸船競趁潮。時時望鄉樹，已恨白雲遥。

夢故府錢公

故相方來夢，分明接座隅。只知冠劍是，不道死生殊。西府香如舊，東山詠久徂。遽然興寤歎，不覺淚霑鬚。

宿州河亭書事

遠泛千里舟，暫向郊亭泊。觀物趣無窮，適情吟有託。林中鴉舅獰，席上蠅虎攫。雨久草苗盛，田蕪瓜蔓弱。香粳稚子慣，脱粟家人薄。少年都下來，聊問時所作。新衣尚穿束，舊服變褒博。我今貧且賤，短褐隨宜著。

晚泊觀鬭鷄

舟子抱雞來，雄雄跱高岸。側行初取勢，俯啄示無憚。先鳴氣益振，奮擊心非悏。勇頸毛逆張，怒目眥裂肝。血流何所爭，死鬬欲充玩。應當激猛毅，豈獨專晨旦？勝酒人自私，粒食誰爾喚？緬懷彼輿魏，傍睨當衰漢。徒然驅國衆，曾靡救時難！羣雄自苦戰，九錫邀平亂。寶玉歸大姦，干戈託奇算。從來小資大，聊用一長歎。

廟子灣辭

廟子灣風俗，云有白黿憑險，日爲波潮，以驚異上下。余過而作辭云。

我之東來兮，過彼雍丘，舟師奏功兮，濁水湍流。歷長灣兮勢曲鉤，傾高斗折兮若奔虬。潛伏怪物兮深幽幽，發作暴漲兮爲潮頭，土人立祠兮在彼沙洲。老木蒼蒼兮，蟬噪啾啾。輸卒引綍兮，蓬首贏體劇縲囚。赤日上煎兮，膠津蹙氣塞咽喉。胸盪肩挨同輓牛，足進復退不得休。竟持紙幣掛廟陬，微風飄揚如喜收。我今語神神聽不？何不歸海事陽侯。穹魚大龜非爾儔，奚必區區此汴溝，驚愚駭俗得肴羞？去就當決何遲留？

送馬廷評之餘姚

越鄉知勝楚，君去莫辭遥。曉日魚蝦市，新霜橘柚橋。河流通海道，山井應江潮。近邑逢鷗鳥，先應避畫橈。

送張子野祕丞知鹿邑

忽作五年別，相逢雙鬢疏。不知從此去，當見復何如？公秫時爲酒，晨庖日有魚。沛譙風物美，聊以樂琴書。

依韻和劉敞秀才

安得采虛名，師道欲吾廣？雖然存術業，曾不計少長！孔孟久已亡，富貴得亦儻；後生不聞義，前輩懼爲黨。退之昔獨傳，力振功不賞；舌吻張洪鐘，小大扣必響。近世復泯滅，務學多忽恍。今子誠有志，方駕已屢枉。自慚懷道淺，所得可下上。正如種青松，而欲訖朽壤？典册皆可尋，聖言皆可仰。幸無增我過，此語固不爽。

送張秀才之淮南

聊爲楚客唱，一送淮南行。出汴遠心喜，移舟孤岫橫。危帆將進浦，寒霧不分城。枚乘舊居處，向來秋草生。

南鄰蕭寺丞夜訪別

憶昨偶相親，相親如舊友。雖言我巷殊，正住君家後。壁裏射燈光，籬根分井口。來邀食有魚，屢過貧無酒。明日定徂征，聊茲酌升斗。宵長莫惜醉，路遠空回首。

讀司馬季主傳贈何山人

長安新雨後，九陌少行人。同輿有宋賈，遊市懷隱淪。日聞古賢哲，必與醫卜鄰。來過季主室，再拜語逡巡。矍然悟辭貌，何爲居埃塵。捧腹乃大笑，吾道非爾臻。驥惭罷驢駟，鳳豈燕雀親？筮占聊助上，功利儻及民。大夫與博士，登車若喪神。今我見何遯，始驗太史真。順性誨善惡，不離義與仁。言孝諭爲子，言忠諭爲臣。又得蜀嚴比，寧將日者均？京都盛龜筴，坐肆如魚鱗。噤口不正言，唯能辨冬春。鴻冥復所慕，安得鷄鶩馴。

依韻和子聰見寄

嘗念餞行舟，風蟬動去愁。獨登孤岸立，不見遠帆收。及送故人盡，亦嗟歸迹留。洛陽君更憶，寧復醉危樓！

送何遯山人歸蜀

春風入樹緑，童稚望柴扉。遠壑杜鵑響，前山蜀客歸。到家逢社燕，下馬澣征衣。終日自臨水，應知已息機。

新霽望芠笠山謝紫微坐中賦。

北望直百里，峩峩千仞青。斷虹迎日盡，飛雨帶龍腥。陰壑煙雲畜，陽崖草木靈。登臨終不厭，時許到茲亭。

代書寄歐陽永叔四十韻

始謫夷陵日，當居建德年。一書寃逐客，四詠繼稱賢。自謂臨江徼，相逢莫我先。白醪封晝榼，素鯉養泓泉。戒吏收山栗，呼童惜沼蓮。只期東浦過，共醉小溪邊。日日占風勢，時時到水堧。安知貪掛席，不肯暫迴船？自爾皆無定，歸歟亦未然。指程幾一月，泝險歷三千。魚鳥都難問，音塵杳莫傳。因之走羸僕，試與訪南遷。比及過牛峽，還聞迎璧田。報言雖不獲，吉語喜多全。我解歸堯闕，君移近漢淵。問途曾未遠，命駕亦何緣。衰野今行矣，隆中有待焉。鄉亭瓜接畛，風化蟻同羶。卽欲朋簪盍，翻爲俗事牽。愛嬰嬌啞啞，嗜寢復便便。雞黍煩爲具，輪轅豈得前？寄聲勤以謝，幸子恕而憐。來貺誠爲望，論情恐未捐。嘗親馬南郡，果謁謝臨川。遂得窺顏色，重忻論簡編。聊咨別後著，大出篋中篇。問傳輕何學，言詩詆鄭箋。飄流信窮厄，探討愈精專。道舊終忘倦，評文欲廢眠。寧知主人貴，但見左魚懸。所至同風月，相歡憶澗瀍。清歌嗟在耳，素髮怪侵顚。翠堞時登眺，芳洲屢泝沿。難醒撥醅醁，殊厭落頭鮮。坐竹聽啼鳥，臨流聒嘒蟬。孤亭起歸夢，南陌去揚鞭。出餞陪雙旆，方蘄歷廣鄽。始生山吏敬，頗釋利途遭。會面辭何吐，離膺事已塡。空餘郡樓望，野色際平煙。

雪夜留梁推官飲

晝雪落旋消，夜雪寒易積。燈清古屋深，爐凍殘煙碧。爲沽一斗酒，暫對千里客。酒薄意不淺，輕今須重昔。重昔是年華，飄飄猶過隙。一醉冒風歸，平明馬無迹。

永叔寄澄心堂紙二幅

昨朝人自東郡來，古紙兩軸緘縢開。滑如春冰密如繭，把玩驚喜心徘徊。蜀牋脆蠹不禁久，剡楮薄慢還可咍。書言寄去當寶惜，愼勿亂與人翦裁！江南李氏有國日，百金不許市一枚。澄心堂中唯此物，靜几鋪寫無塵埃。當時國破何所有，帑藏空竭生莓苔；但存圖書及此紙，輦大都府非珍瓌。于今已踰六十載，棄置大屋牆角堆。幅狹不堪作詔命，聊備粗使供鸞臺。鸞臺天官或好事，持歸祕惜何嫌猜。君今轉遺重增愧，無君筆札無君才。心煩收拾乏匱櫝，日畏撦裂防嬰孩。不忍揮毫徒有思，依依還起子山哀。

聞尹師魯赴涇州幕

胡騎犯邊來，漢兵皆死戰。昨聞衞將軍，賢俊多所薦。知君慮不淺，永對未央殿。天子喜有言，軺車因召見。籌畫當冕旒，袍魚賜銀茜。曰臣豈身謀，而邀陛下睠。青衫出二崤，白馬如飛電。關山冒風露，兒女泣霜霰。軍客壯士多，劍藝匹夫衒。賈誼非俗儒，愼無輕寡變！

夏日陪提刑彭學士登周襄王故城

聊隨漢使者，一上周王城。片雨北郊晦，殘陽西嶺明。野禽呼自別，香草問無名。誰復《黍離》詠，但與箕潁情。

新霽登周王城

行行古城頭，歷覽古城下。水鳥傍人煙，河流隔桑柘。秋山豁晴翠，野老親時稼。民訟今已稀，閑登厭官舍。

田家

高樹蔭柴扉，青苔照落暉。荷鋤山月上，尋徑野煙微。老叟扶童望，羸牛帶犢歸。燈前飯何有？白薤露中肥。

田家語

庚辰詔書：凡民三丁籍一，立校與長，號「弓箭手」，用備不虞。主司欲以多媚上，急責郡吏，郡吏畏不敢辨，遂以屬縣令。互搜民口，雖老幼不得免。上下愁怨，天雨淫淫，豈助聖上撫育之意耶？因録田家之言，次爲文，以俟採詩者云。

誰道田家樂，春稅秋未足！里胥扣我門，日夕苦煎促。盛夏流潦多，白水高於屋。水既害我菽，蝗又食我粟。前月詔書來，生齒復板録；三丁籍一壯，惡使操弓韣。州符今又嚴，老吏持鞭朴；搜索稚與艾，唯存跛無目。田閭敢怨嗟，父子各悲哭。南畝焉可事，買箭賣牛犢。愁氣變久雨，鐺缶空無粥。盲跛不能耕，死亡在遲速。我聞誠所慚，徒爾叨君祿。却詠歸去來，刈薪向深谷。

汝墳貧女

時再點弓手，老幼俱集。大雨甚寒，道死者百餘人，自壤河至昆陽老牛陂，僵尸相藉。

汝墳貧家女，行哭音悽愴。自言有老父，孤獨無丁壯。郡吏來何暴，縣官不敢抗。督遣勿稽留，龍鍾去攜杖。勤勤囑四鄰，幸願相依傍。適聞閭里歸，問訊疑猶强。果然寒雨中，僵死壤河上。弱質無以託，橫尸無以葬。生女不如男，雖存何所當！拊膺呼蒼天，生死將奈向？

魯山山行

適與野情愜，千山高復低。好峰隨處改，幽徑獨行迷。霜落熊升樹，林空鹿飲溪。人家在何許？雲外一聲雞。

疲馬

疲馬不畏鞭，暮途知幾千？當須量馬力，始得君馬全。

依韻和永叔子履冬夕小齋聯句見寄

遥知夜相過，對語冷無火。險辭鬬尖奇，凍地抽笋笴。吟成欲寄誰，談極唯思我。學術窮後先，文字少許可。敢將蠡測海，有似脂出輠。必餓嘗見憂，此病各又果。弊駕當還都，重門不須鎖。到時春怡怡，萬柳枝娜娜。定應人折贈，只恐絮已墮。行槖且不貧，明珠藏百顆。永叔嘗見嘲，謂：「自古詩人，率多寒餓顛困；

屈原行吟於澤畔；蘇武啗雪於海上；杜甫凍餒於耒陽；李白窮溺於宣城；孟郊、盧仝栖栖道路。以子之才，必類數子。」今二君又自爲此態，而反有「飯顆」之誚，何耶？

仲春同師直至壠山雪中宿穰亭

與子乘羸馬，夜投山家宿。風雪滿綈裘，燈火深竹屋。烹雞賴主人，吠犬憎倦僕。明發到巖前，春荑凍雪木。

和師直早春雪後五壠道中作

來尋谷口春，正值陰雲結。日暮冰霰繁，宿亭孤飯設。侵晨登壠去，始見羣峰列。草凍未抽心，松枯猶抱節。川傍認飛鷺，林上墜殘雪。何意待芳菲，遲留未堪折。

孫主簿惠上黨寺壁胡霈然書墨迹一匣

上黨佛祠何可觀，開元瑞物圖高閣。又有長廊古壁上，復是名輩題丹臒。當時泥用絲作筋，意欲千載無剥落。書奇畫妙了不識，訛傳墨士能治平聲瘧。寺僧不惜人掐取，筆畫遂缺如鳥啄。後來好事恐磨滅，寶刀裁劄泥如剥，取之龕置緑板匣，便實箱褚同美璞。拂拭還看體勢生，盤屈蒼虬舞鸞鷟。在昔不畏屋壁壞，今也常恐兒童撲。夫君知我心所重，南歸贈以致誠愨。此時雖喜落吾手，老大腕硬無由學。但當拜貺不敢忘，莫爲報言曾未數。

寄永興招討夏太尉代人。

寶元元年西夏叛，天子命將臨戎行。二年孟春果來寇，高奴城下皆氐羌。五原偏師急赴敵，晝夜不息趨戰場。馬煩人怠當勁虜，雖持利器安得强！二師覆敗乃自取，豈是廊廟謀不臧！朝廷又選益經略，三幕賢俊務所長。或取李悝備邊策，或欲五道出朔方。仲夏科民挾弓矢，季冬括驢賫道糧。官軍未進復犯塞，搴旗殺將何倡狂！遂令士卒愈沮氣，欲使乘障膽不張。我願助畫跡且遠，側身西望空凄涼。庶幾一言可裨益，臨風欲寄鳥翼翔。所宜畜銳保城壁，轉饋先在通行商。守而勿追彼自困，境上未免小敚攘。譬如蚊虻嚙膚體，實於肌血無大傷。此言雖小可喻遠，幸公采用不我忘。誠知公慮若裴度，聖上聽用同憲皇。當時豈不歷歲月，猶且衆鎮未陸梁；況今鷹犬乏雄勇，便擬馳騁徒蒼惶。且緩須時勵犀卒，終期拉朽功莫當。

桓妬妻

昔聞桓司馬，娶妾貌甚都。其妻南郡主，悍妬誰與俱！持刀擁羣婢，逕往將必屠。妾時在窗前，解鬟臨鏡梳。鬟髮雲垂地，瑩姿冰照壺。妾初見主來，綰髻下庭隅。斂手語出處，國破家已殂。無心來至此，豈願奉君娛！今日苟見殺，雖死生不殊。主乃擲刀前，抱持一長吁。曰我見猶憐，何況是老奴。盛怒反爲喜，哀矜非始圖。嫉忌尚服美，傷哉今亦無！

舟次朱家曲寄許下故人

藹藹桑柘岸，喧喧鷄犬村。晚雲連雨黑，秋水帶沙渾。稍聽鄰船語，初分異土言。雖嗟遠朋友，日喜近田園。

醉中留別永叔子履

新霜未落汴水淺，輕舸唯恐東下遲。遶城假得老病馬，一步一跛令人疲。到君官舍欲取別，君惜我去頻增嘻；便步髯奴呼子履，又令開席羅酒巵。逡巡陳子果亦至，共坐小室聊伸眉。烹鷄庖兔下筯美，盤實飣餖栗與梨。蕭蕭細雨作寒色，猒猒盡醉安可辭！門前有客莫許報，我方劇飲冠幘攲。文章或論到淵奧，輕重曾不遺毫釐。間以辨謔每絕倒，豈顧明日無晨炊！六街禁夜猶未去，童僕竊訝吾儕癡。談兵究弊又何益，萬口不謂儒者知。酒酣耳熱試發泄，二子尚乃驚我爲。露才揚己古來惡，卷舌噤口南方馳。江湖秋老鱖鱸熟，歸奉甘旨誠其宜。但願音塵寄烏翼，慎勿却效兒女悲。

赴霅任君有詩相送仍懷舊賞因次其韻

湖山饒邃處，曾省牧之遊。雁落葑田闊，船過菱渚秋。野煙昏古寺，波影動危樓。到日尋題墨，猶應舊壁留。

歲日旅泊家人相與爲壽

舟中逢獻歲，風雨送餘寒。推年增漸老，永懷殊鮮歡。江邊無車馬，鑑裏對衣冠。孺人相慶拜，共坐列盃盤。盤中多橘柚，未咀齒已酸。飲酒復先醉，頗覺量不寬。岸梅欲破蕚，野水微生瀾。來者卽爲新，過者故爲殘。何言昨日趣，乃作去年觀。時節未變易，人世良可歎！

依韻和胡武平懷京下游好

南國易悲愁，西風起高樹。枯荷復送雨，度雁寧知數！欲問北來音，繫書復若故。冥飛杳無跡，弋者徒有慕。況在白蘋洲，而懷石渠署！石渠多故人，鵷鵠方騫翥。鏘鳴尚可希，綷翼何由附！主人賴知己，未變疇昔顧。乘桴豈仲尼，好勇非季路。幸依南郡帳，不學邯鄲步。自守終日愚，都忘向時慮。睠戀此江湖，親年當喜懼。既獲庭闈近，又多山水趣。邇來對明月，千里猶會晤。長橋人絶聲，舉酒逢秋露。逈聞孤舟笛，煙水在何處！俯檻意無涯，跳波魚夜乳。頗得真隱情，奚須慕巢許？思寄梅枝香，遠隔蘭溪渡。緘之付好風，精爽亦隨去。

送劉成伯著作赴弋陽宰

我昨之官來，值君爲郡掾。當年已知名，是日纔識面。未久嗟還都，始應羣公薦。遂除芸省郎，出治江上縣。縣劇素所聞，其俗到可見。水精製盤盂，冰瑩産郊甸。鳴箏斲桐梓，雕飾雜寶絢。有藥化銅鉛，方士多伏鍊。君今齒尚壯，好學常不倦，二者定非惑，吾言亦狂狷。絃歌將有餘，幸可窮經傳。歸來期著書，篋楮盈百卷。莫學此疏慵，無能守貧賤。明朝君當行，勉勉自出餞，豈無一壺酒，豈無一鼎饌！

冬雷

上帝設號令，隱其南山下。震發固有時，曷常事憑怒！春以動含生，夏以奮風雨，冬其息不用，藏在黃厚土。我今來江南，歲曆惟建午，如何小雪前，向曉疑鳴釜？蛟虵龜蟲厄，鱗裂口塊吐；蝦蟆不食月，深窟僵兩股。天公豈物欺，若此汩時序？或言非天公，實乃陰怪主。嘗觀古祠畫，牛首椎連鼓，黑雲雜狂飈，相與爲肺腑。是不由昊穹，安能順寒暑？吾因考厥事，復以驗莽鹵。市井欺量衡，定知不活汝。元惡逆大倫，弗加霹靂斧。此豈曰無私，故予未所取。必恐竊天威，似將文法侮；焉顧五行錯，詎畏萬物睹！欲扣九門陳，恨身無鳥羽。

冬日陪胡武平遊西余精舍

侵晨霜氣嚴，溪口冰已合。烏榜將進遲，寒篙旋摧拉。遥看松竹深，雪屋藏山衲。登臨興都盡，薄暮沿清霅。

送崔主簿赴睦州清溪

舟輕不畏險，逆上子陵灘。七里峽天翠，千重雲水寒。古祠鳴野鳥，亂石激春湍。正與高懷愜，寧歌行路難！

送潘供奉承勛

與君迹熟情已親，欲將行邁聊感人，舉酒不能効時俗，半醉苦語資立身。長大實好帶刀劍，曷不往助清邊塵？門戟雖高豈自有，當思乃祖爲功臣！所宜勇躍發奇策，嘉名定體庶得真。儻以斯言作狂說，乘肥食脆任青春。

寄題徐都官新居假山

太湖萬穴古山骨，共結峰嵐勢不孤。苔徑三層平木末，河流一道接牆隅。已知谷口多花藥，祇欠林間落狖鼯。誰侍巾鞲此遊樂？里中遺老肯相呼。

依韻和武平別後見寄

溪遠牆危一望遥，此焉悽絶府中僚。已同雁鶩依清淺，共看鸞皇上泬寥。別岸無端縈細柳，迴舟不忍過新橋。醉來事事能生感，誰道愁腸酒易銷？

過華亭

晴雲嘷鶴幾千隻，隔水野梅三四株。欲問陸機當日宅，而今何處不荒蕪！

廻自青龍呈謝師直

共君相別三四年，巖巖瘦骨還依然，唯髭比舊多且黑，學術久已不可肩。嗟余老大無所用，白髮冉冉將侵顛。文章自是與時背，妻餓兒啼無一錢。幸得詩書銷白日，豈顧富貴摩青天！而今飲酒亦復少，未及再酌腸如煎。前夕與君歡且飲，飲纔數盞我已眠。鷄鳴犬吠似聒耳，舉頭屋室皆左旋。起來整巾不稱意，掛帆直走滄海邊。便欲騎鯨去萬里，列缺不借霹靂鞭。氣沮心衰計欲睡，夢想先到蘋渚前。與君無復更留醉，醉死誰能如謫仙？

青龍海上觀潮

百川倒蹙水欲立，不久却廻如鼻吸，老魚無守隨上下，閣向滄洲空怨泣。推鱗伐肉走千艘，骨節專車無大及，幾年養此膏血軀，一旦翻爲漁者給。無情之水誰可憑？將作尋常自輕入。何時更看弄潮兒，頭戴火盆來就濕？

社前

欲社先知雨，將歸未見花。那能長作客，夜夜夢還家！

牡丹

洛陽牡丹名品多，自謂天下無能過。及來江南花亦好，絳紫淺紅如舞娥。竹陰水照增顏色，春服貼妥裁輕羅。時結游朋去尋玩，香吹酒面生紅波。粉英不忿付狂蝶，白髮强插成悲歌。明年更開余已去，風雨摧殘可奈何！

觀居寧畫草蟲

古人畫虎鵠，尚類狗與鶩。今看畫羽蟲，形意兩俱足。行者勢若去，飛者翻若逐。拒者如舉臂，鳴者如動腹。躍者趯其股，顧者注其目。乃知造物靈，未抵毫端速。毗陵多畫工，圖寫空盈幅。寧公實神授，坐使羣輩伏。草根有纖意，醉墨得已熟；權豪不可致，節行今仍獨。

悼亡三首

結髮爲夫婦，于今十七年。相看猶不足，何況是長捐！我鬢已多白，此身寧久全！終當與同穴，未死淚漣漣。

每出身如夢，逢人强意多。歸來仍寂寞，欲語向誰何！窗冷孤螢入，宵長一雁過。世間無最苦，精爽此銷磨。

從來有修短，豈敢問蒼天！見盡人間婦，無如美且賢。譬令愚者壽，何不假其年？忍此連城寶，沉埋向九泉。

書哀

天既喪我妻，又復喪我子！兩眼雖未枯，片心將欲死。雨落入地中，珠沉入海底。赴海可見珠，掘地可見水。唯人歸泉下，萬古知已矣！拊膺當問誰，憔悴鑑中鬼。

偶書寄蘇子美

君詩壯且奇，君筆工復妙。二者世共寶，一得亦難料。我今或盈軸，體逸思益峭。有如秋空鷹，氣壓城雀鷂。又如飲巨鍾，一舉不能釂。既釂心已醉，顛倒視兩曜。吾交有永叔，勁正語多要。嘗評吾二人，放檢不同調。其於文字間，苦硬與惡少。雖然趣尚殊，握手幸相笑。

送李殿丞通判處州

拜官將近親，不畏千里險。泝流上贛水，石亂波驚颭。舟人素已諳，曲折就迴閃。豈虞失便利，倚慣憂亦掩。昔余從平流，悸夢尚成魘。今逢子方去，青綷絲新染。沙頭有堠吏，惴立板方斂。鴻雁正來翔，競看朱服儼。

蔡仲謀遺鯽魚十六尾余憶在襄城時獲此魚留以遲歐陽永叔

昔嘗得圓鯽，留待故人食。今君遠贈之，故人大河北。欲膾無庖人，欲寄無鳥翼。放之已不活，烹煮費薪槱。

送蘇子美

勇爲江海行，風波曾不懼。但欲尋名山，扁舟無定處。南有鵬若鴞，嶮有石若鋸。毒草見人搖，短狐逢影怒。不遐尚苦乖，更遠饒瘴霧。東土乃濱海，蜃鼉仍可怖。殼物怪瑣屑，嬴蜆囷無數。鹹腥損齒牙，日月復易飫。二方既若此，往矣無久駐！竟當西北來，醉酎炙肥羜。夏不厭漿酪，冬不厭雉兔。勿言專口腹，口腹人所務。天台信奇偉，石橋非坦步。廬岳趣最幽，飢腸看瀑布。此致雖爲高，實亦難久慕。君行聽我言，不聽到應悟。

寄洪州致仕李國博

湖上悠然度幾春，勇拋榮禄遂天真。青蒲翠竹圍華屋，白酒黄雞命里人。果下有時乘小駟，兒曹方見擁朱輪。田園歲入千鍾美，肯似疏家苦畏貧！

永叔贈酒

大門多奇醞，一斗市錢千。貧食尚不足，欲飲將何緣？豈能以口腹，屈節事豪權！閉户飽於齏，作詩湧如泉。一日復一夕，醒目常不眠。窮臘忽可怪，雙壺故人傳。呼兒欲自酌，瓦盞無完全。其能饔甘脆，而況侑夭妍！却令情懷惡，分與富貴偏。收拾不復嘗，排置屋角邊。儻有嘉客至，傾倒相與顛。何暇問濃薄，但覺循扉旋。誰識我爲我，賓主各頹然。始得語且橫，既醉論益堅。曾不究世務，閑氣爭古先。畢竟兩未決，辨吻空流涎。嗟我儒者欽，聒耳無管絃。雖云暫歡適，終久還愁煎。自甘不偶死，寧慕金印懸！願頻致此物，勿恤瘡擔肩。

辛著作知西京永寧

躍馬西畿令，家塋在洛陽。衣霑寒食雨，花發故宫牆。冷淡鳩鳴屋，寬閑水滿塘。送君悲漸老，空憶釣伊魴。

正月十五夜出迴

不出只愁感，出遊將自寬。貴賤依儔匹，心復殊不歡。漸老情易厭，欲之意先闌。却還見兒女，不語鼻辛酸。去年與母出，學母施朱丹。今母歸下泉，垢面衣少完。念爾各尚幼，藏淚不忍看。推燈向壁卧，肺腑百憂攢。

戲寄師厚生女

生男衆所喜，生女衆所醜。生男走四鄰，生女各張口。男大守詩書，女大逐鷄狗。何時某氏郎，堂上拜媪叟？

冬夕會飲聯句

與君數夜飲，唯恐酒盞空。今我苦欲淺，堯臣語志難此同。陳編侑歡適，謝景初間謔何魁雄！婢子寒且倦，堯臣主人哦不窮。燈青屢結花，景初煎響時鳴蟲。穴鼠暗出沒，堯臣風雁高雍容。冰霜覆瓦屋，景初貂狐輸貴翁。孤床乏暖質，堯臣苦語有淡工。咀嚼患脔小，景初煨炮驚殼紅。落蟾斜入竅，堯臣遠漏微遞風。醉心欺睡魄，景初細書刺昏瞳。吽呀聞争犬，哮吼厭啼驢。撥火亂頹豆，附炙雙彎弓。乾果硬迸齒，堯臣寒虀酸滿胸。枯蛤擘無肉，淡脯燒可饔。語必造聖賢，樂已過鼓鐘。紙窗幸未曙，景初絮被令旋縫。冰凍兩股鐵，跑抓雙鬢蓬。脬尿既懶溺，裩虱唯欲烘。器皿足缺齾，捧執無妖穠。兒女寒不寢，堯臣僮僕困欲瞢。豈無富貴徒，笑此飢寒蹤？丈夫固有負，道義久已充。墨子不黔突，齒輩且得封。勉哉梅夫子，塞者終自通。景初

郡閤閱書投壺和呈相國晏公

較量人世無窮樂，羅列平生未見書。聊奉投壺祭征虜，休言擊劍馬相如！畫樓晚去聞寒角，縹帙看來落蠹魚。日獲誨言皆舊學，不慚貧賤帶經鋤。

和欲雪

雪欲漫天落，雲初著地垂。臂鷹過野健，走馬上冰遲。公子多論酒，騷人自詠詩。都無少年意，只卧竹

窗宜。

四月二十七日與王正仲飲

我來自楚君自吳，相遇汎波銜舳艫。時時舉酒共笑樂，莫問罍盎有與無。醉憶曩同吾永叔，倒冠落佩來西都。是時豪快不顧俗，留守贈榼少尹俱。高吟持去擁鼻學，雅闋付唱纖腰姝。山東腐儒漫側目，洛下才子争歸趨。自玆離散二十載，不復更有一日娱。如今舊友已無幾，歲晚得子欣爲徒。

月下懷裴如晦宋中道

九陌無人行，寒月淨如水。洗然天宇空，玉井東南起。我馬卧我庭，帖帖垂頸耳，霜花滿黑鬣，安欲致千里！我僕寢我廡，相背肖兩已，夜深忽驚魘，呼若中流矢。是時與我懷，顧影行月底。唯影與月光，舉止無猜毁。吾交有裴宋，心意月影比。尋常同語默，肯問世俗子！

同蔡君謨江鄰幾觀宋中道書畫

君謨善書能别書，宣獻家藏天下無。宣獻既没二子立，漆匣甲乙收盈厨。鍾王真蹟尚可睹，歐褚遺墨非因模。開元大曆名流夥，一一手澤存有餘。行草楷正大小異，點畫勁宛精神殊。坐中鄰幾素近視，最辨纖悉時驚吁。逡巡蔡侯得所得，索研鋪紙纔須臾，一掃一幅太快健，檀溪躍過瘦的盧。觀書已畢復觀畫，數軸江吳種稻圖。稻苗秧秧水拍拍，羣鷺矯翼人荷鋤。陂塍高下石籠密，竹樹參倚荆籬疏。

大車立輪轉流急，小犢欺顧稚子驅。令人頻有故鄉念，春事況及蠶桑初！虎頭將軍畫列女，二十餘子拖裙裾。許穆夫人尤窈窕，因誦《載馳》誠起余。余無書性無田區，美人雖見身老癯。舉頭事事不稱意，不如倒盡君酒壺。

東城送運判馬察院

春風騁巧如剪刀，先裁楊柳後杏桃，圓尖作瓣得疏密，顏色又染燕脂牢。黃鸝未鳴鳩欲雨，深園靜墅聲嗷嗷。役徒開汴前日放，亦將決水歸河槽。都人傾望若焦渴，寒食已近溝已淘。何當黃流與雨至，雨深一尺水一篙！都水御史亦即喜，日夜順疾回輕舠。頻年吳楚歲苦旱，一稔未足生脂膏。吾願取之勿求羨，窮鳥困獸易遯逃。我今出城勤送子，沽酒不惜典弊袍。數途必向睢陽去，太傅太尹皆英豪；試乞二公評我説，萬分豈不益一毛！國給民蘇自有暇，東園乃可資遊遨。

送知和州杜駕部

桐花欲開時，羣噣争哺兒。但求黃口飫，焉問丹穴飢！常山有四鳥，將飛昔已悲。中間忽殞逝，豈得安其枝！一飲必屢顧，每啄必遲遲。今朝竟矯翼，去向江之湄。銜芹不自食，欲遺孤與雌。此義實已重，莫爲梟所嗤。世俗多嫌忌，我胡爲此詩？此詩美孝悌，持贈杜挺之。

觀何君寶畫

燕馬易畫，吳牛難圖。馬骨應細牛骨粗，馬毛要密牛毛疏。粗疏必辨別，細密多糢糊。乃知戴嵩筆，能出韓幹徒。幹馬精神在韁勒，嵩牛怒鬬無牽拘。昨日何家覩小軸，絹雖破爛色不渝。二頭相觸角競犄，前脚如跪後脚舒；尾株榻直脊膂蹙，筋力寫盡蹄腕殊；一勝一敗又苦似，勝者狠逐敗者趨。卷窮赤印置小字，置字乃是陶尚書。尚書國初人，愛畫收幾厨，買時不惜金與帛，帛載牛車錢載驢。後世兒孫不能保，賣入窮市無須臾，凡目矜新不重故，千錢酬直皆笑愚。四牛遂爲何氏有，裝背入眼天下無。坐中吾儕趣已異，又喜玄女傳兵符。此本實稱閻令畫，下筆簡細容顏姝。三人鬼狀一牛首，八女二十美丈夫；黄帝中間蔭葩蓋，霞扇錯珉旌擁朱。冠服雖知歲月遠，但見儀衛森清都。復觀鹿臺獨夫受，妲己不笑何由娛？酒池肉林騎行匌，剖心斮脛堪悲吁。數幅吳王宴西子，綵舟張樂當姑蘇，宮娥數百簇高下，鬟髻一一紅芙蕖；危峰細浪得平遠，前對洞庭傍大湖。商紂夫差可垂誡，歷世傳玩參盤盂。雕鷹草木不足記，特詠此事心何如？

送少卿張學士知洪州

朱旗畫舸一百尺，五月長江水拍天。穩去先應望廬岳，暫來誰復見龍泉？閣經吏部重爲記，山識吳王舊鑄錢。往迹可尋軍事少，牘書遺逸附青編。

觀楊之美畫

天官乘車建朱旗，赤旛前亞風卷披，二龍緩駕蒼髯垂。印箱傍挈文籍隨，雙驂推輈如畏遲，行從冠服多威儀。水官自有真龍騎，兩佐並跨鯨尾鱗，步勢聳吏怪眼眉。雲生海面無端涯，雷部處上相與期，人身獸爪負鼓馳；後有同類挾且搥，次執電鏡風囊吹。青蛇有角魚足髻，上下引導神所施，地官既失不可知。此畫傳是閻令爲，設色鮮潤筆法奇，絹理膩滑雞子皮。吴生龍王多裂隳，八軸展玩忘晨炊。李成山水曉景移，黄荃花竹雀擁枝，韓幹馬本模搭時，神駿都失存毫釐。日高腹枵眼眺眵，邂逅獲見何言疲。厚謝主翁意不衰，他日飽目看無遺。

李審言遺酒

大梁美酒斗千錢，欲飲常被饑窘煎。經時一滴不入口，漱齒費盡華池泉。昨日靈昌兵吏至，跪壺曾不候報牋。赤泥坼封傾瓦盎，母妻共嘗婢流涎。鄰家蔔萄未結子，引蔓垂過高牆巔。當街賣杏已黄熟，獨堆百顆充盤筵。老年牙疎不喜肉，況乃下筯無腥羶。空腸易醉忽酩酊，倒頭夢到上帝前。賜臣蒼龍跨入月，不意正值姮娥眠。無人來顧傍玉兔，便取作腊下九天。拔毛爲筆筆如椽，狂吟一掃一百篇。其間長句寄東郡，東郡太守終始賢。切莫汲竭滑公井，留釀此酭時我傳。

送邵郎中知潭州

張鐃疊吹洞庭外，緣虎帶刀鑾帥迎。且諭漢家綏撫厚，莫言湘守事權輕。木奴洲近霜包熟，斑竹林昏野鳥鳴。賈誼宅邊寒井在，暫留千騎漱餘清。

和江鄰幾景德寺避暑

垤蟻不應雨，鴟鳶不生風。鬱氣若甑炊，初陽如火紅。躶膚汗交流，腯體膏將鎔。龍頭費挹酌，犢鼻强遮蒙。常畏俗物來，去避青蓮宫。廣堂鋪琉璃，高簷蔭梧桐。廊壁畫地獄，獄具鑊鋸舂。鐵城何焰焰，鐵牀亦彤彤！誰知炮烙死活間，傳自西域黄面翁。正類人世苦此熱，聲利役使亡西東。京師貴賃幾椽舍，窮煎相似聒欲聾。屋頭朝爨作飲食，枕底夕艾驅蚊蟲。宜爾近巷江夫子，賦詩特壓塵土中。

送趙諫議知徐州及。

鹿車幾兩馬幾匹，軬建朱幡騎彀弓。雨過短亭雲斷續，鶯啼高柳路西東。呂梁水注千尋險，大澤龍歸萬古空。莫問前朝張僕射，毬場細草緑蒙蒙。

晨起裴吴二直講過門云鳳閣韓舍人物故作詩哭之

平生交友淚，又哭寢門前。魯叟不言命，楚人空問天。月沉滄海底，星隕太微邊。莫恨終埋沒，文章自可傳。

送王察推績之鄧州

昔向南陽憶洛陽，秋橙初熟半林黄。車過白水沙痕闊，雁落鉗盧稻穟長。廢壘漢碑金刻字，古原秦冢石爲羊。太平羽檄何曾有？賓主相歡菊薦觴。

送李中舍襲之宰南鄭

莫問襃中道路難，襄陽直上幾重灘？蒼煙古柏漢高廟，落日荒茅韓信壇。出水槎頭一絲掛，穿虹雨脚兩橋殘。土風大抵如南國，期會先時俗自安。

送石昌言學士

混混拍堤瓜蔓水，軒軒銜尾掛檣船。使君東下只朝夕，父老走迎無後先。古堞秋耕拾銅鏃，長淮瀑雨入壕蓮。嗚猿舞鶴仍持去，不憶承明夜直眠。

書南事

大梁國南門，驛騎方騰趨。波波一何急，蠻寇圍番禺。番禺本無備，前賴魏大夫。大夫築子城，今得守以須。兵雖不滿萬，閉壁堪指呼。老幼轉木石，壯健操矛弧。廪庫得以完，日月不易圖。城中舊無井，魏鑿安轆轤。魏由飛語去，不使立外郛。古稱時有待，淺薄皆謂紆。曲突與爛額，看取報功殊。

七月十六日赴庾直有懷

白日落我前，明月隨我後，流光如有情，徘徊上高柳。高柳對寢亭，風影亂疏牖。我馬卧其傍，我僕倦屈肘。寂寂重門扃，獨念家中婦。乳下兩小兒，夜夜啼向母，問爺若箇邊，天性已見厚。不嗟羈枕孤，不愧棲禽偶，內有子相憶，外有月相守。何似長征人，沙塵聽刁斗？

飲劉原甫家原甫懷二古錢勸酒其一齊之大刀長五寸半其一王莽時金錯刀長二寸半

主人勸客飲，勸客無夭妍。欲出古時物，先請射以年。我料孔子履，久化武庫煙。固知陶氏梭，飛去風雨天。世無軒轅鏡，百怪争後先。復聞豐城劍，已入平津淵。聊鐫二百載，儻有書畫傳？嗚呼纔十一，便可傾觥船。探懷發二寶，太公新室錢。獨行齊大刀，鐮形未環連，文存半辨齊，背有模法圓。次觀金錯刀，一刀平五千（其文如此），精銅不蠹蝕，肉好鉤婉全。爲君舉酒盡，跨馬月娟娟。

蔡君謨示古大弩牙

黃銅弩牙金錯花，銀闌線齒如排沙。上立準度可省括，箭溝三道前直窊，其度四寸寸五刻，銎光歷歷無纖差。蔡侯出此問誰得？往年客遺來瑯琊。瑯琊築城穿厚壤，既獲磨洗争傳誇。莫知歲月孰製作？精妙近世應難加。發機高下在分刻，今人妄射功仍賒。願侯擬之起新法，勿使邊兵死似麻！

寄題周敦美琨瑶洞

仙人采玉驅雄龍，列山剖璞青腔空，因邃爲堂曲爲室，石乳溜壁光玲瓏。仙歸龍去草樹長，蔽翳不復人蹤通。指疆買墅下峰下，洗斸務欲險怪窮，蛇鱗鹿跡尚莫到，安問樵老諸牛童！古人未得今已得，萬景付與由天公。何當歸來斂頭角，任從賓我生白虹！陰溪淺水菖蒲綠，下有蝦蟇雙眼紅，及時佐酒斫兩股，勿使更入明月中。

許生南歸

大盤小盤堆明珠，海估眩目迷精粗。斗量入貢由掇拾，未必一一疵纇無。不貢亦自有光價，此等固知魚目殊。許生懷文頗所似，暫抑安用頻增吁！倚門老母應日望，霜前稻熟春紅稃。歸來爛炊多釀酒，洗蕩幽憤傾盆盂。九卿有命不愁晚，朱邑當年是嗇夫。

送臨江軍監酒李太博

三江卑濕地，北客宦遊稀。霧氣多成雨，雲蒸易損衣。白醪燒甕美，黃雀下田肥。未辨殊方語，山歌半是非。

送晉原喬主簿

太守登車時，我病不能出。遥期玩海棠，度險馬屢叱。唯畏行邁遲，惡欲及春日！何爲愛此花，曾非桃杏匹。生紅濃復淺，瘦蔕修且密。湖傍幾十樹，雕盤擁新漆。酒傾琉璃盆，月上歡未畢。縣官同遠宦，簿領無督詰。刻意詠芳菲，追補李杜失。

送樂職方知泗州

長堤凍柳不堪折，窮臘使君單騎行。蘇合輕裘霜莫犯，銅牙大弩吏先迎。山旁楚買連檣泊，水上禹書寒磬清。試向郡樓東北望，煙波千里月臨城。

和劉原甫十二月十日試墨

海神不朝雪不作，大梁塵土蔽天高。道傍牛喘復誰問，佛寺吹螺空唱嚎。相公跪香恬且佚，陛下減膳心焦勞。因君試墨偶有激，勇辭壯筆揮長刀。予無奈何亦思飲，飲竭餔啜從餔糟。

十九日出曹門見水牛拽車

只見吳牛事水田，只見黃犂負車軛。今牽大車同一輩，又與騾驢走長陌。印頭闊步塵蒙蒙，不似綏耕泥洒洒。一一夜眠頭向南，越鳥心腸誰辨白？

除夜雪

擊鼓人驅鬼，漫天雪送寒。臘從今日盡，花作舊年看。著樹多還墮，隨風積更乾。明朝預王會，畏濕兩梁冠。

送宣州簽判馬屯田兼寄知州邵司勳

寒溪翠拖碧玉帶，蒼山晴臥蛻骨龍。水邊苦竹抽肥筍，石上老蕨拳紫茸。泊船繫纜宿明鏡，昭亭廟古攢瘦松。陰風雨電潭心起，雲遮北嶺如墨濃。田秧浸綠白鷺立，內史出喜嘉賓從。昔時謝公來賽神，蘭肴作椒金作鍾。聯詩姓何名已失，板蠹粉落蟲鳥蹤。我鄉復傳召南化，磨鏤黑石君亦逢。

觀拽龍舟懷裴宋韓李

截春流，築沙坻，拽龍舟，過天池。尾矯矯，角岐岐，千夫推，萬鱗隨。驚鴻鵠，沉魚龜。春三月，輕服時。薄水殿，習水嬉。馬特特，來者誰？魏公子，人不窺。車轔轔，集其涯。邯鄲倡，士交馳。銀瓶索酒傾玻璃，用錢如水贈舞兒。却入上苑看鬬雞，擊毬彈金無不爲。適聞天子降玉輦，當門虎脚看大旗。春風吹花人行輕，紅錦百尺争蛟螭。雲蓋迴，綵纜維。明年結客觀未遲。

答劉原甫

生平多交友，常恨會遇稀。每念相笑語，昨是今或非。重惜向時游，出處苦乖違。從今儻有酒，莫問梨栗微。前夕呼我飲，遣奴來扣扉。暗犯風雪往，醉脱冠服歸。夜來新霽月，清吐萬里輝。劉郎戴幅巾，江叟披褐衣，相過無百步，誰虞竊訶譏。三家若循環，但知具甘肥。

十一日垂拱殿起居聞南捷

二月雪飛雞狗狂，錦衣走馬回大梁。入奏邕州破蠻賊，絳袍玉座開明堂。腰佩金魚服金帶，榻前拜跪稱聖皇。一朝嚴氣變和氣，初令漏泄飛四方。將軍曰青才且武，先斬逗撓兵後强。從來儒帥空賣舌，未到已愁茆葉黃。徘徊嶺下自稱疾，詔書切責仍勉當。因人成功喜受賞，親戚便擬封侯王。昔日苦病今不病，銅鼓棄擲無鏢鎗。

十五日雪三首

寒令奪春令，六花侵百花。塘冰膠鷰觜，野水澀芹牙。擁柱輕於絮，吹墀淨若沙。乳禽飢啄木，誰悞撥琵琶？

新雷奮蛇甲，密雪鬪鵝毛。正欲裁輕縠，重令著弊袍。沙泉流復凍，煙蕁坼還韜。只待鄰醅熟，微聲聽酒槽。

春風九十日，一半已銷磨。準擬看花少，依稀詠雪多。宮車猶載炭，菢鵲不離窠。向此輿都盡，戴家誰復過？

淘渠

開春溝，畎春泥。五步掘一塹，當塗如壞堤。車無行轍馬無蹊，遮截門户雞犬迷。屈曲措足高復低，芒鞋苔滑雨淒淒。老翁夜行無子攜，眼昏失脚非有擠，明日尋者爾瘦妻，手提幼女哭嘶嘶。金吾司街務欲齊，不管人死獸顛啼。

京師逢賣梅花五首

北土只知看杏蕊，大梁亦復賣梅花。此心還似庾開府，不惜金錢買取誇。

驛使前時走馬廻，北人初識越人梅。清香莫把荼蘼比，只欠溪頭月下杯。

憶在鄴君舊國傍，馬穿修竹忽聞香。偶將眼趁蝴蝶去，隔水深深幾樹芳？曾見竹籬和樹夾，高枝斜引過柴扉。對門獨木危橋上，少婦髻鬟猶戴歸。此去吾鄉二千里，不看素蕚兩三年。移根種子誰辛苦，上苑偷來值幾錢？

送胥平叔寺丞赴洛

單車細馬出虎牢，春雲默默百舌號。縠雨已近花欲盡，秉燭夜飲朝坐曹。因君重思昔日歡，醉筆狂掃嵩丘高。于今零落二十載，縱在各各歎二毛。試採上陽何首烏，刮切仍致苦竹刀。俗情相望亦異此，競欲折筍籠含桃。

送胡公疎之金陵

緑蒲作帆一百尺，波浪疾飛輕鳥翮。瓜步山傍夜泊人，石頭城邊舊遊客。月如冰輪出海來，江波千里無物隔。自古有恨洗不盡，于今萬事何由白？依稀可記鮑家詩，寂寞休尋江令宅。楊花正飛魮魚多，食膾舉酒謝河伯。但令甘肥日飽腹，誰用麒麟刻青石！去舸已快風亦便，寧同步兵哭車軛！

送汝陰宰孫寺丞

艑郎唱櫓鷩尾下，潁水落日虵鱗生。緑蒲被岸漁網舉，黄鳥啄葚繅車鳴。吏無訢租官正來，不借魴鱮與吏烹。饋吏人情見里黨，官非喜慢知官清。

吴沖卿出古飲鼎

精銅作鼎土不蝕，地下千年蘚花羃。腹空鳳卵留藻文，足立三刀刃微直。左耳可執口可斟，其上兩柱何對植！從誰發掘歸吳侯，來助雅飲歡莫極。又荷君家主母賢，翠羽胡琴令奏側。絲聲不斷玉筝繁，繞樹黄鸝鳴不得。我雖衰苶爲之醉，玩古樂今人未識。

二十四日江鄰幾邀觀三館書畫録其所見

五月秘府始曝書，一日江君來約予。世間難有古畫筆，可往共觀臨石渠。我時跨馬冒熱去，開厨發匣鳴鑰魚。羲獻墨迹十一卷，水玉作軸光疏疏。最奇小楷樂毅論，永和題尾付官奴。又看四本絶品畫，戴嵩吴牛望青蕪，李成寒林樹半枯，黄筌工妙白兔圖。不知名姓貌人物，二公對弈旁觀俱，黄金錯鏤爲投壺。粉障復畫一病夫，後有女子執巾裾。牀前紅毯平圍爐，牀上二姝展氍毹。繞牀屏風山有無，畫中見畫三重鋪。此幅巧甚意思殊，孰真孰假丹青模。世事若此還可吁！

依韻和原甫月夜獨酌

月下馬蹄休擾擾，夜涼蟲響競囂囂。一杯獨飲愁何有，孤榻無人膝自摇。北斗柄高天漸轉，小冠簪冷髮微凋。誰知静對頽然影，竟夕幽懷豈易聊！

與蔣祕別二十六年田棐二十年羅拯十年始見之

我今五十二，嘗苦離別煎。屈指數離別，正去一半年。三君異出處，相見有後先。蔣最會遇早，羅倍晚於田。仕宦比我遲，官資居我前。此亦漫輕量，無限歸荒埏。所喜笑語同，各驚顏貌遷。髮有霜華侵，目有蜘蛛懸。有酒易以醉，有奚徒用妍。醒來念功名，病螾希蜿蜒。安得有園廬，寬閑近林泉？養魚數千頭，種蓮三四㕓，餘蔬皆稱此，嘉果值亦然。既無俗造請，窮冬事高眠。困貯白粳稻，酒沽青銅錢，飯過引數杯，令兒誦嘉篇。仰首看赤日，區區隨天旋，朝見出滄海，暮見入虞淵。畢竟將何窮，磨滅愚與賢。億億萬萬載，筋骨非玉堅。桐棺三寸厚，在昔誰免焉？去去欲及時，嗟嗟無由緣！

飲劉原甫舍人家同江鄰幾陳和叔學士觀白鷴孔雀鳧鼎周亞夫印鈿玉寶赫連勃勃龍雀刀

主人鳳凰池，二客天祿閣。共來東軒飲，高論雜談謔。南籠養白鷴，北籠養孔雀。素質水紋織，翠毛金縷薄。大誇鳧柄鼎，不比龍頭杓。玉印傳條侯，字辨亞與惡。鈿劍刻辟邪，符寶殊制作。末觀赫連刀，龍雀鑄鐶鍔。每出一物玩，必勸衆賓酌。又令三雲髻，行酒何婥約！固非世俗歡，自得閱古樂。聖賢泯泯去，安有不死藥！竟知不免此，烏用強檢縛？開目即是今，轉目已成昨。歸時見月上，酒醒見月落。恍然如夢寐，前語誠不錯。

劉涇州以所得李士衡觀察家號蟾蜍硯其下刻云天寶八年冬端州刺史李元德靈卯石造示劉原甫原甫方與予飲辨云天寶稱載此稱年僞也遂作詩予與江鄰幾諸君和之

硯如剉虀腹如月，又若剖瓢萌强發。鐫題天寶年造之，刺史李元傳自越。剉虀剖瓢我莫分，稱載作年初辨君。君雖能辨猶曰寶，原甫詩云：「李侯寶硯劉侯得。」寶茲偽物吾何云！仰天大笑飲君酒，硯真硯偽休開口。願封漆匣還與侯，請共江翁獨持守。江詩云：「劉侯寶此處物宜，慎勿將心逐名轉。」

次韻和景彝閏臘二十五日省宿

君嘗編史似吴兢，又直甘泉馬踏冰。重臘雪花方漫漫，宿廳書架自層層。案頭美酒初温火，簾底微風欲動燈。永夜未眠鐘已發，此心閑寂是高僧。

次韻和永叔新歲書事見寄

尖風細細欲穿簾，殘雪微銷凍結簷。盞裏醇醪無限滿，鏡中白髮不知添。妍童喜舞開羅幕，小吏愁嘶入硯蟾。幸得從公持直筆，定應無復歎虀鹽。

李廷老祠部寄荆柑子

踏雪衝風馳小吏，帶霜連葉寄黃柑。擗包欲咀牙全動，舉盞邇衰酒易酣。書尾自題知遠意，筆頭親答厭多談。故人莫覓新詩卷，都似嵇康七不堪。

韻語答永叔内翰

世人作肥字，正如論饅頭。厚皮雖然佳，俗物已可羞。字法歎中絶，今將五十秋。近日稍稍貴，追蹤慕前流。曾未三數人，得與古昔儔。古人皆能書，獨其賢者留。後世不推此，但務於書求。不知前日工，隨紙泯已休。顔書苟不佳，世豈不寶收？設如楊凝式，言且直節脩。又若李廷中，清慎實罕侔。乃知愛其書，兼取爲人優。豈書能存久，賢哲人焉廋。非賢必能此，惟賢乃爲尤。其餘皆泯泯，死去同馬牛。大尹歐陽公，昨日喜疾瘳。信筆寫此語，謂可忘病憂。黄昏走小校，寄我東郭陬。綴之輒成篇，聊以助吟謳。

次韻和長文社日禖祀出城

曉出春風已擺條，應逢社伯馬蹄驕。壇邊宿雨微霑麥，水上殘冰壅過橋。鷰子飛來依約近，鴈行歸去試教調。北扉西掖多才思，相與飄飄在沉寥。

次韻和長文禖祀郊外見寄并呈韓子華

鵓鳩知雨在桑中，雄逐雌飛自不同。胡粉未生輕蝶白，燕脂先綻野櫻紅。高高樹裏鞦韆月，獵獵牆頭蓓蕾風。曉下祠壇多寄咏，衣冠方侍大明宮。

送馬行之都官

昭亭山下送君時，不畏西行劍棧危。笮馬跨來身更健，吳船來去計非遲。錢塘湖上尋雲屋，巾子峰前種槿籬。此趣已高天下士，不須功業似鴟夷。

次韻和永叔石枕與笛竹簟

溪上枕剖龍卵石，蘄匠簟製虵皮紋。客從東方一持贈，竹色蒸青石抱雲。磨沙斮骨自含潤，飽霜弔節無留塵。京師貴豪空有力，六月耐此炎蒸劇？旱風赤日吹熱來，大厦高簷任雕飾。頭顱汗匝無富貧，雖有頒冰論官職。官高職重冰則多，日永冰消難更得。唯公掃室施枕簟，迎涼自感東方客。東方客應非俗昏，能使賢人心體適。賢人何以偏伏人，天下才名方赫赫。我吟困窮不可聽，晝夜蚊蚋蒼蠅聲。蠅如遠鷄耳初感，蚊若隱雷空際鳴。葛厨頂綻屋蝎墮，苔席中裂麻經橫。平生賦分只煎炒，安有綠玉琉璃清？猶勝昔年杜子美，老走耒陽牛炙死。因思楊惲廢時言，但願人生行樂爾！公今事業在朝廷，去就尤當慎終始。待公睡足秋風來，去奉高談揮麈尾。

次韻和景彝省闈宿齋

晝日南宮雨後涼，齋嚴官重靜於常。庭前鬬雀墮還起，欄下秋花落自香。看盡雲容天漏碧，讀殘書帙卷披黃。九衢塵土莫能到，蕭瑟微風葉響廊。

次韻和景彝對月

蕭蕭風雨變涼意，索索晚雲開斗晴。已洗浮埃天外静，忽生圓月樹頭明。草根蟲穴吟來久，屋角星河落更清。我媿西垣侍臣比，影寒霜鬢兩三莖。

次韻答吴長文内翰遺石器八十八件

山工日斲器，殊匪事樵牧。掘地取雲根，剖堅如剖玉。食具與果具，待賓良有勗。亦將茶具并，飽啜時出俗。公何都贈予？金多不入目。我家固宜之，瓦椀居漏屋。得此尤稱窮，客來無不足。唯應赤脚婢，收拾怨常酷。夏席堆青蘁，冬盤飣旨蓄，竟無粱肉饌，甚媿蕭家録。

送番禺杜杆主簿

行識桄榔樹，初窺翡翠巢。地蒸蠻雨接，山潤海雲交。訟少通華語，蟲多入膳庖。不須思朔雪，梅吐臘前梢。

次韻和永叔飲余家詠枯菊

今年重陽公欲來，旋種中庭已開菊。黄金碎翦千萬層，小樹婆娑嘉趣足。鬢頭插蕊惜光輝，酒面浮英愛芬馥。旋種旋摘趁時候，相笑相尋不拘束。各看華髮已垂顛，豈更少年苔色緑！自兹七十有二日，公又聯鑣入余屋。階傍猶見舊枯叢，根底青芽歎催促。但能置酒與公酌，獨欠琵琶彈啄木。所歡坐客盡豪英，槐上凍鴟偷側目。盤中有肉鴟伺之，烏鳥不知啼觜曲。諸公醉思索筆吟，吾兒暗寫千毫禿。明日持詩小吏忙，未解宿醒聊和屬。

和王景彝正月十四日夜有感

燈光暖熱夜催春，天半樓開飲近臣。馳道橫頭起山岳，露臺周匝簇車輪。隔簾艷色多相照，下馬輕豪各競新。我已暮年殊趣嚮，濃油一盞案邊身。

次韻和永叔雨中寄原甫舍人

賴得春巢鸞未歸，高簷終日雨衰衰。細籠芳草踏青後，欲打梨花寒食時。美景已嗟空過盡，名園猶許悞相隨。錦鞍切莫九衢去，拍拍一如鵝鴨池。社日曾慎赴北園。

和劉原甫復雨寄永叔

階下青苔欲染衣，晴光纔漏又霏微。銜風鸞子銜泥去，隔樹鵓鴣嗔婦歸。乍冷乍陰將禁火，自開自掩不關扉。渾身酸削懶能出，莫怪與公還往稀。

送羅職方知秀州

陸雲嘗誇千里蒓，便輕羊酪同埃塵。君今得郡正千里，已患無羊厭此珍。乃知南北各所樂，乘舟不如乘馬惡。水邊不見秦羅敷，縱有西施肌肉薄。使君事事未稱意，綠水芙蓉定何若？

寄懷劉使君敞。

昔我從仲父，三年在河內。春遊丹水上，花竹弄粉黛。人誇走馬來，盡眼看没背。薄暮半醉歸，插花紅簇隊。使君今少年，時往勸耕耒。安行過樹下，野杏正破纇。何不學山公，酩酊還倒載？令人知使君，心膽不瑣碎。切莫懲婦翁，慷慨臨并代。一朝由謗謫，雖去民苦愛。實計幸不幸，豈較進與退？因書寄此懷，繩墨老且悔。

寄汶上

大第未嘗身一至，人猜巧宦我應非。彈冠不讀先賢傳，説劍休更短後衣。瘦馬青袍三十載，故人朱轂幾多違！功名富貴無能取，亂石清泉自憶歸。

諭烏

百鳥共戴鳳，惟欲鳳德昌。顧鳳得其輔，咨爾孰可當？百鳥告爾間，惟烏最靈長。乃呼烏與鵲，將政庶烏康。烏時來佐鳳，署置且非良。咸用所附己，欲同助翱翔。以鷲代鴻鴈，傳書識暄涼。鸜鵒代鸚鵡，剥舌説語詳。秃鶬代老鶴，乘軒事昂藏。野鵝代雄雞，爪觜稱擅場。雀豹代鶻鶚，搏擊肅秋霜。蝙蝠嘗入幕，捕蚊夜何忙。老鴟啄臭腐，盤飛使遊揚。鵂鶹與梟鵂，待以爲非常。一朝百鳥厭，讒烏出遠方。烏伎亦止此，不敢戀鳳傍。養子頗似父，又貪噪豺狼。爲烏烏不伏，獸肯爲爾戕！莫如且斂翮，休用苦不量。吉凶豈自了？人事亦交相。

答裴送序意

我欲之許子有贈，爲我爲學勿所偏。誠知子心苦愛我，欲我文字無不全。居常見我足吟詠，乃以述作爲不然。始曰子知今則否，固亦未能無諭焉。我於詩言豈徒爾，因事激風成小篇。辭雖淺陋頗刻苦，未到二雅未忍捐。安取唐季二三子，區區物象磨窮年！苦苦著書豈無意？貧希祿廩塵俗牽。書辭辯說多碌碌，吾敢虛語同後先！唯當稍稍緝銘誌，願以直法書諸賢。恐子未諭我此意，把筆慨嘆臨長川。

薛九公期請賦山水字詩

薛公堂懸山水字，請我試作山水詩。呼童磨墨慰君意，强作安得有好辭！昔年曾是杜陵客，東城水上横此碑，字方數尺形勢健，豈似取次筆畫爲！東城父老語於我，推本創自開元時。不知當時何所用？費功鑱刻爲瓌奇。我去長安十載後，此石誰輦來京師？苑中構殿激流水，暮春修禊浮酒卮。是時詞臣出不意，酒半使賦或氣萎。日斜鳴蹕不可駐，未就引去加鞭笞。脱我幸得預此列，玉階立寫從然萁。今雖下筆不稱意，已書滿幅令君嗤。

韓欽聖問西洛牡丹之盛

韓君問我洛陽花，争新較舊無窮已。今年誇好方絶倫，明年更好還相比。君疑造化特着意，果乃區區可羞耻。嘗聞都邑有勝意，既不鍾人必鍾此。由是其中立品名，紅紫葉繁矜色美。萌芽始見長蒿萊，氣焰旋看壓桃李。乃知得地偶增異，遂出羣葩號奇偉。亦如廣陵多芍藥，閭井荒殘無可齒。淮山邃秀付草樹，不産髦英産佳卉。人於天地亦一物，固與萬類同生死。天意無私任自然，損益推遷寧有彼！彼盛此衰皆一時，豈關覆燾爲偏委？呼兒持紙書此説，爲我緘之報韓子。

初冬夜坐憶桐城山行

我昔吏桐鄉，窮山使屢躡。路險獨後來，心危常自怯。下顧雲容容，前溪未可涉。半崖風颸然，驚鳥爭墮葉。修蔓不知名，丹實坼在莢。林端野鼠飛，緣挽一何捷！馬行聞虎氣，豎耳鼻息歙。遂投山家宿，駭汗衣尚浹。歸來撫童僕，前事語妻妾。吾妻常有言，艱勤壯時業。安慕終日閒，笑媚看婦靨？自是甘努力，于今無所懾。老大官雖暇，失偶淚滿睫。書之空自知，城上鼓三疊。

雪後資政侍郎西湖宴集偶書

潭心不凍處，鴈鶩自相依。積雪正無際，因風忽起飛。初驚如避弋，復下信忘機。偶得從公飲，聊書此景歸。

元日

昔遇風雪時，孤舟泊吴埭。江潮未應浦，盡室坐相對。行庖得海物，鹹酸何瑣碎！久作北州人，食此欣已再。是時值新歲，慶拜乃唯內。草率具盤餐，約畧施粉黛。舉杯更獻酬，各爾祝鮐背。咀橘齒病酸，目已驚老態。豈意未幾年，中路苦失配？嘉辰衆所喜，悲淚我何耐！曩歡今已哀，日月不可賴。前視四十春，空期此身在。世事都猒聞，讀書未忍退。過目雖已忘，寧捨心久愛？何當往京口，竹里翦荒穢。行歌樂暮節，薪蔌甘自刈。

寄滁州歐陽永叔

昔讀韋公集，固多滁州詞。爛熳寫風土，下上窮幽奇。君今得此郡，名與前人馳。君才比江海，浩浩觀無涯。下筆猶高帆，十幅美滿吹。一舉一千里，只在頃刻時。尋常行舟艫，傍岸撑牽疲。有才苟如此，但恨不勇爲。仲尼著春秋，貶骨嘗苦笞。後世各有史，善惡亦不遺。君能切體類，鏡照嫫與施。直辭鬼膽慴，微文姦魄悲。不書兒女書，不作風月詩。唯存先王法，好醜無使疑。安求一時譽？當期千載知。此外有甘脃，可以奉親慈。山蔬采筍蕨，野膳獵麏麋。鱸膾古來美，梟炙今且推。夏果亦瑣細，一一舊頗窺。圓尖剥水實，青紅摘林枝。又足供宴樂，聊與子所宜。慎勿思北來，我言非狂癡。洗慮當以浄，洗垢當以脂。此語同飲食，遠寄入君脾。

樊推官勸予止酒

少年好飲酒，飲酒人少過。今既齒髮衰，好飲飲不多。每飲輒嘔泄，安得六府和？朝醒頭不舉，屋室如盤渦。取樂反得病，衛生理則那！予欲從此止，但畏人譏訶。樊子亦能勸，苦口無所阿。乃知止爲是，不止將如何？

感春之際以病止酒水丘有簡云時雨乍晴物景鮮麗疑其未是止酒時因成短章奉答

東風固無迹，何處見春歸？土逐草心坼，雨兼花片飛。雖憐柔甲長，只恐艷條稀。君但惜晴景，休言止酒非。

答宋學士次道寄澄心堂紙百幅

寒溪浸楮春夜月，敲冰舉簾勻割脂。焙乾堅滑若鋪玉，一幅百錢曾不疑。江南老人有在者，爲予嘗說江南時。李主用以藏秘府，外人取次不得窺。城破猶存數千幅，致入本朝誰謂奇？漫堆閑屋任塵土，七十年來人不知。而今制作已輕薄，比於古紙誠堪嗤。古紙精光肉理厚，邇歲好事亦稍推。五六年前吾永叔，贈予兩軸令寶之。是時頗叙此本末，遂號澄心堂紙詩。我不善書心每愧，君又何此百幅遺？重增吾赧不敢拒，且置縑箱何所爲？

春寒

春晝自陰陰，雲陰薄更深。蝶寒方斂翅，花冷不開心。亞樹青帘動，依山片雨臨。未嘗辜景物，多病不能尋。

答韓三子華韓五持國韓六玉汝見贈述詩

聖人於詩言，曾不專其中。因事有所激，因物興以通。自下而磨上，是之謂國風。雅章及頌篇，刺美亦道同。不獨識鳥獸，而爲文字工。屈原作《離騷》，自哀其志窮。憤世嫉邪意，寄在草木蟲。邇來道頗喪，有作皆言空。煙雲寫形象，葩卉詠青紅。人事極諛諂，引古稱辯雄。經營唯切偶，榮利因被蒙。遂使世上人，只曰一藝充。以巧比戲弈，以聲喻鳴桐。嗟嗟一何陋，甘用無言終。然古有登歌，緣辭合徵宮，辭由士大夫，不出於瞽矇。予言與時輩，雖用猶篤癃，雖唱誰能聽，所遇輒瘖聾。諸君前有贈，愛我言過豐。君家好兄弟，響合如笙叢。雖欲一一報，强說恐非衷。聊書類頑石，不敢事磨礱。

前以詩答韓三子華後得其簡因敘下情

前者報君詩，妄說良有以。昔予在京師，多爲人所詆。短章然無工，實未甘藝比。因君有過褒，聊且發憤悱。何言敢爲師，乃是貴不韙。平常遭口語，攢集猶毒矢。此論苟一出，是非必蜂起。偶爾道瘖聾，多疑已竊指。雖恃不欺衷，恨未致速死。安得二頃田，歸耕豈爲恥？誰能事州郡，鷄狗徒聒耳？

汝州王待制以長篇勸予復飲酒因謝之

前因飲酒多，乃苦傷營衛，嘔血踰數升，幾乎成病肺。上念父母老，下念妻兒稚，不死常抱痾，於身寧自貴？樊子來勸我，止酒良有謂。公復遺我詩，責我詞甚毅。指以年齒衰，非酒何養氣？春飲景可樂，夏飲暑可避，秋飲心忘愁，冬飲暖勝被。醉歌人不怪，醉言人不忌。在酒功實多，止酒酒何罪？假如壽九十，今子已半世。不飲徒自苦，未必止爲利？胡汨安與真，恐乖達者意！屈原吟澤畔，方悟獨醒累。子居今之時，安免人病議？是以告子勤，子守亦謬計。我讀纔一過，不覺顏起愧。自茲願少飲，但不使疾熾。書此以謝公，公言誠有味。

洛陽牡丹

古來多貴色，殁去定何歸？清魄不應散，艷花還所依。紅棲金谷妓，黄值洛川妃。朱紫亦皆附，可言人世稀！

和歐陽永叔啼鳥十八韻

南方窮山多野鳥，百種巧口乘春鳴。深林參天不見日，滿壑呼嘯誰識名？但依音響得其字，因與《爾雅》殊形聲。我昔曾有禽言詩，粗究一二啼號情，苦竹岡頭泥滑滑，君時最賞趣向精。餘篇亦各有思致，恨未與盡衆鳥評。君今山郡日無事，静聽鳥語如交争。提壺相與來勸飲，戴勝亦助能勸耕。我念此鳥頗有益，如欲使君勸以行。勸耕幸且强職事，勸飲亦冀無獨醒。杜鵑蜀魄哭歸去，小人懷土慎勿聽！城頭春鳩自謂拙，鵲巢輒處安得平！高窠喬木美毛羽，啁吭葉底無如鶯，口中調簧定何益？下啄蚯蚓孰曰清？自餘多類不足數，一一推本煩神靈。我居中土别無鳥，老鴉鸜鵒方縱横。教雛叫噪日羣集，豈有勸酒花下傾？願君切莫厭啼鳥，啼鳥於君無所營。

和王仲儀詠癭二十韻

汝水出山險，汝民多病癭。或如鷄嗉滿，或若猿嗛並。女慚高掩襟，男衣闊裁領。飲水擬注壺，吐詞侔有𩼔。樗里既已聞，杜預亦不幸。秦人號智囊，吴瓠繫狗頸。膃肭常住頤，伶仃安及脛？只欲仰問天，無由俯窺井。挾帶歲月深，冒犯風霜冷。厭惡雖自知，剖割且誰肯？不唯羞把鏡，仍亦愁弔影。内燎頰羊靨，外砭費針穎。在木曰楠榴，刳之可爲皿。此誠無所用，既有何能辟音屏？膨脝厠無首，臃腫異臚頂。難將面目施，可與胎胞逞。賢哉臨汝守，世德調金鼎。岷俗雖醜乖，教令日修整。風土恐隨遷，晨昏憂屢省。儻欲便慈顔，名城不難請。

憶吴松江晚泊

念昔西歸時，晚泊吴江口。回堤遡清風，淡月生古柳。夕鳥獨遠來，漁舟猶在後。當時誰與同，涕憶泉下婦。

使者自隨州來知尹師魯寓止僧舍語其處物景甚詳因作詩以寄焉

驛使話漢東，故人遷謫處。所居雖非居，有樹即嘉樹。日膳或雞豘，時蔬多筍芋。夜堂蛇結蟠，晝户鵲噪聚。著書今未成，愛静已得趣。予欲訪其人，炎蒸未能去。

憶將渡揚子江

月暈知天風，舟人夜相語。平明好挂帆，白浪須出浦。此身猶在吴，歸夢預到楚。今日念同來，吾妻已爲土！

依韻和晏相公

微生守貧賤，文字出肝膽。一爲清潁行，物象頗所覽。泊舟寒潭陰，野興入秋菼。因吟適情性，稍欲到平淡。苦辭未圓熟，刺口劇菱芡。方將挹溟海，器小已瀲灎。廣流不拒細，愧抱獨慊慊。疲馬去軒時，戀嘶芻秣減。茲繼周南篇，短撓寧及艦！試知不自量，感涕屢揮摻。

途中寄上尚書晏相公二十韻

驚飈入林鴉亂飛，舞空落葉相追隨。秋權摧物不見跡，但使萬古生愁悲。登山臨水昔感別，身作旅人安得宜！單舟匹婦更無婢，朝餐每愧婦親炊。平生獨以文字樂，曾未敢恥貧賤爲。官雖寸進實過分，名姓已被賢者知。疏愚生不謁豪貴，守此退縮行將衰。潁州相公秉道德，一見不以論高卑。久調元化費精力，猶且未倦删書詩。唐之文章剔蕪穢，纖悉寧有差毫釐！謂其就學可與語，便語淵奧祛佹疑。浮言近意不歷口，直欲海窟拏蛟螭。再拜膝前荷勸誨，垂槖捆載歸忘饑。解艇水驛無幾舍，新詩又遣牙兵持。上言行李覽物景，聊可與婦陳酒巵。下言狂斐頗及古，陶韋比格吾不私。相公貴且享翰墨，我輩豈得專遊嬉！今將薦芹薦俎豆，定亦不以微薄遺。嘗令有詠無巨細，當因川陸舟車貽。日對順流思疾置，老魚姦怯潛鱗䰄。

奉和子華持國玉汝來飲西軒

我誠官局冷，終日事靡括。每躭古人書，似與世俗闊。同道三四人，來過慰飢渴。迭相陳語言，曾未厭刀咀。自中將過晡，留飯具粗糲。薄酒既以斟，不覺寒日没。愚妻方罷沐，供飲愧倉卒，凍婢昧煎和，親調首忘鬝。每食各驚顧，誰謂不黔突！倦僕暖吾薪，飢馬飽吾秣。馬無歸嘶聲，僕有顔色活。安穩不知疲，明釭仍爲撥。醉言實無次，曾未窮本末。諸君競相先，出口論莫奪。復云天地間，此能有幾達！我聞顔汗下，恐後謗難遏。其間常有言，但未見疵蠚。終當輕有若，悔目已屢眡。莫入反信哉羣玉林，豈得依朽枿！吾心爲之然，收舌如斷割。寄音謝豪俊，玆藴只圭撮。

依韻和持國新植西軒

開地臨廣衢，崇崇十餘畝。新軒稍偏北，治圃亦西酉。盎中植菡萏，水不過升斗。小桂未得地，驗活徒搯朽。上乏幽禽啼，下多穴蟻走。藥苗雖無補，欲比山中有。澆灌同一時，萌芽或先後。松株不滿尺，廊廟色已厚。禀性久且堅，物理豈無偶！櫻櫚仍未大，散葉纔八九。夏緑與冬青，各各自爲友。吾軒還處西，修竹爾後取。兩莫論是非，但可吟對酒。

送韓八太祝歸京師求醫

少年潔而腴，茸茸頷有鬚。冒熱跨馬去，去去天王都。借問去何謂？就醫將疾驅。客曰實誑我，健壯其非夫？敢告固不給，但怪所見愚。脊者未必病，病者未必癯。天馬不着肉，日走萬里途。山熊豈無膏，養體唯恐痡。滯結在於内，安得形肌膚？厥貌雖美好，厥疢勿須臾。療之欲其漸，熾之非愛軀。此行不飲别，安得持酒壺！

同諸韓及孫曼叔晚遊西湖二首

晚日城頭落，輕鞍果下涼。野蜂銜水沫，舟子剥菱黄。木老識秋氣，徑幽聞草香。幅巾聊去檢，不作楚人狂。

爍電未成雨，涼風先入衣。青天忽開影，紅日尚餘暉。蛺蝶作團起，蜻蜓相戴飛。嘲謔不覺夕，跨馬月中歸。

七月二十一夜聞韓玉汝宿城北馬鋪

暗樹秋風擺葉鳴，桃枝竹簟冷逾清。孤燈淡淡短亭客，半夜蕭蕭聞雨聲。

得曾鞏秀才所附滁州歐陽永叔書答意

客從淮上來，往問故人信。袖御藤紙書，題字遠已認。既喜開其封，固覺減吾吝。新詩不作寄，乃見子所慎。向來能如今，豈有得覯覯？南方歲苦熱，生蝗復饑饉。憂心日自勞，霜髮應滿鬢。知予欲東歸，曉夕目不瞬。貧難久待乏，薄禄藉霑潤。雖爲委吏冗，亦自甘以進。相望未得親，終朝如抱疹。

裴如晦自河陽至同韓玉汝謁之

朝聞單騎歸，徑走至其第。扣門童僕頑，拒我色甚戾。不顧遂登堂，有馬堂下繫。辨詐大呼卿，稍應西屋際。逡巡冠帶出，青綬何曳曳！有似縮殼龜，藏頭非得計。況與二三子，交分久已締。恕爾避客尤，新還復新婿。

鴨雛

春鴨日浮波，羽冷難伏卵。嘗因雞抱時，託以鷄窠暖。三旬觳既坼，乳毛寒脛短。雞寧辨其雛？翅擁情款款。一日向水涯，所禀殊未斷；泛然去中流，雞呼心悹悹。人之苟異懷，負義不足算。有志在養毓，勿論報德限。

杜挺之贈端溪圓硯

雪壓古寺深，中有卧病客。訪之語久清，飢馬齧庭柏。案頭蠻溪硯，其狀若圓璧。指此欲爲贈，而將助吟席。非意予敢貪，既拒頗不懌。大出楮中有，素許當自擇。强持慰勤心，歸以示朋戚。哂曰豈其然，爲汲寒泉滌。滌彼僞飾物，紙乾見頑石。清晨走髯奴，無厭頗求易。拜賜遂如初，明月懷吞蝕。微分鸖目瑩，尚漬墨花碧。詞答謂我愚，悔復料已逆。明日未央朝，執手笑啞啞。

對雪憶往歲錢塘西湖訪林逋三首

昔乘野艇向湖上，泊岸去尋高士初。折竹壓籬曾礙過，却穿松下到茅廬。

旋燒枯栗衣猶濕，去愛峰前有徑開。日暮更寒歸欲懶，無端撩亂入船來。

樵童野犬迎人後，山葛棠梨案酒時。不畏尖風吹入牖，更教牀畔覓鴟夷。

寄題滁州醉翁亭

琅琊谷口泉，分流漾山翠。使君愛泉清，每來泉上醉。醉纓濯潺湲，醉吟異憔悴。日暮使君歸，野老紛紛至。但留山鳥啼，與伴松間吹。借問結廬何？使君游息地。借問醉者何？使君閒適意。借問鐫者何？使君自爲記。使君能若此，吾詩不言刺。

送張太博通判袁州

君非身尤謫南州，南方尚鬼其俗媮。蛇爲鄰，虎爲陬。丹茅苦竹深幽幽。邑人祠鬼拜古樹，竹杯一仰來烹牛。牛死蠶懼常不幸，誰得禁止專鋤鉤？借曰未信君且往，民將語怪君聽不？仰山頭，有行舟。

古鑑

古鑑得荒塚，土花全未磨。背菱尖尚在，鼻獸角微訛。月暗蝦蟆蝕，塵昏魍魎過。但令光彩發，表裏是山河。

戊子三月二十一日殤小女稱稱三首

生汝父母喜，死汝父母傷。我行豈有虧，汝命何不長？鴉雛春滿窠，蜂子夏滿房。毒螫與惡噪，所生遂飛揚。理固不可詰，泣淚向蒼蒼。

蓓蕾樹上花，瑩潔昔嬰女。春風不長久，吹落便歸土。嬌愛命亦然，蒼天不知苦。慈母眼中血，未乾同兩乳。

高廣五寸棺，埋此千歲恨。至愛割難斷，剛性剉以鈍。淚傷染衣斑，花惜落蒂嫩。天地既許生，生之何遽困？

送施景仁太博提點江南坑冶

楚山豈無銅，楚匠豈不工？大鑪常乏鑄，碧井那得充？積弊仕鄉縣，孰肯以利寵？君今承詔行，諭民當得中。苟能使之發，亦莫取之窮。此乃事可久，山深山白通。

夜泊虹縣同施景仁太博河上納涼書事

與君愛清風，移榻就明月。月落見星繁，星繁如晝熱。霑衣輕露墜，響岸崩湍齧。坐思都城時，誰許脚不韈？

淮雨

雨脚射淮鳴萬鏃，跳點起漚魚亂目。濕帆遠遠來未收，雲漏斜陽生半幅。

雜詩絶句十七首 自此寶應道中起慶曆七年夏。

蛙行動萍葉，悮觀作游魚。稍稍引兩股，已變科斗書。

青草生水中，日日隨水長。水落何所依？撩亂爲宿莽。

有蟲託斷葑，斷葑日夕流。不知止息處，隨天非自由。

荒冰寖籬根，籬上蜻蜓立。魚網挂遠籬，野船籬外入。

茸茸蒻熟絲，雨染燕脂暈。滿樹斂黄昏，槿花無此分。

青青老鏡葉，下有繁實尖。浪頭撥船女，刺手終不嫌。

岸傍草樹密，往往不知名。其間有啼鳥，似與船相迎。

青蠅何處來，聚集滿盤間。誰知腹中物，變化如循環。

水上賣瓜女，摘瓜陂上田。長麻已不識，滿把青銅錢。

買魚問水客，始得鯽與魴。操刀欲割鱗，跳怒鬐鬣張。

沙頭風雨來，帖水野雲黑。如觀曹公營，萬弩射船側。

前時雙鴛鴦，失雌鳴不已。今更作雙來，還悲舊流水。

度水紅蜻蜓，傍人飛款款。但知隨船輕，不知船去遠。塘上挽船人，塘泥深及脛。落日望前村，心將道途競。燕立茅屋脊，燕啣芹岸泥。巢成同養子，薄暮亦同棲。鵲銜高樹蟬，危脇繰車響。露腹不曾肥，殺之嗟已枉。河畔有釣翁，團泥爲甕缶。坐想秦人聲，思傾杜陵酒。

褐山磯上港中泊

風惡舟難進，聊依浦裏村。岸潮生蓼節，灘浪聚蘆根。日脚看看雨，江心漸漸昏。篙師知蟹窟，取以助清樽。

別後寄永叔

前日辭親淚，又爲別友出。愁極反無言，欲言詞已窒。荷公知我詩，數數形美述。兹道日未堙，可與古爲匹。孟盧張賈流，其言不相昵。或多窮苦語，或特事豪逸。而於韓公門，取之不一律。乃欲存此心，欲使名譽溢。竊比於老郊，深愧言過實。然於世道中，固且異謗嫉。交情有若此，始可論膠漆。

宿邵埭聞雨因買藕芡人迴呈永叔

秋雨雁來急，夜舟人未眠。亂風燈不定，暝色樹相連。寒屋猛添響，濕窗愁打穿。明朝持藕使，書此寄公前。

寄許主客

昨日山光寺前雨，今朝邵伯堰頭風。野雲不散低侵水，魚艇無依尚蓋蓬。藕味初能消酒渴，蓼芳猶愛照波紅。揚州有使急迴去，敢此寄聲非塞鴻。

岸貧

無能事耕穫，亦不有鷄豚。燒蚌曬槎沫，織蓑依樹根。野蘆編作室，青蔓與爲門。稚子將荷葉，還充犢鼻裩。

村豪

日擊收田鼓，時稱大有年。爛傾新釀酒，飽載下江船。女髻銀釵滿，童袍毳毲鮮。里胥休借問，不信有官權。

寄酬發運許主客

淮上秋來物意閑，又乘輕舸信帆還。一浮一没水中鳥，更遠更昏天外山。斜幅纒髀兵吏至，濃金洒紙領珠頒。欲酬已覺不能敵，盡日臨風思自慳。

淮陰

青環瘦鐵纜，繫在淮陰城。水脛多長短，林枝有直橫。山夔一足走，妖鳥九頭鳴。韓信祠堂古，誰將跨下平？

田家屋上壺

修蔓屋頭綴，大壺簷外垂。霜乾葉猶苦，風斷根未移。收挂煙突近，開充酒具遲。賤生無所用，會有千金時。

小村

淮濶洲多忽有村，棘籬疏敗謾爲門。寒雞得食自呼伴，老叟無衣猶抱孫。野艇鳥翹唯斷纜，枯桑水齧只危根。嗟哉生計一如此，謬入王民版籍論。

泊下黃溪

黃溪晚來泊，得見田家微。刺艇斜陽下，耕洲載耒歸。牛鳴向牢犢，犬喜入人衣。復有返樵者，擔枯翹雉肥。

聞進士販茶自此宣州至和二年五月後。

山園茶盛四五月，江南竊販如豺狼。頑凶少壯冒嶺險，夜行作隊如刀槍。浮浪書生亦貪利，史笥經箱爲盜囊。津頭吏卒雖捕獲，官司直惜儒衣裳。却來城中談孔孟，言語便欲非堯湯。三日夏雨刺昏墊，五日炎熱譏旱傷。百端得錢事酒肉，屋裏餓婦無餱粮。一身溝壑乃自取，將相賢科何爾當？

梅雨

三日雨不止，蚯蚓上我堂。濕菌生枯籬，潤氣醭素裳。東池蝦蟇兒，無限相跳梁。野草侵花圃，忽與欄干長。門前無車馬，苔色何蒼蒼！屋後昭亭山，又被雲蔽藏。四向不可往，静坐唯一牀。寂然忘外慮，微誦黄庭章。妻子笑我閑，曷不自舉觴？已勝伯倫婦，一醉猶在傍。

汴渠

我實山野人，不識經濟宜。聞歌汴渠勞，謾綴汴渠詩。汴水源本清，隨分黄河枝。濁流方已盛，清派不可推。天王居大梁，龍舉雲必隨。設無通舟航，百貨當陸馳。人肩牛騾驢，定應無完皮。苟欲東南蘇，要省聚斂爲。兵衞詎能削，乃須雄京師。今來雖太平，盡罷未是時。願循祖宗規，勿益羣息之。譬竭兩川賦，豈由此水施？縱有三峽下，率皆粗冗資。愼莫尤汴渠，非渠取膏脂。

答宣城張主簿遺鴉山茶次其韻

昔觀唐人詩，茶詠鴉山嘉。鴉銜茶子生，遂同山名鴉。重以初槍旗，采之穿煙霞。江南雖盛產，處處無此茶。纖嫩如雀舌，煎烹比露芽。競收青蒻焙，不重漉酒紗。顧渚亦頗近，蒙頂來以遐。雙井鷹掇爪，建溪春剝葩。日鑄弄香美，天目猶稻麻。吳人與越人，各各相鬭夸。傳買費金帛，愛貪無夷華。甘苦不一致，精粗還有差。至珍非貴多，爲贈勿言些。如何煩縣僚，忽遺及我家？雪貯雙砂罌，詩琢無玉瑕。文字搜怪奇，難於抱長蛇。明珠滿紙上，剩畜不爲奢。玩久手生胝，窺久眼生花。嘗聞茗消肉，應亦可破瘕。飲啜氣覺清，賞重歎復嗟。歎嗟既不足，吟誦又豈加？我今實强爲，君莫笑我耶，

依韻和永叔澄心堂紙答劉原甫

退之昔負天下才，掃掩衆說猶除埃。張籍盧同鬭新怪，最稱東野爲奇瓌。當時辭人固不少，漫費紙札磨松煤。歐陽今與韓相似，海水浩浩山嵬嵬，石君蘇君比盧籍，以我擬郊嗟困摧。公之此心實扶助，更後有力誰論哉！禁林晚入接俊彥，一出古紙還相哀。曼卿子美人不識，昔嘗吟唱同樽罍。因之作詩答原甫，文字馳穩如刀裁。怪其有紙不寄我，如此出語亦善詼。往年公贈兩大軸，于今愛惜不輒開。是時有詩述本末，值公再入居蘭臺，崇文庫書作總目，未暇綴韻酬草萊。前者京師競分買，罄竭舊府歸鄒枚。自慚把筆粗成字，安可遠與鍾王陪？文高墨妙公第一，宜用此紙傳將來。

夢後寄歐陽永叔

不趁常參久，安眠向舊溪。五更千里夢，殘月一城鷄。適往言猶是，浮生理可齊。山王今已貴，肯聽竹禽啼？

送方進士遊廬山

長風沙浪屋許大，羅刹石齒水下排。歷此二險過湓浦，始見瀑布懸蒼崖。繫舟上岸入松徑，三日踏穿新蠟鞋。路盤深谷出嶺望，後山日照前山霾。偶逢風雨恐衣濕，側倚石脇人相乖。雨收不覺在高處，却見童僕提攜偕。水聲不絕鳥聲好，藥草香氣侵人懷。老僧避俗去足跣，野客就澗開門闔。樹巖隱映見寺刹，層層杳杳躋雲階。塢田將穫鳥雀橫，秋果正熟猴猿𪖐。東林淡蠢應似舊，唯此足以待爾儕。子心洒落撒然往，我方塵垢難磨揩。

穎公遺碧霄峰茗

到山春已晚，何更有新茶？峰頂應多雨，天寒始發芽。採時林狖靜，蒸處石泉嘉。持作衣囊祕，分來五柳家。

黃鶯

內家初上翠微宮，樹裏窺人在半空。笑語漸高無約束，侍臣偷望向雲中。

西鄰少年今出遊，東家女兒未識羞。門前烏臼葉已暗，日暮問誰牆上頭。

李仲求寄建溪洪井茶七品云愈少愈佳未知嘗何如耳因條而答之

忽有西山使，始遺七品茶。末品無水暈，六品無沉柤。五品散雲脚，四品浮粟花。三品若瓊乳，二品罕所加。絶品不可議，甘香焉等差。一日嘗一甌，六腑無昏邪。夜枕不得寐，月樹聞啼鴉。憂來唯覺衰，可驗唯齒牙。動摇有三四，妨咀連左車。髮亦足驚竦，竦竦點霜華。乃思平生游，但恨江路賒，安得一見之，煮泉相與誇。

春日拜壠經田家

田家春作日日近，丹杏破類場圃頭。南嶺禽過北嶺呌，高田水入低田流。桑牙將綻霧露裛，蠶子未浴箱篚收。今我還朝固不遠，紫宸已夢瞻珠旒。

重送楊明叔并序

行而有以贐者，助所不足也。車馬，子有；裘服，子有；貨貝，子有；所可贈者，詩言爾。故先爲七言以送，將以道彼美而樂乎往也。子不爲重，邀予以規。又作五言應其請。

君將會稽去，舊蹟可以嬉。予因狀其美，贈子臨路歧。子不以爲樂，但顧有以規。噫吾豈無說，畏子未及裨。既求不語子，吾曷忍子欺！前年子渡淮，夜泊洪澤湄。有鬼稱使者，來告風波期。子時再拜謝，乃被隣船嗤。逡巡鬼復至，復附船家兒，怒彼慢嗤士，明當使驚危。船兒傍舷迴，走若一足夔。翌日各解舟，出浦風動旗，子獨乘安流，彼受横浪吹。此事非子傳，焉得他人知？昨逢令弟藴，備述果不疑。越俗素重鬼，愼勿啓其私。子口有仁義，子腹有書詩，子嘗談王道，怪語固未宜。近聞蘇才翁，問子辟者誰？得非外戚侯，子怒已竪眉。今我倘得罪，甘與蘇同之。

過淮

侍親數數來浮汴，護櫬迢迢復渡淮。旨蓄曾無禦寒具，細君唯有隱居釵。月痕遠入魚銜浪，潮退長汀蚌閣崖。素服華顛色相似，青銅不忍見形骸。

發長蘆江口

篙師柂工相整衣，龍女廟中來宰豨。野祝擊鼓降神語，老鴉銜肉上樹飛。長江無風平似削，兩櫓夾舸行將歸。南國山川都不改，傷心慈姥舊時磯。

龍女祠祈順風

龍母龍相依，風雲隨所變。舟人請予往，出廟旗脚轉。旗指西南歸，飛帆疾流電。長蘆江口發平明，白鷺洲前已朝膳。竹根盃珓不欺人，世間然諾空當面。

早發大信口

犬吠知船解，村墟尚閉門。霜泥粘纜尾，冰水閣潮痕。撇撇鸊鵜去，纖纖舴艋昏。梅湖到不遠，寄信向田園。

依韻和正仲寄酒因戲之

上字黄封誰可識，偷傳王氏法應真。清淮始變醅猶薄，句水新來味更醇。欲擬比酥酥少色，曾持勸客客何人？紅梅雖是吾家物，老去無心一醉春。清淮酒，本王九傳汕於山陽。

閒居

讀《易》忘飢倦，東窗盡日開。庭花昏自斂，野蝶晝還來。謾數過籬筍，遥窺隔葉梅。唯愁車馬入，門外起塵埃。

秋雨篇

秋雨一向不解休，連昏接晨終窮秋。梅生不量仰天問，神官夜夢言語周。日月是天之兩目，忽然生翳無藥瘳。只知淚滴爲赤子，赤子豈悟天公憂？天公哭聲聲，洒涕落九州。地祇不敢安，泥潦已没頭。乃因從容詰神官，后稷今在帝所不？從前后稷知稼穡，曾以筋力親田疇；曷不告帝且輟泣，九穀正熟容其收？蚤时不泣此時泣，憂民欲活反扼喉。神官發怒髭奮虬，下士小臣安預謀！恐然驚覺汗交流，樹上已聽呼雌鳩。

聞永叔出守同州寄之

冕旒高拱元元上，左右無非唯唯臣。獨以至公持國法，豈將孤直犯龍鱗！茱萸欲把人留楚，苜蓿方枯馬入秦。訪古尋碑可銷日，秋風原上足麒麟。

送天台李令庭芝

吾聞天台久，未見天台狀。去海知幾里，去天知幾丈，峰嶺隱與出，巖壑背與向。雲雷反在下，泉瀑反在上。幽深無窮窺，杳眇無窮望。至險可悸慄，至怪可駭喪。石橋彎長弓，跨絶絃未放。當時帛道猷，平步入青嶂，去爲六百石，亦見志所尚。子欲廣異聞，可以一尋訪。

十一月十二日賽昭亭神

冷雨凝雪未成雪，潭空魚寒歸石穴。長篙扣穴倩鯉魚，寄信山頭來奠設。魚傳水鳥飛上山，山木槎槎乾吹咽。旋灰起角巫鼓鳴，漆俎銅盤顫牲血。琵琶嘈嘈神降言，福汝祐汝無灾孽。西向啐飲東向廻，溪心却望山崔嵬。

依韻和吴正仲冬至

流光冉冉即衰遲，物趣廻還似轉規。長景已知今日至，孤懷不比少年時。偶陪上閣鴛鸞後，且與南州父老期。况有春禾新酒熟，百分休放手中巵。

依韻答吴正仲罷飲

君辭予家傾蟻醅，自有嘉味須持來。青箋絡絣方出户，紅粧侑席已邀杯。窮愁一飲猶關分，側望羣賢不可陪。静坐紙窗無所得，只將文字眼前堆。

依韻諸公尋靈濟重臺梅

梅要山傍水次栽，非同弱柳近章臺。重重葉葉花依舊，歲歲年年客又來。雖愛千枝競繁密，還嗟短髮已衰頽。郎官博士留車騎，擁蔽修篁爲斫開。

和正仲再和罷飲

吴味期君强飲開，楚醅因我破愁來。何言合美將虚館，却憶争妍就捧杯。夜霰已先庭雪集，單衣難與毳裘陪。踐盟幾欲驅車去，塵事無端日日堆。

和韻三和戲示

笭箵畫蛤瓦缸醅，海若淮壖各寄來。將學時人鬬牛飲，還從上客舞娥杯。蓬蒿自有蔣生樂，珠翠寧容鄭氏陪。莫計寒暄與風雪，古來黄土北邙堆。鄭康成與盧子幹同事馬融，融後堂有珠翠之會，康成不得預焉。

依韻四和正仲

四和還如九醖醅，更醇更美未嫌來。相逢莫作兩般眼，一飲不辭三百杯。嵇阮當時無俗慮，山王雖貴亦能陪。如今世態尤堪薄，只把官資滿眼堆。袁招飲鄭云：「自旦至暮，三百餘杯。」

依韻和吴正仲聞重梅已開見招

難開密葉不因寒，誰翦鵝兒短羽攢？猶是去年驚目艷，不知從此幾人觀？重重好蕊重重惜，日日攀枝日日殘。我爲病衰方止酒，願攜茶具作清歡。

朝

木鎖初開水上城，竹籬深閉日光生。青苔井畔雀兒鬭，烏臼樹頭鴉舅鳴。世事但知開口笑，俗情休要着心行。是非不道任挑達，唯憶當時阮步兵。

東溪

行到東溪看水時，坐臨孤嶼發船遲。野鳧眠岸有閑意，老樹着花無醜枝。短短蒲茸齊似翦，平平沙石淨於篩。情雖不厭住不得，薄暮歸來車馬疲。

送吴正仲嫠倅歸梅谿待闕

山水東陽去未去，朋親苕霅朝復朝。更無越相逃名舸，猶看吳王送女潮。海燕歸齊聲滿屋，谿梅開過子生條。明年十月吏迎處，七里灘前棹奏簫。

志來上人寄示酴醾花并壓塼茶有感

京都三月酴醾開，高架交垂自爲洞。素葉層層紫蕊香，釀歸光禄春生甕。東陌西池走鈿車，芳林廣囿飛朱鞚。二年不到大梁城，江邊淚滴肝腸痛。況兹齒髮漸衰老，已是憂愁不如衆。宣城北寺來上人，獨有一叢盤嫩蘂。去歲游吳求不得，今朝還喜自持送。眼底雖同往日看，樽前所憶皆成夢。又置新茶采雨前，鳥觜壓塼雲色弄。對花却酒煮香泉，强詠才慚非白鳳。

次韻和吳季野題岳上人澄心亭

空山舊逕緑苔滿，古寺齋盂白薤蒸。暑雨坐中飛漠漠，野泉林外落層層。從來勝絶皆離俗，未有幽深不屬僧。唯愛溪頭一尋水，莫聞流浪莫聞澄。

答宣閫司理

六經義趣深，傳訓或得失。後人語雖淺，辨識猶百一。歐陽最知我，初時且尚窒。比以爲橄欖，廻甘始稱逆。老於文學人，尚不卽究悉。宜乎與世士，横爾遭訢唧。誓將默無言，負暄方抱膝。非非孰是是，都莫答問詰。歲暮宣參軍，辭如鮑昭逸。粲然傾明珠，褒我頗過實。便言楚江萍，光彩侔旭日。自慚流浪蹤，不得蒿芹匹。復爲苦硬句，酬報强把筆。

依韻和丁元珍見寄

我從江南來，挂席江上正。輕舟自行速，不與風力競。乃省少時學，勉强無佳興。初如弄機杼，未解布絲經。利器昧其持，或反授人柄。及親賢豪游，所尚志已定。不厭朝市喧，不須山林靜。不爲煦煦姸，不爲嚴嚴冰。遇物理自暢，區處劇操令。仍類楚野筠，忽從孤根迸。便成翠琅玕，久與風霜硬。雖然達吾真，誰復究畢竟？世間忘坦途，盡欲求密徑。哂我是迂疏，宜乎今蹭蹬。蹭蹬誠可嗟，所偶亦已併。晚逢二三友，喜飲恨多病。道路何邅廻！季秋越春孟。平生景慕者，邂逅出天幸。接迹猶謂榮，況此聲顏並。實慚寡時用，又顧無奇行。愛之不忍去，自旦還至暝。在昔濁世賢，徒知清酒聖。但用醉爲娛，一老少不更。稍思桃源人，翩爾乘漁艇。尋花逐水往，豈念衰與盛？歌謳非俗情，山響自答應。以此謝君勤，微言期略聽。袞袞不足爲，試共幽人評。

泰州王學士寄車螯蛤蜊

車螯與月蛤，寄自海陵郡。謂我抱餘酲，江都多美醞。老來飲不滿，一醉已關分。甘鮮雖所嗜，易飫亦莫問。嬌女巧收殼，燕脂合眉暈。貧奩無金玉，狼藉生恚忿。妻孥喜食之，婢妾困掃擯。行當至京華，耳目飽塵坌。此味爽口難，書爲厭者訓。

依韻和孫都官河上寫望

河上風烟愛此邦，吳艘越舸不相降。魚鯹矗矗橋邊市，花暗深深竹裏窗。蹴踘漸知寒食近，鞦韆將立小鬟雙。年光取次須偷賞，何用功名節與幢！

依韻和許待制偶書

曉雨射船珠瀉盤，平明水上舞英殘。鬬雞蹠惡輕泥濕，調馬蹄翻軟土乾。深屋鷰巢將欲補，密房蠶蟻尚憂寒。爲言楚客甘蔬蔌，白芷香牙長嫩珊。

依韻和春日偶書

甕面春醅壓嫩藍，盤中鵝鴨亦肥甘。正宜醉夢輕爲蝶，苦怕酬詩密似蠶。病起羊公方隱几，歸來陶令只乘籃。河堤古木欣欣暗，野水新秧拍拍渰。已向官資隨分足，莫將忠憤等閑談。况於世上諸般厭，不作人間一例貪。陋巷自知當退縮，權門誰解更趨參？高低趣向難爲合，冷暖情懷固飽諳。勉意妻兒猶苟禄，强顏冠冕未抽簪。唯公恩遇留連久，頻對樽罍也負慚。

依韻和禁烟近事之什

狂風暴雨已頻過，近水棠梨着未多。窈窕踏歌相把袂，輕浮賭勝各飛堶。閑牽白日游絲颺，細蓦黄金舞帶拖。小苑芳菲花鬬蕊，華堂嘲哳鷰争窠。西州駿馬頭如剥，南國佳人頸似瑳。結客追隨傾畫榼，分朋游樂藉青莎。鞦韆競打遺鈿翠，芍藥將開翦纈羅。我病乞求新火灸，無心更聽竹枝歌。

觀邵不疑學士所藏名書古畫

野性好書畫，無力能自致。每遇高趣人，常許出以視。邵侯多奇玩，留我特開笥。首觀阮與杜，驢上瞑目醉。阮籍、杜甫。韓幹貌四馬，臨流解鞍轡。花驄照夜白，正側各蓄意。繫衣穿袴靴，坐立皆廐吏。精神宛如生，于腮復穿鼻。梅雞徐熙花，竹間寒雀睡。逸少自寫真，對鏡絶相類。數本失姓名，古胡并老驥。山水樹石硬，荆關藝能至。荆皓、關橦。巨然李成者，落筆愈奇異。人物張僧繇，雖傳恐非是。其餘又莫究，摸搭似未備。周秦以來書，行草楷篆隸。聲名舊烜爀，一一果可喜。邵侯愛我曹，咸使紙尾記。況侯有古學，小字刻珉翠。各贈墨本歸，懷寶誰肯忌！

將赴表臣會呈杜挺之

莫怪去遲遲，予心君亦知。膝前嬌小女，眼底寧馨兒。學語渠渠問，牽裳步步隨。出門雖不遠，情愛未能移。

高車再過謝永叔内翰

世人重貴不重舊，重舊今見歐陽公。昨朝喜我都門入，高車臨岸進船篷。俯躬拜我禮愈下，騶徒竊語音微通。我公聲名壓朝右，何厚於此瘦老翁？笑言啞啞似平昔，妻子信説如梁鴻。自兹連雨泥没脛，未得謁帝明光宮。冒陰履濕就税地，親賓未過知巷窮。復聞傳呼公又至，黄金絡馬聲瓏瓏。紫袍寳帶照屋室，飲水啜茗當清風。邀以新詩出古律，霜髯屢頷摇寒松。因嗟近代貴莫比，官爲司空仍侍中。今成冢丘已寂寞，文字豈得留無窮！以此易彼可勿愧，浮榮有若送雨虹。須臾斷滅不復見，唯有明月常當空。况我學不爲買禄，直欲到死攀軻雄。一飯足以飽我腹，一衣足以飾我躬。老雖得職不足顯，願與公去歡樂同。歡樂同，治園田，潁水東。

李審言相招與刁景純周仲章裴如晦馮當世沈文通謝師厚師直會開寳塔院

自君命我飲，朝暮雨傾瓦。城東與城北，大道泥没馬。敢忘主人勤，顛撲困馭者。衆客亦如期，陳肴藉蘭若。馮裴與沈謝，辯論過終賈。刁周事老成，危坐言語寡。酒半時謔劇，揣狀類模寫。或譏項髮秃，或指舌端傻。或將冠帶身，勸作梁武捨。謂我大耳兒，此實已見假。又効井市態，屈强體非雅。順風手沙沙，逆風口哆哆。竟席屢絶倒，去忌肝膽瀉。規規豈吾儕，達識高天下。

陸子履見過

劉郎謫去十年歸，長樂鐘聲下太微。屈指故人無曩日，平明騎馬扣吾扉。論情論舊彈冠少，多病多愁飲酒稀。猶喜醉翁時一見，攀炎附熱莫相譏。

重送周都官

水上朱樓畫角鳴，濛濛雨裏榜舟輕。未逢甫里先生謁，多見吴興太守迎。荷葉半黄蓮子老，霜苞微緑橘林明。十年不到風烟改，君去將詩與畫評。

送李載之殿丞赴海州榷務

瓜蔓水生風雨多，吴船發棹唱吴歌。槎從秋漢下應快，人憶故園歸奈何！世事静思同轉轂，物華催老劇飛梭。茶官到有清閑味，海月團團入酒贏。

和吴冲卿學士石屏

吴夫子，佩銀龜，乘天馬，素怪奇。忽得虢略一片石，其中白色圓如規；又有樹與烏，畫手雖妙何能爲？吴乃持問歐陽公，比公囊獲尤可疑。疑不爲辨賦以詩，詩辭粲粲明星垂。復遣齎來使我和，坐上鉅公傍睨之。范侯實有揚雄學，咸云此理難究推。我歸滁慮反覆思，義雖不經聊解頤。月與太陽合朔時，陽烏飛上桂樹枝，枝上作窠生羣兒。人不知天公，天公欲俾世間見，影着石面如粘黐。烏既不得去，月亦不可移。留爲千古作好玩，慎勿傾撲同玉碑。時在《唐書》局，與歐陽永叔、王元叔、范景仁會食，得所示詩。

送薛氏婦歸絳州

在家勗爾勤，女功無不喜。既嫁訓爾恭，恭已乃遠耻。我家本素風，百事無有侈。隨宜具奩箱，不陋復不鄙。當須記母言，夜寐仍夙起。慎勿窺窗户，慎勿輒笑毁！妄非勿較競，醜語勿辨理！每順舅姑心，況逆舅姑耳？爲婦若此能，乃是儒家子。看爾十九年，門閫未嘗履。一朝陟太行，悲傷黄河水。車徒望何處，哭泣動鄰里。生女不如男，天親反由彼。

永叔請賦車螯

素唇紫錦背，漿味壓蚶菜。海客穿海沙，拾貯寒潮退。王都有美醞，此物實當對。相去三千里，貴力致以配。翰林文章宗，炙鮮尤所愛。旋坼旋沾飲，酒船如落塊。殊非北人宜，肥羊噉齏塊。

歐陽永叔王原叔二翰林韓子華吴長文二舍人同過弊廬值出不及見十二月七日。

枯竹爲門扉，不可容車騎。況如鄭廣文，無氊藉賓位。窮冬月破七，貴客聯玉轡。傳騶肅里閭，下榻呼童稚。問我何所往？共留牆上字。兒愚不知誰，金章言照地。既屈卿大夫，恨莫親帚篲。星躔回已高，麟趾寧復至？戢戢鄰巷居，相見竊自喟，豈料瘦老翁，能令賢達至。昔時蓬蒿徑，安有此盛事？

還吴長文舍人詩卷

松液化茯苓，又因爲琥珀。遇物必得形，毛髮曾不隔。君子亦豹變，其文蔚可觀。今者逢吴侯，滿腹貯經籍，噴吐五色霓，自堪垂典册。詩教始二南，皆著賢聖跡。後世竟翦裁，破碎隨刀尺。我輩强追倣，奮龍成蜥蜴。有唐文最盛，韓伏甫與白。甫白無不包，甄陶咸所索。侯初守二郡，山水多助益。升高觴嘉賓，賦筆速鷹翮。葺書成大軸，許我觀琮璧。真物固易辨，恨無百金易；借從懷袖歸，誦玩廢朝夕。譬如游國都，愀悅失阡陌。苦吟三十年，所獲唯巾幗。豈比夸受降，甲齊熊耳積？重見元和風，珠玉敵海舶。自慚寒餓爲，何張空避席。

莫登樓

莫登樓，脚力雖健勞雙膝。下見紛紛馬與牛，馬矜鞍轡牛服輈。露臺歌吹聲不休，腰鼓百面紅臂韝。先打六么後梁州，棚簾夾道多夭柔。鮮衣壯僕獰髭虬，寶撾呵叱倚王侯。誇妍鬭艷目已偷，天寒酒醺誰爾侔？倚檻心往形獨留，有此光景無能游！粉署深沉空翠幬，青綾被冷風颼颼。懷抱既如此，何須望樓頭？

依韻和永叔勸飲酒莫吟詩雜言

我生無所嗜，唯嗜酒與詩。一日舍此心腸悲。名存貴大不輒思，甑空釜冷不俛眉。妻孥凍飢數恚之。但自吟醉與世違，此外萬事皆莫知。王公謁請衆去早，既衰愈懶身到遲。日高倦僕顏色沮，況騎瘦馬兩耳垂！厭此勞苦不喜出，唯有文字時能爲。諸公尚恐竭智慮，勤勤勸飲莫我卑。再拜受公言，竊意公矯時。只愛詩，謂余癡。

出省有日書事和永叔

辭家綵勝人爲日，歸路梨花雨合晴。庭下鞦韆應未拆，籠中鸚鵡卽聞聲。千門走馬將看牓，廣市吹簫尚賣餳。已是瓊林芳卉晚，不須游處避門生。

上馬和公儀

煙火千門曉欲開，五花驕馬肯徘徊！井閭已是經時隔，親舊仝如遠別來。帝闕重看多氣象，天街新霽少塵埃。振冠浣服無容久，便見池門放牓催。

和楚屯田同曾子固陸子履觀予堂前石榴花

堂下一匹鄭虔馬，欄邊兩株安石榴。但能有酒邀佳客，亦任紅花落素甌。俗女紅裙無好色，主人白髮自侵頭。欲歌翠樹芳條曲，已去洛陽三十秋。

呂晉叔著作遺新茶

四葉及王游，共家原坂嶺。歲摘建溪春，爭先取晴景。大窠有壯液，所發必奇穎。一朝團焙成，價與黄金逞。呂侯得鄉人，分贈我已幸。其贈幾何多，六色十五餅。每餅包青蒻，紅籤纏素緕。屑之雲雪輕，啜已神魄惺。會待嘉客來，侑談當晝永。

送畢甥之臨邛主簿雜言

自我歷官三十年，有脚未曾行蜀川。李白嘗言道之艱險，長嗟難劇上青天。鳥悲猿嘷馬蹄脱，苔梯雨棧愁傾顛。蒼崖下窺不見底，但聽雷聲輥石懸湍濺。曉盤青泥上高煙，暮盤青泥到下泉。劍閣如劍巉然，割腸刺眼今古連。爾去三千九百里，巴山小馬烏皮韉。一婦一奚行李單，家具日貨能幾錢？人皆畏避不敢往，此獨敢往何所便？況是初宦無遠適，心意自許非由銓。異乎哉！我今送爾徒哀憐。

送王介甫知毗陵

吳牛常畏熱，吳田常畏枯。有樹不蔭犢，有水不滋稌。孰知事春農，但知急秋租。太守追縣官，堂上怒奮鬚；縣官促里長，堂下鞭扑俱。不體天子仁，不恤黔首逋。借問彼爲政，一一何所殊？今君請郡去，預喜民將蘇。每觀二千石，結束辭國都，絲韉加錦緣，銀勒以金塗，兵吏擁後隊，劍槊盛前驅。君又不若此，革轡障泥烏，欵行問風俗，低意騎疲駑。下情靡不達，略細舉其粗。曾肯爲衆異，亦罔爲世趨。學詩聞已熟，愛棠理豈無？

永叔内翰遺李太博家新生鴨脚

北人見鴨脚，南人見胡桃，識内不識外，疑若橡栗韜。鴨脚類綠李，其名因葉高。吾鄉宣城郡，每以此爲勞。種樹三十年，結子防山猱，剥核手無膚，持置宫省曹。今喜生都下，薦酒壓葡萄。初聞帝苑夸，又復主第褒。纍纍誰採掇，玉椀上金鼇。金鼇文章宗，分贈我已叨。豈無異鄉感，感此微物遭。一世走塵土，鬢顛得霜毛。

陸子履示秦篆寶 其文曰：「廿六年，皇帝盡并兼天下諸侯，黔首大安，立號爲皇帝。乃詔丞相斯綰法度量，則不一嫌疑者，皆明一之。」

秦既并諸侯，斯乃一度量。鑄寶以永傳，萬世俾勿喪。精銅不生花，小篆著丞相。一没咸陽宮，千秋事更王。陸君居洛城，客有來渭上，「口因農人耕，發壤破古藏，遂獲此物還，文完字何壯！始號爲皇帝，立語已超曠。意將愚黔首，釁起危博浪。其後同玉璽，不隨驪山葬。今蓄於君家，徒爾資奇尚。物以用爲珍，異時皆似妄。

聽文都知吹簫 晏虞部遣求一見之。

虞舜已去蒼梧野，秦女驂鸞無復下。簫管人間不解傳，帝樂部中能亦寡。欲買小鬟試教之，教坊供奉誰知者？晏識文公始致來，勸接賤生宜强且。乃呼側坐吹一曲，驚顧頓嘶堂下馬。吾妻閨中聞不聞，稚女扳簾笑嬌奼。未敢多聽便遣還，贈飲單盃向身瀉。

依韻和永叔久在病告近方赴直道懷見寄二章

浴堂深殿近皇居，秋夕詞臣直宿初。宮女穿針争落月，官奴持燭看殘書。萬家乞巧心無盡，斜漢飛光望有餘。枕上江山夢猶熟，五更寒雨過簾疏。

玉轡瓏瓏出絳宫，青槐馳道曉烟中。塵頭尚裹洗車雨，馬耳前趨吹鬣風。聞説自將身許國，不須仍以醉爲公。我今才薄都無用，六十棲棲未歎窮。

哭孫明復殿丞

自古《春秋》學，皆知不可過。生前恩禮少，歿後薦章多。妻子將焉託？田園有幾何？汶陽秋樹裏，黄鳥謾聽歌。

依韻和永叔秋日東城郊行

郊原物老莽然中，寓興驅車向國東。夾道名園迷屈曲，壓枝秋實亂青紅。寒畦覆緑將收菜，野蝶雙飛尚繞叢。田父欣來問行幸，依稀還似鬭鷄翁。

和楊直講夾竹花圖

桃花夭紅竹淨緑，春風相間連溪谷。花留蜂蝶竹有禽，三月江南看不足。徐熙下筆能逼真，繭素畫成纔六幅。萼繁葉密有向背，枝瘦節疎有直出。年深粉剥見墨縱，描寫工夫始驚俗。從初李氏國破亡，圖書散入公侯族。公侯三世多衰微，縭貿擔頭由婢僕。太學楊君固甚貧，直緣識别争來鬻。朝質綈袍暮質琴，不憂明日鐺無粥。裝成如得驪頷珠，誰能更問龍牙軸？竹真似竹桃似桃，不待生春長在目。

觀韓玉汝胡人貢奉圖

時世重古不重新，破圖誰畫舊胡人？臂鷹捧盤犀利水，鐵鎖獅子同麒麟。翹翹雉尾插頭上，深目鉅鼻青搭巾。塗朱點緑筆畫大，筋骨怒露蠻祠神。茜袍白馬韓公子，從何得此來秘珍？定應海客遠爲贈，中國未睹難擬倫。公子自言吴生筆，吴筆精勁瘦且匀。我恐非是不敢贊，退歸書此任從嗔。

依韻和永叔戲作

琵琶轉撥聲繁促，學作飢禽啄寒木。木蠹生蟲細穴深，長啄敲鏗未充腹。攏弦疊響入衆耳，發自深林答空谷。上弦急逼下弦清，正如螗螂捕蟬聲。坐中賓歡呼酒飲，門外客疑將欲行。主人語客客莫去，彈到古樹裂丁丁，内賓外客曾未聽，乍聞此曲無不驚。還憶昭君入胡虜，烏孫帳下邊馬鳴。安知如今有樂事，能使女奚飛玉觥。女奚年小殊流俗，十月單衣體生粟。言事闕西楊廣文，廣文空腹貪教曲，曲奇譜新偷法部，妙在取音時轉軸。翰林先生多所知，又笑畫圖收滿屋。不肯那錢買珠翠，任從堆插堦前菊。功曹時借乃許出，他日求觀龜殼縮。我嗟老鈍不如渠，幸得交朋時借娱，但樂休計有與無。

得王介甫常州書

斜封一幅竹膜紙，上有文字十七行。字如瘦棘攢黑刺，文如温玉爛虹光。别時春風吹榆莢，及此已變蒹葭霜。道途與弟奉親樂，後各失子懷悲傷。到郡紛然因事物，舊守數易承蔽藏。搜姦證繆若治絮，蚤虱盡去煩爨湯。事成條舉作書尺，不肯勞人魚腹將。魚沉魚浮任所適，偶能及我爲非常。勤勤問我《詩》小傳，國風纔畢《葛屨》章。昔時許我到聖處，且避俗子多形相。未卽寄去慎勿怪，他時不惜傾箱囊。知君亦欲此從事，君智自可施廟堂。何故區區守黄卷？蠹魚尚耻親芸香。我今正值鴈南翔，報書與君倒肺腸。直須趁此筋力强，炊粳烹鱸加桂薑。洞庭緑橘包甘漿，舊楚黄橙綿作瓤。東山故游攜舞娘，不飲學舉黄金觴。谿如罨畫水泱泱，刺船静入白鷺傍。菱葉已枯鏡面涼，月色飛上白石牀。坐看魚躍散星芒，左右寂寂夜何長！《烏棲》古曲傳吴王，千年萬年歌未央。莫作腐儒針膏肓，莫作健吏繩餓狼。儻如龔遂勸農桑，儻如黄霸致鳳皇，來不來亦莫愛嘉祥。

得雷太簡自製蒙頂茶

陸羽舊《茶經》，一意重蒙頂。比來唯建溪，團片敵湯餅。顧渚及陽羨，又復下越茗。近來江國人，鷹爪夸雙井，凡今天下品，非此不覽省。蜀荈久無味，聲名謾馳騁。因雷與改造，帶露摘牙穎。自煮至揉焙，入碾只俄頃。湯嫩乳花浮，香新舌甘永。初分翰林公，豈數博士冷！醉來不知惜，悔許已向醒。重思朋友義，果決在勇猛，倏然乃以贈，蠟囊收細梗。吁嗟茗與鞭，二物誠不幸！我貧事事無，得之似贅癭。

江鄰幾暫來相見去後戲寄

低頭拜我蒼髯翁，來如飛鳥去如風。一夕共飲斗柄北，平明已向函關東。衆中舊騎跛鼈馬，塞下新買連錢驄。疾驅似逐鄧林日，不肯暫住行何窮？

和韓欽聖學士襄陽聞喜亭

亭欄下望漢江水，淨緑無風寫鏡明。日脚穿雲射洲影，槎頭擺子出潭聲。檣帆落處遠鄉思，砧杵動時歸客情。使者徘徊有佳興，高吟不減謝宣城。

覽顯忠上人詩

昔讀遠公傳，頗聞高行僧。廬山將欲雪，瀑布結成冰。尋蹟數百載，歷危千萬層。師來笑賈島，只解詠嘉陵。

依韻和永叔嘗新茶雜言

自從陸羽生人間，人間相學事春茶。當時採摘未甚盛，或有高士燒竹煮泉爲世誇。入山乘露掇嫩觜，林下不畏虎與蛇。近年建安所出勝，天下貴賤求呀呀。東溪北苑供御餘，王家葉家長白芽。造成小餅若帶銙，鬭浮鬭色頂夷華。味久廻甘竟日在，不比苦硬令舌窊。此等莫與北俗道，只解白土和脂麻。歐陽翰林最別識，品第高下無欹斜。晴明開軒碾雪末，衆客共賞皆稱嘉。建安太守置書角，青蒻包封來海涯。清明纔過已到此，正見洛陽人寄花。兔毛紫盞自相稱，清泉不必求蝦蟇。石缾煎湯銀梗打，粟粒鋪面人驚嗟。詩腸久飢不禁力，一啜入腹鳴咿哇。

次韻再和

建溪茗株成大樹，頗殊楚越所種茶；先春喊山掐白萼，亦異鳥觜蜀客誇。烹新鬬硬要咬盞，不同飲酒爭畫蛇。從揉至碾用盡力，只取勝負相笑呀。誰傳雙井與日鑄，終是品格稱草芽。歐陽翰林百事得精妙，官職況已登清華！昔得隴西大銅碾，碾多歲久深且窊。昨日寄來新鑾片，包以籜蒻纏以麻。唯能膩毀任腹冷，幸免酩酊冠弁斜。人言飲多頭顫挑，自欲清醒氣味嘉。此病雖得優醉者，醉來顛踣禍莫涯。不顧清風生兩腋，但願對竹兼對花。還思退之在南方，嘗說稍稍能啗蟇。古之賢人尚若此，我今貧陋休相嗟。公不遺舊許頻往，何必絲管喧咬哇。

送葛都官南歸

不羡新爲赤縣尹，惟羡暫向江南歸。江南羃羃梅雨時，風帆差差並鳥飛。罾竿夾岸長若桅，水籠畜魚鮮且肥。家在千山古溪上，先應喜鵲噪門扉。

永叔內翰見索謝公遊嵩書感歎希深師魯子聰幾道皆爲異物獨公與余二人在因作五言以敍之

昔在洛陽時，共遊銅駞陌。尋花不見人，前代公侯宅。深堂鏁塵埃，空壁鬬蜥蜴。楸陰布苔綠，野蔓纏石碧。池魚有偷釣，林鳥有巧射。園隸見我來，朱門暫開闢。園婦見我還，便掃車馬跡。何以掃馬跡？實亦畏他客。我輩唯適情，一葉未嘗摘。他人或所至，牛菓不得惜。又憶遊嵩山，勝趣無不索。各具一壺酒，各蠟一雙屐。登危相扶牽，遇平相笑嘑。石擣雲衣輕。巖裂天窗窄。上飲醒心泉，高巔溜寒液。下看峰半雨，廣甸飛甘澤。夜宿岳頂寺，明月入户白。分吟露氣冷，猛酌面易赤。明朝循歸途，兩脛痛若刺。日旰就馬乘，香草路迫阨。却望峻極居，已與天外隔。薄暮投少林，漱濯整冠幘。碑觀巡幸僧，指古定空壁。誓將新詠章，燈前互詆擿。楊生護己短，一字不肯易。明年移河陽，簿書日堆積。忽得謝公書，大夸遊覽劇。自嵩歷石堂，蘚花題洞額。其文曰神清，固非人筆畫。乃知二公貴，逆告意可嘖。遂由龍門歸，里堠環數驛。我時詩已答，或歌或辨責。責我不喜僧，性實未所獲。凡今三十年，纍塚拱松栢。唯公與非才，同在不同昔。昔日同少壯，今且異肥瘠。昔日同微禄，今且異烜赫。昔同騎破驢，今控銀轡革。昔同自謳歌，今執樂指百。死者誠可悲，存者獨窮厄。但比死者優，貧存何所益？

次韻和吴仲庶舍人送德化郭尉

蒲葉高帆十二幅，秋風逆水滿檣開。是時不畏浪頭起，到日走將船尾堆。用舍東方言虎鼠，賤疏梅福比蒿萊。少年才辨無如美，廬岳峰前莫滯廻。

和韻答永叔洗兒歌

夜夢有人衣帔霓，水邊授我黃龜兒。生男前一夕，夢道士贈龜一枚。仰看星宿正離離，玉魁東指生斗威。明朝我婦忽在蓐，乃生男子實秀眉。自磨丹砂調白蜜，辟惡辟邪無寶犀。我慚暮年又舉息，不可不令朋友知。開封大尹憐最厚，持酒作歌來慶之。畫盆香水洗且喜，老駒未必能千里。盧仝一生常困窮，亦有添丁是其子。

送余少卿知睦州

青山峽裏桐廬郡，七里灘頭太守船。雲霧未開藏宿鳥，坡原將近見燒田。養茶摘蕊新春後，種橘收包小雪前。民事蕭條官政簡，家書時問霅溪邊。

田家

草木遶籬盛，田園向郭斜。去鋤南山豆，歸灌東園瓜。白水照茅屋，清風生稻花。前陂日已晚，聒聒競鳴蛙。

歐陽寺丞桐城宰

葉落淮南樹，青山徧馬頭。人煙將近郭，松竹不知秋。夜虎林間嘯，溪泉舍下流。門前仲卿廟，遺跡待君求。朱邑冢祠在焉。

餘姚陳寺丞

試邑來勾越，風煙復上游。江潮自迎客，山月亦隨舟。海貨通闤市，漁歌入縣樓。絃琴無外事，坐見浦帆收。

任適尉烏程

俛作程鄉尉，折腰還自甘。卞峰晴照黛，霅水曉澄藍。葑上春田闢，蘆中走吏參。到時蘋葉長，柳惲在江南。

夏日晚霽與崔子登周襄故城

雨脚收不盡，斜陽半古城。獨攜幽客步，閒閱老農耕。寶氣無人發，陰蟲入夜鳴。余非避喧者，坐愛遠風清。

西湖閑望

夏景已多趣，湖邊日更佳。園葵雜紅紫，岸柳自欹斜。雨氣收林表，城陰接水涯。愛閒輸白鳥，盡日立汀沙。

金山寺并序

昔嘗聞謝紫微言：金山之勝，峰壑攢水上，秀拔殊衆山。環以臺殿，高下隨勢。向使善工模畫，不能盡其美。初恨未遊，赴官吴興，船次瓜洲，值海汐冬落，孤港未通，獨行江際，始見故所聞金山者，與謝公之説無異也。因借小舟以往。乃陟迴閣上上方，歷絶頂，以問山阿。危亭曲軒，窮極山水之趣，一草一木，雖未萼發，而或青或凋，皆森植可愛。東小峰謂之鶻山，有海鶻雄雌棲其上，每歲生雛，羽翮既成，與之縱飛，迷而後返，有年矣。惡禽猛鷙，不敢來兹以搏魚鳥，其亦不取近山之物以爲食，可義也夫！薄暮返舟，寺僧乞詩，强爲之句，以應其請。偶然而來，不得髣髴，敢與前賢名迹耶？

吴客獨來後，楚橈歸夕曛。山形無地接，寺界與波分。巢鶻寧窺物，馴鷗自作羣。老僧忘歲月，石上看江雲。

舟中值雨裴刁二君相與見過

江上淬淒淒，天形接野低。岸痕生舊水，馬跡踏春泥。風急侵衣重，山昏卷幔迷。誰驚二客論，不愧巨源妻。

題刁經臣山居時已應辟西幕

向不樂郡府，遂云歸田園。結廬復種蓺，草樹日已繁。散帙理舊學，了然無俗喧。春雨一迴過，覽耕登古原。青山每自愛，霽色當衡門。故人苟來往，名宦未嘗言。趣適已不淺，道心良亦存。忽聞辟書至，便令驅犢轅。豈期同瓠瓜，長繫蒿萊根，始知古君子，出處惟義敦。

依韻和武平九月十五日夜北樓望太湖

東吴臨海若，看月上青冥。河漢微分練，星辰淡布螢。細煙沉遠水，重露裛空庭。孤坐饒清興，惟將影對形。

寄西京通判宋次道學士

當時交友都無幾，欲問歡娛亦異今。花接上林新木變，水分清洛舊池深。嵯峨嵩色雲常在，窈窕宫牆草又侵。修竹千竿白家寺，昔年題處可能尋。

送余中舍知漢州德陽

四馬易爲秣，單車長是輕。秋風來棧道，宿雨度關城。石上樹林暗，山根江水明。桐花鳳何似，歸日爲將行。

郭之美忽至云往河北謁歐陽永叔沈子山

春風無行迹，似與草木期。高低新萌芽，閉户我未知。忽聞人扣門，手把蟠桃枝。問我此蟠桃，緣何結子遲？但笑不復答，問者當自推。振衣向河朔，河朔人偉奇。以兹不答意，遲子北歸時。

椹澗晝夢

誰謂死無知，每出輒來夢。豈其憂在途，似亦會相送。初看不異昔，及寤始悲痛。人間轉面非，清魂歿猶共。

靈樹鋪夕夢

晝夢同坐偶，夕夢立我左。自置五色絲，色透縑囊過。意在留補綴，恐衣或綻破。歿仍憂我身，使存心得墮。

夕發陽翟

我行陽翟道，暮雨原上急。麒麟冢相望，霹靂碑下立。農耕傍山去，鬼火迸林入。莫問泉下人，馬隤衣更濕。

缺月

缺月來照屋角時，西家狗吠東家疑。夜深精靈鬼初動，僁窣古莽無風吹。

會勝院沃洲亭

前溪夾洲後溪澗，風吹細浪龍鱗活。孤亭一人野氣深，松上藤蘿籬上葛。葛花葛蔓無斷時，女蘿莫翦連古枝。當年吾叔讀書處，夜夜濕螢來復去。

題松林院

静邃無塵地，青熒續焰燈。木魚傳飯鼓，山衲見歸僧。野色寒多霧，溪痕夜閣冰。吾非謝康樂，獨往亦何能？

讀月石屏詩

余觀二人作詩論月石，月在天上，石在山下，安得石上有月蹟？至矣歐陽公，知不可詰不竟述，欲使來者默自釋。蘇子苦豪邁，何用強引犀角蚌蛤巧擘析？犀蛤動活有情想，石無情想已非的。吾謂此石之蹟雖似月，不能行天成紀曆。曾無纖毫光，不若燈照夕。徒爲頑璞一片圓，温潤又不似圭璧。乃有桂樹獨扶疏，常娥玉兔了莫覓。無此等物豈可靈！祇以爲屏安足惜！吾嗟才薄不復詠，略評二詩庶有益。

齊國大長公主挽詞

賢行聞當世，尊隆異故常。每令夫結友，不爲子求郎。夜月初沉海，姑星忽隕潢。臨門親祖祭，悲吹起修岡。

重過瓜步山

魏武敗忘歸，孤軍處山頂。雖憐江上浦，鑿巖山巔井。豈是欲勞兵，防患在萌顯。我昔常登臨，徘徊愛晴景。片雨西北來，風雷變俄頃。疾行下危磴，屨脱不及整。霑濡入舟中，幼子喜抱頸。問我適何之，衣濕不太冷？昨暮泊其陽，月黑夜正永。鴈從沙際鳴，旅枕自耿耿。平明夾櫓去，廟樹聳寒嶺。舉首生白雲，飄摇水中影。

秋日村行

谿霧晝又收，山村夜初晦。飢禽來往飛，遠樹青紅碎。原上楚牛童，屋頭吳婦碓。雞肥酒已熟，野老邀同輩。

暝

杳杳鐘初發，昏昏户閉時。巢禽投樹盡，疲馬入城遲。醉唱眠茅屋，燒光透槿籬。荷鋤休帶月，亭長豎毛眉。

直宿廣文舍下

前夜宿廣文，葉響竹打雪。昨夜宿廣文，窗影竹照月。賴此數竿竹，與我爲熨熱。上有寒鵲棲，拳足如瘦蕨。平明欲飛去，唶唶若告説。我無喜可報，煩爾弄觜舌。亦嘗苦老鴉，鳴噪每切切。爲學本爲道，窮鷺令素髮。但能得酒飲，終日自兀兀。

送唐紫微知蘇臺

洞庭五月水生寒，盧橘楊梅已滿盤。泰伯廟前看走馬，闔閭城下見驂鸞。吳娃結束迎新守，府吏趨蹡拜上官。曾過揚州能慣否？劉郎盞底勸須寬。

送鮮于秘丞侁通判黔州

壺頭山下俗，巴婦曲中聽。汲井熬鹽白，燒田種穀青。巖風來虎嘯，江雨過龍腥。事簡能談者，揚雄所草經。

武溪詩鈔

余靖，字安道，韶州曲江人。舉進士，與尹師魯同應拔萃科，靖爲冠。累官至秘書丞，充集賢校理，天章閣待制。時范仲淹以言事觸宰相得罪，靖疏救之，坐貶監筠州酒税。已仲淹得白，乃召還。慶曆中，夏元昊納誓請和，將加册封，而契丹兵來，止毋與和，朝議患之。靖謂撓我爾不可聽。乃假靖諫議大夫，報契丹于九十九泉，卒屈其議，取其要領而還。加知制誥、史館修撰。時相忌之，坐習蕃語，出知吉州，奪官。皇祐初復起，平儂智高于嶺南。拜集賢學士、遷吏部侍郎。交趾寇邕州，以爲廣西體量安撫使，靖往，移檄而定。拜工部尚書、始與郡開國公。食邑二千八百户，實封二百户，代還，道病卒。累贈少師，謚曰襄。有《武溪集》二十卷。爲文不爲曼辭，如《辯謚》、《論史》、《序潮》等篇，皆有所發明。詩亦堅鍊有法，時歐陽變體復古。靖與交厚，故亦棄華取質，爲有本之學。

送陳京廷評

曲江居嶺阸，楚越封疆間。去異時置治官，歲入不盈萬。將漕擇材能，招徠委成算。扇橐大野烘，鑿礦重崖斷。閩吴荆廣人，奔走通昏旦。千夫卽山鑄，畢給未酬半。三監居江湄，僦輦日充羡。地官奏計最，遂爲天下冠。嘗聞卜大夫，名聲傳史漢。素履騁修程，逸足何由絆。

夏日江行

解組趨宸闕，扁舟泛江練。健鱐鴈齊鳴，輕帆雲一片。水濶煙難收，雨昏風易轉。曲浦逗留多，修程夢魂倦。舟子怯風波，終朝股交戰。預憂雷電驚，先喜虹蜺斷。安知農夫望，只顧行人便。愚儒有所思，自愧心如面。追惟亡異才，承恩得爲縣。盤錯非所長，耕桑當勉勸。十日愆一雨，灾恐延農畔。靡愛幣與牲，羣望走之徧。山川未應誠，兼晨不敢飯。霈然得嘉澍，荷天知免譴！何以迅流間，遽逐庸夫變。江淮民薦饑，糟糠未充膳。粢盛苟無害，豈將風雨怨。玉燭長均調，寸進真君願。

過大孤山

有形天地分，設險山河壯。孤山鎮南服，峩峩楚之望。中立亡所倚，屹然怪其狀。石嵾人春空，翠柱檣秋浪。片時起雪痕，萬頃排霜杖。噫氣專吸呼，横流以溟漲。行人多躁進，那解明得喪？不顧風濤險，半就江魚葬！掛席經典旁，往往乞靈貺。遂因孤獨名，塑立輕盈像。綽約姑射姿，夢魂巫峽想。如何方面祠，終古承其妄。五岳視三公，降殺不過兩。不然爲子男，何以通祀享？四氣均分風，條融各有掌。避其狂怒勢，亦可利攸往。亭育天地心，憑險恣沆瀁。正直鬼神德，非名奚獨饗？不使侮吝侵，庶幾忠信仗。在人不在神，勿爲虛稽顙。

寄題田待制廣州西園

善政偏修舉，增完池館清。地含春氣早，月映暮潮生。石有羣星象，庭際羅立，舊名九曜石。花多外國名。異花皆舶上所來，嶺北無之。與民同雉兔，邀客醉蓬瀛。翰墨資吟興，雲泉適野情。鎮應持左蟹，快欲鱠長鯨。積靄藏樓閣，馴鷗識旆旌。甘棠留美蔭，高倚越王城。

寄題廣州田諫議頤堂

退食公堂暇，應無俗慮侵。簾開雙燕影，吏散百花陰。海域逍遥境，榮途淡泊心。政成先養正，惠愛及民深。

題劉太博棲心亭

宏構小侯第，避權長掩關。地分金穴貴，人共白雲閑。野色春牆外，池香暮雨間。燕申忘萬慮，吏隱敵箕山。

留題龍光禪剎呈周長老

尋幽逢勝地，方外趣無垠。雙澗流寒月，千峰積暮雲。路盤塵境斷，世系祖燈分。却愧留題處，猶須説見聞。

留題澄虛亭

湖光湛寒碧，簾影拂莓苔。魚戲應同樂，鷗閑亦自來。雨餘輕靄合，竹外雜花開。久欲留詩去，慚無綺靡才。

送李廷評知福清縣

世閥茂儒紳，閩甌寵命新。縣圖遥盡海，鄉樹密藏春。祖帳觴將老，登車雉已馴。行聞趨召節，舊美政如神。

子規

一叫一春殘，聲聲萬古寃！疏煙明月樹，微雨落花村。易墮將乾淚，能傷欲斷魂。名韁慚自束，爲爾憶家園。

桂園早行

聞鷄已行邁，策馬更徘徊。月色依山盡，秋聲帶雨來。自堪悲玉璞，誰復築金臺？薄宦空羈束，西齋長緑苔。

山館

野館蕭條晚，憑軒對竹扉。樹藏秋色老，禽帶夕陽歸。遠岫穿雲翠，畬田得雨肥。淵明誰送酒，殘菊遶牆飛。

晚至松門僧舍懷寄李太祝

日暮倦行役，解鞍初息肩。霧昏臨水寺，風勁欲霜天。蓼浦初聞鴈，人家半在船。思君正惆悵，黃葉更翩翩。

遊水南寺

雙刹聳浮雲，層軒絕世塵。松溪千蓋雨，茶圃一旗春。夜梵龕燈暗，朝香篆火新。暫來猶永日，堪羨白蓮人。

暮春

草帶全鋪翠，花房半墜紅。農家榆莢雨，江國鯉魚風。堤柳綿爭撲，山櫻火共烘。長安少年客，不信有衰翁！

宿山觀

孤枕秋宵永，山寒夢不成。殘燈背窗影，急雨帶溪聲。未分山中老，空思日下名。區區如逆旅，此際若爲情。

送岳師歸贛川

千里起歸思，翛然物外身。海山經處霧，梅嶺到時春。藥更開新楮，庭應長舊筠。年衰重方術，聊此送行人。

山寺獨宿

柴車走縣封，窮途秋耿耿。急雨失溪聲，殘燈淡窗影。驅馳下士身，凄凉旅人景。山寒夢難成，始識今夜永。

送任祕丞知長興縣

懿文通識氣飄飄，二十年來困下僚。吾道本將忠許國，世途休嘆老登朝！囊裝冷落堆青簡，衙署幽深枕畫橋。預想吴人蒙美化，海鷗桑雉共逍遥。

又和寄提刑太保

常記臨歧把酒盃，芳心應得見歸來。不從去日丁寧約，已向東風取次開。清燕固難停燭待，鵰鞍須是著鞭催。欄邊殘豔猶堪賞，莫使韶光過了回。

和伯恭自造新茶

郡庭無事即仙家，野圃栽成紫筍茶。疏雨半晴回暖氣，輕雷初過得新芽。烘褫精謹松齋靜，採擷縈迂澗路斜。江水對煎萍髣髴，越甌新試雪交加。一槍試焙春尤早，三盞搜腸句更嘉。多謝彩箋貽雅貺，想資詩筆思無涯！

送張如京知安肅軍

賜戟銜恩出斗城，塞門迢遞草初青。新提司馬臨戎節，舊應衣烏近極星。叔子戎吴長緩帶，單于歸漢已空庭。圯橋自得家傳策，不問人間太白經。

送劉學士知衡州

朱幡新命漢諸侯，地扼荊湘占上游。醽渌水聲侵古堞，祝融峯色入晴樓。晝垂三組鄉枌過，春擁雙旌嶽寺遊。番直星垣歸緩步，謫仙通籍著瀛州。

送蓋太博通判定州都部署奏請。

墨詔殷勤擢俊賢，精求毗佐四方翰。封疆謹守盧奴塞，旌旆仍親上將壇。衰草帶霜秋馬健，黄雲遮日暮城寒。燕南趙北邊之要，旅拒憑君一策安。

竊聞集賢侍郎政成公暇時出遊覽因念青社境物之勝長句四韻奉寄觀文殿大學士户部侍郎定州路安撫使兼知定州龐籍上

政報公餘稱雅懷，兩城煙樹盡樓臺。波通龍口春戲盛，今州廣固，通五龍口。雲入山門曉望開。劈頭山，一名大雲門。園館有詩書命筆，海邦無寇破蠻才。當時不俟交符印，恨失嵐亭展讌罍！

到塞後有懷青社詩今録呈

初到營陵春始回，泱泱風物接梧臺。魚鹽利重通闤盛，竽瑟聲和讌席開。天際膚雲連岱色，海中靈藥慕仙才。早知未許身閑去，悔捨堯山石澗來。並青州遊賞最勝處。

觀文相公以靖忝承善政特寄嘉篇謹依嚴韻和酬

幸奉前規盡所懷，閑身吏隱裕春臺。山廻翠幌憑欄見，花簇紅房遶郭開。青州紅牡丹，洛下有名，南城花圃尤盛。愛樹細民思美化，續貂孤跡愧非才。南河舊事依然在，褉飲杯盤耻畫罍。

和董職方見示初到番禺詩

五方殊俗古難并，千載猶存故越城。今子城及東有故壘，俗號趙佗城。客聽潮鷄迷早夜，三更潮上即雞鳴。人瞻颶母識陰晴。颶風欲至，西黑雲起，謂之颶母。波濤洶湧天邊濶，犀象斕斒徼外生。太守不才當遠寄，惟憂南畝廢農耕。

遊應聖宮

驅竆遠遠出嚴闉，雲構祠宮絶世塵。伴鶴不知龜甲子，斵山多見藥君臣。雨昏仙穴丹砂井，雲映樓居玉洞人。只待策勳書竹帛，抽簪來此卜比鄰。

西山

萬壑千巖闘物華，櫓笻閑訪道生涯。一壇星斗修真館，數里雲煙斵藥家。魚戲竹溪寒影碎，路穿松塢翠陰斜。桃源自有神仙宅，未信明河八月槎。

賀孫抗員外春晝端居

萬事皆從適意休，何須快馬騁長楸。高人鼓吹鳴哇地，當世神仙笑甓樓。燕到捲簾如舊分，花開逢雨最閑愁。僧來便學嘗茶訣，白乳槍旗帶露收。

謝孫抗員外惠酒

白衣遠遠到江樓，報道攜壺助勝遊。醉眼便堪終日富，離腸先破一春愁。梅梢背嶺開猶晚，雪片當風舞未休。此景滿腸方得意，不須千釀敵封侯。

馬當呼鷗不至偶成呈同行諸官

昔年曾泛馬當灣，團飯喚鷗篙楫間。今日江頭飛不下，應知人世足機關。

再簡伯恭

十載京華九日期，帝家園苑醉金卮。今朝郭外尋僧話，坐聽寒泉遶竹籬。

端午日寄酒庶回都官

龍舟争快楚江濱，弔屈誰知特愴神！家釀寄君須酩酊，古今嫌見獨醒人。

五色雀

羅浮有五色雀，各被方色，非時不見。若士大夫將遊是山，則先入羣翔，寺僧以是爲候。某庚辰歲謫官來遊，將至之夕，兹雀亦集。感之成詠云。

五方純色儼衣冠，尤可愛者；朱藍正色，若朝服焉。應是山靈寄羽翰。多謝相逢殊俗眼，謫官猶作貴人看。

曲江津亭謁華嚴長老見所賜御書因成二韻

數年不侍玉爐傍，夢斷千山隔帝鄉。今日見師堪下淚，御書開卷帶天香。

重遊英州碧落洞

幽景前賢恨到難，泉聲清淺出巖間。區區宦路重來此，往歲征蠻，廣州罷任。塵世難逢特地閑。

歐陽文忠詩鈔

歐陽修，字永叔，吉州永豐人。天聖中進士，補西京留守推官。召試學士院，爲館閣校勘。以書詆諫官高若訥，貶夷陵令，徙乾德，改判武成軍。遷太子中允，館閣校勘，集賢校理，知太常理院，出通判滑州。慶曆初，擢太常丞，知諫院，拜右正言知制誥。以朋黨出知滁州，遷起居舍人。徙揚州、潁州，復龍圖閣直學士，知應天府。母憂起復，判流内銓。以翰林學士修《唐書》，加史館修撰，勾當三班院，判太常寺，拜右諫議大夫，判尚書禮部，又判秘書省，兼龍圖閣學士，權知開封府。《唐書》成，拜禮部侍郎、樞密副使。未幾，參知政事。定議立英宗。以觀文殿學士、刑部尚書知亳州，徙青州、蔡州。以太子少師致仕，卒。贈太子太師，謚曰文忠。其詩如昌黎，以氣格爲主。昌黎時出排奡之句，文忠一歸之于敷愉，畧與其文相似也。

黄牛峽一本無「峽」字。祠

大川雖有神，一作「固神靈」。淫祀亦其一作「本風」。俗。石馬繫祠門，山鴉噪叢木。潭潭村鼓隔溪聞，楚巫歌舞送迎神。畫船百丈山前路，上灘下峽長來去。江水東流不暫停，黄牛千古長如故。峽山侵天起青嶂，崖崩路絶無由上。黄牛不下江頭飲，行人惟向舟中望。朝朝暮暮一作「行行終日」。見黄牛，徒使行一作

「誰使人」。人過此愁。山高更遠望猶見，不是黃牛一作「灘中」。滯客舟。語曰：「朝見黃牛，暮見黃牛，一朝一暮，黃牛如故。」言江惡難行，久不能過也。

千葉紅梨花峽州署中，舊有此花，前無賞者。知郡朱郎中始加欄檻，命坐客賦之。

紅梨千葉愛者誰，白髮郎官心好奇。徘徊遶樹不忍折，一日千帀看無時。夷陵寂寞千山裏，地遠氣偏時節異。愁煙苦霧少芳菲，野卉蠻花鬬紅紫。可憐此樹生此處，高枝絶一作「紅」。艷無人顧，春風吹落復吹開，山鳥飛來自飛去。根盤樹老幾經春，真賞今纔遇使君。風輕絳雪罇前舞，日暖繁香露下聞。從來奇物産天涯，安得移根植帝家。猶勝張騫爲漢使，辛勤西域徙榴花。

和丁寶臣遊甘泉寺寺在臨江一山上，與縣廨相對。

江上孤峰蔽綠蘿，縣樓終日對嵯峩。叢林已廢姜祠在，事迹難尋楚語訛。寺有清泉一泓，俗傳爲姜詩泉，亦有姜詩祠。按：詩，廣漢人。疑泉不在此。空餘一派寒巖側，澄碧泓亭涵玉色。野僧豈解惜清泉，蠻俗那知爲勝迹。西陵老令好尋幽，時共登臨向此遊。欹危一逕穿林樾，盤石蒼苔留客歇。山深雲日變陰晴，澗栢巖松度歲青。谷裏花開知地暖，林間鳥語作春聲。依依渡口夕陽時，却望層巒在翠微。城頭暮鼓休催客，更待橫江一作「孤舟」。弄月歸。

贈杜默一本注云：「默師太學先生石守道介。」

南山有鳴鳳，其音和且清。鳴於有道國，出則天下平。杜默東土秀，能吟鳳凰聲。作詩幾百篇，長歌仍短行。擕之入京邑，欲使衆耳驚。來時上師堂，再拜辭先生。先生頷首遣，教以勿驕矜。贈之三豪篇，而我濫一名。杜子來訪我，欲求相和鳴。顧我文字卑，未足當豪英。豈如子之辭，鏗鍠間鏞笙！淫哇俗所樂，百鳥徒嚶嚶。杜子卷舌去，歸衫翩以輕。京東聚羣盜，河北點新兵。飢荒與愁苦，道路日以盈。子盍引其吭，發聲通下情？上聞天子聰，次使宰相聽。何必九包一作「苞」。禽，始能瑞一作「薦」。堯庭！子詩何時作，我耳久已傾。願以白玉琴，寓之朱絲繩。

憶山示聖俞

吾思夷陵山，山亂不可究。東城一堠餘，高下漸岡阜。羣峰迤邐接，四顧無前後。憶嘗祗吏役，鉅細悉經觀。是時秋卉紅，嶺谷堆纈繡。林枯松鱗皴，山老石脊瘦。斷徑履頹崖，孤泉聽清溜。深行得平川，古俗見耕耨。澗荒驚麏奔，日出飛雉雊。盤石屢欹眠，緑巖堪解綬。幽尋歎獨往，清興思誰侑。其西乃三峽，嶮怪愈奇富。江如自天傾，一作「瀉」。岸立兩崖鬭。黔巫望西屬，越嶺通南奏。時時縣樓對，雲霧昏白晝。荒煙下牢戍，百仞寒溪漱。蝦蟇噴水簾，甘液勝飲酎。亦嘗到黃牛，泊舟聽猿狖。巉巉起絶壁，蒼翠非刻鏤。陰嵓下攢叢，岫穴忽空透。遥岑聳孤出，可愛欣欲就。惟思得君詩，古健寫奇秀。今來會京師，車馬逐塵瞀。頹冠各白髮，舉酒無蒨袖。繁華不可慕，幽賞亦難遘。徒爲憶山吟，耳熱助嘲詬。

送唐生一作《送唐秀才歸永州》。

京師英豪域，車馬日紛紛。唐生萬里客，一影隨一身。出無車與馬，但踏車馬塵。日食不自飽，讀書依主人。夜夜客枕夢，一作「冷」。北風吹孤雲。翩然動歸思，旦夕來叩一作「叩我」。門。終年少人識，逆旅一作「旅意」。惟我親。來學媿道瞶，一作「昧」。贈歸慚一作「嗟」。橐貧。勉之期不止，多穫由力耘。指家大嶺北，重湖浩無垠。飛雁不可到，書來安得一作「能」。頻。

聖俞會飲時聖俞赴湖州，一作《送梅堯臣赴湖州》。

傾壺豈徒彊君飲，解帶且欲留君談。洛陽舊友一時散，十年會合無二三。京師旱久塵土熱，忽值晚雨涼纖纖。一作「霰霰」。滑公井泉釀最美，赤泥印酒新開緘。更吟君句勝啖炙，杏花妍媚春酣酣。君詩有「春風酣酣春正妍」之句。吾交豪俊天下選，誰一作「難」。得衆美如君兼。一本有「鏗鏘文律金玉寫，森羅武庫戈戟銛」兩句。詩工鑱刻露天骨，將論縱横輕玉鈐。遺編最愛孫武説，往往曹杜遭夷芟。關西幕府不能辟，隴山一作「西」。敗一作「大」。將死可慚。嗟余身賤不敢薦，四十白髮猶青衫。吴興太守詩亦好，往一作「助」。奏玉琯和英咸。盃行到手莫辭醉，明日一作「發」。舉棹天東南。

哭一作「弔石」曼卿

嗟我識君晚，君時猶壯夫。信哉天下奇，落落不可拘。軒昂懼驚俗，自一作「似」。隱酒之徒。一飲不計斗，傾河竭崑墟。作詩幾百篇，錦組聯瓊琚。時時出險語，意外研精粗。窮奇變雲烟，搜怪蟠蛟魚。詩成多自寫，筆法顏與虞。旋棄不復惜，所存今幾餘！往往落人間，藏之比明珠。又好一作「愛」。題屋壁，虹蜺隨卷舒。遺蹤處處在，餘墨潤不枯。朐山頃歲出，我亦斥江湖。乖離一作「睽」。四五載，人事忽焉一作「有」。殊。歸來見京師，心老貌已癯。但驚何其衰，豈意今也無！才高不少下，闊若與世疏。驊騮當少時，其志萬里塗。一旦老伏櫪，猶思玉山芻。天兵宿西北，狂兒尚稽誅。而今壯士死，痛惜無賢愚！歸魂渦上田，露草荒春蕪。

送曇穎歸廬山

吾聞廬山久，欲往世俗拘。昔歲貶夷陵，扁舟下江湖。八月到湓口，停帆望香爐。香爐雲霧間，杳靄疑有無。忽值秋日明，彩翠浮空虛。信哉奇且秀，不與灊霍俱！偶病不時往，中流但踟躕。今思尚髣髴，恨不傳畫圖。曇穎十年舊，風塵客京都。一旦不辭訣，飄然卷衣一作「長」。裾。山林往不返，古亦有吾儒。西北苦兵戰，江南仍旱枯。新秦又攻寇，京陝募兵夫。聖君念蒼生，賢相思良謨。嗟我無一說，朝紳拖舒舒。未能膏鼎鑊，又不老菰蒲。羨子識所止，雙林歸結廬。

送慧勤歸餘杭

越俗僭宮室，傾貲事雕牆。佛屋尤其侈，耽耽擬侯王。文彩瑩丹漆，四壁金焜煌。上懸百寶蓋，宴坐以方牀。胡爲棄不居，棲身客京坊？辛勤營一室，有一作「乃」。類燕巢梁。南方精飲食，菌笋鄙羔羊。飯以玉粒粳，調之甘露漿。一饌費千金，百品羅成行。晨興未飯僧，日昃不敢嘗。乃茲隨北客，枯栗充飢腸。東南地秀絶，山水澄清一作「鮮」。光。餘杭幾萬家，日夕焚清香。煙霏四面起，雲霧雜芬芳。豈如車馬塵，鬢髮染成霜。三者孰苦樂，子奚一作「兮」。勤四方？乃云慕仁義，奔走不自遑。始知仁義力，可以治膏肓。有志誠可樂，一作「嘉」。及時宜自彊。人情重懷土，飛鳥思故鄉。夜枕聞北雁，歸心逐南檣。歸兮能來否？送子以短章。

讀張李二生文贈一本作「謝張續李常寄」石先生先生石介也。

先生二十年東魯，能使魯人皆好學。其間張續與李常，剖琢珉石一作「如剖珉石」，一作「如剖衆石」。得天璞。大圭雖不假雕琢，一作「鐫」。但未磨礲出圭角。二生固是天下寶，豈與先生私褚橐。先生示我何矜誇，手攜文編謂新作。得之數日未暇讀，意欲百事先一作「前」。屏却。夜歸獨坐南窗下，寒燭青熒如熠爚。病眸昏澀乍開緘，燦若月一作「日」。星明錯落。詞嚴意正質非俚，一作「高且簡」。古味雖淡醇不薄。千年佛老一作「若佛」。賊中國，禍福依憑羣黨惡。拔根掘窟期必盡，有勇無前力何犖。乃知二子果可用，非獨詞一作「特言」。堅由志確。朝廷清明天子聖，陽德彙進羣陰剝。大烹養賢有列一作「味別」。鼎，豈久師門共藜藿。一本有「先生在魯魯皆化，苟用於朝其利博」兩句。又一本「在」作「居」，「朝」作「時」。予一作「我」。慚職諫未能薦，有酒且慰先生酌。

絳守居園池

嘗聞紹述絳守居，偶來覽登周四隅。異哉樊子怪可吁，心欲獨出無古初。窮荒搜幽入有無，一語詰曲百盤紆。孰云已出不剽襲，句斷欲學盤庚書。一本有「方言爾雅不訓詁，幾欲舌譯從象胥」兩句。荒煙古木蔚遺墟，我來嗟秪一作「止」。得其餘。栢槐端莊偉丈夫，蒼顏鬱鬱老不枯。靚容新麗一何姝！清池翠蓋擁紅蕖。胡翁虎搏豈足道，記録細碎何區區！虙氏八卦畫河圖，禹湯臯陁一作「陶」。暨唐虞。豈不古奥萬世模，嫉世姣巧一作「好」。習卑污。以奇矯薄駭羣愚，用此猶得追韓徒。我思其人爲躊躇，作詩聊謔爲坐娛。

晉祠 一本作《過并州晉祠泉》。

古一作「故」。城南出十里間，鳴渠夾路一作「石渠夾道」。何潺潺？行人望祠下馬謁，退卽祠下窺水源。地靈草木得餘潤，鬱鬱古一作「松」。栢含蒼煙。并兒自古事一作「重」。豪俠，戰爭五代幾百年。天開地闢眞主出，猶須再駕方凱旋。頑民盡遷高壘削，秋草自緑埋空垣。一作「自緣空塞垣」。并人昔遊晉水上，清鏡照耀涵朱顏。晉水今入并州裏，稻花漠漠澆平田。廢興髣髴無舊一作「故」。老，氣象寂寞餘山川。惟存祖宗聖功業，干戈象舞被管絃。我來覽登爲歎息，暫照白髮臨清泉。鳥啼人去廟門闔，還有山月來娟娟。

水谷夜行寄子美聖俞

寒一作「晨」。雞號荒林，山壁月倒挂。披衣起視夜，攬轡念行邁。我來夏云初，素節今已屆。高河瀉長空，勢落九州外。微風動涼襟，曉氣清餘睡。一作「色清餘暖」。緬懷京師友，文一作「有」。酒邀一作「遨」。高會。其間蘇與梅，二子可畏愛。篇章富縱横，聲價相磨一作「摩」。蓋。子美氣尤雄，萬竅號一噫。有時肆顛狂，醉墨洒霧霈。譬一作「勢」。如千里馬，已發不可殺。盈前盡珠璣，一一難柬汰。梅翁事清切，石齒漱寒瀨。

作詩三十年，視我猶後一作「後猶無」。輩。文詞愈清新，心意雖一作「難」。老大。譬如妖韶女，老自有餘態。近詩尤古硬，一作「淡」。咀嚼苦難嘬。初如食橄欖，真味久愈在。蘇豪以氣轢，一作「櫟」。舉世徒驚駭！梅窮獨我知，一作「我獨奇」。古貨今難賣。一作「今誰買」。二子雙鳳凰，百鳥之嘉瑞。雲煙一翱翔，羽翮一摧鎩。安得相從遊？終日鳴噦噦。問胡一作「相問」。苦思之，對酒把一作「把酒對」。新蟹。

病中代書奉寄聖俞二十五兄

憶君去年來自越，值我傳車催去闕。是時新秋蟹正肥，恨不一醉與君別！今年得疾因酒作，一春不飲氣彌劣。飢腸未慣飽甘脆，一作「平生乍得飽甘肥」。九蟲寸白一作「腹蟲不慣」。争爲孽。一飽猶能致身患，寵禄豈無神所罰？乃知賦予分有涯，適分自然無夭閼。昔在洛陽年少時，春思每先花亂發。萌芽不待楊柳動，探春馬蹄常踏雪。到今年纔三十九，怕見新花羞白髮。顔侵塞下風霜色，病過鎮陽桃李月。兵閒事簡居可樂，心意自衰非屑屑。日長天暖惟欲睡，睡美尤厭春鳩聒。北潭去城無百步，淥水冰銷魚撥剌。經時曾未著脚到，好景但聽遊人説。官榮雖厚世味薄，始信衣纓乃羈紲。故人有幾獨思君，安得見君憂暫豁。公厨酒美遠莫致，念君貫一作「慣」。飲衣屢脱。郭生書來猶未到，想見新詩甚飢渴。少年事事今已去，惟有愛詩心未歇。君閑可能爲我作？莫辭自書藤紙滑。少低筆力容一作「留」。我和，無使難追韻高絶！

班班林間鳩寄内

班班林間鳩，穀穀命其匹。迨天之未雨，與汝勿相失。春原洗新霽，緑葉暗朝日。鳴聲相呼和，一作「呼相講」。應答如吹一作「若吕應嘉」。律。深棲柔桑暖，下啄高田實。人皆笑汝拙，無巢以家室。易安由寡求，吾羡拙之佚。吾雖有室家，出處曾不一。一本有「豈如鳴鳩樂，天性免悲咈」兩句。荆蠻昔竄逐，奔走若鞭抶。山川瘴霧深，江海波濤颶。跬步子所同，淪棄甘共没。投身去人眼，已去誰復嫉？山花與野草，我醉子鳴瑟。但知貧賤安，不覺歲月忽。還朝今幾年？官禄霑兒姪。身榮責愈重，器小憂常溢。今年來鎮陽，留滯見春物。北潭新漲緑，魚鳥相聱耴。魚一切。一作「懽聲逸」。我意不在春，所憂空自咄。一官誠易了，報國何時畢？高堂母老矣，衰髮不滿櫛！昨日寄書言，新陽發舊疾。藥食一作「石」。子雖勤，豈若我在膝。又云子亦病，蓬首不加髴。書來本慰我，使我煩憂鬱。思家春夢亂，妄意占凶吉。却思夷陵囚，其樂何可述？前年辭諫署，朝議不容乞。孤忠一許國，家事豈復一作「暇」。卹！横身當衆怒，見者旁可慄。近日讀除書，朝廷更輔弼。君恩優大臣，進退禮有秩。小人妄希旨，論議争操筆。又聞説朋黨，次第推甲乙。而我豈敢逃，不若先自劾。上賴天子聖，必未一作「未必」。加斧鑕。一身但得貶，羣口息啾唧。公朝賢彦衆，避路一作「讓」。當揣質。苟能因謫去，引分思藏密。還爾禽鳥性，樊籠免驚怵。子意其謂何？吾謀今已必。一本有「誠思憂與樂，便可齊升黜」兩句。子能一作「如」。甘藜藿，我易解簪紱。嵩峰三十六，蒼翠争聳出。安得攜子去？耕桑老蓬蓽。

暮春有感

幽憂無以銷，春日靜愈長。薰風入花骨，花枝午低昂。往來採花蜂，清蜜未滿房。春事已爛漫，落英漸飄揚。蛺蝶無所爲，飛飛助其忙。啼鳥亦屢變，新音巧調篁。遊絲最無事，百尺拖晴光。天工施造化，萬物感春陽。我獨不如春，久病卧空堂。時節去莫挽，浩歌自成傷！

洛陽牡丹圖

洛陽地脉花最宜，牡丹尤爲天下奇。我昔所記數十種，於今十年半忘之。開圖若見故人面，其間數種昔未窺。客言一作「云」。近歲花特異，往往變出呈新枝。洛人驚誇立名字，買種不復論家貲。比新較舊難一作「莫」。優劣，爭先擅價各一時。當時絶品可數者，魏紅窈窕姚黄妃。壽安細葉開尚少，一作「早」。朱砂玉版人一作「猶」。未知。傳聞千葉昔未有，只從左紫名初馳。四十年間花百變，最後最好潛溪緋。今花雖新我未識，未信與舊誰妍媸？當時一作「年」。所見已云絶，豈有更好一作「妍」。此可疑。古稱天下無正色，但恐世好隨時移！鞓紅鶴翎豈不美，斂色如避新來姬。何況遠説蘇與賀，有類異世誇嬙施。造化無情宜一槩，偏此著意何其私。又疑人心愈巧僞，天一作「各」。欲鬬巧窮精微。不然元化朴散久，豈特近歲猶澆漓。爭新一作「先」。鬬麗若不已，更後百載知何爲？但應新花日愈好，惟有我老年年衰！

鎮陽讀書

春深夜苦短，燈冷焰不長。塵蠹文字細，病眸澀無光。坐久百骸倦，中遭羣慮戕。尋前顧後失，得一念一作「而」。十忘。乃知學在少，老大不可彊。廢書誰與語，歎息自悲傷。因憶石夫子，徂徠有茅堂。前年來京師，講學居上庠。青衫綴朝士，面有一作「乃棄」。敷畝桑。不耐羣兒嗤，束書歸故鄉。却尋茅堂在，高臥泰山傍。聖經日陳前，弟子羅兩廂。大論叱佛老，高聲一作「言」。誦虞唐。賓朋足棗栗，兒女飽糟糠。雖云待官闕，便欲解朝裳。有似蠶作繭，縮身思自藏。嗟我一何愚，貪得不自量。平生事筆硯，自可娛文章。開口攬時事，論議争煌煌。退之嘗有云，名聲暫羶香。誤蒙天子知，侍從列班行。官榮日已寵，事業闇不彰。器小一作「而」。以任大，躋顛理之常。聖君雖不誅，在汝一作「爾」。豈自遑。不能雖欲止，怳一作「恍」。若失其方。却欲尋舊學，舊學已榛荒。有類邯鄲步，兩失皆茫茫。便欲乞身去，君恩厚須償。又欲求一州，俸錢買歸裝。譬如歸巢鳥，將棲少徊翔。自覺誠未晚，收愚老緗緗。

讀一本有「聖俞」字。蟠桃詩寄子美

韓孟於文詞，兩雄力相當。一本有「偶以怪自戲，作詩驚有唐」兩句。篇章綴談笑，雷電擊幽荒。衆鳥誰敢和，鳴鳳呼其皇。孟窮苦纍纍，韓富浩穰穰。窮者啄其精，富者爛文章。發生一爲宮，揫斂一爲商。二律雖不同，合奏乃鏘鏘。天之産奇怪，希世不可常。寂寥二百年，至寶埋無光。郊死不爲島，聖俞發其藏。患世愈不出，孤吟夜號一作「夜號清」。霜。霜寒入毛骨，清響哀一作「乃」。愈長！玉山禾難熟，終歲苦飢腸。我不能飽之，更欲不自量。引吭和其音，力盡猶勉彊。一本有「嗟我於韓徒，足未及其牆。而子得孟骨，英靈空北邙」四句。誠知非所敵，但欲繼前芳。近者蟠桃詩，有傳來北方。發我哀病思，藹如得春陽。欣然便欲和，洗硯坐中堂。墨筆不能下，恍恍一作「恍恍」。若有亡。老雞觜爪硬，未易犯其場。不戰先一本作「輒」。自知，雖奔一作「然」。未甘降。更一作「便」。欲呼子美，子美隔濤江。其人雖憔悴，其志獨軒一作「昂」。昂。氣力誠當對，勝敗可交相。安得二子接，揮鋒兩交鋩。我亦願助勇，鼓旗譟其旁。快哉天下樂，一醻宜百觴！乖離難會合，此志何由償。

啼鳥

窮山候至陽氣生，百物如與時節争。官居荒涼草樹密，撩亂紅一作「亂紅英」。紫開繁英。花深葉暗耀朝日，日一作「一」。暖衆鳥皆嚶鳴。鳥言我豈解爾意，綿蠻但愛聲可聽。南窗睡多春正美，百舌未曉催天明。黃鸝顔色已可愛，舌端啞咤如嬌嬰。竹林靜啼一作「啼盡」。青竹笋，深處不見惟聞聲。陂田遶郭白水滿，戴勝穀穀催春耕。誰謂鳴鳩拙無用？雄雌各自知陰晴。雨聲蕭蕭泥滑滑，草深苔緑無人行。獨有花上提葫蘆，勸我沽酒花前傾。其餘百種各嘲哳，異鄉殊俗難知名。我遭讒口身落此，每聞巧舌宜可憎。春到山城苦寂寞，把盞常恨無娉婷。花開鳥語輒自醉，醉與花鳥爲交一作「友」。朋。花能嫣然顧我笑，鳥勸我飲非無情。身閑酒美惜光景，惟恐鳥散花飄零。可笑靈均楚澤畔，《離騷》憔悴愁獨醒。

讀徂徠集

徂徠魯東山，石子居山阿。魯人之所瞻，子與山嵯峨。今子其死矣，東山復誰過！精魄已埋没，文章豈能磨？壽命雖不長，所得固已多。舊藁偶自録，滄溟之一蠡。其餘誰付與，散失存幾何？存之警後世，古鑑照妖魔。子生誠多難，憂患靡不罹！音「羅」。宦學三十年，六經老研摩。問胡所專心，仁義丘與軻。揚雄韓愈氏，此外豈知他。尤勇攻佛老，奮筆如揮戈。不量敵衆寡，膽大身么麽。往年遭母喪，泣血走岷峨。垢面跣雙足，鉏犁事田坡。至今鄉里化，孝悌勤蠶禾。昨者來太學，青衫踏朝靴。陳詩頌聖德，厥聲續猗那。羔雁聘黄晞，晞驚走鄰家。施爲可怪駭，世俗安委蛇。謗口由此起，中之若飛梭。上賴天子聖，不挂網者羅。憶在太學年，大雪如翻波。生徒日盈門，飢坐列雁鵝。絃誦聒鄰里，唐虞賡詠歌。常續最高第，騫游各名科。豈止學者師，謂宜國之皤。夭壽反仁鄙，誰尸此偏頗？不知譀譀者，又忍加詆訶。聖賢要久遠，毀譽暫諠譁。生爲舉世疾，死也一作「者」。古人嗟。作詩遺魯社，祠子以爲歌。

百一作「栢」。子坑賽龍

嗟龍之智誰可拘，出入變化何須臾。壇平樹古潭水黑，沉沉影響疑有無。四山雲霧忽晝合，瞥起直上拏空虚。龜魚帶去半空落，雷輷電走先後驅。傾崖倒澗聊一戲，頃刻萬物皆涵濡。青天却掃萬里静，但見緑野如雲敷。明朝老農拜壇側，鼓聲坎坎鳴山隅。野巫醉飽廟門闔，狼藉烏鳥争殘餘。

憎蚊

乾坤量廣大，善惡皆含育。荒茫一作「荒」。三五前，民物交相黷。禹鼎象神姦，蛟龍遠潛伏。周公驅猛獸，人始居川陸。爾來千百年，天地得清肅。大患已云除，細微遺不録。蠅虻蚤蝨蟣，蜂蝎蚖蛇蝮。惟爾於其間，有形纔一粟。雖微無奈衆，惟小難防毒。嘗聞高郵間，猛虎死凌辱。哀哉露筋女！萬古讐不復。水鄉自宜爾，可怪窮邊俗。晨飱下帷幬，盛暑泥駒犢。我來守窮山，地氣尤卑溽。官閒懶所便，惟睡宜偏足。雖堪爾類多，枕席厭緣撲。爊簷一作「之」。苦煙埃，燎壁疲照燭。荒城繁草樹，旱氣飛炎熇。羲和驅日車，當午不轉轂。清風得夕涼，如赦脫囚梏。掃庭露青天，坐月蔭嘉木。汝寧無他時，一作「日」。忍此見迫促。翾翾伺昏黑，稍稍出壁屋。填空來若翳，聚隙多可掬。叢身疑陷圍，聒耳如遭哭。猛攘欲張拳，暗中甚一作疑飛鏃。手足不自救，其能營背腹！盤飡勞扇拂，立寐彊僮僕。端然窮百計，還坐瞑雙目。於吾固不較，在爾誠爲酷。誰能推物理？無乃乖人欲。騶虞鳳皇麟，千載不一矚。思之不可見，惡者無由逐！

重讀徂徠集

我欲哭石子，夜開徂徠編。開編未及讀，涕泗已漣漣。勉盡三四章，收淚輒忻歎。切切一作「昭昭」，一作「昭晰」。善惡戒，丁寧仁義言。如聞子談論，疑子立我前。乃知長在世，誰謂已一作「子」。沉泉？昔也人事乖，相從常苦艱。今而每思子，開卷子在顏。我欲貴子文，刻以金玉聯。金可爍而銷，玉可碎非堅。不若書一作「傳」。以紙，六經皆紙傳。但當書百本，一作「傳十以爲百」。傳百以爲千。或落於四夷，或藏在深山。待彼謗焰一作「豔」。熄，放此光芒懸。人生一世中，長短無百年。無窮在其後，萬世在其先。得長多幾何，得短未足憐！惟彼不可朽，名聲文行然。讒誣不須辨，亦止百年間。百年後來者，憎愛不相緣。公議然後出，自然見嫱妍。孔孟困一生，毁逐遭百端。後世苟不公，至今無聖賢。所以忠義士，恃此死一作「輕死此」。不難。當子病方革，謗辭正騰喧。衆人皆欲殺，聖主獨保全。已埋猶不信，僅免斲其棺。此事古未有，每思輒長嘆！我欲犯衆怒，爲子記此冤。下紓冥冥忿，仰叫昭昭天。書於蒼翠石，立彼崔嵬巔。詢求子世家，恨子兒女頑。經歲不見報，有辭未能銓。一作「詮」。忽開子遺文，使我心已寬。子道自能久，吾言豈須鐫！

汝癭答仲儀一作《答王素汝癭》。

君嗟汝癭多，誰謂汝土惡？汝癭雖云苦，汝民居自樂。鄉閭同飲食，男女相媒妁。習俗不爲嫌，譏嘲豈知怍。汝山西南險，平地猶磽确。一作「确犖」，一作「磽礐」，一作「确礐」。汝樹生擁一作「廱」。腫，根株浸溪壑。山川固已然，風氣宜其濁。接境化襄鄧，餘風被伊雒。思予昔曾游，所見可驚愕！喔喔聞語笑，纍纍滿城郭。傴婦懸甕盎，嬌嬰包卵㲉。無由辨肩頸，有類龜縮殼。噫人稟最靈，反不如鳧鶴。駢枝雖形累，小小固一作「故」。可略。癰瘍暫畜聚，決潰終當涸。贅疣附支體，幸或不爲虐。未若此巍然，所生非所託。咽喉繫性命，鍼石難砭一作「破」。削。農皇古神聖，爲世名百藥。豈不有方書，頑然莫銷爍。一作「鑠」。溫湯汝靈泉，亦不能淪瀹。君官雖謫居，政可瘳一作「療」。民瘼。奈何不哀憐！而反恣訶一作「嘲」。謔。文辭騁新工，醜怪極名貌。汝士雖多奇，汝女少纖弱。翻思太守宴，誰與唱清角？乖離南北殊，魂夢山陂邈。握手未知期！寄詩聊一噱。

滄浪亭一本上云「寄題子美」。

子美寄我滄浪吟，邀我共作滄浪篇。滄浪有景不可到，使我東望心悠然。荒灣野水氣象古，高林翠阜相回環。新篁抽笋添夏影，一作「景」。老枿亂發争春妍。水禽閒暇事高格，山鳥日夕相啾喧。不知此地幾興廢？仰視喬木皆蒼煙。堪嗟人迹到不遠！雖有來路曾無緣。窮奇極怪誰似子，搜索幽隱探神仙。初尋一逕入蒙密，豁目異境無窮邊。風高月白最宜夜，一片瑩淨鋪瓊田。清光不辨水與月，但見空碧涵漪漣。一本有「姑蘇臺邊人響絶，夜静往往聞鳴船」兩句。清風明月本無價，可惜祇賣四萬錢！又疑此境天乞與，壯士憔悴天應憐。鴟夷古亦有獨往，江湖波濤渺翻天。崎嶇世路欲脱去，反以身試蛟龍淵。豈如一作「知」。扁舟任飄兀，紅蕖渌浪摇醉眠。丈夫身在豈長棄，新詩美酒一作「詩新酒美」。聊窮年。雖然不許俗客到，莫惜佳句人間傳！

菱溪大一本無「大」字。石

新霜夜落秋水淺，有石露出寒溪垠。苔昏土蝕禽鳥啄，出没溪水秋復春。溪邊老翁生長見，疑我來視何殷勤。愛之遠徙向幽谷，曳以三犢載兩輪。行穿城中罷市看，但驚可怪誰復珍？荒煙野草埋没久，洗以石竇清泠泉。朱欄緑竹相掩映，選一作「邀」。致佳處當南軒。南軒旁列千萬峰，曾未有此奇嶙峋。乃知異物世所少，萬金争買傳幾人。山河百戰變陵谷，何爲落彼荒溪濆？山經地誌不可究，遂令異説争紛紜。皆云女媧初鍛鍊，融結一氣凝精純。仰視蒼蒼補其缺，染此紺碧瑩且温。或疑古者燧人氏，鑽以出火爲炮燔。苟非神聖親手迹，不爾孔竅一作「穴」。誰雕剜！又云漢使把漢節，西北萬里窮崑崙。行經于闐得寶玉，流入中國隨河源。沙磨水激自穿穴，所以鐫鑿無瑕痕。嗟予有口莫能辨，歎息但以兩手捫！盧仝韓愈不在世，彈壓百怪無雄文。爭奇鬭異各取勝，遂至荒誕無根原。天高地厚靡不有，一作「有定」。醜好萬狀奚足論。惟當掃雪席其側，日與嘉客陳清樽。

豐樂亭小飲

造化無情不擇物，春色亦到深山中。山桃溪杏少意思，一作「有誰顧」。自趁時節開春風。看花游女不知醜，古粧野態爭花紅。人生行樂在一作「當」。勉彊，有酒莫負瑠璃鍾。主人勿笑花與女，嗟爾自是花前翁！

希真堂東一本無「東」字。手種菊花十月始開

當春種花唯恐遲，我獨種菊君勿誚。春枝滿園爛張錦，風雨須臾落顛倒。看多易厭情不專，鬭紫誇紅隨俗好。豁然高秋天地肅，百一作「萬」。物衰零誰暇弔！君看金蕊正芬敷，曉日浮霜相照耀。一本有「後時寧與松栢榮，媚世不爭桃李笑」兩句。煌煌正色秀可餐，藹藹清香寒愈峭。高人避喧守幽獨，淑女靜一作「靚」。容脩一作「羞」。窈窕。方當搖落看轉佳，慰我寂寥何以報。時攜一罇相就飲，如得貧交論久要。我從多難壯心衰，迹與世人殊靜躁。種花勿一作「不」。種兒女花，老大安能逐年少！

懷嵩樓晚飲示徐無黨無逸一本作《奉和徐生見示懷嵩樓晚飲》。一本無「見示」字。

滁山不通車，滁水不通舟。舟車路所窮，嗟誰肯來游。念非吾在此，二子來何求？不見忽三年，見之忘百憂。問其別後學，初若繭緒抽。縱橫漸組織，文章爛然浮。引伸無窮極，卒斂以軻丘。少進日如此，老退誠可羞！獘邑亦何有？青山遶城樓。泠泠谷中泉，吐溜彼一作「被」。山幽。石醜駭溪怪，天奇瞰龍湫。子初如可樂，久乃歎以愀。云此譬圖畫，暫看已宜收。荒涼一作「村」。草樹間，暮館城南陬。破屋仰見星，窗風冷如鎪。歸心中夜起，輾轉臥不周。我爲辨酒肴，羅列蛤與蝤。酒酣微探之，仰笑不頷頭。曰予非此儂，又不負譴尤。自非世不容，安事此爲囚。幸以主人故，崎嶇幾摧輈。一來勤已多，而況欲久留。我語頓遭屈，顏慚汗交流。川塗冰已壯，霰一作「霜」。雪行將稠。羨子兄弟秀，雙鴻翔高秋。噰噰飛且鳴，歲暮憶南州。飲子今日歡，重我明日愁！來貺辱已厚，贈言愧非酬。

贈無爲軍李道士二首名景仙。

無爲道士三尺琴，中有萬古無窮音。音如石上瀉流水，瀉之不竭由源深。彈雖在指聲在意，聽不以耳而以心。心意既得形骸忘，不覺天地白日愁雲陰。

李師琴紋一作「形」。如卧蛇，一彈使我三咨嗟！五音商羽上肅殺，颯颯坐上風吹沙。忽然黃鍾回暖律，當冬草木皆萌芽。郡齋日午公事退，荒涼樹石相交加。李師一彈鳳皇聲，空山百鳥停嘔啞。我怪李師年七十，面目明秀光如霞。問胡以然一作「試問胡以」，一作「試問胡然」。笑語我，慎勿辛苦求丹砂。惟當養其根，自然燁其華。一本無上二句。又云理身如理琴，正聲不可干以邪。我聽其言未云足，野鶴何事還思家。抱琴揖我出門去，獵獵歸袖風中斜。

酬學詩僧惟晤

詩三百五篇，作者非一人。羈臣與棄一作「賤」。妾，桑濮乃淫奔。其言苟一作「或」。可取，龐雜不全純。子雖爲佛徒，未易廢其言。其言在合理，但懼學不臻。子佛一作「之」。與吾儒，異轍難同輪！一作「共論」。子何獨吾慕，自忘夷其身。苟能知所歸，固有路自新。誘進或可至，拒之誠不仁。維詩於文章，太山一浮塵。又如古衣裳，組織一作「纖」。爛成文。拾其裁剪餘，未識袞服尊。嗟子學雖一作「已」。勞，徒自苦骸筋。一作「自遠涉江津」。勤勤袖卷軸，一歲三及門。惟一作「何」。求一言榮，歸以耀其倫。與夫榮其膚，不若啓一作「豈若習」。其源。韓子亦嘗謂，收斂加一作「以」。冠巾。

别後奉寄聖俞二十五兄一本作《敍别寄聖俞兼酬進道堂夜話見寄之什》。

長河秋雨多，夜插寒潮一作「湖」。入。歲暮孤舟遲，客心飛鳥急。君老忘卑窮，文字或綴緝。餘生苦難阨，一作「拙」。世險陷已習。離合二十年，乖暌多聚集。當時飲酒別，今別輒飲泣。君曰吾老矣，不覺兩袖濕！我年雖少君，白髮已揖揖。即入「反」。憶初京北門，送我馬暫立。自茲遭檻穽，一落誰引汲？顛危偶脫死，藏鼠甘自蟄。一作「蟄」。但令身尚在，果得手重執。聞來喜迎前，貌改驚乍揖。別離纔幾時，舊學廢百十。殘章一作「編」。與斷藁，草草各收拾。空窗一作「堂」。語青燈，夜雨聽霰霰。一作「溅溅」。明朝解舟南，歸翼縱莫戢。還期明月飲，幸此中秋及。酒酣弄篇章，四坐困供給。歡言正喧譁，別意忽於邑！日暮北亭上，濁醪聊一作「猶」。共挹。輕一作「歸」。橈動翩翩，晚水明熠熠。行心一作「貪前」。去雖迫，訣語出猶澁。歸來録君詩，卷軸多纖纖。誰一作「雖」。云已老矣？意氣何業岌。惜哉方壯時，千里足常馽。知之莫予深，力不足呼吸。歎吁偶成篇！聊用綴君什。

紫石屏歌 一本作《月石硯屏歌寄蘇子美》。

月從海底來，行上天東南。正當天中時，下照千丈潭。潭心無風月不動，倒影射入紫石巖。月光水潔石瑩淨，一作「徹」。感此陰魄來中潛。自從月入此石中，天有兩曜分爲三。清光萬古不磨滅，天地至寶難藏緘。天公呼雷公，夜持巨斧墮嶄巖。墮此一片落千仞，皎然寒鏡在玉匳。蝦蟇白兔走天上，空留桂影猶杉杉。一作「毿毿」。景山得之一作「虢州刺史」。惜不得，贈我意與一作「比」。千金兼。自云每到月滿時，石在暗室光出簷。大哉天地間，萬怪難悉談。嗟予不度量，每事思窮探。欲將兩耳目所及，而與造化爭毫纖。煌煌三辰行，日月尤尊嚴。若令下與物爲比，擾擾萬類將誰瞻！不然此石竟何物，有口欲說嗟如鉗。吾奇一作「知」。蘇子胸，羅列萬象中。包含不惟胸寬贍亦大，屢出言語驚愚凡。自吾得此石，未見蘇子心懷慚。不經老匠先指決，有手誰敢施鐫鑱？呼工畫石持寄似，一作「此」。幸子留意其無謙。

獲麟贈姚闢先輩

世已無孔子，獲麟意誰知？我嘗爲之說，聞者未免非。而子獨曰然，有如塤應篪。惟麟不爲瑞，其意乃可推。春秋二百年，文一作「辭」。約義甚夷。一從聖人没，學者自爲師。峥嶸衆家説，平地生嶮巇。相沿益迂怪，各鬬出新奇。爾來千餘歲，一作「千載餘」，一作「千歲餘」。舉世不知迷。焯哉聖人經，照耀萬世疑。自從蒙衆説，日月遭蔽虧。常患無氣力，掃除浮雲披。還其自然光，萬物皆見之。子昔已好古，此經手常持。超然出衆見，不爲俗牽卑。近又脱賦一作「賤」。格，飛黄擺銜羈。聖門開大道，夷路肆騰嬉。便可勸衆説，旁通一作「異端」。塞多歧。正途趨一作「常」。簡易，慎勿事嶇崎。著述須待老，積勤宜少時。苟思垂後世，大禹尚胼胝。顧我今老矣！兩瞳一作「目」，一作「眼」。蝕昏眵。大書難久視，心在力已衰。因思少自棄，今縱悔可追。戒我以勉子，臨文但吁嘻！

答吕公著見贈一本作《奉答通判太博爲予不飲見贈之作》。

晉人歌蟋蟀，孔子録於詩。因知聖賢心，豈不惜良時。行樂不及早，朱顔忽焉衰。馳光如驟褁，一去不可追！今也不彊飲，後雖悔奚爲。三年謫永陽，陷穽不知危。種樹滿幽谷，疏泉瀉清池。新陽染山木，撩亂發枯枝。無人歌青春，自釂白玉巵。今者荷寬宥，一作「恩」。乞一作「得」。州從爾宜。西湖舊已聞，既見又過之。菡萏間紅緑，鴛鴦浮渺瀰。四時花與竹，罇俎一作「酒」。動可隨。況與賢者同，薰然襲一作「偉」。蘭芝。醁醅寒且醲，清唱婉而遲。一作「奇」。四座各已醉，臨觴獨何疑？昔人逢麴車，流涎尚垂頤。況此杯中趣，久得樂無涯。多憂衰病早，心在良可噫。一作「嘻」。譬若卧櫪馬，聞鼙一作「鼓」。尚鳴悲。春膏已動脉，一作「忽已動」。百卉漸葳蕤。丹砂得新方，舊疾庶可治。尚可執鞭弭，周旋以忘疲。

送滎陽魏主簿廣　一本作《送魏廣》。

卓犖東一作「魏」。都子，姓名聞十年。窮冬雪塞空，千里至我門。子足未及閾，我衣驚倒顛。僕童一作「童僕」。相視疑，寮吏或不然。俛首鵠鶴啄，進趨梟雁聯。青衫靴兩一作「兩靴」。脚，言色倩一作「情」。以溫。於公門豈少，乃獨得公歡。受知固不易，知士誠尤難。我思屈童吏，欲辯難以言。觴豆及嘉節，高堂列羣賢。文章看落筆，論議馳後先。破石出至寶，決高瀉長川。光輝相磨晻，浩渺肆波瀾。寮吏愧我歎，僕童一作「童僕」。恪生顏。我顧寮吏嘻，士豈以此觀。此聊爲戲耳，以驚僕童一作「童僕」。昏。士欲見其守，視其居賤貧。欲知其所趨，試以義利干。我試識其面，已窺其肺肝。禮有來必往，木瓜報琅玕。十年思見之，一日捨我還。何用慰離居，贈子以短篇。

食糟民

田家種糯官釀酒，榷利秋毫升與斗。酒沽得錢糟棄物，一作「不棄」。大屋經年堆欲朽。酒醅瀺灂如沸湯，東風來吹酒瓮香。纍纍罌與瓶，惟恐不得嘗。官沽味醲村酒薄，日飲官酒誠可樂。不見田中種糯人，釜無糜粥度冬春。還來就官買糟食，官吏散糟以爲德。嗟彼官吏者！其職稱長民。衣食不蠶耕，所學義與仁。仁當養人義適一作「識」。宜，言可聞達力可施。上不能寬國之利，下不能飽爾一作「民」。之飢。我飲酒，爾食糟。爾雖不我責，我責何由逃！

伏日贈徐焦二生一本作《徐焦二子伏日游西湖余以病不能往因以贈之》。

徐生純明白玉璞，焦子皎潔寒泉冰。清光瑩爾互輝映，當暑自可消炎蒸。平湖綠波漲渺渺，高樹一作「樹」。古木陰層層。嗟哉我豈不樂此，心雖欲往身未能。俸優食飽力不用，官閒日永一作「心樂」。睡莫興。不思高飛慕鴻鵠，反此愁卧償蚊蠅。三年永陽子所見，山林自放樂可勝。清泉白石對斟酌，巖花野鳥一作「草」。爲交朋。崎嶇硼谷窮上下，追逐猿狖爭超騰。一作「陞」。酒美賓嘉足自負，飲酣氣橫猶驕矜。奈何乖離纔幾日，蒼顔非舊白髮增。彊歡徒勞歌且舞，勉飲寧及合與升。行揩眼眵一作「睫」。旋看物，坐見樓閣先愁登。頭輕目明脚力健，羨子志氣將飄淩。只今心意已如此，終竟事業知一作「將」。何稱！少壯及時宜努力，老大無堪還可憎。

答原父一作《答劉廷評》。

炎歊鬱然蒸，午景熾方餤。子來清風興，蕭蕭吹几簟。又如沃瓊漿，遽飲不知厭。嗟予學苦晚！白首困鉛槧。危疑奚一作「何」。所質？孔孟久已窆。羣儒窒自私，惟子通且贍。幸時丐羸餘，屢得飽飢歉。嚴嚴一作「落落」。春秋經，大法誰敢覘。一本有「譬猶天之蒼，乃欲學而染」兩句。三才失綱紀，一作「紀綱」。五代極昏墊。盜竊恣胠一作「發」。篋，英雄争奪劍。興亡兩倉卒，事迹多遺欠。一作「貶」。纔能紀成敗，豈暇誅姦僭。聞見患孤寡，一作「陋」。是非誰證驗？嘗欣同好惡，遂乞指瑕玷。反蒙華衮褒，如譽嫫母豔。救非當在早，已暴一作「暴惡」。何由斂。苟能哀癈痼，其可惜鍼砭。風舲或許邀，湖綠方灩灩。

寄聖俞一作《因馬察院至云見聖俞於城東輒書長韻奉寄》。

凌晨有客至自西，爲問詩老來何稽？京師車馬曜朝日，何用擾擾隨輪蹄。面顏憔悴暗塵土，文字光彩垂虹霓。空腸時如秋蚓叫，苦調或作寒蟬嘶。語言雖巧身事拙，捷徑恥蹈行非迷。我今俸祿飽餘賸，念子朝夕勤鹽虀。舟行每欲載米送，汴水六月乾無泥。乃知此事尚難必，何況仕路如天一作「丹」。梯！朝廷樂善得賢衆，臺閣俊彦聯簪犀。朝陽鳴鳳爲時出，一枝豈惜容其棲？古來磊落材與知，窮達有命理莫齊。悠悠百年一瞬息，俯仰天地身醯雞！其間得失何足校，況與鳧鶩爭稗稊。憶在洛陽年各一作「各年」。少，對花把酒傾玻璃。二十年間幾人在！在者憂患多乖暌。我今三載病不飲，眼眵不辨騧與驪。壯心銷盡意閒處，生計易足纔蔬畦。優游琴酒逐漁釣，上下林壑相攀躋。及身彊一作「壯」。健始爲樂，莫待衰病須扶攜。行當買田清潁上，與子相伴把鉏犂。

再和聖俞見答

兩畿相望東與西，書來三日猶爲稽。短篇投子譬瓦礫，敢辱報之金褭蹄。文章至寶被埋没，氣象往往干雲霓。飛黄伯樂不世一作「並」。出，四顧驤首空長嘶。嗟哉我豈敢一作「能」。知子！論詩一作「經」。賴子初指迷。子言古淡有真味，大羹豈須調以虀。憐我區區欲彊學，跛鼈曾不離污泥。問子初何得臻此？豈能直到無階梯。如其所得自勤苦，何憚入海求靈犀。周旋二紀陪唱和，凡翼每並鸞皇棲。有時爭勝不量力，何異弱魯攻彊齊？念子京師苦憔悴，經年陋巷聽朝音潮，一作「晨」。雞。兒啼妻噤一作「嘻」。午未飯，得米寧擇秕與稊。石上紫豪一作「毫」。家故有，剡藤瑩滑如玻瓈。追惟平昔念少壯，零落生死嗟分暌！一揮累紙恣奔放，駿一作「有」。若駕駱仍驂驪。腹雖枵虛氣豪橫，猶勝諂笑病夏畦。名聲不朽豈易得，仕宦得路終當躋。年來無物不可愛，花發有酒誰同攜。問我居留亦何事？方春苦旱憂民犂。

送徐生一作「徐無黨」。之澠池

河南地望雄西京，相公好賢天下稱。吹噓死灰生氣燄，談笑暖律回嚴凝。曾陪罇俎被顧眄，羅列臺閣皆名卿。一作「才能」。徐生南國後來秀，得官古縣依崤陵。脚靴手板實卑賤，賢雋未可吏事繩。攜文百篇赴知己，西望未到氣已增。我昔初官便伊洛，當時意氣尤驕矜。主人樂士喜文學，幕府最盛多交朋。園林相映花百種，都邑四顧山千層。朝行綠槐聽流水，夜飲翠幕張紅燈。爾來飄流二十載，鬢髮蕭索垂霜冰！同時並遊在者幾，舊事欲説無人應。一作「膺」。文章無用等畫虎，名譽過耳如飛蠅。榮華萬事不入眼，憂患百慮來填膺。羨子年少一作「少年」。正得路，有如扶桑初日昇。名高場屋已得儁，世有龍門今復登。出門相送親與友，何異籬鷃瞻雲鵬。嗟吾筆硯久已格，感激短章一作「章句」。因子興。

太白戲聖俞一作《讀李白集效其體》。

開元無事一作「太平」。二十年，五兵不用太白閒。太白之精下人間，李白高歌蜀道難。蜀道之難難於上青天，李白落筆生雲煙。千奇萬險不可攀，却視蜀道猶平川。宮娃扶來白已醉，醉裏詩成醒不記。忽然一作「來」。乘興登名山，龍咆虎嘯松風寒！山頭婆娑弄明月，九域塵土一作「下看塵世」。悲人寰。吹笙飲酒紫陽家，紫陽真人駕雲車。空山流水空流花，飄然已去淩青霞。下看一作「堪笑」。區區郊與島，螢飛露濕吟秋草。

和劉原父澄心紙 一作《奉賦澄心堂紙》。

君不見曼卿子美真奇才，久已零落埋黃埃！子美生窮死愈貴，殘章斷藁如瓊瑰。曼卿醉題紅粉壁，壁粉已剝昏煙煤。河傾崑崙勢曲折，雪壓大華高崔嵬。自從二子相繼沒，山川氣象皆低摧！君家雖有澄心紙，有敢下筆知誰哉？宣州詩翁餓一作「飢」。欲死，黃鵠折翼鳴聲哀。有時得飽好言語，似聽高唱傾金罍。二子雖死此翁在，老手尚能工剪裁。奈何不寄反示我！如棄正論求徘詼。嗟我今衰不復昔，空能把卷闔且開。百年干戈流戰血，一國歌舞今荒臺。當時百物盡精好，往往遺棄淪蒿萊。君從何處得此紙，純堅瑩膩卷百枚。官曹職事喜閑暇，臺閣唱和相追陪。文章自古世不乏，間出安知無後來？

風吹沙 一本題上有「北」字。

北風吹沙千里黃，馬行确犖悲摧藏。當一作「窮」。冬萬物慘顏一作「無」。色，冰雪射日生一作「争」。光芒。一年百日風塵道，安得朱顏長美好？攬鞍鞭馬行勿遲，酒熟花開二月時。

重贈劉原父 一作《憶昨呈劉原父》。

憶昨君當使北時，我往別君飲君家。愛君小鬟初買得，如手未觸新開花。醉中上馬不知夜，但見九陌燈火人喧譁。歸來不記與君別，酒醒起坐空咨嗟！自言我亦隨往矣，行卽逢君何恨邪？豈知前後不相及，歲一作「日」。月忽忽行無涯。古北嶺口踏新雪，馬盂山西看落霞。風雲一作「雪」。暮慘失道路，硐谷夜靜聞響磨。行迷方嚮但看日，度盡山險方逾沙。客心漸遠誠易感，見君雖晚喜莫加。我後君歸祇一作「纔」。十日，君先躍馬未足誇。新年花發見回雁，歸路柳暗藏嬌鴉。而今一作今來春物已爛漫，念昔草木冰未芽。人生每苦勞事役，老去尚能憐物華。從今有暇卽相過。安得載酒長盈車？

贈沈遵一本《贈沈博士歌》并序。

一本序云：余昔於滁州作醉翁亭於琅琊山，有記刻石，往往傳人間。太常博士沈遵，好奇之士也。聞而往遊焉，愛其山水，歸而以琴寫之，作《醉翁吟》一調。惜不以傳人者五六年矣。去年冬，予奉使契丹，沈君會予恩冀之間，夜闌酒半，出琴而作之。予既嘉君之好尚，又愛其琴聲，乃作歌以贈之。

羣動夜息浮雲陰，沈夫子彈醉翁吟。醉翁吟，以我名，我初聞之喜且驚，宮聲三疊何泠泠？酒行暫止四座傾。一本有「爲君屏百慮，各以兩耳聽」兩句。有如風輕日煖好鳥語，夜靜山響春泉鳴。坐思千巖萬壑醉眠處，寫君三尺膝上橫。沈夫子，恨君不爲醉翁客，不見翁醉山間亭。翁歡不待絲與竹，把酒終日聽泉聲。有時醉倒枕溪石，青山白雲爲枕屏。花間百鳥喚不覺，日落山風吹自醒。一本有「沈夫子，君過滁陽今幾時。滁人皆喜醉翁醉，至今人人能道之。長記山間逢太守，籃轝酩酊插花歸」六句。我時四十猶彊力，自號醉翁聊戲客。爾來憂患十年間，一本「客」字下作「爾來纔十年，遇酒飲不得，軒裳外飾誠可榮」。鬢髮未老嗟先白。滁人思我雖未忘，見我今應不能識。沈夫子，愛君一罇復一琴，萬事不可干其心。自非曾是醉翁客，莫向俗耳求知音。一本末兩句作「高懷所得貴自適，俗耳何用求知音。可笑人生不飲酒，憔知白首戀黄金」。

答聖俞 一本題下有「高車見過」。

人皆喜詩翁，有酒誰肯一醉之。嗟我獨無酒，數往從一作「就」。翁何所爲。翁居南方我北走，世路離合安可期。汴渠千艘日上下，來及水門猶未知。五年不見勞夢寐，三日始往何其遲？城東賺河有名字，萬家棄水爲污池。人居其上苟賢者，我視此水猶漣漪。入門下馬解衣帶，共坐習習清風吹。溼薪熒熒煮薄茗，四顧壁立空無遺。萬錢方丈飽則止，一瓢飲水樂可涯。況出新詩數十首，珠璣大小光陸離。他人欲一不可有，一作「得」。君家筐篋滿莫持。才大一作「多」。名高乃富貴，豈比金紫包愚癡。貴賤同爲一丘土，聖賢獨一作「長」。如星日垂。道德内樂不假物，猶一作「沂」。須朋友并良時。蟬聲漸已變秋意，得酒安問醇與醨？玉堂官閑無事業，親舊幸可從其私。與翁老矣會有幾，當棄百事勤追隨。

吴學士石屏歌 一作和《張生鴉樹屏》，一無「和」字。

晨光入林衆鳥驚，腷膊羣飛鴉亂鳴。穿林四散投空去，黄口巢中飢待哺。雌者下啄雄高盤，雄雌相呼飛復還。空林無人鳥聲樂，古木參天枝屈蟠。下有怪石横樹一作「其」。間，煙埋草没苔蘚斑。借問此景誰圖寫，乃是吴家石屏者。虢工剗山取山骨，朝鑱暮琢非一日。萬象皆從石中出，吾嗟人愚，不見天地造化一作「造物」。之初難。乃云萬物生自然，豈知鐫鑱刻畫醜與妍。千狀萬態不可殫，神愁鬼泣晝一作「日」。夜不得閑。不然安得巧工妙手，憊精竭思不可到，若無若有縹渺生雲煙。鬼神功成天地惜，藏在虢山深處石。惟人有心無不獲，一作「乃知人爲天地賊」。天地雖神一作「公有物」。藏不得。又疑鬼神好勝憎吾儕，欲極奇怪窮吾才。乃一作「故」傳張生自西來，吴家學士見且咍，醉點紫毫淋墨煤。君才自與鬼神鬬，嗟我老矣安能陪！

初食車螯 一本題上云「京師」。

纍纍盤中蛤，來自海之涯。坐客初未識，食之先歎嗟。五代昔乖隔，九州如剖瓜。東南限淮海，邈不通夷華。於時北州人，飲食陋莫加。雞豚爲異味，貴賤無等差。自從聖人出，天下爲一家。南產錯交廣，西珍富邛巴。水載每連軸，陸輸動盈車。谿潛細毛髮，海怪雄鬚牙。豈惟貴公侯，閭巷飽魚鰕。此蛤今始生，其來何晚邪！螯蛾聞二名，車螯一名「車蛾」。久見南人誇。璀璨殼如玉，斑爛點生花。含漿不肯吐，得火遽已呀。共食唯恐後，争先屢成譁。但喜美無厭，豈思來甚遐。多慚海上翁，辛苦斲泥沙。

盤車圖 一本上題「和聖俞」，下注：「呈楊直講」。

淺山嶙嶙，亂石矗矗。山石磽聲車碌碌，山勢盤斜隨澗谷。側轍傾轅如欲覆？出乎兩崖之隘口，忽見百里之平陸。坡長坂峻牛力疲，天寒日暮人心速。楊褒一作「生」。忍飢官太學，得錢買此纔盈幅。愛其樹老石硬，山回路轉，高下曲直，横斜隱見，妍媸嚮背各有態，遠近分毫皆可辨。自言昔一作「古」。有數家筆，畫古一作「久」。傳多名姓失。後來見者知謂誰，乞詩梅老聊稱述。古畫畫意不畫形，梅詩詠物無隱情。忘形得意知者寡，不若見詩如見畫。乃知楊生真好奇，此畫此詩兼有之。樂能自足乃爲富，豈必金玉名高貲。朝看畫，暮讀詩，楊生得此可不飢。

答梅一作「和」，無「梅」字。聖俞莫登樓在禮部貢院，鎖試進士，上元夜作。

莫登樓，樂哉都人方競遊。樓闕夜氣春煙浮，玉輪東來從海陬。纖靄洗盡當空留，燈光月色爛不收。火龍銜山祝千秋，緣竿踏索雜幻優。鼓喧管咽耳欲咻，清風嫋嫋夜悠悠。瑩蹄文一作「輪蹄交」。角車如流，婭姹扶欄車兩頭。髫髦垂鬟嬌未羞，念昔少年追朋儔。輕衫駿馬今則不，中年病多昏兩眸。夜視曾不如鵂鶹！足雖欲往意已休。惟思睡眠擁衾裯，人心利害兩不謀。春陽稍愆天子憂，安得四野陰雲油。甘澤以時豐麥麰，遊騎踏泥非我愁。

答聖俞莫飲酒此已下皆貢院中作。

子謂莫飲酒，我謂莫作詩。花開木落蟲鳥悲，四時百物亂我思。朝吟搖頭暮蹙眉，雕肝琢腎聞退之。此翁此語還自違，豈如飲酒無所知。自古不飲無不死，惟有爲善不可遲。一作「遺」。功施當世聖賢事，不然文章千載垂。其餘酩酊一罇酒，萬事峥嶸皆可齊。腐腸糟肉兩家說，計較屑屑何其卑！死生壽夭無足道，百年長短纔幾時！但飲酒，莫作詩。子其聽我言非癡。

思白兔雜言戲答公儀憶鶴之作

君家白鶴白雪毛，我家白兔白玉毫。誰將贈兩翁，謂此二物皎潔勝瓊瑤。已憐野性易馴擾，復愛仙格何孤高！玉兔四蹄不解舞，不如雙鶴能清嘷。低垂兩翅趁節拍，一作「拍節」。婆娑弄影誇嬌嬈。兩翁念此二物者，久不見之心甚勞。京師少年殊好尚，意氣橫出争雄豪！清罇美酒不輒飲，千金争買紅顔韶。莫令少年聞我語，笑我乖僻遭譏嘲。或被偷開兩家籠，縱此二物令逍遥。兔奔滄海却入明月窟，鶴飛玉山千仞直上青松巢。索然兩衰翁，何以慰無憀！纖腰緑鬢既非老者事，玉山滄海一去何由招？

戲答聖俞

鶴行而啄，青玉觜；枯松脚。兔蹲而彖，尖兩耳，攢四蹄。往往於人家，高堂淨屋曾見之。錦裝玉軸挂壁垂，乍見拭目猶驚疑。羽毛𣯶褷眼睛活，若動不動如風吹。主人矜誇百金買，云此絶筆人間奇。畫師畫生不畫死，所得百分三二爾。豈如甄物甄其真，凡物可愛惟精神。況此二物物之珍，月光臨静夜，雪色淩清晨。二物於此時，瑩無一點纖埃塵。不惟可醒醉翁醉，能使詩老詩思添。清新醉翁謂詩老，子勿誚我愚，老弄兔兒憐鶴雛。與子俱老其衰乎？奈何反舍我！欲向東家看舞妹。須防舞妹見客笑，白髮蒼顔君自照。

和梅龍圖公儀謝鷳

有詩鶴勿喜，無詩鷳勿悲。人禽固異性，所趣各有宜。朝戲青竹林，暮棲高樹枝。咿呦山鹿鳴，格磔野鳥啼。聲音不相通，各以類自隨。使鶴居籠中，垂頭似一作「以」。聽詩。鵁鶄享鍾鼓，魚鳥見西施。鷳鶴不宜争，所争良可知。蚍蜉與蟻子，爲物固已微。當彼兩交鬭，勇如聞鼓鼙。有心皆好勝，未免争是非。於我一何薄，於彼一何私。欄檻啄花卉，叫號驚睡兒。跳踉兩脚長，落泊雙翅垂。何足充玩好，於何定姸媸？鶻口不能言，夜夢以告之。主人起謝鶻，從我今幾時？僮奴謹守護，出入煩提攜。逍遥遂棲息，飲啄安雄雌。花底弄日影，風前理毛衣。豈非主人恩，報効爾宜思。主人今白髮，把酒無翠眉。養鶴鷳又妒，我言堪解頤。

贈沈博士歌遵　一作《醉翁吟》。

沈夫子，胡爲醉翁吟？醉翁豈能知爾琴，滁山高絶滁水深。空巖悲風夜吹林，山一作「泉」。溜白玉懸青岑。一瀉萬仞源莫尋，醉翁每來喜登臨。醉倒石上遺其簪，雲荒石老歲月侵。子有三尺徽一作「暉」。黄金，寫我幽思窮崎嶔。自言愛此萬仞水，謂此太古之遺音。泉淙石亂到不平，指下嗚咽悲人心！時時弄餘聲，言語軟滑如春禽。嗟乎沈夫子！爾琴誠工彈且止。我昔被謫居滁山，名雖爲翁實少年。坐中醉客誰最賢？杜彬琵琶皮作絃。自從彬死世莫傳，玉練鎖東坡詩云：「新客置翻玉連鎖。」「練」，疑當作「連」。聲入黄泉。死生聚散日零落，耳冷心衰翁索莫。國恩未報慚禄厚，世事多虞嗟力薄。顔摧鬢改真一翁，心以一作「已」。憂醉安知樂，沈夫子謂我，翁言何苦悲。人生百年間，飲酒能幾時！攬衣推琴起視夜，仰見河漢西南移。

於劉功曹家見楊直講褒女奴彈琵琶戲作呈聖俞

大絃聲遲小絃促，十歲嬌兒彈啄木。啄木不啄新生枝，惟啄槎牙一作「牙槎」。枯樹腹。花繁蔽日鎖空園，樹老參天杳深谷。不見啄木鳥，但聞啄木聲。春風和暖百鳥語，山路磽确行人行。啄木飛從何處來，花間葉底時丁丁。林空山静啄愈響，行人舉頭飛鳥驚。嬌兒身小指撥硬，功曹廳冷絃索鳴。繁聲急節傾四坐，爲爾飲盡黄金觥。楊君好雅心不俗，太學官卑飯脱粟。嬌兒兩幅青布裙，三脚木牀坐調曲。奇書古畫不論價，盛以錦囊裝玉軸。披圖掩卷有時倦，卧聽琵琶仰看屋。客來呼兒旋梳洗，滿額花鈿貼黄菊。雖然可愛眉目秀，無奈長飢頭頸縮。宛陵詩翁勿誚渠，人生自足乃爲娱！此兒此曲翁家無。

謝觀文王尚書惠西京牡丹 舉正。

京師輕薄兒，意氣多豪俠。争誇朱顔事年少，肯慰白髮將花插。尚書好事與俗殊，憐我霜毛苦蕭颯。贈以一作「寄贈」。洛陽花滿盤，鬬麗争奇紅紫雜。兩京相去五百里，幾日馳來足何捷。紫檀金粉香未吐，緑蕚紅苞露猶浥。謂我嘗爲洛陽客，頗向此花曾涉獵。憶昔進士初登科，始事相公沿吏牒。河南官屬盡賢俊，洛城池一作「苑」。籞相連接。我時年纔二十餘，每到花開如蛺蝶。姚黄魏紫腰帶鞓，潑墨齊頭藏緑葉。鶴翎添色又其次，此外雖妍猶婢妾。爾來不覺三十年，歲月纔如熟羊胛。無情草木不改色，多難人生自摧拉！見花了了雖舊識，感物依依幾抆睫。念昔逢花必沽酒，起坐驩呼屢傾榼。而今得酒復何爲？愛花繞之空百匝。心衰力懶難勉强，與昔一何殊勇怯。感公意厚不知報，墨筆淋漓口徒囁。

送朱職方提舉運鹽 一本表臣。

齊人謹一作「建」。鹽筴，伯者之事爾。計口收其餘，登耗以生齒。民充國亦富，粲若有條理。惟一作「雖」。非三王法，儒者猶爲耻。後世益不然，榷奪由漢始。權量自持操，屑屑已甚矣。穴竈如蜂房，熬波銷海水。豈知戴白民，食淡有至死。物艱利愈厚，令出奸隨起。良民陷盜賊，峻法難禁止。問官得幾何？月課煩笞箠。公私兩皆然，巧拙可知已。英英職方郎，文行粹而美。連年宿與泗，有政皆可紀。忽來從辟書，感激赴知己！閔然哀遠人，吐策獻天子。治國如治身，四民猶四體。奈何窒其一？無異鈇厥趾。工作而商行，一作「與商賈」。本末相表裏。臣請通其流，爲國掃泥滓。金錢歸府藏，滋味飽閭里。利害難先言，歲月可較比。鹽官皆謂然，丞相曰可喜。適時乃爲才，高論徒譎詭。夷吾苟子一作「復」。出，未以彼易此。隋隄樹毿毿，汴水流瀰瀰。子行其勉旃！吾黨方傾耳。

嘗新茶呈聖俞

建安三千里，京師三月嘗新茶。人情好先務取勝，百物貴早相矜誇！年窮臘盡春欲動，蟄雷未起驅龍一作「龍未起驅蟲」。蛇。夜聞擊鼓滿山谷，千人助叫聲喊呀。萬木寒凝睡不醒，惟有此樹先萌芽。乃知此爲最靈物，宜一作「疑」。其獨得天地之英華。終朝採摘不盈掬，通犀銙小圓復窊。鄙哉穀雨槍與旗，多不足貴如刈麻。建安太守急寄我，香蒻包裹封題斜。泉甘器潔天色好，坐中揀擇客亦佳。一作「嘉」。新香嫩色如始造，不似來遠從天涯。停匙側盞試水路，拭目向空看乳花。可憐俗夫把金錠，一作「挺」，一作「鋌」，《茶録》多用「挺」字爲古。按《集韻》，錠字去聲，訓鐙。鋌字上聲，訓銅。鐵樸。猛火炙背如蝦蟇。由來真物有真賞，坐逢詩老頻咨嗟！須臾共起索酒飲，何異奏雅終淫哇。

次韻再作 一本云《茶歌》。

吾年向老世味薄，所好未衰惟飲茶。建谿苦遠雖不到，自少嘗見閩人誇。每嗤江浙凡茗草，叢生狼藉惟藏虵。今江浙茶園，俗言多蛇。豈如含膏入香作，金餅蜿蜒兩龍戲以呀。其餘品第亦奇絶，愈小愈精皆露芽。泛之白花如粉乳，乍見紫面生光華。手持心愛不欲碾，有類弄印幾成窊。論功可以療百疾，輕身久服勝一作「如」。胡麻。我謂斯言頗過矣，其實最能祛睡邪！茶官貢餘偶分寄，地遠物新來意嘉。親烹屢酌不知厭，自謂此樂真一作「誠」。無涯。未言久食成手顫，已覺疾饑一作「病」。生眼花。客遭水厄疲捧椀，口腹無異蝕月蟇。僮奴傍視疑復笑，嗜好乖僻誠堪嗟！更蒙酬句怪可駭，兒曹助噪聲哇哇。

鳴鳩崇政殿後考試所作。

天將陰，鳴鳩逐婦鳴中林，鳩婦怒啼無好音。天雨止，鳩呼婦歸鳴且喜，婦不亟歸一作「急還」。呼不已。逐之其去恨不早，呼不肯來固其理。吾老病骨知陰晴，每愁天陰聞此聲。日長思睡不可得，遭爾聒聒何時停。衆鳥笑鳴鳩，爾拙固無匹。不能娶巧婦，以共營家室。寄巢生子四散飛，一身有婦長相失。夫婦之恩重太山，背恩棄義須臾間。心非無情不得已，物有至拙誠可憐。君不見人心百態巧且艱，臨危利害兩相關。朝爲親戚暮仇敵，自古常嗟交道難。

有贈余以端溪緑石枕與蘄州竹簟皆佳物也余既喜睡而得此二者不勝其樂奉呈原父舍人聖俞直講

端谿作出缺月樣，蘄州織成雙水一作「錦」。紋。呼兒置枕展方簟，赤日正午天無雲。黃琉璃光緑玉潤，瑩淨泠滑無埃一作「纖」。塵。憶昨開封暫陳力，屢乞殘骸避煩劇。聖君哀憐大臣閔，察見衰病非虛飾。猶蒙不使如一作「加」。罪去，特許遷官還舊職。選材臨事不堪用，見利無慚惟苟得。一從僦舍一作「屋」。居城南，官不坐曹門一作「閑」。少客。自然唯與睡相宜，以懶遭一作「投」。閑何愜適。從來羸薾苦疲困，況此煩歊正炎赫。少壯喘息人莫聽，中年鼻鼾尤惡聲。癡兒掩耳謂雷作，竈婦驚窺疑釜鳴？蒼蠅蠛蠓任緣撲，蠹一作「詩」。書懶架抛縱橫。神昏氣濁一如此，言語思慮何由清。嘗聞李白好飲酒，欲與鐺杓同生死。一作「死生」。我今好睡又過之，身與二物爲三爾。江西得請在旦暮，收拾歸裝從此始。終當卷簟攜枕去，築室買田清潁尾。

奉答原甫見過寵示之作

不作流水聲，行將二十年。吾生少賤足憂患，憶昔有罪初南遷。飛帆洞庭入白浪，墮淚三峽聽流泉。援琴寫得入此曲，聊以自慰窮山間。中間永陽亦如此，醉卧幽谷聽潺湲。自從還朝戀榮一作「寵」。祿，不覺鬢髮俱凋殘。耳衰聽重手漸顫，自惜指法將誰傳。偶欣日色曝書畫，試拂塵埃張斷絃。嬌兒癡女遶翁膝，爭欲彊翁聊一彈。紫微閣老適我過，愛我指下聲泠然。戲一作「語」。君此是伯牙曲，自古常歎知音難！君雖不能琴，能得琴一作「其」。意斯爲賢。自非樂道甘寂寞，誰肯顧我相留連？興闌束帶索馬去，却鎖塵匣包青氈。

會飲聖俞家有作兼呈原父景仁聖從

憶昨九日訪君時，正見階前兩叢菊。愛之欲繞行百匝，庭下不能容我足。折花却坐時嗅之，已醉還家手猶馥。今朝我復到君家，兩菊階前猶對束。枯莖槁葉苦風霜，無須滿叢金間緑。京師誰家不種花，碧砌朱欄敞華屋。奈何來對兩枯株！共坐窮簷何局促。詩翁文字發天葩，豈比青紅凡草木。凡草開花數日間，天葩無根長在目。遂令我每飲君家，不覺長瓶卧牆曲。坐中年少皆賢豪，莫怪我今雙鬢禿。須知朱顏不可恃，有酒當歡一作「飲」。且相屬。

依韻奉酬聖俞二十五兄見贈之作

與君交結遊，我最先衆人。我少既多難，君家常苦貧。今爲兩衰翁，髮白面亦皺。念君懷中玉，不及市上珉。珉賤易爲價，玉棄久埋塵。惟能吐文章，白虹射星辰。幸同居京城，遠不隔重闉。朝罷二三公，隨我如魚鱗。君聞我來喜，置酒留逡巡。不待主人請，自脱頭上巾。歡情雖漸鮮，老意益相親。窮達何足道！古來茲理均。

奉答聖俞達頭魚之作

吾聞海之大，物類無窮極。蟲鰕淺水間，蠃蜆如山積。毛魚與鹿角，一龠一作「拾」。數千百。收藏各有時，嗜好無南北。其微一作「小」。既若斯，其大有一作「其大固」，一作「大者固」。莫測。波濤浩渺中，島嶼生頃刻。俄而沒不見，始悟一作「久始」。出背脊。有時隨潮來，暴死疑遭謫。海人相呼集，刀鋸争剖一作「砍」。析。骨節駭專車，鬚芒一作「牙」。侔劍戟。腥聞數十里，餘臭久乃息。始知百川歸，固有含容德。潛奇與秘寶，萬狀一作物不一識。嗟彼達頭微！誰傳到一作「偶傳到」，一作「偶傳入」。京國。乾枯少滋味，治洗費炮炙。聊茲知異物，豈足薦佳客。一旦辱一作「得」。君詩，虛名從此得。京師人不識此魚。滄州向防禦見寄，以分聖俞，辱以詩答。

盆池

西江之水何悠哉，經歷灨口險且回。餘波拗怒猶一作「獨」。涵澹，奔濤擊浪常喧豗。有時夜上滕王閣，月照淨練無纖埃。楊闌左里在其北，無風浪起傳古來。老蛟深處厭窟穴，蛇身微行見者猜。呼龍瀝酒未及祝，五色粲一作「照」。爛高崔嵬。忽然遠引千丈去，百里水面中分開。收蹤滅跡莫知處，但有雨雹隨風雷。千奇萬變聊一戲，豈一作「肯」。顧溺死爲可哀！輕人之命若螻蟻，不止山嶽將傾頹。此外魚鰕何足道，厭飫但覺腥盤杯。壯哉豈不快耳目，胡爲守此空牆隈！陶盆斗水仍下漏，四岸久雨生莓苔。遊魚撥撥不盈寸，泥潛日炙愁暴鰓。魚誠不幸此跼促，我能決去反徘徊。

哭聖俞

昔逢詩老伊水頭，青衫白馬渡伊流。灘聲八節響石樓，坐中辭氣淩清一作「高」。秋。一飲百盞不言休，酒酣思逸語更遒。河南丞相稱賢侯，後車日載枚與鄒。我年最少力方優，明珠白璧相報投。詩成希深擁鼻謳，師魯卷舌藏戈矛。三十年間如轉眸，屈指十九歸山丘。凋零所餘身百憂，晚登玉墀侍珠旒。詩老虀鹽太學愁，乖離會合謂無由。此會天幸非人謀，頷鬚已白齒根浮。子年加我貌則不，歡猶可彊閑屢偷。不覺歲月成淹留，文章落筆動九州。釜甑過午無饋餾，良時易失不早收，籢櫝一作「樻」。瓦礫遺琳璆，薦賢轉石古所尤。此事有職非吾羞，命也難知理莫求。名聲赫赫掩諸幽，翩然素旐歸一舟，送子有淚流如溝。

鬼車

嘉祐六年秋九月，二十有八日。天愁無光月不出，浮雲蔽天衆星没。舉手嚮空如抹漆，天昏地黑有一物。不見其形，但聞其聲。其初切切淒淒，或高或低。乍似玉女調玉笙，衆管參差而不齊。既而咿咿呦呦，若軋若抽。又如百輛江州車，回輪轉軸聲嘔啞。鳴機夜織錦江上，羣雁驚起蘆花洲。吾謂此何聲？初莫窮端由。老婢撲燈呼兒曹，云此怪鳥無匹儔。其名爲鬼車，夜載百鬼淩空遊。其聲雖小身甚大，翅如車輪排十頭。凡鳥有一口，其鳴已啾啾。此鳥十頭有十口，口插一舌連一一作「十」。喉。一口出一聲，千聲百響更相酬。昔時周公居東周，厭聞此鳥憎若讐。夜呼庭氏率其屬，彎弧俾逐出九州。射之三發不能中，天遣天狗從空投。自從狗嚙一頭落，斷頸至今清血流。爾來相距三千秋，晝藏夜出如鵂鶹。每逢陰黑天外過，乍見火光驚輒墮。有時餘血下點汚，所遭之家家必破。我聞此語驚且疑，反祝疾飛無我禍。我思天地何茫茫，百物巨細理莫詳。吉凶在人不在物，一蛇兩足反爲祥。却呼老婢炷燈火，捲簾開户清華堂。須臾雲散衆星出，夜静皎月流清光。

感二子

黄河一千年一清，岐山鳴鳳不再鳴。自從蘇梅二子死，天地寂默收雷聲。百蟲壞户不啓蟄，萬木逢春不發萌。豈無百鳥解言語，喧啾終日無人聽。二子精思極搜抉，天地鬼神無遁情。及其放筆騁豪俊，筆下萬物生光榮。古人謂此覷天巧，命短疑爲天公憎。昔時李杜爭橫行，麒麟鳳皇世所驚。一物非能致太平，須時太平然後生。開元天寶物盛極，自此中原疲戰爭。英雄白骨化黃土，富貴何止浮雲輕。唯有文章爛日星，氣淩山岳常崢嶸。賢愚自古皆共盡，突兀空留後世名。

讀書

吾生本寒儒，老尚把書卷。眼力雖已疲，心意殊未倦。正經首唐虞，僞說起秦漢。篇章異句讀，解詁及箋傳。是非自相攻，去取在勇斷。初如兩軍一作「兵」。交，乘勝方一作「多」。酣戰。當其旗鼓催，不覺人馬汗。至哉天下樂，終日在几一作「書」。案。念昔始從師，力學希仕宦。豈敢取聲名，惟期脫貧賤。忘食日已晡，燃薪夜侵旦。謂言得志一作「意」。後，便可焚筆硯。少償辛苦時，惟事寢與飯。歲月不我留，一生今過半。中間嘗忝竊，內外職文翰。官榮日清近，廩給亦豐羨。人情慎所習，酖毒比安宴。漸追時俗流，稍稍學營辦。盃盤窮水陸，賓客羅俊彥。自從中年來，人事攻百箭。非惟職有憂，亦自老可歎！形骸苦衰病，心志亦退懦。前時可喜事，閉眼不欲見。惟尋舊讀書，簡編一作「編簡」。多朽斷。古人重溫故，官事幸有間。乃知讀書勤，其樂固無限。少而干祿利，老用忘憂患。又知物貴久，至寶見百鍊。紛華暫時好，俯仰浮雲散！淡泊味愈長，始終殊不變。何時乞殘骸？萬一免罪譴。買書載舟歸，築室一作「屋」。潁水岸。平生頗論述，詮次加點竄。庶幾垂後世，不默死芻豢！信哉蠹書魚，韓子語非訕。

鵯鵊詞 効王建作。

龍樓鳳闕一作「閣」。鬱峥嶸，深宮不聞更漏聲。紅紗蠟燭愁夜短，緑窗鵯鵊催天明。一聲兩聲人漸起，金井轆轤聞汲水。三聲四聲促嚴粧，紅靴玉帶奉君王。萬年枝軟風露濕，上下枝間聲轉急。南衙促仗三衞列，九門放鑰千官入。重城禁籞鎖池臺，此鳥飛從何處來？君不見潁河東岸村一作「春」。陂濶，山禽野鳥常一作「時」。嘲哳。田家惟聽夏雞聲，鵯鵊，京西村人謂之夏雞。夜夜壠頭耕曉月。可憐此樂獨吾知，眷戀君恩今白髮！

射生户 予初至州，獵户有獻狼豹者。

射生户，前日獻一豹，今日獻一狼，豹因傷我牛，狼因食我羊。狼豹誠爲害人物，縣官賞之縑五疋。射生户，持縑歸，爲人除害固可賞，貪功趨利爾勿爲。弦弓毒矢無妄發，恐爾不識麒麟兒。

陪府中諸官遊城南 一本注：「西京作」。

一雨郊圻迴，新秋榆棗繁。田荒溪溜入，禾熟雀聲喧。燒出空槎腹，人耕廢廟垣。閑追向城客，落日隱高原。

河南王尉西齋

寒齋日蕭索，天外敞簷楹。竹雪晴猶覆，山窗夜自明。禽歸窺野客，雲去入重城。欲就陶潛飲，應須載酒行。

離彭婆值雨投臨汝驛回寄張九屯田司録

投館野花邊，羸驂晚不前。山橋斷行路，溪雨漲春田。樹冷無棲鳥，村深起暮煙。洛陽山已盡，休更望伊川！

送祝熙載之東陽主簿

吴江通海浦，畫舸候潮歸。疊鼓山間響，高帆鳥外飛。孤城秋枕水，千室夜鳴機。試問還家客，遼東今是非！

松門

島嶼松門數里長，懸崖對起碧峰雙。可憐勝境一作「景」。當窮塞，翻使留一作「流」。人戀此邦。亂石驚灘喧醉枕，淺沙明月入船窗。因遊始覺南來遠，行盡荆江見蜀江。

勞停驛

孤舟轉山曲，豁爾見平川。樹杪帆初落，峰頭月正圓。荒煙幾家聚，瘦野一刀田。行客愁明發，驚灘鳥道前。

黄溪夜泊

楚人自古登臨恨，暫到愁腸已九回。萬樹蒼煙三峽暗，滿川明月一猿哀。非鄉況復驚殘歲，慰客偏宜把酒盃。行見江山一作「山河」。且吟詠，不因遷謫豈能來。

初至夷陵答蘇子美見寄

三峽倚岧嶢，同一作「南」。遷地最遥。物華雖可愛，鄉思獨無聊。江水流清嶂，猿聲在碧霄。野篁抽夏笋，叢橘長春條。未臘梅先發，經霜葉不凋。江雲愁一作「懸」。蔽日，山霧晦連朝。斫谷争收漆，梯林鬭摘椒。巴賓船賈集，一作「巴江船賈至」。蠻市酒旗招。時節同荆俗，民風載楚謡。俚歌成調笑，擦一作「撩」。鬼聚喧囂。夷陵之俗多淫奔，又好祠祭。每遇祠時，里民數百，共餕其餘，里語謂之擦鬼。因此多成鬬訟。得罪宜投裔，包羞分折腰。光陰催晏歲，牢落慘驚飇！白髮新年出，朱顔異域銷。縣樓朝見虎，官舍夜聞鴞。寄信無秋雁，思歸望斗杓。須知千里夢，長繞洛川橋。

縣舍不種花惟栽楠木冬青茶竹之類因戲書七言四韻

結綬當年仕兩京，自憐年少體猶輕。伊川洛浦尋芳徧，魏紫姚黄照眼明。客思病來生白髮，山城春至少紅英。芳叢密葉聊須種，猶得蕭蕭聽雨聲。

戲答元珍 一本下云：「花時久雨之什」。

春風疑不到天涯，二月山城未見花。殘雪壓枝猶有橘，凍雷驚笋欲抽芽。夜聞歸雁生鄉思，病入新年一作「鳥聲漸變知芳節，人意無聊」。感物華。曾是洛陽花下客，野芳雖晚不須嗟！

夷陵歲暮書事呈元珍表臣 一本作「元珍判官，表臣推官」。

蕭條雞犬亂山中，時節峥嶸忽一作「歲」。已窮。遊女髻鬟風俗古，野巫歌舞歲年豐。夷陵俗朴陋，惟歲暮祭鬼，則男女數百，相從而樂飲。婦女競爲野服，以相遊嬉。平時都邑今爲陋，敵國江山昔最雄！三國時，吴蜀戰争於此。荆楚先賢多勝迹，不辭攜酒問鄰翁。處士何參居縣西，好學，多知荆楚故事。

夷陵書事寄謝三舍人 一作《代書寄舍人三丈》。

春秋楚國西偏境，陸羽《茶經》第一州。紫籜青林長蔽日，緑叢紅橘最宜秋。道塗處險人多負，邑屋臨江俗善泅。臘市漁一作「魚」。鹽朝暫合，淫祠簫鼓歲無休。風鳴燒入空城響，雨惡江崩斷岸流。月出行歌聞調笑，花開啼鳥亂鉤輈。一本有「訟庭晝地通人語，邑政觀風間俚謳。土俗雖輕人自樂，山川信美客偏愁」四句。黄牛峽口經新歲，白玉京中夢舊遊。曾是洛陽花下客，欲誇風物向君羞！

寄梅聖俞 一本注：「夷陵作」。

青一作「春」。山四顧亂無涯，雞犬蕭條數百家。楚俗歲時多雜鬼，蠻鄉言語不通華。繞城江急舟難泊，當縣山高日易斜。擊鼓踏歌成夜市，邀龜卜雨趁燒一作「春」。畬。叢林白晝飛妖鳥，庭砌非時見異花。惟有山川爲勝絶，寄人堪作畫圖誇。

離峽州後回寄元珍表臣 一本作「元珍判官，表臣推官」。

經年遷謫厭荆蠻，惟有江山興未闌。醉裏人歸青草渡，夢中船下武牙灘。野花零落一作「亂」。風前亂，一作「舞」。飛雨蕭條江上寒。荻笋時魚方有味，恨無佳客共盃盤！

再至西都 一作《寄謝希深》。

伊川不到十年間，魚鳥今應怪我一作「我自」。還。浪得浮名銷壯節，羞將一作「看」。白髮見一作「對」。青山。野花向客開如一作「異花向我情猶」。笑，芳草留人意自閑。却到一作「行至」。謝公題壁處，向風清淚獨一作「臨風清淚落」。潺潺！

豐樂亭遊春三首

綠樹交加山一作「新陰野」。鳥啼，晴風蕩漾落一作「曉晴斜日落」。花飛。鳥歌花舞太守醉，明日一作「月」。酒醒春已歸。

春雲淡淡日輝輝，草惹行襟絮拂衣。行到亭西逢太守，籃輿酩酊插花歸。

紅樹青山日欲斜，長郊草色綠無涯。遊人不管春將老，一作「盡」。來往一作「空遶」。亭前踏落花。

畫眉鳥 一作《郡齋聞百舌》。

百囀千聲隨意移，山花紅紫樹高低。始知鎖向金籠聽，不及林間自在啼。

懷嵩樓新開南軒與郡僚小飲

繞郭雲煙一作「閑煙雲」。匝幾重，昔人曾此感懷嵩。霜林落後山争出，野菊開時酒正濃。解帶西風飄書角，倚欄斜日照青松。會須乘醉攜嘉客，踏雪來看羣玉峰。

送張生

一别相逢十七春，頹顔衰髮互相詢。江湖我再爲遷客，道路君猶困旅人。老驥骨奇心尚壯，青松歲久色逾新。山城寂寞難爲禮，一作「客」。濁酒無辭舉爵頻。

田家

緑桑高下映平川，賽罷田神笑語喧。林外鳴鳩春雨歇，屋頭初日杏花繁。

别滁

花光濃爛柳輕明，酌酒花前送我行。我亦且一作「祇」。如常日醉，莫教絃管作離聲。

招許主客

欲將何物招嘉客，惟有新秋一味涼。更一作「静」。掃廣庭寛一作「開」。百畝，少容明月放一作「吐」。清光。樓頭破鑑看將滿，甕面浮蛆撥已香。仍約多爲詩準備，共防梅老敵難當。

答通判呂太博

千頃芙蕖蓋水平，邵伯荷花，四望極目。揚州太守舊多情。畫盆圍處花光合，予嘗採蓮千朵，插以畫盆，圍繞坐席。紅袖傳來酒令行。又嘗命坐客傳花，人摘一葉，葉盡處飲，以爲酒令。舞踏落暉留醉客，歌遲檀板換新聲。如今寂寞西湖上，雨後無人看落英！

送謝中舍

滁南一作「陽」。幽谷抱山斜，我鑿清泉子種花。故事已傳遺一作「留傳父」。老說，世人今一作「分」。作畫圖誇。金閨引籍子方壯，白髮盈簪我可嗟！試問弦歌爲縣政，一作「意」。何如罇俎樂無涯。

依韻答杜相公寵示之作

一本云「伏蒙寵示佳篇，以不赴東園之會。某亦經春多病，誠有可嗟，謹依元韻，輒紓鄙素」。一本於「經春多病」下又有「略無少暇」四字。

醉翁豐樂一閒身，憔悴今來汴水濱。每聽鳥聲知改節，因吹柳絮惜殘春。蓋經春罕見花也。平生未省降詩敵，近數和難韻，甚覺牽彊。到處何嘗訴酒巡。壯志銷磨都已盡！看花翻作飲茶人。

去思堂手植雙柳今已成陰因而有感

曲欄高柳拂層簷，却憶初栽映碧潭。人昔共遊今孰在！樹猶如此我何堪。壯心無復身從老，世事都銷酒半酣。後日更來知有幾？攀條莫惜駐征驂。

内直對月寄子華舍人持國廷評一作《呈原父》。

禁署一作「省」。沉沉玉漏傳，月華雲表溢金盤。纖埃不隔光初滿，萬物無聲夜向闌。蓮燭燒殘愁夢斷，薰爐薰歇覺衣單。水精宫鎖黄金闕，故比人間分外寒。

答子華舍人退朝小飲官舍一作《和子華朝退寒甚陪諸公飲》。

玉階朝罷卷晨班，官舍相留一笑間。與世漸疏嗟已老！一作「綠老態」。得朋爲樂偶偷閒。紅牋搦管吟紅藥，緑酒盈罇舞緑鬟。自是風情年少事，多慚白髮與蒼顔。

内直晨出便赴奉慈齋宫一作「宿」。馬上口占一本云「呈子華子履」。

凌晨更直九門開，驅馬悠悠望禁街。霜後樓臺明曉日，天寒煙霧著宫槐。山林未去猶貪寵，罇酒何時共放懷。已覺蕭條悲晚歲，更憐衰病怯清齋！

憶滁州幽谷

滁南一作「豐山」。幽谷抱千峰，高下山花遠近紅。當日辛勤皆手植，而今開落任春風。主人不覺悲華髮！野老猶能説醉翁。誰與援琴親寫取，夜泉聲在翠微中。

奉使契丹初至雄州一作《過塞》。

古關衰柳聚寒鴉，駐馬城頭日欲斜。一作「駐馬關頭見落霞」。猶去西樓二千里，行人到此莫思家。

奉使契丹回出上京馬上作

紫貂裘暖朔風驚，潢水冰光射日明。笑語同來向公子，馬頭今日向西行。

李留後家聞箏坐上作

予少時嘗聞一鈞容老樂工箏聲，與時人所彈絶異，云是前朝教坊舊聲，其後不復聞。至此始復一聞也。

不聽哀箏二十年，忽逢纖指弄鳴絃。綿蠻巧囀花間舌，嗚咽交流冰下泉。常謂此聲今已絶，問渠從小自誰傳。樽前笑我聞彈罷，白髮蕭然涕泫然！

和梅聖俞元夕登東樓

憑高寓目偶乘閒，袨服遊人見往還。明月正臨雙闕上，行歌遥聽九衢間。黄金絡一作「東」。馬追朱幰，紅燭籠紗照玉顔。與世漸一作「已」。疎嗟老矣！佳辰樂事豈相關。

戲答聖俞持燭之句

辱君贈我言雖厚，聽我酬君意不同。病眼自憎紅蠟燭，何人肯伴白鬚翁！花時浪過如春夢，酒敵先甘伏下風。惟有吟哦殊不倦，始知文字樂無窮。

戲書

支離多病嘆衰顔，賴得羣居一笑歡。人老思家甚年少，身閒泥酒過春寒。來時御柳一作「水」。天街凍，歸去梨花禁籞殘。縱使開門佳節晚，未妨雙鶴舞霜翰。一作「朝鎖漢臺空悵望，欲將春恨託飛翰」。

和較藝書事一作《奉答禹玉再示之作》。

相隨懷詔下天閽，一鎖南宮隔幾旬。玉麈清談消永日，金罇美酒惜餘春。杯盤餳粥春風冷，池館榆錢夜雨新。猶是人間好時節，歸休過我莫辭頻。

和聖俞春雨

簷瓦蕭蕭雨勢疏，寂寥官舍與君俱。身遭鎖閉如鸜鵒，病識陰晴似鵓鴣。年少自愁花爛熳，春寒偏著老肌膚。莫嫌來往傳詩句，不爾須當泥酒壺。

出省有日書事

淩晨小雨壓塵輕，閒憶登高望禁城。樹色連雲春泱漭，風光著草日晴明。看榆吐莢驚將落，見鵲移巢忽已成。誰向兒童報歸日？爲翁寒食少一作「且」。留餳。

和一本有「禹玉」字。較藝將畢

槐柳來時緑未勻，開門節物一番新。踏青寒食追遊騎，賜火清明忝侍臣。拂面蜘蛛占喜事，入簾蝴蝶報家人。在李賀詩。莫嗔年少思歸切，白髮衰翁尚惜春。

聖俞在南省監印進士試卷有兀然獨坐之歎因思去歲同在禮闈慨然有感兼簡子華景仁

南宫官舍若蕭條，常憶羣居接儁寮。古屋醉吟燈黯黯，畫廊愁聽雨蕭蕭。殘春共約無虚擲，一歲那知忽復銷。顧我心情又非昨，秖思相伴老漁樵。

病告中懷子華原父

狂來有意與春爭，老去心情漸不能。世味惟存詩淡泊，生涯半爲病侵陵。花明曉日繁如錦，酒撥浮醅緑似澠。自是少年豪橫過，而今癡鈍若寒蠅。

唐崇徽公主手痕和韓内翰

故鄉飛鳥尚啁啾，何況悲笳出塞愁。青塚埋魂知不返，翠崖遺迹爲誰留？玉顏自古爲身累，肉食何人與國謀。行路至今空歎息，巖花澗草自春秋。

奉酬長文舍人出城見示之句

春分臘雪未全銷，凜冽春寒氣尚驕。攝事初欣迎社鷰，尋芳因得過溪橋。清浮酒蟻醅初撥，暖入鶯簧舌漸調。興味愛君年尚少，莫嫌齋禁一作「齋館」。暫無憀。

送王平甫下第安國。

歸袂摇摇心浩然，曉船鳴鼓轉風灘。朝廷失士有司耻，貧賤不憂君子難。執手聊須爲醉一作「酒」。别，還家何以慰親懽。自慚知子不一作「未」。能薦，白首胡爲侍從官。

答西京王尚書寄牡丹

新花來遠喜開封，呼酒看花興未窮。年少曾爲洛陽客，眼明重見魏家紅。却思初赴青油幕，自笑今爲白髮翁。西望無由陪勝賞，但吟佳句想芳叢！

下直

宫柳街槐緑未齊，春陰不解宿雲低。輕寒漠漠侵鞿褐，小雨斑斑作鷰泥。報國無功嗟已老！歸田有約一作「計」。一何稽。終當自駕柴車去，獨結茅廬潁水西。

早朝感事

疏星牢落曉光微，殘月蒼龍闕角西。玉勒争門隨仗入，牙牌當殿報班齊。羽儀雖接鴛兼鷺，野性終存鹿與麛。笑殺汝陰常處士，墨蹟作「雲林高卧客」。十年騎馬聽朝音「潮」。鷄。

寄渭州王仲儀龍圖 一作《送王素之渭州》。

羨君三作臨邊守，慣聽胡笳不慘然。弓勁秋風鳴畫角，帳寒春雪壓青氊。威行四境烽煙斷，響入千山號令傳。翠幕紅燈照羅綺，心情何似十年前。

三日赴宴口占

賜飲初逢禊節佳，昆池新漲碧無涯。九門寒食多遊騎，三月春陰正養花。共喜流觴修故事，自憐霜鬢惜年華。鳳城殘照歸鞍晚，禁籞無風柳自斜。

蘇主簿挽歌 洵。

布衣馳譽入京都，丹旐俄驚一作「聞」。反舊閭！諸老誰能先賈誼，君王猶未識相如。三年弟子行喪禮，千兩鄉人會葬車。我獨一作「獨我」。空齋挂塵榻，遺編時閱子雲書。

寄題沙溪寶錫碑本作「積」。院

爲愛江西物物佳，作詩嘗向北人誇。青林霜日換楓葉，白水秋風吹稻花。釀酒烹雞留醉客，鳴機織墨蹟作苧徧山家。野僧獨得無生樂，終日焚香坐結跏。

奉答子履學士見贈之作

誰言潁水似瀟湘？一笑相逢樂未央。歲晚君尤耐霜雪，興闌吾欲返耕桑。銅槽旋壓清樽美，玉塵閒揮白日長。豫約詩一作「書」。筒屢來往，兩州雞犬接封疆。

送道州張職方

桂籍青衫憶共遊，憐君華髮始爲州。身行南雁不到處，山與北人相對愁。莫爲高才輕遠俗，當令遺老識賢侯。三年解組來歸日，吾已先耕潁水頭。

再至汝陰三絶

黄栗留鳴桑椹美，紫櫻桃熟麥風涼。朱輪昔愧無遺愛，白首重來似故鄉。

千載榮華貪國寵，一生憂患損天真。潁人莫怪歸來晚，新向君前乞得身。

水味甘於大明井，魚肥恰似新開湖。十四五年勞夢寐，此時纔得少踟躕。余時將赴亳社，恩許枉道過潁也。

戲書示黎教授

古郡誰云亳陋邦，我來仍值歲豐穰。烏鵲棗實園林熟，一作「密」。蜂採檜花村落香。世治人方安壠畝，興闌吾欲反耕桑。若無潁水肥魚蟹，終老仙鄉作醉鄉。

書懷一作《思潁寄常處士》。

齒牙零落鬢毛疎，潁水多年已結廬。解紐便爲閒處士，新花莫笑病尚書。青衫仕至千鍾禄，白首歸乘一鹿車。況一作「幸」。有西鄰隱君子，輕蓑短一作「披蓑帶」。笠伴犁鉏。常夷甫也。

聞沂州盧侍郎致仕有感

少年相與探花開，老病惟愁節物催。蹉跎歸計荒三徑，牢落生涯泥一杯。潁上先生招不起，沂州太守亦歸來。自媿國恩終莫報！尚貪榮禄此徘徊。

春晴書事

莫笑青州太守頑，三齊人物舊安閑。晴明風日家家柳，高下樓臺處處山。嘉客但當傾美酒，青春終不換頹顏。惟慚未報君恩了，昨日盧公衣錦還。

答資政郡諫議見寄

豪横當年氣吐虹，蕭條晚節鬢如蓬。欲知潁水新居士，卽是滁山舊醉翁。所樂藩籬追尺一作「斥」。鷃，敢言寥廓逐冥鴻。期公歸輔巖廊上，顧我無忘畎畝中。

綠竹堂獨飲

夏篁解籜陰加樛，臥齋公退無喧囂。清和況復值佳月，翠樹好鳥鳴咬咬。芳罇有酒美可酌，胡爲欲飲先長謠。人生暫別客秦楚，尚欲泣淚相攀邀。況茲一訣乃永已，獨使幽夢恨蓬蒿。憶予驅馬別家去，去時柳陌東風高。楚鄉留滯一千里，歸來落盡李與桃。殘花不共一日看，東風送哭聲嗷嗷！洛池不見青春色，白楊但有風蕭蕭。姚黃魏紫開次第，不覺成恨俱零凋。榴花最晚今又拆，紅綠點綴如裙腰。年芳轉新物轉好，逝者日與生期遥。予生本是少年氣，瑳磨牙角争雄豪。馬遷班固泊歆向，下筆點竄皆嘲嘈。客來共坐説今古，紛紛落盡玉麈毛。彎弓或擬射石虎，又欲醉斬荆江蛟。自言剛氣貯心腹，何爾柔軟爲脂膏。吾聞莊生善齊物，平日吐論奇牙聱。憂從中來不自遣！強叩瓦缶何譊譊。伊人達者尚乃爾，情之所鍾況吾曹。愁填胸中若山積，雖欲強飲如沃焦。乃判自古英壯氣，不有此恨如何消？又聞浮屠説生死，滅没謂若夢幻泡。前有萬古後萬世，其中一世獨蚼蟧。安得獨洒一榻淚，欲助河水增滔滔。古來此事無可奈，不如飲此罇中醪。

代書寄尹十一兄楊十六王三

並巒登北源，分首昭陵道。秋風吹行衣，落日下霜草。昔日憩鞏縣，信馬行苦早。行行過任村，遂歷黄河隩。登高望河流，洶洶若怒鬧。予生平居南，但聞河浩渺。停鞍暫遊目，茫洋肆驚眺。並河行數曲，山坡亦縈繞。甖子與山口，呀險乃天竈。秤鉤真如鉤，上下欲顛倒。虎牢吏當關，譏問名已告。滎陽夜聞雨，故人留我笑。明朝已高塵，輤車引旌纛。傳云送主吏，窀穸諧墳兆。後乘皆輜軿，輪轂相輝照。辟易未及避，廬兒已呵噭。午出鄭東門，下馬僕射廟。中牟去鄭遠，記里十餘堠。抵牟日已暮，僕馬困米槀。漸望閶闔門，崛若中天表。趨門争道入，羈鞅不及棹。浪墥遊九衢，風埃嘆何浩！京師天下聚，奔走紛擾擾。但聞街鼓喧，忽忽夜復曉。追懷洛中俊，已動思歸操。爲別未期月，音塵一何杳。因書寫行役，聊以爲君導。

書懷感事寄梅聖俞

相別始一歲，幽憂有百端。乃知一世中，少樂多悲患！每憶少年日，未知人事艱。顛狂無所閡，落魄去羈牽。三月入洛陽，春深花未殘。龍門翠鬱鬱，伊水清潺潺。逢君伊水畔，一見已開顏。不暇謁大尹，相攜步香山。自兹愜所適，便若投山猿。幕府足文士，相公方好賢。希深好風骨，迥出風塵間。師魯心磊落，高談羲與軒。子漸口若訥，誦書坐千言。彦國善飲酒，百盞顔未丹。幾道事閑遠，風流如謝安。子聰作參軍，常跨破虎韉。子野乃禿翁，戲弄時脱冠。次公才曠奇，王霸馳筆端。聖俞善吟哦，共嘲爲閬仙。惟予號達老，醉必如張顛。洛陽古郡邑，萬户美風煙。荒涼見宫闕，表裏壯河山。相將日無事，上馬若鴻翩。出門盡垂柳，信步即名園。嫩籜筠粉暗，渌池萍錦翻。殘花落酒面，飛絮拂歸鞍。尋盡水與竹，忽去嵩峰巔。青蒼緣萬仞，杳藹望三川。花草窺澗竇，崎嶇尋石泉。君吟倚樹立，我醉欹雲眠。子聰疑日近，謂若手可攀。共題一醉石，留在八仙壇。水雲心已倦，歸坐正盃盤。飛瓊始十八，妖妙猶雙環。寒篁暖鳳觜，銀甲調雁絃。自製白雲曲，始送黃金船。珠簾捲明月，夜氣如春煙。燈花弄粉色，酒紅生臉蓮。東堂榴花好，點綴裙腰鮮。插花雲髻上，展簟綠陰前。樂事不可極，酣歌變爲歎。詔書走東下，丞相忽南遷。送之伊水頭，相顧淚潸潸！臘月相公去，君隨赴春官。送君白馬寺，獨入東上門。故府誰同在？新年獨未還。當時作此語，聞者已依然。

和聖俞聚蚊

頹陽照窮巷，暑退涼風生。夫子卧環堵，振衣步前楹。愁煙四鄰起，鳥雀喧空庭。餘景藹欲昏，衆蚊復一作「聚」。薨薨。羣飛豈能數，但厭聲營營。抱琴不暇撫，揮麈無由停。散帙復歸卧，詠言聊寫情。覆載無巨細，善惡皆生成。朽木出衆蠹，腐草爲飛螢。書魚長陰溼，醯雞由鬱蒸。豕鬣固多蝨，牛閒常聚虻。元氣或壹鬱，播之爲孽腥。卑臭乃其類，清虛非所經。華堂敞高棟，綺疏仍藻扃。金釭瑩椒壁，玉壺含夜冰。終朝事薰祓，豈敢近簷甍。富貴非苟得，抱節居茅衡。陰牆百蟲聚，下偃衆穢盈。何嘗曲肱樂？但苦聚雷聲。江南美山水，水木正秋明。自古佳麗國，能助詩人情。喧囂不可久，片席何時征！

送劉學士知衡州

揚子懶屬書，平居惟嗜酒。一沐或彌旬，解酲須五斗。淡爾輕榮利，何常問無有。忽憶四一作「回」。馬歸，行爲一麾守。湘酎自古醇，醽水聞名久。簿領但盈几，聖經不離口。湖田賦稻蟹，民訟争壠畝。兀爾即沉冥，安能知可否？聊爲寄情樂，豈與素懷偶。藏器思適時，投刃寧煩手。行當考官績，勿復困罌缶。

送張屯田歸洛歌

昔年洛浦見花落，曾作悲歌歌落花。愁來欲遣何可奈！時向金河尋杜家。杜家花雖非絶品，猶可開顏爲之飲。少年意氣易成懽，醉不還家伴花寢。一來京國兩傷春，憔悴窮愁九陌塵。紅芳紫蒼處處有，騎馬欲尋無故人。黃河三月入隋河，河水多時悵望多。爲憐此水來何處，「何處」一作「處遠」。中有伊流與洛波。忽聞君至自西京，洗眼相看眼暫明。心衰面老畏人問，驚我瘦骨清如冰。今年七月妹喪夫，稚兒孀女啼呱呱！季秋九月予喪婦，十月厭厭成病軀！端居移病新城下，日不出門無過者。獨行時欲強高歌，一曲未終雙涕洒！可憐明月與春風，歲歲年年事不同。暫別已嗟非舊態，再來應是作衰翁。感時惜別情無已，無酒送君空有淚！西歸必有問君人，爲道別來今有此。

自岐一作「伎」。江山行至平陸驛五言二十四韻

岐江望平陸，百里千餘嶺。蕭條斷煙火，莽蒼無人境。峰巒互前後，南北失壬丙。天秋雲愈高，木落歲方冷。水涉愁蜮射，含沙也。林行憂虎猛。萬仞懸巖崖，一彴履枯梗。緣危類猨猱，陷淖若鼃黽。腰輿懼傾撲，煩馬倦鞭警。攀躋誠畏塗，習俗羨蠻獷。度隘足雖踠，因高目還騁。九野畫荊衡，羣山亂巫郢。煙嵐互明滅，點綴成一作「若」。圖屏。時時度深谷，往往得佳景。翠樹鬱如蓋，飛泉溜垂綆。幽花亂黃紫，蒨粲弄光影。山鳥囀成歌，寒蜩嘒如哽。登臨雖云勞，一作「廣」。巨細得周省。晨裝趁徒旅，夕

宿訪閭井。村暗水茫茫，雞鳴星耿耿。登高近佳節，歸思時引領。谿菊薦山罇，田鴐佑烹鼎。家近夢先歸，夜寒衾屢整。崎嶇念行役，昔宿已爲永。豈如江上舟，棹歌方酩酊。初泛舟荆江，棋酒甚歡，故有此句。

春日西湖寄謝法曹歌

西湖春色歸，春水綠於染。羣芳爛不收，東風落如糝。西湖者，許昌勝地也。參軍春思亂如雲，白髮題詩愁送春。謝君有「多情未老已白髮，野思到春如亂雲」之句。遥知湖上一樽酒，能憶天涯萬里人。萬里思春尚有情，忽逢春至客心驚。雪消門外千山綠，花發江邊二月晴。少年把酒逢春色，今日逢春頭已白。異鄉物態與人殊，惟有東風舊相識。

答謝景山遺古瓦硯歌

火數四百炎靈銷，誰其代者當塗高。窮姦極酷不易取，始知文景基扃牢。坐揮長喙啄天下，豪傑競起如蝟毛。董呂傕汜相繼死，紹術權備争咆哮。力彊者勝怯者敗，豈較才德爲功勞。然猶到手不敢取，而使螟蝗生蝮蚼。子丕當初不自恥，敢謂舜禹傳之堯。得之以此失亦此，誰知三馬食一槽。當其盛時争意氣，叱咤靁雹生風飈！干戈戰罷數功閥，周蔑方召堯無臯。英雄致酒奉高會，巍然銅雀高岧岧！圓歌宛轉激清徵，妙舞左右回纖腰。一朝西陵一作「西朝」，或作「兩朝」。看拱木，寂寞繐帳空蕭蕭。當時淒涼已可歎，而況後世悲前朝！高臺已傾漸平地，此瓦一墜埋蓬蒿。苔文半滅荒土蝕，戰血曾經野火燒。敗皮弊網各有用，誰使鐫鑱成凸凹？景山筆力若牛弩，句遒語老能揮毫。嗟予奪得何所用，簿領朱墨徒紛淆。走官南北未嘗捨，緹襲三四勤緘包。有時屬思欲飛洒，意緒軋軋難抽繰。舟行屢備一作「被」。水神奪，往往冥晦遭風濤。質頑物久有精怪，常恐變化成靈妖。名都所至必傳玩，愛之不換魯寶刀。長歌送我怪且偉，欲報慚愧無瓊瑤。

新營小齋鑿地爐輒成五言三十七韻

霜降百工休，居者皆入室。墐户畏初寒，開爐代温律。規模不盈丈，廣狹足容膝。軒窗共幽竄，竹栢助蒙密。辛勤慚巧宦，窮賤守卑秩。無術政奚爲？有年秋屢實。文書少期會，租訟省鞭抶。地僻與世疎，官閑得身佚。荆蠻苦卑陋，氣候常壹鬱。天日每陰翳，風飈多凛慄。衰顔慘時晚，病骨知寒疾。蠻牀勸晨興，籃轝厭朝出。南山近樵採，僮僕免呵叱。禦歲畜蹲鴟，饋客薦包橘。霜薪吹晶熒，石鼎沸啾唧。披方養丹砂，候節煎秋朮。西鄰有高士，轗軻卧蓬蓽。鶴髮善高談，鮐背便炙熨。披裘屢相就，束緼亦時乞。傳經伏生老，愛酒揚雄吃。晨灰煖餘杯，夜火爆山栗。無言兩忘形，相對或終日。微生慕剛毅，勁強早難屈。自從世俗牽，常恐天性失。仰兹微官禄，養此多病質。省躬由一言，無枉慕三黜。因知吏隱樂，漸使欲心窒。面壁或僧禪，倒冠聊酒逸。螟蠕輕二豪，一馬齊萬物。啟期爲樂三，叔夜不堪七。負薪幸有一作「自」。瘳，舊學頗思述。興亡閲今古，一作「古今」。圖籍羅甲乙。魯冊謹會盟，周公象凶吉。詳或作「鮮」。明左丘辯，馳騁馬遷筆。金石互鏗鏘，風雲生倏忽。豁爾一開卷，慨然時掩帙！浮沉恣其間。適若遂聱耴。一作「遨佚」。吾居誰云陋？所得乃非一。五斗豈須慚，優游歲將畢。

南獠

洪宋區夏廣，恢張際四維。狂孽久不聳，民物含一作「涵」。春熙。耆稚適所尚，游泳光華時。遽然攝提歲，南獠掠邊陲。予因叩村叟，此事曷如斯。初似却人問，未語先涕垂！收涕謝客問，爲客陳始基。撫冰有上源，水淺山嶮巇。生民三千室，聚此天一涯。狼勇復輕脱，性若鹿與麋。男夫不耕鑿，刀兵動相隨。宜融兩境上，殺人取其貲。因斯久久來，此寇易爲羈。鼠竊及蟻聚，近裏焉敢窺。勢亦不久住，官軍來即馳。景德祥符後，時移事亦移。四輔哲且善，天子仁又慈。將軍稱招安，兵非羽林兒。龍江一牧拙，邏騎材亦非。威惠不兼深，徒以官力欺。智略仍復短，從此難羈縻。引兵卸甲嶺，部陣自參差。鋒鏑殊未接，士卒心先離。奔走六吏死，初在懷遠軍卸甲嶺，殺傷范禮賓、王崇班等六人，落陣死。明知國挫威。自兹賊聲震，直寇融州湄。縣宇及民廬，燬蕩無孑遺。利鏃淬諸毒，中膚無藥醫。長乃斷人股，横屍滿通逵。婦人及孳産，驅負足始歸。堂堂過城戍，何人敢正窺！外計削奏疏，一一聞宸闈。赫爾始斯怒，還將與王師。精甲二萬餘，猛毅如虎貔。劍戟凜秋霜，新棨閃朝曦。八營與七萃，豈得多于兹。外統三路進，小敵胡能爲？前驅已壓境，後軍猶未知。逶迤至蠻域，但見空稻畦。搜羅一月餘，不戰師自罷。荷戈莫言苦，負糧深可悲。哀哉都督郵！無辜遭屠糜。昭州都曹皇甫僅三人，部糧入洞，遭蠻賊掩殺，及害夫力千餘。曉咋計不出，還出招安辭。半降半來拒，蠻意猶狐疑。厚以繒錦贈，狙心詐爲卑。戎帳草草起，賊戈躡背揮。我聆老叟言，不覺顰雙眉！吮毫兼疊簡，占作《南獠》詩。願值采詩官，一敷于彤墀。

寄聖俞

西林山水天下佳，我昔謫官君所嗟！官閑憔悴一病叟，縣古瀟洒如山家。雪消深林自斸一作「斲」。筍，人響空山隨摘茶。有時攜酒探幽絶，往往上下窮煙霞。嵓蔭綠縟軟可藉，野卉青紅春自華。風餘落蕊飛回旋，日暖山鳥鳴交加。貪追時俗翫歲月，不覺萬里留天涯！今來寂寞西岡口，秋盡不見東籬花。市亭插旗鬬新酒，十千得斗不可賒。材非世用自當去，一舸䑿牙揮釣車。君能先往勿自滯，行矣春洲生荻芽。

答梅聖俞見寄

憶昔識君初，我少君方壯。風期一相許，意氣曾誰讓。交遊盛京洛，罇俎陪丞相。騄驥日相追，鸞凰志高颺。詞章盡崔蔡，論議皆歆向。文會忝予盟，詩壇推子將。談精鋒愈出，飲劇歡無量。賈勇爲無前，餘光誰敢望？茲年五六歲，人事堪悽愴！南北頓暌乖，相離獨飄蕩。失杯由畫足，傷手因代匠。移書雖激切，拙語非欺誑。安知乃心愚，而使所言妄。權豪不自避，斧質誠爲當。蒼皇得一邑，奔走踰千嶂。楚峽聽猿鳴，荆江畏蛟浪。蠻方異時俗，景物殊氣象。綠髮變風霜，丹顏侵疾瘴。常憂鵩鳥窺，幸免江魚葬。今茲荷寬宥，遷徙來漢上。憔悴戴囚冠，驅馳嗟俗狀。王事多倥傯，學業差遺忘。未能解綬去，所戀寸祿養。舉足畏逢仇，低頭惟避謗。忻聞故人近，豈憚驅車訪。一別各衰翁，相見問無恙！交情宛如舊，歡意獨能強。幸陪主人賢，更值芳洲漲。菱荷亂浮泛，水竹涵虛曠。清風滿談席，明月臨歌舫。已見洛陽人，重開畫樓唱。怡然壹鬱寫，暫爾累囚放。自從還邑來，會此驕陽亢。神靈多請禱，租訟煩笞搒。猶須新秋涼，漢水臨一作「瀉」。清漾。野稼蕩浮雲，晴山開疊障。聊以助吟詠，亦可資酣暢。北轅如未駕，幸子能來貺。

送琴僧知白

吾聞夷中琴已久，常恐老死無其傳。夷中未識不得見，豈謂今逢知白彈。遺音髣髴尚可愛，何況之子傳其全。孤禽曉警秋野露，空澗夜落春嵒泉。二年遷謫寓三峽，江流無底山侵天。登臨探賞久不厭，每欲圖畫存於前。豈知山高水深意！久以寫此朱絲絃。酒酣耳熱神氣王，聽之爲子心肅然。嵩陽山高雪三尺，有客擁鼻吟苦寒。負琴北走乞其贈，持我此句爲之先。

谷正至始得先所寄書及詩不勝喜慰因書數韻奉酬聖俞

寒日照深巷，柴門朝尚閉。有客自江來，尺書千里至。啓書復何云，但言南北異。南方地常暖，風物稱佳麗。梅蘤入新年，蘭臯動芳氣。樂哉登臨興，豈厭江湖滯。伊予方寂寞，刻苦窮文字。萬國會王州，羣英馳儁軌。方朔常苦餓，子雲非官意。歲暮慘風塵，官閒倦朝市。出處一云別，所思寧可冀。春江有歸雁，但使音書繼。

答朱寀捕蝗詩

捕蝗之術世所非，欲究此語興於誰？或云豐凶歲有數，天孽未可人力支。或言蝗多不易捕，驅民入野踐其畦。因之姦吏恣貪擾，户到頭斂無一遺。蝗災食苗民自苦，吏虐民苗皆被之。吾嗟此語祗知一！不究其本論其皮。驅雖不盡勝養患，昔人固已決不疑。秉蟊投火況舊法，古之去惡猶如斯。既多而捕誠未易，其失安在常由遲。詵詵最説子孫衆，爲腹所孕多蚳蚳。始生朝畝暮已頃，化一爲百無根涯。口含鋒刃疾風雨，毒腸不滿疑常飢。高原下隰不知數，進退整若隨金鼙。嗟兹羽孽物共惡，不知造化其誰尸？大凡萬事悉如此，禍當早絶防其微。蝿頭出土不急捕，羽翼已就功難施。只驚羣飛自天下，不究生子由山陂。官書立法空太峻，吏愚畏罰反自欺。蓋藏十不敢申一，上心雖惻何由知？不如寬法擇良令，告蝗不隱捕以時。今苗因捕雖踐死，明歲猶免爲蝝菑。吾嘗捕蝗見其事，較以利害曾深思。官錢二十買一斗，示一作下以明信民爭馳。斂微成衆在人力，頃刻露積如京坻。乃知孽蟲雖甚衆，嫉惡苟鋭無難爲。往時姚崇用此議，誠哉賢相得所宜。因吟君贈廣其説，爲我持之告採詩。

答蘇子美離京見寄

衆奇子美貌，堂堂千人英。我獨疑其胸，浩浩包滄溟！滄溟産龍蜃，百怪不可名。是以子美辭，吐出人輒驚。其於詩最豪，奔放何縱橫。衆絃排律呂，金石次第鳴。間以險絶句，非時震雷霆。兩耳不及掩，百痾爲之醒！語言既可駭，筆墨尤其精。少雖嘗力學，老乃若天成。濡毫弄點畫，信手不自停。端莊雜醜怪，羣星見欃槍。爛然溢紙幅，視久無定形。使我終老學，得一已足矜。而君兼衆美，磊落猶自輕。高冠出人上，誰敢揖其膺？羣臣列丹陛，幾位缺公卿。使之束帶立，可以重朝廷。況今參國議，高論吐峥嶸。惜哉三十五，白髮今已生。近者去江淮，作詩寄離情。口誦不及寫，一日傳都城。退之序百物，其鳴由不平。天方苦君心，欲使發其聲。嗟我非鸑鷟，徒思和嚶嚶。因風幸數寄，警我聾與盲！

歸雁亭

荒蹊臘雪春尚埋，我初獨與徐生來。城高樹古禽鳥野，聲響格磔寒毰毸。頹垣敗屋巍然在，略可遠眺臨傾臺。高株唯有柳數十，夾路對立初誰栽。漸誅榛莽辨草樹，頗有桃李當牆隈。欣然便擬趁時節，斤鉏日夕勞耘培。新年風色日漸好，晴天仰見雁已回。枯根老脉凍不發，遶之百匝空徘徊。頑姿野態煩造化，勾芒不肯先煦吹。酒酣幾欲撾大鼓，驚起龍蟄驅春雷！偶然不到纔數日，顏色一變由誰催。翠芽紅粒迸條出，纖趺嫩蕚如剪裁。卧槎燒枿亦強發，老枿不避衆艷朽。姹然山杏開最早，其餘紅白各自媒。初開盛發與零落，皆有意思牽人懷。衆芳勿使一時發，當令一落續一開。畢春應須酒萬斛，與子共醉三千杯！

石篆詩并序

某啓，近蒙朝恩守此州。州之西南有瑯琊山，唐李幼卿庶子泉者。某在館閣時，方國家詔天下，求古碑石之文集于閣下，因得見李陽冰篆《庶子泉銘》。學篆者云：陽冰之蹟多矣，無如此銘者。常欲求其本而不得，于今十年矣。及此來已獲焉，而銘石之側，又陽冰別篆十餘字，尤奇於銘文，世罕傳焉。山僧惠覺，指以示余，余徘徊其下，久之不能去。山之奇蹟，古今紀述詳矣。而獨遺此字，余甚惜之。欲有所述，而患文字之不稱。思予嘗愛其文而不及者；梅聖俞、蘇子美也。因爲詩一首，并封題墨本，以寄二居，乞詩刻于石。

寒嵒飛流一作「洒」。落青苔，旁斲石篆何奇哉！其人已死骨已朽，此字不滅留山隈。山中老僧憂石泐，印之以紙磨松煤。欲令留傳在人世，持以贈客比瓊瑰。我疑此字非筆畫，又疑人力非能爲。始從天地胚渾判，元氣結此高崔嵬。當時野鳥踏山石，萬古遺迹於蒼崖。山祗不欲人屢見，每吐雲霧深藏埋。羣仙飛空欲下讀，常借海月清光來。嗟我豈能識字法！見之但覺心眼開。辭慳語鄙不足記，封題遠寄蘇與梅。

讀梅氏詩有感示徐生

子美忽已死，聖俞舍吾南。嗟吾譬馳車！而失左右驂。勍敵嘗壓壘，羸兵當戒嚴。凡人貴勉強，惰逸易安恬。吾既苦多病，交朋復凋殲。篇章久不作，意思如膠粘。良田失時耕，草莽廢鉏芟。美井不日汲，何由發清甘？偶開梅氏篇，不覺日挂簷。乃知文字樂，愈久益無厭。吾嘗哀世人，聲利競爭貪。哇咬聾兩耳，死不享韶咸。而幸知此樂，又常深討探。今官得閒散，舍此欲奚耽。頑庸須警策，賴子發其箝。

眼有黑花戲書自遣

洛陽三見牡丹月，春醉往往眠人家。揚州一遇芍藥時，夜飲不覺生朝霞。天下名花惟有此，罇前樂事更無加。如今白首春風裏，病眼何須厭黑花！

日本刀歌

昆夷道遠不復通，世傳切玉誰能窮！寶刀近出日本國，越賈得之滄海東。魚皮裝貼香木鞘，黄白閒雜鍮與銅。真鍮似金，真銅似銀。百金傳入好事手，佩服可以禳妖凶。傳聞其國居大島，土壤沃饒風俗好。其先徐福詐秦民，採藥淹留丱童老。百工五種與之居，至今器玩皆精巧。前朝貢獻屢往來，士人往往工詞藻。徐福行時書未焚，逸書百篇今尚存。令嚴不許傳中國，舉世無人識古文。先王大典藏夷貊，蒼波浩蕩無通津。令人感激坐流涕！鏽澁短刀何足云？

聖俞惠宣州筆戲書

聖俞宣城人，能使紫毫筆。宣人諸葛高，世業守不失。緊心縛長毫，三副頗精密。硬軟適人手，百管不差一。京師諸筆工，牌榜自稱述。纍纍相國東，比若衣縫蝨。或柔多虛尖，或硬不可屈。但能裝管榻，有表曾無實。價高仍費錢，用不過數日。豈如宣城毫，耐久仍可乞。

贈潘景温叟

秦盧不世出，俗子相矜誇。治疾不知一作「求」。源，橫死紛如麻。番陽奇男子，衣冠本儒家。學本得心訣，照底窮根厓。冷然鑒五藏，曾靡毫釐差。公卿掃榻迎，黄金載盈車。語言無羽翰，飛入萬齒牙。相逢京洛下，使我驚且嗟。七年慈母病，庸工口咿啞。恨不早見君，以乞壺中砂。通宵耳高論，飲恨知何涯！瞥然别我去，征途指煙霞。孤雲不可留，淚線風中斜！

學書二首

蘇子歸黄泉，筆法遂中絶。賴有蔡君謨，名聲馳晚節。醉翁不量力，每欲追其轍。人生浪自苦，以取兒女悦。豈止學書然，自悔從今決！

學書不覺夜，但怪西窗暗。病目故已昏，墨不分濃淡。人生不自知，勞苦殊無憾。所得乃虚名，榮華俄傾暫。豈止學書然，作銘聊自鑒。

奉使道中寄坦師

道人少賈海上遊，海舶破散身沉浮。黄金滿篋人所寄，吹簫偶得還中州。羸身歸金不受報，秖取斗酒相獻酬。歡娱慈母終一世，脱去妻子藏巖幽。蒼煙寥寥池水漫，白玉菡萏吹高秋。夜燃柏子煮山藥，憶此東望無時休。塞垣春枯積雪溜，沙礫威怒黄雲愁。五更匹馬隨雁起，想見酇郭花今稠。百年誇奪終一丘，世上滿眼真悠悠！寄聲萬里心綢繆，莫道異趣無相求？

壽樓

碧瓦照日生青煙，誰家高樓當道邊？昨日丁丁斤且斲，今朝朱欄橫翠幕。主人起樓何太高，欲誇富力壓羣豪。樓中女兒十五六，紅膏畫眉雙鬢緑。日暮春風吹管絃，過者仰首皆留連。應笑樓前騎馬客，腰垂金章頭已白。苦貪名利損形骸，争若庸愚恣聲色。朝見騎馬過，暮見騎馬歸。經年無補朝廷事，何用區區來往爲？

試院聞奚琴作

奚琴本出奚人樂，奚虜彈之雙淚落。抱琴置酒試一彈，曲罷依然不能作。黄河之水向東流，鳧飛雁下白雲秋。岸上行人舟上客，朝來暮去無今昔。哀絃一奏池上風，忽聞如在河舟中。絃聲千古聽不改，可憐纖手今何在？誰知着意弄新音，斷我罇前今日心。當時應有曾聞者，若使重聽須淚下！

乞藥有感呈梅聖俞

宣州紫沙合，圓若截郫筒。偶得今十載，走宦一作「官」。南北東。持之聖俞家，乞藥戒厮僮。聖俞見之喜，遽以手磨礱。謂此吾家物，問誰持贈公？因嗟與君交，事事無不同。憶昔初識面，青衫游洛中。高標不可揖，杳若雲間鴻。不獨體輕健，目明仍耳聰。爾來三十年，多難百憂攻。君晚得奇藥，靈根斸離宫。其狀若狗蹄，其香比芎藭。愛君方食貧，面色悦以豐。不憚乞餘剩，庶幾助衰癃。平時一笑歡，飲酒各争雄。向老百病出，區區論藥功。衰盛物常理，循環勢無窮。寄語少年兒，慎勿笑兩翁。

曉詠

簾外星辰逐斗移，紫河聲轉下雲西。九雛烏起城將曙，百尺樓高月易低。露裛蘭苕惟有淚！秋荒桃李不成蹊。西堂吟思無人助，草滿池塘夢自迷。

送目

送目衡一作「蘅」。皐望不休，江蘋高下遍汀洲。長堤柳曲妨回首，小苑花深礙倚樓。楚徑蕙風消病渴，洛城花雪蕩春愁。流杯三日佳期過，擲度蘭波負勝遊。

舟中寄劉昉秀才

東南天闊漾歸流，西北雲高斷寸眸。明月隨人來遠浦，青山笳鼓送行舟。歸心逐夢成魚鳥，夜漢看星識斗牛。釃一作「駛」。酒開樽誰共醉？清江聊且玩游儵一作「儵游」。

即目

李徑陰森接翠疇，押簾風日澹清秋。晚烏藏柳棲殘照，遠燕傷風失故樓。星漢經年雖可望，雲波千疊不緘愁。平居革帶頻移孔，誰問無憀沈隱侯？

宿雲夢館

北雁來時歲欲昏，私書歸夢杳難分。井桐葉落池荷盡，一夜西窗雨不聞。

送王公慥判官

久客倦京國，言歸歲已冬。獨過伊水渡，猶聽洛城鐘。山色經寒緑，雲陰入暮重。臘梅孤館路，疲馬有誰逢？

題淨慧大師禪齋景德寺普光院。

巾屨諸方遍，莓苔一室前。萎花吟次一作「處」。落，孤月定中圓。齋鉢都人施，談機海外傳。時應暮鐘響，來度禁城煙。

琵琶亭

樂天曾謫此江邊，已嘆天涯涕泫然！今日始知予罪大，夷陵此去更三千。

初至虎牙灘見江山類龍門

曉鼓潭潭客夢驚，虎牙灘上作船行。山形酷似龍門秀，江色不如伊水清。平日兩京人少壯，今年三峽歲峥嶸。卧聞乳石淙流響，疑是香林八節聲。

酬孫延仲龍圖

洛社當年盛莫加，洛陽耆老至今誇。梅聖俞、張堯夫、張子野、延仲與予，皆在洛中。死生零落餘無幾，齒髮衰殘各可嗟！北庫酒醪君舊物，延仲前守汝陰。西湖煙水我如家。已將二美交相勝，仍枉新篇麗彩霞。

西湖泛舟呈運使學士張掞

波光柳色碧溟濛，曲渚斜橋畫舸通。更遠更佳唯恐盡，漸深漸密似無窮。綺羅香裏留佳客，絃管聲來颺晚風。半醉迴舟迷向背，樓臺高下夕陽中。

去思堂會飲得春字甲午四月，潁州張唐公座上。

世事紛然百態新，西岡一醉十三春。自慚白髮隨年少，猶把金鍾勸主人。黄鳥亂飛深夏木，紅榴初發艷清晨。佳時易失閒難得，有酒重來莫厭頻。

贈王介甫

翰林風月三千首，吏部文章二百年。老去自憐心尚在，後來誰與子争先。朱門歌舞争新態，緑綺塵埃試拂絃。常恨聞名不相識，相逢樽酒盍留連。

暮春書事呈四舍人

樹陰初合苔生暈，花蕊新成蜜滿脾。鶯燕各歸巢哺子，蛙魚共樂雨添池。少年春物今如此，老病衰翁了不知。飽食杜門何所事，日長偏與睡相宜。

酬王君玉中秋席上待月值雨

池上雖然無皓魄，罇前殊未減清歡。緑醅自有寒中力，紅粉尤宜燭下看。羅綺塵隨歌扇動，管絃聲雜雨荷乾。客舟閒卧王夫子，詩陣教誰主將壇？

題東閣後集一作《題營丘後集》。

東閣三朝多大事，營丘二載足「二」字一作「兩郡半」。閑辭。近詩留作歸榮集，何日歸田自集詩。

解官後答韓魏公見寄

報國勤勞已蔑聞，終身榮遇最無倫。老爲南畝一夫去，猶是東宮一品臣。侍從籍通清切禁，笑歌行作太平民。欲知念舊君恩厚，二者難兼始兩人。新制推恩致仕，許仕舊兼職，自王仲儀始。今某仍出特恩。

余昔留守南都得與杜祁公唱和詩有答公見贈二十韻之卒章云報國如乖願歸耕寧買田期無辱知己肯逐利名遷逮今二十有二年祁公捐館

亦十有五年矣而余始蒙恩得遂退休之請追懷平昔不勝感涕輒爲短句置公祠堂

掩涕發陳編，追思二十年。門生今白首，墓木已蒼煙。報國如乖願，歸耕寧買田。此言今知踐，如不愧黃泉。

答端明王尚書見寄兼簡景仁文裕二侍郎二首

日久都城車馬喧，豈知風月屬三賢。唱高誰敢投詩社，行處人争看地仙。酒面撥醅浮太白，舞腰催拍趁繁絃。與公等是休官者，方把鉏犂學事田。

多病新還太守章，歸來白首興何長。琴書自是千金産，日月閒銷百刻香。尚有俸錢沽美酒，自栽花圃趁新陽。醉翁生計今如此，一笑何時共一觴？

寄題景純學士藏春塢新居

清才四紀擅時名，晚卜丘林遂解纓。欲借青春藏向此，須知白首尚多情。水浮花出人間去，由近雲從席上生。漫一作「謾」。説市朝堪大隱，仙家誰信在重城！

退居述懷寄北京韓侍中二首

悠悠身世比浮雲，白首歸來潁水濆。曾看元臣調鼎鼐，却尋田叟問耕耘。一生勤苦書千卷，萬事銷磨酒百分。放浪豈無方外士，尚思親友念離羣。

書殿宮臣寵並叨，不同憔悴返漁樵。無窮興味閒中得，强半光陰醉裏銷。静愛竹時來野寺，獨尋春偶過溪橋。猶須五物稱居士，不及顏回飲一瓢。

和子履遊泗上雍家園

長橋南走羣山間，中有雍子之名園。蒼雲蔽天竹色淨，暖日撲地花氣繁。飛泉來從遠嶺背，林下曲折寒波翻。珍禽不可見毛羽，數聲清絶如哀彈。我來據石弄琴瑟，惟恐日暮登歸軒。塵紛解剥耳目異，秖疑夢入神仙村。知君襟尚我同好，作詩閎放莫可攀。高篇絶景兩不及，久之想像空冥煩。

右雍家園詩，吉綿閬本，皆入公外集。而王荆公《四家詩選》亦有之，今乃載蘇子美《滄浪集》，後人安得不疑。或謂公親作《滄浪集序》，不應誤雜己詩。可以無疑，姑附見於此。按王荆公取公詩凡一百二十五首，内一百三首載《居士集》，二十一首載外集，又一篇卽此詩。其它或全改一聯，或增減一聯，甚者至增四聯，或移兩聯之類。已注一作於逐篇，豈當時傳本不同，抑荆公自加潤色也。

和靖詩鈔

林逋，字君復，杭之錢塘人。少孤，力學，刻志不仕，結廬西湖孤山。真宗聞其名，賜粟帛，詔長吏歲時勞問。臨終詩有「茂陵他日求遺稿，猶喜曾無封禪書」。時人高其志識，賜謚和靖先生。逋不娶，無子，所居多植梅、畜鶴。泛舟湖中，客至，則放鶴致之，因謂梅妻鶴子云。其詩平澹邃美，而趣向博遠。故辭主靜正，而不露刺譏。梅聖俞謂「詠之令人忘百事」。大數搴王孟之幽，而攄劉韋之逸。歐陽文忠愛其詠梅花詩「疎影横斜」一聯，謂前世未有此句。黄涪翁則以「雪後園林」二語爲勝之。蓋一取神韻，一取意趣，皆爲傑句。然知歐陽之所賞者多，知涪翁之所賞者少也。所作雖夥，未嘗留稿。或問之，曰：「吾不欲取名于時，況後世乎？」故所存百無一二。如當時稱其五言有「草泥行郭索，雲木叫鈎輈」句，集中已不可得，其他遺軼可知也。

送牛秀才之山陽省兄

之子詠陟岡，别我歲時晏。後夜失羣鶴，高天着行鴈。楚山遠近出，江樹青紅間。尊酒無足辭，離愁滿行盼。

和運使陳學士遊靈隱寺寓懷

山壑氣相合，旦暮生秋陰。松門韻虛籟，錚若鳴瑶琴。舉目羣狀動，傾耳百慮沉。按部既優游，時此振衣襟。泓澄冷泉色，寫我清曠心。飄飖白猿聲，答我雅正吟。經臺復丹井，捫蘿嘗偏臨。鶴蓋青霞映，玉趾蒼苔侵。温顔煦槁木，真性馴幽禽。所以仁惠政，及物一一深。洒翰璘珣壁，返駕旃檀林。回睨窣堵峰，天半千萬尋。

上湖閒泛艤舟石函因過下湖小墅

平皐望不極，雲樹遠依依。及向扁舟泊，還尋下瀨歸。青山連石埭，春水入柴扉。多謝提壺鳥，留人到落暉。

西湖舟中值雪

浩蕩彌空闊，霏霏接水濆。舟移忽自却，山近未全分。凍軫閒清泛，温鑪擁薄薰。悠然詠招隱，何許歎離羣？

湖村晚興

滄洲白鳥飛，山影落晴暉。映竹犬初吠，弄船人合歸。水波隨月動，林翠帶煙微。寺近疏鐘起，蕭然還掩扉。

湖山小隱

猿鳥分清絶，林蘿擁翠微。步穿僧徑出，肩搭道衣歸。水墅香菰熟，煙崖早筍肥。功名無一點，何要更忘機。

園井夾蕭森，紅芳墮翠陰。晝巖松鼠静，春塹竹鷄深。歲課非無秫，家藏獨有琴。顔原遺事在，千古壯閑心。

衡門鄰晚島，環堵背寒岡。片月通蘿徑，幽雲在石牀。客遊抛鄠杜，漁事擬滄浪。管樂非吾尚，昂頭肯自方！

小隱自題

竹樹遶吾廬，清深趣有餘。鶴閒臨水久，蜂懶得花疎。酒病妨開卷，春陰入荷鋤。嘗憐古圖畫，多半寫樵漁。

北山寫望

晚來山北景，圖畫亦應非。村路飄黄葉，人家濕翠微。樵當雲外見，僧向水邊歸。一曲誰横笛，蒹葭白鳥飛。

中峰

中峰一徑分，盤折上幽雲。夕照前村見，秋濤隔嶺聞。長松含古翠，衰藥動微薰。自愛蘇門嘯，懷賢思不羣。

小圃春日

岸幘倚微風，柴籬春色中。草長團粉蝶，林暖墜青蟲。載酒爲誰子，移花獨乃翁。於陵偕隱事，清尚未相同。

郊園避暑

柴門鮮人事，氛垢頗相忘。愛彼林間靜，復玆池上涼。託心時散帙，遲客復擕觴。況有陶籬趣，歸禽語夕陽。

園廬秋夕

蘭社裛衰香，閒扉趣自長。寒煙宿墟落，清月上林塘。意想殊爲適，形骸固可忘。援琴有餘興，聊復寄吟觴。

山村冬暮

衡茅林麓下，春色已微茫。雪竹低寒翠，風梅落晚香。樵期多獨往，茶事不全忙。雙鷺有時起，横飛過野塘。

山中冬日

殘雪照籬落，空山無俗諠。鷄寒懶下樹，人晏獨開門。廢圃春榮動，回塘霧氣昏。誰家歲酒熟，輟棹憶西村。

旅館寫懷

垂成歸不得，危坐對滄浪。病葉驚秋色，殘蟬怕夕陽。可堪疏舊計，無復更剛腸。的的孤峰意，深宵一夢狂。

出曹州

詩懷動歎嗟，驢立帽陰斜。雨濼生新鯡，茅叢夾舊槎。午烟昏獨店，岡路透誰家？幾日江南興，扁舟泊岸沙。

盱眙山寺

下傍盱眙縣，山崖露寺門。疏鐘過淮口，一徑入雲根。竹老生虚籟，池清見古源。高僧拂經榻，茶話到黄昏。

留題李頡林亭

無琴枕鶴經，盡日卧林亭。啼鳥自相語，幽人誰欲聽？半闌花籍白，一徑草盤青。何必對樽酒，此中堪獨醒。

翠微亭在金陵清涼寺。

亭在江干寺，清涼更翠微。秋階響松子，雨壁上苔衣。絶境長難得，浮生不擬歸。旅懷何計是？西崦又斜暉。

臺城寺水亭

金井前朝事，林僧問不知。緑苔欺破閣，白鳥占閒池。清楚曾經晉，荒唐直到隋。南廊一聲磬，斜照獨凝思。

淮甸南遊

幾許摇鞭興，淮天晚景中。樹林兼雨黑，草實着霜紅。膽氣誰憐俠，衣裝自笑戎。寒威敢相掉，獵獵酒旗風。

聞葉初秀才東歸

高鴻多北向，極目雨餘天。春滿吳山樹，人登汴水船。吟生千里月，醉盡一囊錢。肯便懷鄉邑，時清復少年。

病中謝馮彭年見訪

老去已多病，況當梅雨時！山空門自掩，晝永枕頻移。晚燕巢猶濕，新篁籜未披。若非求仲至，誰復問棲遲？

將歸四明夜坐話別任君

酒酣相向坐，別淚濕吟衣。半夜月欲落，千山人憶歸。亂塵終古在，長瀑倚空飛。明日重攜手，前期易得違。

和梅聖俞雪中同虛白上人見訪

湖上玩佳雪，相將惟道林。早煙村意遠，春漲岸痕深。地僻過三徑，人閑試五禽。歸橈有餘興，寧復比山陰！

和酬杜從事題壁

弭蓋入衡宇，相看情獨深。蕭疏秋樹色，老大故人心。佳話頻移晷，清標幾拂襟。寥然長卿壁，題此比兼金。

夏日寺居和酬葉次公

午日猛如焚，清涼愛寺軒。鶴毛橫蘚陣，蟻穴入莎根。社信題茶角，樓衣笐酒痕。中餐不勞問，筍菊淨盤餺。

送長吉上人

囊集暮雲篇，行行肯廢禪！青山買未暇，朱闕去隨緣。茗試幽人井，香焚賈客船。淮流遲新月，吟玩想忘眠。

春日送袁成進士北歸

春潮上海門，歸鴈遠行分。千里倦行客，片帆還送君。酒波欺碧草，歌疊裹晴雲。來歲東堂桂，聊酬一戰勳。

送史殿省典封州

馬援疏蠻邑，銅標何可窮！人煙時亦有，海色自如空。髭髮梅分白，旌旗瘴減紅。惟應蒔藥罷，埋照酒醪中。

送王舍人罷兩浙憲赴闕

上問還旌節，明廷覲冕旒。清談傾綺席，蠹簡壓歸舟。越俗今無訟，閑田亦有秋。公朝論爵賞，當拜富民侯。

送昱師赴請姑蘇

同載闔閭人，衣囊覆氍巾。新煙赤岸暝，融雪太湖春。鐘遠移齋候，香遲上定身。當知舉如意，實地雨花頻。

送皎師歸越

林間久離索，忽忽望西陵。静户初聞扣，歸舟又説登。野煙含樹色，春浪疊沙稜。幸謝雲門路，同尋苦未能。

送越倅楊屯田赴闕

越中分治罷，山水别來初。詩景多留石，船痕半載書。野程江樹遠，公讌郡樓虚。看塞嚴徐召，清風滿直廬。

送思齊上人之宣城

林嶺藹春暉，程程入翠微。泉聲落坐石，花氣上行衣。詩正情懷澹，禪高語論稀。蕭閑水西寺，駐錫莫忘歸。

洞霄宮

大滌山相向，華陽路暗通。風霜唐碣久，草木漢祠空。劍石苔花碧，丹池水氣紅。幽人天柱側，茅屋灑松風。

寄思齊上人

松下中峰路，懷師日日行。静鐘浮野水，深寺隔春城。閣掩茶煙晚，廊迴雪溜清。當期相就宿，詩外話無生。

寄吴肅秀才時吴在天王院夏課。

肄業寄僧房，暑天湖上凉。竹風過枕簟，梅雨潤巾箱。引步青山影，供吟白鳥行。明年重訪舊，身帶桂枝香。

寄清曉闍黎

前時春雪晴，林壑趣彌清。幾憶山陰講，兼忘谷口耕。樹叢歸夕鳥，湖影浸寒城。還肯重相訪，柴門掩杜蘅。

寄孫仲簿公

低折滄洲簿，無書整兩春。馬從同事借，妻怕罷官貧。道僻收閒藥，詩高笑古人。仍聞長吏奏，表乞瑣廳頻。

寄和昌符

家近太行居，西歸壓一驢。同儕多及第，高論獨知書。名迹收藏徧，公門請謁疏。離愁不可寫，蟬噪夕陽初。

淮甸城居寄任刺史

擾擾非吾事，深居斷俗情。石莎無雨瘦，秋竹共蟬清。劍在慵閑拂，詩難憶細評。寥然獨梧枕，淮月上山城。

寄輦下傳神法相大師

禁寺諸供奉，如師藝學稀。粉輕昏古本，羅重折秋衣。淨嫌生瓶暈，連陰長竹圍。算應支遁馬，毛骨苦無肥。

寄臨川司理趙時校書

遠宦風波隔，歸期歲月頻。天形孤鳥晚，煙色大江春。驛路向江郭，船檣留賈人。高臺望不極，空使鬢華新。

贈崔少微

賢才負聖朝，終日掩衡茅。尚静師高道，甘貧絶俗交。曬碑看壁蠹，蒸术拾鄰梢。却憶揚夫子，勞勞事解嘲。

贈胡介

妻兒終擬棄，舊識盡名賢。高節嫌趨世，常流笑學仙。金方燒易得，星度算來玄。祇説尋山去，相期已數年。

宿洞霄宫

秋山不可盡，秋思亦無垠。碧澗流紅葉，青林點白雲。涼陰一鳥下，落日亂蟬分。此夜芭蕉雨，何人枕上聞？

湖山小隱二首

道着權名便絶交，一峰春翠濕衡茅。莊生已憤鵶鳶嚇，揚子休譏蝘蜓嘲。潏潏藥泉來石竇，霏霏茶靄出松梢。琴僧近借南薰譜，且併閑工子細抄。

閑搭綸巾擁縹囊，此心隨分識興亡。黑頭爲相雖無謂，白眼看人亦未妨。雲噴石花生劍壁，雨敲松子落琴牀。清猿幽鳥遥相叫，數筆湖山又夕陽。

湖上晚歸

卧枕船舷歸思清，望中渾恐是蓬瀛。橋横水木已秋色，寺倚雲峰正晚晴。翠羽濕飛如見避，紅蕖香嫋似相迎。依稀漸近誅茅地，鷄犬林蘿隱隱聲。

湖上初春偶作

梅花開盡臘亦盡，晴暖便如寒食天。春色半歸湖岸柳，人家多上郭門船。文禽相並映短草，翠瀲欲生浮嫩煙。幾處酒旗山影下，細風時已弄繁絃。

西湖春日

争得才如杜牧之，試來湖上輒題詩。春煙寺院敲茶鼓，夕照樓臺卓酒旗。濃吐雜芳薰巘崿，濕飛雙翠破漣漪。人間幸有蓑兼笠，且上漁舟作釣師。

池上春日

一池春水緑於苔，水上花枝竹間開。芳草得時依舊長，文禽無事等閑來。年顏近老空多感，風雅含情苦不才。獨有浴沂遺想在，使人終日此徘徊。

西巖夏日

蕙帳蕭閑掩弊廬，子眞巖石坐來初。爲驚野鳥巢間乳，懶過隣僧竹裏居。新溜迸涼侵靜語，晚雲浮潤上殘書。何煩彊捉白團扇，一柄青松自有餘。

夏日卽事

石枕涼生菌閣虛，已應梅潤入圖書。不辭齒髮多衰病，所喜林泉有隱居。粉竹亞梢垂薄露，翠荷差影聚遊魚。北窗人在羲皇上，時爲淵明一起予。

隱居秋日

行藥歸來卽杜門，嘯臺秋色背人羣。幽蟲傍草晚相映，遠水着煙寒未分。高亢可能稱獨行，窮空猶擬賴斯文。過從好事今誰是，自笑何如揚子雲。

秋日湖西晚歸舟中書事

水痕秋落蟹螯肥，閑過黃公酒舍歸。魚覺船行沉草岸，犬聞人語出柴扉。蒼山半帶寒雲重，丹葉疏分夕照微。却憶清谿謝太傅，當時未解惜蓑衣。

深居雜興六首

諸葛孔明、謝安石畜經濟之才，雖結廬南陽，攜妓東山，未嘗不以平一宇內，躋致生民爲意。鄙夫則不然，胸腹空洞，譾然無所存置，但能行樵坐釣外，寄心於小律詩，時或鏖兵景物，衡門情味，則倒睨二君而反有得色。凡所寓興，輒成短篇，總曰《深居雜興詩六首》。蓋所以狀林麓之幽勝，攄几格之閑曠，且非敢求聲於當世，故援筆以顯其事云。

隱居松籟細錚然，何獨微之重碧鮮？已被遠峰擎嶁嶁，更禁初月吐娟娟。門庭靜極霖苔露，籬援涼生褭菊煙。中有病夫披白搭，瘦行清坐詠遺篇。

四壁垣衣釣具腥，已甘衡泌號沉冥。伶倫近日無侯白，奴僕當時有衛青。花月病懷看酒譜，雲蘿幽信寄茶經。茅君使者蕭閑甚，獨理叢毛向户庭。

薄夫何苦事姦姦？一室琴書自解顔。峰後月明秋嘯去，水邊林影晚樵還。文章敢道長於古，光景渾疑剩却閑。多少煙霞好猿鳥，令人惆悵謝東山。

冉冉秋雲抱嘯臺，一丘松竹是閑媒。誰聞濟北傳兵略，枉説山東出相才。樵褐短長披搕膝，丹爐高下疊懸胎。三千功行無圭角，可望虛皇九錫來。

上書可有三千牘，下筆曾無一百函。閒卷孤懷背塵世，獨營幽事傍雲巖。僧分乳食來陰洞，鶴觸茶薪落蠹杉。未似周顒少負勝，北山應免略相銜。

松竹封侯尚未尊，石爲公輔亦云云。清華自合論閑客，玄默何妨事静君。鶴料免慚尸厚禄，茶功兼擬策元勳。幽人不作山中相，且擁圖書卧白雲。

雜興四首

短褐蕭蕭頂幅巾，擁書纔罷卽嚬呻。耕樵可似居山者，飲饌長如病酒人。閉户不無慵答客，焚香除是静朝真。前賢風槪聊希擬，一刺偏多井大春。

散帙揮毫總不忺，病懷愁緒坐相兼。苔痕作意生秋壁，樹影無端上古簾。一罋等閑甘汩汩，五門平昔避炎炎。惟應數刻清涼夢，時曲顏肱興未厭。

湖上山林畫不如，霜天時候屬園廬。梯斜晚樹收紅柹，筒直寒流得白魚。石上琴尊苔野淨，籬陰鷄犬竹叢疎。一關兼是和雲掩，敢道門無卿相車？

掉臂何妨入隱淪，高賢應總貴全真。次山有以稱聱叟，魯望兼之傳散人。拂水遠天孤榜晚，夾村微雨一溪春。不知圖畫誰名手？狀取江湖太古民。

孤山後寫望

水墨屏風狀總非，作詩除是謝玄暉。溪橋裊裊穿黄落，樵斧丁丁斫翠微。返照未沉僧獨往，長煙如淡鳥横飛。南峰有客鋤園罷，閑倚籬門忘却歸。

孤山寺端上人房寫望

底處憑闌思眇然，孤山塔後閣西偏。陰沉畫軸林間寺，零落碁枰葑上田。秋景有時飛獨鳥，夕陽無事起寒烟。遲留更愛吾廬近，秖待重來看雪天。

孤山寺

雲峰水樹南朝寺，秖隔叢篁作並鄰。破殿静披藭臼古，齋房閑試酪奴春。白公睡閣幽如畫，張祐詩牌妙入神。乘興醉來拖木突，翠苔蒼蘚石磷磷。

西湖

混元神巧本無形，匠出西湖作畫屏。春水淨於僧眼碧，晚山濃似佛頭青。欒櫨粉堵摇魚影，蘭社煙叢閣鷺翎。往往鳴榔與横笛，斜風細雨不堪聽。

平居遣興

有甚餘閑得解嘲，高慵時把几桯敲。皁孜晚鳥沉幽語，歷刺煙篁露病梢。草野交遊披褐見，神仙書史點朱抄。皇朝不是甘逃遁，争向心如許與巢。

池陽山店

數家村店簇山旁，下馬危橋已夕陽。驚鳥忽衝谿靄破，暗花閑墮塹風香。時間盤泊心猶戀，日後尋思興必狂。可惜迴頭一聲笛，酒旗揺曳出疏篁。

易從上人山亭

湖水江灣隔數峰，籬門和竹夾西東。閑來此地行無厭，又共吾廬看不同。靈隱路歸秋色裏，招賢庵在鳥行中。屏風若欲相攙見，合把巉巖與畫工。

過蕪湖縣

詩中長愛杜池州，說着蕪湖是勝遊。山掩縣城當北起，渡衝官道向西流。風稍檣碇網初下，雨攏魚薪市未收。更好兩三僧院舍，松衣石髮鬬山幽。

無爲軍

掩映軍城隔水鄉，人煙景物共蒼蒼。酒家樓閣摇風旆，茶客舟船簇雨檣。殘笛遠砧聞野墅，老苔寒檜看僧房。狎鷗更有江湖興，珍重江頭白一行。

耿濟口舟行

環迴幾合似江干，刺眼詩幽盡狀難。沙觜半平春晚濕，水痕無底照秋寬。老霜蒲葦交千刃，怕雨鳧鷗著一攢。擬就孤峰寄簑笠，舊鄉漁業久凋殘。

園廬

柴關寒井對蕭晨，自愛棲遲近古人。閑草徧庭終勝俗，好書堆案轉甘貧。橋邊野水通漁路，籬外青山見寺鄰。懶爲躬耕詠梁甫，吾生已是太平民。

春陰

似雨非晴意思深，宿酲牽率臥春陰。苦憐燕子寒相並，生怕梨花晚不禁。薄薄簾幃欺欲透，遙遙歌管壓來沉。北園南陌狂無數，只有芳菲會此心。

山園小梅二首

衆芳搖落獨暄妍，占盡風情向小園。疏影横斜水清淺，暗香浮動月黄昏。霜禽欲下先偷眼，粉蝶如知合斷魂。幸有微吟可相狎，不須檀板共金尊。

剪綃零碎點酥乾，向背稀稠畫亦難。日薄縱甘春至晚，霜深應怯夜來寒。澄鮮祇共鄰僧惜，冷落猶嫌俗客看。憶着江南舊行路，酒旗斜拂墮吟鞍。

又詠小梅

數年閑作園林主，未有新詩到小梅。摘索又開三兩朵，團欒空遶百千迴。荒鄰獨映山初盡，晚景相禁雪欲來。寄語清香少愁結，爲君吟罷一銜杯。

梅花

吟懷長恨負芳時，爲見梅花輒入詩。雪後園林纔半樹，水邊籬落忽横枝。人憐紅艷多應俗，天與清香似有私。堪笑胡雛亦風味，解將聲調角中吹。

小園煙景正淒迷，陣陣寒香壓麝臍。湖水倒窺疏影動，屋簷斜入一枝低。畫名空向閒時看，詩客休徵故事題。慚愧黄鸝與蝴蝶，祇知春色在桃溪。

杏花

蓓蕾枝梢血點乾，粉紅腮頰露春寒。不禁煙雨輕欹着，祇好亭臺愛惜看。隈柳傍桃斜欲墜，等鶯期蝶猛成團。京師巷陌新晴後，賣得風流更一般。

贈胡明府

一琴牢落倚松窗，孤澹無君得趣長。謁廟有時封縣版，坐衙終日着公裳。爲收牌印教村僕，偶檢圖書見古方。徵足税錢人更静，卻揩吟策立秋廊。

寄傅霖

葛蔓煙枯束六經，高廉渾與昔賢停。黄牙稚子跨牛種，白眼山人識劍形。寒睡草旁林酒壯，曉思河曲雨槎腥。傳聞曾説平生事，不要清朝夢武丁。

寄太白李山人

顏如童子髮如黳，卜築深當太白西。身上衹衣粗直掇，馬前長帶古偏提。鵾鵬懶擊三千水，龍虎閑封六一泥。幾獨枕肱人迹外，牛窗松雪論天倪。

春日寄錢都使

桃花枝重肉紅垂，萱草抽苗抹綠肥。正語暖鶯風細細，著雙寒燕雨稀稀。亭臺物景兼飄絮，宅院時情漸夾衣。指背挾肩行樂事，不甘離索向芳菲。

寄題歷陽馬仲文水軒

搆得幽居近郭西，水軒風景獨難齊。煙含晚樹人家遠，雨濕春蒲燕子低。紅燭酒醒多聚會，粉牋詩敵幾招攜。旅遊今日堪搔首，搖落山城困馬啼。

春暮寄懷曹南通守任寺丞中行。

跌蕩情懷每事同，十年曹社醉春風。彈弓園圃陰森下，碁子廳堂寂靜中。赤脚我猶無一婢，黑頭君合作三公。江湖今日還勞結，目送歸飛點點鴻。

復賡前韻且以陋居幽勝詫而誘之

畫共藥材懸屋壁，琴兼茶具入船扉。秋花挹露明紅粉，水鳥銜煙濕翠衣。石磴背穿林寺近，竹煙橫點海山微。百千幽勝無人見，説向吾師是洩機。

孤山隱居書壁

山水未深猿鳥少，此生猶擬別移居。直過天竺溪流上，獨樹爲橋小結廬。

池上作

簇簇菰蒲映蓼花，水痕天影蘸秋霞。分明似箇屏風上，飛起鵁鶄一道斜。

竹林

寺籬斜夾千梢翠，山磴深穿萬籜乾。却憶貴家廳館裏，粉牆時畫數莖看。

葑田

淤泥肥黑稻秧青，闊蓋深流旋旋生。擬倩湖君書版籍，水仙今佃老農耕。

易從師山亭

林表秋山白鳥飛，此中幽致世還稀。西村渡口人煙晚，坐見漁舟兩兩歸。

秋江寫望

蒼茫沙觜鷺鷥眠，片水無痕浸碧天。最愛蘆花經雨後，一篷煙火飯漁船。

乘公橋作

晚峰横碧樹梢紅，數榜漁罾水影中。憶得江南曾看着，巨然名畫在屏風。巨然僧尤妙山水。

初夏

乳雀啁啾日氣濃，稚桑交影緑重重。秧田百畝鵝黄大，横策溪村屬老農。

秋日含山道中廻寄歷陽希然山人

村落人家總入詩，下驢盤薄立多時。霜陂一掬清於鑑，漱着牙根便憶歸。

送易從師還金華

吟卷田衣歲向殘，孤舟夜泊大江寒。前巖數本長松色，及早歸來帶雪看。

自作壽堂因書一絶以誌之

湖上青山對結廬，墳前修竹亦蕭疏。茂陵他日求遺稿，猶喜曾無封禪書。

春日懷歷陽後園遊兼寄宣城天使

昔年行樂伴王孫，事盡清狂是後園。一榻竹風橫懶架，半軒花月倒頑盆。佳人暗引鶯言語，芳草閑迷蝶夢魂。今日淒涼舊春色，可堪煙雨近黄昏！

徂徠詩鈔

石介，字守道，兖州奉符人。年二十六舉進士甲科，爲鄆州觀察推官，歷官至國子監直講。慶曆中，進用韓、范、富、杜諸臣，介躍然喜曰：「此盛事也，歌頌吾職，其可已乎？」乃作《慶曆聖德詩》，直指大臣，分別邪正。詩出，泰山孫明復曰：「子禍始于此矣。」以是爲人所擠。杜祁公、韓魏公俱薦之，拜太子中允，直集賢院。尋卒于家。怒之者謂其詐死，北走契丹，請斲棺驗之。幸不許。所爲詩文皆根抵至道，排斥佛老及姦臣宦女，庶幾聖人之徒。魯人稱爲徂徠先生，因以名其集。永叔詩云：「問胡所專心，仁義丘與軻。揚雄韓愈氏，此外豈知他。尤勇攻佛老，奮筆如揮戈。」又云：「金可爍而銷，玉可碎非堅。不若書以紙，六經皆紙傳。但當書百本，傳百以爲千。或落于四夷，或藏在深山。待彼謗焰熄，放此光芒懸。」今讀其詩，嶙峋硉矹，挺立千尋。温厚之意，存于激直，得見風人之遺。然正學忤時，直道致黜，千古一轍，其可哀也。

慶曆聖德頌

三月二十一日大昕，皇帝御紫宸殿朝百官，相得象、殊，拜竦樞密使，夷簡以司徒歸第。二十二日，制命昌朝參知政事，弼樞密副使。二十六日，敕除修、靖、素並充諫官。四月八日，皇帝御紫宸殿朝百官。衍樞密使，仲淹、琦樞密副使。乃用御史中丞拱宸、御史邈、御史平、諫官修、靖十一疏，追竦樞密使敕。十三日敕，又除襄爲諫官。天地人神，昆蟲草木，無不歡喜。皇帝退姦進賢，發於至聰，動於至誠，奮於睿斷，見於剛克，陟黜之明，賞罰之公也。上視漢、魏、隋、唐、五代，凡千五百年，其間非無聖神之主、盛明之時，未有如此選人之精，得人之多，進人之速，用人之盡，實爲希濶殊尤，曠絕盛事。在皇帝之德之功，爲卓犖瑰偉，神明魁大。古者一雲氣之祥，一草木之異，一蹄角之怪，一羽毛之瑞，當時羣臣，猶且濃墨大字，金頭鈿軸，以稱述頌美時君功德，以爲無前之休，丕天之績。如仲淹、弼，實爲不世出之賢，求之於古，堯則夔、龍，舜則稷、契，周則閎、散，漢則蕭、曹，唐則房、魏。陛下有之。諸臣亦皆今天下之人望，爲宰相諫官者，陛下盡用之，此比雲氣、草木、蹄角、羽毛之異，萬萬不侔！豈可翻無歌詩雅頌以播我君之休聲烈光，神功聖德，刻于琬琰，流于金石，告于天地，奏于宗廟，存于萬千年而無窮盡哉！臣實羞之。臣嘗愛慕唐大儒韓愈爲博士日作《元和聖德頌》千二百言，使憲宗功德赫奕煒燁，昭于千古，至今觀之，如在當日。陛下今日功德無讓憲宗。臣文學雖不逮韓愈，而亦官於太學，領博士職，歌詩讚頌乃其職業，竊擬於愈，輒作《慶曆聖德頌》一首，四言，凡九百六十字。文辭鄙俚，固不足以發揚臣子之心，亦欲使陛下功德煒燁昭于千古，萬千年後觀之如在今日也。臣不勝死罪。臣賤，無路以進，姑藏諸家，以待樂府之採焉。

於維慶曆，三年三月。皇帝龍興，徐出闈闥。晨坐太極，晝開閶闔。躬攬賢英，手鋤姦枿。大聲渢渢，震摇六合。如乾之動，如雷之發。昆蟲蹢躅，妖怪藏滅。同明道初，天地嘉吉。初聞皇帝，蹙然言曰，予父予祖，付予大業。予恐失墜，實賴輔弼。汝得象殊，重慎微密。君相予久，予嘉民伐。君仍相予，笙鏞斯協。昌朝儒者，學聞該洽。與予論政，傳以經術。汝貳二相，庶績咸秩。惟汝仲淹，汝誠予察。太后乘勢，湯沸大熱，汝時小臣，危言業業。爲予司諫，正予門闑。爲予京兆，堲予讒說。賊叛于夏，往予式遏。六月酷日，大冬積雪。汝暑汝寒，同於士卒。予聞辛酸，汝不告乏。予晚得弼，予心弼悅。弼每見予，無有私謁。以道輔予，弼言深切。予不堯舜，弼自笞罰。諫官一年，奏疏滿篋。侍從周歲，忠力盡竭。契丹亡義，檮杌饕餮。敢侮大國，其辭慢悖。弼將予命，不畏而慴。卒復舊好，民得食褐。沙磧萬里，死生一節。視弼之膚，霜剝風裂。觀弼之心，鍊金鍛鐵。寵名大官，以酬勞渴。弼辭不受，其志莫奪。惟仲淹弼，一夔一契。天實賚予，予其敢忽。並來弼予，民無瘥札。曰衍汝來，汝予黃髮。事予二紀，毛禿齒豁。心如一兮，率履弗越。遂長樞府，兵政無蹶。予早識琦，琦有奇骨。其器魁櫑，豈視居楔。其人渾樸，不施剞劂。可屬大事，敦厚如勃。琦汝副衍，知人予哲。惟修惟靖，立朝讞讞。言論磥砢，忠誠特達。祿微身賤，其志不怯。嘗詆大臣，亟遭貶黜。萬里歸來，剛氣不折。屢進直言，以補予闕。素相之後，含忠履潔。昔爲御史，幾叩予榻。至今諫疏，在於箱匣。襄雖小臣，名聞于徹。亦嘗獻言，箴予之失。剛守粹慤，與修儔匹。並爲諫官，正色在列。予過汝言，無鉗汝舌。皇帝明聖，忠邪辨別。舉擢俊良，掃除妖魃。衆賢之進，如茅斯拔。大姦之去，如距斯脫。上倚輔弼，司予調燮。下賴諫諍，維予紀法。左右正人，無有邪孽。予望太平，日不逾浹。皇帝嗣位，二十二年。神武不殺，其默如淵。聖人不測，其動以天。賞罰在予，不失其權。恭己南面，退姦進賢。知賢不易，非明不得。去邪惟艱，惟斷乃克。明則不貳，斷則不惑。既明且斷，惟皇之德。羣下踧踖，重足屏息。交相告語，曰惟正直。毋作側僻，皇帝汝殛。諸侯危慄，墮玉失舄。交相告語，皇帝神明。四時朝覲，謹修臣職。四夷走馬，墜鐙遺策。交相告語，皇帝神武。解兵修貢，永爲屬國。皇帝一舉，羣臣慴焉。諸侯畏焉，四夷服焉。臣願陛下，壽萬千年。

汴渠

隋帝荒宴遊，厚地刳爲溝。萬舸東南行，四海困橫流。義旗舉晉陽，錦帆入揚州。揚州竟不返，京邑爲墟丘。吁哉汴渠水！至今病不瘳。世言汴水利，我爲汴水憂。利害我豈知，吾試言其由。汴水濬且長，汴水湍且遒。千里瀉地氣，萬世勞人謀。舳艫相屬進，餽運曾無休。一人奉口腹，百姓竭膏油。民力輸公家，斗粟不敢收。州侯共王都，尺租不敢留。太倉粟峩峩，冗兵食無羞。上林錢朽貫，樂官求要優。吾欲塞汴水，吾欲壞官舟。請君簡賜予，請君節財求。王畿方千里，邦國用足周。盡省轉運使，重封富民侯。天下無移粟，一州食一州。

麥熟有感癸酉中作。

去年經春頻肆赦，拜赦人忙走如馬。五月不雨麥苗死，赦貧不能活窮寡。今年經春無赦書，十日一雨及時下。五月麥熟人民飽，一麥勝如四度赦。吾願吾君與吾相，調和陰陽活元化。陰陽無病元氣活，風雨調順苗多稼。使麥長熟人不飢，敢告吾君不須赦。

讀詔書乙亥中作。

關中有山生虎狼，虎狼性虣不可當。去歲食人十有一，無辜被此惡物傷。守臣具事奏聖帝，聖帝讀之惻上意。乃詔天下捕虎狼，意欲斯民無枉死。吾君仁覆如天地，只知虎狼有牙齒。害人不獨在虎狼，臣請勿捕捕貪吏。

三豪詩送杜默師雄并序

本朝八十年，文人爲多，若老師宿名，不敢論數。近世作者，石曼卿之詩，歐陽永叔之文辭，杜師雄之歌篇，豪於一代矣。師雄學於予，辭歸，作《三豪詩》以送之。

曼卿豪於詩，社壇高數層。永叔豪於辭，舉世絶儔朋。師雄歌亦豪，三人宜同稱。曼卿苦汩没，老死殿中丞。身雖埋黄泉，詩名長如冰。永叔亦連蹇，病鸞方騫騰。四海讓獨步，三館最後登。師雄二十二，筆距獰如鷹。才格自天來，辭華非學能。廻顧李賀輩，粗俗良可憎。玉川《月蝕》詩，猶欲相憑凌。曼卿苟不死，其才堪股肱。永叔氣甚闊，用之王道興。師雄子勉旃，勿便生驕矜。

贈張績禹功

李唐元和間，文人如蠭起。李翺與李觀，言雄破姦宄。孟郊及張籍，詩苦動天地。持正不退讓，子厚稱絶偉。元白雖小道，争名愈弗已。卒能覇斯文，昌黎韓夫子。吾宋興國來，文人如櫛比。黄州才專勝，漢公氣全粹。晦之號絶羣，平地走虎兕。謂之雖駮雜，亦文中騏驥。白積洎盧震，江沱自爲水。朱巖兼孫僅，培塿對嶽峙。卒能覇斯文，河東柳開氏。嗟吁河東没！斯文乃屯否。汩汩三十年，淫哇滿人耳。粤從景祐後，大儒復唱始。文人如麻立，樅樅攢戰騎。徂徠山磊砢，生民實頑鄙。容貌不動人，心膽無有比。不度蹄涔微，直欲觸鯨鯉。有慕韓愈節，有肩柳開志。今讀禹功文，矛戟寒相倚。寶光千里高，飛出破屋裏。龍音萬丈長，拔出重淵底。雷霆皆藏身，日星皆失次。我慚年老大，才力漸衰矣！禹功氣奔壯，今方二十二。前去吾之年，猶有十四歲。今讀禹功文，魂魄已驚悸。更加十四年，世應絶儔類。卒能霸斯文，吾恐不在已。禹功幸勉旃，當仁勿讓爾。

西北 乙亥中作。

吾嘗觀天下，西北險固形。四夷皆臣順，二鄙獨不庭。吾君仁泰厚，曠歲稽天刑。孽芽遂滋大，虵豕極擅腥。漸聞頗驕蹇，牧馬附郊坰。吾恐患已深，爲之居靡寧。堂上守章句，將軍弄娉婷。不知思此否，使人堪涕零。

乙亥冬富春先生以老儒醇師居我東齋濟北張洞明遠楚宫李温仲淵皆服道就義與介同執弟子之禮北面受其業因作百八十二言相勉

鳳皇飛來衆鳥隨，神龍遊處羣魚嬉。先生道德如韓孟，四方學者争奔馳。濟北張洞壯且勇，楚丘李温少而奇。二子磊落頗驚俗，泰山石介更過之。三人堂堂負英氣，胸中拳攣蟠蛟螭。道可服兮身可屈，北面受業尊爲師。先生晨起坐堂上，口諷大《易》《春秋》辭。洪音琅琅響齒牙，鼓橫孔子與宓羲。先生居前三子後，恂恂如在汾河湄。續作六經豈必讓，焉無房杜廊廟資。吁嗟斯文敝已久，天生吾輩同扶持。二子勉旃吾不惰，先生大用終有時。當以斯文施天下，豈徒玩書心神疲。

過魏東郊

全魏地千里，雄大視區宇。黃河爲血脈，太行爲筋膂。地靈育聖賢，土厚含文武。堂堂柳先生，生下如猛虎。十三斷賊指，聞者皆震怖。十七著野史，才俊凌遷固。二十補亡書，辭深續堯禹。六經皆自曉，不看注與疏。述作慕仲淹，文章肩韓愈。下唐二百年，先生固獨步。投篇動范杲，落筆驚王祜。四方交豪傑，羣公走聲譽。一上中高第，數年綰士伍。五命爲御史，連出守方土。事業過臯夔，才能堪相輔。鳳皇世不容，衆鳥競嘲訴。獄中饑不死，特地生爪距。貔貅十萬師，盟津直北渡。塞上諸猛將，低頭若首鼠。渴憶海爲漿，饑思鼇爲脯。兩手挐人肝，大牀横斗肚。一飲酒一石，賊來不怕懼。帳下立孫吳，罇前坐伊吕。笑談韜鈐間，出入經綸務。恨未滅獻策，言可虜幽州。恨未復上書，言可取好文。有太宗好武，有太祖先生，文武具命兮竟不遇。死來三十載，荒草蓋墳墓。四海無英雄，斯文失宗主。豎子敢顛狂，黠戎敢慢侮。我思柳先生，涕淚落如雨。試過魏東郊，寒鴉啼老樹。丈夫肝膽喪，真儒魂魄去。瓦石固無情，爲我亦慘沮！

蜀道自勉

潮陽障煙黑，去京路八千。吏部有大功，得罪斥守藩。朝衝江霧行，夜枕江濤眠。蛟蜃作怪變，時時攀船舷。魚龍吐火焰，往往出波間。故爲相恐怖，倏忽千萬端。道在安可劫？處之自晏然。我乏尺寸效，月食二萬錢。自請西南來，此行非竄遷。蜀山險可升，蜀路高可緣。上無嵐氣蒸，下無波濤翻。步覺閣道穩，身履劍門安。惟懷吏部節，不知蜀道難。

聞子規

月上半峰峰樹碧，子規啼苦月無色。壯士耳邊都不聞，兒女眼中淚自滴。古人出處非關身，處兮事親出事君。服勤至死不敢倦，避勞擇逸豈所聞。我看蜀道誠爲難，嗟爾子規何云云？王遵九折竟叱馭，班超萬里圖立勳。乘危蹈險盡臣節，二人至今揚清芬。我本魯國一男子，少小氣志淩浮雲。精誠許國貫白日，有心致主爲華勳。位卑身賤難自達，滿腹帝典與皇墳。有時憤懣吐一言，小人謗議已紛紛。辛相寬容天子慈，八年之中三從軍。從軍官清吾何苦，嘉州路遠爾勿語。地不爲我易其險，我豈守道不能固。子規子規漫啼絶，斷無清淚灑向汝。

哀鄰家

鄰家不選醫，醫無救病術。朝一醫工入，暮一醫工出。有加而無瘳，皇皇不安室。吁嗟鄰翁愚，予爲病者恤。瞽醫一日更千人，盲藥何能療沉疾！

觀碁

人皆稱善弈，伊我獨不能。試坐觀勝敗，白黑何分明。運智奇復詐，用心險且傾。嗟哉一抨上，奚足勞經營。安得百萬騎，鐵甲相磨鳴。西取元昊頭，獻之天子庭。北入匈奴域，縛戎主南行。東逾滄海東，射破高麗城，南趨交趾國，蠻子輿櫬迎。盡使四夷臣，歸來告太平。誰能憑文楸，兩人終日爭。

贈劉中都

吾登泰山上，下視何紛紛。彼角而走者，孰爲麐與麏。彼茁而生者，孰爲蕭與芸。伯樂不復出，駑驥終同羣。卞和不再生，珉玉將誰分。吁哉劉中都，高標淩浮雲。諸侯不薦士，外府不策勳。冉冉趨黃綬，勤勞徒爾云？我愧勢力小，不能叫吾君。勿改芳蘭性，林深須自薰。勿隱沖鶴聲，天高當自聞。

感事

吾嘗觀中夏，地平如砥石。幅員數萬里，車馬知轍迹。帝宅居土中，紫垣當辰極。長江斷其南，絶塞經其北。東海西流沙，天爲限夷狄。三代千餘年，天子雖務德。實以險爲恃，四夷皆潛匿。漢唐德稍衰，地勝豈殊昔。暫來還亟去，不敢窺城壁。石晉一失謀，八州淪胡域。天地破扃鐍，山川無阻阨。貽爾子孫患，固知非遠策。桓桓周世宗，三十纂瑶曆。一歲破東河，劉崇喪精魄。再歲復秦鳳，不庭自柔格。三歲出南狩，王師拯焚溺。江北十四州，取之如卷席。四歲征關南，曾不發一鏑。三州相繼降，德聲暢蠻貊。李昇請臣妾，錢鏐修貢職。帝欲因兵鋒，乘勝務深擊。直取幽州城，拓土開疆埸。重收虎北口，復闢閉寇賊。是時戰屢捷，六軍氣吞敵。平吳如破竹，成功在頃刻。惜哉志不就，暴疾生中夕。帝宋承大寶，聲名發丕赫。全蜀獻土地，舉吳上圖籍。荆潭與甌閩，助祭來匍匐。開城納江俘，御樓受晉聝。區內一正朔，六州獨割剝。憤憤柳崇儀，才宏包且爽。生長在河朔，耳目熟金革。旗鼓朝治兵，酒殺夜結客。握臂說心誠，倒囊推金帛。客以豪傑士，遇侯頗感激。往來達厥誠，生死願效力。萬德納我說，洞然絶嫌隙。事成已有萌，侯去何云亟。豪傑夜空回，帳中屢嘆息。我覽此二事，天意終難測。撫卷一感傷，兩睫淚潸滴。

安道登茂材異等科

嘗言春官氏，設官何齷齪？屑屑取於人，辭賦爲程約。一字競新奇，四聲分清濁。矯矯還雄才，動爲對偶縛。恢恢晁董策，亦遭聲病落。每歲棘籬上，所得多浮薄。嗟哉浮薄流，不知王霸略。六經掛東壁，三史束高閣。瑣瑣事雕篆，區區衍述作。隨行登一第，謂身驀寥廓。趨衆得一官，謂身縻好爵。棲棲咫尺地，燕雀假安託。汲汲五斗米，雁鶩資飲啄。壯哉張安道，少懷夫子學。三就禮部試，不肯露頭角。耻用衆人遇，羞將一賦較。甘心塌翼歸，志懷本卓犖。三賢文章師，大參宋公，副樞蔡公，計相范公，連章稱薦。儒林推先覺。百鳥聲喈喈，獨能辨鸑鷟，玉石方混混，獨能識至璞。薦之于天子，此材堪輪桷。遂得望清光，三接近帷幄。僚友視萬乘，器宇誠嶽嶽。願乞數刻景，古今可揚榷。縱横三千言，得儁如奪槊。上下馳皇王，周旋騁禮樂。遠推災異源，上究星文錯。直言補王闕，危論針民瘼。天子覽其奏，嘉賞爲嗟愕。既嘆相見晚，且言同時樂。一命校秘書，恩澤優且渥。追惜漢武世，仲舒道磽确。再念文宗朝，劉蕡命蹇剥。有才無其時，徒抱此誠慤。吾君嗣丕基，百王懈景鑠。萬物蒙休嘉，四夷奉正朔。賢良得其時，才命不相虐。一謁乃大遇，君臣無隔幙。我賀吾君明，取士得英卓；我賀吾道行，逢時不踸踔。行願入廟廊，鈞軸在掌握。上使斯文淳，下使斯民樸。五帝從可追，三王豈爲邈。

感興

村居何所適，種木樹桑梓。田園繞家舍，遠不逾十里。款段足乘騎，代步而已矣。但識畜駑駘，安知有騏驥。臘月北風寒，太行山色紫。君命急如火，城頭見燧燧。雪深馬僵倒，十夫扶不起。軍法有明訓，後期者誅死。倚鞍思駿骨，撫轡念緑駬。求之不可得，轂觫滿眼淚！旁聞負薪叟，竊語相譏刺。居安常念危，在險如處易。臨難始求濟，狼狽徒勞爾！有備則無患，古人垂深旨。平居無事時，華廄深祕邃。善穀與豐草，秣飼十廄吏。駑駘飽相枕，素飡不知愧。伯樂能識馬，每來如勸説。飛兔與騕褭，日牽在都市。爲愛千金資，貪吝不肯置。今日臨艱難，勞力自勉勵。

又送從道

常欲飽暖天下人，其道未得一寸施。子有二親皆七十，糠覈不充常寒飢。昨日訪我破屋下，具鷄一隻酒一巵。子起却盤筯不舉，吾親未審曾食之。對我噓嚱涕泗下，孝子之心真可悲。子固與我同一體，相問豈復有毛皮。顧子之親則吾親，吾親凍餒無奈何！飽暖天下心徒爲，送子出門成此詩。

偶作

晉公平淮西，兵出速如神。崇韜伐西川，六十日請臣。太祖初受命，諸侯未盡賓。蜀廣號敵國，荆潭爲疆隣。王師討有罪，不聞逾十旬。元昊誠螻蟻，有地長一畛。詎足污斧鉞，尋當投荆榛。是何逾歲月，務行含貸仁。豈兹將帥間，迥無晉公倫。張旗發一號，豈無李處耘。提戈出一戰，豈無王全斌。容兹盈寸蟹，蕩漾於流津。平生讀詩書，胸中貯經綸。薄田四五畝，甘心耕耨勤。倚鉏西北望，涕淚空沾巾！

送李唐病歸

春風汶水温，曉日徂徠寒。之子銜病歸，請予開一言。予知去病術，爲子陳大端。予嘗學聖人，試將道比論。道病非一日，善醫惟孔韓。賞罰絶于周，孔筆誅其姦。《春秋》十二經，王道復全完。佛老熾于唐，韓刀斷其根。《原道》千餘言，生民復眠飡。道病由有弊，邪僞容其間。身病由有隙，風邪來相干。子欲治斯道，絶弊道乃存。子欲治子身，杜隙身乃安。此理近古醫，吾言有本源。

蝦蟆

夏雨下數尺，流水滿池泓。蝦蟆爲得時，晝夜鳴不停。幾日飽欲死，腹圓如瓶罌。鉅吻自開闔，頭項或縮盈。時於土坎間，突出兩眼睛。是何癡形骸，能吐惡音聲。嗟哉爾肉膻，不中爲犧牲。嗟哉爾聲粗，不中和人情。殊不自量力，更欲睥睨橫海之鱣鯨。自謂天地間，獨馳善鳴名。萬物聒皆聾，不知鐘鼓欽欽，雷霆闔闔。應龍戢腦入海底，鳳皇舉翼摩青冥。此時各默默，以避蝦蟆鳴。何時雨歇水澤涸？青臭泥中露醜形。失水無能爲，兩脚不解行。乾渴以至死，盡把枯殼填土坑。

寄雷澤張從道

不知有凍死，一室心恬如。臘盡妻未褐，天寒子讀書。澆風與世薄，古道于時疏。事事皆同我，憶君春草初。

訪田公不遇

主人何處去，門外草萋萋。獨犬睡不吠，幽禽閑自啼。老猿偷果實，稚子弄鋤犁。日暮園林悄，春風吹藥畦。

蘇唐詢秀才晚學於予告歸以四韻勉之

憐我山中卧，半年相伴吟。道傳諸子後，《易》得數爻深。爨或經年絶，書猶盡日尋。惜哉未終業！親老忽霑襟。

歲晏村居

歲晏有餘糧，杯盤氣味長。天寒酒脚落，春近臛頭香。菜色青仍短，茶芽嫩復黃。此中得深趣，真不羨膏粱。

送奉符縣監酒稅孟執中借職蜀主之後。

東西兩處各天涯，去國還鄉喜又嗟。鄒嶧山藏孟子宅，自言孟軻後。海棠花落蜀王家。深知周道非彝酒，可罪唐臣乞稅茶。三載此心無一事，聞經絳帳日常斜。事退，日就於明復先生問道。

予與元均永叔君謨同年登科永叔尋入館閣元均今制策高第君謨後磨礪元均事業獨予駑下因寄君謨

網羅當日得英雄，文陣三人各立功。海裏赤鯨疑有角，雲中騏驥欲追風。尋聞館閣英聲出，又見賢良大對通。亦說年來畜奇業，蟭螟何計逐飛鴻。

寄元均

君爲儒者豈知兵，何事欣隨璧馬行？裴度樽前坐韓愈，趙成帳下立荀卿。禦戎誰道全無策，對壘寧妨下一枰。須信乾坤養不肖，年三十七卧柴荆。

赴任嘉州初登棧道寄題姜潛至之讀易堂

我不從官君下第，其間險易兩何如？連雲棧外四千里，讀易堂中一帙書。慈母含飴垂禿髮，先生懷道接茅廬。莫將清淚頻頻灑，蜀道之難欲上初。

左綿席上呈知郡王虞部王與介前任同在睢陽。

何事相逢悲喜并，倏然相別二周星。主人鬢髮無多白，幕客襴衫依舊青。目極同思故山斷，涕危共在異鄉零！階前絲竹雖嘈雜，不似南湖湖上聽。睢陽南湖，宴游之所也。

士廷評相會梓州

道視荀揚雖未至，分如管鮑已知深。一千二百日離別，五十六驛外相尋。重欲同君注《周易》，且來共我聽胡琴。月留屋角不下去，似與清風憐苦吟。

鄭師易秀才詩奔騰遒壯殆有石曼卿學士風骨作四韻以勉之

曼卿續得少陵絃，絃絕年來又一年。驚起聽君諷新句，灑如開集味遺篇。一家氣骨疑無偶，萬丈光芒欲拂天。好向風騷尤著意，他時三箇地詩仙。

留題敏夫隱居

幾迴到此尋逋客，杯案蕭疏滋味長。山飯半甌橡子熟，春蔬一筯朮苗香。四時泉石應無夏，滿谷雲霞別是鄉。終待共君結鄰里，竹邊相並兩間房。

訪竹溪呈孟節兼有懷熙道

到頭泉石是吾家，坐石聽泉日已斜。一片青衫非富貴，千竿緑竹好生涯。君曾覽照頭皆雪，我試看書眼亦花。便好結爲山伴侶，教他夔益佐勳華。

招張洞明遠

君言下第我西飛，執手都門淚滿衣。萬里得歸頭半白，經年相別道應肥。火鑽欲遍龜難死，竹實猶多鳳不飢。暫到東山慰愁抱，《春秋》之學説深微。

村居

幽居一畝枕溪稜，階下杉松纏古藤。常愛園林深似隱，不嫌門户冷如僧。麥宜過社猶催種，山近經秋却懶登。已把壯心閑頓置，少年莫要苦相憎。

燕枝板浣花牋寄合州徐文職方

合州太守鬢將絲，聞説歡情尚不衰。板與歌娘拍新調，牋供狎客寫芳辭。木成文理差差動，花映溪光瑟瑟奇。名得只從嘉郡樹，燕枝木，嘉州出。樣傳仍自薛濤時。有薛濤牋。奇章磊磊馳聲價，江令翩翩落酒巵。幾首詩成卷魚子，有魚子牋。誰人唱罷泣燕枝？紅牙管好同牀置，紫竹笙宜一處施。願助風流向樽席，杏花況是未離披。司空圖有《杏花辭》文頃在睢陽，多命唱之。

送馮司理之任彭州

李白詩中《蜀道難》，把詩試讀淚汍瀾！江形詰曲千迴折，嶺路峻嶒萬屈盤。登陟去年腰僅折，追思今日鼻猶酸。予去年罷嘉州歸。此行君不同屯蹇，五馬相知舊長官。彭牧與君常同官。

赴任嘉州待闕左綿七十日通判呂國博日相從吟酌至嘉陽因成韻寄之

鼎來豈敢道能詩，一見何因便解頤。鄉國三千里離別，杯盤七十日相知。送人江外馬馱妓，垂釣寺中魚竭池。别後中秋又重九，與誰賞月詠東籬？

泥溪驛中作嘉陵江自大散關與予相别，二十餘程，至泥溪偕予去，因有是作。

山驛蕭條酒倦傾，嘉陵相背去無情。臨流不忍輕相别，吟聽潺湲坐到明。

武仲清江集鈔

孔武仲，字常父，臨江新喻人。至聖四十八代孫也。舉進士，中甲科。調穀城主簿，教授齊州，爲國子直講。歷秘書正字、校書，集賢校理，著作郎，國子司業。論詆王氏，進起居郎侍講邇英殿，起居舍人，旋拜中書，直學士院。擢給事中，遷禮部侍郎。以寶文閣待制知洪州。改宣州，坐元祐黨奪職，居池州。卒，年五十七。與兄文仲、弟平仲，並有文名。時稱二蘇、三孔。元祐文人之盛，大都材致橫溜而氣魄剛直，故能振靡復古。如三孔者，皆文章之雄也。然文仲恃才，爲蘇氏所使，攻毀程子，晚知懊恨，歐血而没。君子病之。集稿罕傳。周益公時搜合爲《三孔清江集》，已不可多得矣。一言不知，令名剥落，爲文人者，每得罪聖賢，不必爲奸邪，而卒不得與于君子，豈獨一文仲哉！作者不可以不慎也。因附其遺詩數首於末。文仲字經父，舉進士，官至諫議大夫，中書舍人。

馬嚭麥

馬嚭麥，僕飲冰，北風軒軒摇丘霖。十日吁可驚，南山喜見朝日升。尋陽北岸霜泥薄，窮臘獨爲千里行。五里聊一止，十里復一息。楊柳弄輕黄，已作春顔色。川原入眼雖似快，時節去家還可惜。嚭麥不須飽，飲冰勿畏寒。起鞭移擔復五里，帝鄉卽在須臾間。悠哉役夫勉桓桓，征途幾何莫永歎，亦莫悲歌行路難。

兒歸行

竹元珍云：「澤州山中，暮春之月，有鳥啼曰『兒歸』者，其聲甚哀。問之鄉民，云：『昔有里婦愛其子，而憎前室之子，欲逐之，未有計。乃於種麻時，熟其半，生其半，使二子分種，曰：「麻生乃得歸。」而誤以熟者與己子。久之，所惡之子歸，而己子不返。往視之，則已化爲飛禽，啼曰『兒歸』。今鄉人以爲種麻之時候。」余以謂人之憎愛，藏乎胸中，陰謀所發，乃在分種之際，而心手倒錯，事與願違，朝人暮禽，子母生隔，似有巧者主張斡旋于冥冥之間，天網雖疏，其應甚密。則夫爲人上而接其下，用心積慮，可不戒哉！又知天之所以垂戒示迹于人者，殆將使之推類以自廣，非獨此一女子也。乃作詩以記之。

兒歸兒不歸，朝爲子母歡，暮爲禽鳥飛。故居不得返，深林安可依。此身寂寞已如此，我母在家應憶子。子今豈不思其親，空有舊心無舊身。兒歸兒不歸，春已暮，朝多風，夕多雨，山雖有泉隴無黍。兒寒有誰訴，兒飢與誰語？萬物卵翼皆相隨，兒今不得兒子母。兒歸兒不歸，年年三月種麻時，此聲煩且悲。聞昔一母而兩兒，于己所生獨愛之，麻生指作還家期。唯憎者來愛者去，物理返覆不可知。天公豈欲故如此，善惡報敏如塤篪。至今哀怨留空山，長爲鑒戒子母間。豈獨行客愁心顏，兒歸摧痛傷心肝！

車家行

上坂車聲遲，下坂車聲快。遲如鬼語相喧啾，快如溪沙瀉鳴瀨。一車人十捧擁行，江南江北不計程。青天白日有時住，無人止得車輪聲。晚來驟雨聲濯濯，平曉郊原盡溝壑。方悟車家進退難，不如田家四時樂。

猗猗堂下竹

猗猗堂下竹，我來初萌芽。生意甚蹇薄，纔能出泥沙。狂霖一夕作，霹靂連轟車。回首未幾日，其成何速耶！修然數尺高，秀色蔚以佳。餘陰過盆池，喜躍見魚蛙。乃知地道敏，不待歲月賒。念彼遠遊子，聯翩入京華。勢利勇奔趨，被服爭豪奢。外雖逐喜好，顧眄相陵誇。中乃昏智識，有損無增加。曾竹之不如，徒此草木花。經風已籔落，枯槁良可嗟！而我方涉世，浩渺無津涯。因竹亦自悟，慨歌窗日斜。

與廖開甫自淮南同行赴舉相別五年復相遇於蘄水縣爲詩贈之

來書吾初走夷門，傾蓋得君恨不早。蘭溪駐馬復相逢，二紀飛馳如電掃。惜君憔悴力不任，顧我滄浪髮先鬌。憶昔同行氣頗驕，青驄馬快鞍韉好。荒山破屋風豪橫，大澤長堂雪傾倒。高談灑落見天機，健句縱橫濾腹藁。辛勤始得到京邑，文辭不入春官考。可憐六翮委沙泥，坐看羣仙上蓬島。壯年多難寸心折，勁鏃已衰難破縞。而君施設有餘才，西佐元戎奪城堡。牛刀拂拭試一懸，如引滄溟灌行潦。歸來赴愬天子庭，正欲披腹呈瑰寶。片辭未吐疾先入，藜杖扶行色枯槁。籃輿復指天涯去，長川橫濫聲浩浩。驊騮不日歸王閑，那久低摧卧霜草。

久長驛書事

空堂深深閃燈燭，羣奴鼾眠聲動屋。豆肥草軟馬亦便，嚼美只如蠶上簇。天事由來不可量，初更月出星煌煌。須臾變作霏霏雨，客枕不眠知夜長。

題鮑家鋪

郵亭秣馬朝寒天，雪雲壓山山湧泉。隴頭客飢欲噤口，屋底人閒猶鼾眠。敲門得薪感相濟，征衫如洗賴火然。江南亦有安棲處，却羨郵亭人穩住。

舍轎馬而步

嚴風駕雪霜，吾轎頗溫燠。白日暖郊原，吾馬快馳逐。二者皆得用，翩如兩黃鵠。馬驕倦提策，轎狹厭攣束。何以救斯弊，奔馳有吾足。副之兩革靴，隨以一笻竹。鳧趨上高岡，虎步出平陸。折花得低枝，照影臨深谷。道逢田間叟，時訪以耕牧。北音稍入耳，俚語俄滿腹。行行及前堆，小汗已霢霂。芳草可爲茵，吾眠不須褥。人生忌太佚，終歲居華屋。醉飽耳目昏，軟暖筋骸縮。今吾異于此，千里干微禄。朝隨麏麚騁，夜侶鴻雁宿。户樞勞乃久，金礦鍜方熟。聊歌以自娱，不作楊朱哭。

送李大夫管勾太平宫居袁州

康定慶曆披羣英，公爲布衣歌太平。熙寧元豐王道興，公作太守逢休明。四十年間走四海，崛然不肯干公卿。峩峩正議天柱壯，皎皎素節冰壺清。胸中慷慨外間易，年高未見白髮生。罷節巴陵歸意鋭，奈何去就不敢輕。馳歸天寵乞閒散，諸郎惜禄猶屢争。毅然不與兒女計，飛章丹扆論赤誠。明朝果得琳宫去，匡廬山色遥相迎。玉溪氣象自瀟灑，新磨古鏡當霄横。修篁萬竿飽霜雪，枯碁一局酒滿觥。時邀賓朋敍野史，閒擁雪鶴登巖扃。妄排丹鼎夜不寐，邂逅黄金燒可成。未應謝傳入滄海，行見盧敖朝玉京。

代簡答次中見留

詩誇洞庭湖，蓋舉其粗爾。自此稍南行，更有瀟湘水。瀟湘如此流，淺深清見底。吾邑在其旁，桑麻百餘里。民經南巡後，淳龐猶可喜。白酒日相沽，鱸魚夜成市。念方從吏隱，小官不爲恥。先期了賦租，隨時用鞭箠。此外無餘事，看山聊隱几。還作小詩篇，寄聲前御史。御史吾故人，風義今爲偉。超遷未復甚，久仆行復起。但使交期在，不須論遠邇。今夕宿朱仙，相望月明裏！

入關山

輕輿兀兀乘朝暉，漸入山徑行逶迤。昨日喜與山相見，今日得與山相隨。山中老翁迎我笑，借問久矣來何遲？答云王都富且樂，四方車馬皆奔馳。我雖疏慵亦勉強，天恩得邑方南歸。山林市朝不同調，公雖高簡宜無譏。老翁聞語更歡意，爲我煮水燒松枝。山家十錢得升酒，勸我引觴聊沃飢。爲翁一奏白雪曲，翁亦爲我歌紫芝。此聲淡泊極有味，往往世俗無人知。山中之樂有如此，嗟我捨此將焉之！

新安鋪三首

罩罩澗中草，泠泠山崦泉。泉甘而草芳，旁有屋數椽。夕陽漸近西風起，行客山頭望千里。薄雲斜日亂山川，投得荒亭晚息肩。地僻誰知藏好景，庭前花數折金錢。篁如秋水憩迴廊，素月分輝百倍涼。山木交加無意緒，故欺殊影到人牀。

宿天池

我思廬山遊，發興自年少。偶來得閒侶，更欲窺衆妙。幽林穿濛籠，青峰上巘峭。遥看天池路，一線在巖徼。辛勤得至此，慘寂已西照。雲池桂無根，瞪視心膽掉。暮夜煙雲昏，西巖亦登眺。聖燈稍稍出，弄影何窈窕。一枝分百點，變態不可料。須臾歸寂滅，何處覿朕兆。僧房得棲宿，爽氣冰毛竅。翻然亦興盡,却恨歸途寫。緬懷道隆師,確不奉明詔。似與山間石,慇懃論久要。我今來時迫,繡灰真可笑。明朝指誰谷?裹足登涼轎。時足瘡未愈。指却壁上名,恐爲高人笑。

尋真觀

武皇車駕東南出,訪道求仙希萬一。屏風九疊雲物清,意恐神仙藏此室。羽章之館締構新,壇場夜夜祈星辰。蓬萊縹緲不可到,橋山一閉逾千春。詠真之天在旁側,白晝潭心飛霹靂。田收歲美龍亦閒,唯有濟淪照空碧。誰道尋真是女郎,朝餐松桂夜焚香。明眸緑鬢今何在?意已霞衣侍玉皇。

松上老藤在三聖寺。

古木已昂藏,長藤亦奇怪。潛根蒼蘚中,矯尾青雲外。嚴嚴秋霜剥,悠悠夏景曬。摧殘復長養,鍛鍊成老大。蛇蟠筋脉壯,龍死軀殼在。他時雷破山,大雨灑滂沛。兹松若變化,無乃遭結□。附枝物所患,奪朱古爲戒。何不淬斧斤,誅鋤此蕭艾。

高臺歌

廢地積爲冢,昔曾遊宴來。冢廢無子孫,東家砌成臺。臺雖平方冢雖禿,物理廢興有往復。相逢莫喜亦莫愁,乘興且同臺上遊。

賦張芸叟蕃刀

王師前年下靈州，先生奉詔爲參謀。軍書堆案不足道，欲斬名王懸髑髏。官供器械如山積，裝結雖巧體質浮。傳聞蕃刀最可用，買置不惜千金酬。沙河洗湔血痕盡，瑩若一水横清秋。長庚輝輝奪明月，光景迸溢不可收。軍回倉卒未及試，提挈萬里來荒陬。空齋倒掩閲圖史，深林永日號猩鼯。揮鳴且欲驚暴客，敢議與國平寃讐。夜郎蒙恩放李白，炎嶺得旨還幽求。輕船共泊長沙岸，幾日對語清湘樓。紅蓮幕中邀客飲，霧雨咫尺迷汀洲。雜花落盡無處覓，官妓遣歸不敢留。清歡未免假外物，共説鐵劍勝倡優。君家所寶世稀有，滿坐傳看驚殊尤。護之太過却銹澀，頑蘚鬱結纏蒼虬。横磨十萬祇虚語，得此已足馳燕幽。今公又應元戎辟，真能寸截鯨鯢不。郗生入幕宜有畫，定遠出塞將封侯。我今喜得隨君去，長江渺渺平天流。路危或恐逢水怪，尾脊崔崒當吾舟。煩公一效佽飛勇，爲公椎鼓傾金甌。

張秉叔出紫雲回鑾圖以示坐客因爲賦之

開元太平無兵戎，真人味道希夷中。人間之樂已饒足，唯有青霄未追逐。坐中誰似葉先生，以氣爲糧常辟穀。朝登員嶠夕崑崙，只與神游不要人。忽逢邀攜看月去，縹緲虚空生紫雲。蟾宫竟不容久住，仙藥飄飄送回去。歸來宫漏未移更，甲帳明釭宛如故。汾水悲歌仙不成，梨園空没有遺聲。紅塵如海漲朝市，從此無人遊玉京。

祠二廟之明日未得順風呈同行

岳州西祠從古有，控帶洞庭湖之口。前對隱顯明滅之湘山，下接淵淪洶湧之長川。茫茫白沙連絶嶼，淡淡古木蟠蒼煙。昭靈王，左安流，右翠帳。朱幡擁前後，鋸牙虎視森兩廂。氣骨生獰欲奔走，我來纜舟日已昏。袍韡跪聽祠官言，伏興進退如法式。四顧詭譎驚心魂。平明結束舟將解，叱吸仍聞北風大。焚香奏酒殊無計，伏渚藏汀姑有待。二王威神世所傳，鈐攝鬼怪賓靈仙。好風相送勢不難，舒卷造化須臾間。波回草動似有意，舉棹開帆卽千里。吟詩賞月岳陽樓，買魚沽酒巴陵市。

廟下候風呈同行

楚水千百源，洞庭爲壯觀。勢居七澤右，地裂荆吴半。而我泛扁舟，飄然一歸鴈。來之豈爲益，去亦未足算。胡不吹清波，縱發如飛翰。朝辭廟山曲，午泊巴陵岸。況有三面風，迎送俱無間。定非偏薄厚，以掇行旅訕。奈何苦流滯，兀兀晨復旰。采芹朝當蔬，伐竹暮供爨。舟師三十人，餓虎奔芻豢。使之裹糧絶，慮有探囊患。二王東南望，貌像頗輝焕。歌鼓歲無休，香燈夜侵旦。我爲江湖士，乞靈從弱冠。四到祠宫下，霜髯今已粲。王其故舊卹，勿以塗人看。尊師況慈忍，善道陰有贊。王心或未回，師頰固宜緩。林珓似見許，歸來整檣幔。

炭步港觀螢

九華之南蘆葦長，流螢夕起不計雙。爛如神仙珠玉闕，青羅掩映千明釭。空江沉沉未見月，近浦穿林起還滅。魚遊鳥宿自不驚，我知此火初無情。

泊趙屯

憶昨省覲趨濡川，萊衣擁綠方少年。艱難險阻俱未歷，孟浪男決唯爭先。舟發趙屯猶未飯，有風北起空濛間。掀搖三山欺五岳，巨浪倒潑東南天。千林向人俱傾仆，兩岸過眼眞飛騫。帆檣迴戛河漢底，鷁首俯飲蛟龍淵。跳波濺沫來四面，坐中時得鯉與鱣。妻啼婢訕殊不顧，兀坐正讀逍遥篇。爲言方破萬里浪，不爾捉月爲神仙。江中逢巨石，頗突爲引牽。逡巡水勢亦平緩，幸免肝壢輸烏鳶。暮投彭澤宿荒草，神驚魄顫何能眠！自兹稍悟垂堂戒，韡紋纔起不敢前。矜持太過僅無患，往往所至傷留連。乃知老謀與壯事，心膽殊異難兼全。重來此地畏洶湧，藏舟别浦看漪漣。魚跳鷗下自可喜，何用蛟鰐飲流涎。斜陽依依照草木，夾岸葭菼鋪書氈。兒今弱冠昔何有，昔領無鬚今皓然。二十餘年纔瞬息，時事幾蜕如秋蟬。區區走俗亦何賴，安得尺地巢林泉。

清溪詞

譙門之南溪水長，斜暉倒閃青銅光。下與長江作支股，愁霖漲天江潦黄。江潦黄，入清溪，清溪到底終無泥，還如初出秀山時。

瓜步阻風

昨日焚香謁聖母，青山鞠躬如負弩。但乞天開萬里明，掃去浮雲戢風雨。謂宜言發卽響報，豈知神不聽我語！門前白浪如銀山，江上狂風如怒虎。船癡艫硬不能拔，未免棲遲傍洲渚。輕盈但愛白鷗飛，顛頓可憐芳草舞。三江五湖歷已盡，勢合平夷反齟齬。上水歌呼下水愁，北船縈絆南船去。寄言南船莫雄豪，萬事低昂如桔槔。我當賣劍買牲牢，再掃靈宇陳肩尻。黃金壺樽沃香醪，神喜借以南風高。揚帆拍手笑爾曹，不知流落何江皋，荒洲寂寥聽怒號。

賦碼碯笛弟縠父所藏也。

羌兒吹笛作龍吟，中有太古之純音。伊人已死笛仍在，千古月明江水深。誰知巧匠尋山谷，蹩躃溪雲採明玉。雲容之竹色黯黯，淺紫輕紅花映雨。正聲隱顯初無端，造化推移指法間。黃鐘妍美霜朝暖，無射淒涼暑月寒。軺車走遍天南北，此笛此聲何處得？緇之湘竹川錦囊，廣坐聊持衎賓客。弘農學士九尺長，頰顴山起鬢髯張。從容奏罷陽春曲，氣衰坦腹眠繩牀。由來雅器自有合，不與教坊管絃雜。君不見，開元名臣宋侍中，手揮羯鼓疾如風。

送范中濟侍郎知慶州

平時廣朝中，相見輒歡喜。昂藏八尺身，所負必奇偉。四方欲善敗，軍國盈虛計。叩之如川流，滾滾不知已。天子曰汝能，吾臣鮮其比。而況所設施，粲然在邊鄙。四戎未純一，汝可三軍帥。擒之或縱之，高枕惟爾恃。公拜稽首歸，眉目凜生氣。頑童玩天恩，豢養若驕子。欲痛以鞭笞，而畏啼不止。二者不兩全，在所以節制。又如畜狂犬，繫頸不繫尾。收其要害處，進退隨所指。重城徹關□，沙漠淨如水。辭別不躊躇，安邊從此始。

江豚詩四言。

黑者江豚，白者白鱀。狀異名殊，同宅大水。淵有羣魚，掠以肥已。是謂小害，顧有可喜。大川夷平，縞素不起。兩兩出没，矜其頰觜。若俛若仰，若躍若跪。舟人相語，驚瀾將作。亟入灣浦，踏檣布笮。俄頃風至，簸山摇岳。浪如車輪，氛霧相薄。舟人燕安，如在城郭。先事而告，昭哉爾功。鰐啗牛馬，頭鼉象龍。暴殄天物，安得爾同。于人無害，所欲易充。暴露形體，告人以忠。又多膏油，以助汝工。江湖下貧，機杼以農。鳥鵲知風，商羊識雨。大厦之下，風雨何苦！豈知舟航，方在積險。以爾占天，蓍蔡之驗。古之報祭，不遺微蟲。孰揚爾烈，登薦蜡宫。世不爾好，復惟爾惡。我作此歌，爲昭其故。

堤下

堤下人家喧笑語，高揭青帘椎瓦鼓。黄流滚滚經簷甍，一任征夫作船苦。緑榆覆水平如杯，前灣旋放水頭來。深如怒虎著船底，玉石磊砢相喧豗。黄河雖斷隨渠急，舟楫舒遲行旋澀。獨上平堤望遠天，衣裘已畏西風入。

汴河

礬渠斜與昆河接，河遠渠慳幾可涉。狂霖一漲高十尋，迅瀉東來比三峽。崩騰下與淮泗會，清泚亦容伊雒雜。横空九闕真垂虹，怒捲千艘如敗葉。祇堪平地看洶湧，何事乘危理舟楫！共夫鵝鸛行天上，遥與谷中相應答。但憂心手一乖迕，巨舶高檣兩摧折。而余進退久安命，揭厲以望初不懾。妻孥亦已慣江湖，笑語猶如泛山陿。鳴弓擊柝驚夜盜，掘茹榜鰕佐晨饁。時登絶巠步榆柳，或面荒陂看鳧鴨。我生東南趣向野，揮弄清溪看苕霅。枕流漱石真所便，履濁凌險終未愜。觚稜漸喜金闕近，釜甑何憂米鹽乏。渾如海客泛枯槎，繚繞明河望閶闔。

閣下觀峴山圖

峴山巉巉清溪濱，倒影萬丈之淪淪。往歲嘗有去思吏，熱地尤多高蹈人。少年仕宦頗落魄，時登絶嶺攀蒼冥。幽花美草頗娛目，斷碑刓碣還傷神。曉猿夜鶴輕相別，從此奔走十八春。舊遊不復齒頰挂，方知到骨俱埃塵！麟臺昨日見圖畫，醒若楚客還覊魂。方嫌一幅論萬里，秋江緑水何粼粼！人心與物本無別，正爲利欲相埋湮。神功妙手如喚覺，滿座風月來相親。騎驢徑去自可到，猶愈縹邈西遊秦。剩沽宜城醉其下，夕陽倒載望冠巾。

食冰

冬冰冽冽雖可畏，夏冰皎皎人共喜。休論中使押金盤，荷葉裹來深宮裏。胸煩肺涸聊一蘇，任爾青蠅相趁死。經時不壞已可憐，濟物之功尚如此。人言霜雪比小人，我謂堅冰似君子。

愧魚亭

昔聞魚可羨，今見魚可愧。邂逅臨池處，瀟灑出塵意。秋風八月起江湖，水染紺碧霞綺疏。悠然掉尾波間去，須信人生不及魚。

子瞻畫枯木

寒雲行空亂春華，西風凜凜空吹沙。夫子抱膝若喪魄，誰知巧思中萌芽。敗毫淡墨任揮染，蒼莽菌蠢移龍蛇。略增點綴已成就，止見枯木成槎枒。更無丹青相掩翳，惟有口鼻隨穿呀。往年江湖飽觀畫，或在山隈溪水涯。腹中空洞夜藏魅，巔頂突兀春無花。徑深最宜繫畫舸，日落時復停歸鴉。蘇公早與俗子偶，避世欲種東陵瓜。窺觀盡得物外趣，移向紙上無毫差。醉中遺落不祕惜，往往流傳藏人家。趙昌丹青最細膩，直與春色爭豪華。公今好尚何太癖，曾載木車出岷巴。輕肥欲與世爲戒，未許木葉勝枯槎。萬物流形若泫露，百歲俄驚眼如車。樹猶如此不長久，人以何者堪矜誇。悠悠坐見死生境，但隨天機無損加。却笑金城對宮柳，泫然流涕空咨嗟！

高樓行

天悠悠，雲羃羃，半夜微聞奏笙笛。爛彩鬉飛仙，鵷雛戢其翼。高樓百尋□大途，東臨紫垣望青都。中山黄封酒百壺，五陵豪來少飲娛。夷門帝家盛遊樂，奔走環觀溢城郭。如今無吏横索錢，縱飲誰愁家寂寞。

平陽歎

壞雲如山壓齊壘，六軍顔色如灰死。高郎元自解琵琶，萬歲無愁作天子。伯升何曾上青天，濺血遺痕芳草間。長城萬里自推仆，駿馬只馱馮小憐。姦臣百計爲蟊賊，不但妖娥解傾國。熊羆哮闞鬉平陽，馮妃對鏡嬌櫳妝。死生契濶不相棄，雙雙刎頸長安市。

歸舍吟

長堤夾天溝，浩蕩東南流。上有騎馬客，枯髯清兩眸。馬後無飛蓋，馬前無鳴騶。進無趦趄謁，退無輕俠遊。擕金入市賣，十舖不一售。包裹却歸舍，置之牀一頭。半夜光滿屋，潛知是精鏐。貴物莫賤貨，不如深巷收。一旦遇知者，堆斗價可求。寄謝路傍子，神珠難闇投。

龜石

平川洶洶經南國，疋練横拖半天碧。洪瀾巨浪之中央，忽見頹嵬太古石。此石由來幾許時，混元一氣初開闢。神功割破混沌胎，劃落半空隨霹靂。非黿非鼈不可辨，有若神龜見蹤跡。精剛不待媧皇鍊，渾朴寧從巨靈擘。我知神物本天性，推移遷轉非人力。當時人禹走天下，驅至九江爲納錫。萬牛攢車載不動，鐵軸崢嶸自堆積。秦皇鞭山移四海，怒視不能移咫尺。至今獨立猶驚人，地志山經不能測。千靈萬牧誰復知，一片堅頑粗可識。昂頭突出翠濤中，跪足橫踏九泉脉。勁殼縱橫竇穴穿，當心一搭苺苔黑。淵潛不見曳尾狀，日爍猶驚負圖色。青髯剥落向何處，秋草綏綏神露滴。勁健曾支玉女牀，斕斑似點乖龍額。漁翁未網先自駭，靈蓍欲伏安可得！黿鼉縮首不敢近，蝦蟇巡行夜戰惕。歲冬大寒百聖伏，圜勁□勢無欹側。風磨霜鍊無日休，髮鬢皴痕成兆拆。負才不免刳腸累，至珍推藉天公惜。灼以炎皇之火精，爨以少昊之金液。神鑽鬼卜不見形，陰陽造化無遺策。大哉龜者物之精，歲久已化爲真形。有時月黑無人夜，繞岸光芒芒自生。下駭深潭怪蜃窟，上應中天玄武星。萬象森森下相向，來決吉凶真僞情。姦狐妖鼠已破膽，山魈野魅見亦驚。波神吞氣不敢喘，四面長漪鋪席平。吾聞溪老記往歲，半夜風雨來冥冥。剨然曳轉大潭左，百里震驚如雷霆。□憎摧折雖萬狀，崔嵬孤高終自靈。吁哉天地至奇物，何爲流落於江城。銅馬猶聞禜漢殿，神羊昔亦馴堯庭。便當推置玉堂上，古貌岌岌無欹傾。姦臣猾豎作狐媚，見之赬面先吞聲。凶荒水旱必可卜，倉卒變怪皆先明。匈奴喪魄萬里外，慴縮不敢窺天兵。龜乎龜乎用不用，壯士與爾同死生。

發王務

曉隨燈火背千家，落盡疏星見遠霞。一餉春聲回宿鳥，半天寒色在啼鴉。臨陂弱柳猶藏葉，當路殘梅已盡花。賴值時光正妍潤，穩看風物到京華！

發蔡州

悠悠清曉歷長陂，楊柳溝塍鴈鶩池。風色著人寒料峭，日光生野暖融怡。鶴歸雲海心空在，鴈度湖天力已疲。客路馳驅元不定，西遊應有再來時。

書事二首

路逢行客向江州，勒馬荒郊爲少留。家事滿懷無紙寫，好將言語付蒼頭。

北來煙爨若淒涼，金竈崢嶸突尾長。滿篋香秔無處用，郵亭一飽待桄榔。

和竹元珍夜雨

帝城塵土熱如湯，喜有殘宵雨送涼。旅枕夢雲縈宋玉，空階詩思感何郎！香迷舊理煙初斷，燈倚輕寒焰不長。明日御溝應更好，一番晴色弄垂楊。

旅枕

旅枕春風底，翛然一夢驚。漏移清禁遠，天入小窗明。桂玉梁園費，山椒楚客情。蕭條過百五，猶有賣花聲。

呈竹元珍

一室蕭然傍禁城，塵埃不到旅懷清。水流紅片知花落，雨浥蒼苔見筍生。感物已憐春寂寞，辭家憶是歲崢嶸。知君亦有淹留歎，歸夢西隨杜宇聲。

經父云自到京止得一書頗懷憂想因寄

萬事崢嶸不自由，年來書信最綢繆。鴈飛玉塞無多地，人望神都正倚樓。祇恐邊風多浩蕩，故令音驛每遲留。何如款段相隨出，鄉曲長爲馬少遊。

贈程壞

識盡公卿更食貧，蒼髯瘦骨走京塵。高談亦與時多忤，屢中方知術有神。前會渺茫渾不記，遠遊蕭索復相親。疑公別得壺中趣，回首人間二十春。

題報慈寺花藥園

少時隨衆蹀京塵，曾倚朱欄看晚春。二十年間頭半白，方知花木解磨人！

羅港

八節灘頭駐馬蹄，淙淙流水日沉西。歲時久已成陳迹，風景全然似此溪。蘭棹倚洲人競過，籃輿索筆我閒題。桃源仙境今何在，懊惱嬌鶯向暮啼。

過馬鞍山

足歷黃州百疊山，更無平地只岡巒。物皆枯槁非人世，石最崔嵬是馬鞍。畏日流金紅豔豔，亂沙堆雪白漫漫。崎嶇出盡聊休息，喜有松聲六月寒。

君表自西林還城中以詩爲別

天上優遊侍從臣，還鄉晝錦坐生春。不矜富貴知餘事，同訪溪山有故人。方外笑談無畛域，雨餘泉石長精神。西林路口嗟輕別，善護青雲萬里身。

入山三首

冠蓋成陰中路迴，獨攜蓮社道人來。千巖萬壑初相識，分付晴嵐面面開。

路出西林興倍長，輕衫短蓋入秋陽。層崖蔽日多清影，深谷迷人有異香。訪古不辭穿絕磴，參禪直爲遍諸方。此身似是遼東鶴，偶逐飛雲到故鄉。

十歲不出還可嗟，經旬遍走梵王家。羣山拍手向人笑，方朔今來何晚耶？

黄州

客路深秋一轉蓬，淮天牢落此將窮。城開雲水蒼茫處，人在茅篁掩映中。對岸武昌風月近，千年赤壁是非空。愁愁陳迹慵開口，謾把�竿伴釣翁。

吴章嶺作

廬山北轉是吴章，巖草紛紛静有香。洞口流泉似相送，人間天上莫相忘！

晚登庾樓

却從江漢望江廬，湓口風波日愈疏。滿甕尚留桑落酒，登盤今有武昌魚。斜陽柳色明碕岸，纖月波光濕太虚。鸚鵡洲前弔豪士，重將詞賦爲君書。

蘇子瞻雪堂

古縣東邊仄徑開，先生曾此斷蒿萊。鸞凰一去應不返，花柳當年皆自栽。畫壁蒼茫留水墨，朱欄剥落長莓苔。鄰翁笑我來何暮，撿點風煙興盡回。

鄂州

緑柳陰陰蔽武昌，汀洲如畫引帆檣。一江見底自秋色，千里無風正夕陽。暫别勝遊渾老大，追思前事只淒涼。賢豪況有遺蹤在，欲買溪山作漫郎。

蕭灑堂

旅平凹凸剪荆榛，畫棟明窗學隱身。政簡琴書聊度日，地閒花木爲留春。一盃濁酒迷今古，五字清吟泣鬼神！暫伴登臨對佳景，衣襟渾覺滅埃塵。

湖山亭

縣山峻絶有新亭，公退時來看洞庭。天外微茫二湖合，波心縹渺一峰青。非時爽氣生雲雨，永夜寒光浸斗星。千古登臨增健筆，投文猶可弔湘靈！

五鼓乘風過洞庭湖日高已至廟下

半掩船篷天淡明，飛帆已背岳陽城。飄然一葉乘空度，卧聽銀潢瀉月聲。南津漶潏夜風微，投曉湖靈更發機。想像虛空聞帝樂，逡巡波浪匝天圍。三湘路指平蕪轉，兩舸帆争白鳥飛。却上叢祠薦牲酒，荆雲隱隱尚朝暉。

城上亭上

更無人跡逐攀躋，廬岳烏藤手自攜。滄海誰論六月息，茂林今得一枝棲。幽芳滿徑春難老，翠樾連雲日易西。況有北郊宜曠望，八餘聊此發醯雞。

軺車館

野濶天長入望青，眼中虛豁到鴻冥。偶同楚俗來同樂，下視湘江笑獨醒。風緊水光時疊練，日斜山影半迴屏。扁舟過此方年少，老矣重來鬢漸星。

湘潭

禄仕飄然寄楚鄉，才能苦短志方強。已栽緑柳如彭澤，況有黄金似櫟陽。風颭湘波天影動，雲來衡岳雨聲長。尚疑卑濕難安處，更起西邊百尺堂。湘潭近有告發金坑者，余作堂於廳西，謂之月堂。

九月二十二日西館雨中作

西館蕭然擁罽裘，渾無桃李似潘侯。路多緑竹遮欄雨，池有殘荷掩映秋。蠻獠謳歌逢樂歲，江湖風景憶扁舟。衣冠到底爲身累，祇慕逍遥寄一丘。

寄范清老

日挂西南有薄輝，稜稜霜氣犯寒衣。不愁斗柄隨春轉，祇怕梅花學雪飛。湘浦波光頻送別，溢城山色屢思歸。高人只在南坡住，好共留錢買釣磯。

湘上

南歸曾泛碧湘船，擊汰臨流似浩然。平野幾枯殘歲草，綠波猶浸舊時天。簿書倥傯嗟巖邑，樽酒歡娛憶少年。尺水片雲今我有，亦當風月爲留連。

寄劉貢甫

秀水先生今傑才，崎嶇山徑滯蓬萊。飛楼岳麓吟秋草，把酒襄陽醉臘梅。東郡政聲無豈弟，南樓風月且徘徊。朝廷選用多英俊，早晚劉郎即到來。

自實豐倉歸

岳雲成凍把春寒，十里崎嶇倦往還。馬上朔風回繫帶，雪中微酒見開顏。含黃欲坼江邊柳，蘸綠相重水上山。抛掉一官如糞壤，好隨魚舸此中閒。

與陳董二君相會于真州經月甚樂詩寄董陳君兼感存没

平生交友半成塵，想見當年樂會文。別淚茫茫添海水，愁懷黯黯塞江雲。青衫脱去誰同老，白首追隨尚有君。宦暇更將碁子學，他時籌局當功勳。

讀王逢原文奇其才擇甚精録一編

人喜相知自昔然，況君埋玉未多年。雄文一讀千行淚，青眼相期萬古傳。已掇條枚收美實，更披沙石貯清泉。東齋倒掩無人語，火暖燈明手自編。

次韻和鄧慎思謝劉明復畫道林秋景

鈴齋清話未更端，一掃禪林景趣完。縹緲已裝新殿塔，縈紆仍引外峰巒。冷風有意生空濶，密雪無聲下廣寒。平昔所遊今在眼，淒涼疑是夢中看！

和李時發春日見寄

聞道重湖路未通，悠然身在碧湘中。崎嶇水國猶千里，牢落春花已半空。江浪濺寒侵小睡，岳雲篩雨響疏篷。君詩亦説清幽趣，便覺年來氣味同。

登湘陰北寺江亭

古縣峩新刹，孤亭占上頭。野苔侵坐緑，江水帶天流。絲斷湘靈瑟，蘋荒帝子洲。人寰真似夢，頃刻已千秋！

辭三妃廟

盤空烏鵲噪叢祠，船上行人半起時。殘月濛濛傾島嶼，南風嫋嫋透旌旗。開帆便欲日千里，別廟仍澆酒一巵。岸芷洲蘭俱可薦，新聲翻入《九歌》詞。

過洞庭

朝來四境宿雲披，漸放扁舟入渺瀰。漠漠衣襟凌水霧，悠悠簾幕挂天絲。波平自喜看書穩，風軟翻愁出險遲。今夜君山興不淺，登臨應及月明時。

登涵暉亭

常時洲島隔波瀾，故覓君山直上看。罨畫園林春減色，水晶宮闕晝添寒。州城斜引羣峰小，湖面平吞數驛寬。坐久西風響喬木，扁舟思到武陵灘。

登齊山

路出南堤思灑然，烏藤點點破苔圓。山腰仄塞元無路，洞底虛無別有天。六月清風醒客醉，千叢怪石伴僧禪。近人登覽方爲貴，從此匡廬不直錢。

銅陵縣端午日寄兄弟

柳浦移舟帶雨行，奔波南北是平生。忽驚佳節臨端午，還記當年客禁城。丹杏飣盤深簇火，碧醪傾盞釃堆餳。菖蒲角粽俱如舊，何事樽前醉不成！寄經甫。

南北飄然各轉蓬，佳辰無路笑言同。銅壺縣冷更微雨，白鵲樓高來遠風。粽剝雪膚明席上，酒傾玉骨映盃中。區區羈旅無歡笑，遥想華堂屢一烘。寄季毅。

清涼寺

白寺荒灣略艤舟，攜筇來作上方遊。何年巧匠開山骨，自古精兵聚石頭。故壘無人空向久，高堂問話凜生秋。雲庵快望窮千里，一借澄江洗客憂。

繫舟長蘆作

夜泊長蘆星滿川，晚來吳楚氣昏然。雲雷相會還成雨，江海交流獨艤船。廢室與人喧白浪，荒村何處起青煙？文書滿眼從拋棄，却倚蒲團學坐禪。

宮詞二首

十頃西池碧近天，春深調馬教龍船。至尊勤政歡嬉少，企望鑾輿又七年。

雲霧猊香錦繡帷，千官重列序賓儀。欲知湛露零蕭處，盡在天杯側勸時。

草石寺寺有潘閬題壁，權德輿晏坐記。

高士去已久，餘踪猶可知。竹陰侵晏坐，山影在平池。塵蝕參軍墨，苔侵相國碑。漫尋瀟灑趣，俯仰愜心期。

惜竹并引

東齋有竹數竿，翠蔚可喜。其旁衆笋附生，漫益深茂。最後出者，尤若奇特。無不應意，解籜未盡，而爲老兵手折之，悲夫！以干雲蔽日之勢，而摧于窗户之下；以凌霜冒雪之姿，而失於俄頃之間。環步往來，悽愴良久，不能忘情。既而自譬解，以爲陰陽之化育，天地所覆載，孰非假妄？自四肢百骸，外至耳目所接諸物，若器皿，若室屋，親愛之聚，輿馬之隨，孰能固守而終全之？其會合出於暫然，至於離散壞熄，此理終在，何獨一竹可傷，而介然于懷乎！乃頗能自遣而宥役兵之罪。然復一到其下，則初心還起，不能平也。余真大惑者歟？抑物之難得而可愛，當然者也？姑置其説，寓之以詩。

老蘚牆陰夕照間，何人折我翠琅玕？卽之緑葉隨塵化，猶有低枝帶露殘。不放雲稍侵霰雪，因嗟世故足波瀾。故園未乏篔簹品，十頃繁陰六月寒。

贈夢符朝議玉溪，在夢符宅後。

人笑公衣不浣濯，我憚公心霜雪明。青山仕宦有真炁，白首鄉閭無惡聲。相逢回首又再歲，暫去還來觀太平。何事南歸太果決，蕭然遠作玉溪生。

送望聖監南嶽廟

還鄉同赴紫宸朝，笑語從容慰寂寥。白髮侵淩今滿鑑，青春羈旅舊連鑣。易江小隱西園在，湘浦新除道路遥。老境不堪論契濶，東風宫柳亂堤橋。

遊凝祥池同晁無咎作

平時念江國，此地愜幽情。楊柳繁無路，鳧鷖遠有聲。郊原斜日下，襟袂好風生。把酒須拚醉，還家下隔城。

遊洪福寺

清晨戒童僕，馬匹出皇州。欲探逍遥趣，因成爛熳遊。藤蘿回晝暝，雲雨送春愁。傍近緋桃塢，尋春亦少留。

遊州南同文潛作

峩峩宫殿列仙居，深水方圓氣象殊。萬里舟船會京洛，幾人詩酒到蓬壺。日斜清弄來幽谷，風定蔫紅滿緑蕪。語罷恍然真夢幻，不應天色有江湖。

館中桃花

蓬壺深絶鎖芳菲，初見仙桃第一枝。天近自應風景别，春長莫恨化工遲。相重朱户人稀到，半掩香苞蝶未知。想像江南今盛發，亦經頻雨稍離披。

次韻瀛倅鄧慎思見寄

官是麟臺却佐州，蓬瀛俱稱列仙遊。憶分曉色趨天闕，想對春風倚郡樓。書付塞鴻應易到，人如隴水正分流。江湖未有歸耕處，何日相逢説旅愁。

試院書事呈子駿明叔

憶初懷詔下天街，紅燭相隨御史來。場屋喜遵新定格，朝廷思見已成材。誅鋤險異歸平坦，洗濯英華出草萊。文藻諸生皆足用，更期儒行比騫回。

館中夏日

珍簟舒明玉，涼牕納碧天。殿樓傳遠鼓，宮井取深泉。竹籜風頻脱，榴房晚更鮮。却驚非故國，五月未聞蟬。

直舍新闢西窗二首

推倒西牆平日功，暑天饒作一窗風。人間豈有炎涼隔，只在施爲向背中。

幾歲榴花蔽曲隈，繁陰初逼坐中來。西鄰小檻如圖畫，偷入簾帷次第開。

送芸老通判

御史連章乞此行，制書優遣副專城。京都豈乏翱翔處，忠義先期去就明。祖帳盃盤留晚色，關山草木動秋聲。西州莫作經年計，早晚君王召賈生。

蛤蜊

去年曾賦蛤蜊篇，旅館霜高月正圓。舊舍朋從今好在，新時節物故依然。棲身未厭泥沙穩，爽口還充鼎俎鮮。適意四方無不可，若思鱸鱠未應賢。

次韻李端叔見贈

君才瀟灑應時流，久滯寧非命壓頭。昨見河南推賈誼，行聞天子召吾丘。已無痛飲觀風味，猶有新詩講報投。京洛塵沙著人甚，清涼高爽憶宣州。

寄會稽丞趙振道

龜峰琬琰翠成堆，軒檻前當秀色開。此地登臨比圖畫，與君談笑繼樽罍。傳聞佳景無時乏，依舊清江不斷來。今日關河隔千里，相逢何處少徘徊！

聞袁思正卒于宿州

畫舸西河載酒回，東籬持菊待君來。何知頃刻成千古，不及從容共一杯。羈旅夢魂難際接，平生交分但悲哀！中年萬事長心惡，何處愁眉得暫開。

苦寒

晨風獵獵卷書堂，坐愛松筠耐雪霜。歲律峥嵘催暮景，時光宛轉逼新陽。金巵滿引顔雖解，石火深籠焰不長。安得仙家却寒術，吸吞霞氣赤城傍。

介之會徐氏家飲薄暮不歸爲詩招之

金鞍駿馬照朱門，樂會高張晉楚軍。狂客浩歌翻白雪，艷姬醉舞轉紅裙。花光灼爍筵前錦，酒韻氤氳盞上雲。爭似竹窗風月夜，青燈殘茗細論文。

題介之小閣

畫簾初卷碧山低，面面青藍翠拂衣。秋水暮天長一色，渚鷗沙雁或雙飛。煙霞逗眼光相亂，松竹敲風韻更微。却笑屈原顦顇甚，漁歌何苦淚交揮！

江上

萬里長江一葉舟，客心蕭索已驚秋。亂霞影照山根寺，落日光翻水面樓。淺浦耀金知躍鯉，前灘點雪見棲鷗。少年壯氣悲寥廓，未忍滄江下釣鉤！

夜歸口占示同行者

一天星月明如畫，萬樹杉篁吟戛秋。隱約棹歌聞別浦，青熒漁火見孤舟。身居簡册三冬學，心入滄溟萬里遊。髣髴重陽正明日，與君攜酒豫登樓。

文仲清江集鈔

秋月

孤枕夜何永，破窗秋已寒。雨聲銜夢斷，霜氣襲衣單。利劍摧鋒鍔，蒼鵰縮羽翰。平生衝斗氣，變作淚汍瀾！

次錢穆父新涼可喜

霜飇結新寒，草木起餘怨。翩翩前庭葉，追逐已千萬。斜陽背西壁，迤邐落藤蔓。安得金滿堂，聊換酒家券。追隨雙鴻鵠，擺脱舊籠圈。胡爲汗流赭，日與蠅争飰。常恐計不就，更以詩屢勸。江湖秋水高，百尺風帆健。何當開竹溪，玉腕互酬獻。左手持蟹螯，平昔固有願。

四月三十日慈孝寺山亭席上口占送子敦都運待制赴河北

送客城南寺，蕭然雲泉秋。客意在萬里，聊作須臾游。昨夜過新雨，清風滿梁州。簪裳合俊彦，河圖並天球。古來功名人，未就不肯休。譬如鑿空使，尚致安石榴。矧今南畝氓，往往東西流。君能安輯之，千倉與萬輈。

將至南都途中感舊二首寄錢穆父

北風吹雪滿皇州，攜手同爲落魄遊。霄一作「雲」。漢路歧騰萬里，江湖塵土積千憂。世情共逐飛蓬轉，人事都如激浪流。只待清談慰愁病，月明幾夜促歸舟。

苒苒星霜七换年，故人已上碧雲天。書憑去鴈雖無便，路出名都亦有緣。秋晚樓臺風作雪，雨餘碕岸柳生煙。應煩北道開樽俎，又費公庖幾萬錢。

次韻穆父見戲

當年同望赭袍光，萬事爭先落彩鋩。一别已經陵谷變，再來不覺路歧長。黄金久壓腰間重，白筆纔容柱下藏。惟願山林息枹鼓，免教鵰隼嚇鴛凰。余家近被穿窬，累夕鄰居擒盜者，叫呼達旦，未嘗獲安寢也。持此以乞憐于京尹。

平仲清江集鈔

孔平仲，字毅父，一作「義」。武仲之弟。登進士第，呂公著薦爲秘書丞、集賢校理。出爲江東轉運判官，提點江浙鑄錢、京西刑獄。紹聖中，以元祐黨人，屢謫韶、惠、英三州。徽宗召爲户部、金部郎中，提舉永興路刑獄，帥鄜延、環慶。黨論再起，罷，主管景靈宫，卒。平仲長於史學，工詞藻，故詩尤夭矯流麗，奄有二仲。

發儀真寄常父兄

丱角同出處，中路稍差池。往事如一夢，新年生白髭。小官仍齟齬，異國更羇棲。長時恨隔濶，既見少開眉。朝共爐邊飲，暮同窗下碁。一日復一日，眷眷不忍離。今兹解舟去，豈爲赴同期。久住恐相溷，蕭然生事微。欲將眼中淚，一灑别時衣。諸緒正牢落，勿令心重悲。融怡和笑語，惝怳迷東西。甘言戒婢子，循髪祝阿宜。憒憒情懷惡，正同中酒時。晚泊蘆荻岸，江天雲四垂。高城已不見，春雨更如絲。

二十二日大風發長蘆

張帆風尚小，出口勢愈急。扁舟已中流，前後無所及。側看岸旋轉，白浪若山岌。磔砉時有聲，百艓水争入。危檣聽欲折，柁柄脱操執。我有常病妻，素羸多不粒。及茲益憒亂，臥喘氣吸吸。婢姥半北人，茲險未嘗習。蒼皇面深墨，嘔噦皆膽汁。可憐兒女輩，往往相聚泣。出門强指揮，飛沫濺衣濕。江豚踊吾前，猵獺作人立。意如驚吾孅，出没相百十。呼神擲楮泉，祈佛啓經襲。是時正月尾，於節甫驚蟄。雲氣作冥晦，氣候變寒澀。日中僅得止，性命危若拾。紛然方寸亂，魂幹久不集。宫期幸未迫，安用苦汲汲。官兵勇貪程，一震當少戢。何如彼居民，生不出井邑。吾田雖曠瘠，飦粥粗可給。勞生默自慨，茅舍行且葺。

讀江淹集

煌煌一疋錦，爛爛五色筆。始如何處得，悵此夢中失！淹也雖善文，葳蕤少筋骨。譬人氣不深，往往多奄忽。晚年既富貴，外學仍老佛。豈非有所怠，寖使天才屈。奈何不自尤，秘怪疑鬼物。我有十丈舟，風期駕溟渤。褰霞□東皇，擘浪窺月窟。唯憂倦或止，視此頗自栗。

鑄錢行

三更趨役抵昏休，寒呻暑吟神鬼愁。從來鼓鑄知多少？銅沙疊就城南道。錢成水運入京師，朝輸暮給苦不支。海内如今半爲監，農持斗粟却空歸！

呈范清老

范子愛高卧，家政付兒孫。將身比瞑目，達理吾所尊。前日過所居，蔓草深閉門。范子欠伸起，性寡笑與言。相與尋幽寺，復將坐前軒。斜陽滿庭下，不厭鳥雀喧。擘雲青山秀，經雨野水渾。念此景清曠，非君誰與論。少年一傾蓋，白首義彌敦。頽然各忘返，明月照黄昏。

曹亭三絶句

外看江水長，裏見荷花發。廬阜收白雲，南浦浸明月。
漾舟荷花裏，艤棹緑楊陰。却上曹亭望，山高江水深。
登臨常患遠，遊覽不能繼。此景對門墻，�與日三四。

夜入監中

欹枕汗如洗，出門更已深。長風萬里至，河漢清人心。芙蕖有佳氣，楊柳摇疏陰。秋聲繁促織，月色動棲禽。落魄衣忘帶，逍遥髮懶簪。聽從涼冷入，一快直千金。

七月六日作

隔江見雨來，尤苦風大疾。蓬蓬宇宙中，掀攪若無物。百川水倒流，瓦石亦飛越。濃雲最輕浮，暫聚非永結。隨吹東西揚，散漫頗倉卒。竟無點滴惠，初勢不可遏。正昏露青天，方曀見白日。但增塵土高，益便水泉竭。農夫憂歲事，悵望眼流血！蛟龍不能神，卷尾藏窟穴。空餘鳥雀噪，庭户晚更熱。深夜氣稍蘇，林端挂明月。

暇日至家園

仕宦吾已知，退休不如早。九江園地勝，萬箇竹色好。每到必徘徊，倘然寄懷抱。于此築亭臺，于彼植花草。傍嶺更栽松，引池將溉稻。經營各有處，何日室遂考。薄田方待歲，一雨洗枯槁。指穀以易泉，橐囊助傾倒。茅茨若粗完，世路迹可掃。南山多白雲，臨望娱我老！

城東作

九江非吾土，久寓忘羇棲。丘墳之所宅，舍此亦安歸。錢官最閒暇，因得治其私。松楸鬱在望，時復至郊圻。駕言上東原，藹藹晨露晞。草木新過雨，秀色可療飢。念此道傍民，散居在山蹊。新秋百物熟，入城各有擕。芋迸紫卵壯，薑抽紅笋肥。欓香憶烹鯉，稻白想流匙。養生無不有，美味仍及時。此土遂可老，行當結茅茨。雲水有深約，塵埃無盡期。人生適意耳，富貴亦何爲！

月夜

平生最好月，況此秋夜闌。長風送蕩漾，浩露洗團圞。仰頭視虛空，光采如可餐。星辰斂芒角，河漢收波瀾。更無微雲翳，挂此白玉盤。六合靜皎皎，萬木涼珊珊。爲爾廢昏卧，徘徊更漏殘。更登高處望，歷歷見湖山。爽氣集冰雪,清心生羽翰。便欲御冷然,因之遊廣寒。一臨天池水,沐浴隨飛仙。

出城一首

驅馬出北門,秋色滿平皐。泄雲弄微陰,寒日照我袍。遵塗升復降,控縱亦已勞。落松被徑軟,青蒿倚崖高。南顧臨大江,厲風蔚波濤。蛟龍正崛强,舟楫未易操。亦有泝洄人,揚帆氣方豪。覆舟諒由險,豈曰命所遭!

九日獨登曹亭

重陽不見菊,節物愈凋零。性復不嗜飲,對酒只如醒。秋堂静便卧,既起思殊清。登高未免俗,亦不造林坰。屋西連郡郛,木末乃曹亭。杖藜只獨往,坐對南山青。蕭瑟西風高,泱漭滯雨晴。斷雲見天色,殘潦知地形。遥峰落照斂,别浦暝煙生。歸鳥向村急,孤舟當渡横。此時有佳興,乃惡聞人聲。況令預尊俎,而使聽竽笙。嗟吾趣尚僻!取笑世上英。豈宜濫簪紱,但可老柴荆。

堂前皁筴樹

堂前皁筴樹,落葉已如積。籬上牽牛花,青青照秋色。四序都幾何,推遷半陳迹。晝短夜益長,晴薄陰易得。浮雲忽以興,慘慘風自北。便有挾纊心,人誰顧絺綌。飢蚊爾何爲,乃欲長肉食。翼翅不能舉,自此且衰息。

朱君以建昌霜橘見寄報以蛤蜊

贈我以海昏清霜之橘，報君以淮南紫唇之蛤。橘膚軟美中更甜，蛤體堅頑口長合。鬬花結子幸採摘，没水藏泥豈蘄得。二物同時有不同，賦形與性由天公。請君下筯聊一飽，莫索珠璣向此中。

夜坐庵前

人定鳥棲息，庵前聊倚欄。徘徊明月上，正在修篁端。清影冰玉碎，疎音環佩寒。翛然耳目静，覺此宇宙寬。人生甘物役，汩没紅塵間。宴坐得俄頃，境幽心已閒。詎能長無事，自可駐朱顔。所以學道人，類多隱深山。

杜令無隱亭賞梅

梅生要孤高，故在城巔上。臘過已多時，花寒猶未放。正前乃廬山，積雪十萬丈。開樽□峥嶸，酒面已暹上。直須玉蕊十分開，洗盡煙嵐春氣回。請君掃地更招客，爲君□花卷大白。

晚興

春雪弄微陰，晚色連細雨。皁角茅已長，瑞香花欲吐。雖寒亦料峭，稍霽即和煦。園林擬杖策，芳物行可數。

上元作

春來霧雨久不收，上元三日月如秋。傾城娛樂競沽酒，舊歲豐登仍足油。樓前燈山燒荻火，光影動搖桑落州。太守憑高列歌吹，游人烘笑觀俳優。銅盤貯煤插烏帽，從兵小史斥下樓。侍觴行食皆官妓，目眙不言語或偷。短長赤白皆莫校，但取一笑餘何求。譬如飲酒且爲樂，不問甘苦醉即休。歸來紞如打五鼓，春寒慘慘吹駝裘。羣兒嬉戲尚未寢，更看紫姑花滿頭。

送張天覺

車上不須舞，途窮不須泣。萬事倏忽如疾風，莫以乘車輕戴笠。愛君清，如玉立。愛君直，朱弦急。膽肝磊落貯星斗，意氣軒騰脫羈縶。聖明天子聚羣材，下至椽杙猶收拾。況君屢薄青雲飛，暫爾低田豈長蟄。我亦區區有心者，海水期君更注浥。蕭蕭江路澀，煙濛客帆濕。惜君又作千里行，欲別還留手重執。

詩贈王從善

廣庭試羣材，俊筆馳短晷。鎖廳争第一，乃後二三子。騎龍失頭角，十載困泥滓。泛舟自淮南，得邑窮楚尾。江上始相逢，清名久吾耳。油然睹顏色，悅澤已可喜。博學有淵源，高談見根柢。有如萬斛鍾，久叩聲益起。如君豈易得，蹭蹬乃在此。棫樸析爲薪，奈何遺杞梓。我本世畸人，傀焉頑似鄙。一官傍松楸，自足勝朱紫。功名已灰心，藜藿思没齒。欲結方外游，徜徉訪雲水。聞君亦有意，不戀五斗米。笑指廬山高，論交從此始。

春暄大旱率企援筆

去歲有閏既苦寒，今年春早亦大暄。清明寒食在二月，禁火止如揮箑天。桃花零落牡丹發，漠漠江頭吹柳綿。細蟲打窗夜如雨，潤氣蒸礎朝生泉。卷簾闢向迎風坐，徹縟去屏思簟眠。勸君用心慎倉卒，萬事轉易如車旋。安知明日不凜冽，莫以炎涼隨目前。

送謝仲規致仕

公年五十餘，鬒鬢黑如漆。朝廷方進用，未是挂冠日。又非力不任，數以身自乞。人疑徇虛名，今也踐其實。蕭然巢許姿，臭腐視冕紱。東南富人材，卿相近間出。急流能勇退，千古未有一。賢哉謝夫子，趣尚真不屈。騰裝嶺外遠，歸棹江邊疾。故鄉何日到，清暑坐華室。荔包雜紅紫，茶品分甲乙。歲時會親賓，左右列圖帙。回頭煙瘴地，揮手風波窟。天將勞以生，乃獨取閒佚。觀公眉宇秀，凜凜有道骨。當爲地上仙，不是籠中物。我亦素有心，賤貧嗟汩没。鴻鵠羽翼成，高飛脫羅罻。鷦鷯未有巢，側目空自失。短章健公決，行且營蓬蓽。

曹亭獨登

問我當何之，曹亭蒼木外。江湖水方漲，曠濶吾所愛。微風撼晚色，爽氣回秋籟。楊柳隱官堤，芙蕖接公廨。白雲依山起，點綴若圖繪。何須招客遊，清興自無輩。落日更憑欄，下看飛鳥背。

晨出郡南

日未去，山更青。湖既濶，風自生。垂楊弄疏影，啼鳥曳殘聲。江城晚色懷抱爽，況在白龍堤上行。

夏旱

元豐四年夏六月，旱風揚塵日流血。高田已白低田乾，陂池行車井泉竭。多稼如雲欲成就，天胡不仁忍斷絕。雷聲隆隆電搖幟，雨竟無成空混熱。如聞大河決北方，目極千里波濤黃。我願蛟龍卷此水，灑落東南救焦死。又聞戎瀘方用兵，戰車甲馬穿雲行。安得疏江擁三峽，餘波末流灌百城。分枝引派入南畝，盡使枯槁得復生。志大心勞竟何補，仰視雲漢高溟溟。吾徒祿食固可飽，更願眼前無餓莩。

述鷗

水濱老父忘機關，醉眠古石紅蕖間。綠波蕩漾意不動，白雲往來心與閒。有鷗素熟翁如此，命侶呼儔就翁喜。相親飲啄少畏避，自浮自沉不驚起。漁人窺之卽謀取，手攜羅網來翁所。羣鷗瞥見皆遠逝，千里翩翩一回顧。鷗不薄，翁勿疑，避禍未萌真見機。漁人羅網不在側，敢辭旦夕從翁嬉。

乞巧

衆人喜乞巧，我以巧爲憂。言巧多欺佞，行巧爲邪柔。學巧競穿穴，文巧多彫鎪。巧不令如此，宜吾之恥求。我欲守拙性，浩然鎮輕浮。盡窒衆巧門，化以孔與周。此志尚未遂，感激在初秋。南顧問牛女，女實能巧不？

使紙甚費

家貧何所費，使紙如使水。親交或見遺，自買不知幾。置之几案間，數軸俄空矣。作字本不工，學書非不喜。不知何故盡，疑若有神鬼。若云隨置郵，性復懶牋啓。間或强爲之，皆出不得已。横斜若幡脚，齟齬如鴈齒。數易僅能成，紛紛多廢委。敍致失輕重，畏慎防觸抵。往往已緘封，時時又删洗。遂令巾衍竭，大半或緣此。昔無楮先生，云自蔡倫始。假令行竹簡，秃野未供使。人生有知慧，不若愚且鄙。古來取卿相，未必皆經史。誰教識點畫，空耗五斗米。咄嗟爲此詩，又是一張紙。

送朱君貺德安宰罷任還

尋陽五邑誰善政，歷陵令尹朱爲姓。孜孜常以民存心，四境安虞吏無横。吾愛其人頗真率，笑語詼諧喜譏評。山有猛虎藜藿長，人得朋友衣冠正。當時文學推第一，濶步青雲乃蹊徑。大賢百里固非地，赤子三年且無病。如君才智可自達，今歸朝廷惟所應。君臣昔以譬壎篪，吉甫文武陛下聖。當陳半策綰萬金，翩翩六翮淩風勁。江邊鍾官老鑄錢，坐髀已消窮且瞑。倘君富貴不通書，當念行藏素非佞。

寄子由

晨興悲風鳴，霜霰集我屋。忽驚歲云晚，日月疾轉轂。穴蟲知天時，閉户各潛伏。而我亦勞止，擾擾尚馳逐。宵征戴星出，暮飯多見燭。灰塵彫鬢眉，銅臭蝕肌肉。念當投劾去，牽繫五斗粟。豈無數畝田，亦有千箇竹。平生羨爲農，水旱憂不足。空效鳥雀飢，啾唧如聚哭。内顧復遲回，行藏類羝觸。長卿著犢鼻，揚子投天祿。岷峨能生賢，獨不主爲福。如君乃棲棲，似我宜碌碌。遠山積雪壯，霽色明羣玉。對此想清標，凜然疑在目。安得兩翅長，高峰逐黃鵠。飛去墮君前，綢繆論心曲！

元豐四年十二月大雪郡侯送酒

平明大雪風怒嗥，屋上卷來亭下高。更深更密皆能到，所在紛紛如雨毛。堆牀壓案掃復聚，取筆欲書冰折毫。鬢眉沾白催我老，白頸以下類擁袍。此時只好閉門坐，右手把酒左持螯。奈何巑岏據聽事，千兵跆籍泥如糟。强登曹亭要望遠，紙傘掣手不可操。黑陰遮眼鋪水墨，寒氣刮耳投兵刀。飢腸及午尚未飯，更搜詩句無乃勞！幸有使君憐寂寞，亟使兵厨分凍醪。余雖不飲爲一釂，兩頰生春紅勝桃。醉眼瞢騰視天地，蜾蠃螟蛉輕二毫。勿令小暖氣便壯，自笑世間皆我曹。

宵興

我眠何由安，擊鼓中夜起。出門若秉燭，月色照千里。屋瓦微有光，紛紛雪正委。清寒薄駝裘，六合氣如水。既歸整燈火，危坐閱書史。羸僮拭眼睫，侍我色不喜。問之强應對，固以噤口齒。金壺澀冰澌，城上更屢死。戍兵飽且昏，汗漫睡方美。援桴雖賤事，其實關衆耳。奈何司晨夕，倒錯一至此。惟有赤幘雞，喔喔鳴不已。

十二月二十五日大雪

前時大雪風擾之，有無厚薄皆不齊。今朝大雪無風色，下隰高原總盈尺。由來此物本陰氣，偏近黄昏落尤劇。斜縈碎委百千態，不是天上誰做得。錚錚鳴霰已二日，厭坐北窗聞滴瀝。自非猛下意不醒，半夜一天星斗白。漫漫玉琢人世界，蹂踐成泥真可惜！呼童梯屋器貯之，猶得煎茶待嘉客。

詠道上松

長松高落落，積雪白皚皚。鱗鬣凍且僵，鬱結久不開。覩其纏壓意，直使同枯荄。鴈帶寒光去，鳥傳春信來。微陽入亘幹，生意忽已回。豁若醉初醒，整頓出塵埃。秀色媚山腹，孤標摩斗魁。時至自當復，安得長摧頹！若非根本壯，何能異草萊。

狂犬

吾家有狂犬，其走如脱兔。撐突盤盂翻，搜爬堂廡污。逢人吠不止，雞噪猫且怒。固難在家庭，只可守其强乃如故。豈惟性則然，汝分亦天賦。未聞有騂騮，蹄齧棄中路。安敢攜汝歸，重令兒女怖。一躍數尺高，村墅。不見已半年，意謂少懲懼。昨日至城東，摇尾喜若赴。銜衣復抱膝，屢叱不肯去。

子明碁戰兩敗輸張寓墨并蒙見許夏間出篋中所藏以相示詩索所負且堅元約

平生性好墨，以此爲晝夜。陳玄爾何爲，能使我心化。四方購殊品，十倍酬善價。江南號第一，易水乃其亞。古錦綴爲囊，香羅裁作帕。精粗校白黑，情僞攷真詐。欣然趣自得，其樂勝書畫。英英清河公，風格繼王謝。語舊則鄉邦，論親乃姻婭。前時偶休澣，亟之城南舍。所嗜與我同，奇蓄頗自詫。弈秋約籌局，張遇賭龍麝。貪多而務得，廉遜或不暇。鉛刀施一割，駑足效十駕。決勝有如兵，必争還似射。黑雲半離披，玉馬全蹂藉。初鳴已驚人，再鼓遂定霸。物情矜俊捷，天幸蒙假借。功成不自高，垂首甘褻罵。子明每碁敗，語則褻。但當償所負，然諾重嵩華。彎弓既有獲，豈不願鴞炙。滌硯竢見臨，倒屣出相迓。陵尊且犯貴，此罪在不赦。更許觀篋中，前期指朱夏。

寒食郊外

涔涔雨沉城，浩浩泥没轍。四山氣如蒸，萬里天欲雪。我時出郊坰，山徑屢曲折。雖懷顛沛憂，亦有觀覽悦。幽花媚林薄，粲粲生意發。紅紫相後先，各自有時節。長松困冰雪，顛頓終不屈。及今翠天矯，騰拔見筋骨。陰陽有代謝，物性安可奪。請視大塊中，紛紛盡毫末。興衰若鱗次，今古猶市閲。只此晦與晴，變態亦俄忽。歸路日已煬，披襟滌初熱。

余比見管勾太平觀劉朝奉見嫌太盛教以一食之法自用有效因以告子由且進先耆後欲之說蒙示長篇竊服高致謹再用元韻和寄

廬山九江南，勝隱類王屋。中有劉先生，逃榮棄朱轂。我嘗問持養，次第蒙攝伏。操心要常存，尤戒忌追逐。教人啖火棗，喻世指風燭。一從屏晚膳，已覺失頤肉。諒能早如此，盎自有餘粟。寢甘無復夢，行健不須竹。萃地涌清波，漱飲每充足。當使百靈朝，如聞九蟲哭。欲塵亦遂掃，由味方有觸。甘肥自煎熬，其毒甚回祿。願公亦淡薄，同享秀眉福。丈夫貴決烈，安得猶碌碌。淘沙始見金，推石方逢玉。所以老氏言，爲腹不爲目。未能便仙去，輕舉隨白鵠。且保臨老年，眼明腰不曲。

常甫招客望海亭

蓬萊釀酒酒已成，賀家池上新採菱。紫衣侍立烏帽走，吾兄招客望海亭。歸來爲我道客語，出没帆檣俱可數。醉中遥指北山下，云此白處乃海浦。八山迆邐數百山，客居乃在一山顛。雖非陽侯所窟宅，風濤澒洞已拍天。餘山亦有人雜居，山無桑麻只捕魚。海中百怪所會聚，海馬海人并海驢。或如七十之老翁，或如三尺之侏儒。手足口眼莫不見，鞭礫盡作人號呼。千艘競造石首脯，雨聲颯颯魚來初。截波一網千萬尾，棹歌喜噪翻蓬壺。垂鈎忽挂緑鸜鵒，探石仍得真珊瑚。晚晴蜃結綵霞閣，夜黑龍呈明月珠。紅漣紫液碧瀲灎，頃刻變態世所無。我聞此景若在眼，便欲駕舶尋天吴。昔時管寧亦避地，吾祖嘆息思乘桴。我今何爲不可往，誰能俛首甘區區！平時此亭景最美，自謂清曠更無比。一聞客語心坐馳，却上望海汚潢耳。嗟哉好惡隨所遷，世間萬事多如此。

官松

我行九江南，曠野圍空山。道傍何所有，高松立巑岏。藏標隱雲霧，秀氣凌岡巒。横騫却與走，怪狀千萬端。中有清風發，能令朱夏寒。流金五六月，方苦行路難。騎者欲顛沛，負者面如丹。氣息幾斷絶，至此方少寬。消渴飲甘露，涸轍投長瀾。迺知古人意，爲惠無窮年。亦有被剪伐，行列頗不完。豈非風雷變，或者盜賊繁。土人對我歎，云有縣長官。爲政猛于虎，下令如走丸。取此爲宮室，將以資晏歡。良工操斧斤，睥睨長林間。擇其最高大，餘者棄不覩。千夫擁一柱，九年力回旋。至今空根悲，泣淚尚未乾。彼令誠何心！緩急迷後先。毫末至合抱，忍以頃刻殘。萬衆所庇賴，易爲一身安。居上恬莫問，在下畏不言。世事類若斯，嗚呼一摧肝！

越州飛來山

物之體性重，惟有石最堅。迴風捲黃沙，直下萬丈淵。如何崔嵬山，乃解飛青天。瑯琊趨會稽，道里固甚懸。想當初來時，詭異可得言。豈非巨靈擘，或謂秦帝鞭！雷公挾電母，歘霍相後先。夸蛾負崖脚，天丁攝其顛。北斗借神兵，虎豹下九關。海王驅魚送，百里鬧腥羶。悲號與憊喘，灑汗成流川。呼雲以自蔽，日月不得宣。棲鳥失其巢，哀哀啼白猿。草木困擺撼，枝葉半不全。置之秦望陰，百怪散□

煙。有龍走不轍，化爲錦色鰻。攢身入竅穴，噴出清泠泉。都人駭相報，平地見巍然。既來亦能去，惟恐復騰騫。浮屠鎭其上，副以屋蟬聯。朝吟諸佛經，暮講西方禪。以此相縶縛，羇孤幾千年。我聞已有日，今朝始攀緣。高堂置美酒，遠目凌孤鳶。老僧爲我説，指畫當我前。是否難致詰，且進黄金船。

秋夜舟中

昨夜强風萬弩過，舟中側聽披衣坐。秋來已覺陰氣繁，晨興更見波濤大。衰梧弱柳不足數，修篁摧折幾百箇。飛廉鬱然方用事，一威能令萬物挫。人言風怒未渠央，我觀暴忽勢不長。會見平川浄如鏡，刀魚鳴櫓過錢塘。

和常父望吴亭

深灣謂無風，試向江頭望。混混過新潮，峩峩起層浪。前驤復後踊，極力不相讓。蹈落皆有聲，擺觸頗用壯。游龍出鬐鬣，怒馬軒頸項。紛綸白雪外，疊去不知向。勢將銀漢接，高與海門抗。吴城挂水墨，越岫增怊悵。我欲絶横流，忠信固可仗。丈夫七尺軀，魚腹豈易葬。緬懷馮河戒，艤棹未敢忘！夜夢大樽浮，東行視溟漲。入宫謁陽侯，舉袂揖伍相。問其孰呼吸，乃使此倔强。謝云天所爲，玆語吾恐妄。却欲詰蒼蒼，無梯不能上。

遊六和寺

同尋六和寺，去旁蒼崖行。崢嶸石林氣，潺潺流水鳴。見此俗慮減，入門心更清。盤空到窈窕，小憩山前亭。天晴修竹外，颯有風雨聲。僧云金魚池，近日秋雨足。餘波落清壁，散作雪色瀑。徐與視其流，登高穿屈曲。忽逢白練飛，碎點濺珠玉。清泠振毛髮，蕭灑盪心腹。金魚在何處？演漾戲平淥。鱗鬣老愈黃，點漆作雙目。憶爲兒童時，嘗劇此池旁。聞人説金魚，已謂百歲强。今踰二十年，僧死草木荒。此魚尚無恙，纖質不改常。謂魚非靈物，安得擅久長。四海波浪高，三江網羅密。長鯨裂明珠，幽暗無白日。我疑龍變化，就此溪中逸。紛綸乾坤争，浩蕩風霆出。何如守一泓，無得亦無失。

戲張子厚

子厚誇善碁，益我以五黑。其初示之羸，良久出半策。波衝與席卷，揉攘見敗北。我師如玄雲，汗漫滿八極。子厚若殘雪，點點無幾白。是時秋風高，萬里鷹隼擊。鵂鶹伏深枝，顧視頗喪魄。勒銘亭碑陰，所以詫碁客。

泛漣水

漣漪二十里，清淡得我性。微風不復摇，天水相與浄。秋容入崖柳，晚色依漁艇。髣髴會稽遊，南湖似明鏡。

日出

仲冬十一月，我行赴高密。路出東海上，晨起駭初日。騰騰若車輪，只向平地出。較於昔所見，得此十之七。蟾蜍尚弄影，皎皎橫參畢。輝光一迸散，夜氣掃若失。扶桑想可到？俗慮苦難訖。壯觀曾禾厭，側歎流景疾。

早行 此篇《文鑑》所載稱經父詩。據孔氏遺稿，乃毅父作，遺稿毅父親筆，當以爲是。

客興謂已旦，出視見落月。瘦馬入荒陂，霜花重如雪。海風吹萬里，兩耳凍幾脱。歲晏已苦寒，近北尤凜冽。況當清曉行，遡此原野濶。笠飛帶繞頸，指强不能結。農家煙火微，炙手粗可熱。豈能迂我留，而就苟且活。仰頭視四宇，夜氣亦漸豁。苦心待正晝，白日想不闕。

夢錫惠墨答以蜀茶

墨者□自黑，黑者墨之宜。所以陳玄號，聞之于退之。近世工頗拙，所巧惟見欺。摹成古鼎篆，團作革靴皮。揮毫見慘淡，色比突中煤。誰最畜佳品，鄭君真好奇。贈我以所貴，有不讓金犀。堅如雷公石，端若大禹圭。研磨出深黝，落紙光陸離。較之囊中舊，相去乃雲泥。辱君此賜固已厚，何以報之乏瓊玖。不如投君以耆好，君性耆茶人罕有。建谿龍鳳想厭多，越上槍旗不禁久。我收蜀茗亦可飲，得我峨眉高太守。人情或以少爲珍，心若喜之當適口。更憐此物來處遠，三峽驚波如電卷。江湖重覆千萬里淮海浩蕩漣漪淺。舍舟登陸尚相隨，今以答君非不腆。開緘碾潑試一嘗，尤稱君家銅葉盞。

夜聚楊節之秘校廨廚

雲亂海天低，風吹馬耳破。黃昏訪主人，同向幽齋坐。談資綠酒長，歡敵紅裙坐。倒載夜深歸，雪花如掌大。

止謁宣聖廟者

高密古名城，其地近闕里。絃歌聲相聞，往往重夫子。學宫雖荒凉，廟貌頗嚴偉。上元施燈燭，下俗莫醪醴。高焚百和香，競爇黃金紙。所求乃福祥，此事最鄙俚。朝廷謹庠序，五路玆焉始。建宫以主之，不肖實當此。澆敝皆掃除，安可循舊軌。丁寧戒閽人，來者悉禁止。嘗聞諸魯論，丘之禱久矣。生也既無求，没豈享淫祀！夜亭甚清虚，古栢自風起。悦之以其道，吾祖當亦喜。

讀莊子

損此以錙銖，益我以千金。豈足爲輕重，徒能勞爾心。覆彼以狐貉，蒙此以絺綌。豈足爲厚薄，徒能損卿德。南山有鷙鳥，睥睨天地秋。有意横八極，固非守一丘。老鴟嚇腐鼠，安可施于此！鵷雛尚不屑，况非鵷雛比。

夢錫楊節之孫昌齡見過小飲

夢錫更時事，恢然君子儒。節之瓊樹枝，秀氣發扶疎。昌齡出相家，謙謹乃繩樞。三人于交游，得一固有餘。日暮俱訪我，止駕共躊躇。四天忽陰沉，風聲若江湖。寒色尚可畏，促膝同附爐。高密酒雖貴，爲君開一壺。拳栗自東越，殷榴從上都。羹烹歷山蕈，膾斫注溝魚。鮮蛤實海錯，肥羊非市屠。後食淮南蕁，此皆比所無。主人不敢愛，且以爲賓娛。夢錫飲中豪，節之亦其徒。昌齡稍姦黠，我勸勢頗麤。左手扼其肩，右手進觥盂。勉强爲我盡，淋漓滿衣裾。醉坐各忘去，蓬燭已見跗。幽談入鬼怪，巧謔相耽歈。勿言輕此樂，此樂勝笙竽。明朝酒醒後，相對禮如初。

收家書

早承會稽信，晚接清江使。兩地千里餘，尺書同日至。既知骨肉安，復得鄉里事。丁寧問兒女，委瑣及奴婢。開包視封題，親故各有寄。牛狸與黃雀，路遠不易致。東人罕曾識，專享無所遺。豈徒抵萬金，鼓腹快異味！

春天

春天酣酣睡最美，日轉花陰猶未起。須臾夢覺聞風聲，波濤翻空千萬里。出門四望氣慘淡，寒色射人如潑水。旋見大雪落交加，向晚綏綏尚不止。遊絲柳絮復何有？百鳥卷舌愁欲死。陰陽變化固有漸，乃何暴忽有如此。清江野客心傷悲，寂寞無言對桃李。

觀舞

宴館簇金絲，繡茵呈舞旋。雲鬟應節低，蓮步隨歌轉。勢多體不犯，妙絶乃習貫。含笑有餘情，小揖更微盼。

城南

密州三月猶有寒，地平更在大海上。昨朝雨止氣已晴，今日繁陰北風壯。城南蹙水傍城流，幾處垂楊繫小舟。傳聞寂寂無車馬，紅杏夭桃各自稠。

送夢錫往齊州

望君之行車，既遠目亦收。惟有隨君心，千里不能休。我兄在歷城，相别歲已周。音問月三四，東西交置郵。豈如一相見，君今涉其州。爲我道亡恙，深言致綢繆。先馳魂夢往，迎子鵲山頭。

晚出

空城鳥欲棲，漸夕收寒暑。槐葉緑生風，椿花落如雨。出門何所適，有口不敢語。披豁向青天，望銷雲一縷。

常父寄半夏

齊州多半夏，採自鵲山陽。纍纍圓且白，千里遠寄將。新婦初解包，諸子喜若狂。皆云已法製，無滑可以嘗。大兒強占據，端坐斥四旁。次女出其腋，一攫已半亡。小女作蟹行，乳媼代與攘。分頭各咀嚼，方愛有所忘。須臾被辛螫，棄餘不復藏。競以手捫舌，啼噪滿中堂。父至笑且驚，亟使啖以薑。中宵方稍定，久此燈燭光。大鈞播萬物，不擇窳與良。熊掌出深谷，鳶頭蔽高岡。春草善殺魚，野葛挽人腸。各以類自蕃，敢問孰主張！水玉名雖佳，神農録之方。其外則皎潔，其中慕堅剛。奈何蘊毒性，入口有所傷。老兄好服食，似此亦可防。急難我輩事，感惕成此章。

惜別爲從道作

嘗聞直諒冠三友，自古才難非特今。今世脅肩事諂笑，君獨苦口工規箴。我常從之求過失，箕踞慢罵猶甘心。其言未必俱中理，披沙往往逢黄金。今將去矣誰復嗣，已覺别恨凌秋陰。胸中抖擻宜一盡，留作更允相思深。

送從道

去年風雲攪天暗，君馬區區之海涯。今年苦寒又訪别，正是去年行役時。信陽雖遠重來得，小桃常探春消息。如今官滿去不返，又見花開誰記憶！乾坤浩蕩歸無鄉，歲月峥嶸老相逼。一官奔走隨所使，後期會合知南北。篇詩惜别人少和，須知此别真可惜！黄昏半醉舌若蜚，他日樽前無此客。

出城

駐馬河之西，送車皆已返。郊原人漸少，風物秋將晚。身如獨鳥輕，意與青山遠。

迷途

吹燈治行裝，戴月卽前路。深村苦多歧，乃使行者悞。東西皆可往。曲折何所遇。泥中虎鬬跡，草木新封墓。陰雲忽以興，四顧增恐懼。及今亦難咎，初失在跬步。林木杳崢嶸，丘原莽回互。雖聞叱牛聲，欲問不知處。

遇雨

客行日暮飢且渴，況值漫山雨未絕。蜀黍林中氣慘淡，黃牛岡頭路曲折。狂風亂掣紙傘飛，瘦馬屢拜油裳裂。記得默齋端坐時，唯愛霶霈洗煩熱。

呈夢錫

妻孥能相期，每出必遽還。如其歸稍晚，必謁鄭推官。

又

與君來往半歲餘，三日不見已爲疏。入門褫帶不相揖，下馬且復休僕夫。形骸禮數不足問，但論肝鬲之如何？昨朝萬事俱撥置，與子齋中同負爐。去時苦寒風冒雪，歸路清輝踏霜月。但取樽前笑語歡，豈知門外陰晴別。

韓大夫城

大夫今安在，唯有廢城存。流水抱沙曲，依依楊柳村。居者五六家，荊榛深閉門。青青麥攏直，藹藹桑枝繁。牛羊任所適，僮稚更不喧。啼鳥靜逾遠，落花風自翻。昔稱老農賤，吾意野人尊。謀身莽無定，太息視乾坤！

青州作

京東地平夷，自古四戰國。九州此居三，山海在封域。北趨京洛近，南卷江淮直。富饒足魚鹽，飽煖徧牟麥。英雄欲飛騰，假此爲羽翼。隆準蹙秦亡，金蓋伺唐隙。方今不憂此，所重只西北。兵防最寡少，主帥失銓擇。蒿萊蔽城隍，繡澀滿戈戟。慢爲盜之資，忽者禍所植。吾視士大夫，赳赳半雄特。歌謠尚慷慨，濶達本多匿。腹心宜先安，豫備乃長策。衆方頌太平，我乃虞盜賊。雖言亦誰聽，痛哭損肝鬲！

又寄夢錫

自君卧漳濱，我意恍若疾。無人與笑言，兀兀守一室。當寢或不寢，當食或不食。有思氣塡膺，可駭幾戰栗。想君端在家，比我乃安逸。妻孥以嬉戲，簿領久閣筆。南城趨北城，道路無所隔。我豈無僕馬，子不見賓客。哦亭足清風，林木助蕭瑟。葵花無數開，蓮葉亦已出。起來定何時，幸會能幾日。已今翁白醪，待子歡促膝。

寄王達夫高密令

高城已吹角，月暗星河落。與子語不休，青燈同寂寞。平明車馬去忽忽，一飯相邀不得同。交情世契兩皆厚，東望白雲千萬重。

晚集城樓

高樓百尺修木尾，面對南山翠相倚。憑欄談笑青雲裏，秋標摩空日色死。海風蕭蕭東萬里，吹襟洗鬢清如水。下視黃埃濁波起，車馬紛紜只螻蟻。

陰山七騎

青氈作帽黑藥靴，進退颯颯生風沙。胡歌胡舞兩跪拜，問胡何爲乃至此？象胡之人假爲之，朱顏的皪秀兩眉。手操弓矢仰視天，如見飛雁馳平川。主稱此樂直萬錢，坐客競飲黃金船。世人見識無百年，追歡取快貴目前。當時披髮祭于野，自非辛有誰知者！

君住

君住水西我水東，東岸波生西岸風。哀哉中截錦繡段，上襦下裳各一半。小星隆隆怒且鳴，前驅貪狼後欃槍。何如盡遣收芒角，惟放當天皓月行。

鷄冠

我初種雞冠，其小乃毫芒。曾未得幾時，忽已過我長。根株既猥大，枝葉亦開張。吐花凌朝曦，生意殊未央。陰風自西來，慘淡驅清霜。一夜忽變故，葉萎花已黄。當此繁盛時，爲爾償壺觴。及今乃腐草，好玩安可常。呼童盡剪拔，昔恐踐踏傷。庭除稍曠濶，耳目加清涼。竹枝久蒙蔽，迥立獨蒼蒼。

月三章

夜如何其月在隅。問行何爲乃躊躇。海波壓輪不得驅。中庭有客心不樂，欲挽玉兔鞭蟾蜍。

夜如何其月正美。起視萬物如明水。山魈避人鬼火死。中庭有客立不移，何暇眼力看箕尾。

夜如何其月落愁。光輝奄奄星益稠。白雲擁漢波不流。中庭有客心不樂，放志萬里誰能收！

代小子廣孫寄翁翁

爹爹來密州，再歲得兩子。牙兒秀且厚，鄭鄭已生齒。翁翁尚未見，既見想歡喜。廣孫讀書多，寫字輒兩紙。三三足精神，大安能步履。翁翁雖舊識，伎倆非昔比。何時得團聚，盡使羅拜跪。婆婆到輦下，翁翁在省裏。大婆八十五，寢膳近何似！爹爹與妳妳，無日不思爾。每到時節佳，或對飲食美。一一俱上心，歸期當屈指。昨日又開爐，連天北風起。飲闌却蕭條，舉目數千里。

詠無核紅柿

林中有丹果，壓枝一何稠。爲柿已軟美，嗟爾骨亦柔。風霜變顏色，雨露如膏油。大哉造化心，于爾何綢繆。荆筐載趨市，價賤良易求。剖心無所有，入口頗相投。爲栗外屈強，老者所不收。爲棗中亦剛，飼兒戟其喉。衆言咀嚼快，惟爾無所憂。排羅置前列，圓熟當高秋。且以悦一時，長久豈暇謀。咄哉潰爛速，棄擲將誰尤。

寄從道

憶初撫掌笑，嘗謂子猿猱。斑然武而文，譏罵舌若刀。髭黄喉骨結，内敏見秋毫。論官則甚微，意氣一何高。今思乃麟鳳，百十未易遭。子行白日静，回首常蕭騷。聞子在定州，深山坐披毛。何如東海上，萬疊觀波濤。不見歲再晚，北風方怒嘷。圍爐奏美酒，思子持蟹螯。

食桃

剪彼十圍木，架此百尺梁。十圍不加大，百尺不加長。胡爲被錦繡，空爾飾文章。根斷膚已剥，至朽不復昌。一作「榮」。食桃棄其核，下與糞壤藏。一作「并」。雨露之所濡，發生乃微芒。回首枝榦大，冉冉出我墻。開花又結子，意態何煌煌。

日月

月行一何速，暫上青山還復落。衆星厥弛不肯休，參橫畢直争頭角。日行比月更疾馳，一日一夜遶天圍。光輝所燭萬里同，墻邊炙背快老翁。

孤鴈

空城夜已寂，一雁度雲端。汀洲亦可止，何不怯霜寒。豈非防暗禍，驚矯失自安。孤音訴明月，天高路漫漫。以鶉置懷袖，比汝乏羽翰。蒙恩傍温暖，豈念宵征難。

食梨

東方早寒雪霜摯，新梨十月已滿市。削成黄蠟圓且長，味甘骨冷體有香。芳尊命友先衆果，百十磊砢升君堂。贈君玉壺曾冰之，皎潔副以金莖皓露之清涼。奈何撥火取煨栗，梨雖至美或不嘗。顰眉三噈手摩腹，謂此發病爲第一。奪之兒口餳，止哭君不記。南方無此物，五更酒渴喚水時。思此千里莫致之。及今乃以多見賤，南方橘柚東方梨。

十月二十一日夜

紞紞有如打兩鼓，星河漫漫參在户。百鳥已棲人不行，西南洶洶有異聲。有若鬼神移山嶽，又如戰敗百萬兵。出門望見乃火起，椽落瓦裂咫尺鳴。問之相去一里間，紅光爍爍侵天明。長煙涌波月魄死，其間有物如撒星。是時久旱水泉竭，高屋一燎如毛翎。小兒但知聚看笑，不知擾擾人縱橫。皇皇奔走最可念，耿耿不寢心飛驚。明朝出視火起處，焦木頹垣不知數。白頭老姥啼向天，歎息之聲滿行路！

會食

學宮不置酒，相聚惟一飯。公家事何多，客至日已晚。乘飢騁大嚼，美惡寧復揀。僕夫無所餘，顧我色不滿。潑茶旋煎湯，就火自哄盞。從容共談謔，孰視笑而睆。昌齡豈其慍，策馬獨先返。

集于昌齡之舍

初筵悄無語，良久歡意發。就爐自溫盃，覺此飲量濶。既觀舞袖垂，又聽歌聲閿。醉心□紛紜，醉眼成恍惚。勿輕柏直狗，所負尚可悅。當年入績事，今日逼華髮。愈令坐客心，感歎惜時節。夜長更恐曉，起挽青天月。

兄長舟次會稽以十月九日發書清江親故以此日遣使仍以十一月十二日同到去歲會稽書清江人亦同日到嘗有詩記其事

清江在何處？限以龍王大孤磅浪之險阻，鄱陽彭蠡淮海之波濤。會稽在何處？錢塘江邊風浪惡，金山寺下黿鼉驕。大冬雪霜道路塞，飢年往往多盜賊。如何兩處發書日月同，至此亦不差頃刻。開緘讀訖更反覆，兩處久不通消息。丁寧勞問若相見，滿堂歡喜動顏色。枝間鵲噪今幾日，總報平安豈非吉。年年歲晏享異味，牛狸黃雀并金橘。從容進僕問鄉閭，歸心倏起成蕭瑟。

舟行却回

清晨移舟出沙觜，宿氛卷盡天如洗。日高五丈行十里，白雲之中黑雲起。回舟急趨舊泊處，四山沉沉日色死。逆風颯颯初尚微，浪頭已高白參差。又聞西南崩崖陷谷有異聲，大風橫擊波如陵。操舟之子雖習貫，掣柁才開又投岸。有如磁石引針去，時時颭撲愁中斷。長篙勁艣不易勝，僅得入口如再生。廻望後舟尚出没，使人淚落肝膽驚。昨日廟中奠旨酒，巫語甚吉許我行。奈何中路輒反覆，欺誕何者爲神明！豈非風者天號令，必欲逆知非汝能。浪傳消息得醉飽，萬一猶足爲威靈。

觀暴

怒雷殷殷西南天，黑氣一抹如長煙。鯨噓鼇噫蛟吐涎，龍呼其儔相後先。散爲飛雲蓋蜿蜒，以尾卷海灑百川。河泊乃在坎底眠，震驚掉動憂不全。白浪湧起高干船，罔馳隰舞山回旋。崩衝擺落蔚高騫，聲勢烈烈孰使然。須臾寂静又改前，餘氛倚漢猶青玄。小鯤奮頭如自賢，神龍歸宮魚出泉。

太平

長江卷波作沙色，中有數頃如潑墨。是爲望夫之高山，沉沉影落江心黑。操篙下探不見底，側行牽挽難爲力。疾風爲我西北來，打鼓張帆何快哉。百夫呼噪絶水府，心膽壯敵山崔嵬。須臾已入大信口，回聽怒浪聲如雷。姑孰堂前溪水清，扁舟夜泊已三更。微微雨過有秋意，漠漠雲開對月明。

觀牛渡江

荷簑而騎彼牧童，驅牛亂流江水中。徐行不復用鞭箠，母當其前犢後從。濁波沄沄出頭角，見者往往疑蛟龍。牛身千鈞水不測，步步乃與丘陵同。天機自然有所解，物理如此誰能窮。君不見軋犖山腹垂至膝，一馬不能載其躬。帝前每作胡旋舞，翩翩頸捷如旋風。

太平

溪行曲入四五里，乃見州城大如斗。人煙疏少白日靜，風物澄明新雨後。古來豪俊多在此，悵望千秋一回首。謝家青山空自高，李白扁舟復何有！

于將軍

長安遺兵百勝強，意氣何有漢中王。七軍之心俱猛鷙，虎兕插翼將翱翔。睥睨荆益可席卷，白帝城高如堵牆。秣馬蓐食朝欲戰，雷聲殷殷山之陽。沉陰苦雨十餘日，漢水溢出高騰驤。蒼黃不暇治步伍，攀緣蹬踏半死傷。計窮豈不欲奔走，四望如海皆茫茫。鼉鳴魚躍尚恐懼，萬一敵至誰敢當。遥觀大船載旗鼓，聞說乃是關雲長。蒙衝直繞長堤下，勁弩強弓無敵者。雖有鐵騎何所施，排空白浪如奔馬。將軍拱手就縶縛，咋舌無聲面深赭。捷書一日到錦城，隻輪不返皆西行。將軍疇昔負朋友，若此昌豨猶得生。循環報復雖天意，壯士所惜惟功名。曹瞞相知三十年，臨危不及龐明賢。歸來頭白已顚頷，泣涕頓首尤可憐！高陵畫像何詭譎，乃令慚痛入九泉。淯水之師勇冠世，英雄成敗皆偶然。

紫髯將軍

華容女子哭幽囚，吉利如虎入荆州，縛其孤雛斂貔貅。長驅水步八十萬，欲獵于吴吴主憂。羣臣勸迎同一說，拔刀斫案心膽裂。揆彼之量豈我容，開門納狼計何拙。魯家狂兒策最長，倡而和者有周郎。區區黃蓋乃乞降，龍幡遮火燒赤壁，東南風急天絳色。江中戰舸岸上營，煙焰飛騰半焚溺。雷鼓大進聲滿川，輕鋭迫逐皆崩奔。紫髯將軍更歡喜，曹公座翅不得騫。子布元表何齪齪，成敗之決在一言。君不見甘露寶鼎間，典午受禪吴猶存。青蓋入洛雖可惜，猶勝俛首臣老賊。

武宗

武宗惟雄俊，有臣委用專。德裕才略大，感恩罄所宣。是時巖廊上，六合氣可吞。論兵決勝負，萬里在目前。一平回鶻兒，再洗上黨昏。楊弁不知時，迺敢盜大原。豈信明光甲，遣人斬其元。廷謀昧知幾，唯有君相然。成立三大功，慷慨在一言。風霆運不測，日月朗高懸。李唐勢已去，至此岌復纏。外內已息兵，崇卑定乾坤。遂令河北師，彌耳如孤豚。事書史册上，讀之快心魂。千載若信宿，凜凜風烈存。世人多說劍，不見斫伐痕。玩弄及自傷，何用飾璵璠。迂哉賈生餌，果爾房琯奔。施爲貴實效，詎止衒空文

奉天行

蒼蒼行露出苑門，孤城傴仄不可存。賊兵之來若風雨，頃刻城下皆雲屯。紛紛矢石蔽空黑，天子垂泣對將軍。將軍提筆書滿背，城中白丁久奪氣。草車之焚雖已矣，雲橋百尺虹霓起。下瞰城中笑飲酒，乾陵赭袍擁朱紫。朔方大將來赴急，彷徨中路不敢入。豺狼合從堪慟哭，翠華崎嶇又巡蜀。聖神文武何至此，堂上有人面如鬼。

天門山

惟天莽蒼蒼，乃立此門闕。山本如城□，剖鑿中斷裂。兩峰競秀倚，千古勢相戛。大江方□來，逼束不得洩。瀦爲無底深，散作萬頃濶。想當劃據時，閉固孰敢發。夕陽坐荒亭，詩思摹峭拔。清晨放舟出，回首見呀豁。西涼尚局促，壯觀心頗闕。安得呼化工，努力更一堰。

靈璧東

明珠大貝玉玲瓏，美人營營出深宮。清臚一盻失英雄，羽觴行酒樂未終。胡陵殺氣廻飛鴻，投杯擲筯自挽弓。麾兵大戰靈璧東，血流爭波入海紅。何爲羈孤鐵馬中，擣沙折木天北風。突圍而出追失蹤，四五年間蛇作龍。

遊子吟

遠遊如飛蓬，漂泊天之涯。不及百尺樓，繫在垂楊堤。琉璃爲鍾玉爲斚，繁絃促管花陰下。青春此樂輸幾人，客身皇皇一羸馬。

汴堤行

長堤杳杳如絲直，隱以金椎密無迹。當年何人種緑榆，千里分陰送行客。波間交語船上下，馬頭一別人南北。日輪西入鳥不飛，從古舟車無斷時。

書驛舍壁

巍巍使館開華堂，行人舊題詩滿墻。去年讀之多好語，今歲重尋在何處？驛吏却忘官長來，堊以赤白漫青灰。銀鈎錯落應手没，當時嘲謔誰爲才。嗚呼萬事祇如此！古人豪强安在哉。寄語征途往還客，不如揮□落金石。金石雖堅有時滅，君不聞，海波成田淮水絶。

蝴蝶行

蝴蝶飛，渡河來。河北花已落，河南花正開。盈盈採花女，撲打還家去。推身飛入粉奩中，芳草綿綿舊時路。

枯柳

嵌枯路傍柳，種插從何年。枯條不可見，人立何巋然。輕脆豈耐久，心腹俱空穿。上無一鳥巢，下繫萬里船。想見方濃時，飛花舞青天。行人多攀折，慘淡駐征鞭。今也傲突兀，東西過誰憐。陋質非焦桐，難試朱絲絃。英華餘歲許，白蟻争回旋。雷公飛火試一照，深處恐有乖龍眠。

車班班

車班班，入函關。馬蕭蕭，渡渭橋。關下遊人不相識，橋邊美酒留行客。海濶天高雲滿空，風吹日暮還南北。

落花

嶺南冬深花照灼，比至春初花已落。乘閒攜酒到西園，鳥散蜂歸春寂寞。江南此際春如何，紅杏海棠開正多。歸期不及春風日，猶見池塘著緑荷。

送客到江亭

春江碧波渺天去，兩岸紅桃落如雨。主人到此送行人，落日留連會歌舞。渡頭楊柳正依依，拂水摇風千萬絲。看看亦整東歸棹，誰折長條贈我歸。

寄鄒蹇叔

西園春深百草長，殘花紛紛緑葉光。蜂歸蝶散情已薄，獨我遶樹行如狂。亟今沽酒藉地飲，卧嗅落蕊傾金觴。醉來意氣頗脱略，睥睨天地如毫芒。狂歌大笑誰對值，山猿谷鳥啼斜陽。却思高陽舊徒侣，安得飛至坐我旁。登城引望不可見，雲峰古木徒蒼蒼。

南卒

坐食者南卒，驕與子弟俱。負甲則俯僂，荷戈不能趨。嘈然金鼓鳴，氣駭失所圖。固無一枝良，徒有七尺軀。吾聞孫子教，弱女成武夫。吾欲練汝輩，使之虓虎如。奈何天子詔，苦禁蓄兵書。軍旅非素習，壯士心踟躕。羣蠻屢騷動，主將復佐除。有急何以報，思之可驚吁。

春日行

鶯啼花笑清明天，黄金買酒斗十千。良時恣意一酩酊，醉倒扶起南堂眠。須臾更深殘酒醒，明月當窗風氣冷。閒愁萬緒從中來，幾欲長號淚如綆。

造王館公第馬上作

濯濯春容在柳梢，野梅相壓吐香苞。日邊明晦雲無定，雨後寒暄氣欲交。抱蕊懸蟲猶帶繭，銜枝飛鳥已營巢。高懷不愛三公府，白水青山滿近郊。

呈館公

磻溪莘野亦初閒，去逐功名遂不還。豈有太平辭將相，却來高卧對湖山。冥心真出三千界，注想長虛第一班。踽踽朱門舊時客，冒寒衝雨到郊關。

元子發龍圖以程公詠三園詩見示亦成一篇

名園有一已堪誇，勝事三園屬一家。杖策可游緣近宅，得春最久爲多花。人居玉府真仙格，地占錢塘最物華。見說江湖堂更好，煙波情與浩無涯。

和常父

平生苦厭家爲累，今日應如痛定人。羣婢喧譁寧復有，孤燈瀟灑自相親。温尋簡策評三豕，點綴文章學受辛。誰謂丹楓會愁客，深秋清思滿江濱。

題夏大初丈高居

入門已可愛，庭户覆清陰。更有池臺邃，相連花木深。山川供隱几，風月伴抽簪。七十鬢渾黑，知公但養心。

西軒

新作朱門向水開，雖臨行路少塵埃。久藏勝境因人發，盡放青山入坐來。樹影轉簷碁未散，荷香飄枕夢初回。晚年事事皆疎懶，賴得閒官養不才。

夏晝

落花寧是穢，啼鳥不爲喧。野水從侵道，青山任塞門。吏身閒似隱，官舍静於村。開卷何嘗讀，風來只自翻。

種花口號

幽居裝景要多般，帶雨移花便得看。禁奈久長顏色好，繞階更使種雞冠。

蜀葵萱草陳根在，金鳳雞冠著地栽。併作暑天庭户景，深叢時見一花開。

次韻王通叟

春生湘浦卽當還，窮覽雲山得據鞍。灑落文章終不俗，從容談笑尚能歡。千金駿馬將辭主，一曲胡琴遂掩棺。世事相因古如此，誰知魯國累邯鄲！

夏日甘寢

廻風動水葉，細雨濕蛛絲。心下無閒事，人間有此時。微涼紗半卷，幽夢角徐吹。此興惟吾解，兒曹莫使知。

晚興

驟雨行荷葉，嘈嘈如語言。高齋正薄暮，宴坐不知喧。極静開心地，新涼入鬢根。交遊何用絶，自罕到吾門。

寄康林

北音融結本輕清，欲學含糊想未能。晚節絃歌應自笑，終朝簿領更相仍。九江土壤多卑濕，三伏雲氛正鬱蒸。宴坐知君無暑氣，風標自敵玉壺冰。

送吴全甫中舍倅無爲

海沂歌舞待王祥，喜得淮南一道堂。軍號無爲已閒暇，地連秋浦更清涼。進趨黽勉心應懶，退食優游策最長。我住廬山欲招隱，爲君先去種松篁。

露夜

寂歷簾櫳深夜明，睡迴清夢戍牆鈴。狂風送雨已何處，淡月籠雲猶未醒。早有秋聲隨墮葉，獨將涼意伴流螢。明朝準擬南軒望，洗出廬山萬丈青。

禾熟

百里西風禾黍香，鳴泉落竇穀登場。老牛粗了耕耘債，齧草坡頭卧夕陽。

深夜

閬寂方深夜，清涼別一天。臨風但獨立，愛月不成眠。戍漏傳聲小，庭柯轉影圓。露寒侵背側，移榻近堂前。

和朱君況卜居

吾身當老此園中，世路崎嶇幾萬重。且飽稻粱隨鴈鶩，盡將雲雨付蛟龍。求聞有志終須得，招隱何人肯見從。且爲莆田朱處士，比鄰先種七株松。

睡起

睡起西風掠鬢輕，蕭然庭院晚寒生。浮雲便作飛鴻意，細雨仍兼落葉聲。物不求餘隨處足，事如能省即心清。山林朝市皆相似，何必崎嶇隱釣耕。

送郎祖仁奉禮

碧落聲華蓋世高，哀烏才業亦時豪。靈淵自出駒千里，丹穴今看鳳一毛。方略從容能處事，精神灑落見揮毫。東行想足資清興，江上秋風捲怒濤。

次韻孫亨甫見寄

進多齟齬退爲安，未省乘軒勝抱關。半世青衫貧爲禄，新秋明鏡老催顔。紛紛江上風吹葉，莫莫淮南雨暗山。欲和佳篇寄相憶，韻嚴詞峭不容攀。

唐林夫累惠書字法絶精以詩補之

每承勞問意何窮，尤喜真行學頗工。蕭散正如君子性，頡頏兼得古人風。曾經廷諍毫端直，自有家藏硯色紅。雅稱玉堂詞翰手，枉留山邑簿書中。

至城南别祖仁未歸約文之不至

送客柳亭晚，倚欄秋雨酣。風煙滿湖上，景物似江南。瀟灑憐神俊，從容憶手談。老來心易折，離緒已難堪。

對菊有懷郎祖仁

庭下金齡菊，花開已十分。多情能惠我，對景獨思君。秀色三秋好，清香一室聞。扁舟今夜雨，何處宿江雲？

寓興

薄寒初著裌衣裳，日景中分不短長。池館虚明開水石，園林摇落受風霜。黄花滿檻金齡秀，白酒盈樽玉液香。未老不須雲母粉，且教絃筦奏清商。

知郡大博臨宴公宇詩以爲謝唐林夫在席

眷深賢守已忘形，肯屈旌旗到小亭。坐有嘉賓仙骨秀，門無俗客暮山青。薦樽施遺供蔬甲，秉燭相隨看菊齡。欲識主人書館淡，短檠燈火漆函經。

至城東作

地形磅礴接匡廬，曠野人煙乍有無。棲畝稻粱方待穫，識家雞犬各隨呼。農耕半嶺如僧衲，牧跨羸牛似畫圖。官守投閒省墳柏，滿林霜露涕霑濡。

出郭二十里，依山八九家。茅岡風卷燒，土井雨推沙。凍蝶依殘菊，幽禽立卧槎。路邊桃李木，猶發小春花。

西齋冬夕

平生疏野得江湖，歲暮西齋擁一爐。雨滴空階如自語，風吹長木更相呼。世間寵辱收碁局，樓上光陰入酒壺。近日睡時全少夢，攀緣狂想自知無。

冬夕卽席作

燭滴緋桃淚，香蟠春蚓灰。酒花隨煖聚，酥蕊帶寒開。白有清歌送，惟愁畫角催。隔簾疑曉色，雪壓數枝梅。

小菴初成奉酬元師

伐竹誅茅挂織蒲，半規小榻一方爐。不隨健鶻摩空去，且免窮猿失木呼。自有琴書增道氣，別開世界在仙壺。幽人欲到知何意，若說真菴彼豈無。

口占

東皇旌節下蓬壺，一夕芳菲徧海隅。紅破露花將引蝶，緑深煙柳已藏烏。異鄉旅食頻年久，故國風光此日殊。常是登高牽望眼，醉吟今喜在江湖。

寄常父

紅蓮緑水本優游，清絶東南七寶州。見說新書亦多事，每聞沿檄少歸休。少年共計駒千里，末路堪嗟貉一丘。正是江邊桃李月，雞鳴度曲寄離憂。

春晚遣興

紛紛柳絮入簾飛，正是酴醾花發時。斷送日長惟有睡，留連春去可無詩。狂鞭迸筍偏當户，緑葉成陰巧覆墀。百舌聲中立良久，翛然□鬢任風吹。

上巳飲于湖上

城南春已老，湖上雨初晴。草作忘憂綠，風爲解愠清。楊花輕欲下，菱葉細方生。酒影低雲木，歌聲伴畫鶯。賞心殘蕊在，幽曲小舟横。却笑蘭亭會，吟詩半不成。

寄題蕭文照閣

虛明敞高閣，清淺對方塘。軒冕忘懷久，江湖寓興長。紅蕖開細雨，白鳥下殘陽。不挂人間事，逍遥自一鄉。

與張子明飲湖亭

小艇衝湖過，幽亭枕水虛。風來荷氣外，人在木陰餘。濕印□新酒，長茭族貫魚。遥看鶴歸處，便是謫仙居。

初伏夜坐

露坐已侵夜，炎威猶未收。何言百蟲噪，無故一星流。苦渴須漿解，微涼以扇求。頒冰是今日，堆玉想神州。

送馬朝請使廣西

海水揚波今合清，秋風千里使華行。言皆有道非徒發，事若無心更不生。談笑從容懷遠俗，琴書瀟灑寄高情。佇聞靜勝諸蠻服，何必樓船十萬兵。

八月十六日翫月

團團冰鏡吐清輝，今夜何如昨夜時？只恐月光無好惡，自憐人意有盈虧。風摩露洗非常潔，地濶天高是處宜。百尺曹亭吾獨有，更教玉笛倚欄吹。

蘇子由寄題小菴詩用元韻和

宦身粗應三錢府，吏隱聊開一草菴。擁砌幽篁從月映，覆簷喬木與天參。畏人自比藏頭雉，老世今同作蛹蠶。豈獨忘言兼閉息，舌津晨漱不勝甘。

冬晝作

霜陰收欲盡，斑駁意初晴。漸喜山將出，只愁雲更生。烏窺晡後屋，雞唱午間城。灰拆紅爐火，微煎傍耳鳴。

冬曉

城上猶吹角，官廳已罷更。粗疏知我性，懶惰亦人情。入被嚴霜冷，横窗半月明。翻身更甘寢，雞唱第三聲。

四日羣集于景德寺

冷鐸殘香僧舍開，斜風細雨坐中來。使君豈是憎歌舞，自出胡琴送酒杯。是日督鐵使者錢公在焉，著令禁樂。公家有妾，善胡琴，彈以娛賓。

馬上口占

澗底泉初動，山頭雪尚深。凍條桑破眼，燒地草抽心。摇落殊非昔，芳菲想自今。浮雲多意思，已解作春陰。

和經父寄張績

解縱梟鴟啄鳳皇，天心似此亦難詳。但知斬馬憑孤劍，豈爲推車避太行。得者折腰猶下列，失之垂翅合南翔。不如長揖塵埃去，同老逍遥物外鄉。

半通官職萬人才，卷蓄經綸未得開。鸑鳳託巢雖枳棘，神仙定籍已蓬萊。但存漆室葵心在，莫學荆山玉淚哀！倚伏萬端寧有定，塞翁失馬尚歸來。

和經父登黄鶴樓

複霤重沙望不窮，坐收千里一樽中。天邊江漢波濤濶，地下神仙窟宅通。窗影偷來湓浦白，簷光飛入沔城紅。豁然已盡登臨興，雲閣章亭謾在東。

選官圖口號

環合官圖展，觀呼象子圓。飛騰隨八赤，摧折在雙玄。已貴翻投裔，將薨却上天。須臾文換武，俄頃後馳先。錯雜賢愚品，偏頗造化權。望移情欲脱，患失膽俱懸。慍色觀三已，豪心待九遷。寧知卽罷局，榮辱兩茫然。

次韻和常父發越州

北堂相送出城西，忍見臨分獨自歸。日暮荒村一回首，秋風吹涕各霑衣。水通鑑曲行將盡，山似稽陰認却非。薄宦牽攣不得已，此心何以報春暉？

題清斯堂

河流與淮接，于此一堂成。水色已可愛，主人心更清。魚潛晚日靜，柳落秋空明。本自無塵土，何須歌濯纓！

送登州太守出城馬上作

匆匆送客出城闉，霜意方高日漸曛。青嶂倚空先有雪，黃沙匝地半和雲。旌旗明滅隨車遠，鼓角悲涼隔水聞。正是無憀一回首，兩行白馬映紅裙。

適值劉從道供奉往信陽鎮用前韻送之

君馬匆匆赴信陽，雖云同郡似它方。村沙卷盡黄昏日，海水吹成半夜霜。別恨不須青草色，歸期當及小桃香。閒官冷局遥相望，兩覺迢迢歲月長。君約春中還城下。

夢錫同遊賀園題詩云誰知清淡者冬月亦登臨

寒景崢嶸歲已深，誰知清淡亦登臨。雨吹廢館苔添暈，霜落空城樹減陰。向曉旋留題葉句，隔年先有探花心。相期紅藥濃開日，一醉東風費萬金。

新作書室夢錫示詩羨其清坐

新闢西垣小室城，開編静得古人情。崢嶸老柏寒尤健，窈窕幽窗雪更明。我愧濫巾居此地，君能傾蓋似平生。篇詩何必深相羨，淥水芙蓉豈不清。

次韻和常父

卧龍當日醉吟身，冷落天涯一旅人。早夕思親增悵望，嘯歌懷古更愁辛。角吹海上千山月，草入江南萬里春。欲去尚留心未決，夢魂長在越溪濱。

寄常父

繚繞龍山半府陰，春來漂泊阻登臨。蓬萊閣下花多少，清曠亭前水淺深。暮靄漫天迷望目，東風絶海送歸心。新詩亦有思家意，應記當年共醉吟。

登賀園高亭

東武名園數賀家，更于高處望春華。深紅淺白知多少，直到南山盡是花。

晝眠呈夢錫

百忙之際一閒身，更有高眠可詫君。春入四支濃似酒，風吹孤夢亂如雲。諸生弦誦何妨静，滿席圖書不廢勤。向晚欠伸徐出户，落花簾外自紛紛。

兄長寄五詩依韻和寄詩各有所懷

憶昔西尋山下園，芙蓉香裏醉頽然。幽篁迸筍無餘地，老木交陰不計年。徹幕旋迎秦望雨，汎杯旁引鑑湖泉。舊游寂寞今誰到，應有秋苔長緑錢。懷西園。

昔同訪客到山陰，馬上相隨不廢吟。平視溪流緑煙遠，回看府宅白雲深。紛紛落塵陪高宴，艷艷浮蛆勸滿斟。賓主如今各分散，詩成長詠作吴音。懷山陰館，謂沈司封。

蓬萊彼此一閒身，把酒臨風送晚春。城邑萬家供氣象，湖山千里助精神。深林鳥語留連客，野逕花香著莫人。今日天涯共怊悵，歸心夜夜轉車輪。懷蓬萊閣。

憶昔幽尋到井儀，繁花落盡緑陰時。雲迷步武多相失，風入襟懷只自知。金斗倒垂交勸飲，玉蟾分面各題詩。淋浪醉墨留西壁，好事于今刻作碑。懷井儀堂。

昔尋小飲到王家，早出歸時逼晚衙。勝弈高亭弄紋局，擷芳深徑採新茶。竹邊雲過陰相得，蓮外風來氣益嘉。夜坐西堂有餘興，解醒更進一銀瓜。懷王家小隱莊，莊有勝弈亭、擷芳徑。

六月五日

灑汗通宵已廢眠，起來猶覺眼生煙。黄埃滚滚人行地，赤氣騰騰日出天。紈扇急揮風亦熱，銀瓶空掛井無泉。狂心于此思霜雪，安得師文扣羽弦！

西行

繚繞西行入亂山，白雲深處據征鞍。蕎花著雨相争秀，棗頰迎陽一半丹。鞅掌未能逃物役，乾坤何處託身安？莒臺東響情無限，那更秋風作暮寒。

荆林館

古木森然滿驛庭，繁陰凌亂月分明。千枝萬葉誰拘管，攪作秋風一片聲。

次韻和張道濟長老立秋後作

萬里悄然若有霜，南山秋色兩蒼蒼。已經晚雨驅除熱，更得西風斷送涼。瀚海人空雲弄白，吴江波闊葉吹黄。知君昨夜書帷夢，半在親庭半在鄉。君蘇人，親仰秦。

飲夢錫官舍出文君西子小小畫真

西子蘇小卓文君，畫筆相傳窈窕真。雖有金珠並粉黛，恨無笑語與精神。一樽美酒留連客，千載香魂著莫人。醉眼怳然迷不覺，自慚心地尚埃塵。

走筆

種竹禁當雪，栽花準擬春。詩書最閒局，寢食自由身。潮外音題數，齊州問訊頻。郵筒煩郡縣，此外不干人。

觸目方多事，棲身獨此堂。窗迎先得日，簷送曉留霜。散漫皆書帙，逍遥或道裝。牆東雖可隱，林下未能忘。

折柳亭

楊柳已藏鴉，高亭望物華。平時常送客，此日自離家。别酒杯何滿，征途日欲斜。醉行三十里，春思滿鶯花。

里伏驛

去家一日已思家，浩渺歸期未有涯。滿眼春風最多恨，無言似笑小桃花。

和常父見寄

濟南風物稱閒官，兄弟偕游意益歡。幽圃水聲從地涌，晝橋山色逼人寒。別來夢想猶相接，它處塵埃不足觀。寂寞東齋又經夏，落花新葉共誰看。

銀河詠

江湖有客卧孤城，每見銀河眼亦明。萬里長風吹不斷，番微雨洗尤清。星辰白石參差亂，雲氣飛梁倏忽生。織女東西波浪隔，夜寒天闊不勝情。

學舍

簿領如棼處處忙，日華偏向此中長。吟餘林表孤雲改，夢覺窗間小雨涼。珮玉上趨承斗極，棹歌深入釣滄浪。何如瀟灑詩書局，不在山林不廟堂。

風雨有秋色率然成小詩呈道濟長官

學館人歸静若山，久陰海濕上衣冠。酣酣雨意牵愁遠，颯颯秋聲吹夢寒。竹笋解包堆屋角，蓼花抽穗出牆端。此時最憶吴江上，千頃煙波一釣竿。

游田氏池亭

磅礴青山入望長，古城東下見回塘。雲陰更雜梧桐影，野氣仍連菡萏香。久處塵埃思浣濯，忽逢虚曠自清涼。主人華髮能談笑，猶撫歸鞍恨夕陽。

熙寧口號

日坐明堂講太平，時聞深詔下青冥。數重遣使詢新法，四面興師剪不庭。萬户康寧五穀豐，江淮相接至山東。須知錫福由京邑，天子新成太一宫。祇因雨落久紛紛，砥礪廉隅自聖君。能使普天無賄賂，此風曠古未嘗聞。近聞寇盗理戈殳，庫吏輸金入太鑪。百鍊剛刀斫西夏，萬鈞强弩射單于。百姓命懸三尺法，千秋誰恤兩端情。近聞崇尚刑名學，陛下之心乃好生。

新霜

皎皎寒月白，清晨霜滿林。萌芽至今日，肅殺爾何心！入水成冰暈，迷天作雪陰。自兹開火閣，却坐小窗深。

十月旦懷夢錫

去歲紅爐郡中起，芙蓉幕下醉相邀。今年兩事俱蕭索，白日孤城轉寂寥。緣飾新茶烹下鳳，咨嗟名畫展蒼鶻。長篇蒿出依然在，千里思君不可招。

寄板橋卞進之主簿

以才牽挽自由身，歲暮無家寄海濱。擾擾滿前人一把，紛紛趨事抱千鈞。風掀鮀島波聲壯，雲倚蓬山雪意新。回首高城已摇落，菊花羞逼小陽春。

寄蕭虚中

平川摻袂屢星霜，楚尾纔東各一鄉。安得便風傳訊問，只應明月共輝光。茅齋夜出猶能記，古觀秋吟最不忘！近日詩成無和者，思君才俊似青楊。

有感時夢錫尋醫而思求免官

去歲城門坐徹晚，前年火閣飯連宵。當時已是嫌覊束，今日那堪轉寂寥。緑水紅蓮非舊客，清風明月想同寮。不知比我離高密，誰向長亭拗柳條！

陳宗聖縣丞往登州問有所幹以此託之

北望登州馬匹馳，鮀裘孤扇任風吹。才聞使者方相委，事屬公家不敢辭。聚落蕭條宿山縣，波濤浩蕩瞰天池。煩君一上蓬萊閣，歸説扶桑日出時。

郡集

旋傲銀杯泛海螺，故人相遇樂如何！東西合作雙雙舞，工拙分爲一一歌。吹角共驚冬晷短，添爐更覺晚寒多。不須苦鍊登州語，大抵東音唯與阿。

寓目

倏此年華晚，蕭然學館幽。常閒心却悶，極静景多愁。葉走堂階響，雲依殿吻浮。黄茅日西下，戲犬在城頭。

題老杜集

《七月》《鴟鴞》乃至此，語言閎大復瑰奇。直侔造物并包體，不作諸家細碎詩。吏部徒能歎光燄，翰林何敢望藩籬。讀罷還看有餘味，令人心服是吾師。

集于昌齡之舍

一醉昏昏萬不知，黄昏促席夜深歸。明朝唯見家人説，昨夜歸時雪滿衣。

寄内

試説途中景，方知别後心。行人日暮少，風雪亂山深。

郭公

枉渚潮初落，平岡日又西。蘆叢深處泊，惟有郭公啼。

芙蓉堂

芙蓉堂下花如錦，記得當年此泊舟。今日重來皆蔓草，水紅無數强排秋。

弄水亭

弄水垂吾手，圓波觸石堤。夜深翻斗極，秋霽把虹霓。鳥泛閒相得，煙生望稍迷。問源思杖策，人指白雲西。

趙屯寺

崎嶇自牛徑，瀟灑得僧房。壞壁題名滿，幽軒背日涼。澗花時委地，鄰竹稍過牆。歸路風猶緊，垂楊作意狂。

至盱眙作

郵亭繫馬日西斜，却向盱眙望白沙。春色淡中惟有柳，曉風狂過已無花。古人出處真難一，語道窮通未可涯。白水黃粱不須具，呼奴挈榼取流霞。

發青陽驛

悠悠驅馬汴河灣，幾處郵亭略解鞍。春盡榆錢堆狹路，曉陰花雨作輕寒。山川相背圖中畫，日月雙移板上丸。行役漸多身漸老，詩題聊寄旅程難。

入亳州界

羸糧襆被望都門，路出符離日未曛。清汴橫飛天上浪，方塘穩鎖鏡中雲。淮南風物多相似，江上音書久不聞。寄語此山姑待我，莫因西去勒移文。

榆錢

鏤雪裁綃箇箇圓，日斜風定穩如穿。憑誰細與東君說，買住青春費幾錢。

廢廟

靈宇何年置？荒臺漸欲平。丹青多泯滅，苔蘚太分明。棟宇非難復，威靈想不行。長林相蔽翳，惟有暮鴉鳴。

雍丘驛作

京塵漠漠稍侵衣，秣馬雍丘日未西。驛舍蕭然無與語，遠牆閒覓故人題。

蹇叔以登亭有感示予因以答之

何處登臨可極觀，危軒隱在碧雲端。千年古樹少春態，一片江天帶暮寒。人似神仙君自好，心如鐵石我難干。花紅柳緑休多語，且把詩書子細看。

清夜

夜久景逾清，行吟到小亭。梨花帶明月，銀漢淡疏星。渡水漁歌遠，巡山鬼火青。此時塵慮息，豁若醉初醒。

偶書

經歲留南戍，頻時思故邦。青山又薄暮，斜日滿西窗。遣愼詩千首，迷愁酒百缸。何緣幸免去，歸棹破長江。

哦亭

點陰花芽撥草根，深春終日在東園。煙筠冉冉陰相亂，燕雀啾啾語自繁。倚伏萬端寧有定，是非一致亦何言。誰能伴我哦亭上，爛熳同斟濁酒樽。

南陽集鈔

韓維，字持國，開封雍丘人。父億，參知政事。維受蔭入官。父没，閉門不仕。歐陽修薦爲檢討、知太常禮院。出判涇州。英宗免喪，除同修起居注，侍邇英。進知制誥、知通進銀臺司。神宗初除龍圖閣直學士。充羣牧使，出知襄州、許州。入爲學士承旨，會其兄絳入相，出知河陽，知許州。提舉嵩山崇福宮。召兼侍讀，加大學士，拜門下侍郎。出知汝州。以太子少傅致仕，轉少師。紹聖中，坐元祐黨安置均州。元符元年卒，年八十二。徽宗初，追復舊官。維同時唱和者爲聖俞、永叔，其深遠不及聖俞，温潤不及永叔。然古淡疏暢，故足爲兩家之鼓吹也。《酴醿》絶句，在集中不足數，而世盛稱之，古今豈有定論哉！

講武池和師厚

滄池擬溟渤，莽漾豁厚地。日吾神祖爲，氣象固宜爾。六合昔未一，教戰出精鋭。至尊降黄屋，慘淡乘金氣。淩波飛百艘，撇烈若鶻翅。揚旌萬旅譟，伐鼓九淵沸。其行速天旋，其止甚陰閉。信乎王者師，足以服喽異。邇來承平久，地與兵革廢。秋風長蒲葦，爛熳失洲沚。惟見金明上，結搆銷繡綺。春遊駐天蹕，萬國奉燕喜。鏗鍧鼓鐘響，雜遝羽旄美。豈惟與民樂，施及魚鳥細。宏哉艱難業，愉佚逮萬世。

答蘇子美見寄

暮春游京洛，適與夫子遘。衣焦未及展，挈酒且相就。佳林延涼颸，廣厦蔭清晝。浩然塵慮醒，坐看天骨秀。殷勤述平昔，感歎道艱疚。談辯足端倪，懷抱上蒙覆。志願始云獲，睽攜遽然又。君舟既南馳，我馬亦東走。還譙寡儔侶，孤學日以陋。高風邈難親，離抱曷其救。得君別後詩，滿紙字騰驟。汪洋莫知極，精密不可耨。峻嚴山岳停，奔放江海漏。伏讀晝夜并，文義僅通透。有如享太牢，繼以金石侑。惟君抱雄才，文字乃兼副。要當被金甲，獨立諸將右。指揮神武師，爲國縛狂寇。獻俘天子庭，功以鍾鼎鏤。勉哉俟其時，此論講已舊。

送趙員外之官憲州

仲扶岷峨秀，弱歲儒其冠。讀書覷前古，飽見萬事端。行已去畦町，爲文鄙彫刓。應舉二十載，不免瓢與簞。西游秦函國，崆峒上巉岏。却視關塞廣，有如掌中丸。攻守勢所利，浩然入窺觀。是歲羌事作，賊兵犯鄜丹。君懷濟時略，忠憤激肺肝。上書伏兩觀，音辭若琅玕。臣策儻見用，坐令虜氣殫。天子壯其語，且使位以官。黃綬繫腰下，行行不遑安。炎天風塵多，遠道車馬單。餞觴不親酌，曷致朋友懽！今茲塞垣將，所在麾旄攢。孰能謀而毅，孰能正以寬。孰用賞不信，孰爲刑不殘。諒非專達任，易以奇畫干。庶幾成大功，展子凌霄翰。顧我頑鈍者，託契歲屢寒。贈言非所工，當否聊一看。

答王詹叔見寄

詹叔好古者，卓立自既冠。有如騏驥兒，一縱不可絆。近聞治《周易》，顛倒爻象彖。此書號精微，義與天地貫。吾知子之道，不止今所歎！新詩溢巾幅，見寄警庸懦。噴薄百丈泉，峭絶萬仞岸。感激氣爲振，把誦手屢盥。陰風吹寒城，歲暮雲物换。丈夫及壯時，功烈當照爛。無爲但默默，飽食大軀幹。爲報乏瓊玖，君其取章斷。

立春觀杖牛

清霜涼初曙，高門肅無譁。行樹迎初日，微風轉高牙。兹辰亦何辰，見此氣候嘉。有司謹春事，象牛告田家。微和被廣陌，纓弁揚葳葩。伐鼓衆樂興，剡剡綵杖加。盛儀適云已，觀者何紛拏！因思古聖人，時儆在不差。禮實久已廢，所重存其華。吾非魯觀賓，胡爲亦咨嗟！

魯恭太師廟

善政邈無跡，其流在民心。君看魯太師，廟食猶至今。豈如文俗士，朱墨坐浮沉。趨營止目前，不顧患害深。去漢餘千載，此弊竟相尋。我行道祠下，感激爲悲吟！不見田雉馴，啼鴉空滿林。

晚步

愛此霽景佳，捨舟步高岸。夕陽照渡口，急急水紋亂。霜鵶田間鳴，沙鳥波上散。登臨豈非美，當軫別後嘆！

舟中夜坐

晴霜落波底，斗柄插堤外。扁舟燈火明，樽酒夜相對。臨歡意暫遣，念離心已痗。篙師喜冰拆，理檝事晨邁。

別後作

朔風吹驚鴻，行列失後先。蒼蒼雪壓船，鹵鹵冰着岸。離馬聲正悲，別臉淚猶泫。却望攜手處，危檣映林見。

送王氏兄弟

抱疾伏田里，晨昏結煩憂。如彼衣上垢，歲久不可漱。忽聞車馬音，來過吾廬幽。相見一長慟，悲風爲遲留。張燈具餐飯，涕泗稍復收。南堂夜相對，油然破離愁。雖無盈樽酒，清論代獻酬。高篇璨成誦，輪寫殊不休。娑娑雙鳳凰，舞光彩色浮。忽然變瑰怪，風雲拔金蚪。傾聽魄已悸，何暇測其由。君家門閥大，先世勤令猷。晉公典册文，太尉廊廟謀。子孫今多才，信矣陰德流。還轅欲何語，贈子詩聿修。

讀杜子美詩

寒燈熠熠宵漏長，顛倒圖史形勞傷。取觀杜詩盡累紙，坐覺神氣來洋洋。高言大義經比重，往往變化安能常。壯哉起我不暇寐，滿座歎息喧中堂。唐之詩人以百數，羅列衆制何煌煌。太陽垂光燭萬物，星宿安得舒其芒！讀之踊躍精膽張，徑欲追躡忘愚狂。徘徊攬筆不得下，元氣混浩神無方。

覽梅聖俞詩編

夙昔誦佳句，跂予慕高風。何意憂艱餘，邂逅此相逢。君初應府辟，捧檄來自東。引車窮簷下，眷然顧微躬。姿表穆以秀，純德信內充。乃知文章作，中與性情通。煌煌新詩章，垂光照昏蒙。啓櫝挹荆璞，引筵撞景鐘。高篇屢云闋，遠思殊未終。譬如巧琴師，哀彈發絲桐。中有沖淡意，要以心志窮。顧惟昧者聽，莫辨徵與宮。安得牙曠手，提耳發其聰！

西墅

城居不爲愜，言適西陂岡。雀噪野堂靜，雞鳴春日長。書棚落幽蠹，佛幔掩餘香。釋子廬巖至，清談殊未央。

對雨思蘇子美

五月陰盛暑不效，飛雲日夕起嵩少。回風颯颯吹暮寒，翠竹黄蕉雨聲鬧。北軒孤坐默有念，人生會合那可料。昔與子美比里閭，是月秋近足霖潦。吾徒無事數相過，日策疲馬度深淖。升君之堂伏君几，果餌羅列亦稍稍。開樽得酒味已酢，輔以諧謔聊可釂。長歌激烈或孤起，大論紛紜時一譟。颯然夜氣變淒栗，連拔短褐曳顛倒。且欣主人同氣類，安問鄰家厭呼笑！而今相望各千里，跼促有如魚在罩。人生此樂不易得，世事榮辱何足校。行當結侶候春水，一訪洞庭湖上棹。

和三哥入山

巢由没已久，風迹曠不嗣。長嘯箕潁間，悲風肅然至。傳聞龍山下，茅屋架三四。中有隱者棲，讀書樂仁義。飽觀人事變，深鉤《易》象秘。耕田給衣食，鄉里霑賑遺。呦呦山鹿羣，摩撫馴不畏。乃知至仁心，足以通異類。聲名自馳擊，我心晏無累。寤寐想斯人，安得同所致！

從道損舅乞移山藥

弱歲抱衰病，好讀《神農經》。雜然衆藥品，粗識性與形，商餘巖谷間，厥產芝木菁。山家乘冬採，氣烈味亦并。常思負籠往，斸此地氣靈。近聞山旁縣，移本來公庭。石泉尚含潤，溪風有餘清。想象春叢敷，燁燁揚華英。駢羅良可佳，疲薾宜見矜。安得畦畹餘，種食羽翼生。

答崔象之見謝之作

陰風吹沙走長衢，方駕往過君之廬。主人好事樂閑尚，揖我謂我非俗儒。欣然開館掃塵榻，語論清簡發不虛。投冠釋帶聊自放，安用俗禮空囚拘。分朋四座鬬巧弈，聊以勝負爲歡娛。呼兒稍稍出珍玩，瓌器磊砢承枯株。持竿拂壁似有重，最後乃挂雙海圖。云昔武皇恃威壯，驅石塞海怪可吁。鞭笞鬼神各就事，簸弄旗幟翻以舒。魚龍驚逃波浪惡，左右出没揚牙鬚。但憐物類頗幽怪，畫手安辨曹與吳。北軒却下步小徑，竹深桂浄何縈紆。我來方冬氣凜冽，已愛翠色侵衣裾。卽看春風撼芽甲，定見紅紫相欹扶。乘閑取醉更何適，主人勿遽嫌喧呼。

送孔先生還山

先生樂道者，於世淡無欲。高風自絶人，正行不違俗。揭來城闕游，不受塵事觸。日久望林壑，駕言反幽築。家臨湍水陽，路轉春山曲。東風吹百花，紅紫滿巖谷。蠶桑事未起，農里得徵逐。社酒濁易求，山蔬晴可斸。幽尋月吐嶺，高卧日照屋。應念塵中人，胡爲自羈躅！

送謝師直歸馬上作

送客西郭門，適與佳賞遇。雜花被原野，南盡遠目注。樸樸亂朱紛，濛濛疑白霧。林下風正柔，繁香不飛去。日長人意閑，歸騎欵不遽。陶然行且歌，良愜静者素。却念陌上人，春愁紛似絮。

新植西軒

誰謂我圃隘，栽插向盈畝。鑿軒西臨兑，規地北占酉。陽條散繁柔，怒甲擎故朽。封培童僕勞，窺看孩稚走。雖非觀游盛，要是吾廬有。壤疏人力薄，開發定遲後。所賴春風意，與物無薄厚。居閑日蕭散，對此自成偶。問吾何所爲，卦象觀六九。問誰之與處，達者二三友。爲生昧機利，於事寡營取。但願花常好，酌我樽中酒。

鋤園

上天浩無私，衆草同一榮。青青十步間，薰臭相雜并。卉藥數不多，十百其品名。蔓者善緣附，結陰在高甍。修竹雖自立，已復困纏縈。其餘叢與株，蕪没不自呈。陰蟲穴其下，日夜百種鳴。紛然亂耳眼，我意初不平。朝鋤忽以静，暮雨且復生。自念疲病者，莫與地力争。盛衰固物理，安用勞我形。

孔先生以仙長老山水略録見約同遊作詩答之

羣峰羅立青巉巉，中有佛廟名香嚴。飛泉洶涌出峰後，四時激射喧蒼巖。跳珠噴雪幾百丈，下注坎險鍾爲三。援蘿傾瞰石底浄，明鏡光溢青瑶函。淙流四走渠與竇，左右吞噬何其饞。緣源散討不知極，但見洞穴争嵌嵌。攀藤直上出雲背，巖户閟邃疑神緘。仰窺陰洞看懸乳，白龍垂鬚正髿髿。或凝如蓋覆宛宛，或散如指長摻摻。有臺高下且十數，如以勢位相臨監。平鋪老蘚柔可坐，誰藉緑罽遺不拈。北山之石何瑣碎，形制一一如鑴鑱。叩之清越諸谷應，不意此地聞韶咸。已霜桂樹垂凍蠒，未臘梅蕊輝晴嵐。浮屠曰仙好事者，奄有勝跡窮搜探。書之遠寄龍山下，云此僅止存都凡。先生以本來示我，謂我所好同甘鹹。相期歷覽在他歲，享高意雋非予堪。人生蕭散不易得，常苦世累爲羈銜。吾徒幸當治平日，況又無事於牽貪。便須巾車不可後，願以几杖從君南。

西園

西園日修整，竹樹相綴屬。春華雖未敷，氣象鬱函蓄。密雨昏遠林，輕寒旁修竹。於此隱几坐，物我同一目。弟妹四五人，時來問幽獨。我云憂與樂，在志所追逐。無厭萬鍾慊，有道一簞足。置是不須議，春醪滿罇淥。

治圃

久雨地氣泄，百草日以滋。勃然翳我圃，積茀不可治。遂令蕭艾質，唐突蘭蕙姿。鴻鵠不肯下，跳蛙恃而嬉。長林困纏繞，蘿蔓鬱四垂。青雲避蒙密，白日爲蔽虧。久與人跡絶，陰有物怪窺。涉秋月既仲，薙人事芟夷。援斧一揮拂，榛蕪爲之披。俯憐蟻穴亂，坐聽蟲響移。濯濯行樹色，涓涓佳菊枝。涼風自西來，衆葉光參差。牆堵豁已去，南亭見華榱。却下走直道，無復蛇虺疑。維此峙嘉堋，飲射之所施。□□失前禨，放懷得新怡。如昔漢初定，禮法壞不支。叔孫剗秦弊，樹茅蕝其儀。皇皇天子庭，一旦羅尊卑。表位肅以整，衣冠紛陸離。圃也不足道，拔邪亦由斯。作詩試永歌，憤涕下交頤！

游城南雙塔院

軻峨郭南門，臺殿壓長路。青林四面合，飛鳥不得度。房掩僧獨禪，庭喧鵶正哺。高蘿走蒼柏，丹花下垂布。中園饒佳果，結子滿朝露。久從城邑居，樂與清境遇。坐聽百禽響，日晏不忍去。微雨西北來，颯爽動林莽。歸鞅一回首，孤刹屹當午。終期濯涼風，杖策縱高步。

同陳太丞遊龍興寺經藏院

空堂洒寒水，碧楸涼漠漠。高眠得珍簟，委棄巾與屩。薰風穆然來，殿角鳴金鐸。清香有時聞，幽鳥無聲落。論詩愛平淡，語道造冲寞。非吾方外友，誰當共茲樂！

和晏相公湖上遇雨

公堂日多暇，薄暮遊清池。孤雲從西來，若與飛蓋期。急雨亂荷芰，紅綠左右披。沙禽帶濕起，簇簇守前坻。煙樹晦空曲，蟬聲寂無遺。殘炎一洗濯，霽景開林西。禽飛還清波，蟬噪復故枝。晚槿揚朱華，秋草含碧滋。篙舟出堤去，微風滿平猗。卷幔極悵望，正見隗與箕。舉酒無塵情，慨然起遐思。永懷古先訓，默蹈通介宜。乃知賢哲心，所得非遊嬉。

答曼叔見寄

日君同里閭，杖屨數相過。靡爲不吾咨，有倡必君和。春風南陌遊，炎月北窗卧。貧從德義樂，不覺歲月破。而君宦遊者，動足落羈瑣。襄城雖近邑，去局有重坐。子來誠獨難，我往義當果。時天雨方霽，綠樹垂蕤蕤。策馬望城郭，青山映煙火。解衣塵慮清，垂箔月華墮。憐君九品賤，志尚勇不挫。乃云曹事簡，經史日自課。出詩且百篇，語法就平妥。相別不滿歲，美譽亦已播。顧慚糠粃姿，幾不見揚簸。投章匪云報，亦用警慵懦。

答象之謝惠黃精之什

仙經著靈藥，玆品上不刊。服之歲月久，衰羸反童顏。巖居有幽子，乘時斸蒼山。溪泉濯之潔，秋陽暴而乾。九蒸達晨夜，候火不敢安。持之落城市，誰復着眼看。富貴異所嗜，口腹窮甘酸。貧賤固不暇，錐刀乃其干。坐使至靈物，委棄同草菅。惟君沖曠士，敦然守高閑。食之易爲力，天和中自完。故以此爲饋，其容幾一簞。報我三百言，浩浩馳波瀾。何以諭珍重，如獲不死丹。方當煩燠時，把玩毛骨寒。它年靈氣成，與子驂雙鸞。

奉和象之夜飲之什

淫陰泄爲雨，十日瀉不停。蓬蒿長四壁，濁潦流縱橫。嗷嗷鶴羣游，閣閣蛙亂鳴。端居積幽抱，沉鬱久未平。是時甫幾望，月魄嚮已盈。浮雲失四顧，孤輪午亭亭。微風濯炎熱，衣巾凜餘清。起我不暇懶，超遥步前庭。煩憂忽以去，曠如出幽囹。顧謂汝妻子，速具煎炰烹。同里四五人，予期得邀迎。隨時具蔬菓，飣餖甘與青。雖無水陸珍，亦足侑盃觥。所期在乘興，豈問多品名。諸君於我厚，匪貌實以情。從容談笑間，蕩不見府城。看來必虛反，觴至無留行。豈惟清言勝，或以善謔并。高風揖巢許，曠論齊殤彭。不知軒冕貴，直以道義榮。置身豈非德，撫事臨若驚。上天作陰沴，降水災吾氓。茫茫野郊外，浩若翻滄溟。垣廬隨波盡，稼穡安有成。所聞此害廣，郡國多所更。吾君急病民，定見寬稅征。困廩無蓋藏，何以活鰥嫠！我曾不是恤，方以口腹營。念始昔從學，潛心於六經。頗知聖人道，要在及蒼生。胡爲取自足，而不推其贏。頑然度歲月，如鼉守坳泓。中而復自思，此其義所寧。聖朝盛搜拔，列位羅羣英。晨興朝國門，冠蓋多於星。呈材必夔稷，抗議皆顛閎。雙鳧與乘雁，未足關重輕。奈何不知量，欲以愚自呈。退之亦有云，其猶進豨苓。不如且飲酒，玆事未易平。

同曼叔遊高陽山

久聞高陽勝，近在汝州側。跂予三年望，我願今卒獲。煙雲函兩山，臺殿開半壁。解鞍高林下，仰視怯登陟。蒼松盤老枝，矯矯入簷隙。微風韻其上，落耳寒惻惻。枇杷兩高樹，中國所未識。葉間青實駢，大與蜀土敵。我來暮春後，花草已狼藉。不見躑躅紅，西巖向人碧。出門步榛薔，微逕不可索。援蘿下幽澗，剥蘚題蒼石。鳥啼無定音，虎鬭有遺迹。石臺平挺挺，野竹瘦歷歷。主人尉下邑，奔走因符檄。喜我蕭散人，幽奇共搜剔。息陰時一甜，貪勝還自力。歸時山氣冷，草露濕遊屐。舉手謝峰巒，高秋復來覿。

同曼叔遊菩提寺

高城如破崖，寺帶喬木古。禪房掩清晝，佛畫剥寒雨。荒池野蔓合，濁水佳蓮吐。蕭條聯騎遊，淡薄對僧語。秋風日夕好，勝事從此數。

遊漢高帝祠

平橋架荒塹，東上大岡尾。岡頭古木合，有廟蔭其底。攝衣陞殿墀，龍顔儼當几。蝙飛晝帳暄，鼠嚙珠旒墜。不知誰來祀，狼藉樽與簋。殘碑壓鼇背，上有太和字。去此數百載，文剥失所次。伊人昔經構，視漢猶視彼。徘徊懷古意，日暮悲風裏。

朝發靈樹寄曼叔師厚

朝發雲樹東，曠野陰氣積。驅馬入草間，左右號鶺鴒。重雲默玄幕，孤月隱白璧。欹危涉塗淖，轉側緣溝脉。涼風滿川陸，眺覽多所適。却想會合樂，轉首已成昔。諸君豪俊士，經訓飽搜摘。上下古與今，抗論堅莫敵。顧我處其間，傾聽但跼蹐。校士豈所當，直以氣類得。譬如禮天壇，圭璧奠且植。陶匏以其質，並列不爲惑。論心見表褸，吐口出白黑。朝案每共飲，夜牀仍抵蹠。嘲諧間一發，清笑高啞啞。自謂得如此，至死無厭斁。敢於百里間，而憚轡與策。因詩謝所思，酬篇無我默。

湦城

騤騤二三騎，南並横山去。山窮遠川出，始見湦陽樹。荒城蘿蔦合，表裏無寸土。但聞鳥啼聲，不見鳥啼處。呼兒開棘扉，掃榻坐茅廡。清泉給盥濯，涼風生仰俯。濁醪稍似佳，山菓來近圃。始酌薫然和，中飲淡無慮。案頭伏羲經，編絶幾見補。先生發其微，大義談四五。紛攘自諸家，簡易獨太古。形骸非我有，冠帶尚誰取。道存固匪外，兩致默與語。是時季春望，山月夕已吐。清光出深竹，葉上露如雨。寒侵毛骨生，思有煙霞舉。却念人世間，紛紛何足數！

晚過象之葆光亭步月

浮沉閭里間，放志謝維縶。行貪月色靜，歸犯霜華濕。寒鼓出城重，飛星過樓急。却想竹庭下，主人猶獨立！

曉出郊過方秀才舍飲

浮雲散朝陰，初日動晴煦。行隨風葉遠，去傍田家路。人閑無遽色，馬緩有安步。遥識主人舍，青帘出霜樹。

送寧極還山

晨冰結車轍，朔野風正厲。君行良亦勤，正與苦寒值。超然出門去，曾不顧我議。譬如雲飛鴻，勢不受維縶。開籠恣其往，萬里在展翅。場功十月畢，田家足幽事。兒童樵牧歸，荆扉寂已閉。燃薪燭茅屋，並坐姪與弟。自愛村醪熟，或以山鹿饋。凍蔬斸青黃，寒藥煮根柢。從容温飽間，萬事一無累。嗟予不得往，注日雲接地。

答晏叔見謝穎橋相過之什 時寧極先生同往。

潁川今古賢豪多，後生繼者爲誰何？吾交晏叔少挺出，力自樹立非由它。潛心直欲到聖處，論議不避況與軻。讀書下筆知所趣，崇樹蘭茝遺蒿莪。軒昂頭角事高大，肯與世俗同其波。一從得官坐山縣，有如鷙鳥着網羅。朝符暮檄困奔走，尚畏官長來誅訶。時時矯首塵埃下，窺睹風月偷吟哦。我憐軼才就羈絆，歲一往視無蹉跎。扁舟遠放汝水岸，濁酒暮醉高陽阿。前時捧牒來潁上，謹視斂糴譏姦訛。官曹寂寞古寺冷，況值朔雪飛傞傞。馳書里中二三友，固要以義當予過。星言整駕夕已至，霜橋晚度冰峩峩。燃薪暖我煩飲我，斟酌脯醬調鹽醝。傾壺舉觴紛左右，客飽而笑君顏酡。危然正論中法義，豆籩羅列陳象犧。嘲排乘醉忽以發，駃如鑿水放九河。哀絃孤引四坐寂，繼以簫笛相諧和。先生久與人迹絕，心如止水形枯柯。忽驚此樂非外奬，不覺撫手促而歌。歸銜絡馬屢見奪，欲去未忍還婆娑。空堂想見別後意，一燈夜守陳編哦。興來落紙成大句，勢欲李杜相淩摩。緘題見寄邀以和，大江洶湧難爲沱。短篇澀訥非所報，爲我揮筆芟煩苛。

南溪

長林拂雲根，一逕絕城腹。荆扉帶翠樾，斗下地愈束。清溪自南來，勢抵北崖曲。清平水流漫，東去入修竹。境幽百物遂，魚鳥得所欲。況依仁者居，不與鈎彈觸。有如佳賓至，相與娛聽矚。鳥飛鳴我傍，魚泳出深淥。薄暮登前岡，四顧山在目。雨滋春稼繁，風動野花馥。達人樂天性，不待外物足。遂令茲地勝，久不事營築。顧我指崖下，秋當結茅屋。渠波環古臺，鞏石坐幽澳。霜前復來觀，免肥山酒熟。

陪寧極回馬上作

我有龍陽約，垂駕輒復停。念與高士期，不宜後其行。春風三月尾，澗谷花草明。尋花踏幽草，南出山脚青。婆娑一古樹，是日先生庭。館我茅簷下，山瓢日夕傾。摘林飣朱實，掘竹羞紫萌。朝聽谷禽響，夜對山月清。高論箇以正，疏懷淡無營。徒知服深遠，難用一善名。維也少頑鈍，幾爲世網嬰。一親德義遊，頗見外物輕。門牆儻可依，他時來執經。

答公懿以屢游薛園見詒

抱痾積閑縱，世味頗能淡。惟於山水娛，自謂老不厭。況玆伊洛間，久畜游賞念。幽扉深隱竹，小彴度平塹。解鞍庇清陰，拂席見殘豔。長溪自南流，小閣忽東瞰。游人坐兀兀，鳴鳥來泛泛。蟹潛石穴幽，魚泳柳根暗。川童或羣嬉，林女有孤覘。醉觴豈留行，吟筆聊停占。臨歡興何長，遵事迹猶暫。伊予志巖壑，偶官禄石甔。要須三徑足，歸跡便可斂。買林接婆娑，鑿澗分瀲灩。田廬常閉門，野艇時放纜。聊書平生懷，特爲異時驗。

寶應寺

林巒若無路，鍾磬時出谷。鑿石排僧龕，研金畫佛屋。日没上方夕，明燈滿雲木。

利涉塔院院有呂文穆讀書堂、利涉法師塔。

許公讀書地，塵像一來拂。門掩僧不歸，簷低鷲飛出。高人不可見，石塔鎮寒骨。

盧溪盧攜讀書處。

伊人没已久，溪溜亦如綫。淳氣揖老僧，清陰坐春院。始悟入山深，幽林鳥聲變。

西溪

我從南嶺來，引轡下雲木。不知溪流處！但見翠滿谷。涼葉覆山泉，修篁翳茅屋。

答原甫試墨見詒

金壺道人丸法墨，持賣都城人莫識。君先得之寫大句，光與目彩相吞蝕。句精墨妙氣怒豪，意欲斬鯨連巨鼇。鯨鼇天地兩微物，何足辱吾鈎與刀。丈夫卷舒固有道，願君少安無草草。都城不獨墨好酒亦好，安得不飲自枯槁！

和原甫去年對雪思梅今年對梅思雪

中州寒燠與南異，常恨梅花開不早。今年朔雪冬不飛，臘月繁英似南好。君憐芳物感時節，愁見高風凍雲掃。苦嗟十九不稱意，徒自令人顏色老。雪遲梅早非我力，會使金樽日傾倒。

奉同原甫槐陰行

天門觀闕雙凌霞，下有馳道開平沙。高槐左右覆朱梐，緑陰翠氣相蒙遮。朝回亘雲下寶騎，游散掣電奔香車。我慚太學官況冷，且暮出此驅疲騧。清風吹涼南就局，炎日轉景東還家。昏然百事不知省，空復春葉零秋華。

和沖卿晚秋過金明池

聞君西郊行，正值秋風晚。清霜卷枯荷，碧玉瑩池面。浮空結修梁，涌波抗華殿。雲煙渺淨色，覽望一蕭散。緬思暮春際，都人盛嬉燕。連帷錯繡綺，方車騖金鈿。填填鼓鐘響，耳目厭譁眩。乃令塵囂辭，而有清曠戀。達人冥至理，喧寂無異觀。偶然乘化往，何適非汗漫！吾知禦寇游，所樂在觀變。

和永叔小飲懷同州江十學士

翰林文章伯，好古名一世。家無金璧儲，所寶書與器。北堂冬日明，有朋聯騎至。新樽布几案，二鼎屹先置。大鼎葛所銘，小鼎澤而粹。坐恐至神物，光怪發非次。羣賢刻金石，墨本來四裔。紛穰羅卷軸，指摘辨分隸。其中石鼓藏，家法非一二。精莊與飄逸，兩自有餘意。興來輒長歌，歡至遂沉醉。顏飢足簞瓢，韓飲尚文字。乃知内可樂，不必鐘鼓貴。温温江馮翊，茲理久所詣。賦詩多雅言，嗜酒見淳氣。歲晏不在席，使我長嘆喟！

奉同原甫賦澄心堂紙

江南國土未破前，澄心名紙世已傳。高堂久傾不復見，誰謂此物猶依然！當時萬杵搗雲葉，鋪出几案滑且堅。剡溪藤骨不足數，蜀江玉屑誰復憐。君臣嬉燕盛文采，駢章儷曲鬬巧儇。一朝零落隨散地，中原篋笥生光鮮。君安得此尚百幅，題以大句先羣賢。羣賢落筆富精麗，瓊琚寶玦相鉤聯。嗟予材力豈當敵，雖欲强賦何能妍。躭獨玩物古所戒，崇尚浮藻政豈先。江南可哀紙可惜，後有觀者存吾篇。

同勝之明叔遊東郊

仲冬景氣佳，曠然思遠涉。晨遵大堤去，寒日在馬鬣。浮屠紅塵外，樓殿煥層疊。地遐景幽閑，瑤碧秀林葉。清香時出箔，餘經尚委笈。躋閣眺遠陂，浮陽來曄曄。花枝亦已柔，行見春露浥。久躭田野樂，況與賢俊接。逍遥永日暇，塵事不過睫。昔人重時晷，所志樹勳業。慨予胡不然，空陋無所挾。詩情朝生腸，酒氣暮醺頰。陶陶大化內，得此自爲愜。諸君能我從，游屐方屢躡。

次韻和平甫同介甫當世過飲見招

炎風得秋亦已涼，喜抱塵策羅南窗。策中古人不可見，獨詠君子予心降。高文大論日傾吐，響快有類鐘應撞。却嗟吾儕多暇日，俚謡一作「淫」。暴謔何其哤。驅車正得我所念，起具肴蔌陳柸缸。自憐愚戇接豪邁，弊屣乃與華舄雙。聖經王道有本末，剌揠醇粹揮其尨。須臾上下今與古，武庫攙攙千矛鏦。疑懷滯義一開豁，有如暗室來明缸。馮侯抗議亦殊健，短鈎長鋋相撐摐。介卿後至語閑暇，偃載戈甲韜旌幢。弱弓枉矢尚何用，久已束手甘避逢。是時君有山陽役，扁舟已具河之矼。朝吟淮山翠撲撲，夜夢楚水鳴淙淙。軒然欲去坐所惜，文字雅正姿信悾。行年三十不得飽，況有薦道登朝邦。遂令奔放不自斂，欲旅漁鈎終湖江。朝廷搜賢無遠近，北盡塞漠南嶺瀧。如君才大齒且壯，安可推亮而居龐。來詩云：「孔明勿問襄陽龐。」功名得時看樹立，豈若都尉眉空厖！

和吳九王二十八雪詩

方冬氣潛温，得晚陰始重。狂隨風力翻，怒若雲面涌。中微玉霏屑，後盛毛紛氄。寒光動城闕，甘滋入田壟。鵬鶱海水飛，驥憤鹽車悪。縈樓巧作層，覆道高成甬。羣方破昏霿，萬物被光寵。塗歌涵太和，送賀仰高拱。判官坐丞華，賦詩掩垂隴。貂裘擁宵談，金盃落晨捧。此興吾不薄，君門且當踵。

答曼叔客居見詒兼簡里中諸君

少乏經世才，引分甘自置。不意田野姿，尚爲軒冕寄。三年太學館，飽食無所識。京都多賢豪，出入許陪廁。時從騎省吟，或就步兵醉。低回衆人內，自謂處身智。耽耽秘書府，實待才俊地。乃昏落其間，衆口沸嘲詈。茫如觸駭機，狂顧不知避。忽逢故人來，一道平生志。歸心西南飛，勁疾霜後鷙。遠慚龍陽隱，寧極處士。近愧葆光吏。象之官不去里，葆光，所居亭名。詩以謝諸君，顛冥非我事。

南堂對竹懷江十鄰幾

端居無所聊，稍覆治文字。南堂冬日明，窗户暖可喜。圖書羅滿前，意覽不由次。聊收靜者趣，以亂憂人思。亭亭當軒竹，使我長歎喟。封植苦不早，顏色頗顦顇。勁節亮不改，虚心如有遲。緬懷江夫子，循道久不試。邈然高簡姿，不受世俗累。一官才復進，左謫良何亟。德義我所珍，軒冕安能貴。長嘯汝水濱，濁醪日自醼。效陶有新篇，君詩多效陶潛。翼孔著高議，君著《春秋左氏傳論》。絃琴坐虚室，默與古人值。顯晦一其心，淡然天淳粹。思之不可見，暑謝寒已摯。諒非對此君，兹懷何由慰。

和子華兄晏王道損公宇

濟濟高燕會，衆賓且喜樂。方冬氣常温，是日寒始若。愁雲際平林，垂見雪花落。四座喜相顧，有引必虚爵。中堂豈非佳，東圃羅帟幄。當亭列射格，抗的明灼灼。彫弓既出韔，勁矢各在握。主人揖讓與，客以次序作。目惴綵樹移，心傾鳴鼓數。笑言何譴失，儀節亦稱娖。酒酣事頗變，極口縱談謔。失令固有罰，出語輒見酌。平生愛疎放，論議鄙齪齪。歡來一狂散，豈顧酲後怍。詩人亦有言，善戲不爲虐。所賴衆君子，闊達見表襮。還家遂酩酊，豈復記鳴柝。

送李寺丞宰藍田李久閑居。

君誠巖壑徒，出宰亦山縣。尚喜終南峰，蒼翠不去眼。春風吹征車，千里度灞滻。到日勝事繁，花光老秦甸。

又和楊之美家琵琶妓

楊君好古天下無，自信獨與常人殊。勤身所營世或棄，反眼不顧我以趨。彼其察物類有道，能取精妙遺其粗。官卑俸薄不自結，買童教樂收圖書。客來呼童理絃索，滿面狼藉施鉛朱。樽前一聽啄木奏，能使四坐改觀爲歡娛。有時陳書出衆畫，羅列卷軸長短俱。破縑壞紙抹漆黑，筆墨僅辨絲毫餘。補裝斷綻搜尺寸，分別品目窮錙銖。以兹爲玩不知老，自適其適誠君徒。豈無高門華屋貯妖麗，中挂瑶圃崑崙圖。青紅釆錯亂人目，珠玉磊落熒其軀。苟非絕藝與奇迹，楊君視之皆蔑如，楊君好古天下無。

遺吴沖卿大饗碑文

蒼碑剥龍螭，突兀古殿側。世變文字異，歲久苔蘚蝕。諒非好事者，塵土未嘗拭。我來仰首看，百過不自息。曩者魏方盛，帝丕託威德。馳驅百萬衆，南指斗牛域。誓將殄氛祲，飲馬長江邑。翠華鬱回翔，高會誇故國。肅肅環珮響，煌煌羽旄飾。鼓鍾何鏜鎝，淮漢爲震仄。罷饗示得意，摛文永鐫勒。從臣梁孟皇，隸法當世特。奉詔無與讓，淋漓奮其墨。爾來幾千歲，卓卓見筋力。端莊九鼎重，勁挺羣珪植。威儀商山老，氣象漢庭直。惟昔銘栒戈，先儒固難迹。况我蔽陋極，視此空歎惜。常恐日磨滅，不辨點與畫。呼工模於紙，一掃見白黑。緘包比瓊瑶，把玩廢寢食。于時大經九，有詔講謬忒。刊之太學中，爲後代法式。沖卿邦家彦，學問古今積。辭端海鯨運，筆力霜鷙擊。况兹服儒官，洒翰固其職。

楷模所流傳，歷世動千百。自非體法正，徒使觀者惑。厥初篆草隸，根本君已極。聊持釘張翫，庶以參得失。

飲聖俞西軒

歡常以飲合，歡意則非外。今吾二三子，共此西軒會。主人吾儒秀，言與二雅配。酒行倡大論，文字畧瑣碎。上言評人物，要當本諸內。下言譏爲學，不以滿自概。唐之衆詩人，區別各異派。一經君子評，斂鑿音作糳秕精。予曰吾聖俞，名足通後代。答我文如韓，尚有六經在。況吾何所立，聞譽若抱蠆。聖俞善誘掖，斯語不無戒。意欲令吾曹，事業進以大。我雖頑無能，聞此亦健快。呼觴滿自引，不畏坐客怪。歸來書短篇，聊以記所佩。

答賀中道燈夕見詒

春風揭屋沙激窗，兀然孤坐如植杠。酒昏兩眸澀不視，案上書策徒摐摐。獨待高篇恣哦詠，頓覺精銳還軀腔。前時官家不禁夜，九衢駹駹燒明釭。綵山插天衆樂振，游人肩摩車轂撞。君於此時守經籍，直欲行業純不尨。想初嘉句落紙際，筆下袞袞來長江。我今散懶世味薄，惟於靜者心爲降。江翁蕭閑梅老淡，文字酬酢交矛鏦。恨無奇麗與鬬角，日策疲馬參其雙。能來相從不憚數，與子賦詩傾酒缸。

和如晦遊臨淄園示元明

平津開館大道西，桃夭杏奼通園蹊。東風入林朱白動，次第裝遍枝高低。紅梅最好花正盛，我時往看歸仍攜。爾來風雨就零謝，忍見踏盡隨春泥！廣文先生厭閑冷，投書結伴散馬蹄。主人同僚相門出，未肯朝暮甘鹽虀。歡然握手喜迎候，促具並走子與妻。插芳咀甘不知去，歸舍已見雞在栖。坐揮大句鄙凡近，脱落塵迹登天梯。不因時節自娛放，頗置白黑爲愁悽。我昏如此漫不省，何異車鼓樂鵾鷄。長安緑酒春正美，與子一醉萬事齊。

答和叔城東尋春

尋春之何許，乃在城東隅。東隅信佳處，名園閟精廬。時屬積雪霽，田壤墳以蘇。雍容二三騎，並轡徐厥驅。僕童怪且議，寒野安所娱。不知陽和氣，泱漭于空虚。仰視孤刹起，突兀疑神扶。其下萬華屋，碧瓦魚鱗鋪。南行歷亭館，近接棟與櫨。陰草含碧色，陽條散紅腴。周覽氣象嘉，高步形跡舒。提攜上樽酒，饌不過魚蔬。爲奉豈非薄，歡至自有餘。却思九衢上，車馬何區區。紅塵塞兩眼，勢利各有趨。雖欲求暇逸，何能幸須臾！君勿輕此樂，此樂未易圖。

招景仁飲

紅薇花拆萱草丹，萬鈴嘉菊重臺蓮。問公此時胡不飲？樂有至理須鑽研。后夔已遠師曠死，寂寞千載無其傳。公窮天數索聖作，坐使緑鬢成華顛。屠龍絶藝豈世用，儀鳳至業非公專。洛陽有客金石堅，持議不屈難鑱鐫。園收獨樂會真率，以勞效佚寧非偏。古稱兩忘化於道，此理豈不曠且然。折花持酒待公醉，樂至無聲方得全。

次韻和君實寄景仁

予年行七十，惟日就志昏。雖高鴻鵠舉，尚困雞鶩喧。壯心久已摧，弱羽不得翻。每誦少游言，顧慚下澤轅。蜀公有高志，謝事久杜門。擾擾世俗務，不復挂口論。羣經雜圖史，擁坐如周垣。上談千載故，速若水注盆。客來必命酒，左右拱諸孫。雖無歌舞懽，自喜談笑温。仰高顧吾私，有類羝觸藩。尚期蓬蓽完，亦有桑榆存。近觀敕子詩，尤見朋義敦。卜居近吾廬，指日駕君轓。構堂始云基，築圃亦已樊。前知會合期，不慘離索魂。想像入第初，親賓燕華樽。談高一理會，體王百疾奔。共完天純粹，豈識世詐諼。方笑司馬翁，獨樂守空園。獨樂，君實園名。

寄秦川馬從事

往歲游西謁季長，隴雲秦樹勝風光。分題紅葉蠻牋膩，對舉流霞綵袖香。宴洽翠娥連象榻，夜寒嬌鳳泥銀簧。未知早晚重攜手，惆悵而今鬢已蒼。

春霽憶洛陽

少年結客洛陽時，閑傍東風駐馬蹄。山色遠饒潘岳宅，波光輕撼窈娘堤。花繁到處紅如堵，酒好尋常醉似泥。賴有金臺舊知己，應憐魂斷虎牢西。

春朝

燕語聞多日，蠶眠過幾宵。花深不辨蝶，柳暗欲迷橋。便面金環重，障泥玉勒驕。黄公酒壚上，誰貰阮孚貂！

晚春

春暉東去月收弦，却拂凝埃敞北軒。幾曲雲屏空白晝，一簾花雨自黄昏。庭蕪碧合陰蟲息，窗樹紅稀鬭雀喧。細憶舊歡都入夢，習家池上子山園。

象之以山藥見贈

龍山有游客，贈藥滿筠籠。葉漬沙泉碧，苗分石竇紅。斸應侵曉露，來喜及春風。却笑丹砂遠，辛勤勾漏翁。

飲方君舍晚歸

慘淡秋原思，歸鞍暮向城。野風吹酒散，寒日上衣明。躑躅樵兒聚，喧呼獵騎輕。村醪處處熟，准擬數來行。

自静教院晚步溴上

雪盡岡頭路，風和臘後天。人安閑淡内，鳥下寂寥前。凍水晴初浪，荒城晚自煙。西橋車馬急，歸意尚留連。

同化光陪寧極之湓陽城

不踏南溪路，于今五换春。能來再聯騎，還是舊遊人。置酒真乘興，談經或入神。歡餘不無愧，林壑未還身。

之石橋是日風陰異常。

聞說西橋水樹間，不辭驅馬涉風煙。疏籬老屋臨官道，瘦棘荒茅蔽石田。欲下鳴鴉盤木末，遠來鷩雉落山前。瓢中幸有村醪美，不怕春寒雨滿川。

過邵先生居

竹塢斜開逕，茅簷半卷書。幽閑入高卧，淡薄見平居。亂水隨驪引，殘花不掃除。因君動高興，回首想吾廬。

寶奎殿前花樹子去年與宋中道同賦今復答宋詩

長條飛動不依欄，淡粉濃朱巧作團。無語不辭終日立，有情曾是隔年看。春羅試舞衣新換，古錦藏詩墨未乾。我爲愁多悲節物，欲酬佳句淚霑翰。

和子華兄同永叔飲三班官舍兼約明日飲永叔家

視草名臣潤色才，玉墀晨退共徘徊。朝廷無事文書省，臺閣相歡笑語開。少厭賡酬停落筆，旋尋歌舞約銜盃。廣文主簿官閑冷，不是詩情豈合來。

謁象之同諸君步之東禪院

二年憔悴走京塵，匹馬歸來訪四鄰。足滑舊諳城下徑，眼明重見里中人。青蔬不没荒畦雪，翠栢常留野殿春。風物自如人事改，夕陽衰淚落衣巾。

奉和喬年館宿

蓬萊仙構斗魁旁，遞直初登漢署郎。雲向城頭收暝色，月從櫻角放寒光。行看砌菊嗟殘豔，坐對書芸襲暗香。景物過清渾不寐，素經讎罷得新章。時喬年校讎書。

寄題蘇子美滄浪亭

聞君買宅洞庭傍，白水千畦插稻秧。生事已能枝伏臘，歲華全得屬文章。騫飛靈鳳知何暮，蟠蟄蛟龍未可量！莫以江山足清尚，便收才業傲虞唐。

寒食出郊

都門氣象雨餘佳，壓盡風塵見草芽。日薄風和近郊路，朱紅粉白遠林花。堤間獨去鞶珊女，柳下相逢轣轆車。絲鬢未催樽酒在，不須辛苦問年華。

城西

繡鞅金羈十里塵，共傳恩詔樂芳辰。千重翠木開珍囿，百尺朱樓壓寶津。御柳初長遮雊雉，宮花未識駭遊人。自憐窮僻看山眼，來對天池禁籞春。

送劉景元觀察守襄陽

荆州太守駕朱轓，寶筆題詩出御前。應厭笙歌消暇日，欲將才業効當年。千章翠木雲間寺，百丈清江雪後船。看取古來良吏迹，蒼碑突兀峴山巔。

和伯壽秘監

曾陪道論接清歡，屈指如今四十年。不用笙歌娛上客，直將風月待高眠。黄花一醉猶能否，白首相逢是偶然。便欲投官結閑伴，家山況與碧嵩連。

題卞大夫翠陰亭

新得亭名號翠陰，軒窗環合盡青林。定知野客先回顧，何處山禽自好音！池面有蓮風氣馥，城根多竹月華深。明年便作歸來計，應許攜樽與抱琴。

和太素同看梅花寄子華

寒林凍卉誰觀者，繁豔清香自得之。天賦好花如有待，日尋幽徑不知疲。未逢驛使空懷遠，猶喜山翁亦好奇。昔歲一觴今一詠，共陶真意不爲私。

樂道示長句輒次韻

光陰不覺成陳迹，事變何嘗有定期！身外閑愁無自入，飮中歡興未全衰。編排暑後新投酒，點檢秋來合唱辭。更欲邀君浮畫舫，藕花菱蔓滿西池。

和詹叔遊廬山見寄

香爐峰色壓羣山，仰眺頻歆使者冠。江面煙波搖紫翠，佛宫金碧照晴寒。窞藏幽谷梅千樹，散走鳴泉竹萬竿。今日頓驚塵慮盡，一章佳句雪中看。

和朱主簿遊園

白首昏昏度歲年，忽聞春至便開顏。溪頭凍水晴初漲，竹下名園晝不關。旋得歌辭教妓唱，遠尋梅豔喚人攀。如今尚有官拘束，解組歸來始是閑。

登湖光亭

雪盡塵消徑露沙，公家池館似山家。翠痕滿地初生草，紅氣通林未放花。匝岸平波清照雁，壓城危樹斗回鴉。自慚白首猶圭組，此地年年賞物華。

公時遺石榴

高冠趨尹君方椽，成都促席迎賓我已翁。河喬交態不忘平日厚，歌聲猶似少年工。映階露菊秋吟苦，盈筥霜榴歲問通。每與東鄰話知舊，白頭强健幾人同。景仁

登城樓呈子華

麥苗黃熟稻苗青，餉婦耘夫笑語聲。樓上清風簾箔靜，田間白水鷺鷗輕。展親會集從容樂，娱老謳吟放曠情。羽孽漸消民食足，更無餘事計虧成。

又和子華

沉陰消盡見春和，初放扁舟泝緑波。水際踏青憐日暖，林間舉白爲花多。狂從田婦窺籬看，醉任家童刮鼓歌。年少縱歡饒點檢，老懷終不挂誰何！

同化光飲象之家

又從鄰舍容，來折主人花。游處當年似，悲傷老去加。興長歌易放，情密語無譁。歸路生殘月，春風醉袂斜。

和謝主簿游西湖

雲陰開剥日光穿，和氣隨風近酒船。湖面波清渾見底，樓頭山碧自生煙。興長不忍回孤棹，歌懶才能逐緩絃。因子樽前話歸計，醉魂先到峴山邊。

景仁招況之聞用歌舞望門而反作詩戲之

一夜嚴風結素波，盍簪寧避曉寒多，范滂攬轡方清俗，墨子回車豈惡歌。雲外雁寒驚歲晚，林間鴉語弄春和。知君不久承寬詔，始奈紅裙緑酒何！

襄柑分惠景仁以詩將之

荆州解綬十經春，迴夢青林遶漢濱。霜氣輕寒催紺實，渚波餘潤作甘津。僧園採掇寧論數，客路奔馳竟占新。雪意垂收高會缺，分金聊助席間珍。

和三兄游湖

竹陰迴抱柳陰敷，石色青青潤不枯。暫到已驚風力勁，更清須待月輪孤。波涵天影迷高下，雲覆山光變有無。暑退疾清人意健，縱吟狂醉是良圖。

和景仁元夕

月上朱樓角，風搖翠篠層。傳聲廻步輦，滿目爛行燈。簫鼓千門沸，弓刀萬馬騰。詩翁懷盛事，眉雪慘霜稜。禁户千通鼓，天街萬點燈。懷君瑩如玉，驅馬不嫌冰。樂事看流俗，狂游記舊朋。回思真夢幻，不待訪林僧。

謝堯夫寄新酒

故人一别兩重陽，每欲從之道路長。有客忽傳龍坂至，開樽如對馬軍嘗。嘗怪杜詩曰：「洗盞開嘗對馬軍。」及得錦屏山題名有「寄河南府使馬軍送新酒者」，然後爛然。定將瓊液都爲色，疑有金英密借香。却笑當年彭澤令，籬邊終日歎空觴。陶靖節云：「秋菊盈園，而時醪靡至。」

和謝厚卿載酒見過

應爲閑門境太清，固攜歌管逐雙旌。酒逢歡後寧論量，語到真時不屬情。木葉吟風千籟作，菊叢含雨萬珠明。知公几案常豐暇，詩思如泉日夜生。

謝到水仙二本

黄中秀外幹虚通，此花外白中黄，莖幹虚通如葱。本生武當山谷間，土人謂之天葱。乃喜嘉名近帝聰。密葉暗傳深夜露，殘花猶及早春風。拒霜已失芙蓉豔，出水難留菡萏紅。多謝使君憐寂寞，許教綽約伴仙翁。

觀安公亭戲呈觀文主人

十五年來此地行，白頭重到不勝情！梅寒未放黃金蕊，冰綻初流碧玉聲。憔悴霜松如有訴，庵前一松枯悴，輒呼園吏汲水灌之。紛披風竹似相迎。紅裙散後歌音絕，海鶴階前時一鳴。風流瀟灑，二俱不惡。

寓展江亭謝堯夫寄酒及花

措枉我先違陛石，均勞公已下堤沙。已欣晚歲逢良友，更喜高秋見好花。旨酒芳新來似水，危亭清絕至如家。三杯舉白歌相和，忘却風前兩鬢華。

哭蘇子美三首

未起蛟龍臥，俄纏鵩鳥悲。寢門號故友，繐帳哭孤兒。業履歸輿議，銘文絕愧辭。滄浪亭下路，長負故人期。予與子美有滄浪之約，今則已焉。

魄動書流創，子美去冬與予書云：「藐無相見之期。」誠通夢告悲。予夢若有告子美亡者，旦而得訃音。人生要有盡，君沒竟何施。白日空塵几，春風自酒巵。旅魂歸未得，藁葬近要離。

才大終爲累，寃深豈復論。幾年流落恨，千里寂寥魂。功業初懷負，風流秀句存。英靈邈無所，灑淚望閶門。

和晏相公湖上四首

霧霽山高牖，天寒水落沙。試披深岸草，往往見黃花。
稷水登紅稻，篙舟割紫菱。盃盤見秋物，江海思飛騰。
風枝挂危葉，飛動夕陽中。莫遣兒童摠，留看著露紅。
折葦隨風色，枯荷盡雨聲。平波極閬淨，好放畫船行。

答師厚夜歸客舍見詒

幽居直欲學忘言，忍對賢豪遂默然。談到精微夜寥闃，秋風時下竹窗前。

和晏相公湖上十月九日

斷橋孤嶼寒光外，短檝輕舟斜照中。未必江湖能勝此，野棠梨葉赤如楓。

謝送妃子園荔枝

年年驛使走紅塵，貢入驪宮色尚新。妃子園名猶未改，一籠丹實寄閑人。

酴醾花

細蓓繁英次第開，攀條盡日未能回。不如醉卧春風底，時使清香拂面來。

城西書事五首

蔬畦遶茅屋，林下轆轤遲。霜蔓已除架，風瓢空挂籬。

朱果繁霜後，甘甜半自零。忽驚林色曙，零落見殘星。

犬吠村墟改，人移井臼空。誰家收栗罷，林脚有遺蓬。

松陰不可憩，冷冽恐飛霜。時有高風過，乾花落石牀。

野竹濛荒塹，寒花亂廢墟。秋郊足幽事，直欲帶經鋤。

徐祕校過池上見訪留二絶句依韻。

罇酒浮多蟻，舟蓬覆似蝸。折楊爭貫鯉，編竹自撈蝦。

憐君此休駕，長日坐傾斜。山雨催行酒，林煙候煮茶。

洛城雜詩五首

分從柳外揚鞭去，同作花前載酒行。題得新詩無處寄，雜英飛絮滿春城。楊寺丞持詩見尋不遇。

洗馬澗邊芳樹密，欄干仍在碧流西。香檀亂拍朱絃急，應有遊人醉欲迷。洗馬澗。

上東門外春三月，桑葉陰陰覆菜花。密竹亂流行逕絶，桔槔鳴處是人家。上東門外。

無數長條亂曉風，誰將紫錦覆春叢。殘英點落青苔面，獨倚朱欄細雨中。府署紫錦帶花。

櫻桃園裏鳴禽亂，獮豸池邊積草多。七十年前繁盛地，曲蹊深隧見張羅。會節園。

惜酴醿

天意再三珍雅豔，花中最後吐奇香。狂風莫掃殘英盡，留與佳人貯絳囊。

陪晏相公遊韓王水磑園

行遍洛川南北岸，自憐探賞頗窮幽。不知物外清閑境，只在韓王水磑頭。

出留守府之東游李相園趙令竹林觀楚家桂樹子去歲數從元獻公爲此行作三絕句以道悲愴之意

府東朱户昔嘗開，日日從公選勝來。游履吟毫成故事，斷松飛溜有餘哀！

李家池上朱櫻熟，趙令林中錦籜春。更欲題詩論舊賞，自慚非是絕絃人。

曾陪樽酒詠芳叢，今日遲留意不同。公詩云：「更作丹花滿煙葉，欲令佳客剩遲留。」紅蕚似知人慘淡，亂隨清淚落春風。

西城

暖風和日著人來，細柳高榆抱逕回。我爲傷春足悲恨，不禁驅馬上愁臺。右愁臺。

太皇太后閣

鏤成寶字題宮户，剪出名花趁御筵。人世不知春色早，忽驚歌吹下中天。

太后閣

金花鏤勝隨春燕，綵杖縈絲逐土牛。迎得韶華入中禁，和風次第遍神州。
綵杖朝來散玉京，綺窗新網結初晴。靜呼宮女教調曲，閑引皇孫看學行。

皇后閣

紫蘭紅蓼簇春盤，曉逐金壺下太官。朝遍三宮歸已晚，口華明麗雪消殘。

夫人閣

漸暖正當挑菜日，輕陰漸變養花天。君王勤政稀游幸，院院相過理筦絃。
宮娃拂曉已催班，拜謝春幡列御前。不待東風報花信，紅酥綵縷鬬芳妍。

酴醾

平生爲愛此香濃，仰面常迎落架風。每至春歸有遺恨，典刑猶在酒盃中。

戲示程正叔范彝叟時正叔自洛中過訪

曲肱飲水程夫子，宴坐燒香范使君。顧我未能忘外樂，緑樽紅芰對朝曛。「曲肱飲水」，一作「閉門讀易」。「宴坐燒香」，一作「隱几燒香」。「朝曛」，一作「斜曛」。

卞仲謀八老會

同榜同僚同里客，斑毛素髮入華筵。三盃耳熱歌聲發，猶喜歡情似少年。

展江亭海棠四首

占盡人間麗與華，白頭判得醉流霞。誰將法錦翻新樣，紅緑裝成遍地花。

昔年曾到蜀江頭，絶艷牽心幾十秋。今日欄邊見顔色，夢魂不復過西州。

紅糝裝條婀娜長，人間不合有天香。此花無香。千觴未足酬佳麗，回首東風更斷腸。

又避寒風與暖曦，年年長此探花期。如今太守尤珍愛，只許官娃戴一枝。

和杜孝錫展江亭二首

斜日低雲動水光，偶尋佳處閲羣芳。城闉不隔和風度，吹過千花百草香。

鷩鷺飛鳴避晝橈，游人笑語過朱橋。賈家園裏花應謝，緑遍牆頭野杏梢。

世情未免歌紅粉，道韻無妨寄白雲。歸路看花應更好，林間明月湧金盃。

和微之飲楊路分家聽琵琶

酒熟梅香臘後天，春鶯巧囀忽當筵。共嗤白傅辛勤甚，萬喚千呼始上船。

朱絃四十昔嘗聞，藝不論多貴絕倫。少損新聲放平淡，免教醉殺白頭人。是夕微之劇飲歡甚。

再和堯夫同前

教得新聲十二絃，每逢嘉客便開筵。春湖水淥花爭發，好引紅粧上畫船。

遇酒逢歌觸處春，白頭相視若天倫。須知丞相官儀重，不及琳宮自在人。

閑居思湖上

遠泛每思隨鴈鷲，深居半是避杯觥。官閑日永無餘事，卧聽朱絃教曲成。

庵中睡起五頌寄海印

窗間日射寒松影，枕上風傳過雁聲。夢境覺來元一際，不勞脣齒話無生。

四山標韻出風塵，高下雖殊一色均。爲我終朝談實相，參差庭柏敞精神。

剡竹紉絲雖短長，誰教曲折號宮商。自從眠處知消息，終日笙歌是道場。

飯後西堂百步行，困來合眼是無營。從生至老非他物，道著如今已是情。

火衰水劣病餘身，未散虛空一聚塵。更欲强招年少客，折花同賞夢中春。

臨川詩鈔

王安石，字介甫。臨川人，後居金陵，亦號半山。登進士上第，簽書淮南判官。再調知鄞縣。通判舒州。召試館職，不就。用爲羣牧判官，知常州，移提點江東刑獄，嘉祐三年，入爲度支判官。俄直集賢院。明年同修起居注。知制誥，糾察在京刑獄。以母憂去，終英宗世，召不起。神宗爲太子時聞其名，卽位命知江寧府。數月，召爲翰林學士兼侍講。熙寧二年，拜參知政事。變行新法，天下騷然，罷爲觀文殿大學士、知江寧府。再起爲相，屢謝病，又罷爲鎮南軍節度使、同平章事、判江寧府。改集禧觀使，封舒國公。元豐二年，復拜左僕射、觀文殿大學士。換特進，改封于荆。哲宗立，加司空。卒，贈太傅，謚曰文。配食孔廟，追封舒王。南渡後，始罷從祀。安石少以意氣自許，故詩語惟其所向，不復更爲涵畜。後從宋次道盡假唐人詩集，博觀而約取，晚年始悟深婉不迫之趣。然其精嚴深刻，皆步驟老杜。所得而論者，謂其有工緻，無悲壯，讀之久則令人筆拘而格退。余以爲不然，安石遣情世外，其悲壯卽寓閑澹之中，獨是議論過多，亦是一病爾。

元豐行示德逢

四山翛翛映赤日，田背坼如龜兆出。湖陰先生坐草室，看踏溝車望秋實。雷蟠電掣雲滔滔，夜半載雨輸亭皐。旱禾秀發埋牛尻，豆死更蘇肥莢毛。倒持龍骨掛屋敖，買酒燒客追前勞。三年五穀賤如水，今見西成復如此。元豐聖人與天通，千秋萬歲與此同。先生在野故不窮，擊壤至老歌元豐。

後元豐行

歌元豐，十日五日一雨風。麥行千里不見土，連山没雲皆種黍。水秧綿綿復多稌，龍骨長乾挂梁梠。鰣魚出網蔽洲渚，荻筍肥甘勝牛乳。百錢可得酒斗許，雖非社日長聞鼓。吴兒蹋歌女起舞，但道快樂無所苦。老翁塹水西南流，楊柳中間杙小舟。乘興欹眠過山下，逢人歡笑得無愁。

純甫出釋惠崇畫要予作詩

畫史紛紛何足數，惠崇晚出吾最許。旱雲六月漲林莽，移我翛然墮洲渚。黄蘆低摧雪翳土，鳧雁静立將儔侶。往時所歷今在眼，沙平水澹西江浦。暮氣沉舟暗魚罟，欹眠嘔軋如聞櫓。頗疑道人三昧力，異域山川能斷取。方諸承水調幻藥，洒落生綃變寒暑。金坡巨然山數堵，粉墨空多真漫與。大梁崔白亦善畫，曾見桃花净初吐。酒酣弄筆起春風，便恐飄零作紅雨。鶯流探枝婉欲語，蜜蜂掇蕊隨翅股。一時二子皆絶藝，裘馬穿羸久羈旅。華堂豈惜萬黄金，苦道今人不如古。

招約之職方并示正甫書記

往時江總宅，近在青溪曲。井滅非故桐，臺傾尚餘竹。池塘三四月，菱蔓芙蕖馥。蒲柳亦競時，冥冥一川緑。方坻最所愛，意謂可穿築。欲往無舟梁，長年寄心目。故人晚得此，心事付草木。消摇檷宇新，攬結蹊隧熟。更能適我願，中水開茅屋。鬼營誅荒梗，人境掃喧黷。濠魚淨留連，海鳥暖追逐。豈無方外客，於此停高躅。憶初桑落時，要我豈非夙。蠶眠忽欲老，一个未言速。當緣東門水，尚溯南浦舳。吾廬雖隱翳，賞眺還自足。横陂受後潤，直塹輸前瀆。跳鱗出重錦，舞羽墮輭玉。碧筩遞舒卷，紫角聯出縮。千枝孫嶧陽，萬本母淇澳。滿門陶令株，彌岸韓侯蔌。尚復有野物，與公新聽矚。金鈿擁蕪菁，翠被敷苜蓿。蝦蟆能作技，科斗似可讀。欞軒俯北渚，花氣時度谷。耘耡聊效顰，締搆行可續。荒乘倘不倦，一晝敢辭卜。雖無北海酒，乃有平津肉。翛翛仙李枝，城市久煩促。寄聲與俱來，蔭我橐上轂。

寄吴氏女子

伯姬不見我，乃今始七齡。家書無虚月，豈異常歸寧。汝夫綴卿官，汝兒亦搢綎。兒已受師學，出藍而更青。女復知女功，婉嫕有典刑。自吾捨汝東，中父繼在廷。小父數往來，吉音汝每聆。既嫁遂願懷，孰如汝所丁。而吾與汝母，湯熨幸小停。丘園禄一品，吏卒給使令。膏粱以晚食，安步而車輧。山泉皐壤間，適志多所經。汝何思而憂，書每説涕零。吾廬所封殖，歲久愈華菁。豈特茂松竹，梧楸亦冥冥。芰荷美花實，瀰漫争溝涇。諸孫肯來游，誰謂川無舲？姑示汝我詩，知嘉此林坰。末有擬寒山，覺汝耳目熒。因之授汝季，季也亦淑靈。

要望之過我廬

念子且行矣，要子過我廬。汲我山下泉，煮我園中蔬。知子有仁心，不忍釣我魚。我池在人境，不與猵獺居。亦復無蟲蛆，出没争腐餘。食罷往遊觀，鰷鰷藻與蒲。清波映白日，擺尾揚其鬚。豈魚有此樂，而我與子無。擊壤謡聖時，自得以爲娱。

遊土山示蔡天啓秘校

定林瞰土山，近乃在眉睫。誰謂秦淮廣？正可藏一艓。朝予欲獨往，扶憊强登涉。蔡侯聞之喜，喜色見兩頰。呼鞍追我馬，亦以兩黥挾。斂書付衣囊，裹飯隨藥笈。翛翛阿蘭若，土木老山脅。鼓鐘卧空曠，簨簴離捷業。升堂廓無主，考擊誰敢輒。坡陀謝公冢，藏椁久穿劫。百金買酒地，野老今行饁。緬懷起東山，勝踐比稠疊。於時國累卵，楚夏血常喋。外實備艱梗，中仍費調燮。公能覺如夢，自喻一蝴蝶。桓温適自斃，苻堅方天厭。且可緩九錫，寧當快一捷。彼哉斗筲人，得喪易矜怯。妄言屐齒折，吾欲刊史牒。傷心新城埭，歸意終難愜。漂摇五城舟，尚想浮河檝。千秋籠東月，長照西州堞。豈無華屋處，亦捉蒲葵箑。碎金諒可惜，零落隨秋葉。好事所傳玩，空殘法書帖。清談眇不嗣，陳迹悦如接。東陽故侯孫，少小同鼓篋。一官初嶺海，仰視飛鳶跕。窮歸放款段，高卧停遠蹀。牽襟肘即見，著帽耳纔壓。數椽危敗屋，爲我炊陳浥。雖無膏污鼎，尚有羹濡筴。縱言及平生，相視開笑靨。邯鄲枕上事，且飲且田獵。或昏眠委翳，或妄走超躐。或叫號而寤，或哭泣而魘。幸哉同聖時，田里老安帖。

易牛以寶劍，擊壞勝彈鋏。追憐衰晉末，此土方岌業。強偷須臾樂，撫事終愁慄。予雖天戮民，有械無接摺。翁今貧而静，内熱非復葉。予衰極今歲，儻與雞夢協。委蜕亦何恨，吾兒已長鬣。翁雖齒長我，未見白可鑷。祝翁尚難老，生理歸善攝。久留畏年少，譏我兩呫囁。束火扶路還，宵明狐兔懾。蔡侯雄俊士，心憭形亦諜。異時能飛軨，快若五陵俠。胡爲阡陌間，跼足僅相躡。諒欲交譽語，怯子不能噆。

再用前韻寄蔡天啓

蔡侯東方來，取友無所挾。倏倏一囊衣，偶以一書笈。定林朝自炊，有匕或無筴。時時羹藜藿，鑊大苦難燮。驕頑遂敢侮，有甚觀駢脅。澹然山谷中，變色未嘗輒。始見類欺魄，寒暄粗詶接。從容與之語，爛漫無不涉。奇經可治疾，秘祝可解魘。巫醫之所知，瞽史之所業。載車必百兩，獨以方寸攝。微言歸易悟，疾若髭赴鑷。天機信卓越，學等何足躐。縱談及既往，每與唐許協。揚雄尚漢儒，韓愈真秦俠。好大人謂狂，知微乃如諜。惟知造文字，人惑鬼愁懾。秦愚既改皋，新旺仍易疊。六書遂失指，隸草矜敏捷。誰珍檀山刻，共賞蘭亭帖。東京一祭酒，收拾偶予愜。少嘗妄思索，老懶因退怯。侯方習篆籀，寸管静嘗壓。深原道德意，助我耕且獵。昔功恐唐損，異味今得饁。京口媢學子，追師嘗劫劫。陸羸淮汴糧，水僦湖海艓。遠求而近遺，如目不見睫。僞鳳易悦楚，真龍反驚葉。聞予再三歎，往往心不厭。或自逸而走，或呿而不噆。或嗤元郎漫，或詆白翁囁。鑠金徒欲消，韞玉豈愁浥。賢愚有定分，咄汝無喋喋。跨鞍隨我遊，曳屣聯我跕。照泉挹清泚，跂石緣嵬嶫。東坡數儵魚，西崦追蛺蝶。翳林窺摶黍，藕草聽批頰。黃尋遠蓮鬚，紅閲鄰杏靨。荏苒光景流，楊園忽無葉。扶痾歸未久，吾見喜寧帖。褰裳告我去，禄仕當隨牒。蕭晨秣款段，歸期得追躡。謂言循東路，覆出西城堞。行矣忍羈旅，無魚勿彈鋏。天閑久絷驥，駿足方騰蹀。長驅勿驕矜，小踠亦勿慄。鵬飛九萬里，勿借風一箑。溟波浩難窮，勉自養鱗鬣。爵禄實天械，功名爲接摺。寧能復與我，摇漾秦淮檝。附書勿辭頻，隔歲期滿篋。

獨歸

鍾山獨歸雨微冥，稻畦夾岡半黃青。疲農心知水未足，看雲倚木車不停。悲哉作勞亦已久，暮歌如哭難爲聽！而我官閑幸無事，北窗枕簟風泠泠。於時荷花擁翠蓋，細浪嬲雪千娉婷。誰能欹眼共此樂，秋港雖淺可揚舲。

車載板二首

荒哉我中園，珍果所不產。朝暮惟有鳥，自呼車載板。楚人聞此聲，莫有笑而莞。而我更歌呼，與之相往返。視遇若摶黍，好音而睍睆。壤壤生死夢，久知無所揀。物弊則歸土，吾歸其不晚。歸歟汝隨我，可相蒿里挽！

鳥有車載板，朝暮嘗一至。世傳鵩似鴞，而此與鴞似。唯能預人死，以此有名字。疑卽賈長沙，當時所遭值。洛陽多少年，擾擾經世意。粗聞方外語，便釋形骸累。吾衰久捐書，放浪無復事。尚自不見我，安知汝爲異。憐汝好毛羽，言音亦清麗。胡爲太多知，不默而見忌。楚人既憎汝，彈射將汝利。且長隨我遊，吾不汝羹胾。

謝公墩

走馬白下門，投鞭謝公墩。昔人不可見，故物尚或存。問樵樵不知，問牧牧不言。摩挲蒼苔石，點檢屐齒痕。想此紆長檣，想此倚短轅。想此玩雲月，狼藉盤與罇。井逕亦已没，漫然禾黍村。摧藏羊曇骨，放浪李白魂。亦已同山丘，緬懷蒔蘭蓀。小草戲陳迹，甘棠詠遺恩。萬事付鬼籙，恥榮何足論。天機自開闔，人理孰畔援。公色無懼喜，儻知禍福根，涕淚對桓伊，暮年無乃昏！

明妃曲二首

明妃初出漢宫時，淚濕春風鬢脚垂。低徊顧影無顏色，尚得君王不自持。歸來却怪丹青手，入眼平生幾曾有。意態由來畫不成，當時枉殺毛延壽。一去心知更不歸，可憐着盡漢宫衣。寄聲欲問塞南事，只有年年鴻雁飛。家人萬里傳消息，好在氈城莫相憶。君不見咫尺長門閉阿嬌，人生失意無南北。

明妃初嫁與胡兒，氈車百輛皆胡姬。含情欲説獨無處，傳與琵琶心自知。黄金桿撥春風手，彈看飛鴻勸胡酒。漢宫侍女暗垂淚，沙上行人却回首。漢恩自淺胡自深，人生樂在相知心。可憐青塚已蕪没，尚有哀絃留至今！

食黍行

周公兄弟相殺戮，李斯父子夷三族。富貴常多患禍嬰，貧賤亦復難爲情。身隨衣食南與北，至親安能常在側。謂言黍熟同一炊，歘見隴上黄離離。遊人中道忽不返，從此食黍還心悲。

送春

武陵山下朝買船，風吹宿霧山花鮮。萬家笑語横青天，綺窗羅幕舞嬋娟。小鬟折花叩船舷，玉踐寫酒疇金錢。朱甍飛動浮雲巘，天外筦籥來宛轉。斷橋人行夕陽路，樓觀瑠璃影中見。酡顔未分驊騮催，燭入坐客猶徘徊。豈知閶闔門邊住，春盡不見芳菲開。日月紛紛車走坂，少年意氣何由挽！洞庭浪與天地白，塵昏萬里東浮眼。黑貂裘敝歸幾時？相見緑樹啼黄鸝。榮華俯仰憂患隨，命駕吾與高人期。

酬王伯虎

吾聞人之初，好惡尚無朕。帝與鑿耳目，賢愚遂殊品。爾來百千年，轉化薄愈甚。父翁相販賣，浮詐誰能審。睢盱猴纓冠，狼藉鼠穴寢。滄海恐值到，誰論魚鼈淰。鴞聲雖云惡，革去在食葚。嗟誰職教化，獨使此風稔。恬觀不知救，坐費太官廩。予生少而戇，好古乃天禀。念此俗衰壞，何嘗敢安枕。有時不能平，悲吒失食飲！唯子同我病，亦或涕沾衽。謂予可告語，密以詩來諗。爛然辭滿紙，秋水濯新錦。窮觀何拳拳，静念復凛凛。賤貧欲救世，無寧猶拾瀋。説窮且版築，尹屈唯烹飪。逢時豈遽廢，避俗聊須噤。徂年幸未暮，此意可勸恁。

送潮州呂使君

韓君揭陽居，戚嗟與死鄰。呂使揭陽去，笑談面生春。當復進趙子，詩書相討論。不必移鱷魚，詭怪以疑民。有若大顛者，高材能動人。亦勿與爲禮，聽之汩彝倫。同朝敍朋友，異姓接婚姻。恩義乃獨厚，懷哉余所陳。

和吳沖卿雪

陽回力猶邅，陰合勢方鞏。填空忽汗漫，造物誰慫慂？輕於擘絮紛，細若吹毛氄。雲連晝已晳，風助宵仍洶。憑陵雖一時，變態亦千種。簾深卷或避，户隘闔猶擁。滔天有凍浪，匝地無荒隴。飛揚類挾富，委翳等辭寵。穿幽偶相重，值險輒孤聳。積慘會將舒，羣輕那久重。紛華始滿眼，消釋不旋踵。槁樹散飛花，空簷落縣湩。還當困炎熱，以此滌煩壅。共約市南人，收藏不爲冗。

和沖卿雪詩并示持國

地卷江海浮，天吹河漢湧。北風散作花，巧麗世無種。霾昏得照曜，塵滓歸掩擁。荒林無空枝，幽瓦有高隴。分纔一毛細，聚或千鈞重。飛颺窺已眩，摧壓聽還兗。漁舟平繫舷，樵屩没歸踵。空令物象瑩，豈免川塗壅。争光姮娥妒，失色羲和恐。賴逢陽氣烝，轉作水波溶。舞庭稱賀嚴，掃路傳呼寵。衝遊謝壯少，避卧甘閑冗。吴侯絶俗唱，韓子當敵勇。勝負觀兩豪，吾衰但陰拱。

北客置酒

紫衣操鼎置客前，巾韝稻飯隨粱饘。引刀取肉割啖客，銀盤擘臑薨與鮮。殷勤勸侑邀一飽，卷牲歸館觴更傳。山蔬野果雜飴蜜，獾脯豕腊加炰煎。酒酣衆史稍欲起，小胡捽耳争留連。爲胡止飲且少安，一杯相屬非偶然。

奉使道中寄育王山長老常坦

道人少賈海上游，海舶破散身沉浮。抱金滿篋人所寄，吹簸偶得還中州。羸身歸金不受報，秖取斗酒相獻酬。歡娱慈母終一世，脱棄妻子藏巖幽。蒼煙寥寥池水漫，白玉菡萏吹高秋。夜燃栢子煮山藥，憶此東望無時休。塞垣春枯積雪溜，沙礫盛怒黄雲愁。五更匹馬隨雁起，想見鄮郭花今稠。百年誇奪終一丘，世上滿眼真悠悠。寄聲萬里心綢繆，莫道異趣無相求。

送李屯田守桂陽

泊船香爐峰，始與子相識。寄書邗江上，詒我峰下石。緣以湘水竹，攜持與南北。永懷故人歡，不願百金易。竹枯歸樵蘇，石爛棄沙礫。夷門得邂逅，緑髮皆半白。追思少時事，俛仰如一夕。老矣無所爲！空知念疇昔。常思一杯酒，要子相解釋。出門事紛紛，歸卧意還卻。聞當上溢水，持詔守嶺阨。方爲萬里別，執手先慘戚。茲游信浩蕩，山水多所得。爲我謝香爐，風塵每相憶！

送程公闢守洪州

畫船插幟搖秋光，鳴鐃傳鼓水洋洋。豫章太守吳郡郎，行指斗牛先過鄉。鄉人出郭航酒漿，炰鼈鱠魚炊稻粱。芡頭肥大菱腰長，醽醁喧呼坐滿牀。怪君三年滯瞿塘，又驅傳馬登大行。纓旄脫盡歸大梁，翻然出走天南疆。九江左投貢與章，揚瀾吹漂浩無旁。老蛟戲水風助狂，盤渦忽坼千丈強。君聞此語悲慨慷，迎吏乃前持一觴。鄱州歷選多儁良，鎮撫時有諸侯王。拂天高閣朱鳥翔，西山蟠繞鱗鬣蒼。下視城塹真金湯，雄樓傑屋鬱相望。中户尚有千金藏，漂田種秔出穰穰。沉檀珠犀雜萬商，大舟如山起牙檣。一本無此一句。輸瀉交廣流荆揚，輕裙利屣列名倡。春風蹋謡能斷腸，平湖灣塢煙渺茫。樹石珍怪花草香，幽處往往聞笙簧。地靈人秀古所臧，勝兵可使酒可嘗。十州將吏隨低昂，談笑指麾回雨暘。非君才高力方剛，豈能跨有此一方。無爲聽客欲霑裳，使君謝吏趣治裝，我行樂矣未渠央。

東門

東門白下亭，摧甓蔓寒葩。淺沙杙素舸，一水宛秋蛇。漁商數十室，門巷隱桑麻。翰林謫仙人，往歲酒姥家。調笑此水上，能歌楊白花。楊花飛白雪，枝裏綠煙斜。舞袖卷煙雪，綺裘明紫霞。風流翳蓬顆，故地使人嗟。迢迢陌頭青，空復可藏鴉。

和王微之登高齋三首

寒雲沈屯白日埋，河漢蕩坼天如篩。衡門兼旬限泥潦，臥聽欵木鳴相挨。蕭辰忽掃纖翳盡，北嶺初出青嵬嵬。微之新詩動我目，爛若火齊金盤堆。想攜諸彥眺平野，高論歷詆秦以來。觥船淋浪始快意，忽憶歸雲胡爲哉！念君少壯輟游衍，發揮春秋名玉杯。書成不得斷國論，但此空語傳八垓。登臨興罷因感觸，更欲遠引追宗雷。君知富貴亦何有，諂譽未足償譏排。風豪雨横費調燮，坐使髮背爲黃台。留賓往往夜參半，雖有罇俎無由開。江南佳麗非一日，況乃故園名池臺！能招過客飲文字，山水又足供歡咍。剩留官屋貯酒母，取醉不竭當如淮。

六朝人物隨煙埃，金輿玉几安在哉！鍾山石城已寂寞，祇見江水雲端來。百年故老有存者，尚憶世宗初伐淮。魏王兵馬接踵出，旗纛千里相搪挨。當時謀臣非不衆，上國拔取多陪臺。龍騰九天跨四海，一水欲阻爲可咍。降王此歸樓殿坼，棄屋尚鎖殘金堆。神靈變化自真主，將帥何力求公台。山川清明草木静，天地不復屯雲雷。使君登高訪古昔，傷此陳迹聊持杯。因留嘉客坐披寫，酃淥笑語傾如篩。酒酣重惜功業晚，老矣萬卷徒兼該！攢峰列壑動歸興，憂端落筆何崔嵬。餘年無歡易感激，亦愧莊叟能安排。青燈明滅照不寐，但把君詩闔且開。

干戈六代戰血埋，雙闕尚指山崔嵬。當時君臣但兒戲，把酒空勸長星杯。臨春美女閉黃壤，玉枝自一作「白」。蕊繁如堆。後庭新聲散樵牧，興廢倏忽何其哀！咸陽龍移九州坼，遺種變化呼風雷。蕭條中原碭無水，崛強又此憑江淮。廣陵衣冠掃地去，穿築隴畝爲池臺。吳儂傾家助經始，尺土不借秦人箠。珠犀磊落萬艘入，金璧照耀千門開。建隆天飛跨兩海，南發交廣東溫台。中間業業地無幾，欲久割據誠難哉。靈旗指麾盡貔虎，談笑力可南山排。樓船蔽川莫敢動，扶伏但有謀臣來。百年滄洲自潮汐，事往不與波爭廻。黃雲荒城失苑路，白草廢畤空壇垓。使君新篇韻險絕，登眺感悼隨嘲咍。嗟予愁憊氣已竭，對壘每欲相劘挨。揮毫更想能一戰，數窘乃見詩人才。

書任村馬鋪

兒童繫馬黃河曲，近岸河流如可掬。任村炊米朝食魚，日暮滎陽驛中宿。投老經過身獨在，當時洲渚今平陸。秋黍冥冥十數家，仰視荒蹊但喬木。冰盤羹美客自知，起看白水還東馳。爾來百口皆年少，歸與何人共此悲！

葛蘊作巫山高愛其飄逸因亦作一篇

巫山高，偃薄江水之滔滔。水於天下實至險，山亦起伏爲波濤。其巔冥冥不可見，崖岸斗絕悲猨猱。赤楓青櫟生滿谷，山鬼白日樵人遭。窈窕陽臺彼神女，朝朝暮暮能雲雨。以雲爲衣月爲褚，乘光服暗無留阻。崑崙曾城道可取，方丈蓬萊多伴侶，塊獨守此嗟何求，況乃低徊夢中語。

和王勝之雪霽借馬入省

泥水填馬不受轍，瓦雪得火猶藏溝。宿霧紛紛度城闕，朔氣凜凜吹衣裘。窮閻閉門無一客，剥啄驚我有前騶。強隨傳呼出屋去，鼻息凍合髭繆繆。投轡馬𩮀任欹側，欲出操箠手還抽。行思江南悲故事，溪谷冬暖花常流。前年臘歸三見白，壽色嶺上班班留。杖藜此時將邑子，登眺置酒身優游。豈如都城今日事，祇恐一蹶爲親憂。因知田里駕款段，昔人豈卽非良謀。君家洛陽名實大，談笑枯槁回春柔。平生意氣故應在，白髮未敢相尋求。從容退食想佳節，豈無歌聲相獻酬。奈何亦作苦寒調，歎息朝夕無驊騮。超然遂有江湖意，滿紙爲我書窮愁。相如正應居客右，子路且莫乘桴浮。

和吴沖卿鵶鳴樹石屏

寒林昏鵶相與還，下有跂石蒼屏顔。曾於古圖見髣髴，已怪刀筆非人間。君家石屏誰爲寫，古圖所傳無似者。鵶飛歷亂止且鳴，林葉慘慘風煙生。高齋日午坐中見，意似落日空上行。君詩雄盛付君手，云此非人乃天巧。嗟哉渾沌死，乾坤至，造作萬物醜妍巨細各有理。問此誰主何其精，恢奇譎詭多可喜。人於其間，乃復雕鑱刻畫出智力，欲與造化追相傾。拙者婆娑尚欲奮，工者固已窮誇矜。吾觀鬼神獨與人意異，雖有至巧無所争。所以號山間，埋没此寶千萬歲，不爲見者驚。吾又以此知，妙偉之作不在百世後，造始乃與元氣并。畫工粉墨非不好，歲久剥爛空留名。能從太古到今日，獨此不朽由天成。世人尚奇輕貨力，山珍海怪採掇今欲索。此屏後出爲君得，胡賈欲價著不識。吾知金帛不足論，當與君詩兩相直。

送李宣叔倅漳州

關山到漳窮，地與南越錯。山川鬱霧毒，瘴癘春冬作。荒茅篁竹間，蔽虧有城郭。居人特鮮少，市井宜蕭索。野花開無時，蠻酒持可酌。窮年不用客，誰與分杯杓！朝廷尚賢俊，磊砢充臺閣。君能喜節行，文藝又該博。超然萬里去，識者爲不樂。予聞君子居，自可救民瘼。苟能禦外物，得地無美惡。似聞最南方，北客今勿藥。林麓换風氣，獸虵凋毒螫。如漳猶近州，氣冷又銷鑠。珍足海物味，其厚不爲薄。章舉馬甲柱，固已輕羊酪。蕉黄荔子丹，又勝楂梨酢。逢衣比多士，往往在丘壑。從容與笑語，豈不慰寂寞。太守好觴詠，嘉賓應在幕。想卽有新詩，流傳至京洛。

韓持國從富并州辟

韓侯冰玉人，不可塵土雜。官雖衆俊後，名字久訇磕。并州天下望，撫士威愛愜。千金棄不惜，賓客常滿闔。遥聞餘風高，爲子置一榻。親交西門餞，百馬驕雜遝。子材宜用世，談者爲嗚唈。矧今名主人，氣力足呵歙。推賢爲時輔，勢若朽易拉。會當薦還朝，立子在閶闔。惜哉秣騏驥，賦以升龠合。咨予栖栖者，氣象已摧塌。他年佐方州，説將尚不納。况於聲勢尊，豈易取酬答。有如持寸莛，未足感鞺鞳。顧於山水閒，意願多所合。匡廬與韶石，少小已嘗蹋。風遊會稽春，雲宿天柱臘。淮湖江海上，慣食蝦蟹蛤。西南窮岷嶓，東北盡濟漯。身雖未嘗歷，魂夢已稠沓。荆溪最所愛，映燭多廟塔。溪果點丹漆，溪花團繡罨。扁舟信所過，行不廢樽榼。一從捨之去，霜雪行滿領。思之不能寐，蹙若寅蚋噆。方將築其濱，畢景謝噂喈。安能孤此意，顛倒就衰颯。唯子余所嚮，嗜好比鶼鰈。何時歸相過，遊屐尚可躡。

寄王逢原

北風吹雲埋九垓，草木零落空池臺。六龍避逃不敢出，地上獨有寒崔嵬。披衣起行愁不愜，歸坐把卷闔且開。永懷古人今已矣，感此近世何爲哉！申韓百家爇火起，孔子大道寒於灰。儒衣紛紛欲滿地，無復風焰空煤炲。力排異端誰助我，憶見夫子真奇材。梗柟豫章概白日，祇要匠石聊穿裁。我方官拘不得往，子有閒暇宜能來。晤言相與入聖處，一取萬古光芒迴。

送裴如晦即席分題以「黯然消魂，惟別而已」爲韻，擬「而」字韻作。

十月款水冰，問君行何爲！行不顧斗米，自與五湖期。平生湖上遊，幽事畧能知。此後君最樂，窮年得游嬉。彩鯨抗波濤，風作鱗之而。鳴鼓上洞庭，笑看紅橘垂。漠漠大梁下，黃沙吹酒旗。應憐故人愁，回首一相思。

吴長文新得顔公壞碑

魯公之書既絕倫，歲久更爲時所珍。荒壇壞冢朽崖屋，剝落風雨埋煨塵。斷碑數尺誰所得，點畫入紙完如新。延陵公子好事者，拓取持寄情相親。六書篆籀數變改，訓詁後世多失真。誰初妄鑿妍與醜，坐使學士勞骸筋。堂堂魯公勇且仁，出遇世難親經綸。揮毫卓犖又驚俗，豈亦以此誇常民。但疑技巧有天得，不必勉強方通神。詩歌甘棠美召伯，愛惜蔽芾由思人。時危忠誼常恨少，寶此勿復令埋堙。

悼四明杜醇

杜生四五十，孝友稱鄉里。隱約不外求，耕桑有妻子。藜杖牧雞豚，筠筒釣魴鯉。歲時沽酒歸，亦不乏甘旨。天涯一杯飯，夙昔相逢喜。談辭足詩書，篇詠又清泚。都城問越客，安否常在耳。日月未渠央，如何棄予死！古風久凋零，好學少爲己。悲哉四明山，此士今已矣。

哭梅聖俞

詩行於世先春秋，國風變衰始《柏舟》。文辭感激多所憂，律呂尚可諧鳴球。先王澤竭士已偷，紛紛作者始可羞。其聲與節急以浮，真人當天施再流，篤生梅公應時求，頌歌文武功業優。經奇緯麗散九州，衆皆少銳老則不。翁獨辛苦不能休，惜無采者人名遒。貴人憐公青兩眸，吹噓可使高岑樓。坐令隱約不見收，空能乞錢助饋餾。疑此有物司諸幽，棲棲孔孟葬魯鄒。後始卓犖稱軻丘，聖賢與命相楯矛。勢欲強達誠無由，詩人況又多窮愁。李杜亦不爲公侯，公窺窮阨以身投。坎坷坐老當誰尤，吁嗟豈卽非善謀，虎豹雖死皮終留。飄然載喪下陰溝，粉書軸幅懸無旒。高堂萬里哀白頭，東望使我商聲謳。

別孫莘老

逢原不熟我，已與子相知。自吾得逢原，知子更不疑。把手湖上舟，望子欲歸時。茫然乃分散，獨背東南馳。寥寥西城居，邂逅與子期。雞鳴入省門，朱墨來紛披。含意不自得，強顔聊爾爲。會合常在夜，青燈照書詩。往往並衾語，至明不言疲。忽忽捨我去，使我當從誰。送子不出門，我身方羈縻。我心得自如，今與子相隨。隨子在湖上，逢原所嘗嬉。想見荷葉盡，北風卷寒漪。已懷今日愁，更念昔日悲。相逢亦何有，但有鏡中絲。

示平甫弟

汴渠西受崑崙水，五月奔湍射黄矢。高淮夜入忽倒流，崎岸相看欲生觜。萬檣如山矻不動，嗟我仲子行亦止。自閔留連且一月，每得問訊猶千里。老工取河天上落，伏礫邅沙卷無底。土橋立馬望城東，數日知有相逢喜。牆隅返照媚槐榖，池面過雨蘇篁葦。欣然把手相與閑，所願此時無一詭。豈無他憂能老我，付與天地從今始。閉門爲謝載酒人，外慕紛紛吾已矣。

送董伯懿歸吉州

我來以喪歸，君至因謫徙。蒼黄憂患中，邂逅遇於此。去年服初除，聽赦相助喜。看君數歸月，但屈兩三指。茫然冬更秋，一笑非願始。籃輿楊柳下，明月芙蕖水。僮飢屢闚門，客罷方隱几。是非評衆詩，成敗斷前史。時時對弈石，漫浪争生死。送迎皆幅巾，設席但陳米。亦曾戲篇章，揮翰疾蒿矢。君豪才有餘，我老憊先止。東城景陽陌，南望長干紫。欲斸三畝蔬，於焉寄殘齒。經過許後日，唱和猶在耳。新恩忽捨我，欣悵生彼已？江湖北風帆，捩柂卽千里。相逢知何時？莫惜縑與紙。

明州錢君倚衆樂亭

使君幕府開東部，名高海曲人知慕。艤船談笑政卽成，洗滌山川作嘉趣。平泉浩蕩銀河注，想見明星弄機杼。載沙築成天上路，投虹爲橋取孤嶼。掃除荆棘水中央，碧瓦朱甍隨指顧。春風滿城金版舫，來看置酒新亭上。百女吹笙綵鳳悲，一夫伐鼓靈鼉壯。安期羡門相與遊，方丈蓬萊不更求。酒酣忽跨鯨魚去，陳迹空令此地留！

和平甫舟中望九華山二首

楚越千萬山，雄奇此山兼。盤根雖巨壯，其末乃修纖。去縣尚百里，側身勇前瞻。蕭條煙嵐上，縹緲浮青尖。徐行稍復逼，所矚亦已添。精神去亹亹，氣象來漸漸。卸席取近岸，移船傍蒼蒹。窺觀坐窮晡，未覺晷刻淹。江空萬物息，四面波瀾恬。峩然九女鬟，争出一鏡匳。卧送秋月没，起看朝陽暹。游氛蕩無餘，瑣細得盡覘。陵空翠矗直，照影寒鋩銛。冢木立紺髮，崖林張紫髯。變態生倏忽，雖神詎能占。當留老吾身，少駐誰云饜。惜哉秦漢君，黄屋上衡灊。等之事嬉遊，捨此何其廉。我疑二后荒，神物久已厭。埋藏在雲霧，不欲登昏憸。又疑避褒封，蔽匿以爲謙。或是古史書，脱落簡與籤。當時備巡遊，今不在緗縑。終南秦之望，泰山魯所詹。天王與秩祭，俎豆羅醯鹽。苟能澤下民，維此遠亦沾。方今東南旱，土脉燥不黏。尚無膚寸功，豈免竊食嫌。神莽吾難知，士病吾能砭。文章巧傅會，智術工飛箝。薦寶互珪璧，論材自楩柟。苟以飾婦妾，謬云活蒼黔。豈如幽人樂，玆山謝閭閻。穴石作户牖，垂泉當門簾。尋奇出後徑，覽勝倚前簷。超然往不返，舉世徒呫呫。高興寄日月，千秋伴烏蟾。遐追商洛翁，秦火不能炎。近慕楚穆生，竟脱楚人鉗。吾意竊所尚，人謀諒難僉。

誰謂九華遠，吾身未嘗詹。唱篇每起予，予口安能箝。憶在秋浦北，空江上新蟾。光潔寫一鏡，迴環兩堤奩。露坐引衣襋，風行欹帽簷。維舟當此時，巨細得盡瞻。試嘗論大略，次乃述微纖。此山廣以深，包畜萬物兼。噓雲吐霧雨，生育靡不漸。巍然如九皇，德澤四海沾。此山相後先，各出羣峰尖。毅然如九官，羅立在堂廉。挺身百辟上，附麗無姦憸。此山高且寒，五月不覺炎。草樹萋已緑，冰霜尚涵淹。頽然如九老，白髮連蒼髯。此山當無雲，秀色鬱以添。姹然如九女，靚飾出重簾。珮環與巾裙，紺玉青紈縑。遠之姸西施，近或醜無鹽。變態不可窮，詩者徒呫呫。我初勇一往，役世難安恬。浪荒不走職，民瘼當誰砭。乖離今數旬，夢想欲窺覘。自期得所如，何啻釋囚鉗。念昔太白巔，下視海日暹。揭來天柱遊，屐齒尚苔黏。猶之健飲食，屢饗亦云饜。胡爲慕攀踏，已憊且不嫌。豈其仁智心，山水固所潛。男兒有所學，進退不在占。功名苟不諧，廊廟等閭閻。況乃掄椽栿，其誰辨楩柟。歸歟巖崖居，料理帶與籤。得石坐兀兀，逢泉飲厭厭。取舍斷在獨，豈必詢謀僉。子語實慰我，寧殊邑中黔。玉枝將在山，當倚以葭蒹。詩力我已屈，鋒鋩子猶銛。扶復更一戰，語汝其無謙。

和中甫兄春日有感

雪釋沙輕馬蹄疾，北城可遊今暇日，濺濺溪谷水亂流，漠漠郊原草争出。嬌梅過雨吹爛熳，幽鳥迎陽語啾唧。分香欲滿錦樹園，剪綵休開寶刀室。胡爲我輩坐自苦，不念茲時去如失。飽聞高遥動車輪，甘卧空堂守經帙。淮蝗蔽天農久餓，越卒圍城盜少逸。至尊深拱罷簫韶，元老相看進刀筆。春風生物尚有意。壯士憂民豈無術，不成歡醉但悲歌，回首功名古難必。

寄曾子固

吾少莫與合，愛我君爲最。君名高山嶽，嵑嶭嵩與太。低心收舂友，似不讓塵壒。又如滄江水，不逆溝畎澮。君身揭日月，遇輒破氣靄。我材特窮空，無用補倉廥。謂宜從君久，垢污得洮汰。人生不可必，所願每顛沛。乖離五年餘，牢落千里外。投身落俗穽，薄宦自鉗釱。平居每自守，高論從誰丐！搖搖西南心，夢想與君會。思君挾奇瓌，願售無良儈。窮閻抱幽憂，凶禍費禳禬。州窮吉士少，誰可壻諸妹？仍聞病連月，醫藥誰可賴？家貧奉養狹，誰與通貨貝？詩人刺曹公，賢者荷戈祋。奈何遭平時！德澤盛汪濊。鸞鳳鳴且下，萬羽來翽翽。呦呦林間鹿，争出噬苹藾。乃令高世士，動輒遭狼狽。人事既難了，天理尤茫昧。聖賢多如此，自古云無奈。周人貴婦女，扁鵲名醫滯。今世無常勢，趨舍唯利害。而君信斯道，不閔身窮泰。棄捐人間樂，濯耳受天籟。諒知安肥甘，未肯顧糠糩。龍螭雖蟠屈，不慕蚍蟬蛻。令人重感奮，意勇忘身蕞。何由日親炙，病體同砭艾。功名未云合，歲月尤須愒。懷思切剷效，中夜淚霶霈。君常許過我，早晚治車軑。山溪雖峻惡，高眺發蒙晦。峰巒碧參差，木樹青晻藹。桐江路尤駛，飛槳下鳴瀨。魚村指暮火，酒舍瞻晨旆。清醪足消憂，玉鯽行可膾。行行願無留，日夕佇傾蓋。會將見顏色，不復謀蓍蔡。延陵古君子，議樂耻言鄶。細事豈足論，故欲論其大。披披發鞬櫜，懍懍見戈鋭。探深犯巖壁，破惑翻強澮。離行步荃蘭，偶坐陰松檜。宵牀連衾幬，晝食共粗糲。茲歡何時合，清瘦見衣帶。作詩寄微誠，誠語無綵繪。

有感

憶昔與胡子，戲娛西城幽。放斥僕與馬，獨身步田疇。牛豎歌我旁，聽之爲久留。一接田父語，嘆之勝王侯。追逐恨不恣，暮歸輒懷愁。顧常輕千乘，秖願足一丘。子時怪我少，好此寂寞遊。笙篁不入耳，又不甘醪羞。那知抱孤傷，罷頓不能遒。世味已鮮少，但餘野心稠。乖離今十年，班髮滿我頭。昔興亦略盡，食眠常百憂。每逢佳山水，欲往輒復休。方壯遂如此，況乃高春秋。

白紵山

白紵衆山頂，江湖所縈帶。浮雲卷晴明，可見九州外。肩輿上寒空，置酒故人會。峰巒帳錦繡，草木吹竽籟。登臨信地險，俯仰知天大。留歡薄日晚，起視飛鳥背。殘年苦局束，往事嗟摧壞。歌舞不可求，桓公井空在。

九井得盈字。

沿崖涉澗三十里，高下犖确無人耕。捫蘿挽蔦到山趾，仰見吹瀉何崢嶸。餘聲投林欲風雨，末勢卷土猶溪阬。飛蟲凌兢走獸慄，霜雪夏落雷冬鳴。野人往往見神物，鱗甲漠漠雲隨行。我來立久無所得，空數石上菖蒲生。中官繫龍沉玉册，小吏磔狗澆銀甖。地形偶爾藏險怪，天意未必司陰晴。山川在理有崩竭，丘壑自古相虛盈。誰能保此千世後，天柱不折泉常傾。

書會別亭

西城路，居人送客西歸處。年年借問去何時？今日扁舟從此去。春風吹花落高枝，飛來飛去不自知。路上行人亦如此，應有重來此處時。

張氏靜居院

動者利進爲，靜者樂止居。物性有偏得，惟賢時卷舒。張侯始出仕，所至多名譽。老矣歸偃休，買地斸荒蕪。屋成爲令名，名實與時俱。南堂棲幽真，晨起瞻像圖。北堂畫五禽，游戲養形軀。燕有諸賓庭，學有諸子廬。問侯年幾何？嬌嬌八十餘。問侯何能爾？心不藏憂愉。問侯客何爲？弦歌飲投壺。問侯兒何讀？夏商及唐虞。嵩山塡門户，洛水遶階除。疾於山水間，結駟有通衢。我念老退者，古多賢大夫。留侯亦養生，乃欲凌空虛。閉門不飲酒，豈異山中臞。疏傅稍喜客，揮金能自娱。不聞喜教子，滿屋青紫朱。張侯能兼取，勝事古所無。褒稱有樂石，丞相爲之書。而我不自量，聞風亦歌呼。

禿山

吏役滄海上，瞻山一停舟。怪此禿誰使，鄉人語其由。一狙山上鳴，一狙從之遊。相匹乃生子，子衆孫還稠。山中草木盛，根實始易求。攀挽上極高，屈指亦窮幽。衆狙各豐肥，山乃盡侵牟。攘争取一飽，豈暇議藏收。大狙尚自苦，小狙亦已愁。稍稍受咋嚙，一毛不得留。狙雖巧過人，不善操耡耰。所嗜在果穀，得之常以偷。嗟此海山中，四顧無所投。生生未云已，歲晚將安謀。

杭州修廣師法喜堂

浮屠之法與世殊，洗滌萬事求空虚。師心以此不挂物，一堂收身自有餘。堂陰置石雙嵽嵲，石脚立竹青扶疎。一來已覺肝膽豁，況乃宴坐窮朝晡。憶初救時勇自許，壯大看俗尤崎嶇。豐車肥馬載豪傑，少得志願多憂虞。始知進退各有理，造次未可分賢愚。會將築室返耕釣，相與此處吟山湖。

復至曹娥堰寄剡縣丁元珍

溪水渾渾來自北，千山抱水清相射。山深水急無艇子，欲從故人安可得。故人昔日此水上，罇酒扁舟慰行役。津亭把手坐一笑，我喜滿懷君動色。論新講舊惜未足，落日低徊已催客。離心自醉不復飲，秋果寒花空滿席。今年却坐相逢處，怊悵難求别時迹。可憐溪水自南流，安得溪船問消息！

寄贈胡先生并序

孔孟去世遠矣，信其聖且賢者，質諸書焉耳。翼之先生與予並世，非若孔孟之遠也。聞薦紳先生所稱述，又詳於書，不待見而後知其人也。歎慕之不足，故作是詩。

先生天下豪傑魁，胸臆廣博天所開。文章事業望孔孟，不復睥睨蔡與崔。十年留滯東南州，飽足藜藿安蒿萊。獨鳴道德驚此民，民之聞者源源來。高冠大帶滿門下，奮如百蟄乘春雷。惡人沮服善者起，昔時蹻跖今騫回。先生不試乃能爾，誠令得志如何哉！吾願聖帝營太平，補葺廊廟枝傾頹。披旒發纊廣耳目，照徹山谷多遺材。先收先生作梁柱，以次構架桷與榱。羣臣面向帝深拱，仰戴堂陛方崔嵬。

得曾子固書因寄

始吾居揚日，重問每見及。云將自親側，萬里同講習。子行何舒舒，吾望已汲汲。窮年夢東南，顏色不可挹。仁賢豈欺我，正恐事維縶。嚴親抱憂衰，生理賴以給。不然航江外，天寒北風急。無乃山路惡，僕弱馬行澀。孤懷未肯開，歲物忽如蟄。揭來高郵住，巷屋頗卑濕。蓬蒿稍芟除，茅竹隨補葺。苟云禦風氣，尚恐憂雨汁。故人莫在眼，屢獨開巾笈。忠信蓋未見，吾敢誣茲邑。出關誰與語，念子百憂集。眺聽聊自放，日暮城頭立。徐歸坐當户，使者操書入。時開識子意，如渴得美湆。驪駒日就道，玉手行可執。舊學待鐫磨，新文得删拾。重登城頭望，喜氣滿原隰。

憶昨詩示諸外弟

憶昨此地相逢時，春入窮谷多芳菲。短垣囷囷冠翠嶺，躑躅萬樹紅相圍。幽花媚草錯雜出，黄蜂白蝶參差飛。此時少壯自負恃，意氣與日争光輝。乘閒弄筆戲春色，脱略不省旁人譏。坐欲持此博軒冕，肯言孔孟猶寒飢。丙子從親走京國，浮塵坌並緇人衣。明年親作建昌吏，四月挽船江上磯。端居感慨忽自寤，青天閃爍無停暉。男兒少壯不樹立，挾此窮老將安歸。吟哦圖書謝慶吊，坐室寂寞生伊威。材疎命賤不自揣，欲與稷契遐相希。旻天一朝畀以禍，先子泯没予誰依！精神泝離肝肺絶，眥血被面無時晞。母兄呱呱泣相守，三載厭食鍾山薇。屬聞降詔起羣彦，遂自下國趨王畿。刻章琢句獻天子，釣取薄禄歡庭闈。身着青衫手持版，奔走卒歲官淮沂。淮沂無山四封痺，獨有廟塔尤峩巍。時時憑高一悵望，想見江南多翠微。歸心動蕩不可抑，霍若猛吹翻旌旂。騰書漕府私自列，仁者惻隱從其祈。暮春三月亂江水，勁櫓健帆如轉機。還家上堂拜祖母，奉手出涕縱横揮。出門信馬向何許，城郭宛然相識稀。永懷前事不自適，却指舅館排山扉。當時髫兒戲我側，于今冠佩何頎頎。況復丘樊滿秋色，蜂蝶摧藏花草腓。令人感嗟千萬緒，不忍倉卒回驂騑。留當開樽强自慰，邀子劇飲毋予違。

東皐

起伏晴雲徑，縱横暖水陂。草長流翠碧，花遠没黄鸝。楚制從人笑，吴吟得自怡。東皐興不淺，游走及芳時。

歲晚

月映林塘澹，風含笑語涼。俯窺憐淨緑，小立佇幽香。攜幼尋新菂，扶衰坐野航。延緣久未已，歲晚惜流光。

半山春晚即事

春風取花去，酬我以清陰。翳翳陂路靜，交交園屋深。牀敷每小息，杖屨或幽尋。惟有北山鳥，經過遺好音。

欹眠

翠幕卷東岡，欹眠月半牀。松聲悲永夜，荷氣馥初涼。清話非無寄，幽期故不忘。扁舟亦在眼，終自懶衣裳。

定林

漱甘涼病齒，坐曠息煩襟。因脱水邊屨，就敷巖上衾。但留雲對宿，仍值月相尋。真樂非無寄，悲蟲亦好音。

送張宣義之官越幕

會稽遊宦鄉，海物錯句章。土潤箭萌美，水甘茶串香。今君誠暫屈，他日恐難忘。唯有西興渡，靈胥或怒張。

送鄧監簿南歸

不見驪塘路，茫然四十春。長爲異鄉客，每憶故時人。水閲公三世，雲浮我一身。濠梁送歸處，握手但悲辛！

卽事

徑暖草如積，山晴花更繁。縱横一川水，高下數家村。静䴔雞鳴午，荒尋犬吠昏。歸來向人説，疑是武陵源。

示耿天騭

挾策能傷性，捐書可盡年。弦歌無舊習，香火有新緣。白十長岡路，朱湖小洞天。望公時顧我，於此暢幽悁。

北山暮歸示道人

千山復萬山，行路有無間。花發蜂遞繞，果垂猿對攀。獨尋寒水度，欲趁夕陽還。天黑月未上，兒童初掩關。

烏塘

地僻居人少，山稠伏獸多。怒貍朝搏鴈，嚵虎夜窺騾。籬落生孫竹，門庭上女蘿。未應悲寂寞，六載一經過。

欲歸

水漾青天暖，沙吹白日陰。塞垣春錯莫，行路老侵尋。綠稍還幽草，紅應動故林。留連一杯酒，滿眼欲歸心。

壬辰寒食

客思似楊柳，春風千萬條。更傾寒食淚，欲漲治城潮。巾髮雪争出，鏡顔朱早雕。未知軒冕樂，但欲老漁樵。

宿雨

綠攪寒蕪出，紅争暖樹歸。魚吹塘水動，雁拂塞垣飛。宿雨驚沙盡，晴雲晝漏稀。却愁春夢短，燈火著征衣。

題友人郊居水軒

田中三畝宅，水上一軒開。爲有漁樵樂，非無仕進媒。槎頭收晚釣，荷葉卷新醅。坐説魚腴美，功名挽不來。

江亭晚眺

日下崦嵫外，秋生沆碭間。清江無限好，白鳥不勝閑。雨過雲收嶺，天空月上灣。歸鞍侵調角，回首六朝山。

自白上村入北寺二首

木杪田家出，城陰野逕分。溜渠行碧玉，畦稼卧黄雲。薄槿胭脂染，深荷水麝焚。夕陽人不見，雞鶩自成羣。

雨過百泉出，秋聲連衆山。獨尋飛鳥外，時渡亂流間。坐石偶成歇，看雲相與還。會須營一畝，長此聽潺湲。

題朱郎中白都莊

瀟灑桐廬守，滄洲寄一廛。山光隔釣岸，江氣雜炊煙。藜杖聽鳴艣，籃輿看種田。明時須共理，此與在他年。

次韻沖卿過睢陽

宫廟此神鄉，留親泊楚艎。天開今壯麗，地積古悲涼。不改山河舊，猶餘草木荒。還聞足賓客，誰是漢鄒陽？

崑山慧聚寺次張祜韻

峰嶺互出没，江湖相吐吞。園林浮海角，臺殿擁山根。百里見漁艇，萬家藏水村。地偏來客少，幽興祇桑門。

吴江

莽莽昔登臨，秋風一散襟。地留孤嶼小，天入五湖深。柑橘無千里，魚蝦有萬金。吾雖輕范蠡，終欲此幽尋。

世事

世事一何稠，論心日已偷。尚蒙今士笑，宜見古人羞。老圃聊須問，良田亦欲求。非關畏黻冕，無責易身修。

寄純甫

塞上無花草，飄風急我歸。梢林聽澗落，卷土看雲飛。想子當紅蕊，思家上翠薇。江寒亦未已，好好着春衣。

招丁元珍

默默不自得，紛紛何所爲？畫墁聊取食，獵較且隨時。秋入江湖暗，風生草樹悲。黄花一杯酒，思與故人持！

江上二首

潮連風浩蕩，沙引客淹留。落日更清坐，空江無近舟。共看蒹葦宅，聊卽稻粱謀。未敢嗟艱食，凶年半九州！

書自江邊使，鄉隣病餓稠。何言萬里客，更作百身憂！補敗今誰卹，趨生我自羞。西南雙病眼，落日倚扁舟。

暮春

春期行晼晚，春意屬芳菲。曲水應修禊，披香未試衣。雨花紅半墮，煙樹碧相依，悵望夢中地，王孫底不歸。

送鄆州知府宋諫議

盛世千齡合，宗工四海瞻。天心初簡俊，雲翼首離潛。德望完圭角，儀形壯陛廉。徐鳴蒼玉佩，盡校碧牙籤。綸掖清光注，鑾坡茂渥霑。文明誠得主，政瘼尚煩砭。右府參機務，東塗贊景炎。廟謨資石晝，兵畧倚珠鈐。坐鎮均勞逸，齋居養智恬。謳謠喧井邑，惠化穆蒼黔。進律朝章舊，疏恩物議僉。通班三殿邃，徙部十城兼。申甫周之翰，龜蒙魯所瞻。地靈奎宿照，野沃汶河漸。首路龍旗盛，提封虎節嚴。賜衣纏紫艾，衞甲綴朱綅。海谷移文省，谿堂燕豆添。班春回紺幰，問俗卷彤襜。舟檝商巖命，熊羆渭水占。治裝行入覲，金鼎重調鹽。

歲晚懷古

先生歲晚事田園，魯叟遺書廢討論。問訊桑麻憐已長，按行松菊喜猶存。農人調笑追尋壑，稚子歡呼出候門。遥謝載醪祛惑者，吾今欲辨已忘言！

段氏園亭

欹眠隨水轉東垣，一點炊煙映水昏。漫漫芙蕖難覓路，翛翛楊柳獨知門。青山呈露新如染，白鳥嬉游静不煩。朱雀航邊今有此，可能摇蕩武陵源。

次韻致遠木人洲

迷子山前漲一洲，木人圖志失編收。年多但有柳生肘，地僻獨無茅蓋頭。河側鮑生乾尚立，江邊屈子槁將投。未妨他日稱居士，能使君疑福可求。

次韻酬龔深甫

握手東岡雪滿簪，後期惆悵老吴蠶。芳辰一笑真難值，暮齒相思豈久堪。他日杜詩傳渭北，幾時周宅對漳南。百年邂逅能多少，且可勤來共草菴。

次韻酬朱昌叔三首

點也自殊由與求，既成春服更何憂。拙於人合且天合，静與道謀非食謀。未愛京師傳谷口，但知鄉里勝壺頭。嗟予老矣無一事，復得此君相與游。

去年音問隔淮州，百謫難知亦我憂。前日杯盤共江渚，一歡相屬豈人謀。山蟠直瀆輸淮口，水抱長干轉石頭。乘興舟輿無不可，春風從此與公遊。

烏榜登臨興未休，共言何許更消憂！聯裾蕭寺尋真覺，方駕孫陵弔仲謀。語罷每開歡笑口，詩來仍掉苦吟頭。已知軒冕真吾累，且可追隨馬少游。

次韻送程給事知越州

千騎東方占上頭，如何誤到北山遊？清明若睹蘭亭月，暖熱因忘蕙帳秋。投老始知歡可惜，通宵豫以別爲憂。西歸定有詩千首，想肯重來賁一丘。

次韻酬徐仲元

投老逍遥屺與堂，天刑真已脱桁楊。緣源静翳無魚湤，度谷深追有鳥㳟。每苦交遊尋五柳，最嫌尸祝擾庚桑。相看不厭唯夫子，風味真如顧建康。

送程公闢得謝歸姑蘇

東歸行路歎賢哉，碧落新除寵上才。白傅林塘傳畫去，吴王花鳥入詩來。唱酬自有微之在，談笑應容逸少陪。少保元絳謝事居姑蘇，又王中甫善歌詞，與相唱酬燕集。除此兩翁相見外，不知三逕爲誰開？

登寶公塔

倦童疲馬放松門，自把長筇倚石根。江月轉空爲白晝，嶺雲分暝與黄昏。鼠摇岑寂聲隨起，鴉矯荒寒影對翻。當此不知誰客主，道人忘我我忘言。

重登寶公塔復用前韻

空見方墳涌半霄，難將生死問參寥。應身東返知何國，瑞像西歸自本朝。遺寺有門非輦路，故池無鉢但僧瓢。獨龍下視皆陳迹，追數齊梁亦未遥。

紙暖閣

聯屏蓋障一尋方，南設鉤簾北置牀。側座對敷紅絮暖，仰窗分啓碧紗涼。氊廬易以梅蒸壞，錦幄終於草野妨。楚穀越藤真自稱，每糊因得減書囊。

小姑

小姑未嫁與蘭支，何恨流傳樂府詩。初學水仙騎赤鯉，竟尋山鬼從文貍。繽紛雲襭空棠檝，綽約煙鬟獨桂旗。弄玉有祠終或往，飛瓊無夢故難知！

呈陳和叔并序

嘉祐末，和叔以集賢校理判登聞鼓院、同知太常禮院。皮場街有園數畝，中置二檸，輒袤丈。北户臨溝，略約通街。旁作小屋，毁輜車爲蓋。某以直集賢院爲三司度支判官，以知制誥糾察在京刑獄，同管句三班院，問度彴飯車蓋下，隨所有無。坐卧輒上，笑語常至夜。如此三歲，而和叔遭太夫人憂。未幾，某亦喪親以去。時□永昭陵尚未復土也。後與和叔皆蒙今上拔用，數會議，語皆憂傷之餘。責厚事叢，無復故情。元豐元年，某食觀使禄居鍾山南，和叔經略廣東，道舊悵然，某作詩以敍其事。

毁車爲屋僅容身，三歲相要薄主人。晝寓檸甎常至夜，冬沿溝彴復尋春。南陔不洎公歸里，蒼墓垂成我喪親。後會縱多無此樂，山林投老一傷神！

全椒張公有詩在北山西庵僧者墁之悵然有感

十年怊悵躡山阡，終欲持杯滴到泉。東路角巾非故約，西州華屋漫修椽。幽明永隔休炊黍，真俗相妨久絕弦。遺墨每看疑邂逅，復隨人事散如煙。

讀眉山集次韻雪詩二首

若木昏昏末有鴉，凍雷深閉阿香車。摶雲忽散簁爲屑，翦水如分綴作花。擁箒尚憐南北巷，持杯能喜兩三家。戲挼弄掬輸兒女，羔袖龍鍾手獨叉。

戲搖微縞女鬟鴉，試咀流酥已頰車。歷亂稍埋冰揉粟，消沉時點水圓花。豈能舴艋真尋我，且與蝸牛獨臥家。欲挑青腰還不敢，直須詩膽付劉叉。

次韻奉和蔡樞密南京種山藥法

蔡詩并序云：「蒙見索南都種山藥法，并以生頭數十莖送上，輒成小詩：『青青正是中分天，區種何妨試玉延。卽見引須緣夏木，定知如蹠薦冬筵。（俗傳種時以足按之，卽如人足。）潤還御水冰霜結，蔭近堯雲雨露偏。自裹自題還自愧，揠苗應笑宋人然。』」

區種抛來六七年，春風條蔓想宛延。難追老圃莓苔徑，空對珍盤玳瑁筵。嘉種忽傳河右壤，靈苗更長闕西偏。故畦穿斲知何日，南望鍾山一慨然。

上巳聞苑中樂聲書事

苑中誰得從春游，想見漸臺瓦欲流。御水曲隨花影轉，宮雲低繞樂聲留。年華未破清明節，日暮初回祓禊舟。更覺至尊思慮遠，不應全爲拙倡優。

用樂道舍人韻書十日事呈樂道舍人聖從待制

東門人物亂如麻，想見新䕞照路華。午鼓已傳三刻漏，從官初賜一杯茶。忽忽殿下催分首，擾擾宮前聽賣花。歸去莫言天上事，但知呼客飲流霞。

詳定試卷

童子常誇作賦工，暮年羞悔有揚雄。當時賜帛倡優等，今日論才將相中。細甚客卿因筆墨，卑於《爾雅》注魚蟲。漢家故事真當改，新詠知君勝弱翁。

奉酬楊樂道

邂逅聯裾殿閣春，却愁容易即離羣。相知不必因相識，所得如今過所聞。近代聲名出盧駱，前朝筆墨數淵雲。與公家世由來事，愧我初無百一分。

送李質夫之陝府

平世求才漫至公，悠悠羈旅士多窮。十年見子尚短褐，千里隨人今北風。户外屨貧虛自滿，樽中酒賤亦常空。共嫌欲老無機械，心事還能與我同。

次韻吴季野題岳上人澄心亭

高亭五月尚寒生，回首塵沙自鬱蒸。砌水亂流穿石底，檻雲高出蔽山層。躋攀欲絶人間世，締搆知從物外僧。腸胃坐來清似洗，神奇未怪佛圖澄。

送彦珍

挾筴窮鄉滿鬢絲，陂田荒盡豈嘗窺。未應谷口終身隱，正合菑川舉國推。握手百憂空往事，還家一笑即芳時。柘岡定有辛夷發，亦見東風使我知。

寄張先郎中

留連山水住多時，年比馮唐未覺衰。篝火尚能書細字，郵筩還肯寄新詩。胡牀月下知誰對，蠻榼花前想自隨。投老主恩聊欲報，每瞻高躅恨歸遲。

寄黄吉甫

朱顏去似朔風驚，白髮多於野草生。挾筴讀書空有得，求田問舍轉無成。解鞍烏石岡邊坐，攜手辛夷樹下行。今日追思真樂事，黃塵深處走鷄鳴。

即席次韻微之泛舟

畫舸幽尋北果園，應將陳迹問桑門。地隨牆塹行多曲，天著岡巒望易昏。故國時平空有木，荒城人少半爲村。悠悠興廢皆如此，賴付乾愁酒一樽。

示長安君

少年離別意非輕，老去相逢亦愴情。草草杯盤供笑語，昏昏燈火話平生。自憐湖海三年隔，又作塵沙萬里行。欲問後期何日是，寄書應見雁南征。

次韻微之即席

釀成吳米野油囊，却愛清談氣味長。閑日有僧來北阜，平時無盜出南塘。風亭對竹酬孤峭，雪逕尋梅認暗香。江水中瀘應未變，一杯終欲就君嘗。

思王逢原三首

布衣阡陌動成羣，卓犖高才獨見君。杞梓豫章蟠絶壑，騏驎騕褭跨浮雲。行藏已許終身共，生死那知半路分。便恐世問無妙質，鼻端從此罷揮斤。

蓬蒿今日想紛披，冢上秋風又一吹。妙質不爲平世得，微言唯有故人知。廬山南墮當書案，湓水東來入酒巵。陳迹可憐隨手盡，欲歡無復似當時。

百年相望濟時功，歲路何知向此窮。鷹隼奮飛凰羽短，騏驎埋没馬羣空。中郎舊業無兒付，康子高才有婦同。想見江南原上墓，樹枝零落紙錢風。

季春上旬苑中卽事

輦路行看斗柄東，簾垂殿閣轉春風。樹林隱翳燈含霧，河漢欹斜月墜空。新蕋漫知紅簌簌，舊山常夢直叢叢。賞心樂事須年少，老去應無日再中。

與微之同賦梅花得香字三首

漢宮嬌額半塗黃，粉色淩寒透薄妝。好借月魂來映燭，恐隨春夢去飛揚。風亭把盞酬孤豔，雪徑回輿認暗香。不爲調羹應結子，直須留此占年芳。

結子非貪鼎鼐嘗，偶先紅杏占年芳。從教臘雪埋藏得，却怕春風漏洩香。不御鉛華知國色，秖裁雲縷想仙裝。少陵爲爾牽詩興，可是無心賦海棠。

淺淺池塘短短牆，年年爲爾惜流芳。向人自有無言意，傾國天教抵死香。鬚裊黃金危欲墮，蔕團紅蠟巧能裝。嬋娟一種如冰雪，依倚春風笑野棠。

度麾嶺寄莘老

區區隨傳換冬春，夜半懸岸託此身。豈慕王遵能許國，直緣毛義欲私親。施爲已壞生平學，夢想猶歸寂寞濱。風月一歌勞者事，能明吾意可無人。

送遜師歸舒州

山川相對一悲翁，往事紛紛夢寐中。邂逅故人恩意在，低徊今日笑言同。看吹陌上楊花滿，忽憶巖前蕙帳空。亦見桐鄉諸父老，爲傳衰颯病春風！

次韻酬宋玘二首

洮雨吹風一月春，山紅漫漫綠紛紛。褰裳遠野誰從我，散策空陂忽見君。青眼坐傾新歲酒，白頭追誦少年文。因嗟涉世終無補，久使高材雍上聞。

山陂疇昔從吾親，諸父先生各佩紛。零落長年誰語此，遲回故地却逢君。衣冠偶坐論經術，襁褓當時刺繡文。更怪高材終未遇，有司何日選方聞！

夢張劍州

萬里憐君蜀道歸，相逢似喜語還悲！江淮別業依何處，日月新阡卜幾時。自說曲阿猶未穩，卽尋溢水去猶疑。茫然却是陳橋夢，昨日春風馬上思。

次韻張唐公馬上

擁節初悲力不任，賜身終愧謬恩臨！病來氣弱歸宜早，偷取官多責恐深。膏澤未施空謗怨，瘡痍猶在豈謳吟。黄昏信馬江城路，欲訪何人話此心！

上元戲呈貢父

車馬紛紛白晝同，萬家燈火暖春風。別開閶闔壺天外，特起蓬萊陸海中。盡取繁華供俠少，祇分牢落與衰翁。不知太乙遊何處，定把青藜獨照公。

和楊樂道見寄

宅帶園林五畝餘，蕭條還似茂陵居。殺青滿架書新繕，生白當窗室久虚。孤學自難窺奥密，重言猶得慰空疏。相思每欲投詩社，只待春蒲葉又書。

次御河寄城北會上諸友

客路花時祇攪心，行逢御水半晴陰。背城野色雲邊盡，隔屋春聲樹外深。香草已堪回步屧，午風聊復散衣襟。憶君載酒相追處，紅蕚青跗定滿林。

寄友人三首

萬里書歸說我愁，知君不忘北城幽。一篇封禪才難學，三畝蓬蒿勢易求。欲與山僧論地券，願爲鄰舍事田疇。應須急作南征計，漠北風沙不可留。

水邊幽樹憶同攀，曾約移居向此閒。欲語林塘迷舊逕，却隨車馬入他山。飛花著地容難治，鳴鳥窺人意轉閑。物色可歌春不返，相思空復慘朱顏。

一別三年至一方，此身漂蕩只殊鄉。看沙更覺蓬萊淺，數日空驚霹靂忙。渺渺水波低赤岸，濛濛雲氣淡扶桑。登臨舊興無多在，但有浮槎意未忘。

寄張諤招張安國金陵法曹

我老願爲臧丈人，君今少壯豈長貧。好須自致青冥上，可且相從寂寞濱。深谷黄鸝驕引子，曲碕翠碧巧藏身。尋幽觸静還成興，何必區區九陌塵。

欲往淨因寄涇州韓持國

紫荆山下物華新，只與都城共一春。令節想君攜緑酒，故情憐我踏黄塵。泔魚已悔他年事，搏虎方收末路身。欲寄微言書不盡，試尋僧閣望西人。

送別韓虞部

客舍街南初著巾，與君兄弟卽相親。當年豈意兩家子，今且更爲同社人。京洛風塵嗟阻濶，江湖杯酒惜逡巡。歸帆嶺北茫茫水，把手何時寂寞濱。

懷舒州山水呈昌叔

山下飛鳴黄栗留，溪邊飲啄白符鳩。不知此地從君處，亦有他人繼我不？塵土生涯休盪滌，風波時事只飄浮。相看髪秃無歸計，一夢東南卽自羞。

寄袁州曹伯玉使君

宜春城郭繞樓臺，想見登臨把一盃。濕濕嶺雲生竹簟，冥冥江雨熟楊梅。政成定入邦人詠，詩就還隨驛使來。錯莫風沙愁病眼，不知何日爲君開！

再至京口寄漕使曹郎中

漂流曾落此江邊，憶與詩翁賦浩然。浩然，堂名。鄉國去身猶萬里，驛亭分首已三年。北城紅出高枝靚，南浦青回老樹圓。還似昔時風露好，只疑談笑在君前。

次韻平甫金山會宿寄親友

天末海門横北固，煙中沙岸似西興。已無船舫猶聞笛，遠有樓臺祇見燈。山月入松金破碎，江風吹水雪崩騰。飄然欲作乘桴計，一到扶桑恨未能。

次韻再遊城西李園

京師花木類多奇，常恨春歸人未歸。車馬喧喧走塵土，園林處處鑠芳菲。殘紅已落香猶在，羈客多傷涕自揮。我亦悠悠無事者，約君聯騎訪郊圻。

予求守江陰未得酬昌叔憶江陰見及之作

黃田港北水如天，萬里風檣看賈船。海外珠犀常入市，人間魚蟹不論錢。高亭笑語如昨日，末路塵沙非少年。强乞一官終未得，祗君同病肯相憐！

奉寄子思以代別

南北蹉跎成兩翁，悲歡邂逅笑言同。全家欲出嶺雲外，匹馬肯尋山雨中。趨府折腰嗟踽踽，聽泉分手惜忽忽。寄聲但有加餐飯，才業如君豈久窮。

留題微之廨中清輝閣

故人名字在瀛洲，邂逅低徊向此留。鷗鳥一雙隨坐笑，荷花一丈對冥搜。水涵樽俎清如洗，山染衣巾翠欲流。宣室應疑鬼神事，知君能復幾來游！

元珍以詩送綠石硯所謂玉堂新樣者

玉堂新樣世爭傳，況以蠻溪綠石鐫。嗟我長來無異物，愧君持贈有佳篇。久埋瘴霧看猶濕，一取春波洗更鮮。還與故人袍色似，論心於此亦同堅。

金陵懷古四首

霸祖孤身取二江，子孫多以百城降。豪華盡出成功後，逸樂安知與禍雙。東府舊基留佛刹，後庭餘唱落船窗。黍離麥秀從來事，且置興亡近酒缸。

天兵南下此橋江，敵國當時指顧降。山水雄豪空復在，君王神武自難雙。留連落日頻回首，想像餘墟獨倚窗。却怪夏陽纔一葦，漢家何事費罌缸。

地勢東回萬里江，雲間天闕古來雙。兵纏四海英雄得，聖出中原次第降。山水寂寥埋王氣，風煙蕭颯滿僧窗。廢陵壞冢空冠劍，誰復沾纓酹一缸。

憶昨天兵下蜀江，將軍談笑士爭降。黃旗已盡年三百，紫氣空收劍一雙。破堞自生新草木，廢宮誰識舊軒窗？不須搔首尋遺事，且倒花前白玉缸。

次韻舍弟遇子固憶少述時舍弟在臨川。

歸計何時就一廛，寒城回首意茫然。野林細錯黃金日，溪岸寬圍碧玉天。飛兔已聞追騕褭，太阿猶恨失龍泉。遥知更憶河濱友，從事能忘我獨賢。

次韻答平甫

高蟬抱殼悲聲切，新鳥争巢誶語忙。長樹老陰欺夏日，晚花幽豔敵春陽。雲歸山去當簷静，風過溪來滿坐涼。物物此時皆可賦，悔予千里不相將！

金明池

宜秋西望碧參差，憶看鄉人禊飲時。斜倚水開花有思，緩隨風轉柳如癡。青天白日春常好，緑髮朱顔老自悲。跋馬未堪塵滿眼，夕陽偷理釣魚絲。

葛溪驛

缺月昏昏漏未央，一燈明滅照秋牀。病身最覺風露早，歸夢不知山水長。坐感歲時歌慷慨，起看天地色淒涼。鳴蟬更亂行人耳，正抱疎桐葉半黄。

泛舟青溪入水門登高齋奉呈康叔

簿領紛紛惜此時，起攜佳客散沉迷。十圍但見諸營柳，九曲難尋故國溪。牽埭欲隨流水遠，放船終礙畫橋低。子猷清興何曾盡，想憶高齋更一躋。

九日登東山寄昌叔

城上啼烏破寂寥，思君何處坐岧嶢。應須緑酒醻黄菊，何必紅裙弄紫簫。落木雲連秋水渡，亂山煙入夕陽橋。淵明久負東籬醉，猶分低心事折腰。

寄吳成之

緑髮溪山笑語中，豈知翻手兩成翁。辛夷屋角摶香雪，躑躅岡頭挽醉紅。想見舊山茅徑在，追隨今日板輿空。渭陽車馬嗟何及，榮禄方當與子同。

寄曾子固

斗粟猶慚報禮輕，敢嗟吾道獨難行。脱身負米將求志，戮力乘田豈爲名。高論幾爲衰俗廢，壯懷難值故人傾。荒城回首山川隔，更覺秋風白髮生！

寄王回深甫

少年倏忽不再得，後日歡娱能幾何？顧我面顔衰更早，憐君身世病還多！牕間暗淡月含霧，船底飄飖風送波。一寸古心俱未試，相思中夜起悲歌。

寄闕下諸父兄兼示平甫兄弟

父兄爲學衆人知，小弟文章亦自奇。家勢到今宜有後，士才如此豈無時。久聞陽羡溪山好，頗與淵明性分宜。但願一門皆貴仕，時將車馬過茅茨。

鍾山西庵白蓮亭

山亭新破一方苔，白帝留花滿四隈。野豔輕明非傅粉，秋光清淺不憑材。鄉窮自作幽人伴，歲晚誰爲静女媒。可笑遠公池上客，却因松菊賦歸來。

次韻舍弟賞心亭卽事

檻折簷傾野水傍，臺城佳氣已消亡。難披梗莽尋千古，獨倚青冥望八荒。坐覺塵沙昏遠眼，忽看風雨破驕陽。扁舟此日東南興，欲盡江流萬里長。

送張仲容赴杭州孫公辟

萬屋相誇漆與丹，笑歌長在綺紈間。綵船春戲城邊水，畫燭秋尋寺外山。憶我屢隨遊客入，喜君今赴辟書還。遥知曼倩威行久，赤筆應從到日閑。

次韻春日卽事

人間尚有薄寒侵，和氣先薰草樹心。丹白自分齊破蕾，青黄相向欲交陰。潺潺嫩水生幽谷，漠漠輕煙動遠林。病得一官隨太守，班春無助愧周任。

江上

村落家家有濁醪，青旗招客解祗裯。春風似補林塘破，野水遥連草樹高。寄食舟車隨處弊，行歌天地此身勞。遲回自負平生意，豈是明時惜一毛！

午枕

百年春夢去悠悠，不復吹簫向此留。野草自花還自落，鳴禽相乳亦相酬。舊蹊埋没開新徑，朱户欹斜見畫樓。欲把一盃無伴侶，眼看興廢使人愁。

寄石鼓寺陳伯庸

鯨海無風白日閑，天門當面險難攀。塵埃掉臂離長陌，琴酒和雲入舊山。仁義未饒軒冕貴，功名莫信鬼神慳。郭東一點英雄氣，時伴君心夜斗間。

姑胥郭

誤褫雲巾别故山，抵吴由越兩間關。千家漁火秋風市，一葉歸舟暮雨灣。旅病愔愔如困酒，鄉愁脉脉似連環。情知帶眼從前緩，更恐顛毛自此斑。

太湖恬亭

檻臨溪上綠陰圍，溪岸高低入翠薇。日落斷橋人獨立，水涵幽樹鳥相依。清遊始覺心無累，靜處誰知世有機。更待夜深同徙倚，秋風斜月釣船歸。

次韻酬吳彥珍見寄時彥珍爲教授，學有右軍墨池。

君作新詩故起予，一吟聊復報雙魚。杖藜高徑誰來往，散帙空堂自卷舒。樹外鳥啼催晚種，花間人語趁朝虛。春風處處堪攜手，何事臨池苦學書。

自金陵如丹陽道中有感

數百年來王氣消，難將前事問漁樵。苑方秦地皆蕪沒，山借揚州更寂寥。荒埭暗雞催月曉，空場老雉挾春驕。豪華秖有諸陵在，往往黃金出市朝。

讀詔書慶曆七年。

去秋東出汴河梁，已見中州旱勢強。日射地穿千里赤，風吹沙度滿城黃。近聞急詔收羣策，頗説新年又亢陽。賤術縱工難自獻，心憂天下獨君王。

除夜寄舍弟

一尊聊有天涯憶，百感翻然醉裏眠。酒醒燈前猶是客，夢回江北已經年。佳時流落真何得，勝事蹉跎只可憐。唯有到家寒食在，春風同泛潁溪船。

送王補之行風忽作因題四句於舟中

淮口西風急，君行定幾時。故應今夜月，未便照相思！

離蔣山

山谷頻回首，逢人更斷腸。桐鄉豈愛我，我自愛桐鄉。

江上

江上漾西風，江花脱晚紅。離情被橫笛，吹過亂山東。

秣陵道中口占二首

經世才難就，田園路欲迷。慇懃將白髮，下馬照青溪。

歲熟田家樂，秋風客自悲。茫茫曲城路，歸馬日斜時。

雜詠二首

證聖南朝寺，三年到百回。不知牆下路，今日幾荷開！

桃李石城塢，餉田三月時。柴荆常自閉，花發少人知。

梅花

牆角數枝梅，凌寒獨自開。遥知不是雪，爲有暗香來。

歌元豐

豚栅雞塒晻靄間，暮林摇落獻南山。豐年處處人家好，隨意飄然得往還。

九日

九日無歡可得追，飄然隨意歷山陂。蔣陵西曲一作「面」。風塵慘，一作「澹」。也有黄花一兩枝。

初晴

幅巾慵整露蒼華，度隴深尋一徑斜。小雨初晴好天氣，晚花殘照野人家。

倏然

倏然三月閉柴荆，緑葉陰陰忽滿城。自是老年遊興少，春風何處不堪行！

竹裏

竹裏編茅倚石根，竹莖疏處見前村。閑眠盡日無人到，自有春風爲掃門。

隨意

隨意柴荆手自開，沿岡度塹復登臺。小橋風露扁舟月，迷鳥羈雌竟往來。

初夏卽事

石梁茅屋有彎碕，流水濺濺度兩陂。晴日暖風生麥氣，綠陰幽草勝花時。

光宅寺梁武帝宅也。其北齊安，隔淮，齊武帝宅也。宋興，又在其北。

齊安孤起宋興前，光宅相仍一水邊。蜂分蟻爭今不見，故窠遺垤尚依然。

與寶覺宿龍華院絶句舊有詩云：「京口瓜洲一水間，鍾山只隔數重山。春風自綠江南岸，明月何時照我還。」

世間投老斷攀緣，忽憶東遊已十年。但有當時京口月，與公隨我故依然。

自定林過西庵

午鷄聲不到禪林，栢子煙中靜擁衾。忽憶西巖道人語，杖藜乘興得幽尋。

謝安墩

我名公字偶相同，我屋公墩在眼中。公去我來墩屬我，不應墩姓尚隨公。

山陂

山陂院落今挼種，城郭樓臺已放燈。白髮逢春唯有睡，睡聞啼鳥亦生憎。

北山有懷

香火因緣寄北山，主恩投老更人間。傷心躑躅岡頭路，明日春風自往還。

北陂杏花

一陂春水遶花身，花影妖嬈各占春。縱被春風吹作雪，絶勝南陌碾成塵。

江梅

江南歲盡多風雪，也有江梅漏泄春。顔色凌寒終慘澹，不應摇落始愁人。

北山

北山輸緑漲橫陂，直塹回塘灔灔時。細數落花因坐久，緩尋芳草得歸遲。

楊柳

楊柳杏花何處好，石梁茅屋雨初乾。緑垂静路要深駐，紅寫清波得細看。

出郊

川原一片緑交加，深樹冥冥不見花。風日有情無處著，初迴光景到桑麻。

呈陳和叔

數椽生草覆莓苔，一作「數椽牢落長莓苔」。一徑牆陰斵雪開。玉匣囊衣新徙舍，杖藜從此爲君來。數椽庳屋茨生草，三畝荒園種晚蔬。永日終無一杯酒，可能留得故人車。

與耿天騭會話

邯鄲四十餘年夢，相對黃粱欲熟時。萬事祇如空鳥迹，怪君强記尚能追。

庚申正月遊齊安

水南水北重重柳，山後山前處處梅。未卽此身隨物化，年年長趁此時來。

庚申正月遊齊安有詩云水南水北重重柳壬戌正月再遊

招提詩壁漫黃埃，忽忽籠紗雨過梅。老値白雞能不死，復隨春色破寒來。

壬戌正月晦與仲元自淮上復至齊安

風暖柴荆處處開，雪乾沙淨水洄洄。意行却得前年路，看盡梅花看竹來。

悟真院

野水從横漱屋除，午窗殘夢鳥相呼。春風日日吹香草，山北山南路欲無。

鍾山晚步

小雨輕風落楝花，細紅如雪點平沙。槿籬竹屋江村路，時見宜城賣酒家。

勘會賀蘭溪主賀蘭溪，洛京地名。陳繹買地築居，於鄆中問之。

賀蘭溪上幾株松，南北東西有幾峰？買得住來今幾日，尋常誰與坐從容。

書湖陰先生壁

茅簷長掃静無苔，花木成畦手自栽。一水護田將緑繞，兩山排闥送青來。

書何氏宅壁

有興提魚就公煮，此言雖在已三年。皖灊終負幽人約，空對湖山坐惘然。

示公佐

殘生傷性老躭書，年少東來復起予。各據槁梧同不寐，偶然聞雨落階除。

送黄吉父將赴南康官歸金谿二首

柘岡西路白雲深，想子東歸得重尋。亦見舊時紅躑躅，爲言春至每傷心。

還家一笑即芳辰，好與名山作主人。邂逅五湖乘興往，相邀錦繡谷中春。

金陵卽事三首

水際柴門一半開，小橋分路入青苔。背人照影無窮柳，隔屋吹香併是梅。
結綺臨春歌舞地，荒蹊狹巷兩三家。東風漫漫吹桃李，非復當時仗外花。
昏黑投林曉更驚，背人相喚百般鳴。柴門長閉春風暖，事外還能見鳥情。

烏塘

烏塘渺渺綠平隄，隄上行人各有攜。試問春風何處好，辛夷如雪柘岡西。

柘岡

萬事紛紛祇偶然，老來容易得新年。柘岡西路花如雪，迴首春風最可憐。

金陵

金陵陳迹老莓苔，南北遊人自往來。最憶春風石城塢，家家桃杏過牆開。

午枕

午枕花前簟欲流，日催紅影上簾鉤。窺人鳥喚悠颺夢，隔水山供宛轉愁。

州橋

州橋蹋月想山椒，迴首哀湍未覺遥。今夜重聞舊嗚咽，却看山月話州橋。

觀明州圖

明州城郭畫中傳，尚記西亭一檥船。投老心情非復昔，當時山水故依然。

和張仲通憶鍾陵二首

一夢章江已十年，故人重見想皤然。祗應兩岸當時柳，能到春來尚可憐。

逸少池邊有一丘，西山南浦慣曾遊。殘年歸去終無樂，聞説章江卽淚流。

鍾山卽事

澗水無聲繞竹流，竹西花草弄春柔。茅簷相對坐終日，一鳥不鳴山更幽。

隴東西二首

隴東流水向東流，不肯相隨過隴頭。祗有月明西海上，伴人征戍替人愁。

隴西流水向西流，自古相傳到此愁。添却征人無限淚，怪來嗚咽已千秋。

重將

重將白髮傍牆陰，陳迹茫然不可尋。花鳥總知春爛熳，人間獨自有傷心。

楚天

楚天如夢水悠悠，花底殘紅漫不收。獨遶去年揮淚處，還將牢落對滄洲。

送和甫至龍安微雨因寄吴氏女子

荒煙涼雨助人悲，淚染衣巾不自知。除却春風沙際緑，一如看汝過江時。

與北山道人

蒔果疏泉帶淺山，柴門雖設要常關。別開小徑連松路，祇與鄰僧約往還。

江寧夾口

落帆江口月黄昏，小店無燈欲閉門。側出岸沙楓半死，繫船應有去年痕。

夜直

金爐香燼漏聲殘，翦翦輕風陣陣寒。春色惱人眠不得，月移花影上欄干。

金陵報恩大師西堂方丈

蕭蕭出屋千竿玉，靄靄當窗一炷雲。心力長年人事外，種花移石尚慇懃。

獨卧

茅簷午影轉悠悠，門閉青苔水亂流。百囀黄鸝看不見，海棠無數出牆頭。

孟子

沉魄浮魂不可招，遺編一讀想風標。何妨舉世嫌迂闊，故有斯人慰寂寥！

臘享

明星慘澹月參差，萬竅含風各自悲！人散廟門燈火盡，却尋殘夢獨多時。

杏花

垂楊一徑紫苔封，人語蕭蕭院落中。獨有杏花如喚客，倚牆斜日數枝紅。

泊姚江

山如碧浪翻江去，水似青天照眼明。喚取仙人來住此，莫教辛苦上層城。

遊鍾山

兩山松櫟暗朱藤，一水中間勝武陵。午梵隔雲知有寺，夕陽歸去不逢僧。

杭州望湖樓回馬上作呈玉汝樂道

水光山氣碧浮浮，落日將歸又少留。從此祇應長入夢，夢中還與故人遊。

春日席上

十年流落負歸期，臨水登山各有思。今日樽前千萬恨，不堪頻唱鷓鴣辭。

戲贈育王虛白長老

白雲山頂病禪師，昔日公卿各贈詩。行盡四方年八十，却歸荒寺有誰知！

無錫寄正之

健席高檣送病身，亂山荒隴障歸津。應須一曲千回首，西去論心更幾人。

初晴

一抹明霞黯淡紅，瓦溝已見雪花融。前山未放曉寒散，猶鎖白雲三兩峰。

越人以幕養花因遊其下

尚有殘紅已可悲，更憂回首祇空枝。莫嗟身世渾無事，睡過春風作惡時。

鄞縣西亭

收功無路去無田，竊食窮城度兩年。更作世間兒女態，亂栽花竹養風煙。

東坡詩鈔

蘇軾，字子瞻，一字和仲，眉州眉山人。嘉祐二年進士，調福昌主簿。對制策入三等，除大理評事、簽書鳳翔府判官。入判登聞鼓院，召試直史館。丁父憂。熙寧二年，還朝，判官告院。權開封府推官，出判杭州。知密、徐、湖三州，以爲詩謗訕，逮赴臺獄。謫黄州團練副使安置。築室於東坡，自號東坡居士。移常州。哲宗立，復朝奉郎、知登州，召爲禮部郎中。遷起居舍人，尋除翰林學士兼侍讀。拜龍圖閣學士，出知杭州。召爲翰林承旨，數月，知潁州、揚州。復召爲兵部尚書兼侍讀，改禮部，兼端明殿、翰林侍讀兩學士，出知定州。紹聖初，貶寧遠軍節度副使，惠州安置。又貶瓊州别駕，居儋耳。徽宗立，移舒州團練副使，徙永州，更三赦，遂提舉玉局觀，復朝奉郎。建中靖國元年，卒于常州，年六十六。南渡後，贈太師，謚文忠。子瞻詩，氣象洪闊，鋪叙宛轉，子美之後，一人而已。然用事太多，不免失之豐縟，雖其學問所溢，要亦洗削之功未盡也。而世之訾宋詩者，獨於子瞻不敢輕議，以其胸中有萬卷書耳。不知子瞻所重，不在此也。加之梅溪之註，鬬釘其間，則子瞻之精神，反爲所掩。故讀蘇詩者，汰梅溪之註，并汰其過於豐縟者，然後有真蘇詩也。

辛丑十一月十九日既與子由别於鄭州西門之外馬上賦詩一篇寄之

不飲胡爲醉兀兀？此心已逐歸鞍發。歸人猶自念庭闈，今我何以慰寂寞。登高回首坡隴隔，惟見烏帽出復沒。苦寒念爾衣裘薄，獨騎瘦馬踏殘月。路人行歌居人樂，僮僕怪我苦悽惻。亦知人生要有別，但恐歲月去飄忽。寒燈相對記疇昔，夜雨何時聽蕭瑟。君知此意不可忘，愼勿苦愛高官職。嘗有夜雨對牀之言，故云爾。

病中大雪數日未嘗起觀虢令趙薦以詩相屬戲用其韻答之

經旬卧齋閣，終日親劑和。不知雪已深，但覺寒無奈。飄蕭窗紙鳴，堆壓簷板墮。關中皆以板爲簷。風飈助凝洌，幃幔困掀簸。惟思近醇釀，未敢窺瑳瑳。何時反炎赫，却欲躬臼磨。誰云座無氈？尚有裘充貨。西鄰歌吹發，促席寒威挫。崩騰踏成逕，繚繞飛入坐。人歡瓦先融，飲儁餅屢卧。嗟余獨愁寂，空室自困坷。欲爲後日賞，恐被遊塵涴。寒更報新霽，皎月縣半破。有客獨苦吟，清夜默自課。詩人例窮蹇，秀句出寒餓。何當暴雪霜，庶以躡郊賀。

歲晚相與饋問爲饋歲酒食相邀呼爲別歲至除夜達旦不眠爲守歲蜀之風俗如是余官岐下歲暮思歸而不可得故爲此三詩寄子由

饋歲

農功各已收，歲事得相佐。爲歡恐無具，假物不論貨。山川隨出產，貧富稱小大。寘盤巨鯉橫，發籠雙免卧。富人事華靡,綵繡光翻座。貧者愧不能。微摯出春磨。官居故人少,里巷佳節過。亦欲舉鄉風,獨倡無人和。

別歲

故人適千里,臨別尚遲遲。人行猶可復,歲行那可追。問歲安所之,遠在天一涯。已逐東流水,赴海歸無時。東鄰酒初熟,西舍彘亦肥。且爲一日歡,慰此窮年悲。勿嗟舊歲別!行與新歲辭。去去勿回顧,還君老與衰。

守歲

欲知垂盡歲,有似赴壑蛇。修鱗已半没,去意誰能遮。况欲繫其尾,雖勤知奈何!兒童强不睡,相守夜讙譁。晨雞且勿唱,更鼓畏添撾。坐久燈燼落,起看北斗斜。明年豈無年,心事恐蹉跎。努力盡今夕,少年猶可誇。

和子由踏青

春風陌上驚微塵,遊人初樂歲華新。人閑正好路旁飲,麥短未怕遊車輪。城中居人厭城郭,喧闐曉出空四鄰。歌鼓驚山草木動,簞瓢散野烏鳶馴。何人聚衆稱道人,遮道賣符色怒瞋。宜蠶使汝繭如甕,宜畜使汝羊如麕。路人未必信此語,强爲買服禳新春。道人得錢徑沽酒,醉倒自謂吾符神!

和子由蠶市

蜀人衣服常苦艱，蜀人遊樂不知還。千人耕種萬人食，一年辛苦一春閑。閑時尚以蠶爲市，共忘辛苦逐欣歡。去年霜降斫秋荻，今年箔積如連山。破瓢爲輪土爲釜，争買不翅金與紈。憶昔與子皆童丱，年年廢書走市觀。市人争誇鬭巧智，野人喑啞遭欺謾。詩來使我感舊事，不悲去國悲流年！

和子由論書

吾雖不善書，曉書莫如我。苟能通其意，常謂不學可。貌妍容有顰，璧美何妨橢。端莊雜流麗，剛健含婀娜。好之每自譏，不謂子亦頗。書成輒棄去，謬被旁人裹。體勢本闊略，結束入細麽。子詩亦見推，語重未敢荷。邇來又學射，力薄愁官笴。官笴十二把，吾能十一把箭耳。多好竟無成，不精安用夥。何當盡屏去，萬事付懶惰。吾聞古書法，守駿莫如跛。世俗筆苦驕，衆中強嵬騀。鍾張忽已遠，此語與時左。

和子由寒食

寒食今年二月晦，樹林深翠已生煙。遶城駿馬誰能借，到處名園意盡便。但挂酒壺那計盞，偶題詩句不須編。忽聞啼鵙驚羈旅，江上何人治廢田！

石鼓

冬十二月歲辛丑，我初從政見魯叟。舊聞石鼓今見之，文字鬱律蛟蛇走。細觀初以指畫肚，欲讀嗟如箝在口！韓公好古生已遲，我今况又百年後。强尋偏旁推點畫，時得一二遺八九。我車既攻馬亦同，其魚維鱮貫之柳。其詞云：「我車既攻，我馬既同。」又云：「其魚維何，維鱮維鯉。何以貫之，惟楊與柳。」惟此六句可讀，餘多不可通。古器縱橫猶識鼎，衆星錯落僅名斗。模糊半已似瘢胝，詰曲猶能辨跟肘。娟娟缺月隱雲霧，濯濯嘉禾秀莨莠。漂流百戰偶然存，獨立千載誰與友。上追軒頡相唯諾，下揖冰斯同鷇鷇。憶昔周宣歌鴻鴈，當時籀史變蝌蚪。厭亂人方思聖賢，中興天爲生耆耇。東征徐虜闞虓虎，北伏犬戎隨指嗾。象骨雜沓貢狼鹿，方邵聯翩賜圭卣。遂因鼓鼙思將帥，豈爲考擊煩矇瞍。何人作頌比崧高，萬古斯文齊岣嶁。勳勞至大不矜伐，文武未遠猶忠厚。欲尋年歲無甲乙，豈有名字記誰某。自從周衰更七國，竟使秦人有九有。掃除詩書誦法律，投棄俎豆陳鞭杻。當年何人佐祖龍？上蔡公子牽黃狗。登山刻石頌功烈，後者無繼前無偶。皆云皇帝巡四國，烹滅强暴救黔首。六經既已委灰塵，此鼓亦當遭擊剖。傳聞九鼎淪泗上，欲使萬夫沉水取。暴君縱欲窮人力，神物義不汙秦垢。是時石鼓何處避，無乃天公令鬼守。興亡百變物自閑，富貴一朝名不朽。細思物理多歎息，人生安得如汝壽！

王維吴道子畫

何處訪吴畫，普門與開元。開元有東塔，摩詰留手痕。吾觀畫品中，莫如二子尊。道子實雄放，浩如海波翻。當其下手風雨快，筆所未到氣已吞。亭亭雙林間，彩暈扶桑暾。中有至人談寂滅，悟者悲涕迷者手自捫。蠻君鬼伯千萬萬，相排競進頭如黿。摩詰本詩老，佩芷襲芳蓀。今觀此壁畫，亦若其詩清且敦。祇園弟子盡鶴骨 心如死灰不復温。門前兩叢竹，雪節貫霜根。交柯亂葉動無數，一一皆可尋其源。吴生雖妙絶，猶以畫工論。摩詰得之於象外，有如仙翮謝籠樊。吾觀二子皆神俊，又於維也斂衽無間言。

東湖

吾家蜀江上，江水緑如藍。爾來走塵土，意思殊不堪。况當岐山下，風物尤可慚。有山秃如赭，有水濁如泔。不謂郡城東，數步見湖潭。入門便清奥，怳如夢西南。泉源從高來，隨波走涵涵。東去觸重阜，盡爲湖所貪。但見蒼石螭，開口吐清甘。借汝腹中過，胡爲目眈眈。新荷弄晚涼，輕棹極幽探。飄風忘遠近，偃息遺佩篸。深有龜與魚，淺有螺與蚶。曝晴復戲雨，戢戢多於蠶。浮沉無停餌，倏忽遽滿籃。絲緡雖强致，瑣細安足戡。聞昔周道興，翠鳳棲孤嵐。飛鳴飲此水，照影弄毿毿。此古飲鳳池也。至今多梧桐，合抱如彭聃。綵羽無復見，上有鸇搏䳜。嗟予生雖晚，考古意所妉。圖書已漫漶，猶復訪僑郯。卷阿詩可繼，此意久已含。扶風古三輔，政事豈汝諳。聊爲湖上飲，一縱醉後談。門前遠行客，劫劫無留驂。問胡不回首，無乃趁朝參。予今正疎懶，官長幸見函。不辭日遊再，行恐歲滿三。暮歸還倒載，鐘鼓已韽韽。音諳

李氏園 李茂正園也，今爲王氏所有。

朝遊北城東，回首見修竹。下有朱門家，破牆圍古屋。舉鞭叩其户，幽響答空谷。入門所見夥，十步九

移目。異花兼四方，野鳥喧百族。其西引溪水，活活轉牆曲。東注入深林，林深窗户緑。水光兼竹淨，時有獨立鵠。林中百尺松，歲久蒼鱗蹙。豈惟此地少，意恐關中獨。小橋過南浦，夾道多喬木。隱如城百雉，挺若舟千斛。陰陰日光淡，黯黯秋氣蓄。盡東爲方池，野雁雜家鶩。紅梨驚合抱，映島孤雲馥。春光水溶漾，雪陣風翻撲。其北臨長溪，波聲捲平陸。北山卧可見，蒼翠間磽秃。我時來周覽，問此誰所築？云昔李將軍，負嶮乘衰叔。抽錢算閒口，但未榷羹粥。當時奪民田，失業安敢哭。誰家美園圃，籍没不容贖。此亭破千家，鬱鬱城之麓。將軍竟何事？蟣蝨生刀韣。何嘗載美酒，來此駐車轂。空使後世人，聞名頸猶縮！俗猶呼皇后園，蓋茂正謂其妻也。我今官正閑，屢至因休沐。人生營居止，竟爲何人卜？何當辦一身，永與清景逐。

秦穆公墓

槖泉在城東，墓在城中無百步。乃知昔未有此城，秦人以泉識公墓。昔公生不誅孟明，豈有死之日而忍用其良。乃知三子狥公意，亦如齊之二子從田横。古人感一飯，尚能殺其身。今人不復見此等，乃以所見疑古人。古人不可望，今人益可傷！

七月二十四日以久不雨出禱磻溪是日宿虢縣二十五日晚自虢縣渡渭宿於僧舍曾閣閣故曾氏所建也夜久不寐見壁有前縣令趙薦留名有懷其人

龕燈明滅欲三更，欹枕無人夢自驚。深谷留風終夜響，亂山銜月半牀明。故人漸遠無消息，古寺空來有姓名。欲向磻溪問姜叟，僕夫屢報斗杓傾。

和子由記園中草木四首

煌煌帝王都，赫赫走羣彦。嗟汝獨何爲，閉門觀物變。微物豈足觀，汝獨觀不勸。牽牛與葵蓼，採摘入詩卷。吾聞東山傅，置酒攜嬿婉。富貴未能忘，聲色聊自遣。汝今又不然，時節看瓜蔓。懷寶自足珍，藝蘭那計畹。吾歸於汝處，慎勿嗟歲晚！

荒園無數畝，草木動成林。春陽一已敷，妍醜各自矜。蒲萄雖滿架，困倒不能任。可憐病石榴，花如破紅襟。葵花雖粲粲，蔕淺不勝簪。叢蓼晚可喜，輕紅隨秋深。物生感時節，此理等廢興。飄零不自由，盛亦非汝能。

萱草雖微花，孤秀自能拔。亭亭亂葉中，一一芳心插。牽牛獨何畏，詰曲日牙蘖。走尋荆與榛，如有宿昔約。南齋讀書處，清翠曉如潑。偏工貯秋雨，歲歲壞籬落。

我歸自南山，山翠猶在目。心隨白雲去，夢繞山之麓。汝從何方來，笑齒粲如玉。探懷出新詩，秀語奪山緑。覺來已茫昧，但記說秋菊。有如採樵子，入洞聽琴筑。歸來寫遺聲，猶勝人間曲。八月十一日夜宿府學，方和此詩。夢與弟遊南山，出詩數十篇，夢中甚愛之。及覺，唯記一句云「蟋蟀悲秋菊。」

北寺

唐初傳有此，亂後不留碑。畏虎關門早，無村得米遲。山泉自入甕，野桂不勝炊。信美那能久，應先學忍飢。

自仙遊回至黑水見居民姚氏山亭高絶可愛復憩其上

山鵶曉辭谷，似報遊人起。出門猶屢顧，慘若去吾里。道途險且迂，繼此復能幾。溪邊有危構，歸駕聊復柅。愛此山中人，縹眇如仙子。平生慕獨往，官爵同一屣。胡爲此谿邊，眷眷若有竢。國恩久未報，念此慚且泚。臨風浩悲吒，萬世同一軌。何年謝簪紱，丹砂留迅晷。

竹䶉

野人獻竹䶉，腰腹大如盎。自言道旁得，採不費罝罔。鴟夷讓圓滑，混沌慚瘦爽。兩牙雖有餘，四足僅能髣。逢人自驚蹶，悶若兒脫襁。念茲微陋質，刀几安足枉。就禽太倉卒，羞愧不能饗。南山有孤熊，擇獸行舐掌。

渼陂魚陂在鄠縣。

霜筠細破爲雙掩，中有長魚如卧劍。紫荇穿腮氣慘悽，紅鱗照坐光磨閃。攜來雖遠鬣尚動，烹不待熟指先染。坐客相看爲解顔，香粳飽送如填塹。早歲嘗爲荆渚客，黃魚屢食沙頭店。濱江易採不復珍，盈尺輒棄無乃僭。自從西征復何有，欲致南烹嗟久欠！遊鯈瑣細空自腥，亂骨縱橫動遭砭。故人遠餽何以報，客俎久空驚忽贍。東道無辭信使頻，西鄰幸有庖虀釅。

十二月十四日夜微雪明日早往南谿小酌至晚

南谿得雪真無價，走馬來看及未消。獨自披榛尋履迹，最先犯曉過朱橋。誰憐破屋眠無處，坐覺村飢語不囂。惟有暮鴉知客意，驚飛千片落寒條。

九月中曾題小詩於南溪竹上既而忘之昨日再遊見而録之

湖上蕭蕭疎雨過，山頭靄靄暮雲橫。陂塘水落荷將盡，城市人歸虎欲行。

司竹監燒葦園因召都巡檢柴貽勖左藏以其徒會獵園下

官園刈葦歲留槎，深冬放火如紅霞。枯槎燒盡有根在，春雨一洗皆萌芽。黄狐老兔最狡捷，賣侮百獸常矜誇。年年此厄竟不悟，但愛蒙密争來家。風迴焰捲毛尾熱，欲出已被蒼鷹遮。野人來言此最樂，徒手曉出歸滿車。巡邊將軍在近邑，呼來颯颯從矛叉。戍兵久閑可小試，戰鼓雖凍猶堪撾。雄心欲搏南澗虎，陣勢頗學常山蛇。霜乾火烈聲爆野，飛走無路號且呀。迎人截來砉逢箭，避犬逸去窮投罝。擊鮮走馬殊未厭，但恐落日催棲鴉。弊旗仆鼓坐數獲，鞍挂雉兔肩分麖。主人置酒聚狂客，紛紛醉語晚更譁。燎毛燔肉不暇割，飲啗直欲追羲媧。青丘雲夢古所吒，與此何啻百倍加。苦遭諫疏說夷羿，又被賦客嘲淫奢。豈如閑官走山邑，放曠不與趨朝衙。農工已畢歲云暮，車騎雖少賓殊佳。酒酣上馬去不告，獵獵霜風吹帽斜。

和子由木山引水

蜀江久不見滄浪，江上枯槎遠可將。去國尚能三犢載，汲泉何愛一夫忙。崎嶇好事人應笑，冷淡爲歡意自長。遥想納涼清夜永，窗前微月照汪汪。

和董傳留别

粗繒大布裹生涯，腹有詩書氣自華。厭伴老儒烹瓠葉，强隨舉子踏槐花。囊空不辦尋春馬，眼亂行看擇壻車。得意猶堪誇世俗，詔黄新濕字如鴉。

次韻子由緑筠堂

愛竹能延客，求詩剩挂牆。風梢千纛亂，月影萬夫長。谷鳥驚碁響，山蜂識酒香。只應陶靖節，會聽北窗涼。

送錢藻出守婺州得英字

老手便劇郡，高懷厭承明。聊紆東陽綬，一濯滄浪纓。東陽佳山水，未到意已清。過家父老喜，出郭壺漿迎。子行得所願，愴恨居者情。吾君方急賢，日旰坐邇英。黄金招樂毅，白璧賜虞卿。子不少自貶，陳義空峥嶸。古稱爲郡樂，漸恐煩敲搒。臨分敢不盡，醉語醒還驚。

送劉道原歸覲南康

晏嬰不滿六尺長，高節萬仞陵首陽。青衫白髮不自歎，富貴在天那得忙。十年閉户樂幽獨，百金購書收散亡。朅來東觀弄丹墨，聊借舊史誅姦强。孔融不肯下曹操，汲黯本自輕張湯。雖無尺箠與寸刃，口吻排擊含風霜。自言静中閱世俗，有似不飲觀酒狂。衣巾狼藉又屢舞，傍人大笑供千場。交朋翩翩去略盡，惟我與子猶彷徨。世人共棄君獨厚，豈敢自愛恐子傷。朝來告别驚何速，歸意已逐征鴻翔。匡廬先生古君子，挂冠兩紀鬢未蒼。定將文度置膝上，喜動鄰里烹猪羊。君歸爲我道姓字，幅巾他日容登堂。

傅堯俞濟源草堂

微官共有田園興，老罷方尋隱退廬。栽種成陰十年事，倉皁求買萬金無。先生卜築臨清濟，喬木如今似畫圖。鄰里亦知偏愛竹，春來相與護龍雛。

和柳子玉過陳絶糧次韻

如我自觀猶可厭，非君誰復肯相尋。圖書跌宕悲年老，燈火青熒語夜深。早歲便懷齊物意，微官敢有濟時心。南行十里成何事，一聽秋濤萬鼓音。

泗州僧伽塔

我昔南行舟繫汴，逆風三日沙吹面。舟人共勸禱靈塔，香火未收旗脚轉。回頭頃刻失長橋，却到龜山未朝飯。至人無心何厚薄，我自懷私欣所便。耕田欲雨刈欲晴，去得順風來者怨。若使人人禱輒遂，造物應須日千變。我今身世兩悠悠，去無所逐來無戀。得行固願留不惡，每到有求神亦倦。退之舊云三百尺，澄觀所營今已换。不嫌俗士污丹梯，一看雲山遶淮甸。

龜山

我生飄蕩去何求，再過龜山歲五周。身行萬里半天下，僧卧一庵初白頭。地隔中原勞北望，潮連滄海欲東遊。元嘉舊事無人記，故壘摧頹今在不！宋文帝遣將拒魏太武，築城此山。

十月十六日記所見

風高月暗水雲黄，淮陰夜發朝山陽。山陽曉霧如細雨，炯炯初日寒無光。雲收霧卷已亭午，有風北來寒欲僵。忽驚飛雹穿户牖，迅駛不復容遮防。市人顛沛百賈亂，疾雷一聲如頹牆。使君來呼晚置酒，坐定已復日照廊。怳疑所見皆夢寐，百種變怪旋消亡。共言蛟龍厭舊穴，魚鱉隨徙空陂塘。愚儒無知守章句，論説黑白推何祥！惟有主人言可用，天寒欲雪飲此觴。

遊金山寺

我家江水初發源，宦遊直送江入海。聞道潮頭一丈高，天寒尚有沙痕在。中冷南畔石盤陀，古來出沒隨濤波。試登絶頂望鄉國，江南江北青山多。羇愁畏晚尋歸楫，山僧苦留看落日。微風萬頃靴文細，斷霞半空魚尾赤。是時江月初生魄，二更月落天深黑。江心似有炬火明，飛焰照山棲烏驚。悵然歸卧心莫識，非鬼非人竟何物？江山如此不歸山，江神見怪驚我頑。我謝江神豈得已，有田不歸如江水。是夜所見如此。

自金山放船至焦山

金山樓觀何眈眈，撞鐘擊鼓聞淮南。焦山何有有修竹，採薪汲水僧兩三。雲霾浪打人迹絶，時有沙户祈春蠶。我來金山更留宿，而此不到心懷慚。同遊盡返決獨往，賦命窮薄輕江潭。清晨無風浪自湧，中流歌嘯倚半酣。老僧下山驚客至，迎笑喜作巴人談。自言久客忘鄉井，只有彌勒爲同龕。困眠得就紙帳暖，飽食未厭山蔬甘。山林飢卧古亦有，無田不退寧非貪。展禽雖未三見黜，叔夜自知七不堪。行當投劾謝簪組，爲我佳處留茅庵。吴人謂水中可田者爲沙。焦山長老，中江人也。

次韻子由柳湖感物

憶昔子美在東屯，數間茅屋蒼山根。朝吟草木調蠻獠，欲與猿鳥争啾喧。子今憔悴衆所棄，驅馬獨出無往還。惟有柳湖萬株柳，清陰與子供朝昏。胡爲譏評不少借，生意凌挫難爲繁。柳雖無言不解愠，世俗乍見應憮然。嬌姿共愛春濯濯，豈問空腹修蛐蟠。朝看濃翠傲炎赫，夜愛疏影摇清圓。風翻雪陣春絮亂，蠹響啄木秋聲堅。四時盛衰各有態，摇落淒愴驚寒温。南山孤松積雪底，抱凍不死誰復賢。

戲子由

宛丘先生長如丘，宛丘學舍小如舟。常時低頭誦經史，忽然欠伸屋打頭。斜風吹帷雨注面，先生不愧傍人羞。任從飽死笑方朔，肯爲雨立求秦優。眼前勃磎何足道，處置六鑿須天遊。讀書萬卷不讀律，致君堯舜知無術。勸農冠蓋鬧如雲，送老鹽虀甘似蜜。門前萬事不挂眼，頭雖長低氣不屈。餘杭別駕無功勞，畫堂五丈容旂旐。重樓跨空雨聲遠，屋多人少風騷騷，平生所慚今不耻，坐對疲氓更鞭箠，道逢陽虎呼與言，心知其非口諾唯。居高志下真何益，氣節消縮今無幾。文章小技安足程，先生別駕舊齊名。如今衰老俱無用，付與時人分重輕。

吉祥寺賞牡丹

人老簪花不自羞，花應羞上老人頭。醉歸扶路人應笑，十里珠簾半上鈎。

六月二十七日望湖樓醉書

黑雲翻墨未遮山，白雨跳珠亂入船。卷地風來忽吹散，望湖樓下水如天。
放生魚鱉逐人來，無主荷花到處開。水枕能令山俯仰，風船解與月徘徊。
烏菱白芡不論錢，亂繫青菰裹綠盤。忽憶嘗新會靈觀，滯留江海得加餐。

獻花遊女木蘭橈，細雨斜風濕翠翹。無限芳洲生杜若，吳兒不識楚詞招。
未成小隱聊中隱，可得長閑勝暫閑。我本無家更安往，故鄉無此好湖山。

夜泛西湖二絶

蒼龍已沒牛斗横，東方芒角昇長庚。漁人收筒及未曉，船過惟有菰蒲聲。湖上禁漁，皆盜釣者也。
湖光非鬼亦非仙，風恬浪静光滿川。須臾兩兩入寺去，就視不見空茫然。

監試呈諸試官

我本山中人，寒苦盜寸廩。文詞雖少作，勉强非天稟。既得旋廢忘，懶惰今十稔。麻衣如再著，墨水真可飲。每聞科詔下，白汗如流瀋。此邦東南會，多士敢題品。芻蕘盡蘭蓀，香不數葵荏。貧家見珠貝，眩晃自難審。緬懷嘉祐初，文格變已甚。千金碎全璧，百衲收寸錦。調和椒桂釅，咀嚼沙礫磣。廣眉成半額，學步歸踔踸。維時老宗伯，氣壓羣兒凜。蛟龍不世出，魚鮪初驚淰。至音久乃信，知味猶食椹。至今天下士，微管幾左衽。謂當千載後，石室祠高朕。爾來又一變，此學初誰諗。權衡破舊法，芻豢笑凡飪。高言追衛樂，篆刻鄙曹沈。先生周孔出，弟子淵騫寢。却顧老鈍軀，頑朴謝鐫鋟。諸君況才傑，容我懶且噤。聊欲廢書眠，秋濤喧午枕。

望海樓晚景二絶

海上濤頭一線來，樓前相顧雪成堆。從今潮上君須上，更看銀山二十回。
青山斷處塔層層，隔岸人家喚欲譍。江上秋風晚來急，爲傳鐘鼓到西興。

試院煎茶

蟹眼已過魚眼生，颼颼欲作松風鳴。蒙茸出磨細珠落，眩轉遶甌飛雪輕。銀瓶瀉湯誇第二，未識古人煎水意。古語云：「煎水不煎茶。」君不見，昔時李生好客手自煎，貴從活火發新泉。又不見，今時潞公煎茶學西蜀，定州花瓷琢紅玉。我今貧病常苦飢，分無玉盌捧蛾眉。且學公家作茗飲，塼爐石銚行相隨。不用撐腸拄腹文字五千卷，但願一甌常及睡足日高時。

孫莘老求墨妙亭詩

蘭亭繭紙入昭陵，世間遺迹猶龍騰。顏公變法出新意，細筋入骨如秋鷹。徐家父子亦秀絶，字外出力中藏稜。嶧山傳刻典刑在，千載筆法留陽冰。杜陵評書貴瘦硬，此論未公吾不憑。短長肥瘠各有態，玉環飛燕誰敢憎。吳興太守真好古，購買斷缺揮縑繒。龜趺入坐螭隱壁，空齋晝靜聞登登。奇蹤散出走吳越，勝事傳說誇友朋。書來乞詩要自寫，爲把栗尾書谿藤。後來視今猶視昔，過眼百世如風燈。他年劉郎憶賀監，還道同時須伏膺。

是日宿水陸寺寄北山清順僧二首

草没河堤雨暗村，寺藏修竹不知門。拾薪煮藥憐僧病，掃地燒香浄客魂。農事未休侵小雪，佛燈初上報黄昏。年來漸識幽居味，思與高人對榻論。

長嫌鐘鼓聒湖山，此境蕭條却自然。乞食遶村真爲飽，無言對客本非禪。披榛覓路衝泥入，洗足關門聽雨眠。遥想後身窮賈島，夜寒應聳作詩肩。

將之湖州戲贈莘老

餘杭自是山水窟，久聞吴興更清絶。湖中橘林新著霜，溪上苕花正浮雪。顧渚茶芽白於齒，梅溪木瓜紅勝頰。吴兒膾縷薄欲飛，未去先説饞涎垂。亦知謝公到郡久，應怪杜牧尋春遲。鬢絲只好對禪榻，湖亭不用張水嬉。

鴉種麥行

霜林老鴉閑無用，畦東拾麥畦西種。畦西種得青猗猗，畦東已作牛毛稀。明年麥熟芒攢槊。農夫未食鴉先啄。徐行俛仰若自矜，鼓翅跳踉上牛角。憶昔舜耕歷山鳥爲耘，如今老鴉種麥更辛懃。農夫羅拜鴉飛起，勸農使者來行水。

和致仕張郎中春晝

投綬歸來萬事輕，消磨未盡祇風情。舊因蓴菜求長假，新爲楊枝作短行。不禱自安緣壽骨，苦藏難没是詩名。淺斟盃酒紅生頰，細琢歌詞穩稱聲。蝸殼卜居心自放，蠅頭寫字眼能明。盛衰閲過君應笑，寵辱年來我亦平。跪履數從圯下老，逸書閑問濟南生。東風屈指無多日，祇恐先春鶗鴂鳴。

冬至日獨遊吉祥寺

井底微陽回未回，蕭蕭寒雨濕枯荄。何人更似蘇夫子，不是花時肯獨來。

吳中田婦歎和賈收韻。

今年粳稻熟苦遲，庶見霜風來幾時。霜風來時雨如瀉，杷頭出菌鎌生衣。眼枯淚盡雨不盡，忍見黄穗卧青泥。茅苫一月隴上宿，天晴穫稻隨車歸。汗流肩頳載入市，價賤乞與如糠粃。賣牛納税折屋炊，慮淺不及明年飢。官今要錢不要米，西北萬里招羌兒。龔黄滿朝人更苦，不如却作河伯婦！

遊道場山何山

道場山頂何山麓，上徹雲峰下幽谷。我從山水窟中來，尚愛此山看不足。陂湖行盡白漫漫，青山忽作龍蛇盤。山高無風松自響，誤認石齒號驚湍。山僧不放山泉出，屋底清池照瑶席。階前合抱香入雲，月裏仙人親手植。出山回望翠雲鬟，碧瓦朱欄縹緲間。白水田頭問行路，小溪深處是何山？高人讀書夜達旦，至今山鶴鳴夜半。我今廢學不歸山，山中對酒空三嘆！

贈莘老

嗟余與子久離羣，耳冷心灰百不聞。若對青山談世事，當須舉白便浮君。
天目山前渌浸裾，碧瀾堂下看銜艫。作堤捍水非吾事，閑送苕溪入太湖。
夜來雨洗碧巑岏，浪湧雲屯遶郭寒。聞有弁山何處是，爲君四面竟求看。
夜橋燈火照溪明，欲放扁舟取次行。暫借官奴遣吹笛，明朝新月到三更。
三年京國厭藜蒿，長羨淮魚壓楚槽。今日駱駝橋下泊，恣看修網出銀刀。

秀州報本禪院鄉僧文長老方丈

萬里家山一夢中，吴音漸已變兒童。每逢蜀叟談終日，便覺峨眉翠掃空。師已忘言真有道，我除搜句百無功。明年采藥天台去，更欲題詩滿浙東。

宋叔達家聽琵琶

數絃已品龍香撥，半面猶遮鳳尾槽。新曲翻從玉連瑣，舊聲終愛鬱輪袍。夢回只記歸舟字，賦罷雙垂紫錦絛。何異烏孫送公主，碧天無際雁行高！

法惠寺橫翠閣

朝見吳山橫，暮見吳山縱。吳山故多態，轉側爲君容。幽人起朱閣，空洞更無物。惟有千步岡，東西作簾額。春來故國歸無期，人言悲秋春更悲。已泛平湖思濯錦，更看橫翠憶峨眉。雕欄能得幾時好，不獨憑欄人易老。百年興廢更堪哀，懸知草莽化池臺。游人尋我舊遊處，但覓吳山橫處來。

有以官法酒見餉者因用前韻求述古爲移廚飲湖上

喜逢門外白衣人，欲膾湖中赤玉鱗。遊舫已粧吳榜穩，舞衫初試越羅新。欲將魚釣追黃帽，未要靴刀抹絳巾。芳意十分強半在，爲君先踏水邊春。

飲湖上初晴後雨二首

朝曦迎客艷重岡，晚雨留人入醉鄉。此意自佳君不會，一盃當屬水仙王。湖上有水仙王廟。

水光瀲灧晴方好，山色空濛雨亦奇。欲把西湖比西子，淡粧濃抹總相宜。

風水洞和李節推

風轉鳴空穴，泉幽瀉石門。虛心聞地籟，妄意覓桃源。過客詩難好，居僧語不繁。歸瓶得冰雪，清冷慰文園。

新城道中

東風知我欲山行，吹斷簷間積雨聲。嶺上晴雲披絮帽，樹頭初日挂銅鉦。野桃含笑竹籬短，溪柳自搖沙水清。西崦人家應最樂，煮芹燒筍餉春耕。

山村

煙雨濛濛雞犬聲，有生何處不安生。但教黃犢無人佩，布穀何勞也勸耕。

老翁七十自腰鐮，慚愧春山筍蕨甜。豈是聞韶解忘味，爾來三月食無鹽。

杖藜裹飯去忽忽，過眼青錢轉手空。贏得兒童語音好，一年强半在城中。

贈別

青鳥銜巾久欲飛，黃鶯別主更悲啼。慇懃莫忘分攜處，湖水東邊鳳嶺西。

於潛女

青裙縞袂於潛女，兩足如霜不穿屨。觰沙鬢髮絲穿檸，蓬沓障前走風雨。老濞宮粧傳父祖，至今遺民悲故主！苕溪楊柳初飛絮，照溪畫眉渡溪去。逢郎樵歸相媚嫵，不信姬姜有齊魯。

僧清順新作垂雲亭

江山雖有餘，亭榭苦難穩。登臨不得要，萬象各偃蹇。惜哉垂雲軒，此地得何晚。天功争向背，詩眼巧增損。路窮朱欄出，山破石壁狠。海門浸坤軸，湖尾抱雲巘。葱葱城郭麗，淡淡煙村遠。紛紛烏鵲去，一一漁樵返。雄觀快新獲，微景收昔遁。道人真古人，嘯吟慕嵇阮。空齋卧蒲褐，芒屨每自捆。天憐詩人窮，乞與供詩本。我詩久不作，荒澁旋鉏墾。從君覓佳句，咀嚼廢朝飯。

會客有美堂周邠長官與數僧同泛湖往北山湖中聞堂上歌笑聲以詩見寄因和

載酒無人過子雲，掩關晝卧客書裙。歌喉不共聽珠貫，醉面何因作纈紋。僧侶且陪香火社，詩壇欲斂鸛鵝軍。憑君徧遶湖邊寺，漲淥晴來已十分。

追和子由去歲試舉人洛下所寄詩暴雨初晴樓上晚景

秋後風光雨後山，滿城流水碧潺潺。煙雲好處無多子，及取昏鴉未到間。

洛邑從來天地中，嵩高蒼翠北邙紅。風流耆舊消磨盡，只有青山對病翁。謂富公也。

白汗翻漿午景前，雨餘風物便蕭然。應須半熟鵝黄酒，照見新晴水碧天。

病中遊祖塔院

紫李黄瓜村路香，烏紗白葛道衣涼。閉門野寺松陰轉，攲枕風軒客夢長。因病得閑殊不惡，安心是藥更無方。道人不惜階前水，借與匏樽自在嘗。

與述古自有美堂乘月夜歸

娟娟雲月稍侵軒，瀲瀲星河半隱山。魚鑰未收清夜永，鳳簫猶在翠微間。凄風瑟縮經絃柱，香霧凄迷着髻鬟。共喜使君能鼓樂，萬人争看火城還。

八月十五日看潮

萬人鼓噪懾吴儂，猶似浮江老阿童。欲識潮頭高幾許，越山渾在浪花中。

宿九仙山

九仙謂左元放、許邁、王、謝之流。

風流王謝古仙真，一去空山五百春。玉室金堂餘漢士，桃花流水失秦人。困眠一榻香凝帳，夢遶千巖冷逼身。夜半老僧呼客起，雲峰缺處湧冰輪。

初自逕山歸述古召飲介亭以病先起

西風初作十分涼，喜見新橙透甲香。遲暮賞心驚節物，登臨病眼怯秋光。慣眠處士雲庵裏，倦醉佳人錦瑟旁。猶有夢迴清興在，卧聞歸路樂聲長。

九日尋臻闍梨遂泛小舟至懃師院

湖上青山翠作堆，葱葱鬱鬱氣佳哉。笙歌叢裏抽身出，雲水光中洗眼來。白足赤髭迎我笑，拒霜黄菊爲誰開！明年桑苧煎茶處，憶著衰翁首重迴。皎然有《九日與陸羽煎茶》詩。羽自號桑苧翁。余來年九日，去此久矣。

次韻述古過周長官夜飲

二更鐃鼓動諸鄰，百首新詩間八珍。已遣亂蛙成兩部，更邀明月作三人。雲煙湖寺家家鏡，燈火沙河夜夜春。曷不勸公勤秉燭，老來光景似奔輪。

述古以詩見責屢不赴會復次前韻

我生孤癖本無鄰，老病年來益自珍。肯對紅裙辭白酒，但愁新進笑陳人。北山怨鶴休驚夜，南畝巾車欲及春。多謝清詩屢推轂，豨膏那解轉方輪。來詩有「雲霄滿輪」之句。

書雙竹湛師房

暮鼓朝鐘自擊撞，閉門孤枕對殘釭。白灰旋撥通紅火，卧聽蕭蕭雪打窗。

和錢安道寄惠建茶

我官于南今幾時，嘗盡溪茶與山茗。胸中似記故人面，口不能言心自省。爲君細說我未暇，試評其略差可聽。建溪所産雖不同，一一天與君子性。森然可愛不可慢，骨清肉膩和且正。雪花雨脚何足道，啜過始知真味永。縱復苦硬終可録，汲黯少戇寬饒猛。草茶無賴空有名，高者妖邪次頑懭。體輕雖復強浮泛，性滯偏工嘔酸冷。其間絶品豈不佳，張禹縱賢非骨鯁。葵花玉銙不易致，道路幽嶮隔雲嶺。誰知使者來自西，開緘磊落收百餅。嗅香嚼味本非別，透紙自覺光炯炯。粃糠團鳳友小龍，奴隸日注臣雙井。收藏愛惜待佳客，不敢包裹鑽權倖。此詩有味君勿傳，空使時人怒生癭。

和柳子玉喜雪次韻仍呈述古

詩翁愛酒長如渴，瓶盡欲沽囊已竭。燈青火冷不成眠，一夜撚鬚吟喜雪。詩成就我覓歡處，我窮正與君髣髴。曷不走投陳孟公，有酒醉君仍飽德。瓊瑶欲盡天應惜，更遣清光續殘月。安得佳人擢素手，笑捧玉盌兩奇絶。豔歌一曲迴陽春，坐使高堂生暖熱。

夜至永樂文長老院文時卧病退院

秋聞巴叟卧荒村，來打三更月下門。往事過年如昨日，此生未死得重論。老非懷土情相得，病不開堂道益尊。惟有孤栖舊時鶴，擧頭見客似長言。

除夜野宿常州城外二首

行歌野哭兩堪悲，遠火低星漸向微。病眼不眠非守歲，鄉音無伴苦思歸。重衾脚冷知霜重，新沐頭輕感髮稀。多謝殘燈不嫌客，孤舟一夜許相依。

南來三見歲云徂，直恐終身走道塗。老去怕看新曆日，退歸擬學舊桃符。煙花已作青春意，霜雪偏尋病客鬚。但把窮愁博長健，不辭最後飲屠酥。

常潤道中有懷錢塘寄述古

草長江南鶯亂飛，年來事事與心違。花開後院還空落，燕入華堂怪未歸。世上功名何日是，罇前點檢幾人非。去年柳絮飛時節，記得金籠放雪衣。杭人以放鴿爲太守壽。

浮玉山頭日日風，卽金山也。湧金門外已春融。二年魚鳥渾相識，三月鶯花付與公。剩看新翻眉倒暈，未應泣別臉消紅。何人織得相思字，寄與江邊北向鴻。

惠泉山下土如濡，陽羨溪頭米勝珠。賣劍買牛吾欲老，殺雞爲黍子來無。地偏不信容高蓋，俗儉真堪着腐儒。莫怪江南苦留滯，經營身計一生迂。

遊鶴林招隱二首

郊原雨初霽，春物有餘妍。古寺滿修竹，深林聞杜鵑。睡餘柳花墮，目眩山櫻然。西窗有病客，危坐看香煙。

行歌白雲嶺，坐咏修竹林。風輕花自落，日薄山半陰。澗草誰復識，聞香杳難尋。時見城市人，幽居惜未深。

次韻沈長官

造物知吾久念歸，似憐衰病不相違。風來震澤帆初飽，雨入松江水漸肥。

過永樂文長老已卒

初驚鶴瘦不可識，旋覺雲歸無處尋。三過門間老病死，一彈指頃去來今！存亡慣見渾無淚，鄉井難忘尚有心。欲向錢塘訪圓澤，葛洪川畔待秋深。

捕蝗至浮雲嶺山行疲苦有懷子由弟

霜風漸欲作重陽，熠熠溪邊野菊黃。久廢山行疲犖确，尚能村醉舞淋浪。獨眠林下夢魂好，回首人間憂患長。殺馬毀車從此逝，子來何處問行藏！

與毛令方尉遊西菩提寺二首

推擠不去已三年，魚鳥依然笑我頑。人未放歸江北路，天教看盡浙西山。尚書清節衣冠後，處士風流水石間。一笑相逢那易得，數詩狂語不須删。

路轉山腰足未移，水清石瘦便能奇。白雲自占東西嶺，明月誰分上下池。黑黍黄粱初熟後，朱柑緑橘半甜時。人生此樂須天賦，莫遣兒曹取次知。

雪夜書北臺壁二首

黃昏猶作雨纖纖，夜靜無風勢轉嚴。但覺衾裯如潑水，不知庭院已堆鹽。五更曉色來書幌，半夜寒聲落畫簷。試掃北臺看馬耳，未隨埋沒有雙尖。

城頭初日始翻鴉，陌上晴泥已沒車。凍合玉樓寒起粟，光搖銀海眩生花。遺蝗入地應千尺，宿麥連雲有幾家。老病自嗟詩力退，空吟冰柱憶劉叉。

謝人見和前篇二首

已分酒盃欺淺懦，敢將詩律鬬深嚴。漁蓑句好應須畫，柳絮才高不道鹽。敗履尚存東郭指，飛花又舞謫仙簷。書生事業真堪笑，忍凍孤吟筆退尖。

九陌凄風戰齒牙，銀杯逐馬帶隨車。也知不作堅牢玉，無奈能開頃刻花。得酒強歡愁底事，閉門高卧定誰家。臺前日暖君須愛，冰下寒魚漸可叉。

遊廬山次韻章傳道

塵容已似服轅駒，野性猶同縱壑魚。出入巖巒千仞表，較量筋力十年初。雖無窈窕驅前馬，還有鴟夷挂後車。莫笑吟詩淡生活，當令阿買爲君書。

惜花

吉祥寺中錦千堆，錢塘花最盛處。前年賞花真盛哉！道人勸我清明來，腰鼓百面如春雷。打徹涼州花自開，沙河塘上插花回。醉倒不覺吳兒咍，豈知如今雙鬢催。城西古寺沒蒿萊，有僧閉門手自栽。千枝萬葉巧翦裁，就中一叢何所似，馬腦盤成金縷杯。而我食菜方淸齋，對花不飲花應猜。夜來雨雹如李梅，紅殘綠暗吁可哀。

送春和子由。

夢裏青春可得追！欲將詩句絆餘暉。酒闌病客惟思睡，蜜熟黃蜂亦懶飛。芍藥櫻桃俱掃地，病過此二物。鬢絲禪榻兩忘機。憑君借取法界觀，一洗人間萬事非。來書云：「近看此書。」余未嘗見也。

孔長源挽詞

小偃門頭柳繫船，吳山堂上月侵筵。潮聲夜半千巖響，詩句明朝萬口傳。長源自越過杭，夜飲有美堂上聯句，長源詩云：「天目遠隨雙鳳落，海門遙蹙兩潮趨。」一坐稱善。豈意日斜庚子後，忽驚歲在巳辰年。佳城一閉無窮事，南望題詩淚灑牋！

懷西湖寄晁美叔同年

西湖天下景，遊者無愚賢。深淺隨所得，誰能識其全。嗟我本狂直，早爲世所捐。獨專山水樂，付與寧非天。三百六十寺，幽尋遂窮年。所至得其妙，心知口難傳。至今清夜夢，耳目餘芳鮮。君持使者節，風采爍雲煙。清流與碧巘，安肯爲君妍！胡不屏騎從，暫借僧榻眠。讀我壁間詩，清涼先煩煎。策杖無道路，直造意所便。應逢古漁父，葦間自夤緣。問道若有得，買魚勿論錢。

和蔣夔寄茶

我生百事常隨緣，四方水陸無不便。扁舟渡江適吴越，三年飲食窮芳鮮。金虀玉膾飯炊雪，海螯江柱初脱泉。臨風飽食甘寢罷，一甌花乳浮輕圓。自從捨舟入東武，沃野便到桑麻川。翦毛胡羊大如馬，誰記鹿角腥盤筵。厨中蒸粟埋飯甕，大杓更取酸生涎。柘羅銅碾棄不用，脂麻白土須盆研。故人猶作舊眼看，謂我好尚如當年。沙溪北苑强分别，水脚一線争誰先。清詩兩幅寄千里，紫金百餅費萬錢。吟哦烹噍兩奇絶，只恐偷乞煩封纏。老妻稚子不知愛，一半已入薑鹽煎。人生所遇無不可，南北嗜好知誰賢。死生禍福久不擇，更論甘苦争蚩妍。知君窮旅不自釋，因詩寄謝聊相鐫。

次韻周邠寄雁蕩山圖

西湖三載與君同，馬入塵埃鶴入籠。東海獨來看出日，石橋先去踏長虹。遥知别後添華髮，時向樽前説病翁。所恨蜀山君未見，他年攜手醉郫筒。

送碧香酒與趙明叔教授

聞君有婦賢且廉，勸君慎勿爲楚相。不羨紫駝分御食，自遣赤脚沽村釀。嗟君老狂不知愧，更吟醜婦惡嘲謗。諸生聞語定失笑，冬暖號寒卧無帳。碧香近出帝子家，鵝兒破殼酥流盎。不學劉伶獨自飲，一壺往助齊眉餉。

趙既見和復次韻答之

長安小吏天所放，日夜歌呼和丞相。豈知後世有阿瞞，曹公自言參之後。北海樽前捉私釀。先生未出禁酒國，詩語孤高常近謗。幾回無酒欲沽君，却畏有司書簿帳。近制，公使酒過數，法甚重。酸寒可笑分一斗，日飲如何足袁盎。更將險語壓衰翁，只恐自是臺無餉。

趙郎中往莒縣逾月而歸復以一壺遺之仍用原韻

東鄰主人遊不歸，悲歌夜夜聞春相。門前人鬧馬嘶急，一家喜氣如春釀。王事何曾怨獨賢，室人豈忍交謫謗。大兒踉蹡越門限，小兒咿啞語繡帳。定教舞袖掣伊涼，更想夜庖鳴甕盎。題詩送酒君勿誚，免使退之嘲一餉。

劉貢父見余歌詞數首以詩見戲聊次其韻

十載漂然未可期，那堪重作看花詩。門前惡語誰傳去，醉後狂歌自不知。刺舌君今猶未戒，炙眉我亦更何辭。相從痛飲無餘事，正是春容最好時。

次韻子由送蔣夔赴代州學官

功利争先變法初，典刑獨守老成餘。窮人未信詩能爾，倚市懸知繡不如。代北諸生漸狂簡，牀頭雜說爲爬梳。歸來問雁吾何敢，疾世王符解著書。

和李邦直沂山祈雨有應

高田生黄埃，下田生蒼耳。蒼耳亦已無，更問麥有幾？蛟龍睡足亦解慚，二麥枯時雨如洗。不知雨從何處來，但聞呂梁百步聲如雷。試上城南望城北，際天菽粟青成堆。飢火燒腸作牛吼，不知待得秋成否？半年不雨坐龍慵，共怨天公不怨龍。今朝一雨聊自贖，龍神社鬼各言功。無功日盜太倉穀，嗟我與龍同此責。勸農使者不汝容，因君作詩先自劾。

宿州次韻劉涇

我欲歸休瑟漸希，舞雩何日着春衣。多情白髮三千丈，無用蒼皮四十圍。晚覺文章真小技，早知富貴有危機。爲君垂涕君知否，千古華亭鶴自飛！涇之兄汴，亦有文，死矣。

次韻答邦直子由二首

簿書顛倒夢魂間，知我疏慵肯見原。閑作閉門僧舍冷，病聞吹枕海濤喧。忘懷杯酒逢人共，引睡文書信手翻。欲吐狂言喙三尺，怕君嗔我却須吞。邦直屢以此見戒。

君雖爲我此遲留，別後淒涼我已憂！不見便同千里遠，退歸終作十年遊。恨無楊子一區宅，懶卧元龍百尺樓。聞道鵷鴻滿臺閣，網羅應不到沙鷗。

中秋月

暮雲收盡溢清寒，銀漢無聲轉玉盤。此生此夜不長好，明月明年何處看！

韓幹馬十四匹

二馬並驅攢八蹄，二馬宛頸騣尾齊。一馬任前雙舉後，一馬却避長鳴嘶。老髯奚官騎且顧，前身作馬通馬語。後有八匹飲且行，微流赴吻若有聲。前者既濟出林鶴，後者欲涉鶴俛啄。最後一匹馬中龍，不嘶不動尾搖風。韓生畫馬真是馬，蘇子作詩如見畫。世無伯樂亦無韓，此詩此畫誰當看？

哭刁景純

讀書想前輩，每恨生不早。紛紛少年場，猶得見此老。此老如松栢，不受霜雪槁。直從毫末中，自養到合抱。宏材乏近用，千歲自枯倒。文章餘正始，風節貫華皓。平生爲人耳，自爲薄如縞。是非雖難齊，反覆看愈好。前年旅吳越，把酒慶壽考。扣門無晨夜，百過迹未掃。但知從德公，未省厭丘嫂。別時公八十，後會知難保。昨日故人書，連年喪公媪。景純妻先亡。傷心范橋水，漾漾舞寒藻。華堂不見人，瘦馬空戀皁。我欲江東去，匏樽酌行潦。鏡湖無賀監，慟哭稽山道。忍見萬松岡，荒池没秋草！

答吕梁仲屯田

亂山合沓圍彭門，官居獨在懸水村。吕梁，地名。居民蕭條雜麋鹿，小市冷落無雞豚。黄河西來初不覺，但訝清泗流奔渾。夜聞沙岸鳴甕盎，曉看雪浪浮鵬鯤。吕梁自古喉吻地，萬頃一抹何由吞。坐觀入市卷閭井，吏民走盡餘王尊。計窮路斷欲安適，吟詩破屋愁鳶蹲。歲寒霜重水歸壑，但見屋瓦留沙痕。入城相對如夢寐，我亦僅免爲魚黿。旋呼歌舞雜詼笑，不惜飲釂空缾盆。念君官舍冰雪冷，新詩美酒聊相温。人生如寄何不樂，任使絳蠟燒黄昏。宣房未築淮泗滿，故道堙滅瘡痍存。明年勞苦應更甚，我當畚鍤先黥髡。付君萬指伐頑石，千鎚雷動蒼山根。高城如鐵洪口決，談笑却掃看崩奔。農夫掉臂免狼顧，秋穀布野如雲屯。還須更置軟脚酒，爲君擊鼓行金樽。

春菜

蔓菁宿根已生葉，韭牙戴土拳如蕨。爛烝香薺白魚肥，碎點青蒿涼餅滑。宿酒初消春睡起，細履幽畦掇芳辣。茵陳甘菊不負渠，膾縷堆盤纖手抹。北方苦寒今未已，雪底菠薐如鐵甲。豈如吾蜀富冬蔬，霜葉露牙寒更茁。久抛菘葛猶細事，苦筍江豚那忍説。明年投劾徑須歸，莫待齒摇並髮脱。

讀孟郊詩二首

夜讀孟郊詩，細字如牛毛。寒燈照昏花，佳處時一遭。孤芳擢荒穢，苦語餘詩騷。水清石鑿鑿，湍激不受篙。初如食小魚，所得不償勞。又似煮彭蟣，竟日嚼空螯。要當鬬僧清，未足當韓豪。人生如朝露，日夜火消膏。何苦將兩耳，聽此寒蟲號。不如且置之，飲我玉卮醪。

我憎孟郊詩，復作孟郊語。飢腸自鳴喚，空壁轉飢鼠。詩從肺腑出，出輒愁肺腑。有如黃河魚，出膏以自煮。尚愛銅斗歌，鄙俚頗近古。桃弓射鴨罷，獨速短蓑舞。不憂踏船翻，踏浪不踏土。吴姬霜雪白，赤脚浣白紵。嫁與踏浪兒，不識離别苦。歌君江湖曲，感我長羇旅。

約公擇飲是日大風

先生生長匡廬山，山中讀書三十年。舊聞飲水師顏淵，不知治劇乃所便。偷兒夜探赤白丸，奮髯忽逢朱子元。半年羣盜誅七百，誰信家書藏九千。春風無事秋月閑，紅粧執樂豪且妍。紫衫玉帶兩部全，琵琶一抹四十絃。客來留飲不計錢，齊人愛公如子產。兒啼卧路呼不還，我慚山郡空留連。牙兵部吏笑我寒，邀公飲酒公無難。約束官奴買花鈿，薰衣理髮夜不眠。曉來顛風塵暗天，我思其由豈坐慳。作詩愧謝公笑歡，歸來瑟縮愈不安。要當啖公八百里，豪氣一洗儒生酸！

夜飲次韻畢推官

簿書叢裏過春風，酒聖時時且復中。紅燭照庭嘶騕褭，黄雞催曉唱玲瓏。老來漸減金釵興，醉後空驚玉筯工。月未上時應早散，免教壑谷問吾公。

續麗人行

李仲謀家有周昉畫，背面欠伸內人，極精。戲作此詩。

深宮無人春日長，沉香亭北百花香。美人睡起薄梳洗，燕舞鶯啼空斷腸。畫工欲畫無窮意，背立東風初破睡。若教回首却嫣然，陽城下蔡俱風靡。杜陵飢客眼長寒，蹇驢破帽隨金鞍。隔花臨水時一見，只許腰支背後看。心醉歸來茅屋底，方信人間有西子。君不見，孟光舉案與眉齊，何曾背面傷春啼！

遊張山人園

壁間一軸煙蘿子，盆裏千枝錦被堆。慣與先生爲酒伴，不嫌刺史亦顏開。纖纖入麥黃花亂，颯颯催詩白雨來。聞道君家好井水，歸軒乞得滿瓶回。

攜妓樂遊張山人園

大杏金黃小麥熟，墮巢乳鵲拳新竹。故將俗物惱幽人，細馬紅粧滿山谷。提壺勸酒意雖重，杜鵑催歸聲更速。酒闌人散却關門，寂歷斜陽挂疏木。

僕曩於長安陳漢卿家見吳道子畫佛碎爛可惜其後十餘年復見之於鮮于子駿家則已裝背完好子駿以見遺作詩謝之

貴人金多身復閑，爭買書畫不計錢。已將鐵石充逸少，殷鐵石，梁武帝時人，今法帖大王書中有鐵石字。更補朱繇爲道玄。世所收吴畫，多朱繇筆也。煙薰屋漏裝玉軸，鹿皮蒼璧知誰賢。吴生畫佛本神授，夢中化作飛空仙。覺來落筆不經意，神妙獨到秋毫顛。我昔長安見此畫，歎息至寶空潸然。素絲斷續不忍看，已作胡蝶飛聯翩。君能收拾爲補綴，體質散落嗟神全。志公髣髴見刀尺，修羅天女猶雄妍。如觀老杜飛鳥句，脱字欲補知無緣。問君乞得良有意，欲將俗眼爲洗湔。貴人一見定羞怍，錦囊千紙何足捐。不須更用博麻縷，付與一炬隨飛煙！

次韻答舒教授觀余所藏墨

異時長笑王會稽，野鶩膻腥汙刀几。莫年却得庾安西，自厭家雞題六紙。二子風流冠當代，顧與兒童爭愠喜。秦王十八已龍飛，嗜好晚將蛇蚓比。我生百事不挂眼，時人謬説云工此。世間有癖念誰無，傾身障簏尤堪鄙。一生當著幾兩屐，定心肯爲微物起。此墨足支三十年，但恐風霜侵髮齒。非人磨墨墨磨人，瓶應未罄罍先耻。逝將振衣歸故國，數畝荒園自鉏理。作書寄君君莫笑，但覓來禽與青李。一螺點漆便有餘，萬竈燒松何處使。君不見，永寧第中擣龍麝，列屋閑居清且美。倒暈連眉秀嶺浮，雙鴉畫鬢香雲委。時聞五斛賜蛾緑，不惜千金求獺髓。聞君此時當大笑，寒窗冷硯冰生水。

中秋月三首

殷勤去年月，瀲灧古城東。憔悴去年人，卧病破窗中。徘徊巧相覓，窈窕穿房櫳。月豈知我病，但見歌樓空。撫枕三歎息，扶杖起相從。天風不相哀，吹我落瓊宮。白露入肝肺，夜吟如秋蟲。坐令太白豪，化爲東野窮。餘年知幾何，佳月豈屢逢。寒魚亦不睡，竟夕相喻喁。

六年逢此月，五年照離别。中秋有月，凡六年矣，惟去歲與子由會於此。歌君别時曲，滿坐爲凄咽。留都信繁麗，此會豈輕擲。鎔銀百頃湖，挂鏡千尋闕。三更歌吹罷，人影亂清樾。歸來北堂下，寒光翻露葉。唤酒與婦飲，念我向兒説。豈知衰病後，空盞對梨栗。但見古河東，蕎麥如鋪雪。欲和去年曲，復恐心斷絶！

舒子在汶上，閉門相對清。舒煥試舉人鄆州。鄭子向河朔，鄭僅赴北京户曹。孤舟連夜行。頓子雖咫尺，兀如在牢扃。頓起來徐試舉人。趙子寄書來，水調有餘聲。今日得趙杲卿書，猶記余在東武中秋所作《水調歌頭》。悠哉四子心，共此千里明。明月不解老，良辰難合並。回顧坐上人，聚散如流萍。嘗聞此宵月，萬里同陰晴。故人文生爲余言，嘗見海賈云：「中秋有月，則是歲珠多而圓」。賈人嘗以此候之，雖相去萬里，他日會合相問，陰晴無不同者。天公自著意，此會那可輕。明年各相望，俯仰今古情。

和子由中秋見月

明月未出羣山高，瑞光千丈生白毫。一杯未盡銀闕涌，亂雲脱壞如崩濤。誰爲天公洗眸子？應費明河千斛水。遂令冷看世間人？顧我湛然心不起。西南火星如彈丸，角尾奕奕蒼龍蟠。今宵注眼看不見，更許螢火争清寒。何人艤舟臨古汴，千燈夜作魚龍變。曲折無心逐浪花，低昂赴節隨歌板。是夜賈客舟中放水燈。青熒滅没轉前山，浪颭風迴豈復堅。明月易低人易散，歸來呼酒更重看。堂前月色愈清好，咽咽寒螿鳴露草。卷簾推户寂無人，窗下咿啞惟楚老。近有一孫名楚老。南都從事莫羞貧，對月題詩有幾人。明朝人事隨日出，恍然一夢瑶臺客！

與頓起孫勉泛舟探韻得未字

窗前堆梧桐，牀下鳴絡緯。佳人尺書到，客子中夜喟。朝來一樽酒，晤語聊自慰。秋蠅已無聲，霜蟹初有味。當爲壯士飲，眦裂須磔蝟。勿作兒女懷，坐念蠨蛸畏。山城亦何有？一笑瀉肝胃。泛舟以娱君，魚鼈多可饟。縱爲十日飲，未遽主人費。吾儕俱老矣，耿耿知自貴。寧能傍門户，啼笑雜猩狒。要將百篇詩，一吐千丈氣。蕭條歲行暮，迨此霜雪未。明朝出城南，遺迹觀楚魏。西風迫吹帽，金菊亂如沸。願君勿言歸，輕別吾所諱。

九日黄樓作

去年重陽不可説，南城夜半千漚發。水穿城下作雷鳴，泥滿城頭飛雨滑。黄花白酒無人問，日暮歸來洗鞾襪。豈知還復有今年，把琖對花容一呷。莫嫌酒薄紅粉陋，終勝泥中事鍬鍤。黄樓新成壁未乾，青河已落霜初殺。朝來白露如細雨，南山不見千尋刹。樓前便作海茫茫，樓下空聞櫓鴉軋。薄寒中人老可畏，熱酒澆腸氣先壓。煙消日出見漁村，遠水鱗鱗山齾齾。詩人猛士雜龍虎，坐客三十餘人多知名之士。楚舞吴歌亂鵝鴨。一杯相屬君勿辭，此境何殊泛清霅。

九日次韻王鞏

我醉欲眠君罷休，已教從事到青州。鬢霜饒我三千丈，詩律輸君一百籌。聞道郎君閉東閤，且容老子上南樓。相逢不用忙歸去，明日黄花蝶也愁。

送頓起

客路相逢難，爲樂常不足。臨行挽衫袖，更賞折殘菊。佳人亦何念，凄斷陽關曲。酒闌不忍去，共接一寸燭。留君終無窮，歸駕不免促。岱宗已在眼，一往繼前躅。天門四十里，夜看扶桑浴。回頭望彭城，大海浮一粟。故人在其下，塵土相豗蹴。惟有黄樓詩，千古配《淇澳》。頓有詩記黄樓本末。

次韻王鞏顔復同泛舟

沈郎清瘦不勝衣，邊老便便帶十圍。蹀躞身輕山上走，歡呼船重醉中歸。舞腰似雪金釵落，談辯如雲玉塵麾。憶在錢塘正如此，回頭四十二年非。

與參寥師行園中得黄耳蕈

遺化何時取衆香，法筵齋鉢久凄涼。寒蔬病甲誰能採，落葉空畦半已荒。老楮忽生黄耳菌，故人兼致白牙薑。蕭然放筯東南去，又入春山筍蕨鄉。

百步洪并序

王定國訪余於彭城。一日，棹小舟，與顏長道攜盼、英、卿三子遊泗水。北上聖女山，南下百步洪，吹笛飲酒，乘月而歸。余時以事不得往，夜着羽衣，佇立於黃樓上，相視而笑，以爲李太白死，世間無此樂三百餘年矣。定國既去，逾月，復與參寥師放舟洪下，追懷曩遊，已爲陳迹，喟然而嘆！

佳人未肯回秋波，幼輿欲語防飛梭。輕舟弄水買一笑，醉中盪槳肩相磨。不似長安閭里俠，貂裘夜走燕脂坡。獨將詩句擬鮑謝，涉江共採秋江荷。不知詩中道何語，但覺兩頰生微渦。我時羽服黃樓上，坐見織女初斜河。歸來笛聲滿山谷，明月正照金叵羅。奈何捨我入塵土，擾擾毛羣欺卧駝。不念空齋老病叟，退食誰與同委蛇。時來洪上有遺迹，忍見屐齒青苔窠。詩成不覺雙淚下，悲吟相對惟羊何。欲遣佳人寄錦字，夜寒手冷無人呵。

夜過舒堯文戲作

先生堂前霜月苦，弟子讀書喧兩廡。推門入室書縱横，蠟紙燈籠晃雲母。先生骨清少眠卧，長夜默坐數更鼓。耐寒石硯欲生冰，得火銅瓶如過雨。郎君欲出先自贊，坐客斂衽誰敢侮。明朝阮籍過阿戎，應作羲之羨懷祖。

次韻王廷老退居見寄

接果移花看補籬，腰鐮手斧不妨持。上都新事長先到，老圃閑談未易欺。釀酒閉門開社甕，殺牛留客解耕縻。何時得見纖纖玉，右手持盃左捧頤。

祈雪霧豬泉出城馬上作贈舒堯文

二年走吴越，踏遍千里山。朝隨白雲去，暮與栖鴉還。翩如得木狖，飛步誰能攀。一爲符竹累，坐老敲榜間。此行亦何事，聊散腰脚頑。浩蕩城西南，亂山如玦環。山下野人家，桑柘雜榛菅。歲晏風日暖，人牛相對閑。薄雪不蓋土，麥苗稀可删。願君發豪句，嘲詼破天慳。

種松得徠字其四在懷古堂，其六在石經院。

春風吹榆林，亂英飛作堆。荒園一雨過，戢戢千萬栽。青松種不生，百株望一枚。一枚已有餘，氣壓千畝槐。野人易斗粟，云自魯徂徠。魯人不知貴，萬竈飛青煤。束縛同一車，胡爲乎來哉？泫然解其縛，清泉洗浮埃。枝傷葉尚困，生意未肯回。山僧老無子，養護如嬰孩。坐待走龍蛇，清陰滿南臺。孤根裂山石，直幹排風雷。我今百日客，養此千歲材。時去替不百日。茯苓無消息，雙鬢日夜催。古今一俛仰，作詩寄餘哀。

往在東武與人往反作粲字韻詩四首今黄魯直亦次韻見寄復和答之

苻堅破荆州，止獲一人半。中郎老不遇，但喜識元歎。我今獨何幸，文字厭奇玩。又得天下才，相從百憂散。陰求我輩人，規作林泉伴。寧當待垂老，倉卒收一旦。不見梁伯鸞，空對孟光案。才難不其然，婦女厠周亂。世豈無作者，於我如既盥。獨喜誦君詩，咸韶音節緩。夜光一已多，矧獲纍纍貫。相思君欲瘦，不往我真懦。吾儕眷微禄，寒夜抱寸炭。何時定相過，徑就我乎館。飄然東南去，江水清且渙。相與訪名山，微言師忍粲。

送蜀人張師厚赴殿試

忘歸不覺鬢毛斑，好事鄉人尚往還。斷嶺不遮西望眼，送君直過楚王山。

罷徐州往南京馬上走筆寄子由

吏民莫扳援，歌管莫悽咽！吾生如寄耳，寧獨爲此别。别離隨處有，悲惱緣愛結。而我本無恩，此涕誰爲設？紛紛等兒戲，鞭鐙遭割截。道邊雙石人，幾見太守發。有知當解笑，撫掌冠纓絶。

父老何自來，花枝裹長紅。洗琖拜馬前，請壽使君公。前年無使君，魚鼈化兒童。舉鞭謝父老，正坐使君窮。窮人命分惡，所向招災凶。水來非吾過，去亦非吾功。

贈惠山僧惠表

行遍天涯意未闌，將心到處遣人安。山中老宿依然在，案上《楞嚴》已不看。欹枕落花餘幾片，閉門新竹自千竿。客來茶罷空無有，盧橘楊梅尚帶酸。

與秦太虛參寥會于松江而關彥長徐安中適至分韻得風字二首

吳越溪山興未窮，又扶衰病過垂虹。浮天自古東南水，送客今朝西北風。絶境自忘千里遠，勝遊難復五人同。舟師不會留連意，擬看斜陽萬頃紅。

二子緣詩老更窮，人間無處吐長虹。平生睡足連江雨，盡日舟横擘岸風。人笑年來三黜慣，天教我輩一樽同。知君欲寫長相憶，更送銀盤尾鬣紅。

送劉寺丞赴餘姚

中和堂後石楠樹，與君對牀聽夜雨。玉笙哀怨不逢人，但見香煙横碧縷。謳吟思歸出無計，坐想蟋蟀空房語。明朝開鏁放觀潮，豪氣正與潮爭怒。銀山動地君不看，獨愛清香生雲霧。別來聚散如宿昔，城郭空存鶴飛去。我老人間萬事休，君亦洗心從佛祖。手香新寫法界觀，眼淨不覷登伽女。餘姚古縣亦何有，龍井白泉甘勝乳。千金買斷顧渚春，似與越人降日注。

李公擇過高郵見施大夫與孫莘老賞松詩憶與僕去歲會于彭門折花饋筍故事作詩二十四韻見戲依韻奉答亦以一戲公擇云爾

汝陽真天人，絹帽著紅槿。纏頭三百萬，不買一微哂。共誇青山峰，齒盡花不隕。當時謫仙人，逸韻謝封畛。詩成天一笑，萬象解寒窘。驚開小桃杏，不待雷發軫。餘波尚涓滴，乞與居易稹。爾來誰復見，前輩風流盡。寂寞兩詩人，殘紅對櫻筍。飢腸得一醉，妙語傳不泯。君來恨不與，便復相牽引。我老心已灰，空煩扇餘燼。天遊照六鑿，虛空掃充牣。懸知色竟空，那復嗜烏吻。蕭然一方丈，居士老龐蘊。散花從滿裓，不答天女問。故人猶故日，怨句寫餘恨。疑我此心在，遮防費欄楯。應虞已斃蛇，折尾時一螯。久聞孟光賢，未學處仲忍。開閤放出，事見本傳。寄怕應已足，左右侍雲鬢。何時花月夜，羊酒謝不敏。此生如幻耳，戲語君勿慍。應同亡是公，一對子虛黰。

乘舟過賈收水閣收不在見其子二首

愛酒陶元亮，能詩張志和。青山來水檻，白雨滿漁蓑。淚垢添丁面，貧低舉案蛾。不知何所樂，竟夕獨酣歌。

娟娟風蒲亂，猗猗水荇長。小舟浮鴨綠，大杓瀉鵝黃。得意詩酒社，終身魚稻鄉。樂哉無一事，何處不清涼。

泛舟城南會者五人分韻賦詩

紫蟹鱸魚賤如土，得錢相付何曾數。碧筩時作象鼻彎，白酒微帶荷心苦。運肘風生看斫膾，隨刀雪落驚飛縷。不將醉語作新詩，飽食應慚腹如鼓。

與胡祠部遊法華山

陂湖欲盡山爲界，始見寒泉落高派。道人未放泉出山，曲折虚堂瀉清快。使君年老尚兒戲，緑棹紅船舞澎湃。一笑翻杯水濺裙，餘歡濯足波生隘。長松攙天龍起立，蒼藤倒谷雪崩壞。仰穿蒙密得清曠，一覽震澤吁可怪。誰云四萬八千頃，渺渺東盡日所曬。歸塗十里盡風荷，清唱一聲聞露薤。是日樂工有作此聲者。嗟余少小慕真隱，白髮青衫天所械。忽逢佳士與名山，何異枯楊便馬疥。君猶鸞鶴偶飄墮，六翮如雲豈長鎩。不將新句紀兹遊，恐負山中清淨債。

又次前韻贈賈耘老

具區吞滅三州界，浩浩湯湯納千派。從來不著萬斛船，一葦漁舟恣奔快。仙壇古洞不可到，空聽餘瀾鳴湃湃。今朝偶上法華嶺，縱觀始覺人寰隘。山頭卧碣弔孤冢，下有至人僵不壞。空餘白棘網秋蟲，無復青蓮出幽怪。事見本院碑。我來徙倚長松下，欲掘茯苓親洗晒。聞道山中富奇藥，往往靈芝雜葵薤。詩人空腹待黄精，三事只看長柄械。杜子美詩云：「長鑱短鑱白木柄，我生託子以爲命。」今年大熟期一飽，食葉微蟲真癬疥。今歲有小蟲，葉不甚爲害。白花半落紫穟香，攘臂欲助磨鎌鎩。安得山泉變春酒，與子一洗尋常債。

陳季常所畜朱陳村嫁娶圖

何年顧陸丹青手，畫作朱陳嫁娶圖。聞道一村惟兩姓，不將門户買崔盧。我是朱陳舊使君，勸耕曾入杏花村。而今風物那堪畫，縣吏催錢夜打門。朱陳村在徐州蕭縣。

初到黃州

自笑平生爲口忙，老來事業轉荒唐。長江遶郭知魚美，好竹連山覺笋香。逐客不妨員外置，詩人例作水曹郎。只慚無補絲毫事，尚費官家壓酒囊。檢校官例，折支多得退酒袋。

定惠院寓居月夜偶出

幽人無事不出門，偶逐東風轉良夜。參差玉宇飛木末，繚繞香煙來月下。江雲有態清自媚，竹露無聲浩如瀉。已驚弱柳萬絲垂，尚有殘梅一枝亞。清詩獨吟還自和，白酒已盡誰能借？不辭青春忽忽過，但恐歡意年年謝。自知醉耳愛松風，會揀霜林結茅舍。浮浮大甑長炊玉，溜溜小槽如壓蔗。飲中真味老更濃，醉裏狂言醒可怕。但當謝客對妻子，倒冠落佩從嘲罵。

次韻前篇

去年花落在徐州，對月酣歌美清夜。去年徐州花下對月，與張君厚、王子忠兄弟飲酒，作蘋字韻詩。今年黃州見花發，小院閉門風露下。萬事如花不可期，餘年似酒那禁瀉。憶昔還鄉泝巴峽，落帆樊口在黃州南岸。高桅亞。長江袞袞空自留，白髮紛紛寧少借。竟無五畝繼沮溺，空有千篇陵鮑謝。至今歸計負雲山，未免孤衾眠客舍。少年辛苦真食蓼，老景清閑如啖蔗。飢寒未至且安居，憂患已空猶夢怕！尋花踏月飲村酒，免使醉歸官長罵。

寓居定惠院之東雜花滿山有海棠一株土人不知貴也

江城地瘴蕃草木，只有名花苦幽獨。嫣然一笑竹籬間，桃李漫山總粗俗。也知造物有深意，故遣佳人在空谷。自然富貴出天姿，不待金盤薦華屋。朱脣得酒暈生臉，翠袖卷紗紅映肉。林深霧暗曉光遲，日暖風輕春睡足。雨中有淚亦悽愴，月下無人更清淑。先生食飽無一事，散步逍遙自捫腹。不問人家與僧舍，拄杖敲門看修竹。忽逢絕豔照衰朽，歎息無言揩病目。陋邦何處得此花，無乃好事移西蜀。寸根千里不易到，銜子飛來定鴻鵠。天涯流落俱可念，爲飲一樽歌此曲。明朝酒醒還獨來，雪落紛紛那忍觸。

雨晴後步至四望亭下魚池上遂自乾明寺前東岡上歸

雨過浮萍合，蛙聲滿四鄰。海棠真一夢，梅子欲嘗新。拄杖閑挑菜，鞦韆不見人。慇懃木芍藥，獨自殿餘春。

杜沂遊武昌以酴醾花見餉

酴醾不爭春，寂寞開最晚。青蛟走玉骨，羽蓋蒙珠幰。不粧豔已絕，無風香自遠。淒涼吳宮闕，紅粉埋故苑。至今微月夜，笙歌來絶巘。餘妍入此花，千載尚清婉。怪君呼不歸，定爲花所挽。昨宵雷雨惡，花盡君應返！

遷居臨皋亭

我生天地間，一蟻寄大磨。區區欲右行，不救風輪左。雖云走仁義，未免違寒餓。劍米有危炊，鍼氊無穩坐。豈無佳山水，借眼風雨過。歸田不待老，勇決凡幾箇。幸茲廢棄餘，疲馬解鞍馱。全家古江驛，絶境天爲破。飢貧相乘除，未見可弔賀。澹然無憂樂，苦語不成些。

曉至巴河口迎子由

去年御史府，舉動觸四壁。幽幽百尺井，仰天無一席。隔牆聞歌呼，自恨計之失。留詩不忍寫，苦淚漬紙筆。餘生復何幸，樂事有今日。江流鏡面靜，煙雨輕冪冪。孤舟如鳧鷖，點破千頃碧。聞君在磁湖，欲見隔咫尺。朝來好風色，旗尾西北擲。行當中流見，笑眼青光溢。此邦疑可老，修竹帶泉石。欲買柯氏林，茲謀待君必。

次韻答子由

平生弱羽寄衝風，此去歸飛識所從。好語似珠穿一一，忘心如膜退重重。山僧有味寧知子，瀧吏無言只笑儂。尚有讀書清淨業，未容春睡敵千鍾。

正月二十日往岐亭郡人潘古郭三人余送於女王城東禪莊院 一本作《代書寄桃山居士張聖可》。

十日春寒不出門，不知江柳已搖村。稍聞決決流冰谷，盡放青青没燒痕。數畝荒園留我住，半瓶濁酒待君温。去年今日關山路，細雨梅花正斷魂。

東坡八首 并叙

余至黃二年，日以困匱。故人馬正卿哀予乏食，爲於郡中請故營地數十畝，使得躬耕其中。地既久荒爲茨棘瓦礫之場，而歲又大旱，墾闢之勞，筋力殆盡。釋耒而歎，乃作是詩，自愍其勤。庶幾來歲之入，以忘其勞焉！

廢壘無人顧，頹垣滿蓬蒿。誰能捐筋力，歲晚不償勞。獨有孤旅人，天窮無所逃。端來拾瓦礫，歲旱土不膏。崎嶇草棘中，欲刮一寸毛。喟然釋耒歎，我廩何時高？

荒田雖浪莽，高庳各有適。下隰種秔稌，東原蒔棗栗。江南有蜀士，桑果已許乞。好竹不難栽，但恐鞭橫逸。仍須卜佳處，規以安我室。家童燒枯草，走報暗井出。一飽未敢期，瓢飲已可必。

自昔有微泉，來從遠嶺背。穿城過聚落，流惡壯蓬艾。去爲柯氏陂，十畝魚蝦會。歲旱泉亦竭，枯萍粘破塊。昨夜南山雲，雨到一犁外。泫然尋故瀆，知我理荒薈。泥芹有宿根，一寸嗟獨在。雪芽何時動，春鳩行可膾。蜀人貴芹芽膾雜鳩肉作之。

種稻清明前，樂事我能數。毛空暗春澤，鍼水聞好語。蜀人以細雨爲雨毛，稻初生時，農夫相語，稻鍼水矣。分秧及初夏，漸喜風葉舉。月明看露上，一一珠垂縷。秋來霜穗重，顛倒相撐拄。但聞畦壠間，蚱蜢如風雨。蜀中稻熟時，蚱蜢羣飛田間，如小蝗狀而不害稻。新春便入甑，玉粒照筐筥。我久食官倉，紅腐等泥土。行當知此味，口腹吾已許。

良農惜地力，幸此十年荒。桑柘未及成，一麥庶可望。投種未逾月，覆塊已蒼蒼。農夫告我言，勿使苗葉昌。君欲富餅餌，要須縱牛羊。再拜謝苦言，得飽不敢忘。

種棗期可剥，種松期可斲。事在十年外，吾計亦已慤。十年何足道！千載如風雹。舊聞李衡奴，此策疑可學。我有同舍郎，官居在灊岳。李公擇也。遺我三寸柑，照坐光卓犖。百栽儻可致，當及春冰渥。想見竹籬間，青黃垂屋角。

潘子久不調，沽酒江南村。郭生本將種，賣藥西市垣。古生亦好事，恐是押牙孫。家有十畝竹，無時客叩門。我窮交舊絶，三子獨見存。從我於東坡，勞餉同一餐。可憐杜拾遺，事與朱阮論。吾師卜子夏，四海皆弟昆。

馬生本窮士，從我二十年。日夜望我貴，求分買山錢。我今反累生，借耕輟兹田。刮毛龜背上，何時得成氈？可憐馬生癡，至今誇我賢。衆笑終不悔，施一當獲千。

姪安節遠來夜坐

心衰面改瘦峥嶸，相見惟應識舊聲。永夜思家在何處，殘年知汝遠來情。畏人默坐成癡鈍，問舊驚呼半死生。夢斷酒醒山雨絶，笑看飢鼠上燈檠。

岐亭道上見梅花戲贈季常

蕙死蘭枯菊亦摧，返魂香入嶺頭梅。數枝殘緑風吹盡，一點芳心雀啅開。野店初嘗竹葉酒，江雲欲落豆稭灰。行當更向釵頭見，病起烏雲正作堆。

杭州故人信至齊安

昨夜風月清，夢到西湖上。朝來聞好語，扣户得吴餉。輕圓白曬荔，脆釅紅螺醬。更將西庵茶，勸我洗江瘴。故人情義重，說我必西向。一年兩僕夫，千里問無恙。相期結書社，故人相約，醵錢雇僕，未一歲，再至黄。未怕供詩帳。僕頃以詩得罪，有司移杭，取境内所留詩，杭州供數百首，謂之詩帳。還將夢魂去，一夜到江漲。江漲，杭州橋名。

和王鞏三首次韻

君談陽朔山，不作一錢直。巖藏兩頭虺，瘴落千仞翼。雅宜驩兜放，頗訝虞舜陟。暫來已可畏，覽鏡憂面黑。況子三年囚，苦霧變飲食。吉人終不死，仰荷天地德。我來黄岡下，欹枕江流碧。江南武昌山，向我如咫尺。春蔬黄土軟，凍筍蒼崖折。此行我累君，乃反得安宅。遥知丹穴近，爲斸岣嶁石。他年分刀圭，名字挂仙籍。君許惠桂州丹砂。

少年帶刀劍，但識從軍樂。老大服犁鉏，解佩付鎔鑠。雖無獻捷功，會賜力田爵。敲冰春擣紙，刈葦秋織箔。櫟林斬冬炭，竹塢收夏籜。四時俯有取，一飽天所酢。君生紈綺間，欲學非其脚。左右玉纖纖，束薪誰爲縛。勿令聞此語，翠黛顰將惡。笑我一問茅，婦姑鈞六鑿。

君家玉臂貫銅青，下客何時見目成？勸把鉛黃記宮樣，莫教絃管作蠻聲。薰衣漸歎衙香少，擁髻遙憐夜語清。記取北歸攜過我，南江風浪雪山傾。君自南江赴任，不一過我。

正月二十日與潘郭二生出郊尋春忽記去年是日同至女王城作詩乃和前韻

東風未肯入東門，走馬還尋去歲村。人似秋鴻來有信，事如春夢了無痕。江城白酒三杯釅，野老蒼顏一笑溫。已約年年爲此會，故人不用賦招魂。

紅梅

怕愁貪睡獨開遲，自恐冰容不入時。故作小紅桃杏色，尚餘孤瘦雪霜姿。寒心未肯隨春態，酒暈無端上玉肌。詩老不知梅格在，更看綠葉與青枝。石曼卿《紅梅》詩云：「認桃無綠葉，辨杏有青枝。」

二蟲

君不見，水馬兒，步步逆流水。大江東流日千里，此蟲趯趯長在此。君不見，鷃濫堆，決起隨衝風。隨風一去宿何許？逆風還落蓬蒿中。二蟲愚智俱莫測，江邊一笑無人識。

寒食雨

春江欲入戶，雨勢來不已。小屋如漁舟，濛濛水雲裏。空庖煮寒菜，破竈燒濕葦。那知是寒食，但見烏銜紙。君門深九重，墳墓在萬里。也擬哭塗窮，死灰吹不起。

徐使君分新火

臨臯亭中一危坐，三見清明改新火。溝中枯木應笑人。鑽斫不然誰似我。黃州使君憐久病，分我五更紅一朵。從來破釜躍江魚，只有清詩嘲飯顆。起攜蠟炬遶空屋，欲事烹煎無一可。爲公分作無盡燈，照破十方昏暗鏁。

蜜酒歌并叙

西蜀道士楊世昌善作蜜酒，絶醇釅。余既得其方，作此歌遺之。

眞珠爲漿玉爲醴，六月田夫汗流泚。不如春甕自生香，蜂爲耕耘花作米。一日小沸魚吐沫，二日眩轉淸光活。三日開甕香滿城，快瀉銀瓶不須撥。百錢一斗濃無聲，甘露微濁醍醐清。君不見，南園採花蜂似雨，天教釀酒醉先生。先生年來窮到骨，問人乞米何曾得。世間萬事真悠悠，蜜蜂大勝監河侯。

又一首答二猶子與王郎見和

脯青苔，炙青蒲。爛蒸鵝鴨乃瓠壺。煮豆作乳脂爲酥，高燒油燭斟蜜酒，貧家百物初何有。古來百巧出窮人，搜羅假合亂天真。詩書與我爲麴櫱，醞釀老夫成搢紳。質非文是終難久，脱冠還作扶犁叟。不如蜜酒無燠寒，冬不加甜夏不酸。老夫作詩殊少味，愛此三篇如酒美。封胡遏末已可憐，不知更有王郎子。

魚蠻子

江淮水爲田，舟楫爲室居。魚鰕以爲糧，不耕自有餘。異哉魚蠻子，本非左衽徒。連排入江住，竹瓦三尺廬。於焉長子孫，戚施且侏儒。擘水取魴鯉，易如拾諸途。破釜不着鹽，雪鱗芼青蔬。一飽便甘寢，何異獺與狙。人間行路難，踏地出賦租。不如魚蠻子，駕浪浮空虚。空虚未可知，會當算舟車。蠻子叩頭泣，勿語桑大夫。

弔李臺卿并敍

李臺卿，字明仲，廬州人，貌陋甚，性介不羣，而博學强記，罕見其比。好《左氏》，有《史學考正同異》，多所發明。知天文律歷，千載之日，可坐數也。軾謫居黄州，臺卿爲麻城主簿，始識之。既罷居于廬，而曹光州演甫以書報其亡。臺卿，光州之妻黨也。

我初未識君，人以君爲笑。垂頭若病鶴，煙雨霾七竅。敝衣來過我，危坐若持釣。褚裒半面新，鬷蔑一語妙。徐徐涉其瀾，極望不得徼。却觀元嫵媚，士固難輕料。看書眼如月，罅隙靡不照。我老多遺忘，得君如再少。從橫通雜藝，甚博且知要。所恨言無文，至老幽不耀。其生世莫識，已死誰復弔！作詩遺故人，庶解俗子誚。

元修菜并敍

菜之美者，有吾鄉之巢。故人巢元修嗜之，余亦嗜之。元修云：「使孔北海見，當復云吾家菜邪！」因謂之元修菜。余去鄉十有五年，思而不可得。元修適自蜀來，見余於黃。乃作是詩，使歸致其子，而種之東坡之下云。

彼美君家菜，鋪田緑茸茸。豆莢圓且小，槐芽細而豐。種之秋雨餘，擢秀繁霜中。欲花而未萼，一一如青蟲。是時青裙女，採擷何匆匆。烝之復湘之，香色蔚其饛。點酒下鹽豉，縷橙芼薑葱。那知雞與豚，但恐放箸空。春盡苗葉老，耕翻煙雨叢。潤隨甘澤化，暖作青泥融。始終不我負，力與糞壤同。我老忘家舍，楚音變兒童。此物獨嫵媚，終年繫余胸。君歸致其子，囊盛勿函封。張騫移苜蓿，適用如葵菘。馬援載薏苡，羅生等蒿蓬。懸知東坡下，塉鹵化千鍾。長使齊安人，指此説兩翁。

二月三日點燈會客

江上東風浪接天，苦寒無賴破春妍。試開雲夢羔兒酒，快瀉錢塘藥王船。蠶市光陰非故國，馬行燈火記當年。冷煙濕雪梅花在，留得新春作上元。

上巳日與二三子攜酒出遊隨所見輒作數句明日集之爲詩故詞無倫次

薄雲霏霏不成雨，杖藜曉入千花塢。柯丘海棠吾有詩，獨笑深林誰敢侮。三杯卯酒人徑醉，一枕春睡日亭午。竹間老人不讀書，留我閉門誰教汝。出簷纍枳十圍大，寫真素壁千蛟舞。東坡作塘今幾尺，攜酒一勞農工苦。却尋流水出東門，壞垣古塹花無主。卧開桃李爲誰妍，對立鵁鶄相媚嫵。閒瓶藉草勸行路，不惜春衫污泥土。褰裳共過春草亭，扣門却入韓家圃。轆轤繩斷井深碧，鞦韆索挂人何所！映簾空復小桃枝，乞漿不見應門女。南上古臺臨斷岸，雪陣翻空迷仰俯。故人餽我玉葉羹，火冷煙消誰爲煮？崎嶇東蘊下荒徑，婭姹隔花聞好語。更隨落景盡餘樽，却傍孤城得僧宇。主人勸我洗足眠，倒牀不復聞鐘鼓。明朝門外泥一尺，始悟三更雨如許。平生所向無一遂，兹遊何事天不阻！固知我友不終窮，豈弟君子神所予。

南堂二首

他時雨夜困移牀，坐厭愁聲點客腸。一聽南堂新瓦響，似聞東塢小荷香。

山家爲割千房蜜，稚子新畦五畝蔬。更有南堂堪著客，不憂門外故人車。

次韻孔毅甫久旱已而甚雨三首

飢人忽夢飯甑溢，夢中一飽百憂失。只知夢飽本來空，未悟真飢定何物？我生無田食破硯，爾來硯枯磨不出。去年太歲空在酉，傍舍壺漿不容乞。今年旱勢復如此，歲晚何以黔吾突。青天蕩蕩呼不聞，況欲稽首號泥佛。甕中蝎蜥尤可笑，跂跂脉脉何等秩。陰陽有時雨有數，民是天民天自卹。我雖窮苦不如人，要亦自是民之一。形容可似喪家狗，未肯弭耳爭投骨。倒冠落幘謝朋友，獨與蚊雷共圭蓽。故人嗔我不開門，君視我門誰肯屈。可憐明月如潑水，夜半清光翻我室。風從南來非雨候，且爲疲人洗蒸鬱。褰裳一和快哉謠，未暇飢寒念明日。

去年東坡拾瓦礫，自種黄桑三百尺。今年刈草蓋雪堂，日炙風吹面如墨。平生懶惰今始悔，老大勤農天所直。沛然例賜三尺雨，造化無心怳難測。四方上下同一雲，甘霔不爲龍所隔。俗有分龍日。蓬蒿下濕迎曉耒，燈火新涼催夜織。老夫作罷得甘寢，卧聽牆東人響屐。奔流未已坑谷平，折葦枯荷恣漂溺。腐儒粗糲支百年，力耕不受衆目憐。破陂漏水不耐旱，人力未至求天全。會當作塘徑千步，横斷西北遮山泉。四鄰相率助舉杵，人人知我囊無錢。明年共看決渠雨，飢飽在我寧關天。誰能伴我田間飲，醉倒惟有支頭甎。

天公號令不再出，十日愁霖併爲一。君家有田水冒田，我家無田憂入室。不如西州楊道士，萬里隨身惟兩膝。沿流不惡泝亦佳，一葉扁舟任漂突。山芎麥麴都不用，泥行露宿終無疾。夜來飢腸如轉雷，旅愁非酒不可開。楊生自言識音律，洞簫入手清且哀。不須更待秋井塌，見人白骨方銜杯。

初秋寄子由

百川日夜逝，物我相隨去。惟有宿昔心，依然守故處。憶在懷遠驛，閉門秋暑中。藜羹對書史，揮汗與子同。西風忽淒厲，落葉穿户牖。子起尋裌衣，感歎執我手。朱顔不可恃，此語君勿疑。别離恐不免，功名定難期。當時已悽斷，况此兩衰老。失塗既難追，學道恨不早。買田秋已議，築室春當成。雪堂風雨夜，已作對牀聲。

和秦太虚梅花

西湖處士骨應槁，只有此詩君壓倒。東坡先生心已灰，爲愛君詩被花惱。多情立馬待黄昏，殘雪消遲月出早。江頭千樹春欲闇，竹外一枝斜更好。孤山山下醉眠處，點綴裙腰紛不掃。萬里春隨逐客來，十年花送佳人老。去年花開我已病，今年對花還草草。不如風雨卷春歸，收拾餘香還畀昊。

過江夜行武昌山上聞黄州鼓角

清風弄水月銜山，幽人夜渡吴王峴。黄州鼓角亦多情，送我南來不辭遠。江南又聞出塞曲，半雜江聲作悲健。誰言萬方聲一槩，鼉憤龍愁爲余變。我記江邊枯柳樹，未死相逢真識面。他年一葉泝江來，還吹此曲相迎餞。

將至筠先寄遲适遠三猶子

露宿風餐六百里，明朝飲馬南江水。未見豐盈犀角兒，先逢玉雪王郎子。時道逢上郎於建昌，方北行也。對牀欲作連夜語，念汝還須戴星起。夜來夢見小於菟，遠，小名菟兒。猶是髡髦垂兩耳。憶過濟南春未動，三子出迎殘雪裏。我時移守古河東，酒肉淋漓渾舍喜。而今憔悴一羸馬，逆旅擔夫相汝爾。出城見我定驚嗟，身健窮愁不須耻。我爲乃翁留十日，掣電一歡何足恃。惟當火急作新詩，一醉兩翁勝酒美。

别子由兼别遲。

知君念我欲别難，我今此别非他日。風裏楊花雖未定，雨中荷葉終不濕。三年磨我費百書，一見何止得雙璧。願君亦莫歎留滯，六十小劫風雨疾。

岐亭五首

昨日雲陰重，東風融雪汁。遠林草木暗，近舍煙火濕。下有隱君子，嘯歌方自得。知我犯寒來，呼酒意頗急。拊掌動鄰里，遶村捉鵝鴨。房櫳鏘器聲，蔬果照巾羃。久聞蔞蒿美，初見新芽赤。洗盞酌鵝黄，磨刀削熊白。須臾我徑醉，坐睡落巾幘。醒時夜向闌，唧唧銅瓶泣。黄州豈云遠！但恐朋友缺。我當安所主，君亦無此客。朝來静庵中，惟見峰巒集。

我哀籃中蛤，閉口護殘汁。又哀網中魚，開口吐微濕。刳腸彼交病，過分我何得！相逢未寒温，相勸此最急。不見盧懷慎，烝壺似烝鴨。坐客皆忍笑，髡然發其羃。不見王武子，每食刀機赤。琉璃載烝豚，中有人乳白。盧公信寒陋，衰髮得滿幘。武子雖豪華，未死神已泣。先生萬金璧，護此一蟻缺。一年如一夢，百歲眞過客。君無廢此篇，嚴詩編杜集。

君家蜂作窠，歲歲添漆汁。我身牛穿鼻，卷舌聊自濕。二年三過君，此行眞得得。愛君似劇孟，叩門知緩急。家有紅頰兒，能唱緑頭鴨。行當隔簾見，花霧輕羃羃。爲我取黃封，親拆官泥赤。仍須煩素手，自點葉家白。樂哉無一事，十年不蓄積。閉門弄添丁，哇笑雜呱泣。西方正苦戰，誰補將帥缺！披圖見八陣，合散更主客。不須親戎行，坐論教君集。

酸酒如齏湯，甜酒如蜜汁。三年黃州城，飲酒但飲濕。我如更揀擇，一醉豈易得。幾思壓茅柴，禁網日夜急。西鄰推甕盎，醉倒豬與鴨。君家大如掌，破屋無遮羃。何從得此酒，冷面妬君赤。定應好事人，千石供李白。爲君三日醉，蓬髮不暇幘。夜深欲逾垣，卧想春甕泣。君奴亦笑我，鬢齒行禿缺。三年已四至，歲歲遭惡客。人生幾兩屐，莫厭頻來集。

枯松强鑽膏，槁竹欲瀝汁。兩窮相值遇，相哀莫相濕。不知我與君，交遊竟何得！心法幸相語，頭然未爲急。願爲穿雲鶻，莫作將雛鴨。我行及初夏，煮酒映疏羃。故鄉在何許，西望千山赤。茲遊定安歸，東泛萬頃白。一歡寧復再，起舞花墮幘。將行出苦語，不用兒女泣。吾非固多矣，君豈無一缺。各念別時言，閉户謝衆客。空堂淨掃地，虚白道所集。

龍尾硯歌 并引

余舊作《鳳咮石硯銘》，其略云：「蘇子一見名鳳咮，坐令龍尾羞牛後。」已而求硯於歙，歙人云：子自有鳳咮，何以此爲？蓋不能平也。奉議郎方君彦德，有龍尾大硯，奇甚。謂余若能作詩，少解前語者，當奉餉，乃作此詩：

黄琮白琥天不惜，顧恐貪夫死懷璧。君看龍尾豈石材，玉德金聲寓於石。與天作石來幾時，與人作硯初不辭。詩成鮑謝石何與，筆落鍾王硯不知。錦茵玉匣俱塵垢，擣練支牀亦何有！況嗔蘇子鳳咮銘，戲語相嘲作牛後。碧天照水風吹雲，明窗大几清無塵。我生天地一閑物，蘇子亦是支離人。粗言細語都不擇，春蚓秋蛇隨意畫。願從蘇子老東坡，仁者不用生分别。

豆粥

君不見，呼沱流澌車折軸，公孫倉皇奉豆粥。濕薪破竈自燎衣，飢寒頓解劉文叔。又不見，金谷敲冰草木春，帳下烹煎皆美人。萍虀豆粥不傳法，咄嗟而辦石季倫。干戈未解身如寄，聲色相纏心已醉。身心顛倒自不知，更識人間有真味。豈如江頭千頃雪色蘆，茅簷出没晨煙孤。地碓舂秔光似玉，沙瓶煮豆軟如酥。我老此身無着處，賣書來問東家住。卧聽雞鳴粥熟時，蓬頭曳履君家去。

秦少游夢發殯而葬之者云是劉發之柩是歲發首薦秦以詩賀之劉涇亦作因次其韻

君看三代士執雉，本以殺身爲小補。居官死職戰死綏，夢尸得官真古語。五行勝己斯爲官，官如草木吾如土。仕而未禄猶賓客，待以純臣蓋非古。餽焉曰獻稱寡君，豈比公卿相爾汝。世衰道微士失己，得喪悲歡反其故。草袍蘆箠相嫵媚，飲食嬉遊事羣聚。曲江船舫月燈毬，是謂舞殯而歌墓。看花走馬到東野，餘子紛紛何足數。二生年少兩豪逸，詩酒不知軒冕苦。故令將仕夢發棺，勸子勿爲官所腐。塗車芻靈皆假設，著眼細看君勿誤。時來聊復一飛鳴，進隱不須煩伍舉。

金山夢中作

江東賈客木緜裘，會散金山月滿樓。夜半潮來風又熟，卧吹簫管到揚州。

徐大正閑軒

冰蠶不知寒，火鼠不知暑。知閑見閑地，已覺非閑侶。君看東坡翁，懶散誰比數。形骸墮醉夢，生事委塵土。早眠不見燈，晚食或欺午。卧看氈取盜，坐視麥漂雨。語希舌頰强，行少腰脚僂。五年黄州城，不踏黄州鼓。人言我閑客，置此閑處所。問閑作何味？如眼不自睹。頗訝徐孝廉，得閑能幾許！介子願奉使，翁歸備文武。應緣不耐閑，名字挂庭宇。我詩爲閑作，更得不閑語。君如汗血駒，轉盼略燕楚。莫嫌鑾輅重，終勝鹽車苦。

次韻王定國南遷回見寄

土暈銅花蝕秋水，要須悍石相礱砥。十年冰蘗戰膏粱，萬里煙波濯紈綺。歸來詩思轉清激，百丈空潭數魴鯉。逝將桂蒲擷蘭蓀，不記槐堂收劍履。却思庾嶺今何在？更說彭城真夢耳！（來詩述彭城舊遊。）君知先竭是甘井，我願得全如苦李。妄心不復九回腸，至道終當三洗髓。廣陵陽羨何足較，只有無何真我里。余買田陽羨，來詩以爲不如廣陵。樂全老子今禪伯，張安道也。定國其壻。掣電機鋒不容擬。心通豈復問何？印可聊須答如是。相逢爲我話留滯，桃花春漲孤舟起。

泗州南山監倉蕭淵東軒二首

偶隨樵父採都梁，南山名都梁山，山出都梁香故也。竹屋松扉試乞漿。但見東軒堪隱几，不知公子是監倉。溪中亂石墻垣古，山下寒蔬匕箸香。我是江南舊遊客，挂冠知有老蕭郎。

北望飛塵苦晝霾，洗心聊復寄東齋。珍禽聲好猶思越，野橘香清未過淮。有信微泉來遠嶺，無心明月轉空階。一官倉庾真堪老，坐看松根絡斷崖。

泗州除夜雪中黃師是送酥酒

暮雪紛紛投碎米，春流咽咽走黃沙。舊遊似夢徒能說，逐客如僧豈有家！冷硯欲書先自凍，孤燈何事獨成花？使君半夜分酥酒，驚起妻孥一笑譁。

正月一日雪中過淮謁客回作

攢眉有底恨，得句不妨清。霽霧開寒谷，飢鴉舞雪城。橋聲春市散，塔影莫淮平。不用殘燈火，船窗夜自明。

孫莘老寄墨四首

徂徠無老松，易水無良工。珍材取樂浪，妙手惟潘翁。潘翁作墨雜用高麗煤。魚胞熟萬杵，犀角盤雙龍。墨成不敢用，進入蓬萊宮。蓬萊春晝永，三殿明房櫳。金箋灑飛白，瑞霧縈長虹。遥憐醉常侍，一笑開天容。

谿石琢馬肝，剡藤開玉版。嘘嘘雲霧出，奕奕龍蛇綰。此中有何好？秀色紛滿眼。故人歸天禄，古漆窺蠹簡。隃糜給尚方，老手擅編劌。分餘幸見及，流落一歎赧。

我貧如飢鼠，長夜空齩齧。瓦池研竈煤，葦管書柹葉。近者唐夫子，遠致烏玉玦。唐林夫寄張遇墨半丸。先生又繼之，圭璧爛箱篋。清窗洗硯坐，蛇蚓稍蟠結。便有好事人，敲門求醉帖。

吾窮本坐詩，久服朋友戒。五年江湖上，開口洗殘債。今來復稍稍，快癢如爬疥。先生不譏訶，又復寄詩械。幽光發奇思，點黮出荒怪。詩成一自笑，故疾逢蝦蟹。

和人見贈

只寫東坡不著名，此身已是一長亭。壯心無復春流起，衰鬢從交病葉零。知有雪兒供筆硯，應嗤竈婦洗盆瓶。回來索酒公應厭，京口新傳作客經。

寄蘄簟與蒲傳正

蘭溪美箭不成笛，離離玉筯排霜脊。千溝萬縷自生風，入手未開先慘慄。公家列屋閑蛾眉，珠簾不動花陰移。霧帳銀牀初破睡，牙籤玉局坐彈碁。東坡病瘦長羈旅，凍臥飢吟似飢鼠。倚賴春風洗破衾，一夜雪寒披故絮。火冷燈青誰復知，孤舟兒女自憂咿！皇天何時反炎燠，愧此八尺黄琉璃。願公淨掃清香閣，卧聽風漪聲滿榻。習習還從兩腋生，請公乘此朝閶闔。

贈眼醫王生彥若

鍼頭如麥芒，氣出如車軸。間關絡脉中，性命寄毛粟。而況清淨眼，内景含天燭。琉璃貯沆瀣，輕脆不任觸。而子於其間，來往施鋒鏃。笑談紛自若，觀者頸爲縮。運鍼如運斤，去翳如拆屋。常疑子善幻，他技雜符祝。子言吾有道，此理君未矚。形骸一塵垢，貴賤兩草木。世人方重外，妄見瓦與玉。而我初不知，刺眼如刺肉。君看目與翳，是翳要非目。目翳苟二物，易分如麥菽。寧聞老農夫，去草更傷穀。鼻端有餘地，肝膽分楚蜀。吾於五輪間，蕩蕩見空曲。如行九軌道，並驅無擊轂。空花誰開落，明月自朏朒。請問樂全堂，忘年老尊宿。彥若，樂全先生門下醫也。

贈葛葦

竹椽茅屋半摧傾，肯向蜂窠寄此生。長恐波頭卷室去，欲將船尾載君行。小詩試擬孟東野，大草閑臨張伯英。消遣百年須底物，故應憐我不歸耕！

海市 并叙

予聞登州海市舊矣！父老云：常出於春夏，今歲晚不復見矣。予到官五日而去，以不見爲恨！禱於海神廣德王之廟，明日見焉。乃作此詩。

東方雲海空復空，羣仙出没空明中。蕩摇浮世生萬象，豈有貝闕藏珠宮。心知所見嗜幻影，敢以耳目煩神工。歲寒水冷天地閉，爲我起蟄鞭魚龍。重樓翠阜出霜曉，異事驚倒百歲翁。人間所得容力取，世外無物誰爲雄！率然有請不我拒，信我人厄非天窮。潮陽太守南遷歸，喜見石廩堆祝融。自言正直動山鬼，豈知造物哀龍鍾。信眉一笑豈易得，神之報汝亦已豐！斜陽萬里孤鳥没，但見碧海磨青銅。新詩綺語亦安用，相與變滅隨東風。

次韻王定國得潁倅

滔滔四海我知津，每愧先生值杖芸。自少多言晚聞道，從今閉口不論文。灔翻白獸樽中酒，歸煮青泥坊底芹。要識老僧無盡處，牀前牛蟻不曾聞。

次韻王震

擕文過我治平間，霧豹當時始一斑。聞道吹噓借餘論，故教流落得生還。清篇帶月來霜夜，妙語先春發病顏。詩酒暮年猶足用，竹林高會許時攀。

惠崇春江曉景

竹外桃花三兩枝，春江水暖鴨先知。蔞蒿滿地蘆芽短，正是河豚欲上時。

送戴蒙赴成都玉局觀將老焉

拾遺被酒行歌處，野梅官柳西郊路。聞道華陽版籍中，至今尚有城南杜。我欲歸尋萬里橋，水花風葉暮蕭蕭。芋魁徑尺誰能盡，榿木三年已足燒。百歲風狂定何有，羨君今作峨眉叟。縱未家生執戟郎，也應世出埋輪守。莫欺老病未歸身，玉局他年第幾人。會待子猷清興發，還須雪夜去尋君。

送陳睦知潭州

華清縹渺浮高棟，上有纈林藏石甕。一杯此地初識君，千巖夜上同飛鞚。君時年少面如玉，一飲百觚嫌未痛。白鹿泉頭山月出，寒光潑眼如流汞。朝元閣上酒醒時，卧聽風鑾鳴鐵鳳。舊遊空在人何處，二十三年真一夢。我得生還雪髯滿，君亦老嫌金帶重。有如社燕與秋鴻，相逢未穩還相送。洞庭青草渺無際，天柱紫蓋森欲動。湖南萬古一長嗟，付與騷人發嘲弄。

送賈訥倅眉

老翁山下玉淵回，手植青松三萬栽。父老得書知我在，小軒臨水爲君開。試看一一龍蛇活，更聽蕭蕭風雨哀。便與甘棠同不翦，蒼髯白甲待歸來。先君葬于蟇頤山之東二十餘里，地名老翁泉，君許爲一往，感歎之深，故及。

杜介送魚

新年已賜黄封酒，舊老仍分赬尾魚。陋巷關門負朝日，小園除雪得春蔬。病妻起斫銀絲膾，稚子歡尋尺素書。醉眼矇矓覓歸路，松江煙雨晚疏疏。

武昌西山并叙

嘉祐中，翰林學士承旨鄧公聖求，爲武昌令。常遊寒溪西山，山中人至今能言之。軾謫居黄岡，與武昌相望，亦常往來溪山間。元祐元年十一月二十九日，考試館職，與聖求會宿玉堂，偶話舊事。聖求嘗作《元次山窪樽銘》，刻之巖石，因爲此詩，請聖求同賦，當以遺邑人，使刻之銘側。

春江淥漲蒲萄醅，武昌官柳知誰栽？憶從樊口載春酒，步上西山尋野梅。西山一上十五里，風駕兩掖飛崔嵬。同遊困卧九曲嶺，褰衣獨到吴王臺。中原北望在何許！但見落日低黄埃。歸來解劍亭前路，蒼崖半入雲濤堆。浪翁醉處今尚在，石臼抔飲無樽罍。爾來古意誰復嗣，公有妙語留山隈。至今好事除草棘，常恐野火燒蒼苔。當時相望不可見，玉堂正對金鑾開。豈知白首同夜直，卧看椽燭高花摧。江邊曉夢忽驚斷，銅環玉鎖鳴春雷。山人帳空猿鶴怨，江湖水生鴻雁來。請公作詩寄父老，往和萬壑松風哀！

次韻劉貢父獨直省中

明窗畏日曉先暾，高柳鳴蜩午更喧。筆老新詩疑有物，心空客疾本無根。隔牆我亦眠風榻，上馬君先瑣月軒。共喜早歸三伏近，解衣盤礴亦君恩。

書李世南所畫秋景

野水參差落漲痕，疏林欹倒出霜根。扁舟一棹歸何處？家在江南黃葉村。

人間斤斧日創夷，誰見龍蛇百尺姿。不是溪山曾獨往，何人解作挂猿枝。

和子由除夜元日省宿致齋二首

江淮流落豈關天，禁省相望亦偶然。等是新年未相見，此身應坐不歸田。

當年踏月走東風，坐看春闈鎖醉翁。白髮門生幾人在，却將新句調兒童。

慶源宣義王丈以累舉得官爲洪雅主簿雅州户掾遇吏民如家人人安樂之既謝事居眉之青神瑞草橋放懷自得有書來求紅帶既以遺之且作詩爲戲請黃魯直學士秦少游賢良各爲賦一首爲老人光華

青衫半作霜葉枯，遇民如兒吏如奴。吏民莫作官長看，我是識字耕田夫。妻啼兒號刺史怒，時有野人來挽鬚。拂衣自注下下考，芋魁飯豆吾豈無。歸來瑞草橋邊路，獨遊還佩平生壺。慈母巖前自喚渡，青衣江上人争扶。今年蠶市數州集，中有遺民懷袴襦。邑中之黔相指似，白髯紅帶老不癯。我欲西歸卜鄰舍，隔牆拊掌容歌呼。不學山王乘駟馬，回頭空指黃公壚。

書林次中所得李伯時歸去來陽關二圖後二首

不見何戡唱渭城，舊人空數米嘉榮。龍眠獨識慇懃處，畫出陽關意外聲！

兩本新圖寶墨香，樽前獨唱小秦王。爲君翻作歸來引，不學陽關空斷腸。

次前韻再送周正孺

東川得望郎，坐與西争重。高風傾石室，舊學鄙文冢。蜀人安使君，所至野不聳。竹馬迎細侯，大錢送劉寵。遥知句谿路，老穉相扶擁。看古叢祠，百怪朝幽拱。牛頭與兜率，雲木蔚堆壠。醉鄉追舊遊，筆陣賈餘勇。聊將詩酒樂，一掃簿書冗。西風吹好句，珠玉本無踵。劉蛻《文冢銘》，在梓州。

書王定國所藏烟江疊嶂圖王晉卿畫。

江上愁心千疊山，浮空積翠如雲煙。山耶雲耶遠莫知，煙空雲散山依然。但見兩崖蒼蒼暗絕谷，中有百道飛來泉。縈林絡石隱復見，下赴谷口爲奔川。川平山開林麓斷，小橋野店依山前。行人稍渡喬木外，漁舟一葉江吞天。使君何從得此本，點綴毫末分清妍。不知人間何處有此境？徑欲往置二頃田。

君不見，武昌樊口幽絶處，東坡先生留五年。春風揺江天漠漠，暮雲卷雨山娟娟。丹楓翻鴉伴水宿，長松落雪驚醉眠。桃花流水在人世，武陵豈必皆神仙。江上清空我塵土，雖有去路尋無緣。還君此畫三歎息，山中故人應有招我歸來篇。

六年正月二十日復出東門仍用前韻

亂山環合水侵門，身在淮南盡處村。五畝漸成終老計，九重新掃舊巢痕。豈惟見慣沙鷗熟，已覺來多釣石温。長與東風約今日，暗香先返玉梅魂。

興龍節侍宴前一日微雪與子由同訪王定國小飲清虚堂定國出數詩皆佳而五言尤奇子由又言昔與孫巨源同過定國感念存没悲歎久之夜歸稍醒各賦一篇明日朝中以示定國也

天風淅淅飛玉沙，詔恩歸沐休早衙。遥知清虚堂裏雪，正似薝蔔林中花。出門自笑無所詣，呼酒持勸惟君家。踏冰凌兢戰疲馬，扣門剥啄驚寒鴉。羨君五字入詩律，欲與六出争天葩。頭風已倩檄手愈，背癢恰得仙爪爬。銀瓶瀉油浮蟻酒，紫盌鋪粟盤龍茶。幅巾起作鴝鵒舞，疊鼓誰摻漁陽撾。九衢燈火雜夢寐，十年聚散空咨嗟！明朝握手殿門外，共看銀闕暾晨霞。

王晉卿作煙江疊嶂圖僕賦詩十四韻晉卿和之語特奇麗因復次韻不獨

紀其詩畫之美亦爲道其出處契闊之故而終之以不忘在莒之戒亦朋友忠愛之義也

山中舉頭望日邊，長安不見空雲烟。歸來長安望山上，時移事改應潸然！管絃去盡賓客散，惟有馬埒編金泉。渥洼故自千里足，要飽風雪輕山川。屈居華屋啗棗脯，十年俯仰龍旂前。却因病瘦出奇骨，鹽車之厄寧非天。風流文采磨不盡，水墨自與詩爭妍。畫山何必山中人，田歌自古非知田。鄭虔三絶君有二，筆勢挽回三百年。欲將巖谷亂窈窕，眉峰修嫮誇連娟。人間何有春一夢，此身將老蠶三眠。山中幽絶不可久，要作平地家居仙。能令水石長在眼，非君好我當誰緣。願君終不忘在莒，樂時更賦《囚山篇》。柳子厚有《囚山賦》。

夜直玉堂攜李之儀端叔詩百餘首讀至夜半書其後

玉堂清冷不成眠，伴直難呼孟浩然。暫借好詩消永夜，每逢佳處輒參禪。愁侵硯滴初含凍，喜入燈花欲鬬妍。寄語君家小兒子，他時此句一時編。

再和劉貢父春日賜幡勝

與君流落偶還朝，過眼紛綸七葉貂。莫笑華顛飄彩勝，幾人黄壤隔青霄。行吟未許窮騷雅，坐嘯猶能出教條。記取明年江上郡，五更春枕夢春韶。

去杭十五年復遊西湖用歐陽察判韻

我識南屏金鯽魚，重來拊檻散齋餘。還從舊社得心印，似省前生覓手書。葑合平湖久蕪漫，人經豐歲尚凋疏。誰憐寂寞高常侍，老去狂歌憶孟諸。

與莫同年雨中飲湖上

到處相逢是偶然，夢中相對各華顛。還來一醉西湖雨，不見跳珠十五年。

座上借韻送嵓嵐軍通判葉朝奉

雲間踏白看纓旗，莫忘西湖把酒時。夢裏吴山連越嶠，樽前羌婦雜胡兒。夕烽過後人初醉，春鴈來時雪未滋。爲問從軍真樂否，書來粗遣故人知。

次韻詹適宣德小飲巽亭

君方夢謫仙，來詩記李白郎官湖。我亦弔文園。江上同三黜，天涯又一樽。濤雷殷白晝，梅雪耿黄昏。歸去多情雨，應隨御史軒。詹爲御史主簿。

東川清絲寄魯冀州戲贈

鵝溪清絲清如冰，上有千歲交枝藤。藤生谷底飽風雪，歲晚忽作龍蛇升。嗟我雖爲老侍從，骨寒只愛布與繒。牀頭錦衾未還客，坐覺芒刺在背膺。豈如髯卿晚乃貴，福禄正似川方增。醉中倒着紫綺裘，下有半臂出縹綾。封題不敢妄裁翦，刀尺自有佳人能。遥知千騎出清曉，積雪未放遊塵興。白須紅帶柳絲下，老弱空巷人相登。但放奇紋出領袖，吾髯雖老無人憎。

次韻劉景文周次元寒食同遊西湖

絮飛春減不成年，老境同乘下瀨船。藍尾忽驚新火後，樂天《寒食》詩云：「三盃藍尾酒，一楪膠牙餳。」遨頭要及浣花前。成都太守，自正月二日出遊，至四月十九日浣花乃止。山西老將詩無敵，洛下書生語更妍。共向北山尋二士，畫橈鼉鼓聒清眠。

次韻林子中王彦祖唱酬

早知身寄一漚中，晚節尤驚落木風。近聞莘老、公擇皆逝，故有此句。昨夢已論三世事，歲寒猶喜五人同。軾與子中、彦祖、子敦、完夫同試舉人景德寺，今皆健。雨餘北固山圍座，春盡西湖水映空。差勝四明狂監在，更將老眼犯塵紅。

次韻曹輔寄壑源試焙新芽

仙山靈雨濕行雲，洗遍香肌粉未勻。明日來投玉川子，清風吹破武林春。要知玉雪心腸好，不是膏油首面新。戲作小詩君一笑，從來佳茗似佳人。

次韻劉景文登介亭

澤國梅雨餘，衰年困烝溽。高堂磨新磚，頗覺利腰足。松根百尺井，兩綆飛淨淥。流觴聚兒童，一笑爲捧腹。清風信可馭，剛氣在巖麓。始知共此世，物外無三伏。長歌入雲去，不待絃管逐。西湖真西子，煙樹點眉目。濤江少醞藉，高浪翻雪屋。俛仰拊四海，百世飛鳥速。遠追錢氏餘，近弔祖侯躅。吾生如寄耳，寸晷輕尺玉。誰似劉將軍，逸韻謝邊幅。千言一揮手，五車不再讀。春巖彩雞舞，月峽哀猿哭。朝先啼鴂起，暮與寒螿續。我老廢吟哦，賴君時擊觸。從今事遠覽，發軔此幽谷。清遊得三昧，至樂謝五欲。莫作狂道士，氣壓劉師服。

次韻蘇伯固主簿重九

雲間朱袖拂雲和，知是長松挂女蘿。鬢重不嫌黃菊滿，手香新喜綠橙搓。墨翻衫袖吾方醉，紙落雲煙子患多。只有黃雞與白髮，玲瓏應識使君歌。

再和楊公濟梅花

人去殘英滿酒樽，不堪細雨濕黃昏。夜寒那得穿花蝶，知是風流楚客魂！

北客南來豈是家，醉看參月半橫斜。他年欲識吳姬面，秉燭三更對此花。

予去杭十六年而復來留二年而去平生自覺出處老少粗似樂天雖才名

相遠而安分寡求亦庶幾焉三月六日來別南北山諸道人與下天竺惠淨師話舊

當年衫鬢兩青青，强說重臨慰別情。衰髮祇今無可白，故應相對話來生！

元祐六年六月自杭州召還汶公館我於東堂閲舊詩卷次諸公韻二首

半熟黄粱日未斜，玉堂陰合手栽花。却尋三十年前味，未飯鐘聲已飯茶。

尺一東來喚我歸，衰年已迫故山期。文章曹植今堪笑，却卷波瀾入小詩。

次韻劉景文見寄

淮上東來雙鯉魚，巧將書信渡江湖。細看落墨皆松瘦，想見掀髯正鶴孤。烈士家風安用此，書生習氣未能無。莫因老驥思千里，醉後哀歌缺唾壺。

歐季默以油煙墨二丸見餉各長寸許戲作小詩

書窗拾輕煤，佛帳掃餘馥。辛勤破千夜，收此一寸玉。癡人畏老死，腐朽同草木。欲將東山松，涅盡南山竹。墨堅人苦脆，未用歎不足。且當注蟲魚，莫草三千牘。

聚星堂雪并叙

元祐六年十一月一日，禱雨張龍公，得小雪，與客會飲聚星堂。忽憶歐陽文忠公作守時，雪中約客賦詩，禁體物語，於艱難中特出奇麗。爾來四十餘年，莫有繼者。僕以老門生繼公後，雖不足追配先生，而賓客之美，殆不減當時。公之二子，又適在郡，故輒擧前令各賦一篇，以爲汝南故事云。

窗前暗響鳴枯葉，龍公試手行初雪。暎空先集疑有無，作態斜飛正愁絶。衆賓起舞風竹亂，老守先醉霜松折。恨無翠袖點横斜，祇有微燈照明滅。歸來尚喜更鼓永，晨起不待鈴索掣。未嫌長夜作衣稜，却怕初陽生眼纈。欲浮大白追餘賞，幸有回飇驚落屑。模糊檜頂獨多時，歷亂瓦溝裁一瞥。汝南先賢有故事，醉翁詩話誰續説？當時號令君聽取，百戰不許持寸鐵。

喜劉景文至

天明小兒便傳呼，髯劉已到城南隅。尺書真是髯手迹，起坐熨眼知有無。今人不作古人事，今世有此古丈夫。我聞其來喜欲舞，病自能起不用扶。江淮旱久塵土惡，朝來清雨濯鬢鬚。相看握手了無事，千里一笑無乃迂。平生所樂在吳會，老死欲葬杭與蘇。過江西來二百日，冷落山水愁吳姝。新堤舊井各無恙，參寥六一豈念吾！別後新詩巧摹寫，袖中知有錢塘湖。

和劉景文見贈

元龍本志陋曹吳，豪氣峥嶸老不除。失路今爲噲等伍，作詩猶似建安初。西來爲我風黧面，獨臥無人雪縞廬。留子非爲十日飲，要令安世誦亡書。

次前韻送劉景文

白雲在天不可呼，明月豈肯留庭隅。怪君西行八百里，清坐十日一事無。路人不識呼尚書，但見凜凜雄千夫。君一馬兩僕，率然相訪。逆旅多呼尚書，意謂君都頭也。豈知入骨愛詩酒，醉倒正欲蛾眉扶。一篇向人寫肝肺，四海知我霜鬢鬚。君前有詩見寄云：「四海共知霜鬢滿，重陽曾插菊花無。」歐陽趙陳皆我有，豈謂夫子駕復迂。爾來又見三黜柳，共此暖熱餐氊蘇。酒殽酸薄紅粉暗，祇有潁水清而姝。一朝寂寞風雨散，對影誰念月與吾？郡中，日與歐陽叔弼、趙景貺、陳履常相從。而景文復至，不數日，柳戒之亦見過。賓客之盛，頃所未有。然不數日，叔弼、景文、戒之皆去矣。何時歸帆泝江水，春酒一變甘棠湖。景文近卜居九江，近甘棠湖。

新渡寺席上次趙景貺陳履常韻送歐陽叔弼比來諸君唱和叔弼但袖手旁睨而已臨别忽出一篇頗有淵明風致坐皆驚歎

神屠不目全，妙頰惟粃半。更刀乃族庖，倚市必醜悍。平生魏公譽，忽斲郢人墁。詩書亦何用，適道須此館。多言雖數窮，微中或排難。子詩如清風，翏翏發將旦。胡爲久閉匿，綺語真自患。許時笑我癡，隔屋相咏歎。竟識彥道否，絕叫呼百萬。清朝固多士，入門子皆冠。莫言清潁水，從此隔河漢。異時我獨來，得魚楊柳貫。持歸不忍食，尺素解悽斷。中有清圓句，銅丸飛柘彈。春愁結凌澌，正待一笑泮。百篇儻寄我，呻吟鄭人綴。

次韻趙景貺春思且懷吴越山水

歲華來無窮，老眼久已静。春風如繫馬，未動意先騁。西湖忽破碎，鳥落魚動鏡。縈城理枯瀆，放閘起膠艇。顧君嘗此樂，宦事何時竟。清河西湖三閘，督君成之。思吴信偶然，出處付前定。飄然不繫舟，乘此無盡興。醉翁行樂處，草木皆可敬。明朝遊北渚，急掃黄葉徑。白酒真到齊，紅裙已放鄭。酒尚有香泉一壺，爲樂全先生服，不作樂也。

和陳傳道雪中觀燈

新年樂事歎何曾，閉閤燒香一病僧。未忍便傾澆別酒，且來同看照愁燈。潁魚躍處新亭近，湖雪消時畫舫升。祇恐樽前無此客，清詩還有士龍能。

病中夜讀朱博士詩

病眼亂燈火，細書數塵沙。君詩如秋露，淨我空中花。古語多妙寄，可識不可誇。巧笑在頩頰，哀音餘摻撾。曾坑一掬春，紫餅供千家。懸知貴公子，醉眼無真茶。崎嶇爛石上，得此一寸芽。緘封勿浪出，湯老客未嘉。

送晁美叔

我年二十無朋儔，當時四海一子由。君來扣門如有求，頎然病鶴清而修。醉翁遣我從子遊，翁如退之蹈軻丘。尚欲放予出一頭。嘉祐初，軾與子由寓興國浴室，美叔忽見訪。云：「吾從歐陽公遊久矣，公令我來，與子定交，謂子必名世，老夫亦須放他出一頭地。」酒醒夢斷四十秋。病鶴不病骨愈虬，惟有我顏老可羞。醉翁賓客散九州，幾人白髮還相收。我如懷祖拙自謀，正作尚書已過優。君求會稽實良籌，往看萬壑争交流。君近乞越州。

僕所藏仇池石希代之寶也王晉卿以小詩借觀意在於奪僕不敢不借然以此詩先之

海石來珠宮，秀色如蛾綠。坡陀尺寸間，宛轉陵巒足。連娟二華頂，空洞三茅腹。初疑仇池化，又恐瀛洲蹙。殷懃嶠南使，餽餉淮東牧。僕在揚州，程德孺由嶺南解官，以此石見遺。得之喜無寐，與汝交不瀆。盛以高麗盆，藉以文登玉。僕以高麗所鑄大銅盆貯之，又以登州海石如碎玉者附其足。幽光先五夜，冷氣壓三伏。老人生如寄，衡茅久未卜。一夫幸可致，千里還相逐。風流貴公子，竄謫武當谷。見山應已厭，何事奪所欲。欲留嗟趙弱，寧許負秦曲。傳觀慎勿許，間道歸更速。

王晉卿示詩欲奪海石錢穆父王仲至蔣穎叔皆次韻穆至二公以爲不可許獨穎叔不然今日穎叔見訪親覩此石之妙遂悔前語軾以謂晉卿豈可終閉不予者若能以韓幹二散馬易之者蓋可許也復次前韻

相如有家山，縹眇在眉綠。誰云千里遠？寄此一夔足。平生錦繡腸，早歲藜莧腹。從教四壁空，未遣兩峰蹙。吾今況衰病，義不忘樵牧。逝將仇池石，歸泝岷山瀆。守子不貪寶，完我無瑕玉。故人詩相戒，妙語予所伏。一篇獨異論，三占從兩卜。君家畫可數，天驥紛相逐。風鬉掠原野，電尾梢澗谷。君如許相易，是亦我所欲。今朝安西守，來聽陽關曲。勸我留此峰，他日來不速。

軾欲以石易畫晉卿難之穆父欲兼取二物穎叔欲焚畫碎石乃復次前韻并解二詩之意

春冰無真堅，露葉失故綠。鷃疑鵬萬里，蚿笑夔一足。二豪爭攘袂，先生一捧腹。明鏡既無臺，淨瓶何用蹙。（古蹴蹙通。）盆山不可隱，畫馬無由牧。聊將置庭宇，何必棄溝瀆。焚寶真愛寶，碎玉未忘玉。久知公子賢，出語耆年伏。欲觀博物妙，故以求馬卜。維摩既復捨，天女還相逐。授之無盡燈，照此久幽谷。定心無一物，法樂勝五欲。三峨吾鄉井，萬里君部曲。卧雲行歸休，破賊見神速。（晉卿將種，常有此志。）

上元侍飲樓上二首呈同列

薄雪初消野未耕，賣薪買酒看升平。吾君勤儉倡優拙，自是豐年有笑聲。

老病行穿萬馬羣，九衢人散月紛紛。歸來一點殘燈在，猶有傳柑遺細君。侍飲樓上，則貴戚爭以黃柑遺近臣，謂之傳柑，蓋尚矣。

七年九月自廣陵召還復館于浴室東堂八年六月乞會稽將去汶公乞詩乃復用前韻

乞郡三章字半斜，廟堂傳笑眼昏花。上人問我遲留意，待賜頭綱八餅茶。尚書學士，得賜頭綱龍茶，一斤八餅。今年綱到最遲。

夢遶吳山却月廊，白梅盧橘覺猶香。杭州梵天寺有月廊數百間，寺中多白梅、盧橘。會稽且作須臾意，從此歸田策最良。

東南此去幾時歸？倦鳥孤雲豈有期。斷送一生消底物，三年光景六篇詩。

寄餾合刷瓶與子由

老人心事日摧頹，宿火通紅手自焙。小甑短瓶良具足，穉兒嬌女共燔煨。寄君東閣閑烝栗，知我空堂坐畫灰。約束家僮好收拾，故山梨棗待翁來。

次韻劉燾撫寄蜜漬荔枝

時新滿座聞名字，別久何人記色香？葉似楊梅蒸霧雨，花如盧橘傲風霜。每憐蓴菜下鹽豉，肯與蒲萄壓酒漿。回首驚塵卷飛雪，詩情眞合與君嘗。

子由生日以檀香觀音像及新合印香銀篆盤爲壽

旃檀婆律海外芬，西山老臍柏所薰。香螺脫黶來相羣，能結縹渺風中雲。一燈如螢起微焚，何時度盡繆篆紋？繚繞無窮合復分，綿綿浮空散氤氳。東坡持是壽卯君，君少與我師皇墳。旁資老聃釋迦文，共厄中年點蠅蚊。晚遇斯須何足云，君方論道承華勛。我亦旗鼓嚴中軍，國恩當報敢不勤。但願不爲世所醺，爾來白髮不可耘。問君何時返鄉枌，收拾散亡理放紛。此心實與香俱焄，聞思大士應已聞。

次韻李端叔謝送牛戩鴛鴦竹石圖

聞君談西戎，廢食忘早晚。王師本不陣，賊壘何足剗。守邊在得士，此語要而簡。知君論將口，似我識畫眼。笑指塵壁間，此是老牛戩。平生師衞玠，非意常理遣。訴君定何人，未用市朝顯。置之勿復道，世俗固多舛。歸去亦何須，單車渡殽澠。如蟲得羽化，已脫安用蠒。家書空萬軸，涼曝困舒卷。念當掃長物，閉息默自煖。此畫聊付君，幽處得小展。新詩勿縱筆，羣吠驚邑犬。時來未可知，妙斲待輪扁。

過湯陰市得豌豆大麥粥示三兒子

朔野方赤地，河濡但黃塵。秋霖暗豆漆，夏旱臞麥人。逆旅唱晨粥，行庖得時珍。青斑照匕筯，脆響鳴牙齦。玉食謝故吏，風餐便逐臣。漂零竟何適，浩蕩寄此身。爭勸加飲食，實無負吏民。何當萬里客，歸及三年新。

子由新修汝州龍興寺吳畫壁

丹青久衰工不藝，人物尤難到今世。每摹市井作公卿，畫手懸知是徒隸。吳生已與不傳死，那復典刑留近歲。人間幾處變西方，盡作波濤翻海勢。細觀手面分轉側，妙算毫釐得天契。始知真放本精微，不比狂花生客慧。似聞遺墨留汝海，古壁蝸涎可垂涕。力捐金帛扶棟宇，錯落浮雲卷新霽。使君坐歗清夢餘，幾疊衣紋數襟袂。他年弔古知有人，姓名聊記東坡弟。

慈湖夾阻風三首

此生歸路愈茫然，無數青山水拍天。猶有小船來賣餅，喜聞墟落在山前。

我行都是退之詩，真有人家水半扉。千頃桑麻在船底，空餘石髮挂魚衣。

卧看落月橫千丈，起喚清風得半帆。且並水村欹側過，人間何處不巉巖。

秧馬歌并引

過廬陵，見宣德郎致仕曾君安止。出所作《禾譜》。文既温雅，事亦詳實，惜其有所缺，不譜農器也。予昔遊武昌，見農夫皆騎秧馬，以榆棗爲腹，欲其滑；以楸桐爲背，欲其輕。腹如小舟，昂其首尾。背如覆瓦，以便兩髀雀躍于泥中，繫束藁其首以縛秧。日行千畦，較之傴僂而作者，勞佚相絶矣。《史記》：禹乘四載，泥行乘橇。解者曰：橇形如箕，擿行泥上，豈秧馬之類乎？作《秧馬歌》一首，附于《禾譜》之末云。

春雲濛濛雨凄凄，春秧欲老翠剡齊。嗟我婦子行水泥，朝分一壠暮千畦。腰如箜篌首啄雞，筋煩骨殆聲酸嘶。我有桐馬手自提，頭尻軒昂腹脇低。背如覆瓦去角圭，以我兩足爲四蹄。聳踊滑汰如鳧鷖，纖纖束藁亦可齎。何用繁纓與月題，揭從畦東走畦西。山城欲閉聞鼓鼙，忽作的盧躍檀溪。歸來挂壁從高栖，了無芻秣飢不啼。少壯騎汝逮老黧，何曾蹶軼防顛擠。錦韉公子朝金閨，笑我一生蹋牛犂，不知自有木駃騠。

八月七日初入贛過惶恐灘

七千里外二毛人，十八灘頭一葉身。山憶喜歡勞遠夢，蜀道有錯喜歡鋪，在大散關上。地名惶恐泣孤臣。長風送客添帆腹，積雨扶舟減石鱗。便合與官充水手，此生何止略知津。

天竺寺并引

予年十二，先君自虔州歸，爲予言：「近城山中天竺寺，有樂天親書詩云：『一山門作兩山門，兩寺元從一寺分。東澗水流西澗水，南山雲起北山雲。前臺花發後臺見，上界鐘清下界聞。遥想吾師行道處，天香桂子落紛紛。』筆勢奇逸，墨迹如新。」今四十七年矣。予來訪之，則詩已亡，有刻石存耳。感涕不已，而作是詩。

香山居士留遺迹，天竺禪師有故家。空咏連珠吟疊璧，已亡飛鳥失驚蛇。林深野桂寒無子，雨浥山薑病有花。四十七年真一夢，天涯流落涕横斜。

舟行至清遠縣見顧秀才極談惠州風物之美

到處聚觀香案吏，此邦宜着玉堂仙。江雲漠漠桂花濕，海雨翛翛荔子然。聞道黄柑常抵鵲，不容朱橘更論錢。恰從神虎來弘景，便向羅浮見稚川。

廣州蒲間寺地産菖蒲，十二節。相傳安期生之故居，始皇訪之於此。

不用山僧導我前，自尋雲外出山泉。千章古木臨無地，百尺飛濤瀉漏天。舊日菖蒲方士宅，後來薝蔔祖師禪。而今祇有花含笑，笑道秦皇欲學仙。山中多含笑花。

朝雲詩并引

世謂樂天有粥駱馬放楊柳枝詞。嘉其主老病，不忍去也。然夢得有詩云：「春盡絮飛留不得，隨風好去落誰家？」樂天亦云：「病與樂天相伴住，春隨樊子一時歸。」則是樊素竟去也。予家有數妾，四五年相繼辭去。獨朝雲者，隨予南遷。因讀樂天集，戲作此詩。朝雲姓王氏，錢塘人。嘗有子曰幹兒，未期而夭云。

不似楊枝別樂天，恰如通德伴伶玄。阿奴絡秀不同老，天女維摩總解禪。經卷藥爐新活計，舞衫歌扇舊因緣。丹成逐我三山去，不作巫陽雲雨仙。

十一月二十六日松風亭下梅花盛開

春風嶺上淮南村，昔年梅華曾斷魂。予昔赴黄州，春風嶺上見梅花，有兩絶句。明年正月，往岐亭道中，賦詩云：「去年今日關山路，細雨梅花正斷魂。」豈知流落復相見，蠻風蜒雨愁黄昏。長條半落荔支浦，卧樹獨秀桄榔園。豈惟幽光留夜色，直恐冷艷排冬温。松風亭下荆棘裏，兩株玉蕊明朝暾。海南仙雲嬌墮砌，月下縞衣來扣門。酒醒夢覺起繞樹，妙意有在終無言。先生獨飲勿歎息，幸有落月窺清樽。

再用前韻

羅浮山下梅花村，玉雪爲骨冰爲魂。紛紛初疑月挂樹，耿耿獨與參横昏。先生索居江海上，悄如病鶴栖荒園。天香國艷肯相顧，知我酒熟詩清温。蓬萊宫中花鳥使，緑衣倒挂扶桑暾。抱叢窺我方醉卧，故遣啄木先敲門。麻姑過君急洒掃，鳥能歌舞花能言。酒醒人散山寂寂，惟有落蕊粘空樽。嶺南珍禽有倒挂子，緑毛紅喙，如鸚鵡而小。自海東來，非塵埃間物也。

新釀桂酒

擣香篩辣入瓶盆，盎盎春溪帶雨渾。收拾小山藏社甕，招呼明月到芳樽。酒材已遣門生致，菜把仍叨地主恩。爛煮葵羹斟桂醑，風流可惜在蠻村。

花落復次前韻

玉妃謫墮煙雨村，先生作詩與招魂。人間草木非我對，奔月偶挂成幽昏。闇香入户尋短夢，青子綴枝留小園。披衣連夜喚客飲，雪膚滿地聊相温。松明照坐愁不睡，井花入腹清而暾。先生年來六十化，道眼已入不二門。多情好事真習氣，惜花未忍終無言。留連一物吾過矣，笑領百罰空罍樽。

詹守攜酒見過用前韻作詩聊復和之

箕踞狂歌老瓦盆，燎毛燔肉似羌渾。傳呼草市來攜客，洒掃漁磯共置樽。山下黄童争看舞，江干白骨已銜恩。時詹方議葬暴骨。孤雲落日西南望，長羨歸鴉自識村。

寄鄧道士并引

羅浮山有野人，相傳葛稚川之隸也。鄧道士守安，山中有道者也。嘗於庵前見其足迹，長二尺許。紹聖二年正月十日，予偶讀韋蘇州《寄全椒山中道士》詩云：「今朝郡齋冷，忽念山中客。澗底束荆薪，歸來煮白石。遥持一樽酒，遠慰風雨夕。落葉滿空山，何處尋行迹？」乃以酒一壺，仍依蘇州韻，作詩寄之云。

一杯羅浮春，遠餉採薇客。遥知獨酌罷，醉卧松下石。幽人不可見，清嘯聞月夕。聊戲庵中人，空飛本無迹。

上元夜

前年侍玉輦，端門萬枝燈。璧月挂罘罳，珠星綴觚稜。去年中山府，老病亦宵興。牙旗穿夜市，鐵馬響春冰。今年江海上，雲房寄山僧。亦復舉膏火，松間見層層。散策桄榔林，林疏月鬅鬙。使君置酒罷，簫鼓轉松陵。狂生來索酒，（買道人也。）一舉輒數升。浩歌出門去，我亦歸瞢騰。

正月二十四日與兒子過賴仙芝玉原秀才僧曇穎行全道士何宗一同遊羅浮道院及栖禪精舍過作詩和其韻寄邁迨

斷橋隔勝踐，脱屨欣小憩。瘴花已繁紅，官柳猶疏細。斜川二三子，悼歎吾年逝。淒涼羅浮館，風壁頹雨砌。黄冠常苦飢，迎客羞破袂。仙山在何許？歸鶴時墮毳。崎嶇拾松黄，欲救齒髮弊。坐令禪客笑，一夢等千歲。栖禪晚置酒，蠻果粲蕉荔。齋厨釜無羮，野餉籃有蕙。嬉遊趁時節，俯仰了此世。猶當洗業障，更作臨水禊。寄書陽羨兒，并語長頭弟。門户各努力，先期畢租税。

正月二十六日偶與數客野步嘉祐僧舍東南野人家雜花盛開扣門求觀主人林氏媪出應白髮青裙少寡獨居三十年矣感歎之餘作詩記之

縹帶緗枝出絳房，緑陰青子送春忙。涓涓泣露紫含笑，焰焰燒空紅佛桑。落日孤煙知客恨，短籬破屋爲誰香？主人白髮青裙袂，子美詩中黄四娘。

追餞正輔表兄至博羅賦詩爲别

孤城南遊墮黄菅，君亦何事來牧蠻。艤舟蜑户龍岡窟，置酒椰葉桄榔間。高談已笑衰語陋，傑句尤覺清詩孱。博羅小縣僧舍古，我不忍去君忘還。君應回望秦與楚，夢涉漢水愁秦關。我亦坐念高安客，神遊黄檗參洞山。何時曠蕩洗瑕讁，與君歸駕相追攀。梨花寒食隔江路，兩山遥對雙烟鬟。歸耕不用一錢物，惟要兩脚飛孱顔。玉牀丹鏇記分我，助我金鼎光爛斑。

真一酒并引

米、麥、水，三一而已，此東坡先生真一酒也。

撥雪披雲得乳泓，蜜蠭又欲醉先生。真一，色味頗類予在黃州日所醖蜜酒也。稻垂麥仰陰陽足，器潔泉新表裏清。曉日着顏紅有暈，春風入髓散無聲。人間真一東坡老，與作青州從事名。

遊博羅香積寺并引

寺去縣七里，三山犬牙。夾道皆美田，麥禾甚茂。寺下谿水，可作碓磨。若築塘百步閘而落之，可轉兩輪舉四杵也。以屬縣令林抃，使督成之。

二年流落蠶魚鄉，朝來喜見麥吐芒。東風搖波舞淨緑，初日泫露酣嬌黃。汪汪春泥已没膝，剡剡秋穀初分秧。誰言萬里出無友，見此二美喜欲狂。三山屏擁僧舍小，一谿雷轉松陰涼。要令水力供磑磨，與相地脉增隄防。霏霏落雪看收麪，隱隱疊鼓聞舂糠。散流一啜雲子白，炊裂十字瓊肌香。豈惟牢丸薦古味，東皙《餅賦》云：「漫頭薄持，起搜牢丸。」要使真一流仙漿。詩成捧腹便絶倒，書生説食真膏肓。

連雨江漲

越井岡頭雲出山，牂柯江上水如天。牀牀避漏幽人屋，浦浦移家蜑子船。龍卷魚鰕并雨落，人隨雞犬上墻眠。祇應樓下平階水，長記先生過嶺年。

四月十一日初食荔支

南村諸楊北村盧，謂楊梅、盧橘也。白花青葉冬不枯。垂黃綴紫煙雨裏，特與荔支爲先驅。海山仙人絳羅襦，紅紗中單白玉膚。不須更待妃子笑，風骨自是傾城姝。不知天工有意無？遣此尤物生海隅。雲山得伴松檜老，霜雪自困楂梨粗。先生洗琖酌桂醑，冰盤薦此赬虬珠。似開江鰩斫玉柱，更洗河豚烹腹腴。予嘗謂荔支厚味、高格兩絕，果中無比。惟江鰩柱、河豚魚近之耳。我生涉世本爲口，一官久已輕蒓鱸。人間何者非夢幻，南來萬里真良圖。

桄榔杖寄張文潛一首時初聞黃魯直遷黔南范淳父九疑也

睡起風清酒在亡，身隨殘夢兩茫茫。江邊曳杖桄榔瘦，林下尋苗蓽撥香。獨步儻逢岣嶁令，遠來莫恨曲江張。遥知魯國真男子，獨憶平生盛孝章。

同正輔表兄遊白水山

偉哉造物真豪縱，攫土摶沙爲此弄。劈開翠峽走雲雷，截破奔流作潭洞。因隨化人履巨迹，得與仙兄攝飛鞚。曳杖不知巖谷深，穿雲但覺衣裘重。坐看驚烏投霜葉，知有老蛟蟠石甕。金沙玉礫粲可數，古鏡寶奩寒不動。念兄獨立與世疏，絶境難到惟我共。永辭角上兩蠻觸，一洗胸中九雲夢。浮來山高回望失，武陵路絶無人送。筠籃擷翠爪甲香，素綆分碧銀瓶凍。歸路霏霏湯谷暗，野堂活活神泉涌。解衣浴此無垢人，身輕可試雲間鳳。

次韻正輔同遊白水山

祇知楚越爲天涯，不知肝膽非一家。此身如綫自縈繞，左回右轉隨繅車。誤抛山林入朝市，平地咫尺千褒邪。欲從稚川隱羅浮，先與靈運開永嘉。首參虞舜款韶石，次謁六祖登南華。仙山一見五色羽，雪樹兩摘南枝花。赤魚白蟹筯屢下，黄柑緑橘籩常加。糖霜不待蜀客寄，荔支莫信閩人誇。恣傾白蜜收五稜，細斸黄土栽三椏。正輔分人參一苗，歸種韶陽。來詩本用磘字，惠州無書，不見此字所出，故且從木奉和。朱明洞裏得靈草，翩然放杖淩蒼霞。豈無軒車駕熟鹿，亦有鼓吹號寒蛙。仙人勸酒不用勺，石上自有樽罍窪。徑從此路朝玉闕，千里莫遣毫釐差。故人日夜望我歸，相迎欲到長風沙。豈知乘槎天女側，獨倚雲機看織紗。世間誰似老兄弟！篤愛不復相瘢瑕。相攜行到水窮處，庶幾一見留子嗟。千年枸杞常夜吠，無數草棘工藏遮。但令凡心一洗濯，神人仙藥不我遐。山中歸來萬想滅，豈復回顧雙雲鴉！

十一月九日夜夢與人論神仙道術因作一詩八句既覺頗記其語録呈子由弟後四句不甚明了今足成之耳

析塵妙質本來空，夢中於此句，若了然有所得者。更積微陽一綫功。照夜一燈長耿耿，閉門千息自濛濛。養成丹竈無煙火，點盡人間有暈銅。寄語山神停伎倆，不聞不見我何窮！

雨後行萊

夢回聞雨聲，喜我萊甲長。平明江路濕，並岸飛兩槳。天公真富有，膏乳瀉黄壤。霜根一蕃滋，風葉漸俯仰。未任筐筥載，已作杯案想。艱難生理窄，一味敢專饗。小摘飯山僧，清安寄真賞。芥藍如菌蕈，脆美牙頰響。白菘類羔豚，冒土出蹯掌。誰能視火候，小竈當自養。

新年

曉雨暗人日，春愁連上元。水生挑菜渚，煙濕落梅村。小市人歸盡，孤舟鶴踏翻。猶堪慰寂寞，漁火亂黄昏。

海國空自暖，春山無限清。冰谿結瘴雨，雪菌到江城。更待輕雷發，先催凍筍生。豐湖有藤菜，似可敵蓴羹。

二月八日與黄燾僧曇穎過逍遥堂何道士宗一問疾

安心守玄牝，閉眼覓《黄庭》。問疾來三士，澆愁有半瓶。風松時落蕊，病鶴不梳翎。樽空我歸去，山月照君醒。

次韻高要令劉湜峽山寺見寄

新聞妙無多，舊學閑可束。猶當隱季生，未遽逃梅福。空腸吐餘思，静似蠶綴簇。寸田結初果，秀若銅生緑。荆棘掃誠盡，梨棗憂不熟。高人寧鑄金，下士乃服玉。君看嶺嶠隘，我欲巾笥蓄。曾攀羅浮頂，亦到朱明谷。旋觀真歷塊，歸卧甘破屋。故人老猶仕，世味薄如縠。偶從越女笑，不怕蠻江浴。驚聞尺書到，喜有新詩辱。應憐五管客，曾作八州督。骨消讒口鑠，膽破獄吏酷。攏雲不易寄，江月乃可掬。遥知清遠寺，不稱空洞腹。蹇驢步武碎，短瑟絃柱促。仰看泉落珮，俯聽石響轂。千峰瀉清駛，一往無回躅。狂雷失晤語，過電不容目。要知僧長飢，正坐山少肉。人間無南北，蝸角空出縮。仇池九十九，仇池有九十九泉，予嘗夢至，有詩。嵩山三十六。子由近買田陽翟，北望嵩山甚近。天人同一夢，仙凡無兩録。陋邦真可老，生理亦粗足。便回熱天焰，長作照海燭。「熱天焰」，見退之詩。近黄魯直寄詩云：「蓮花合裏一寸燭，牝馬海中燒百川。」魯直蓋近有得也。

遷居 有引

吾紹聖元年十月二日至惠州，寓合江樓。是月十八日遷于嘉祐寺。二年三月十九日，復遷于合江樓。三年四月二十日，復歸于嘉祐寺。時方卜築白鶴峰之上，新居成，庶幾其少安乎！

前年家水東，回首夕陽麗。去年家水西，濕面春雨細。東西兩無擇，緣盡我輒逝。今年復東徙，舊館聊一憩。已買白鶴峰，規作終老計。長江在北户，雪浪舞吾砌。青山滿牆頭，髣髴幾雲髻。雖慚抱朴子，金鼎陋蟬蛻。猶賢柳柳州，廟俎薦丹荔。吾生本無待，俯仰了此世。念念自成劫，塵塵各有際。下觀生物息，相吹等蚊蚋。

丙子重九

三年瘴海上，越嶠真我家。登山作重九，蠻菊秋未花。唯有黃茅根，堆壠生坳窊。蜒酒糵衆毒，酸甜如梨樝。何以侑一樽，隣翁餽鼃蛇。亦復强取醉，歡謡雜悲嗟！今年吁惡歲，僵仆如亂麻。此會我雖健，狂風卷朝霞。使我如霜月，孤光挂天涯。西湖不欲往，墓樹號寒鴉。

白鶴峰新居欲成夜過西鄰翟秀才

林行婆家初閉户，翟夫子舍尚留關。連娟缺月黃昏後，縹緲新居紫翠間。繫悶豈無羅帶水，韓退之云：「水作青羅帶，山爲碧玉簪。」割愁還有劍鋩山。柳子厚云：「海上尖峰若劍鋩，秋來處處割愁腸」」皆嶺南詩也。中原北望無歸日，鄰火村春自往還。

次韻子由所居二首

先生飯土塯，無物與劉叉。何以娛醉客，時嗅砌下花。井水分西鄰，竹陰借東家。蕭然行脚僧，一身寄天涯。

新居已覆瓦，無復風雨憂。榿栽與籠竹，小詩亦可求。尚欲煩貳師，刻山出飛流。應須鑿百尺，兩綆載一牛。

循守臨行出小鬟復用前韻

學語雛鶯在柳陰，臨行呼出翠帷深。通家不隔同年面，二守同年家。得路方知異日心。趁着春衫遊上苑，要求國手教新音。嶺梅不用催歸騎，截鐙須防舊所臨。循守近爲韶。

種茶

松間旅生茶，已與松俱瘦。茨棘尚未容，蒙翳争交構。天公所遺棄，百歲仍稚幼。紫笋雖不長，孤根乃獨壽。移栽白鶴嶺，土軟春雨後。彌旬得連陰，似許晚遂茂。能忘流轉苦，戢戢出鳥咮。未任供臼磨，且作資摘嗅。千團輸大官，百餅衒私鬬。何如此一啜，有味出吾囿。

白鶴山新居鑿井四十尺遇盤石石盡乃得泉

海國困烝溽，新居利高寒。以彼陟降勞，易此寢處乾。但苦江路峻，常慚汲腰酸。矻矻煩四夫，磽磽斵層巒。彌旬得尋丈，下有青石磐。終日但迸火，何時見飛瀾？豐我粲與醪，利汝椎與鑽。山石有時盡，我意殊未闌。今朝僮僕喜，黄土復可摶。晨瓶得雪乳，莫甕渟冰湍。我生類如此，何適不艱難，一勺亦天賜，曲肱有餘歡。

三月二十九日

南嶺過雲開紫翠，北江飛雨送凄涼。酒醒夢回春盡日，閉門隱几坐燒香。

行瓊儋間肩輿坐睡夢中得句云千山動鱗甲萬谷酣笙鐘覺而遇清風急雨戲作此數句

四州環一島，百洞蟠其中。我行西北隅，如度月半弓。登高望中原，但見積水空。此生當安歸，四顧真途窮。眇觀大瀛海，坐詠談天翁。茫茫太倉中，一米誰雌雄？幽懷忽破散，永嘯來天風。千山動鱗甲，萬谷酣笙鐘。安知非羣仙，鈞天宴未終。喜我歸有期，舉酒屬青童。急雨豈無意，催詩走羣龍。夢雲忽變色，笑雷亦改容。應怪東坡老，顏衰語徒工。久矣此妙聲，不聞蓬萊宮。

遷居之夕聞鄰舍兒誦書欣然而作

幽居亂蛙黽，生理半人禽。跫然已可喜，況聞弦誦音。兒聲自員美，誰家兩青衿？且欣習齊咻，未敢笑越吟。九齡起韶石，姜子家日南。吾道無南北，安知不生今。海闊尚挂斗，天高欲橫參。荆榛短牆缺，燈火破屋深。引書與相和，置酒仍獨斟。可以侑我醉，琅然如玉琴。

聞子由瘦儋耳至難得肉食。

五日一見花豬肉，十日一遇黃雞粥。土人頓頓食藷芋，薦以熏鼠燒蝙蝠。舊聞蜜唧嘗嘔吐，稍近蝦蟇緣習俗。十年京國厭肥羜，日日烝花壓紅玉。從來此腹負將軍，今者固宜安脫粟。俗諺云：大將軍食飽，捫腹而歎曰：「我不負汝。」左右曰：「將軍固不負此腹，此腹負將軍，未嘗出少智慮也。」人言天下無正味，卽且未遽賢麋鹿。海康别駕復何爲，帽寬帶落驚僮僕。相看會作兩臞仙，還鄉定可騎黄鵠。

宥老楮

我牆東北隅，張王維老穀。樹先樗櫟大，葉等桑柘沃。流膏馬乳漲，墮子楊梅熟。胡爲尋丈地，養此不材木。蹶之得輿薪，規以種松菊。靖言求其用，略數得五六。膚爲蔡侯紙，子入桐君録。黄繒練成素，黝面頮作玉。灌洒烝生菌，腐餘光吐燭。雖無傲霜節，幸免狂酲毒。孤根信微陋，生理有倚伏。投斧爲賦詩，德怨聊相贖。

糴米

糴米買束薪，百物資之市。不緣耕樵得，飽食殊少味。再拜請邦君，願受一廛地。知非笑昨夢，食力免内愧。春秧幾時花，夏稗忽已穟。悵焉撫耒耜，誰復識此意？

過於海舶得邁寄書酒作詩遠和之皆粲然可觀子由有書相慶也因用其韻賦一篇并寄諸子姪

我似老牛鞭不動，雨滑泥深四蹄重。汝如黄犢走却來，海闊山高百程送。庶幾門户有八慈，不恨居鄰無二仲。他年汝曹笏滿牀，中夜起舞踏破甕。會當洗眼看騰躍，莫指癡腹笑空洞。譽兒雖是兩翁癖，積德已自三世種。豈惟萬一許生還，尚恐九十煩珍從。六子晨耕簞瓢出，衆婦夜績燈火共。《春秋》古史乃家法，詩筆《離騷》亦時用。但令文字還照世，糞土腐餘安足夢。

上元夜過赴儋守召獨坐有感戊寅歲。

使君置酒莫相違，守舍何妨獨掩扉。静看月窗盤蜴蜥，卧聞風幔落蛜蝛。燈花結盡吾猶夢，香篆消時汝欲歸。搔首淒涼十年事，傳柑歸遺滿朝衣。

新居

朝陽入北林，竹樹散疏影。短籬尋丈間，寄我無窮境。舊居無一席，逐客猶遭屏。結茅得兹地，翳翳村巷永。數朝風雨涼，畦菊發新穎。俯仰可卒歲，何必謀二頃。

用過韻冬至與諸生飲酒

小酒生黎法，乾糟几盎中。芳辛知有毒，滴瀝取無窮。凍醴寒初泫，春醅暖更饛。華夷兩樽合，醉笑一歡同。里閈峩山北，田園震澤東。歸期那敢説，安訊不曾通。鶴鬢驚全白，犀圍尚半紅。愁顔解符老，壽耳鬭吴翁。得榖鵝初飽，亡猫鼠益豐。黄薑收土芋，蒼耳斫霜叢。兒瘦緣儲藥，奴肥爲種松。頻頻非竊食，數數尚乘風。河伯方夸若，靈媧自舞馮。歸途陷泥淖，炬火燎茅蓬。膝上王文度，家傳張長公。和詩仍醉墨，戲海亂羣鴻。符、吴皆坐客，其餘皆卽事實録也。

縱筆

父老爭看烏角巾，應緣曾現宰官身。谿邊古路三叉口，獨立斜陽數過人。

北船不到米如珠，醉飽蕭條半月無。明日東家知祀竈，隻雞斗酒定膰吾。

被酒獨行徧至子雲威徽先覺四黎之舍二首

半醒半醉問諸黎，竹刺藤梢步步迷。但尋牛矢覓歸路，家在牛欄西復西。

總角黎家三小童，口吹葱葉送迎翁。莫作天涯萬里意，谿邊自有舞雩風。

庚辰歲人日作時聞黃河已復北流老臣舊數論此今斯言乃驗

老去仍棲隔海村，夢中時見作詩孫。天涯已慣逢人日，歸路猶欣過鬼門。三策已應思賈讓，孤忠終未赦虞翻。典衣剩買河源米，屈指新篘作上元。

不用長愁挂月村，檳榔生子竹生孫。海南勒竹，每節生枝如竹竿大，蓋竹孫也。新巢語燕還窺硯，舊雨來人不到門。春水蘆根看鶴立，夕陽楓葉見鴉翻。此生念念隨泡影，莫認家山作本元！

庚辰歲正月十二日天門冬酒熟予自漉之且漉且嘗遂以大醉

自撥牀頭一甕雲，幽人先已醉濃芬。天門冬熟新年喜，麴米春香並舍聞。杜子美詩云：「聞道雲安麴米春。」蓋酒名也。菜圃漸疏花漠漠，竹扉斜掩雨紛紛。擁裘睡覺知何處？吹面東風散縠紋。

追和戊寅歲上元

春鴻社燕巧相違，白鶴峰頭白板扉。石建方欣洗牏厠，姜龐不解歎蠨蛸。一龕京口嗟春夢，萬炬錢塘憶夜歸，合浦賣珠無復有，當年笑我泣牛衣。

汲江煎茶

活水還須活火烹，唐人云：茶須緩火炙，活火煎。自臨釣石取深清。大瓢貯月歸春甕，小杓分江入夜瓶。茶雨已翻煎處脚，松風忽作瀉時聲。枯腸未易禁三盌，坐數荒村長短更。

澄邁驛通潮閣

餘生欲老海南村，帝遣巫陽招我魂。杳杳天低鶻没處，青山一髮是中原。

六月二十日夜渡海

參横斗轉欲三更，苦雨終風也解晴。雲散月明誰點綴？天容海色本澄清。空餘魯叟乘桴意，粗識軒轅奏樂聲。九死南荒吾不恨，兹遊奇絶冠平生。

歐陽晦夫遺接䍦琴枕戲作此詩謝之

攜兒過嶺今七年，晚途更著黎衣冠。白頭穿林要藤帽，赤脚渡水須花縵。不愁故人驚絶倒，但使俚俗相恬安。見君合浦如夢寐，挽鬚握手俱汍瀾。妻縫接羅霧縠細，兒送琴枕冰徽寒。無絃且寄陶令意，倒載猶作山公看。我懷汝陰六一老，眉宇秀發如春巒。羽衣鶴氅古仙伯，岌岌兩柱扶霜紈。至今畫像作此服，凜如退之加渥丹。爾來前輩皆鬼録，我亦帶脱巾欹寬。作詩頗似六一語，往往亦帶梅翁酸。

送鮮于都曹歸蜀灌口舊居

籥盡霜鬚照碧銅，依然春雪在長松。朝行犀浦催收芋，夜度繩橋看伏龍。莫歎倦遊無駟馬，要將老健敵千鍾。子雲三世惟身在，爲向西南説病容。

將至廣州用過韻寄邁迨二子

皇天遣出家，臨老乃學道。北歸爲兒子，破戒堪一笑。披雲見天眼，回首失海潦。蠻唱與黎歌，餘音猶杳杳。大兒牧衆稺，四歲守孤嶠。次子病學醫，三折乃粗曉。小兒耕且養，得暇爲書繞。我亦困詩酒，去道愈芒渺。紛紛何時定，所至皆可老。莫學柳儀曹，詩書教氓獠。亦莫事登陟，谿山有何好。安居與我遊，閉户淨洒掃。

次韻韶倅李通直

一篇瀧吏可書紳，莫向長沮更問津。老去常憂伴新鬼，歸來且喜是陳人。曾陪令尹蒼髯古，又見郎君白髮新。回首天涯一惆悵，却登梅嶺望楓宸。

過嶺

暫著南冠不到頭，却隨北雁與歸休。平生不作兔三窟，今古何殊貉一丘。當日無人送臨賀，至今有廟祀潮州。劍關西望七千里，乘興真爲玉局遊。

留題顯聖寺

渺渺疏林集晚鴉，孤村煙火梵王家。幽人自種千頭橘，遠客來尋百結花。浮石已乾霜後水，焦坑閑試雨前茶。祇疑歸夢西南去，翠竹江村繞白沙。

贈詩僧道通

雄豪而妙苦而腴，祇有琴聰與蜜殊。錢塘僧思聰，總角善琴，後捨琴而學詩，復棄詩而學道。其詩似皎然而加雄放。安州僧仲殊詩，敏捷立成，而工妙絕人遠甚。殊辟穀，常啖蜜。語帶煙霞從古少，李太白云：他人之文，如山無煙霞，春無草木。氣含蔬筍到公無。謂無酸餡氣也。香村乍喜聞薝蔔，古井惟愁斷轆轤。爲報韓公莫輕許，從今島可是詩奴！

雷州三首

粵嶺風俗殊，有疾時勿藥。束帶趍房祀，用史巫紛若。絃歌薦繭栗，奴至洽觴酌。呻吟殊未央，更把雞骨灼。

粤女市無常，所至輒成區。一日三四遷，處處售鰕魚。青裙脚不韈，臭味猿與狙。孰云風土惡？白洲生綠珠。

海康臘己酉，不論冬孟仲。殺牛撾鼓祭，城郭爲傾動。雖非堯頒曆，自我先人用。苦笑荆楚人，嘉平臘雲夢。

次韻董夷仲茶磨

前人初用茗飲時，煮之無問葉與骨。寖窮厥味臼始用，復計其初碾方出。計盡功極至於磨，信哉智者能創物。破槽折杵向牆角，亦其遭遇有伸屈。歲久講求知處所，佳者出自衡山窟。巴蜀石工強鐫鑿，理疏性軟良可咄。予家江陵遠莫致，塵土何人爲披拂？

揚州以土物寄少游

鮮鯽經年秘醽醁，團臍紫蟹脂填腹。後春蓴茁活如酥，先社薑芽肥勝肉。鳥子纍纍何足道，點綴盤餐亦時欲。淮南風俗事瓶罌，方法相傳竟留蓄。且同千里寄鵝毛，何用孜孜飲麋鹿。

再過泗上

眼明初見淮南樹，十客相逢九吴語。旅程已付夜帆風，客睡不妨背船雨。黄柑紫蟹見江海，紅稻白魚飽兒女。憖憖買酒謝船師，千里勞君勤轉櫓。

夜泊牛口

日落江霧生，繫舟宿牛口。居民偶相聚，三四依古柳。負薪出深谷，見客喜且售。煮蔬爲夜餐，安識肉與酒。朔風吹茅屋，破壁見星斗。兒女自咿嚘，亦足樂且久。人生本無事，苦爲世味誘。富貴耀吾前，貧賤獨難守。誰知深山子，甘與麋鹿友。置身落蠻荒，生意不自陋。今子獨何者，汲汲強奔走！

黄牛廟

江邊石壁高無路，上有黄牛不服箱。廟前行客拜且舞，擊鼓吹簫屠白羊。山下耕牛苦磽确，兩角磨崖四蹄濕。青芻半束長苦飢，仰看黄牛安可及！

渚宫

渚宫寂寞依古郢，楚地荒茫非故基。二王臺閣已鹵莽，湘東王高氏。何况遠問縱横時。楚王獵罷擊靈鼓，猛士操舟張水嬉。釣魚不復數魚鼈，大鼎千石烹蛟螭。當時郢人架宫殿，意思絶妙般與倕。飛樓百尺照湖水，上有燕趙千娥眉。臨風揚揚意自得，長使宋玉作楚詞。秦兵西來取鐘簴，故宫禾黍秋離離。千年壯觀不可復，今之存者蓋已卑。池空野迥樓閣小，惟有深竹藏狐狸。臺中絳帳誰復見？臺下野水一作「鴨」。浮清漪。緑窗朱户春晝閉，想見深屋彈朱絲。腐儒亦解愛聲色，何用白首談孔姬。沙泉半涸草堂在，破窗無紙風颼颼。陳公蹤跡最未遠，七瑞寥落今何之？百年人事知幾變，直恐荒廢成空陂。誰能爲我訪遺迹，草中應有湘東碑。

出峽

入峽喜巉嵓，出峽愛平曠。吾心淡無累，遇境卽安暢。東西徑千里，勝處頗屢訪。幽尋遠無厭，高絶每先上。前詩尚遺畧，不録久恐忘。憶從巫廟回，中路寒泉漲。汲歸真可愛，翠碧光滿盎。忽驚巫峽尾，岩腹有穿壙。仰見天蒼蒼，石室開南嚮。宣尼古廟宇，叢木作幃帳。鐵楯横半空，俯瞰不計丈。古人誰架構？下有不測浪。石竇見天囷，瓦棺悲古葬。新灘阻風雪，村落去攜杖。亦到龍馬溪，茅屋沽村釀。玉虚悔不至，實爲舟人誑。聞道石最奇，寤寐見怪狀。峽山富奇偉，得一知幾喪。苦恨不知名，歷歷但想像。今朝脱重險，楚水渺平蕩。魚多客庖足，風順行意王。追思偶成篇，聊助舟人唱。

巫山

瞿塘迤邐盡，巫峽崢嶸起。連峰稍可怪，石色變蒼翠。天工運神巧，漸欲作奇偉。坱軋勢方深，結構意未遂。旁觀不暇瞬，步步造幽邃。蒼崖忽相逼，絶壁凛可悸。仰觀八九頂，俊爽凌顥氣。晃蕩天宇高，奔騰江水沸。孤超死不讓，直拔勇無畏。攀緣見神宇，憩坐就石位。巉巉隔江波，一一問廟吏。遥觀神女石，綽約誠有以。俯首見斜鬟，拖霞弄修帔。人心隨物變，遠覺含深意。野老笑吾旁，少年嘗屢至。去隨猿猱上，反以繩索試。石筍倚孤峰，突兀殊不類。世人喜神怪，論説驚幼稚。楚賦亦虚傳，神仙安有是。次問掃壇竹，云此今尚爾。翠葉紛下垂，婆娑緑鳳尾。風來自偃仰，若爲神物使。絶頂有三碑，詰曲古篆字。老人那解讀，偶見不能記。窮探到峰背，採斫黃楊子。黃楊生石上，堅瘦紋如綺。貪心去不顧，澗谷千尋縋。山高虎狼絕，深入坦無忌。洪濛草樹密，葱蒨雲霞膩。石竇有洪泉，甘滑如流髓。終朝自盥漱，冷冽清心胃。浣衣挂樹梢，磨斧就石鼻。徘徊雲日晚，歸意念城市。不到今十年，衰老筋力憊。當時伐殘木，牙蘖已如臂。忽聞老人說，終日爲嘆喟！神仙固有之，難在忘勢利。貧賤爾何愛，棄去如脫屣。嗟爾苦無還，絕糧應不死。

鰒魚行

漸臺人散長弓射，初啖鰒魚人未識。西陵衰老繐帳空，肯向北河親饋食。兩雄一律盜漢家，嗜好亦若肩相差。食每對之先太息，不因噎嘔緣瘡痂。中間霸據關梁隔，一枚何啻千金直。百年南北鮭菜通，往往殘餘飽臧獲。東隨海舶號倭螺，異方珍寶來更多。磨沙瀹瀋成大胾，剖蚌作脯分餘波。君不聞，蓬萊閣下駝碁島，八月邊風備胡獠。舶船跋浪黿鼉震，長鑱鏟處崖谷倒。膳夫善治薦華堂，坐令雕俎生輝光。肉芝石耳不足數，醋芼魚皮真倚牆。中都貴人珍此味，糟浥油藏能遠致。割肥方厭萬錢厨，決眥可醒千日醉。三韓使者金鼎來，方奩饋送煩輿臺。遼東太守遠自獻，臨淄掾吏誰爲材。吾生東歸收一斛，包苴未肯鑽華屋。分送羹材作眼明，却取細書防老讀。

寄周安孺茶

大哉天宇內，植物知幾族？靈品獨標奇，迥超凡草木。名從姬旦始，漸播桐君錄。賦詠誰最先，厥傳惟杜育。唐人未知好，論著始於陸。常李亦清流，當年慕高躅。遂使天下士，嗜此偶於俗。豈但中土珍，兼之異邦鬻。鹿門有佳士，博覽無不矚。邂逅天隨翁，篇章互賡續。開園頤山下，屏迹松江曲。有興卽揮毫，燦然存簡牘。伊予素寡愛，嗜好本不篤。越自少年時，低回客京轂。雖非曳裾者，庇蔭或華屋。頗見綺紈中，齒牙厭粱肉。小龍得屢試，糞土視珠玉。團鳳與葵花，碔砆雜魚目。貴人自矜惜，捧玩且緘櫝。未數日注卑，定知雙井辱。於茲自研討，至味識五六。自爾入江湖，尋僧訪幽獨。高人固多暇，探究亦頗熟。聞道早春時，攜籯赴初旭。驚雷未破蕾，采采不盈掬。旋洗玉泉烝，芳馨豈停宿。須臾布輕縷，火候謹盈縮。不憚頃間勞，經時廢藏蓄。髹筒淨無染，箬籠勻且複。苦畏梅潤侵，暖須人氣燠。有如剛耿性，不受纖芥觸。又若廉夫心，難將微穢瀆。晴天敞虛府，石碾破輕綠。永日遇閑賓，乳泉發新馥。香濃奪蘭露，色嫩欺秋菊。閩俗競傳誇，豐腴面如粥。自云葉家白，頗勝中山醁。好是一杯深，午窗春睡足。清風擊兩腋，去欲凌鴻鵠。嗟我樂何深，水經亦屢讀。陸子咤中冷，次乃康王谷。蟇培頃曾嘗，瓶罌走僮僕。如今老且懶，細事百不欲。美惡兩俱忘，誰能強追逐？蓋鹽拌白土，稍稍從吾蜀。尚欲外形體，安能狥心腹。由來薄滋味，日飯止脫粟。外慕旣已矣，胡爲此羈束？昨日散幽步，偶上天峰麓。山圃正春風，蒙茸萬旗簇。呼兒爲佳客，採製聊亦復。地僻誰我從，包藏置廚簏。何嘗較優劣，但喜破睡速。况此夏日長，人間正炎毒。幽人無一事，午飯飽蔬菽。困臥北窗風，風微動窗竹。乳甌十分滿，人世眞局促！意爽飄欲仙，頭輕快如沐。昔人固多癖，我癖良可贖。爲問劉伯倫，胡然枕糟麴。

荆州六首

遊人出三峽，楚地盡平川。北客隨南賈，吴檣間蜀船。江侵平野斷，風捲白沙旋。欲問興亡意，重城自古堅。

南方舊戰國，慘澹意猶存。慷慨因劉表，凄涼爲屈原。廢城猶帶井，古姓聚成村。亦解觀形勝，昇平不敢論。

朱檻城東角，高王此望沙。江山非一國，烽火畏三巴。戰骨淪秋草，危樓倚斷霞。百年豪傑盡，擾擾見魚蝦。

沙頭煙漠漠，來往厭喧卑。野市分麞鬧，宫帆過渡遲。遊人多問卜，傖叟盡攜龜。日暮江天静，無人唱楚詞。

殘臘多風雪，荆人重歲時。客心何草草，里巷自嬉嬉。爆竹驚鄰鬼，驅儺逐小兒。故人應念我，相望各天涯！

江水深成窟，潛魚大似犀。赤鱗如琥珀，老枕勝玻瓈。上客舉雕俎，佳人摇翠篦。登庖更作器，何以免屠刲！

去歲與子野遊逍遥堂日欲没因并西山叩羅浮道院至已二鼓矣遂宿于西堂今歲索居儋耳子野復來相見作詩贈之

往歲追歡地，寒窗夢不成。笑談驚半夜，風雨暗長檠。雞唱山椒曉，鐘鳴霜外聲。只今那復見，髣髴似三生。

答子勉

君不登郎省，還應上諫坡。才高殊未識，歲晚幸無他。櫪馬羸難出，鄰雞凍不歌。寒爐餘幾火，灰裏撥陰何。

壺中九華詩

湖口人李正臣，蓄異石九峰，玲瓏宛轉，若窗櫺然。余欲以百金買之，與仇池石爲偶，方南遷，未暇也。名之曰壺中九華，且以詩識之。

我家岷蜀最高峰，一作「清溪電轉失雲峰」。夢裏猶驚翠掃空。五嶺莫愁千嶂外，九華今在一壺中。天池水落層層見，一作「石泉影落涓涓滴」。玉女窗明處處通。念我仇池太孤絶！百金歸買小一作「碧」。玲瓏。

過嶺寄子由

七年來往我何堪，又試曹溪一勺甘。夢裏似曾遷海外，醉中不覺到江南。波生濯足鳴空澗，霧遶征衣滴翠嵐。誰遣山雞忽驚起，半岩花雨落毶毶。

歇白塔鋪

甘山廬阜鬱長望，林隙依稀一作「熹微」。漏日光。吳國晚蠶初斷葉，占城早稻欲移秧。迢迢澗水隨人急，冉冉岩花撲馬香。望眼儘從一作「窮」。飛鳥遠，白雲深處是吾鄉。

西蜀楊耆二十年前見之甚貧今見之亦貧所異於昔者蒼顏華髮耳女無美惡富者妍士無賢不肖貧者鄙使其逢時遇合豈減當世之士哉頃宿長安驛舍聞泣者甚怨問之乃昔富而今貧者乃作一詩今以贈楊君

孤村漸一作「微」。雨逐秋涼，逆旅愁人怨夜長。不寐相看唯櫪馬，愁吟一作「悲歌」。互答有寒螿。天寒滯穗猶橫畝，歲晚空機尚倚牆。勸爾一杯聊復睡，人間貧富海茫茫！

趙成伯家有姝麗僕忝鄉人不肯開樽徒吟春雪謹依元韻以當一笑

繡簾朱户未曾開，誰見梅花落鏡臺？試問高吟三十韻，俗云：「檢驗死秀才帶上，有詩三十韻。」何如低唱兩三杯。世傳陶穀學士買得黨太尉家故妓。遇雪，陶取雪水，烹團茶。謂妓曰：「黨家應不識此？」妓曰：「彼粗人安有此景，但能於銷金暖帳下，淺斟低唱，吃羊羔兒酒耳」。陶默然愧其言。莫嫌衰鬢聊相映，須得纖腰與共回。知道文君隔青鎖，梁園賦客敢言才。聊答來句，義取婦人而已，罪過，罪過！

獄中寄子由二首

聖主如天萬物春，小臣愚暗自忘身。百年未滿先償債，十口無歸更累人。是處青山可埋骨，他年夜雨獨傷神。與君世世爲兄弟，更結人間未了因。

栢臺霜氣夜凄凄，風動琅璫月向低。夢遶雲山心似鹿，魂飛湯火命如雞。眼中犀角眞吾子，身後牛衣愧老妻。百歲神遊定何處，桐鄉知葬浙江西。獄中聞湖杭民爲余作解厄齋經月，所以有此句也。朱邑葬桐鄉。還角，杜琮事。

出獄次前韻二首

百日歸期恰及春，殘生樂事最關身。出門便旋風吹面，走馬聯翩鵲啅人。却對酒杯渾是夢，試拈詩筆已如神。此災何必深追咎，竊祿從來豈有因。

平生文字爲吾累，此去聲名不厭低。塞上縱歸他日馬，城中不鬭少年雞。休官彭澤貧無酒，隱几維摩病有妻。堪笑睢陽老從事，爲余投檄向江西。子由聞余下獄，乞以官爵贖罪。貶筠州監酒。

次韻完夫再贈之什某已卜居毗陵與完夫有廬里之約云

柳絮飛時笋籜斑，風流二老對開關。雪芽我爲求陽羨，乳水君應餉惠山。竹簟水風眠晝永，玉堂制草落人間。應容緩急煩閭里，桑柘聊同十畝閑。

惠州近城數小山類蜀道春與進士許毅野步會意處飲之且醉作詩以記適參寥專使欲歸使持此以示西湖之上諸友庶使知余未嘗一日忘湖山也

夕陽飛絮亂平蕪，萬里春前一酒壺。鐵化雙魚沉遠素，劍分二嶺隔中區。花曾識面香仍好，鳥不知名聲自呼。夢想平生消未盡，滿林煙月到西湖。

往年宿瓜步夢中得小詩錄示民師

吳塞蒹葭空碧海，隋宮楊柳只金堤。春風自恨無情水，吹得東流竟日西。

僕年三十九在潤州道上過除夜作此詩又二十年在惠州錄之以付過

寺官官小未朝參，紅日半窗春睡酣。爲報鄰雞莫驚覺，更容殘夢到江南。

釣艇歸時菖葉雨，繅車鳴處楝花風。長江昔日經遊地，盡在如今夢寐中！

送柳宜歸

折脚鐺邊煨淡粥，曲枝桑下飲離杯。書生不是南遷客，魑魅驚人須早回。

寒具乃捻頭，出劉禹錫《佳語》。

纖手搓來玉數尋，碧油輕蘸嫩黄深。夜來春睡濃於酒，壓褊佳人纏臂金。

劉監倉家煎米粉作餠子余云爲甚酥潘邠老家造逡巡酒余飲之莫作醋錯着水來否後數日余攜家飲郊外因作小詩戲劉公求之二首

一杯連坐兩髯棊，數片深紅入座飛。十分瀲灧君休訴，且看桃花好面皮。唐詩云：「未有桃花面皮，先作杏子眼孔」。

野飲花間百物無，杖頭惟挂一葫蘆。已傾潘子錯著水，更覓君家爲甚酥。

絶句

柴桑春晚思依依，屋角鳴鳩雨欲飛。昨日已收寒食火，吹花風起却添衣。

書辨才白雲堂壁

不辭清曉叩松扉，却值支公久不歸。山鳥不鳴天欲雪，卷簾惟見白雲飛。

和時運四首

丁丑二月十四日，白鶴峰新居成，自嘉祐寺遷入。詠淵明《時運》詩云：「斯晨斯夕，言息其廬。」似爲余發也，乃次其韻。長子邁與余別三年矣，挈攜諸孫，萬里遠至。老朽憂患之餘，不能無欣然。

我卜我居，居非一朝。龜不我欺，食此江郊。廢井已塞，喬木干霄。昔人伊何，誰其裔苗？

下有碧潭，可飲可濯。江山千里，供我遐矚。木固無脛，瓦豈有足。陶匠自至，嘯歌相樂。

我視此邦，如洙如沂。邦人勸我，老矣安歸？自我幽獨，倚門或揮。豈無親友，雲散莫追！

旦朝丁丁，誰款我廬。子孫遠至，笑語紛如。翦髮垂髫，一作「剪綵垂髻」。覆此瓠壺。三年一夢，乃復見余。

和勸農六首

海南多荒田，俗以貿香爲業。所產秔稌，不足於食，乃以藷芋雜米作粥糜以取飽。余既哀之，乃和淵明《勸農》詩，以告其有知者。

咨爾漢黎，均是一民。鄙夷不訓，夫豈其真。怨忿劫質，尋戈相因。欺謾莫訴，曲自我人。

天禍爾土，不麥不稷。民無用物，怪珍是殖。播厥熏木，腐餘是穡。貪夫汚吏，鷹鷙狼食。

豈無良田，膴膴平陸。獸蹤交締，鳥喙諸穋。驚麏朝射，猛豨夜逐。芋羹藷糜，以飽耆宿。

聽我苦言，其福永久。利爾鉏耜，好爾鄰偶。斬艾蓬藋，南東其畝。父兄搢梃，以扶遊手。

天不假易，亦不汝匱。春無遺勤，秋有厚冀。雲舉雨決，婦姑畢至。我良孝愛，袒跣何愧。

逸諺戲侮，博弈頑鄙。投之生黎，俾勿冠履。霜降稻實，千箱一軌。大作爾社，一醉醇美。

和歸田園居三首

環州多白水，際海皆蒼山。以彼無盡景，寓我有限年。東家著孔丘，西家著顏淵。市爲不二價，農爲不爭田。周公與管蔡，恨不茅三間。我飽一飯足，薇蕨補食前。門生餽薪米，救我厨無煙。斗酒與隻雞，酣歌餞華顛。禽魚豈知道，我適物自閑。悠悠何必爾！聊樂我所然。

窮猿既投林，疲馬初解鞅。心空飽新得，境熟夢餘想。江鷗漸馴集，蜑叟已還往。南池綠錢生，北嶺紫筍長。提壺豈解飲，好語時見廣。春江有佳句，我醉墮渺莽。

老人八十餘，不識城市娛。造物偶遺漏，同儕盡丘墟。平生不渡江，水北有幽居。手插荔枝子，合抱三百株。莫言陳家紫，甘冷恐不如。君來坐樹下，飽食攜其餘。歸舍遺兒子，懷抱不可虛。有酒持飲我，不問錢有無。

與殷晉安別和送昌化軍使張中罷官赴闕。

孤生知永棄，末路嗟長勤！久安儋耳陋，日與雕題親。海國此奇士，官居我東鄰。卯酒無虛日，夜棋有達晨。小甕多自釀，一瓢時見分。仍將對牀夢，伴我五更春。暫聚水上萍，忽散風中雲。恐無再見日，笑談來生因。空吟清詩送，不救歸裝貧。

和王撫軍座送客再送張中。

胸中有佳處，海瘴不能腓。三年無所愧，十口今同歸。汝去莫相憐，我生本無依。相從大塊中，幾合幾分違。莫作往來相，而生愛見悲。悠悠含山日，炯炯留清暉。懸知冬夜長，不恨晨光遲。夢中無與別，作詩記忘遺！

形贈影

天地有常運，日月無閑時。孰居無事中，作止推行之。細察我與汝，相因以成茲。忽然乘物化，豈與生滅期。夢時我方寂，偃然無所思。胡爲有哀樂，輒復隨漣洏。我舞汝淩亂，相應不少疑。還將醉時語，答我夢中辭。

影答形

丹青寫君容，常恐畫師拙。我依月燈出，相肖兩奇絶。妍媸本在君，我豈相媚悦。君如火上煙，火盡君乃別。我如鏡中像，鏡壞我不滅。雖云附陰晴，了不受寒熱。無心但因物，萬變君有竭。醉醒皆夢爾，未用議優劣。

神釋

二子本無我，其初因物著。豈惟老變衰，念念不如故。知君非金石，安足長託附。莫從老君言，亦莫用佛語。仙山與佛國，終恐無是處？甚欲隨陶翁，移家酒中住。醉醒要有盡，未易逃諸數。平生逐兒戲，處處餘作具。所至人聚觀，指目生毁訾。如今一弄火，好惡都焚去。既無負載勞，又無寇攘懼。仲尼晚乃覺，天下何思慮！

怨詩楚調示龐主簿鄧治中

當歡有餘樂，在戚亦頽然。淵明得此理，安處故有年。嗟我與先生，所賦良奇偏。人間少宜適，惟有歸耘田。我昔墮軒冕，毫釐真市廛。因來卧重裀，憂愧自不眠。如今破茅屋，一夕或三遷。風雨睡不知，黄葉滿枕前。寧當出怨句，慘慘如孤煙！但恨不早悟，猶推淵明賢。

和移居二首

余去歲三月，自水東嘉祐寺遷居合江樓。迨今一年，多病寡歡，頗懷水東之樂也。得歸善縣後隙地數畝，父老云：古白鶴觀也。意欣然，欲居之，乃和此詩。

昔我初來時，水東有幽宅。晨與烏鵲朝，暮與牛羊夕。誰令遷近市，日有造請役。歌呼雜閭巷，鼓角鳴枕席。出門無所詣，樂事非宿昔。病瘦獨彌年，束薪誰與析！

洄潭轉碕岸，我作《江郊》詩。今爲一廛氓，此地乃得之。葺爲無邪齋，思我無所思。古觀廢已久，白鶴歸何時。我豈丁令威，千歲復還兹。江山朝福地，古人不吾欺。

歲暮作和張常侍

十二月二十五日，酒盡，取米欲釀，米亦竭。時吳遠遊、陸道士客於余，因讀淵明《歲暮和張常侍》，亦以無酒爲歎！乃用其韻，贈二子。

我生有天祿，玄膺流玉泉。何事陶彭澤，乏酒每形言。仙人與道士，自養豈在繁。但使荆棘除，不憂梨棗愆。我年六十一，頹景薄西山。歲暮似有得，稍覺散亡還。有如千丈松，常苦弱蔓纏。養我歲寒枝，會有解脱年。米盡初不知，但怪飢鼠遷。二子真我客，不醉亦陶然。

和郭主簿

今日復何日，高槐布初陰。良辰非虚名，清和盈我襟。孺子卷書坐，誦詩如鼓琴。却念四十年，玉顔如汝今。閉户未嘗出，出爲鄰里欽。家世事酌古，百史手白斟。當年二老人，喜我作此音。淮德入我夢，角羈未勝簪。孺子笑問我，君何念之深！

和連雨獨飲

平生我與爾，舉意輒相然。豈止磁石鍼，雖合猶有間。此外一子由，出處同偏僊。晚景最可惜，分飛海南天。糾纏一作「隘」。不吾欺，寧此憂患先。顧影一盃酒，誰謂無往還。寄語海北人，今日爲何年。醉裏有獨覺，夢中無雜言。

和贈羊長史

得鄭會嘉靖老書，欲於海舶載書千餘卷見借。因讀淵明《贈羊長史》詩云：「愚生三季後，慨然念黄虞。得知千載事，上賴古人書。」次其韻以謝鄭君。

我非皇甫謐，門人如摯虞。不特兩鴟酒，肯借一車書。欲令海外士，觀經似鴻都。結髪事文史，俯仰六十踰。老馬不耐放，長鳴思服輿。故知根塵在，未免病藥俱。念君千里足，歷瑰猶踟躕。好學真伯業，比肩可相如。此書久已熟，救我今荒蕪。顧慚桑榆迫，豈厭詩酒娱。奏賦病未能，草玄老更疏。猶當距楊墨，稍欲懲荆舒。

遊斜川和正月五日與兒子過出遊作

謫居澹無事，何異老且休。雖過靖節年，未失斜川遊。春江渌未波，人卧船自流。我本無所適，泛泛隨鳴鷗。中流遇洑洄，捨舟步曾丘。有口可與飲，何必逢我儔。過子詩似翁，我唱兒輒酬。未知陶彭澤，頗有此樂不！問點爾何如，不與聖同憂。問翁何所笑，不爲由與求。

和癸卯歲始春懷古田舍

茅茨破不補，嗟子乃爾貧！菜肥人愈瘦，竈閑井常勤。我欲致薄少，解衣勸坐人。臨池作虚堂，雨急瓦聲新。客來有美載，果熟多幽欣。丹荔破玉膚，黄柑溢芳津。借我三畝地，結茅爲子鄰。鴂舌儻可學，化爲黎母民。

和飲酒五首

道喪士失己，出語輒不情。江左風流人，醉中亦求名。淵明獨清真，談笑得此生。身如受風竹，掩冉衆葉驚。俯仰各有態，得酒詩自成。

蠢蠕食葉蟲，仰空慕高飛。一朝傅兩翅，乃得粘網悲。啁啾厭巢雀，沮澤疑可依。赴水生兩殼，遭閉何時歸？二蟲竟誰是，一笑百念衰。幸此未化間，有酒君莫違。

籃輿兀醉守，路轉古城隅。酒力如過雨，清風消半途。前山止可數，後騎且勿驅。我緣在東南，往寄白髮餘。遥知萬松嶺，下有三畝居。

我夢入小學，自謂總角時。不記有白髮，猶誦《論語》辭。人間本兒戲，顛倒略似兹。惟有醉時真，空洞了無疑。墜車終無傷，莊叟不吾欺。呼兒具紙筆，醉語輒録之。

嘵嘵六男子，絃誦各一經。復生五丈夫，戢戢丁欲成。歸田了門户，與國充踐更。普兒初學語，玉骨開天庭。淮老如鶴雛，破殼已能鳴。舉酒屬千里，一歡愧凡情。

和止酒

丁丑歲，余謫海南，子由亦貶雷州。五月十一日，相遇於滕，同行至雷。六月十一日相別，渡海。余時病痔呻吟，子由亦終夕不寐。因誦淵明詩，勸余止酒。乃和元韻，因以贈別，庶幾真止矣！

時來與物逝，路窮非我止。與子各意行，同落百蠻裏。蕭然兩别駕，各攜一稚子。子室有孟光，我室惟法喜。相逢山谷間，一月同卧起。茫茫海南北，粗亦足生理。勸我師淵明，力薄且爲己。微痾坐杯勺，止酒則瘳矣。望道雖未濟，隱約見津涘。從今東坡室，不立杜康祀。

還舊居和夢歸惠州白鶴山居作

痿人常念起，夫我豈忘歸！不敢夢故山，恐興墳墓悲。生世本暫寓，此身念念非。鵝城亦何有，偶拾鶴毳遺。窮魚守故沼，聚沫猶相依。大兒當門户，時節供丁推。夢與鄰翁言，憫默憐我衰。往來付造物，未用相招麾。

和庚戌歲九月中於西田穫早稻

蓬頭二獠奴，誰謂愿且端。晨興洒掃罷，飽食不自安。願治此圃畦，少資主游觀。晝功不自覺，夜氣乃潛還。早韭欲争春，晚松先破寒。人間無正味，美好出艱難。早知農圃樂，豈有非意干。尚恨不持鉏，未免騂我顏。此心苟未降，何適不間關。休去復歇去，菜食何所歎！

和丙辰歲八月中於下潠田舍穫

聚糞西垣下，鑿泉東垣隈。勞辱何時休，宴安不可懷。天公豈相喜，雨霽與意諧。黄菘養土羔，老楮生樹雞。未忍便烹煮，繞觀日百迴。跨海得遠信，冰盤鳴玉哀。茵蔯點膾縷，照坐如花開。一與蜑叟醉，蒼顏兩摧頹。齒根日浮動，自與粱肉乖。食菜豈不足，一作「好」。呼兒拆雞栖。

和乙巳歲三月爲建威參軍使都經錢溪

喬木卷蒼藤，浩浩崩雲積。謝家堂前燕，對語悲宿昔。仰看桄榔樹，玄鶴舞長翮。新年結荔子，主人黃壤隔。谿陰宜館我，稍省薪水役。相如賣車騎，五畝亦可易。但恐鵩鳥來，此生還蕩析。誰能插籬槿，護此殘竹栢。和游城北謝氏廢園作。

辛丑七月赴假還江陵夜行途中作口號 和郊行步月。

缺月不早出，長林踏青冥。犬吠主人怒，愧此閭里情。怪我夜不歸，茜袂窺紫荊。雲間與地上，待我兩友生。驚鳴再三起，樹端已微明。白露淨原野，始覺丘陵平。暗蛩方夜績，孤螢亦宵征。歸來閉户坐，寸田且默耕。莫赴花月期，免爲詩酒縈。詩人如布穀，聒聒常自名。

和雜詩二首

斜日照孤隙，始知空有塵。微風動衆竅，誰信我忘身。一笑問兒子，與汝定何親。從我來海南，幽絶無四鄰。耿耿如缺月，獨與長庚晨。此道固應爾，不當怨尤人！

故山不可到，飛夢隔五嶺。真游有黃庭，閉目寓兩景。室空無可照，火滅膏自冷。披衣起視夜，海闊河漢永。西窗半明月，散亂梧楸影。良辰不可繫，逝水無留騁。我苗期後枯，持此一念靜。

和擬古四首

有客叩我門，繫馬門前柳。庭空鳥雀散，門閉客立久。主人枕書卧，夢我平生友。忽聞剥啄聲，驚散一杯酒。倒裳起謝客，夢覺兩愧負。坐談雜今古，不答顔愈厚。問我何處來，我來無何有。

客去室幽幽，鵩鳥來坐隅。引吭伸兩翮，太息意不舒。吾生如寄耳，何者爲我廬。去此復何之，少安與汝居。夜中聞長嘯，月露荒榛蕪。無問亦無答，吉凶兩何如？

少年好遠遊，蕩志隘八荒。九夷爲藩籬，四海環我堂。盧生與若士，何足期杳茫。稍喜海南州，自古無戰場。奇峰望黎母，何異嵩與邙。飛泉瀉萬仞，舞鶴雙低昂。分沂未入海，膏澤彌此方。芋魁儻可飽，無肉亦奚傷。

黎山有幽子，形槁神獨完。負薪入城市，笑我儒衣冠。生不聞詩書，豈知有孔顔。翛然獨往來，榮辱未易關。日暮鳥獸散，家在孤雲端。問答了不通，歎息指屢彈！似言君貴人，草莽栖龍鸞。遺我吉貝布，海風今歲寒。

和桃花源詩

世傳桃源事，多過其實。攷淵明所記，止言先世避秦亂來此，則漁人所見，似是其子孫，非秦人不死者也。又云殺雞作食，豈有仙而殺者乎！舊説南陽有菊水，水甘而芳，民居三十餘家，飲其水，皆壽，或至百二三十歲。蜀青城山老人村，有見五世孫者，道極險遠，生不識鹽醯，而溪中多枸杞，根如龍蛇，飲其水故壽。近歲道稍通，漸能致五味，而壽亦益衰，桃源蓋此比也歟。使武陵太守得而至焉，則已化爲争奪之場久矣。嘗意天壤之間，若此者甚衆，不獨桃源。余在潁州，夢至一官府，人物與俗間無異，而山川清遠，有足樂者。顧視堂上，榜曰仇池。覺而念之，仇池，武都氏故地，楊難當所保，余何爲居之。明日，以問客，客有趙令畤德麟者曰：「公何爲問此，此乃福地，小有洞天之附庸也。杜子美蓋云：『萬古仇池穴，潛通小有天。神魚人不見，福地語真傳。近接西南境，長懷十九泉。何時一茅屋？送老白雲邊。』」他日工部侍郎王欽臣仲至謂余曰：「吾嘗奉使過仇池，有九十九泉，萬山環之，可以避世如桃源也。」

凡聖無異居，清濁共此世。心閑偶自見，念起忽已逝。欲知真一處，要使六用廢。桃源信不遠，藜杖可小憩。躬耕任地力，絶學抱天藝。臂雞有時鳴，尻駕無可税。苓龜亦晨吸，杞狗或夜吠。耘樵得甘芳，齕齧謝炮製。子驥雖形隔，淵明已心詣。高山不難越，淺水何足厲。不知我仇池，高舉復幾歲。從來一生死，近又等癡慧。蒲澗安期境，在廣川。羅浮稚川界。夢仕從之遊，神交發吾蔽。桃花滿庭下，流水在户外。却笑逃秦人，有畏非真契！

和劉柴桑

萬劫互起滅，百年一踟躕。漂流四十年，今乃言卜居。且喜天壤間，一席亦吾廬。稍理蘭桂蘩，盡平狐兔墟。黄櫟出舊枿，紫茗抽新畬。我本早衰人，不謂老更劬。邦君助畚鍤，鄰里通有無。竹屋從低深，山窗自明疎。一飽便終日，高眠忘百須。自笑四壁空，無妻老相如。

西塘詩鈔

鄭俠，字介夫，福清人。第進士，調光州司法參軍，秩滿入都。見安石，言新法非便，安石不悅，使監安上門。會久旱，俠繪門上所見流民困苦圖，發馬遞投銀臺進之。神宗覽圖噓唏，罷新法。浹日大雨，用事者爭置俠擅發馬遞之罪。編管汀州，改英州。哲宗立，放還。除泉州錄事參軍。元符，復送英州。建中靖國放還，復前職。崇寧監衡山廟，旋追毀前命，勒停五年，降告復將仕郎敍用，俠遂不復出。在英時，號大慶居士，還鄉所存唯一拂，故又號一拂居士。宣和元年，忽夢鐵冠道士遺之詩，視之，乃子瞻也。嘆曰：「吾將逝矣！」作詩云：「似此平生只藉天，勝如過鳥在雲煙。如今身畔無餘物，贏得虛堂一枕眠。」授孫而卒。年七十九。嘉定中謚曰介。俠少苦學，其古詩疏朴老直，有次山、東野之風，不得以當行格調律之。

謝太守答詩萊州

閑齋掩晝扉，疏竹問風韻。兀坐無所爲，仰高方苦峻。關關兩喜鵲，如以捷來獻。疑其喜過常，精爽抑何頓。謂當有嘉賓，結駟問原憲。不然親交書，萬里來問訊。何意二千石，新書爛盈卷。使者入衡門，紅光十餘仞。衣冠出蓬室，再拜望城闉。開緘列宿動，芒角相輝煥。捧讀未終篇，欽降已三歎！譬如涉春波，渺不知涯岸。又若驚雷霆，但覺日眩轉。誰言匹夫窮，陋巷一簞飯。篋有無價珍，貴于青玉案。昨者鄙俚辭，惟求指瑕疊。敢期明月珠，傾寫殊不恪。重重借褒譽，許與良過分。酷愛愚且直，還憐貧且困。惟人最難知，聖哲其猶恨。自非明如日，安得物無遁。程孔昔中途，邂逅適所願。傾蓋畢所懷，日西不知倦。聖賢欣道合，萬古直一瞬。凄涼千載餘，此道誰復振。未聞似今日，曾不拜公面。顧遇過所親，思知久彌浚。重念樗散材，平生慕忠順。青衫百僚末，言責固所逭。若其愛君心，豈以爵祿辨。謂宜爲民上，必與同喜慍。謂宜食君祿，寧當復私狥。刀斧且滿前，斯誠豈磨磷。千載幸一時，岩廊拱堯舜！夔臯豈無人，共鯀偶未竄。眷委一失真，聰明不無亂。出令以便民，動皆爲深患。疲羸死飢凍，重負遭囚絆。奔逃苟自活，父子潛分散。以天征不義，如以雨蘇旱。簞食迎王師，東征西夷怨。未聞百萬帥，戈鋋日持玩。南取十數洞，西開五六郡。府庫爲一空，白骨成龍斷。大臣弄權柄，生殺在顧盼。威福不有歸，佞邪尚何憚。公忠獲罪咎，正直招訶譴。幽恚鬱不伸，變異以頻見。陰陽爲之沴，淫潦仍乾暵。方且頌太平，長歌事賡贊。天子九重門，深居拱閒燕。人人懷欺匿，比周相引薦。以俠觀此時，綱維一何紊。滔滔恐皆溺，心竊擬手援。是以屢上章，指陳幾欲遍。初雖蒙嘉納，終不離讒間。棄逐來窮陬，星霜兩經閏。簪紳滿朝著，大半嗟排擯。誰爲憫窮褐，粟帛推餘羨。誰爲念孤獨，齒牙借餘論。重傷棄逐久，不敢略自辯。高堂有單親，日久庭闈戀。同時得罪人，一赦皆從便。惟茲尚遠斥，不許歸寧覲。擬扣閶闔門，明颺紫宸殿。恨無可言路，勇決固所斷。嗟嗟道云亡，丈夫兒女懦。勢利同險巇，風雲借餘便。誰非顧金錢，誰非思達宦。孳孳顧理義，惻惻念寒畯。如公今幾人，百世紹休閒。

觀孔義甫與謝致仕詩有感

人生足清閑，天下第一福。惜哉聲與利，舉世方逐逐。君子耀軒裳，小人腴口腹。霜雪滿頤頷，馳競心更速。誰如東山後，清風千載續。仁孝實天成，聰明乃幾燭。弱冠擢高科，聲華光煜煜。騏驥駕夷途，千里在舉足。歲未再周天，官先上應宿。皇華屢更指，間請分符竹。端介奉高明，慈仁撫煢獨。施設妙通神，歡謳道相屬。一旦遽上章，皤然謝羈束。古人涖官政，五十曰艾服。公年未五十，懇請竟從欲。緬彼伋與軻，進退遺佳躅。三揖就恩榮，一辭託巖谷。由公仕以觀，其庶無愧恧。東皋我田園，負郭予室屋。兒姪幾百人，圖史逾千軸。親舊既周旋，閨門更雍穆。賓來酒一樽，興來碁一局。吟嘯動煙雲，詩書到僮僕。寧知地有仙，但見人如玉。乃覺世間人，爲生何局促。譬如方汚垢，對之獨薰沐。孔公當代賢，宜其欽愛酷。慷慨出長篇，情殷語重複。日日動歸思，浩浩見林麓。何意蒙鄙人，幸兹一觀矚。當筵頓忘味，如聽簫韶曲。平生粗意氣，自初得書讀。每見古聖賢，心常自程督。知身是罪根，每每自鉏斸。如彼善稼穡，去草茂嘉穀。深嘉遠世網，有若囚脫梏。惟兹素艱貧，事與心反覆。歷官二紀周，一紀投南陝。歸時異去時，聖主恩霖霂。方欣到家鄉，足覺愁慮簇。高堂皓垂白，甘旨不饒沃。四弟兩背亡，未言他骨肉。繼又喪一弟，三房等窮蹙。不數姆與婢，孤孀十有六。薄業支半年，一飯猶五菽。蕭然夏秋際，甚者日食粥。人惟有父子，恩親家室睦。惟知有君臣，禮義朝廷肅。二者苟有違，三靈共誅戮。況茲生聖辰，熙隆遇堯嚳。艱虞免兵革，少小遊庠塾。青春被恩擢，名姓粗揚暴。孰非累聖德，師誨而君牧。中間更狂妄，天聽常輕瀆。云云不少已，竟致御史鞫。所負鼎鑊輕，敢意尚收録。日月忽中天，湛恩我濯浴。父子實再逢，君臣亦敦復。新恩胡爲報，舊過云何贖？父母教子勤，羽括而礪鏃。朝夕望乃成，榮顯被親屬。慈烏於反哺，知以報生鞠。學術不寸施，猶之玉韞匵。千載遘明良，不能少負輻。是生天地間，曾不如草木。以此望明公，雲中一鴻鵠。

臘月十八日呈子京

歲去如奔馬，殘日十有三。姪爲當嫁女，甥是未婚男。叢然猥俗併，殊非力所堪。嗟予本支離，塵事素不參。東牀書一架，西榻經一函。如是歲月深，吻舌如縢緘。惟有陶淵明，常欲共清談。牀頭酒盈壺，亦欲同醺酣。二十一二間，煩事如掃芟。期使堂下空，宴笑同所耽。清樽酌宜深，古語交嶄岩。夜久燈熒熒，金波忽東南。歲宴獨優遊，庶幾爲不凡。

示潮州吴宅三甥

大郎性純淑，至寶受磨琢。二郎姿秀美，白璧光閃爍。三郎神照藏，宛若雛在殼。五彩翔鳳翰，參差見斑駁。三人吾令甥，亦嘗從吾學。昊穹有顯通，報應無舛錯。未有祖慶厚，而招子孫薄。二親又善教，曾不閑飲啄。甥雖多似舅，三子自超卓。爲文要根理，覽古務詳博。不惟子三人，萬世同矩矱。愼勿學舅癡，直指世奸惡。心雖在規益，世誰受忠諤。立身既不危，青雲在拏攫。

示女子

吾生鮮兒女，汝次今居首。柔惠少語言，天性非嬌揉。女生必有適，二親非終守。既嫁又他州，安能長相就。幸然汝夫賢，純淑真汝偶。出門天其夫，禮律其來久。汝姑吾之妹，姑夫爲汝舅。事舅如事父，事姑如事母。三者無所闕，汝則無大咎。門内有尊親，門外有親友。歲時或餽助，祭祀合奔走。一一無間言，乃可逃父醜。治家在勤儉，臨財戒多取。誦經味其理，聖心良可究。即事念慈和，無但勞吻咮。善看育與蟾，二子吾珠錇。汝嫁既遠鄉，吾遷又遠趣。東去十八程，西來二十九。三四千里間，吾視堂猶牖。人生否與泰，正若夜隨晝。但當道無虧，不媿載與覆。憶昨汝初生，時吾心有負。以爲臣事君，即是子事父。閨門有危難，誰不在悼疚。推其愛父心，誰不得前剖？幸爲男兒身，許國自結綬。安能冷眼看，終不一開口。封章重十上，夫豈避鼎斧。南州雖譴逐，萬死蒙恩宥。行行出國門，母馬吾徒步。汝生未三月，正當時襁乳。雪片落鵝毛，霜簷懸凍溜。汝母斂汝身，寒風裂雙肘。驅馳僅逾時，粗糲不敢吐。殘春到貶所，歲卯俄及丑。汝時年十二，稍稍近針縷。是歲真龍躍，重明登九五。湛恩被遐荒，漸漬到枯朽。拜命走親庭，便道從海浦。既見汝姑賢，汝乃吳氏婦。我乃緣他人，譴斥循其舊。人皆念再逐，道路或攢皺。我以臣子心，等視如榮授。人生無患難，憤勵亦何有？況兹尋前道，復見迎賢堠。旬月得相聚，天與幸誠厚。君命不可緩，病已斯馳驟。南北出靡常，惟祈各寧壽。舉足念其身，行幽如白晝。又當夙夜間，警戒其君子。神靈依正直，惟仁孝是祐。書信或往來，知汝無病苦。

爲婦洎爲母，皆不處人後。定當舉家歡，相慶酌大斗。勝彼淚滂沱，臨期一盃缶。

六環助潮士鍾平仲納官輒辭贈以詩

揭陽繁富州，鍾子處城閈。怡然保清操，不與世俗换。豪家富廪庾，鼠雀嫌陳爛。鍾子無田園，斗糴供哺旦。甲第闢公門，奴僮立如雁。鍾子無使令，其子供櫛盥。無妻備組紃，無婢奉炊爨。市屋十數椽，廛商是隣畔。暝陰滋蠹蝕，飛屑落几案。炎蒸鬱不通，揮扇尚流汗。絃誦不輟音，學海窮瀰漫。文章有星斗，胸臆藏璀璨。何殊盛衣冠，而坐於塗炭。下藥百十包，虫腐皆逾半。經年無人顧，蛛網潛滋蔓。苦李十數株，採摘亦素幹。此外乃一無，兒女不蔽骭。固非人所堪，隨分亦侃侃。何意官物租，添輸告踰貫。太守爲學校，芹茅思樂泮。買田垂萬年，供給期無岸。誰人不樂輸，我獨無計辦。此時私愁憂，幾至方寸亂。我身困長途，脱身自投竄。聞此心惻然，不覺潛浩歎。六環聊助君，鶩股難廣獻。聊欲分子憂，使免頻勾唤。知子謂子貧，不知謂矜慢。斯則朋遊愆，此時那可斷。子猶重辭讓，揖拜如戰汗。急取慎勿辭，六環如六萬。

再到吴子野歲寒堂

再到歲寒堂，仍登歲寒閣。閣上與堂前，物物皆如昨。鉄幹偃虬龍，雲峰自巖壑。文章有神力，壁筒光彩錯。主人歲寒翁，古意何淡薄？山肴具樽酒，忻喜爲我酌。高論寫胞懷，千弩射鯨鱷。速悟有寶龜，靈通非火灼。辯議恣酬答，亦以資笑謔。想翁賓去後，前扃徐徐鑰。萬卷羅目前，舒卷良自若。盛暑一榻風，祁寒一爐藥。脩然去與來，一箇無住着。我亦淡泊人，世味聊咀嚼。無種不取嘗，畢竟何美惡？但聞歲寒風，便覺世齷齪。今茲翁如龍，看彼皆尺蠖。今茲翁如鴻，視彼皆籠縛。故願歲寒翁，高收歲寒脚。踞坐百千年，看春華秋落。無令木石心，長笑人脆弱。

古交行

大海有時竭，此心瀝不乾。厚地有時坼，此心無裂文。持此以相照，百鍊青銅昏。用此以相惠，貝璧黃金盤。覿面有餘歡，背面無閒言。德義以相高，慶譽以相先。千古似一日，萬里如同筵。此爲金石交，誰與知者論。

教子孫讀書

水在盤盂中，可以鑑毛髮。盤盂若動搖，星日亦不察。鏡在臺架上，可以照顏面。臺架若動搖，眉目不可辨。精神在人身，水鏡爲擬倫。身定則神凝，明于烏兔輪。是以學道者，要先安其身。坐欲安如山，行若畏動塵。目不妄動視，口不妄談論。儼然望而畏，暴慢不得親。淡然虛而一，志慮則不分。眼見口卽誦，耳識潛自聞。神焉默省記，如口味甘珍。一遍勝十遍，不令人艱辛。

賦公悅席上事送周如京

逢世路分疑誤。歸洛陽，有客邂逅樵溪曲。高談傾蓋萬珠璣，相對崇朝惟不足。武陽太守山簡徒，喜賢樂事天下無。爲客留公駐斯須，精庖饌玉歌貫珠。坐中賓客皆豪傑，凜凜清風生頰舌。性情浩浩談云云，不待酒味既凜冽。逡巡行幕如風翻，二姝新出屏幃間。一人捧心餘故態，對客悄悄眉峰攢。一人襝裾半雲鬟，仙袂應曲飄飄舉。解作陽關意外聲，舊人只把花卿數。此宵嘉會世所稀，席上更覽周侯詩。彫金有格但聞說，不覽新集那得知。俠于周侯非甚舊，朋友十輩識公九。此公惜別事如何，反覆清篇還執手。龍韜虎略何處藏，却向吟筆呈鋒鋩。堪作太平祥瑞録，將軍白首弄篇章。

謝太守惠酒

重陰未肯避陽明，飄風驟雨加震凌。正月已缺二月近，滴水成凍威稜稜。帝雖乘震利發生，令猶行冬重嚴凝。鶯皆遷喬忽入谷，魚已弄煖翻藏冰。此時草木亦成愁，祇恐不得達其萌。吁嗟羈窮影弔形，安得恝然如無情。明良會合千載遇，乃以罪棄投荒荆。單親萬里頭應雪，不得朝晚奉甘馨。閩嶺之南方弄兵，殺氣殊與生成爭。既不能，輔助聖時使咸若。又不得，慷慨帝前效昔人之請纓。詩書滿腹浪自飽，一句不得推而行。身雖兀坐心惕驚，愁緒忽起塡胸膺，但聽曠野深林調調刁刁如有神號鬼泣聲。真江太守真慈明，惠施每每先單煢。眼前突兀雙玉瓶，滿貯玉液清泠泠，拜公之賜未敢傾。不覺失笑三閭生，不學憔悴思獨醒。哺糟啜醨隨其朋，往往一飲一石五斗解酲，被人呼作生劉伶。雖然遇酒而酩酊，心不汝醉神亦寧。開樽又飲太守德，和氣坐覺生簷楹。不知凝冽自何去，至于愁思皆自澄。乃知春功亦不遠，緘封祇在瓶與罌。安得遽爾披重雲，劃見白日臨青冥。和氣習習扇九壤，枯枝朽質爭敷榮。風雨時，泰階平聖，君萬壽寰海清。細草輕煙日邊路，鳳管龍絲細可聽。有耳不聞鼙與鉦，有目不識旗與旌，聖功浩蕩不可名。

醉翁行贈黎師醇

金峰醉翁七十九，行步龍鍾面黧垢。惟有滿腹奇文章，日月爭新無老醜。頰舌鏘洋言不苟，咳唾成珠須信有。兩眼如星照耀人，見客偏明𥈭如舊。問翁壯年愛碁酒，邇日還如昔時否？曰予不戰猶好看，日飲常能傾一斗。因持碁酒前就翁，明日壺漿復予就。朱君貧苦亦好奇，接續攜持窮清晝。城中遑遑競趨走，覿面草草忘親友。幾人樽俎暫從容，笑傲松篁弄花柳。寧知北郭予三人，繼日相從辰到酉。龐眉皓髮常溫然，相見妙齡眉目秀。惜哉才高命蹇成遺滯，四十餘年州縣吏。棄之林野混漁樵，徒使知音動嗟喟。愚聞天道高遠不容人測度，無奈人能樂其樂。故有鼓琴重圍，行歌遺穟，浩然充塞，不以世俗瑣屑累寥廓。愚觀翁之子孫，詵詵繩繩，此其後慶爲不薄。世俗毋以翁老生輕心，須知此翁頭白面黑而英心義氣，天地不得而銷鑠。

遠州斛嶺寨井

斛嶺寨，行雲際，下視長江入地底。汲江登嶺行三里，躋攀峻險爲艱爾！將率居民幾半千，度歲終年苦無水。爰自慶曆達元符，循舊安常誰擬議。元符太守何公實，愛民慮事誠而至。以爲山頂流泉鮮其事，吾觀古人行師動萬億，所至豈必皆平地。軍必有井井未達，將渴不敢聞衆耳。陰陽者流，以水照星。星之所聚，泉所委行。行浚鑿三日，遇泉井成矣。乃今三井如鼎趾，豈特當年負瓶操綆僕僕往還之人爲慰喜。吾欲後之人，知井所以起，敬守前功無委圮。必使甃砌長如今日之清泚，萬萬斯年施何已。故作此歌，勸諸斛嶺之市。

苞苴行

苞苴來，苞苴去，封書裹信不得住。君不見，箕山之下有仁人，室無杯器，以手捧水，不願風瓢挂高樹。

瑞像閣同楊驥雪夜飲酒

濃雪暴寒齋，寒齋豈怕哉！書隨更漏盡，春逐酒瓶開。一酌留孔孟，再酌招賜回。酌酌入詩句，同上玉樓臺。

和荆公何處難忘酒詩

何處難緘口，熙寧政失中。四方三面戰，十室九家空。見佞眸如水，聞忠耳似聾。君門深萬里，安得此言通。

次張子京遊天王湖作

湖上遲遲不忍還，談玄清徹幾重關。旋嵐野馬皆歸靜，逝鳥潛魚各自閒。墜果露集秋後樹，淡煙斜日晚來山。吟情到此何終極，注目紅雲紫霧間。

同子忠上西樓

偶因送客上西樓，共愛佳城枕海陬。雁翅人家千巷陌，犬牙商泊數汀洲。風吹細雨兼秋淨，雲漏疏星帶水流。獨有單親頭早白，迢迢東望不勝愁。

次孟堅初冬晴和見梨桃二花作

十月南天尚暑襟，幽花何怪動清吟。半扉素蕊呈修徑，幾朵夭紅出茂林。地借小春回暖氣，日勻疏影轉輕陰。惟應幕府多才俊，不負行臺醉賞心。

幽居

蕭條深巷寄門牆，城郭村居事異常。石展地衣三藥徑，錦圍人柱十花檣。幽禽隔樹鈎輈語，異草搖風合和香。不覺冬歸與春到，但知無事日偏長。

煙雨樓

仙人居處即鼇宮，更作層樓峭倚空。羣岫西來煙漠漠，大江南去雨濛濛。花鑣柳策熙怡裏，耘笠漁蓑笑語中。別有夜楹千里月，凭欄清興與誰同。

示潮州妹子

八人兄弟三人在，獨立他州信汝賢。直使無情如槁木，忍看垂淚念南遷。從今依舊歌泉水，何物偏宜寄謫仙。美酒年年須百甕，好從南海便乘船。

和子京霜字見寄

秋深園圃雖無雨，晚歲頭鬚自有霜。身事無功且人事，酒囊餘地乃書囊。寒鴉嘯侶鳴喬木，粉蝶成團過矮牆。對此每思良友伴，幸時來訪浣愁腸。

次韻知君登高言懷

莫向天涯説故鄉，人身不似雁隨陽。黄花滿手空佳節，千里有懷如寸腸。爲許功名酬聖代，不須愁緒付瑶觴。男兒不是閨中物，生則桑弧射四方。

次韻張老見贈

烏鴉螻蟻有君臣，此義如何易世塵。欲爲無窮宗社計，肯憂如幻死生身。八千江上奔馳路，十二天南黯淡春。歸到親闈捧杯酒，始知終是福唐人。

觀碁

三百六十路，通精此有門。數奇藏日月，機發動乾坤。對面知爲敵，渾輪却有翻。詐貪常易喪，仁守乃長存。隻子如輕用，全功更莫論。就令投險勝，寧抵被圍奔。縱得四方盡，寧同一腹尊。傍觀饒好着，當局奈嗔言。慚愧中孚信，幾危大壯藩。坐觀成敗者，安得不驚魂。

出御史臺

萬險千艱六出身，如今也得避囂塵。須知從此寒原上，有箇行歌拾穗人。

道中見以索牽五六十人監理錢者

可憐平地不生錢，稚老累累被索連。困苦新圖誰畫此，祗愁中禁又無眠。

廣陵詩鈔

王令，字逢原，廣陵人也。年十數歲，與里人滿執中爲友。偉節高行，特立于時。王安石赴召，道由淮南，令賦《南山之田》詩，往見之。安石大喜，期其材可與共功業于天下，因妻以其夫人之女弟。年二十八而卒。令詩學韓、孟，而識度高遠，非安石所及。不第以瓌奇也，惜限於年耳。

寒林石屏

虢山之遠數千里，虢石之重難將持。舟車虢來每苦重，釜盎尚棄不肯攜。苟非世尚且奇怪，孰肯甚遠載以來。何況虢人自珍秘，得一不換千瓊瑰。流傳中州盛稱尚，主以詫客客見祈。世人賤真珍貴假，見者喜色留膚皮。强材美幹立修蔭，羅列滿野誰復窺。我嘗客坐例一見，實亦可愛小且奇。初疑秋波瑩明淨，魚子變怪成蛟螭。鱗鬣爪角尚小碎，但見蜿蜒相參差。又如開張一尺素，醉筆倒畫胡髯髭。如何石上非自然，猶是軟弱從風枝。高樓曉憑秋色老，煙容雨氣相蒙垂。喬林隱約出天際，醉目遠瞑分茫微。不然誰家老圖畫，破碎偶此一片遺。借令人手弄點畫，尚恐巧拙成瑕疵。如何石理自生長，安得當世無猜疑。高堆黄金募辨説，萬口利鋭如磨錐。或云南山産巨怪，意欲手把乾坤移。先偷日月送巖底，次取草木陰栽培。天公怒恐寢成就，六丁挑斧摩雲揮。世人乘此得分裂，鍛琢片段賡財貲。至今風雨號山夜，樹石號作神鬼悲。又云春氣入山骨，欲自石裏生蒿藜。根株芽枿未及出，卒遇匠手柎鑱鑿。多稱老松已變石，此固剪截根鬚離。又云鬼手亦能畫，多向石室成屏帷。固知物怪浩難盡，誰能向此明是非。城狐老能男女變，海蜃口或樓臺吹。世間自是有此類，何必詰曲窮所歸。細思此屏竟無用，石不中礩木莫一作「不」。支。徒將文理有小異，招聚瞽説成籠欺。咄哉閉口不復論，爲語愛者無我譏。

贈愼東美伯筠

世網掛士如蛛絲，大不及取小綴之。宜乎倜儻不低斂，醉脚倒踏青雲歸。前日才能始誰播，一口驚張萬誇和。雷公訴帝喘似吹，一作「乞沙淹」。盛恐聲名塞天破。文章喜以怪自娛，不肯裁縮要有餘。多爲峭句不姿媚，天骨老硬無皮膚。人傳書染莫對當，破卵驚出鸞鳳翔。間或老筆不肯屈，鐵索縛急蛟龍僵。少年倚氣狂不羈，虎脅插翼赤日飛。欲將獨立跨萬世，笑謂李白爲癡一作「騃」。兒。四天無壁纔可家，醉膽憤癢遺酒拏。欲偷北斗酌竭海，力拔太華鏖鯨牙。世儒口軟聲如蠅，好于壯士爲忌憎。我獨久仰願得見，浩歌不敢兒女聲。

寄題韓丞相定州閱古堂

始聞定作閱古堂，又聞定有閱古詩。揚之遠定五千里，思得兩翅擘以飛。偶聞人來説堂事，初敞兩壁無塵疵。間時公來命繪匠，親以玉指交畫揮。教令某載若某狀，匠拜奉命唯不辭。左圖守相父母吏，右狀將帥熊羆姿。長冠峩峩偉笏佩，翳以玄白爲裳衣。屹如叮嚀立以議，遜若避讓行而隨。圖成嚴毅色可讋，過吏不敢竊目窺。仍令大筆署行事，寫出黑膽朱肝脾。死者有靈如不泯，合有英氣來附兹。故公之謀不知出，宜有神鬼一作「物」。陰助奇。茫茫九泉謂已朽，豈意一旦存形儀。請留中壁素莫繪，待千歲後公以歸。當搜國匠第一手，狀寫公像存依稀。要知文完武純備，遺與萬世瞻思資。我知觀者足墮淚，不復峴首羊公碑。又聞當世大手筆，磊砢詩句相撑支。手搏蛟龍拔獬角，爪擘虎豹全脫皮。鄆州溪堂遂寂寞，韓詩塵蔽人不吹。想應從此傳萬世，粹玉貫串珠纍纍。小戎何爲尚縮伏，久滯公斧血不滋。何時功成事業就，兩手一掃清三垂。一作「陲」。歸來天子喜以頷，泰階輝焕平無欹。次招當世草茅士，各使呈露心腹披。絺裾聯纓上廊廟，留與後世圖爲師。然後回謝閱古堂，彼合異代今一時。

龍興雙樹

春城花草窮朱殷，俗兒趁走脚欲穿。閑來無悰喜自適，時到雙樹爲奇觀。莊如天官植幢蓋，毅若壯士蒼衣冠。老枝叉牙忽並出，似欲併力擎青天。靈根深盤不可究，疑與地軸相拘攣。不知培栽竟誰手，而又始植爲何年。行捫步遶不可問，但見茂色連雲煙。東風牽人少游此，佛屋日日重門關。雖有大蔭人不及，于此尤得志士憐。東蒿爲楹樗爲柱，居者略不憂其顛。廼令遺材抱美植，不得總載桷與椽。高堂傾欹未支拄，匠者日亦經其邊。不思大幹有强用，反以斧鈍難其堅。吁哉誰是愛材者，定知惜此雙樹篇。

原蝗

蝗生於一作「滿」。野誰所爲，秋一母死遺百兒。埋藏地下不腐瑕，疑有鬼黨相收一作「扶」。持。寒禽冬飢啄地食，拾掇穀種無餘遺。吻雖掠卵不加破，意似留與人爲飢。去年冬温臘雪少，土脈不凍無冰澌。春氣蒸炊出地面，戢戢密若在釜糜。老農頑愚不識事，小不撲滅大莫追。遂令相聚成氣勢，來若大水無垠涯。蓬蒿滿眼幸無用，爾縱嚼盡誰爾譏。而何存留不咀嚼，反向禾黍加傷夷。鴟鴉啄銜各取飽，充實腸腹如撐支。兒童跳躍仰面笑，却愛甚密嫌疏稀。吾思萬物造作始，一一盡可天理推。四其行蹄翼不假，上既載一作「戴」。角齒乃虧。夫何此獨出羣類，既使跳躍仍令飛。麒麟千載或一作「始」。一見，仁足不忍踏草萎。鳳凰偶出卽爲瑞，亦曰竹食梧桐棲。彼何其少此何衆，況又口腹害不訾。遂令思慮不可及，萬目仰面號天私。天公被誣莫自辨，慘慘白日陰無輝。而余昏狂不自度，欲盡物理窮毫絲。要祛衆惑運獨見，中夜力爲窮所思。始知在人不在天，譬之蚤虱生裳衣。捫搜撥捉要歸盡，是豈人者尚好之。然而身常不絶種，豈此垢舊招致斯。魚枯生蟲肉腐蠹，理有常爾夫何疑。誰爲憂國太息者，應喜我有《原蝗》詩。

題滿氏申申亭

申申亭者名自誰，河東丈人身銘一作「名」。之。方其作亭自休息，固欲申暢名其題。雖然自奉頗優樂，豈敢兼忽當世爲。若曰所憂非所及，因以遯世無悶辭。丈人疏高喜自適，去不限約來無時。門無賓僚車馬絶，室有几杖衣冠一作「巾冠」。歒。夜徑行招海月伴，晝榻坐與天雲期。春林暄和鳥聲好，勝聽俗論相啞一作「嗢」。咿。塵埃縱爾得風力，卒不到此徒自飛。亭前朱朱有冶態，亭下白白無俗姿。好木留存竟見實，惡草鋤拔無容茨。嘗聞景勝未易敵，須有大句相參差。故吾經年不敢往，日望詩老力可支。偶來爲游適已晚，花梢尚有春餘遺。高哦遶樹惜時節，拾嚼紅片行透遲。回看北林竹萬箇，寒氣一作「翠」。欲起凌人威。清風時來助氣勢，塞甲夜聚言語私。方將投閑日來此，脚踏樹下成交蹊。無端塵土又爲隔，明日跨馬西北馳。心思夢好定頻到，不必直俟歸風吹。

聞太學議

白日流上天，牛蝨無遁形。萬目盡爲用，而不駭日明。穴鼠夜值螢，㗋㗋相聚驚。鼠穴不日通，鼠足不日行。已矣不日識，迺此螢燐矜。鰌蝦陷井坎，莫與江海爭。籬禽不天飛，詎識雲漢冥。咄哉浮薄兒，勉爲高大營。

贈別晏成績懋父太祝

懋甫相門兒，家世沓纓紱。早年綴官簿，青杉蔚於茨。本宜多驕矜，不謂鋭義敢。意貪英雄交，一手欲四攬。偶來濫予會，臂搦首已頷。酒獰誇胸襟，頂踵都一膽。壯心羞摧藏，義肉喜菹醢。要言相死從，一作「死相從」。顧豈苟難斬。聽其自陳論，峭扳不平漸。要之當一切，固合不黷黯。一作「黕」。憶余少年時，亦自喜黠獮。于今老而悔，壯意日凋減。惜夫相遇遲，君放我已檢。驟聞强大語，若虎餓得啗。已無相高心，徒有志氣感。春風吹天昏，醉目睨愁黲。念當相別去，兩懷不無慘。何時重來過，慰我涸轍險。惟其別去後，猶一飽復歉。幸因西南風，時作寄我槧。

夢蝗

至和改元之一年，有蝗不知自何來？朝飛蔽天不見日，若以萬布篩塵灰。暮行嚙地赤千頃，積疊數尺交相埋。樹皮竹顛盡剥枯，況又草穀之根荄。一蝗百兒月再孕，漸恐高厚塞九垓。嘉禾美草不敢惜，却恐壓地陷入海。萬生未死飢餓間，支骸遂轉蛟龍醢。羣農聚哭天，血滴地爛皮。蒼蒼冥冥遠復遠，天聞不聞不可知。我時爲之悲，墮淚注兩目。發爲疾蝗詩，憤掃百筆秃。一吟青天白日昏，兩誦九原萬鬼哭。私心直冀天耳聞，半夜起立三千讀。上天未聞間，忽作遇蝗夢。夢蝗千萬來我前，口似嚅囁色似寃。初時吻角猶唧嗾，終遂大論如人然。問我子何愚，乃有疾我詩。我爾各生不相預，子何詩我盍陳之。我時憤且驚，噪舌生條枝。謂此腐穢餘，敢來爲人譏。爾雖族黨多，我謀久已就。方將訴天公，借我巨靈手。盡拔東南竹栢松，屈鐵纏縛都爲箒。掃爾納海壓以山，使爾萬噍同一朽。尚敢託人言，議我詩可否。羣蝗顧我嗟，不謂相望多。我欲爲子言，幸子未易呵。我雖身爲蝗，心頗通爾人。爾人相召呼，飲啜爲主賓。賓飲啜嚼百豆爵，主不加訴翻歡欣。此竟果有否，子盍來我陳。予應之曰然，此固人問禮。儐介迎召來，飲食固可喜。蝗曰子言然，予食何愧哉。我豈能自生，人自召我來。啜食借使我過甚，從而加訴爾亦乖。嘗聞爾人中，貴賤等第殊。雍雍材能官，雅雅仁義儒。脱剥虎豹皮，假借堯舜趨。齒牙隱針錐，腹腸包蟲蛆。開口有福威，頤指轉賞誅。四海應呼吸，千里隨卷舒。割剥赤子身，飲血肥皮膚。噬啖善人黨，嚼口不肯吐。連牀列竽笙，別屋閑嬪姝。一身萬椽家，一口千倉儲。兒童襲公卿，奴婢聯簪裾。犬豢羨膏粱，馬厩餘繡塗。其次爾人間，兵皁倡優徒。一作「兵倡釋老徒」。子不父而父，妻不夫而夫。臣不君爾事，民不家爾居。目不識牛桑，手不親犂鋤。平時不把兵，皮革包矛殳。開口坐待食，萬廩傾所須。家世不藏機，繪繡緜一作「繡繪錦」。衣襦。高堂傾美酒，臠肉鱠百魚。良材琢梓楠，重屋擊空虛。貧者無室廬，父子一席居。賤者餓無食，妻子相對吁。貴賤雖云異，其類同一初。此固人食人，爾責反捨且。我類蝗自名，所食況有餘。吳饑可食越，齊饑食魯邾。吾害尚可逃，爾害死不除。而作疾我詩，子言得無迂。

寄滿執中子權

吾愛子權詩，苦嚼味不盡。窮思欲名狀，百比無一近。初如貪追兵，屢請忽許進。旗旄交叉幢，戟劍後先刃。方争奮拏先，忽睹斬亂狗。徐驅得平郊，萬甲合一陣。偏裨走起頗，中堅坐吳臏。喊呀鬭志酣，髣髴窮敵刎。前軍奔交兵，後馬走斷紖。須臾聲金休，萬噪快一雋。羣降挑戈矛，叩拜乞用釁。蒼黃請命間，竊視不敢瞬。玄雲壓空虛，半夜暴霆震。睡耳起欲掩，驚仆失肝腎。壯者固已然，況余乃齠齓。及其久詳味，欲吐復自悋。有如羅百珍，次第啜嚼順。貪豈不辭多，愛美忘餘餕。故其留人口，雖久咽喉潤。何時匹馬來，一作「東」。畏愛氣兩振。唯其未合間，如不穫謝藺。望風爲此詩，顛倒猶合燼。

再寄滿子權二首

秋近啼哀蟲，君思云奈何！我愚得君思合少，君賢勞我心則多。非獨辭源長，瀉海爲江河。平生未始有點缺，玉日拂拭金燒磨。尋常貙與貍，見一足已蹉。又況一地卧三虎，狗彘雖勇何敢過。揚州我何思，青山無一螺。午市不畜寶，米鹽纔如它。而吾三夫子，一身各丘軻。瓊林自生寒，結霧成冰柯。文章日組緯，玉機飛金梭。誰有真珠繩，結何張麟羅。拔爲當世祥，聲爲太廟歌。我願參衆民，手足搖婆娑。

有錢莫買金，多買江東紙。江東紙白如春雲，獨君詩筆宜相親。綴聯卷大十牛腹，要盡寄我無寄人。我將擕之東，一作「擕之東海去」。脚踏海水洗齒唇。轉來清澈飲百斛，蕩滌腸肺無纖塵。嘗聞泰山高，高處天爲鄰。借如無梯不得上，亦欲大叫呼天神。鋪陳君所詩，譟口雷鼓振。世多俗耳既莫告，當冀上帝依稀聞。正聲定不感凡類，舞躍百鳳千龍麟。安能學俗兒，一卷不復伸。天公聞否尚未快，一作「决」。安得鐵翼穿秋旻。

答束徽之索詩

世味久已諳，多惡竟少好。惟詩素所嗜，決切欲深造。人安已不休，衆耻我獨冒。有如獺行跡，欲改復自蹈。肝腸困搜尋，吻舌倦搏造。心靈無餘多，爲此日有耗。已勤尚無成，既苦每自勞。自笑如秋蟬，飢極不止噪。努力排韓門，屈拜媚孟竈。惟此二公才，白牛飽懷抱。我如餓旁一作「旁飢」。者，眄眄不得犒。不知去幾多，窮行竟未到。無門隔藩籬，發鏄窺堂奧。愛之不可入，抵觸發狂譟。借使苟有成，不知竟何要。孤名非所求，弊俗詎足傲。況乃非所及，窮海未爲浩。不知何時休，定訖死與耄。因疑今世人，恐有我同操。徽之才超高，竿幢出摽纛。爲學尚淹蘊，富橐不肯暴。文章内朱豹，外襲一以皂。大論尤堅强，推舟出行奡。珉砆不施功，徑欲制珪瑁。幸此不我陋，教誨日陳告。昨因語及詩，請我使自道。屢謝不得命，迫窘遂顛倒。被堅誘羸兵，伏鋭待穿盜。取勝雖必然，窘窮亦堪悼。勉爲瓦礫投，幸有金珠一作「珠玉」。報。

寄滿居中衡父

前會去莫追，後見來無期。别嘆後見難，悔恨前會稀。惟吾衡父兄，一作「友」。金純玉光輝。裁磨殺圭角，不與瓦礫齊。大匠陶百窯，不問履下泥。一衡舉千鈞，何棄毫與釐。余獨胡爲人，乃不忍使遺。有如横道蕣，萬足踏不疑。子何嗜好殊，獨俯掇一作「拾」。以歸。整束使不茨，欲令雜蘭芝。蘭芝有天香，蕣賤雜則非。然其厠置間，適與薰染資。文章每借觀，鏄隙窺晴曦。議論使坐聽，穴瞶閲英池。春園或承招，遊騎亦許隨。劇雲愛風枝，爇火圍夜碁。縱談心一作「襟」。開張，倒笑冠欹披。匹馬載以來，東首頸脰疲。夜夢不厭勞，百里夕一馳。想見目與眉，百障千藩籬。不虞自投置，遂若鳥遭黐。何時獲因緣，連鑣促馬蹄。暫當盡晨昏，不復起退辭。

謝李常伯

人從東南來，忽得連紙詩。行義不赫曄，名聲無萎蕤。雖常誤見辱，旋則拜席歸。別久謂已忘，不圖猶記之。長封大書字，顧我已忸怩。開縢把之讀，推與果失宜。刷虎蒙羊豬，借使出類奇。見豺先自奔，遇豢還羣隨。是故古之人，爲己賤若斯。有聞未之行，季路恐不嬉。名浮過所實，軻也耻以非。今而承所賜，迺此亦可噫。賢者寧過哉，當是我有欺。忍愧讀終篇，喜驚改肝脾。啍啍誨教言，舉舉仁義辭。初令探本根，喻以海與池。乾坤老六經，遺編爛孔姬。尚恐惑異説，教之無遷移。强聞終日乾，仁不三月違。卒以二者終，要我勉不疑。百誦百再拜，下淚如掛縻。交朋百愚謏，此語聞之誰。憶初從粹翁，睡耳忽得提。震驚破百昏，寐覺悼前迷。今而去之久，茅塞心叢茨。驟承夫子言，快斧加芟荑。舊穢忽剗銷，新涂坦平夷。念當不捨去，戴服同冠衣。猶恐免袒間，復作須臾離。且將饞之心，不止涅之皮。二者苟一能，終始庶不遺。平生苦嗜詩，此篇況驟馳。喁唔夜不休，齚嚼午忘飢。仰嗟天骨雄，俯嘆人莫爲。星明有常高，日圓無食虧。讀久口益饞，舌歃涎流垂。想當措意初，嚼雲吐虹蜺。脣牙哆華鮮，肺腸涌光輝。故其紙上言，飄有霄漢姿。何可對酬謝，約海量珠璣。

對月憶滿子權

長風掠海來，吹月散百鍊。一作「白練」。青天豁四壁，雲翳不容線。窗軒颯先秋，露氣入簟扇。寬一作「空」。庭生夜涼，蚊口不得擅。人靜暮客去，坐偃適自便。清牽睡思醒，明發醉膽健。披風睨白月，瞪視不爲眩。未甘景獨勝，思出大句銜。狂搜得無奇，猛吐復自吮。篇成若奴婢，氣骨終凡賤。置棄不復收，嘆感退自旋。起探君寄詩，兀坐諷百遍。駭哉劇雄勁，百札洞一箭。間逢騁新奇，春雲弄晴霞。古意終重厚，九鼎掛一鉉。吾嘗笑夫人，語富則自顧。及嬰愛君念，始自信惓惓。閱女當求婿，慕士在護彥。鄙哉尋常者，何用目識徧。得逢誠幸多，既別遂堪喭。乖離時況久，會合卜未先。思之不可見，飛魂不身戀。秋城崔嵬高，圍我屹若圈。安得擘風翅，飛出不自殿。巧爲相見謀，反覆竟未善。惟當遠相要，共借月爲面。相離苟同天，舉目亦兩見。又況相去間，纔止百里縣。不知竟可否，寄詩代請勸。

八檜圖

客有要我八檜吟，手攜《八檜圖》來懸。掛張滿壁揚可駭，眄顧左右同嗟嘆。旁摹石刻署名狀，各有憑附相夤緣。或高相扶互倚礙，或斷欲壓猶支顛。强枝抝回信有力，高幹復俯蛟蚪拳。尋根及株逮條蘖，例不拔直皆旁偏。雷疲風休雲雨去，蛇龍鬬死猶鈎纏。安分爪角一作「牙」。與尾鬣，徒見上下相蜿蜒。不知生時竟何謂，略不參類常木然。宜乎今古惑昧者，搖擺舌吻歸之仙。一尤盤拳老高大，傳云一作「曰」。聃老由飛仙。當時駕鹿踢以上，跡有町疃遺相連。多應蝎殘鳥喙啄，不爾誕者强鑱鐫。聃能惑人已自幸，豈此上去能欺天。借如聃功可升躍，鹿亦何幸飛相聯。于中一本特甚異，膚革逆理紐左旋。傳云聃手所自樹，我知此語定鑿穿。苟令實爲聃老植，推以天意猶可言。當年曷不紐以右，若曰世爲左道牽。如何衆輒不省究，反重神怪令聃專。乾坤中含萬品彙，此獨自異誰令旃。一作「殊陶甄」。窮思竟慮莫可索，欲世不惑誰能搴。仙書虛荒喜誕妄，推說事理尤綿延。世人一讀卽化變，日望飛奮相迷癲。

豈非此木久樹此，浸漬亦爲異説遷。故其形植與生死，時以異怪招驚憐。先時世不早斤斧，放其老大訛誇傳。當年同生好材幹，半以直伐成燒燃。憑妖附誕相樹立，卒自死活終完全。葉枝凋疏不有蔭，材直弗柱曲莫輮。不知留存護養者，竟以何理惜不捐。我有尺鐵大剛利，久已鑄斧磨山巔。卒無柯柄尚棄置，懶乞月桂求嬋娟。

秋夜

秋夕不自曉，百蟲齊一鳴。時節適使然，鼓脅亦有聲。爭喧鼠公盜，悉窣蛇陰行。獨有東家雞，苦心爲昏明。

答東孝先

純金出鎔爐，烜赫掩熾火。錦成洗春江，衆目眩莫奈。魚鼈物誠微，誤用幸不涴。君家兄弟賢，我見始驚夥。文章露光芒，藏蘊包叢脞。關門當自足，何暇更待我。固知仁人心，姑欲恤窮餓。苟論才不才，自合棄如唾。憶昨西來初，戚惕待客坐。交持駕説口，張闔不可鏁。間發辨經義，鐵舌莫摩挫。高文忽下投，白日駭天墮。眩怖欲前掩，布帛不可裹。初觀固宜驚，獨獲亦堪賀。又如遇貴人，繡錦飾婀娜。回眸忽自鑑，惡面復寠裸。屈降心已甘，嘆憤志亦頗。雄高豈復爭，愛恤亦加荷。大詩又一作「忽」。來及，推與太浮過。自無賢可稱，以是惡甚播。譬如享庭人，豆食止則可。苟強擔石負，蹉跌適足禍。何以論報心，結草效鬼一作「魏」。顆。

寄洪與權

與權江南來，適自滿門會。初無合我志，纔以客面待。時時相鈎探，稍稍互酬對。根源豁波張，扃鐍失分解。君然頷還嗟，我恐敬若戴。相逢時既多，相待兩交快。予初請子交，子曰何可外。中又謝不德，卒曰吾而愛。既而第以年，子合我兄拜。揚雖士云多，往往事冠帶。中間滿夫子，崛出百萬最。更以子從之，而吾米則粺。朋從偶許攀，會合日與在。春晨巧誇招，月夕因論話。書狂逸飛蛇，碁毒甚含蠆。相謀務奇勝，聚口笑拙敗。貪歡不知久，歲律忽移再。余飢奔先西，餓色面留菜。子待去亦恨，書以問我奈。別來君何如，思子我心痗。朋分無舊歡，世險有新態。高言足瑕玼，俗學牽細碎。貧知身責重，病覺學力怠。壯心已無多，況去日有退。預期後相見，頑陋徒老大。好勤寄余書，思子百憂萃。

寄滿子權

子權今謂何，久不治箇書。子素賜我多，豈以此遂疏。予亦如常時，病與貧相俱。冉冉草没階，客脚不踏廬。貴者事名位，崖岸誇懸殊。賢者縱肯來，顧我欲取無。惟餘齪齪徒，吾亦羞與居。潭潭一室空，編帙環三隅。暴陽不憂饋，偷飽幸未誅。且可延朝昏，憂思老頑愚。獨有思子懷，涕下時暗嗚！

冬陰寄滿子權

玄雲戴雨惜不下，北風吹急冰相黏。周遮覆蓋不通透，錮結已厚難披燖。微陽未復老陰壯，記去暖律時猶淹。青天何可一日失，漸恐此去無由瞻。日馭自懼不得脫，略出急入地下潛。憑陰託寒恣凌爍，風伯得意一作「志」。欣沾沾。但幸天公不省悟，誰顧下地人嗟讒。隔絶霜露曠不下，帝有潤澤何由霑。非惟勾芽凍夭折，亦恐萬類由茲殲。九龍銜火互相暖，稱有日職借不甘。羣兒銳奮不量度，欲仰吐氣吁以炎。惟有壯士抱劍臥，思得美酒聊自酣。

弱弱誰氏子

弱弱誰氏子，鮮鮮一何姝。來奔富人家，妻與富人俱。一作「居」。嚴一作「華」。粧問夫子，我豈彼室如。夫子笑遣之，彼寧與汝都。升堂一作「褰裳」。由阼階，德色溢以舒。親賓不敢笑，退語相嚱吁。高堂聚羣婢，唯諾相咨睢。家事忽不圖，顧指取自如。朝令折桂薪，暮遣藩籬除。風雨半夜來，百釁生不虞。屋壓盜隨至，夫死別嫁夫。東鄰有淑子，性一作「恬」。不事鉛朱。端居待人求，正色不顧諛。清鏡見一作「照」。白髮，行媒不顧閭。不知愛妻人，取捨何異歟？

答黃藪富道

角角適時足，力走猶或遲。從而不逮人，不若坐視之。而予始用此，已無先人思。間自念斯世，固亦未易爲。以其得而慚，曷若退自宜。老身可孔顏，餓死猶夷齊。予心最樂此，尤喜用自持。豈將六尺軀，賤易五羖皮。但無百畝田，得一作「可」。抱剛氣歸。年來事窮蹙，露暴無自依。姊寡不能嫁，一作「無爲家」，又作「不得家」。兒孤牽我啼。平生事文字，無路活寒飢。勉從進士科，束若縛襁兒。時時忽自笑，一作「笑自忽」。

往往窮加悲。一作「還窮悲」。有如高飛鳥，中路饑自低。鋭知從食來，不一作「豈」。意身投罻。神龍拏白日，挾雨萬里飛。使其口有銜，安得無馴隨。雖然平生志，固未忍散遺。間時自開縱，哦吟助噓嚱。纔將舒己私，豈敢偷人知。黃君道德者，術業何頎頎。手提九黃鐘，旁取折籥吹。緜知失氣類，誤以倡和期。不知里社歌，不可郊廟施。況余衰病餘，有氣亦已卑。加之困俗學，羝角方牽羸。陳詩盡自道，幸子憐無疵。一作「玼」。

春風

春風東來暖如噓，過拂我面撩我裾。不知我心老有異，亦欲調我兒女如。庭前花枝笑自愛，風裏草力更相扶。旁林曲樹足飛鳥，不聞燕雀鵯鶋烏。求雌要雄各有意，豈但鬬競爭春呼。春巢成多夏卵衆，明年計此更有餘。非唯喧呼亂人耳，漸恐巢穴妨人居。收殘射中豈無道，我亦力可彎長弧。林深枝曲矢不入，況弓待借家所無。行吁坐哂不可奈，安得靜默投身俱。

哭詩六章

死者徒已死，思之恨無涯。生者非素心，還作死者嗟。今古悲略同，斯道竟奈何！哀絃直易絕，哭詞曲難歌。

朝哭聲吁吁，暮哭聲轉無。聲無血隨盡，安得目不枯。目枯不足嘆，無目心自安。目存多所見，不若無目完。

切切切切切，淚盡琴絃絕，憤氣吐不出，內作心肝熱。朝溉渴不勝，莫潦濁不清。何以慰我懷，安得滄海冰。

哭莫傍滄海，淚落長海流。流深風濤多，駕蕩覆我舟。不若灑春草，荆榛蕪蔓莖。怨氣觸草死，猶得香蘭生。

朝歌憂思多，暮歌無奈何。偶嘆氣亦絕，未慟血先沱。淚落入口少，不如出眼多。安得堂堂軀，不爲瘠且瘥。

目雖淚所出，由來心乃源。白日暰我面，意欲乾汍瀾。而不照我心，我淚何由乾。況在重雲遮，使我何自安！

張巡

祿兒射火燒九天，鬼手不撲神聽旃。羣庸仰口不肯唾，反出長喙噓之燃。雎陽城窮縮死鼈，危繫一髮懸九淵。巡瞋睆遠兩眥拆，怒嚼齒碎鬚張肩。恨身不毛劍無翼，不能飛去殘賊噍。翁軀腥刀子磔俎，日嚼肉血猶經年。霽雲東攘兩臂去，西來才有九指還。胸中憤氣吐不散，去隨箭入浮屠塼。忠窮智索莫自劾，更鬻愛妾嘗飢涎。我疑沒日賊不食，恐其肉酖死不痊。又疑身骨不化土，定作金鐵埋重泉。何時山移陵谷變，發出鼓鑄戈或鋋。吾如得之願有用，不誅已然誅未然。

贈李定資深

涉川固有道，造舟不如梁。曾聞水覆舟，不聞死乘杠。奈何揭厲子，先先勇褰裳。豈盡水害人，固亦謀非臧。

鳳雖謂靈畜，無竹或一作「終」。死飢。竹今無方無，鳳來亦云一作「何」。時。使之羣一作「隨」。鴟鳶，飢飽爲止飛。非惟失所靈，亦與彈射期。

坦坦誰之田，施施繳且弋。烏來玩其機，鵲至喜其食。長鴻飛冥冥，志與萬里極。豈無啄飲心，寧飢不人得。

湍激日鼞鼞，風稜勢漫漫。奈何舟上人，試死才一間。苟不以利涉，安坐思誠艱。客雖懼謀梁，而未嗟在山！

古廟

古廟隆隆敞庭扉，風雨剝壁頹柱榱。我來安知神所依，穹堂窸窣風幡旂。神君龐軀突鬢眉，視我睆睚坐倨箕。愓礫觀者駭不怡，羣鬼後先張福威。直東之廂步逶迤，目益所見怪可嚱。馬牛羊犬雜豕雞，或戴以首旁四支。間有人面身亦非，老祝趨前爲衆詞。口吻囁嚅言喁咿，稱別狀類顧東西。唱號名字分何誰，空虛冥漠非所期。豈亦以此爲人尸，視其膚革已彪狸。寧有中反恬肝脾，又有械器身挈持。傳言厲疫此乃資，古之日行歷虛危。猶恐盛陰鬼所隨，磔儺于門驅使馳。今安取此廟以祠，不念延虐殆疷羸。農凶年多苦餓飢，苟幸得飽不擇祈。來則拜叩盡敬祇，幸天之澤偷自歸。民德且恐報之時，餗肴豐鮮牲魚肥。欲奠以獻更濯卮，進謝千語拜百低。工鼓于庭巫舞衣，祝傳神醉下福禧。農謝神去祝徹之，庭前剪割棄餘遺。鵲烏下爭趁不飛，回顧神面如故時。意者不爲祭謝移，嗚呼神固一作「信」。非吾知！

雜詩

方春不種蘭，終歲無自佩。良田弗加芟，徒稗亦無歲。空令雨露恩，日夕被蒿艾。安坐飢怨天，此理果誰在？

一日不爲田，百草已有根。況復閑三時，其穢何待論。豈不有錢鎛，徒羞慵借勤。歲晚憂不耕，何獨議耡耘。

毿毿晚春樹，上下聚百蟲。不有口似蠆，則生尾如蜂。設不二者然，亦徒生無庸。清陰不可居，晚歲還秋風。

答問詩十二篇寄呈滿子權有序

今既愛盧仝《蕭宅二三子》之詩，而猶恨其發之輕也。然忘其效而更重之，則得矣。逮子權之起予，予實慕之。輒爲十二篇，其題亦不易。子權所謂東野諸子答問者，予獨廣之爾。其《水車》之篇，獨異于子權，然特其文則然，吾知子權與吾與它知詩者謂爲異也。

鏄問耒

金堅雖不磨，木曲亦已揉。幸蒙主人用，反要主隨走。適從慵耕兒，雖功不見取。良田常無收，何塞不不足。

耒答鏄三首

我用常在金，任金適由木。苟得金爲用，何惜木微曲。幸得主人隨，不恤汗行犢。必求隨主人，我用誠不足。

我用于主人，良田無虛種。主人不我以，我適爲無用。不知主人飢，卒歲安自奉。由來我求人，孰與求我重。

我必爲人用，不必用于人。若也責不耕，君其問諸田。

耒問鏄

一畦失之荒，爾力亦可耨。天下方漫蕪，爾功亦何有？

鏄答耒

天下方漫蕪，顧我適有庸。使其已除修，我將何以功。我豈大無效，自是用我寤。

耒問斧

子斧誰爾爲，黑白太分別。朝伐一樗死，暮伐千樗蘗。爾終不自謀，幾日不缺折。

斧答耒

大樗吾猶伐，小樗何畏蘗。吾缺猶俟磨，爾折將奈何！

水車問龍

來何必召雲，去何必飛天。我名不爲龍，何能雨爾田。

龍答水車

神龍謝子車，子能未足多。上潤雖已然，下竭將奈何！

水車謝龍

水車謝神龍，下竭固無奈。旱則我爲用，爾龍尚何謂！

龍謝水車

神龍謝水車，吾語爾來前。爾雖用于人，我亦用于天。在物固不同，于用豈殊然。水下高田乾，爾能俯水取。假人不爾用，爾售田責否。吾雖身爲龍，動亦天所主。天猶不有命，我安事爲雨。

中夜

晝日苦卒卒，忽焉不加思。長夜漫不眠，起復日所爲。所爲浩多愧，不與初心期。虛云聖賢學，實從庸俗歸。雖耻猶奈何，長歌涕垂頤。

書懷寄黃任道滿子權

西風吹雲空，晴日露高曬。駑馬無速騁，歸客思遠屆。長林剥霜紅，遠水漾寒派。露蟲悲自一作「且」。咽，風菊老尤介。昔予來方春，焰焰樹生態。今歸亦未幾，馬踏落葉壞。時物固有然，盛衰信難概。吁嗟爲生勞，黽勉計無奈！伊余有遐致，久此困俗械。嘗思擺絶去，自放出世外。高懷樂天寬，遠目斥人礙。有田足晨昏，有圃具蔬菜。父母不待養，妻子固易賴。世孰得丘山，亦孰失蒂芥。人自能輕重，吾將守所愛。六經老誠明，萬古熟成敗。得時爲醯鹽，滋味和鼎鼐。失猶有萬世，令名自沽賣。自視久已明，決不俟謀蔡。寄詩侑子觴，期子和而再。

令既有高郵之行而束孝先兄弟索余詩云

擾擾利學者，久不可與謀。讀書乃何爲，老不知軻丘。弗恤義所在，務期高爵收。嘗聞失則嗟，不聞得之羞。知誰洪其源，使世乘其流。于今已汗漫，更久將溯游。嘗聞古人言，饕餮爲共兜。謂惡豈必多，偷飽德弗修。不知自思者，捨此何所由。故予早知懼，誓將異人求。寧爲寒餓嗟，不同富貴謳。此行況有獲，師德高前修。因嘗請子行，勉子無逗留。于吾乃何有，同病不獨瘳。雖愛謂子然，尚疑子終不。惜子有高材，竿幢揭華旒。苟能自擺去，不爲世學囚。行將見遠到，强弩射弱菆。何必請予詩，自合治子輈。

酬束丈貺詩兼叙所懷

白日立中路，犬去不形相。夜以盗自來，何敢怨犬傷。主人忽加念，謝怒犬無良。盗子詭伏前，有言願加詳。見賜固已多，怒犬誠未臧。

卜居

吾求一屋逮兩月，貧不謀貴何以圖。揭來自放就窮巷，幸得之喜何敢吁。頽簷斷柱不相締，瓦墮散地梁架虛。門無藩闌户不閉，時時犬彘入自居。主人憐我莫自致，爲我補葺加塈塗。翻翻匠氏乃誰子，頡頏作氣厲叫呼。羣庸洶洶助聲勢，睥睨淩我要我酤。歸來嘆息無自得，兩日纔致酒一壺。徵多償少意不愜，棄我忽去如逃逋。重來闃寂不可問，依舊四壁編空蘆。嗟予雖貧日猶爨，可不善爲盎釜謨。外户不閉古則爾，今也盗賊通街衢。乞錢買籬作藩固，更學關鍵防朝晡。鄰翁問我乃何者，得無亦以自名儒。王朝潭潭聚冠蓋，幾人不載卿相車。子何布被不蓋肉，浪自名士實則奴。假爲無能等編户，猶可自擇安閭閻。胡爲慘戚卒困此，去矣何屋不可徂！此居卑洼不待説，四高中下流無渠。夏霖連延久積注，往往竈下秋生魚。始來圖此不自擇，終見坐與蚯蚓俱。何況梁榱日蛀腐，一仆非爾力可扶。苟求暫安急旦夕，反以身就殞壓虞。廼知窮則失自愛，死得正命有幾且。翁乎爾言誠得矣，我方困甚非真愚！

送李公安赴舉

行子冠上塵，梁宋道傍土。塵逐冠弊捐，人來還復去。馬蹄日月長，踏盡西北路。近日何紛紛，姿狀頗秀舉。傳言天子詔，士得四方赴。來如鵠翅翻，去若蠅頭聚。市兒屈指計，過百日未暮。昔周方盛時，得士纔十數。唐虞此爲盛，中復容女婦。昔何稱才難，今也寧異趣。但恐所取異，今古殊尺度。夫君乃高才，久有及物慮。今又奮絶去，挺拔欲自樹。余窮非所知，久有山林素。但無百畝粟，乃就羣才賦。仕道得亦嗟，困窮失爲懼。二者各有命，子亦何所與。

離高郵答謝朱元弼兼簡崔伯易

昔來何悠悠，今去亦泛泛。豈自果進退，姑且便飲啗。三代去今遠，士食久已濫。徒死不爲義，可無苟石擔。平生墮百爲，且就役鉛槧。束身入世程，開口就人歎。怒喜有失得，眉睫煩窺瞰。野鳥或在籠，山猿有終檻。能安此爲命，雖失亦何一作「何所」。憾。予嘗勇自明，磨古得前鑑。抱關賢所容，較獵聖或暫。庶未負初學，尚爲神所監。予行人之嗟，我笑不爲頷。子獨辱所厚，以詩繫歸纜。命和始自書，狂言庶非儳。

山陽思歸書寄女兄

淮風晴舒舒，楚水日夜流。風能駕吾帆，水可載我舟。余歸知幾時，子望懸百憂。念我兄弟寡，脩參各殊州。十年不一逢，會合何所由。幸逢子來歸，與我相慰投。甥兒入吾牽，甥女出我留。子吾笑其間，貧不知可愁。心如熙春陽，樂若醉九醐。憶我別子日，將行更逗留。泣恐傷子心，淚出仰目收。別日纔幾時，別思日九秋。心隨西北風，目望東南樓。主人仁且賢，憐我羈旅游。晨粳玉炊香，暮酒金注甌。盤蔬羅春青，豆脯兼夕饈。爲食豈不美，義咽不下喉。要當歸子同，半菽飽亦優。始予志所學，義當望軻丘。揭來與世評，衆口忽起咻。嘗觀世金朱，此道久已偷。胡爲不奮去，附世如贅疣。而子亦待人，特以貧不謀。參差兩如此，偃蹇勢略侔。要當共引去，逸出世網罘。遐追避世徒，子與侍巾袞。吾將亦娶婦，力以石臼求。買田結歸廬，種樹屋四周。子居課桑蠶，我出鞭耕牛。教妻績以筐，使兒餉來疇。坐笑忘歲時，聚首成白頭。歸乎當何時，詩以侑子謳。

大舟

大舟無風帆不舉，小舟榜入青冥去。舟中漁子呼且歌，夜半鬬魚誰得多。

望花有感

春來幾時余不知，但怪日日柳梢好。我嗟無地自種花，常恐東風只生草。誰家有園不可入，時時縱足信自到。寒梅最香落已闌，桃杏雖遲亦顛倒。高枝飛鳥夜踏空，低樹狂兒日摧拗。惟餘零落滿地紅，主人更聽奴頻掃。歸來四顧慷慨歌，要且傾酒澆顏酡。春歸欲挽誰有力，河濁雖泣膺奈何！

餓者行

雨雪不止泥路迂，馬倒伏地人下扶。居者不出行者止，一作「返」。午市不合人空衢。道中獨行乃誰子，餓者負席緣門呼。高門食飲豈無棄，願從犬馬求其餘。耳聞門開身就拜，拜伏不起呵羣奴。喉乾無聲哭無淚，引杖去此他何如。路旁少年無所語，歸視紙上還長吁。

暨陽居二首

出無王事牽，入不治居舍。蒿藜入牆屋，塵垢變几架。糟糠苟無憂，智力取自暇。逢詩卽廢日，得客輒忘夜。積懶遂成性，習勤反如詐。幾不類怠傲，愧耻將何謝。

身非爵與官，車馬久不謀。家無田倉儲，雀鼠非我仇。朝出從人居，詩書講前修。暮從兒子嬉，歡笑何所憂！閑將筋力疲，懶使志慮收。斗稍尚煩送，誰謂能無求？

謝客二首

擾擾車馬客，各以勢利奔。自問閭巷人，何爲亦紛紛？與客成往還，勉就俗所敦。禮不經聖人，頗厭後世煩。欲問無所得，歸視紙上文。以非孔子心，尚拜陽貨豚。乃知區仄間，心跡久已安。去矣可奈何，更問來者門？

躚躚出何爲？奄奄歸就卧。不知身所謀，徒與俗相和。本無聲利求，一作「營」。久厭車馬過。詩書雖滿前，奔走不暇坐。收身衣食餘，抱病歲月破。得不勝所忘，進亦何可課。前躅杳一作「莽」。難躋，下愚旋易墮。得勢有然爾，命矣何可奈一作「非所那」！

春遊

春風誰相呼，鳥語到庭户。罷書起何游，一作「往」。繫馬城西樹。寧須客衆隨，聊與春相遇。高林美風竹，疏影有清覆。可以便行坐，解脱快巾屨。日長天地寬，飄戾飛雲度。風枝緑未柔，一作「舒」。日蕚紅先露。芳辰信可尚，嘉興惜無寓。舊聞黄公壚，頗一作「屢」。枉壯士顧。予雖輕數子，自適偶同趣。起解身上衣，就貰青旗酤。獨酌不待勸，興至還自注。對物無所話，似若喧譁惡。雖無歌舞歡，幸可篇章賦。乾坤本閑暇，人物自紛遽。勞生曷不樂，歲月失已屢。酒闌起四望，落日不可駐。飢馬自知家，何須問歸路。

送曹杜赴試禮部

霜風琅琅鳴鼓鞞，鳥寒夜噪樹折枝。居者不出行者歸，厩馬解銜車棄脂。長河夜冰船就維，百賈晏起朝閉扉。爲問當今行者誰，出門千里到何時。母送拊背父嘆嘻，兒惜欲去哭挽衣！上馬反顧紛涕洟，非所願欲去何爲。家雖有田豐歲稀，所得償公不及私。況望犓腥事庭闈，結髮從學今十期。始自有志狥孔姬，豈願從世成依違。高堂華髮紆素絲，暮年待子爲光輝。望我日久莫報之，苟得一笑辱弗辭。況望舊作「得」。三釜家無飢，吾于二子久所知。怪其才高所就卑，今乃語此誠可悲。近聞天子變典彝，欲撥舊冗收新奇。子行出仕適其期，驊騮得路無銜羈。罷酒行矣無自遲，去取天寵酬親慈。

野步

久嬰末俗喧，脱就緑野静。方求巾屨便，那暇賓客命。林紅落春衰，草舊本作「桑」。緑争夏盛。時從老農語，久佇行子聽。謂言勞苦後，各以閑暇慶。時逢瓶盎沽，亦有肴核稱。喧嘲忽無次，歌唱仍相詠。酒闌紛起坐，白髮忽一作「或」。兩凭。兒乘旁樹嬉，牛卧前籬暝。予方困俗累，愛此近天性。何當從之歸，買舍與相並。

古風

古風何寥疏，世方盛夸慕。利塗劇先趨，直帆迷曲駐。渾渾九河翻，仡仡百川注。分争或多歧，斂枕纔一趣。睢盱承至歡，謦欬謝絶怒。財得升斗多，勉售形骸雇。不知萬鍾得，孰與一日裕。況承丘山羞，顧易頃刻遇。誰能脱近役，自放就遐騖。航湖足菱魚，拔野厭芼茹。行招千古游，坐與來世語。延風敞虚襟，揖月坐嘉樹。此意固有然，童兒未堪預。

旅次寄寶覺訥師

小雨破宿暑，曉風忽焉遒。山深樹翳陰，蜩蚻應已秋。清坐想高絶，語言誰應酬。豈不念一往，抱病終自留。羈旅少往還，有來或非儔。命僕一謝之，縱我冠屨休。移牀上高堂，解書散牀頭。于此有嘉興，念世誰與謀。獨思山林人，茲意可綢繆。何當買田廬，共遂丘壑游。

寄呂惠卿吉甫兼簡林伯通

踆踆門外馬，客至知謂一作「爲」。誰。昔面尚未逢，那論心相知。揖客拜上堂，一作「拜客揖上堂」。謝客辱蒞道。寒暑相問酬，唯諾坐無爲。靜默近尤怨，多言足瑕疵。勉從客所論，還顧所學非。念此廢無益，對書坐長嘻。一作「爲此嘆無益，廢書坐長嘻」。獨思同懷子，念遠莫見之。豈無寄我書，歲晚得苦遲。聞頗困王事，豈無閑暇時。況有同僚賢，相期在詩書。人生天地間，常苦食所縻。去就兩莫謀，會合寧有期。余病不自樂，舊學益以隳。近者非所同，遠者勞夢思。江水日夕東，道塗宛而夷。寄書當在勤，無謂還往稀。

答逢原

呂惠卿

晨出趨長司，跪坐與之言。偶然脫齟齬，相送顏色溫。歸舍未休鞍，簿書隨滿門。相仍賓客過，欹午僅朝餐。平生性懶惰，應接非吾真。況乃重戕賊，良氣能幾存。就夜甫得息，閱我几上文。開卷未及讀，睡思已昏昏。自知小人歸，昭昭復何云？每于清夜夢，多見夫子魂。側耳聽高議，如飲黃金樽。覺來不得往，欲飛無羽翰。昨日得子詩，我心子先論。怪我書苦遲，友道宜所敦。豈不旦夕思，實苦案牘繁。豈無同官賢，未免走與奔。相見鞅掌間，有言無暇陳。嗟嗟茲世士，無食同所患。念我力難任，閭子謀更艱。久知爲之天，安能怨窶貧。吾聞君子仕，行義而已焉。亦將達吾義，肯遂爲利牽。東海有滄溟，西極有崑崙。古來到者誰，不過數子尊。子已具車航，吾亦爲檝輪。欲一從子游，不知何時然。

寄崔伯易

擾擾閭巷士，過我何所爲？屢來徒我煩，不來我弗思。少年樂知聞，喜與客子隨。晚歲事恬默，與世益參差。騎馬出尋人，中路輒自歸。歸來亦何樂，書史自相期。已與往者親，可無茲世違。欲語無所得，起視北雁飛。念子遠千里，昔别今已期。寄聲雖云多，所得竟亦稀。近者忽報書，期我往就之。不知予苦窮，繫此不可離。尚迫朝暮憂，寧有道路資。人生少所同，老去纔幾時。予勢既若此，子復不肯來。但恐百年間，齟齬終莫齊。詩以寄子招，亦以寫我悲。

寄孫莘老

默默不自得，勞勞非所任。不與君子逢，誰復明此心。偶客來自南，口有千里音。知無木索勤，頗復山水吟。對之爲一笑，欣如獲千金。宣城風物佳，古語昔已忱。太平又其右，道塗邈幽深。溪流渺彎環，山勢屹抱臨。況復寂寞人，黄綬事陸沉。公田秫既收，客席酒屢斟。悔予昔南浮，不往一就尋。波濤忘日月，疾病廢古今。歸來就羈銜，外慮日已侵。適時愧非才，對客輒自瘖。譬如火炙膚，暫忍久莫禁。唯思百畝田，爲可足釜鬵。投身脱世欲，斂足蹈古箴。寄言所同懷，相期在中林。

夏日平居奉寄崔伯易兼簡朱元弼

天風變春和，晝日差夏永。門闌閉無事，燕雀去益靜。紛翻詩書帙，棄散懶收整。時來就枕卧，復可取窺省。心恬逐物閑，迹闊與世屏。鮮鮮南山暖，秀色上修嶺。苟嫌安坐慵，還可遠游騁。自緣智能薄，反得閑暇幸。交朋久相遠，疏懶欲誰警！

蕪蕪庭下樹，陰影日已斂。瞿瞿閉門人，簟席自卷舒。高枝就懸冠，曲枝挂裳裾。一作「襦」。還來從此息，卧視詩與書。桓桓門外客，從徒駕驪駒。不知來何聞，一作「爲」。乃肯顧我閭。呼兒往應門，謂言出在途。非我敢厭客，非客與我疏。以予拙語言，無以得客娱。一不當客意，恐與世患俱。不如兩相忘，何能效紛如。

送朱明之昌叔赴尉山陽

朱侯拜書天上回，去以身試百里障。青衫飄若風外荷，借馬載出塵土上。準眉嶄嶄見天秀，如立繫馬萬里望。身軀雖小胸腹寬，沛如絶海横秋漲。久宜脱絶事高致，豈願卑冗勞俗狀。高堂華髮親老矣，四海無家寄几杖。世外言高信獨奇，人前腰折嗟已强。尉官雖小俸雖薄，猶有餘錢買甘養。想當家帷奉顔面，綵衣躬率婦子餉。詵詵兒女戲滿前，累累諸兄坐相向。人間此樂不可幸，一笑自足百辱當。時清固應稀盜賊，俗弊寧不煩笞掠。好偷閑暇事簡編，思我寧無文字況。

學子

瑣瑣來學子，從我問古風。謂一作「吾」。言古之人，學不求世功。以其明智餘，施與天下同。能知學爲身，自不恤窮通。童子顧我笑，是言得無蒙。斯道使可遵，曾不聞父翁。謂言童子歸，盍自謀厥躬。吾不能爾言，一作「吾能爲爾言」。亦不必爾從。

寄滿子權

昔心何悠悠，今學益漫漫。恭如浮江河，浩不際涯岸。生雖樂文字，勤不償几案。重編空堆塵，折簡久枯汗。徒如陳市肆，表列環四畔。已無探討勤，胡可賢否按。零丁晚覩《玄》，泯滅舊習《彖》。得指來歲期，失忘去日算。嘗聞勤惰間，已是愚知判。蒙羞欲何顏，避耻愧無翰。不能繩己怠，何力禁人叛。文章觸世嫌，議語限客竄。時牽好惡卑，俗撓是非亂。早衰奪舊剛，多病襲新懦。心經衣食難，事廢米鹽半。何謀脱身去，割跡與俗斷。耕荒食新收，鑿窒復舊貫。念生如冬冰，至死僅春泮。其間能幾時，何恃苦自緩。翩翩淮南英，顯顯士林觀。方子未爲遊，辱子昔同閈。篇章覩新華，論説聽橫捍。包奇晚自走，去實王府玩。近書何相撩，頗以名見謾。不知老者拙，棄此久已斷。子方勇自樹，解轡縱新駻。行期拾春青，采綬綰歸腕。乖離思舊歡，遷徙就新絆。無琴雖自歌，有酒欲誰伴。閑暇當寄詩，持此資賀換。

暑旱苦熱

清風無力屠得熱，落日着翅飛上山。人固已懼江海竭，天豈不惜河漢乾。崑崙之高有積雪，蓬萊之遠常遺寒。不能手提天下往，何忍身去游其間。

寄王正叔

微生不過人，氣力兩眇麽。力學失自謀，徑古趨今左。病世相陷賊，樹性期剛果。豈不中是時，然亦未嘗過。奈何衆好殊，未語咻已夥。佷佷獨何之，去去鋭亦挫。忠言不售耳，直面屢得唾。怒目瞋以環，謗口焰而火。出門先自羞，有衣恍疑裸。過市不成步，侶距仵蹩跛。周旋不出扉，迷若蟻循磨。人惡固爲甚，自厭近亦頗。媚世定有術，欲學從誰可。必也泥自信，恐由此始禍。賢子遠相問，幸有以教我。得報速是宜，翹企不容坐。

雜詩効孫莘老

魚蝦無所能，動輒困人得。蛟鯨能則乖，覆舟取人食。龜鼈號謂殊，刳剔同一劇。龍不入網羅，亦不爲人識。

犬羊養於人，壯則人食之。猛虎嗜人肉，終昧獵者機。豺狼與狗同，爲害豈必威。封狐能爲人，還作行子妻。

雜詩呈逢原　孙覺

鴻鴈最知時，未逃羅與網。不能忘稻粱，千里安得往。鳴蜩腹空虛，見啄因其響。丹鳳穴九霄，虞人常夢想。

呼雞

雞呼雞來前，犬嗾犬至止。夫豈必可召，役以食乃爾。今吾曷爲悲，人而雞犬爲。自計無自存，西山謝夷齊。

姚堅老見約偶成

初正布新和，餘臘争近候。升騰陽力微，恇怯老陰鬭。江雲蕩空碧，一作「無據」。疏一作「朝」。雨沐清晝。林梢釋冬枯，土蘖壯春蔟。萎蕤風日舒，刻畫山野秀。關關先春鳥，格磔弄晴咮。無人與調和，終日自嘲詬。唯君卜近適，過我許來就。遷延日屢蹉，嘆惜月復彀。人生誠多故，世事那可究。唯當自推置，障絶俗慮寇。休閑倘能偷，疏懶當自宥。徒行苟憚勞，借馬欲誰厩。清酤如定攜，佳客可先購。勉之無使遲，梅蕚已堪嗅。

初聞思歸鳥憶昨寄崔伯易朱元弼

去年春日花盛開，嘗有鳥啼歸去來。余詩告爾東海志，子笑屬我南山杯。將希遐躅蹈高軼，就拔去跡離俗埋。同時遊者最誰上，朱子峭擢淩春材。門闢午景卧正懶，過我呼號如春雷。鄰驚偷窺婦女怪，婢駭奔一作「棄」。走兒童咍。門開納坐聽論列，笑口侈哆傾胸懷。寒菹半菽要同飰，虀醬叫乞喧鄰隈。僧從南浮槖異角，尉解西去亭遺臺。心争誇漫詰蜓蜿，目樂虛豁留崔嵬。柳梢黲黲坌晴絮，杏花爍爍翻遺埃。春湖平渟照空碧，淮帆曉上攙天桅。西歸頗阸窮餓久，南泛未免丐乞哀。朅來隨人事卑折，忽自顧影漸低摧。平時客坐不敢語，苟以唯諾償嫌猜。胸中約結浩千萬，到口不吐如橫枚。比來頗自撥俗礙，日傍竹樹良徘徊。昏昏萬事置不省，知已疏懶心難裁。一聞春風動啼鳥，猛若重睡忽喚回。咨嗟歲月急若失，嘆息無地安蒿萊。比于見人日加懶，行恐合俗老益乖。不知飄浮寄茲世，竟亦何計收形骸。春林沾沾風日好，飛止自便宜爾諧。何爲猶道歸不得，世間萬事真悠哉！

思京口戲周器之

江南別日醉方醺，貪愛青天帶水痕。忘却碧山歸路直，誤投浮世俗塵昏。終期散髮江邊釣，當有漁舟日繫門。但恨故人猶喜仕，他時胸腹未堪論。

寄東伯仁

身逐南舟去不迴，匡廬留滯得裴回。峰頭夜宿平看斗，巖下朝陰俯聽雷。西顧波濤浮日月，東歸天地入塵埃。何時得遂幽棲志，常把韋編靜處開。

對花

憂愁卒卒人無樂，花草紛紛物又春。安得無憂與無慮，對花還作笑歌人。

春遊

春城兒女縱春遊，醉倚層臺笑上樓。滿眼落花多少意，若何無箇解春愁。

春晚雨後

東風柔弱事春權，劇雨無端轉愴然。不惜好花都委地，却令遠草直平天。龍蛇久蟄應思奮，蛙蟈乘時已自先。緑柳由來却堪笑，葉眉愁劇遂長眠。

紙鳶

誰作輕鳶壯遠觀，似嫌飛鳥未多端。纔乘一線憑風去，便有愚兒仰面看。未必碧霄因可到，偶能終日遂爲安。扶摇不起滄溟遠，笑殺摶鵬似爾難。

古鑑

一片靈光合有神，不知鎔鑄竟何人。春耕破冢衣冠盡，鬼手摩天日月新。鑑面祇知西子姣，照心難見比干真。主人深有收藏意，當待清明不受塵。

和束熙之雨後

獵獵風吹雨氣腥，誰翻碧海踏天傾。如何農畝三時望，只得官蛙一餉鳴。何處斷虹殘冷落，有時斜照暫分明。雷車收轍雲藏跡，依舊晴空萬里平。

幽居感懷寄滿子權

卜得幽居四絕鄰，尋常庭巷斷蹄輪。門前犬豕卧横道，城上牛羊下視人。滿眼夕陽閑草樹，回頭歸路正埃塵。思君未見東來計，何日雙眉對面伸！

秋懷寄呈子權先示徽之兼簡孝先熙之

樹哭寒蜩草哭蟲，何堪羈客憤時窮。卒無可樂羣書外，百不堪言一嘆中。雲黯暮天沉白日，土塵平地斷清風。夫君若問秋來況，淚滿遺編鬢亂鬔。

九日寄滿子權

懶將衰病照清流，爲有歸心欲白頭。幸自好花開便笑，不甘爲客見成愁。長歌欲强秋風醉，高處先輸俗子遊。我在無聊元亮死，當年今日共悠悠！

次韻子權京口夜宿見寄

寒江漠漠客帆稀，獨泊扁舟望翠微。已寫綠醽聊自適，更邀白鳥共忘機。水閑海月寒初上，樹盡秋城碧自圍。嗟我相思邈千里，不來同此兩忘歸。

答孫莘老見寄

高門鞍馬日光榮，勢力紛紛起共爭。偶以不能聊自便，敢于兹世獨求清。生無人愧寧非樂，死有天知豈待名。客食官居同是苟，何須稱別異平生。

登郡樓

江城朝雨濕晴煙，樓上風帆送去船。苟得息肩閑歲月，時來開口笑山川。田園啼鳥三春日，江海扁舟萬里天。何計脫身來此老，青山白髮兩忘年。

感憤

二十男兒面似冰，出門噓氣五蜺橫。未甘身世成虛老，待見天心却太平。狂去詩渾誇俗句，醉餘歌有過人聲。燕然未勒胡雛在，不信吾無萬古名。

登瓜洲迎波亭

海面清風萬里寬，偶來如已脱塵闤。自嗟客世無虚日，却被斜陽占盡山。海鳥不來青嶂静，漁師歸去暮江閑。從來雲水有期約，直待功成是厚顔。

憶潤州葛使君

六朝遊觀委蒿蓬，想像當時事已空。一作「清談事竟空」。半夜樓臺横海日，萬家蕭鼓過江風。金山寺近塵埃絶，鐵甕城深一作「高」。氣象雄。欲放船隨明月去，應留閑㠶待詩翁。

何處難忘酒

何處難忘酒，窮才世不知。出門無直道，開口礙當時。白髮無端速，青山不忍歸。此時無一盞，何以活餘黎。

庭草

平時已多病，春至更蹉跎。惡土種花少，東風生草多。客愁渾寄淚，野思不堪歌。獨有詩心在，時時一自哦。

秋日寄滿子權

樓前暮靄暗平林，樓上人愁意思深。未必薄雲能作雨，從來秋日自多陰。三年客夢迷歸路，一夜西風老壯心。欲作新聲寄遺恨，直絃先斷淚盈琴。

江上

羃羃荒城没遠煙，暮雲歸旅忽相連。春江流水出天外，晚渡歸舟下日邊。杏蕚春深翻淺纈，柳花風遠聚晴綿。無錢買得江頭樹，輸與漁人繫釣船。

送聱隅黄先生

黄風吹土載天横，瘦馬着鞭驅不行。尚説苦心酹直道，誰知白髮爲蒼生？平時蠻貊恬忠藎，常日公卿足仰成。雖有英雄無用處，却令老去買牛耕。

寄介甫

天門簾陛鬱巍巍，勢利寧無譖泊譏。難與跖徒争有道，好思吾黨共言歸。古人踽踽今何取，天下滔滔昔已非。終見乘桴去滄海，好留餘地許相依。

寄滿子權

窗前午枕夢忘還，門外清風晝掩關。天下誰當千古後，牀頭自笑六經閑。能將道繫窮通裏，安用身干進退間。自愧公心猶有蔽，清時無日不思山。

寄都下二三子失舉

大學虀鹽共苦辛，寒窗筆硯日相親。梁王臺畔一分袂，揚子江頭三換春。篋裏黃金須買酒，鬢邊白髮解欺人。窮通得喪誰能定，況是男兒有此身。

次韻滿子權見寄

當世雄圖不可懷，退居蒿艾自沉埋。門無來足荆生道，病不能鋤草上階。自是直方違世易，況將疏懶合人乖。無由與子同樵種，回首平林浪可柴。

病中

十日身無一日寧，病源知向百憂生。寒侵騏驥應方瘦，蠹滿楩楠豈易榮。小閣晝閑書帙亂，畫堂風靜藥羅聲。北山扶杖終歸去，寄語巖猿莫曉驚。

金山寺

萬頃清江浸碧瀾，乾坤都向此中寬。樓臺影落魚龍駭，鐘磬聲來水石寒。日暮海門飛白鳥，潮回瓜步見黃灘。常時户外風波惡，祇得高僧靜處看。

登甘露寺閣

忽忽勞生歲月催，時偷高迹出浮埃。風沾草樹紅朝動，春入川原綠夜回。欲出壯懷臨八極，可無樽酒到高臺。江山不與人相語，似待忘言野客來。

謝張和仲惠寶雲茶

故人有意真憐我，靈荈封題寄蓽門。與療文園消渴病，還招楚客獨醒魂。烹來似帶吳雲脚，摘處應無穀雨痕。果肯同嘗竹林下，寒泉猶有惠山存。

太湖

西南無盡望，吞恐罄吳郊。海近私憑蓄，天低不敢包。蛟龍宜自宅，蠙蛭莫令巢。遠浦纔分點，歸檣略認梢。水乘潮更闊，地過底宜坳。鳥截煙維斷，風凌浪脊交。大橋橫作畫，别岸缺成爻。吟恐詩無氣，圖憂筆費鈔。婦輸范蠡得，官許季鷹抛。去憶心應繫，歸誇口定譊。窮何須蹈海，來好卜編茅。著户生同隱，居民釣自庖。滄浪未容濯，魚枻夜停敲。

後山詩鈔

陳師道，字履常，一字無己，號後山。彭城人。年十六，謁曾南豐，大器之，遂受業焉。元豐初，曾典史事，以白衣薦爲屬。尋以憂去，不果。章惇冀其來見，將特薦之，卒不一往。蘇東坡與侍從列薦爲教授，未幾，除太學博士。後以蘇氏私黨，罷移潁州，又換彭澤。以母憂不仕者四年。元符間，除秘書省正字。侍南郊，寒甚，其妻于僚壻借副裘，蓋熙豐黨也，竟不衣。病寒卒。初學于曾。後見黄魯直詩，格律一變。魯直謂其「讀書如禹之治水，知天下之脈絡，有開有塞，至于九川滌源、四海會同者，作文知古人關鍵，其詩深得老杜之法，今之詩人不能當也」。任淵謂「讀後山詩，似參曹洞禪，不犯正位，切忌死語，非冥搜旁引，莫窺其用意深處」。因爲作註。蓋法嚴而力勁，學贍而用變，涪翁以後，殆難與敵也。

妾薄命二首 自注曰：「爲曾南豐作」。

主家十二樓，一身當三千。古來妾薄命，事主不盡年。起舞爲主壽，相送南陽阡。忍着主衣裳，爲人作春妍。有聲當徹天，有淚當徹泉。死者恐無知，妾身長自憐。

葉落風不起，山空花自紅。捐世不待老，惠妾無其終。一死尚可忍，百歲何當窮！天地豈不寬，妾身自不容。死者如有知，殺身以相從。向來歌舞地，夜雨鳴寒蛩。

送外舅郭大夫槩西川提刑

丈人東南來，復作西南去。連年萬里別，更覺貧賤苦。王事有期程，親年當喜懼。畏與妻子別，已復迫曛暮。何者最可憐，兒生未知父。盜賊非人情，蠻夷正狼顧。功名何用多，莫作分外慮。萬里早歸來，九折慎馳鶩。嫁女不離家，生男已當户。曲逆老不侯，知人公豈誤！

送內

麀麌顧其子，燕雀各自隨。與子爲夫婦，五年三別離。兒女豈不懷，母老妹已笄。父子各從母，可喜亦可悲。關河萬里道，子去何當歸！三歲不可道，白首以爲期。百畝未爲多，數口可無飢。呑聲不敢盡，欲怨當歸誰？

别三子

夫婦死同穴，父子貧賤離。天下寧有此，昔聞今見之。母前三子後，熟視不得追。嗟乎胡不仁，使我至於斯！有女初束髮，已知生離悲。枕我不肯起，畏我從此辭。大兒學語言，拜揖未勝衣。喚爺我欲去，此語那可思。小兒襁褓間，抱負有母慈。汝哭猶在耳，我懷人得知！

寄外舅郭大夫

巴蜀通歸使，妻孥且舊居。深知報消息，不忍問何如。身健何妨遠，情親未肯疏。功名欺老病，淚盡數行書。

憶少子

端也早豐下，歲晚未可量。我老不自食，安得如我長。呱呱旆不子，退省未始忘。吾母亦念我，與爾寧相望。

贈二蘇公

岷峨之山中巴江，桂椒柟櫨楓柞樟。青金黃玉丹砂良，獸皮鳥羽不足當。異人間出駭四方，嚴王陳李司馬揚。一翁二季對相望，奇寶橫道驟服箱。誰其識者有歐陽，大科異等固其常。小却盛之白玉堂，典謨雅頌用所長。度越周漢登虞唐，千載之下有素王。半陳鄭毛視荒荒，後生不作諸老亡。文體變化未可量，萬口一律如吃羌。妖狐幻人大陸梁，虎豹却走逢牛羊。上帝惠顧祓不祥，天門夜下龍虎章。前驅吳回後炎皇，絳旂丹轂朱冠裳。從以甲胄萬鬼行，乘風縱燎無留藏。天高地下日月光，授公以柄扶病傷。士如稻苗待公秧，臨流不度公爲航。如大醫王治膏肓，外證已解中尚強。探囊一試黃昏湯，一洗十年新學腸。老生塞口不敢嘗，向來狂殺今尚狂，請公別試囊中方。

送江端禮

正學元非世，能詩新有聲。諸公交鄭泰，多士閉何生。汎愛經過數，移書底裏傾。又爲淮海別，病眼向誰明？

九日寄秦覯

疾風回雨水明霞，沙步叢祠欲暮鴉。九日清樽欺白髮，十年爲客負黃花。登高懷遠心如在，向老逢辰意有加。淮海少年天下士，可能無地落烏紗？

示三子

去遠卽相忘，歸近不可忍。兒女已在眼，眉目略不省。喜極不得語，淚盡方一哂。了知不是夢，忽忽心未穩。

烏呼行

去年米賤家賜粟，百萬官倉不餘掬。青錢隨賜費追呼，昔日剜瘡今補肉。今年夏旱秋水生，江淮轉粟千里行。不應遠水救近渴，空倉四壁雀不鳴。似聞爲政不爲費，兩不相傷兩相濟。十年斂積用一朝，驚濤破山風動地。

送張支使

曠度逢知晚，高才處下難。清秋一鶚上，拭目萬人看。白酒初同醉，黄花已戒寒。凭將衰老事，一一報長安。

從蘇公登後樓

倏作三年別，才堪一解顔。樓孤帶清洛，林缺見巴山。五月池無水，千年鶴自還。白鷗没浩蕩，愛惜鬓毛斑。

次韻李節推九日登南山

平林廣野騎臺荒，山寺鳴鐘報夕陽。人事自生今日意，寒花只作去年香。巾欹更覺霜侵鬓，語妙何妨石作腸。落木無邊江不盡，此身此日更須忙。

田家

鷄鳴人當行，犬鳴人當歸。秋來公事急，出處不待時。昨夜三尺雨，竈下已生泥。人言田家樂，爾苦人得知？

出清口

家世山東飽耕稼，晚託一舟順流下。漁溝寒餅不下筯，推桅轉頭更五夜。平明放溜出清口，霜落潮回霧連野。平淮一夢三十里，有日無風神所借。似憐憂患滿人間，百孔千瘡容一罅。文章末技將自効，語不驚人神可嚇。子女玉帛君所餘，寄聲白鳥煩多謝。

贈歐陽叔弼

早知汝頻多能事，晚以詩書託下僚。大府禮容寬懶慢，故家文物尚嫖姚。只將憂患供談笑，敢望功言答聖朝。歲歷四三仍此地，家餘五一見今朝。

觀兗文忠公家六一堂圖書

生世何用早，我已後此翁。頗識門下士，略已聞其風。中年見二子，已復歲一終。呼我過其廬，所得非所蒙。先朝羣玉殿，冠佩環羣公，神文煥王度，喜色見天容。御榻誰復登，帝書元自工。黃絹兩大字，一覽涕無從。似欲託其子，天意人與同。歷數況有歸，敢有貪天功！《集古》一千卷，明明並羣雄。誰爲第一手，未有百世公。廟器刻科斗，寶樽蟠華蟲。緬懷弁服士，酬獻鳴瑽瑢。插架一萬軸，遺子以固窮。素琴久絶弦，棋酒頗闕供。向來一瓣香，敬爲曾南豐。世雖嫡孫行，名在亞子中。斯人日已遠，千歲幸一逢。吾老不可待，草露濕寒蛩。

送蘇迨

胸中歷歷着千年，筆下源源赴百川。真字飄揚今有種，清談絶倒古無傳。出塵解悟多爲路，隨世功名小着鞭。白首相逢恐無日，幾時書札到林泉？

送黄生兼寄二謝

城西兩謝俱能文，穰丞精悍吾所聞。每讀吾詩得人意，使不能文已可人。我昔謝公門下士，早年安作功名意。如今老寄潁河東，九泉雖深愧此公。

次韻蘇公西湖徙魚三首

窮秋積雨不破塊，霜落西湖露沙背。大魚泥蟠小魚樂，高丘覆杯水如帶。魚窮不作摇尾憐，公寧忍口不忍鱠。修鱗失水玉參差，晚日摇光金破碎。咫尺波濤有生死，安知平陸無灘瀨。此身寧供刀几用，着意更須風雨外。是間相忘不爲小，濠上之意誰得會？枯魚雖泣悔可及，莫待西江與東海。

赤手取魚如拾塊，布網鳴舷攻腹背。豈知激濁與清流，恐懼駢頭牽翠帶。居士仁心到魚鳥，會有微生化餘鱠。寧容網目漏吞舟，誰能烹鮮作苛碎？我亦江湖釣竿手，悮逐輕車從下瀨。生當得意落鷗邊，何用封侯墮鳶外。不如此魚今得所，置身暗與神明會。徑須作記戒鯨鯢，防有任公釣東海。

詩成落筆驥歷塊，不用安西題紙背。小家厚斂四壁立，拆東補西裳作帶。堂下觳觫牛何罪，太山之陽人作繪。同生異趣有如此，缾懸甃間終一碎。流水長者今公是，雨花散亂投金瀨。人言充庖須此輩，慈觀更須容度外。賜牆及肩人得視，公才槃槃一都會。有憐其窮與不朽，我亦牽聯書玉海。

八月十日二首

一夢人間四十年，只應炊竈固依然。兩官不辦一丘費，五字虛隨萬里船。
人生七十今强半，老去光陰已後身。更欲置身須世外，世間元自不關人。

迎新將至澧城

早投林野違風雨，晚傍塵沙飽送迎。却愧兩街屠販子，卧聽車馬過橋聲。

卽事

老覺山林可避人，正須麋鹿與同羣。却嫌鳥語猶多事，强管陰晴報客聞。

齋居

青奴白枯静相宜，老罷形骸不自持。一枕西窗深閉閤，卧聽叢竹雨來時。

寄亳州林侍制

湖海相望闕寄聲，雲林過雨未全晴。青衫作吏非前日，白首論文笑後生。似聽兒童迎五馬，稍修書札問專城。一聞苦李蒙莊句，不復人間世後名。

次韻回山人

一杯領意不須沽，六字持身已有餘。痴子未知天上樂，先生今解世間書。

又次屬沈東老

隨世功名非所望，稱家豐儉不求餘。青衫出指論奇字，白髮挑燈寫細書。

送孝忠二首

老眼元多淚，春風見此行。又爲貧賤別，更覺急難情。斗食吾堪老，詞場爾向榮。未須憐野鶩，家法付宣城。

經史三年學，聰明一旦開。把文甘潦倒，數日待歸來。士患聲名早，官今歲月催。有親須薄禄，臨路尚徘徊。

以拄杖供仁山主

洗足投笻只坐禪，厭尋歧路費行纏。老來不復人間事，不用山公更削圓。

西湖

小徑才容足，寒花只自香。官池下鳧雁，荒塚上牛羊。有子吾甘老，無家去未量。三年哦五字，草木借輝光。

送吴先生謁惠州蘇副使

聞名欣識面，異好有同功。我亦慚吾子，人誰恕此公？百年雙白鬢，萬里一秋風。爲説任安在，依然一禿翁。

别觀音山主

離合應生理，過逢豈近緣。情親見今日，語妙記當年。閉户安禪主，衝風逆水船。不應清夜月，故作别時圓。

離潁

河市千人聚，寒江百丈牽。吾生能幾日，此地費三年。叢竹防供爨，池魚已割鮮。拙勤終不補，他日愧無傳。

答晁以道

轉走東南復帝城，故人相見眼偏明。十年作吏仍餬口，兩地爲鄰闕寄聲。冷眼尚堪看細字，白頭寧復要時名！孰知范叔寒如此，未覺嚴公有故情。

別黄徐州

姓名曾落薦書中，刻畫無鹽自不工。一日虚聲滿天下，十年從事得途窮。白頭未覺功名晚，青眼常蒙今昔同。衰疾又爲今日別，數行老淚灑西風。

古墨行并序

晁無斁有李墨半丸，云裕陵故物也。往於秦少游家見李墨，不爲文理，質如金石，亦裕陵所賜，王平甫所藏者。潘谷見之，再拜云：「真廷珪所作也。世惟王四學士有之，與此爲二矣。」嗟乎！世不乏奇，乏識者耳。敬爲長句，率無斁同作。

秦郎百好俱第一，烏「烏」一作「墨」。丸如漆姿如石。巧作松身與鏡面，借美於外非良質。潘翁拜跪摩老眼，一生再見三歎息。了知至鑒無遁形，王家舊物秦家得。君今所有亦其亞，伯仲小低猶子姪。黄金白璧孰不有，古錦句囊聊可敵。睿思殿裏春夜半，燈火闌殘歌舞散。自書細字答邊臣，萬里風塵入長算。初聞橋山送弓劍，寧知玉盌人間見？夜光炎炎衝斗牛，曾有太史占星變。人生尤物不必有，時一過目驚老醜。念子何忍遽磨研，少待須臾圖不朽。魏衍注曰：「少游之墨，嘗許先生爲他日墓誌潤筆。先生嘗語衍。作此詩時，少游尚無恙。然終先逝去。」明窗淨几風日暖，有愁萬斛才八斗。徑須脱帽管城公，小試玉堂揮翰手。

次韻春懷

老形已具臂膝痛，春事無多櫻筍來。敗絮不温生蟣蝨，大杯覆酒着塵埃。衰年此日常爲客，舊國當時只廢臺。河嶺尚堪供極目，少年爲句未須哀。

河上

背水連漁屋，横河架石梁。窺巢烏鵲競，過雨艾蒿光。鳥語催春事，窗明報夕陽。還家慰兒女，歸路不應長。

題柱并序

永安驛廊東柱有女子題五字云：「無人解妾心，日夜長如醉。妾不是瓊奴，意與瓊奴類。」讀而哀之，作二絶句。

桃李催殘風雨春，天孫河鼓隔天津。主恩不與妍華盡，何限人間失意人。

從昔嬋娟多命薄，如今歌舞更能詩。孰如「如」一作「知」。文雅河陽令，不削瓊奴柱下題。

蠅虎

物微趣下世不數，隨力捕生得稱虎。匿形注目摇兩股，卒然一擊勢莫禦。十中失一八九取，吻間流血腹如鼓。却行奮臂吾甚武，明日淮南作端午。

宿深明閣

窈窕深明閣，晴寒是去年。老將災疾至，人與歲時遷。默坐元如在，孤燈共不眠。暮年身萬里，賴有故人憐。

縹緲金華伯，人間第一人。劇談連晝夜，應俗費精神。時要平安報，反愁消息真。牆根霜下草，又作一番新。

東山謁外大父墓

土山宛轉屈蒼龍，下有槃槃蓋世翁。萬木刺天元自直，叢篁侵道更須東。百年富貴今誰見，一代功名託至公。少日拊頭期類我，暮年垂淚向西風。

次韻晁無斁冬夜見寄

寒窗冷硯欲生塵，短枕長衾却自親。老子形骸從薄暮，先生意氣尚青春。覆杯不待回丹頰，危坐猶能作直身。城郭山林兩無得，暮年當復幾霑巾？

寒夜有懷晁無斁

同好共城郭，十日不一顧。人事雖好乖，吾生亦多忤。闔門對妻子，歲月不可度。閉目寧用遮，停杯仍下筯。獨無區中緣，永懷岩下趣。平生三徑資，安得一朝具？萬里初歷塊，前驅告曛暮。歸懷屬有思，棄世不待怒。老境厭逶遲，人情費將護。向來張長公，吾亦從茲去。燈花頻作喜，月色正可步。預恐何水曹，明朝有新句。

寄提刑李學士

石渠金馬青雲上，東里西門濟水邊。上冢過家真樂事，平時持節貴當年。成家舊學諸儒問，脫手新詩萬口傳。范叔一寒今若此，相逢猶得故人憐。

寄杜擇之杜寄惠近詩。

詩家兩杜昔無隣，文采風流一作「傳家」。世有人。疾置送詩驚老醜，坐曹得句自清新。興來不假江山助，目過渾如草木春。農馬智專吾不讓，衡陽紙貴子能頻。

寄晁無斁

稍聽春鳥語叮嚀，又見官池出斷冰。雪後踏青誰與共，花間着語老猶能。笑談莫倦尋常聽，山院終同一再登。今日已知他日恨，槍榆況得及飛騰。

還里

曠士愛吾廬，遊子悲故鄉。慷慨四方志，老衰但悲傷。虛名自成誤，失得略相當。暮年還家樂，未覺道路長。閭里喜我來，車馬塞康莊。爭前借言色，草木亦晶光。向來千人聚，一老獨徜徉。手開南陽阡，松柏鬱蒼蒼。永願守一丘，脫身萬里航。平生功名念，倒海淙我腸。款段引下澤，斷弦更空觴。尚恐北山南，有文移路傍。

次韻夏日江村

漏屋簷生菌，臨江樹作門。捲簾通燕子，織竹護鷄孫。向夕微一作「風」。涼進，相逢故意存。一作「霑衣汗垢存」。何當加我歲，從子問乾坤？

次韻夏日

江上雙峰一草堂，門閑心靜自清涼。詩書發冢功名薄，麋鹿同羣歲月長。句裏江山隨指顧，舌端幽耿致張皇。莫欺九尺鬢眉白，解醉佳人錦瑟傍。

夏夜有懷

臥念張居士，逃名老石根。學詩端得瘦，識字卽空樽。鳴笛夜宜遠，燈花曉更繁。未須哀老子，也復守丘園。

和顏生同遊南山

竹杖芒鞋取次行，琳琅觸目路人驚。當年此日仍爲客，病目今來喜再明。筋力尚堪供是事，登臨那得總無情。已知名世徒爲爾，可復緣渠太瘦生？

和魏衍元夜同登黄樓

車馬競清夜，人物秀三楚。登臨得免俗，兹樓豈時睹！同來兩稚子，冠者亦四五。落落俱可人，頗亦厭歌鼓。山月出未高，潛鱗動寒渚。檣燈接稀星，奪目粲不數。魏侯轉物手，百好趨就敍。得句未肯吐，秀氣出眉宇。水浄納行影，山空答修語。夜氣稍侵肌，鳥駭去其侶。清遊豈有極，喜事戒多取。投静未免喧，于今豈非古！永懷寂寞人，南北忘在所。横嶺限魚鳥，作書欲誰與。情生文自哀，意動足復佇。凭楹一作「檻」。共一默，望舒已侵午。

和魏衍同登快哉亭

經時不出此同臨，小徑新摧草舊侵。欲傍江山看日落，不堪花鳥已春深。來牛去馬中年眼，朗月清風萬里心。故着連峰當極目，回看幽徑遶雙林。

和三日

苦遭年少强追陪，病眼看花更覆杯。夾岸萬人傾國出，清江一注兩山開。遊人欲盡鷺鷗下，晚日猶須惡雨催。更恐明年有離别，折花臨水共徘徊。

登燕子樓

緑暗連村柳，紅明委地花。畫梁初着燕，廢沼已鳴蛙。鷗没輕春水，舟横着淺沙。相逢千歲語，猶説一枝花。

和黃充實春盡遊南山

逐勝缺勇功，餞春無少色。出門欲何向，坂丸隨所擊。百年餘幾何，十步復一息。同來二三子，楚楚頗修飾。行前强老夫，徑捷疲峻陟。山門開煙霏，禪房閉岑寂。口燥沾茗椀，久厄此爲德。逐日下西山，草路荒不識。回溪轉鈎曲，門徑入繩直。故人喜領客，内愧積腸臆。所來爲親舊，掃除稱寥閴。疾風無末勢，過雨有餘瀝。高花初欲然，平荷已如拭。因君感哀盛，醜好移頃刻。交新厭區區，話舊聽歷歷。談問十一二，四座已傾側。茅屋漏一作「濕」。風霜，山田帶沙礫。尚能哀此老，舉手觸四塞。君如澗底松，超拔出天壁。學詩有新功，黃魏共推激。生與魏衍、黃預遊。

何郎中出示黃公草書

龍蛇起伏筆無前，江漢淵回語更妍。好事元須一賞足，藏家不必萬人傳。

當年闕里與論詩，晚歲江山斷夢思。妙手不爲平世用，高懷猶有故人知。

送河間呂令子固甥。

今日中牟令，當年太守孫。獨能憐此老，肯避席爲門。寒日風濤壯，邊城簿領繁。平生子曾子，白首得重論。

寄潭州張芸叟

湖嶺一都會，西南更上遊。秋盤堆鴨脚，春味薦貓頭。宣室來何暮，燕池得借一作「惜」。留。孰知爲郡樂，莫作越鄉憂。去國如前日，爲邦得舊遊。霜柑先落手，春鴈幾回頭。只道風沙惡，寧知賈宋留。賦詩真有助，弔古不同憂。

雪後

送往開新雪又晴，故留臘白待春青。稍回松色伸梅怨，併得朝看與夜聽。已覺庭泥生馬一作「鳥」。迹，遽修田事帶朝星。暮年功力歸持律，不是騷人故獨醒。

送提刑李學士移使東路

襟抱從前相向開，倡酬于此未多陪。身更寵辱談彌勝，路別東西意自哀。隱几忘言終不近，白頭青簡兩相催。孰知衰老難爲別，擊問應須續續來。

隱者郊居

高齋繚繞度雙溝，老氣軒昂蓋九州。不爲江山開悒快，正緣風味得淹留。招攜好客共談笑，拆補新詩擬獻酬。小摘自鋤稀菜甲，旁觀虛作不堪憂。

送檢法趙奉議

三歲公門不屢過，作牋時得問如何。及兹去去翻爲恨，向使常常肯謂多！勇鋭閉房猶着酒，切深疾惡反傷和。贈言竊取仁人號，善聽君居長者科。

寄曹州晁大夫

東方千騎貴當年，白髮居頭也自賢。肯費精神修客主，稍回功譽入章篇。虚名不救空一作「飢」。腸厄，晚歲仍遭末疾纏。死去不爲天下惜，鏡中當有故人憐。

送馮翊宋令

三楚風流信有人，先聲今已徹咸秦。寧爲鷄口官無小，欲試牛刀久要新。細肋卧沙勤下筯，長芒刺眼莫霑脣。山西一作「西州」。豪傑知吾老，爲説猶堪舉萬鈞。

酬智叔見贈

老去斯文不更論，却因夫子話師門。清談不待傾三語，勝日何知共一樽？逐北我方填坎井，圖南誰得料鵬鯤。過逢爲説侯芭在，卧榻生衣櫝有孫。

敬酬智叔三賜之辱兼戲楊理曹二首

龍争虎據竟成塵，只有青樓與白門。青樓謂燕子樓也。令宰才高先得句，使君情重敬開樽。江山故國難留鶴，科斗荒池可着鯤？直使頷鬚渾作白，未應投鏁愧諸孫。智叔有《嘆白髮》詩。

險韻庾詞費討論，真持布鼓過雷門。更看九日臺頭句，未用三人月下樽。鏡裏黄花明白髮，海邊赤脚踏長鯤。從來相戒莫打鴨，可打鴛鴦最後孫。

酬智叔見戲

百念皆空習尚存，稍修香火踏空門。槌腰摩腹非春事，割愛投閑覆玉樽。白髮情多猶可染，來詩有白髮之嘆。驂鸞興盡却乘鯤。上界紛紛足官府，也容河鼓過天孫。

雨花風葉未宜春，私柳官渠白下門。每度清溪嘲短髮，時容使席近芳樽。雄蜂雌蝶元非偶，野馬遊塵不佐鯤。若許成功當封賞，事具李待制席上篇。請看子子與孫孫。

九月九日與智叔鷴堂宴集夜歸

鷴堂從昔有惡客，酒盡不去仍復索。欲留歌舞盡客意，風雨和更作三厄。佳辰難得客更難，我窮無酒爲君歡。只欲泥行過白下，萬一簾疏見一斑。

絶句四首

秋牀歸卧不緣愁，病與衰謀作老仇。數樹直青能爾瘦，一軒殘照爲誰留？
芒鞋竹杖最關身，散髮披衣不待人。三兩作鄰堪共話，五千插架未爲貧。
昏昏嗜睡元非病，續續題詩不耐閑。作意買山還得笑，多方拔白却成斑。
書當快意讀易盡，客有可人期不來。世事相違每如此，好懷百歲幾回開。

懷遠任淵注云：「此詩屬東坡。」

海外三年謫，天南萬里行。生前只爲累，身後更須名？未有平安報，空懷故舊情。斯人有如此，無復涕縱橫！

答田生

酒亦有何好，人今未肯忘。苟無愁可解，何必醉爲鄉！臢欲論奇字，終能諱秘方。直饒肌骨秀，正要書眉長。

早起

鄰鷄接響作三鳴，殘點連聲殺五更。寒氣挾霜侵敗絮，賓鴻將子度微明。有家無食惟一作「違」。高枕，百巧千窮只短檠。翰墨日疏身日遠，世間安得尚虛名？

和黃充小雪

度臘侵春亦未遲，紛紛款款意猶微。霑衣帶潤元無見，着物還消不待晞。臏欲打窗連夜聽，未須迷鴈斷行飛。老來才盡無新語，只欲煩君急手揮。「帶潤」，一作「自濕」。

謝趙使君送烏薪

欲落未落雪迫人，將盡不盡冬壓春。風枝冰瓦有去鳥，遠坊窮巷無來人。忽聞叩門聲遽速，驚鷄透籬犬升屋。使君傳教賜薪炭，妓圍那解思寒谷？老身曲直不足言，冷窗凍壁作春温。定知和氣家家到，不獨先生雪塞門。一作「席作門」。

和范教授同遊桓山

送客尋山已自仙，行談坐笑復忘年。平郊走馬斜陽裏，破屋傳杯積水邊。洗壁留名題歲月，一作「題名留歲月」。登高着句記山川。風流幕下諸公子，縮手吟邊更覺賢。

早春

度臘不成雪，迎年遽得春。冰開還舊緑，魚喜躍修鱗。柳及年年發，愁隨日日新。老懷吾自異，不是故違人。

徐仙書

徐清，字静之，蓬萊女官也。下西里王氏。詩作謝體，書效黄魯直，妍妙可喜。敬作三絶句。

蓬壺仙子補天手，筆妙詩清萬世功。肯學黄家元祐脚，信知人厄匪天窮。

詩成已作客兒語，筆下還爲魯直書。豈是神仙未賢聖，不隨時事向人疏。

金華牧羊小家子，西真攘桃何代兒？詩着海山書落爪，向來何一作「那」。免世人疑？

咸平讀書堂

昔人三百篇，善世已有餘。後生守章句，不足供囁嚅。一登吏部選，筆硯隨掃除。閉閤畫眉嫵，隔屋聞歌呼。奉公用漢律，寧復要詩書？俛首出跨下，枉此七尺軀。今代陶朱公，不作大梁屠。計然特未用，意得輕全吴。爲邦得幾縣，政密自計疏。寧書下下考，不奉急急符。用意簿領外，築室課典謨。平生五千卷，還舍不問塗。近事更漢唐，稍以詩自娱。復作無事飲，醉卧擁青奴。桃李春事繁，軒窗晝景舒。鳴屋鳩唤雨，窺簾燕哺雛。休吏散篇帙，風篁獻笙竽。忻然一啓齒，斯民免爲魚。

絶句二首

里中餽杏得嘗新，馬上逢花始見春。勤苦著書如作吏，世間枉是最閑人。

密密丹房疊疊花，一枝臨路爲人斜。叮嚀語鳥傳春意，白下門東第幾家。

春懷示鄰里

斷牆着雨蝸成字，老屋無僧燕作家。剩欲出門追語笑，却嫌歸鬢着塵沙。風翻蛛網開三面，雷動蜂窠趁兩衙。屢失南鄰春事約，只今容有未開花。

和寇十一晚登白門

重門傑觀屹相望，表裏山河自一方。小市張燈歸意動，輕衫當户晚風長。孤臣白首逢新政，遊子靑春見故鄉。富貴本非吾輩事，江湖安得便相忘？

謝寇十一惠端硯

百工營材先利器，市道居貨如作贄。書生活計亦酸寒，斷磚半瓦寧求備？端溪四山下龍淵，鬱積中州淸淑氣。金聲玉骨石爲容，河江屈流雲作使。滑如女膚色馬肝，夜半神光際天地。諸天散花百神喜，知有聖人當出世。沒人投深索千丈，探頷適遭龍伯睡。軆轤挽出萬人負，千歲之藏一朝致。琢爲時樣供翰墨，十襲包藏百金貴。北行萬里更衆目，寇卿好事不計費。南鄰居士卿之孫，豐悴相從不爲異。似憐陶瓦磨竈煤，輟贈不減前人志。人言寒士莫作事，鬼奪客偷天破碎。龜玉韞匵與無同，錦衾還客棄佳惠。衆所欲得當有緣，天獨於余可無意？敢書細字注魚蟲，要傳《華嚴》八千偈。

再和寇十一

與世相違孰自量，資身無策謾多方。逢場作戲真呈拙，誤筆成蠅豈所長？名字不歸青史筆，形容終老白雲鄉。何一作「可」。須五斗輕千里，賴有斯人未肯忘。

謝趙生惠芍藥

從微至老走風塵，喜見鄉園第四春。獨舞東風辭西子，政緣無語却宜人。

九十風光次第分，天憐獨得殿殘春。一枝賸欲簪雙髻，未有人間第一人。

寄鄉

借子翩翩果下駒，春原隨處小踟躕。可能炙背春風裏，卧把青銅摘領鬚？

和寇十一同登寺山

度暑無好懷，凭危略幽致。衣冠蔚如林，從我才一二。玆山昔深登，歲月誰得記？尚有名勝流，不與金石悴。孰知千載後，我與子復至？煙昏倏見燈，洪發疑無地。領略章句手，割據英雄志。與壞容一瞬，今昔當幾喟。圍山缺西北，放目不可制。歸懷納清境，夜榻成良寐。零落壁間詩，豈特彼所愧？會逢南過適，不問西來意。

謝孫奉職惠胡德墨

奚李風流盡，法傳外諸孫。常山陳贍子，懷抱自高擧。孰云勝潘翁？惟眉山公言。四海未盡識，一變歸九原。胡郎少年子，外家典刑存。一點落髹漆，重價壓璵璠。孫侯磊落人，情義久益惇。解囊贈玄圭，孰知師白猿。我資不解書，下筆輒自暖。良寶不受辱，隱默面稱寃。

拱翠堂 蕭邑富人竇敦禮卽泉山作此堂，規制宏麗。無咎作記。

千年茅竹蔽幽奇，一日堂成四海知。便有文公來作記，尚須我輩與題詩。至人但有經行處，寶蓋仍存朽老枝。能事向來非促迫，經年安得便嫌遲？

和李使君九日登戲馬臺

登高能賦屬吾儕，不用傳杯擊鉢催。九日風光堪落帽，中年懷抱更登臺。江山信美因人勝，萸菊逢辰滿意開。二謝風流今復見，千年留句待公來。

與魏衍寇國寶田從先二姪分韻得坐字

將老蒙誤恩，受吊不受賀。欲起尚遲回，積閑習成惰。向來二三子，相與守寒餓。一日不可無，三歲安得過？是時秋益高，夜永月初墮。漏鼓已再更，坐者餘幾箇？酒薄多可强，談勝堅莫破。簷昏讀字細，林缺瞻星大。吴吟未至慢，楚語不假些。懷遠已屢歎，論昔先急唾。身世喜相違，真成螘旋磨。平生陳孟公，晚歲不驚坐。「初墮」一作「初破」，「莫破」一作「莫挫」。

和黄生出遊

髖欲登臨强作歡，衣冠未動意先闌。從今泉石非吾事，只借君詩細細看。

從寇生求茶庫紙

南朝官紙女兒膚，玉版雲英比不如。乞與此翁元不稱，他年留待大蘇書！

酬顏生惠茶庫紙

破卵剥膜肌理滑，削玉作版光氣熏。老子尚堪哦七字，阿買頗能書八分。

黃樓

樓以風流勝，情緣貴賤移。屏亡老畢篆，市發大蘇碑。更覺江山好，難忘父老思。只應千載後，覽古勝當時。

答黃生魏衍注云：「時初冬尚無冬衣，先生以背子贈之，堅不受。到家以朱氏所贐二疋寄之，因作詩。」

我無置錐君立壁，舂黍作糜甘勝蜜。綈袍不受故人意，藥餌肯爲兒輩屈。割白鷺股何足難，食鸕鷀肉未爲失。暮年五斗得千里，有愧寒簷背朝日。

五子相送至湖陵

中年患別多作別，早日諱窮常得窮。勿云一水四十里，衣冠塞郭何人同？周生子病輟身出，劉子遠來今幾日？石家仲叔好少年，頗能厭俗從吾律。魏君不獨相從早，自君之來吾却掃。歲月磨人孰能久，反覆看渠難得好。湖陵古城風日寒，情義乃知生别難。高懷已爲故人盡，交道應留後代看。

家山晚立

遶舍苔衣積，倚牆梨頰紅。地平宜落日，野曠自多風。禹迹千年後，家山一顧中。未休嗤土偶，已復逐飄蓬。

寒夜

一夜風澎浪，中宵月脱雲。到窗資少睡，遠響倦多聞。星火遠相亂，江山氣不分。早鷄先得便，斷鴈屢鳴羣。

山口

重霧真成雨，疏簾不隔風。青林擁紅樹，家鶩雜賓鴻。漁屋渾環水，晴湖半落東。往來成一老，猶在半塗中。

宿合清口

風葉初疑雨，晴窗誤作明。穿林出去鳥，擧棹有來聲。深渚魚猶得，寒沙鴈自驚。卧家還就道，自計豈蒼生？

宿泊口

弱柳經寒色，懸流盡夜聲。更長疑睡少，霜落怯寒生。急急占星度，搖搖苦舫傾。風濤兼盜賊，恩重覺身輕。

宿柴城

卧埋塵葉走風煙，齒豁頭童不計年。起倒不供聊應俗，高低莫可只隨緣。通通遠鼓三行夜，隱隱平湖四接天。枕底波濤篷上雨，故將羇旅一作「老」。到愁邊。

晚坐

柳弱留春色，梅寒讓雪花。溪明數積石，月過戀平沙。病減還增藥，年侵却累家。後歸栖未定，不但只昏鴉。

寒夜

留滯常思動，艱虞却悔來。寒燈挑不焰，殘火撥成灰。凍水滴還歇，風簾掩復開。孰知文有忌，情至自生哀。

晚興

去國猶能別，逢人始欲愁。不干遮極目，自是怯回頭。布網收魚槮，連筒下鈎鈎。誰初教鮮食，澤竭未能休！

別劉郎魏衍注云：「宜義之壻，六年之別；先生喪母，劉喪父。故其詩哀甚。」

一別已六載，相逢有餘哀。公私兩多事，災病百相催。無酒與君別，有懷向誰開？深知百里遠，肯爲老夫來？

鷄籠鎮入棣州界。

河市新經集，鷄籠舊得名。初聞北人語，意作故鄉聲。客久艱難極，情忘去就輕。空虛仍廢忘，何以慰諸生？

酬王立之二首

頗有亭前玉色梅，情知不肯破寒開。似憐憔悴兩公指蘇、黃。客，獨倚東風遣信來。

重梅雙杏巧相將，不爲遊人只自芳。應怪詩翁非老手，相逢不作舊時香。

和謝公定觀秘閣文與可枯木

斯人不復有，累世或可期。每於丹青裏，一見如平時。壞障塵得入，慘淡令人悲。墨色落欲盡，嚴顏終不移。朽老莫使年，石心烏銅皮。念此猶少作，未盡冰霰姿。北枝把異鵲，意定了不疑。惜哉不得語，胸次幾興衰？一爲要貴役，可復愧一作「辭」。畫師！隱奥雖可惜，塗抹復見遺。謝侯名家子，感慨形苦詞。豈惟語畫工，勁特頗似之。何當補諫列，一吐胸中奇！

贈吴氏兄弟

得失媸妍只自知，略容千載有心期。恨君不見金華伯，何處如今更有詩。

上晁主客時與無咎對酒，及門，而閽者辭焉。

兩疏父子共含香，不獨家榮國有光。欲展懷因問疾，孰知相對只銜觴。年侵身要兼人健，節近花須滿意黄。從昔竹林須小阮，只今未可棄山王。

贈石先生

多方作計老如期，百疾交攻遽得衰。晚有勝緣逢異士，生須快意闕前知。迫人鬢頷紛紛白，臨事迴迂種種遲。分我刀圭容不死，他年鶴馭得追隨。

送歐陽叔弼知蔡州

潁陰爲别悔怱怱，十載相望信不通。晚遇聖朝收放逸，旋遭官禁限西東。又爲太守專淮右，喜郎君類若翁。梅柳作新詩興動，可令千里不同風。

送晁堯民守徐

中年爲別不堪憂，束髮登門到白頭。南省望郎仍國士，東方千騎更吾州。彭翁老壽終遺骨，燕子飛來只故樓。知己難逢身易老，煩公置醴我歸休。

山口阻風

夕風朝未回，來雲去爲雨。繫舟直山口，天意遽如許。濤風兩方鬬，丘原莫當怒。兩山爲俯仰，一鳥不得度。臨深負高枕，偷生寧得所。歷歷數過帆，當途氣如虎。快意亦適然，淹泊豈吾取？湖洄更去留，未易相爾汝。行登東山巔，壯觀前未睹。九澤不滿眼，五丈方一縷。兹山昔誰遊，巨野傳自古。菰魚無凶年，末利猶不禦。荷隩活萬人，黎埒視千户。東方富絲麻，小市藏百賈。連檣自南北，行談雜秦楚。向晚風力微，湖清魚可數。空倉烏鳥樂，外舍窗扉語。身非天下惜，家無十金聚。欲留盜賊迫，欲去波濤怒。兩者爾何從，一死吾未與。

嘲無咎文潛二首

詩人要瘦君則肥，偃然偉觀詩不宜。詩亦於人不相累，黃金九鐶腰十圍。
一飢緣我不緣渠，身作賈孟行詩圖。窮人乃工君未可，早據要路安肩輿。

次韻夜雨

暗雨來何急，寒房客自醒。驟看燈閃閃，擬對竹青青。聲到江干盡，風回葉上聽。更長那得曉，欹側想儀型。

和王子安至日

近節翻多事，爲家不亦難！老成須藥力，愁絶向誰寛。凍雨能妨夢，朝霜故作寒。衰顔心自了，不待鏡中看。

物理有終極，人情從往還。陰陽消長際，老疾去留間。申白徒懷惠，巢由不買山。更歌吾和汝，風日稍侵顔。

晨起公私迫，昏歸鳥雀催。百年忙裏盡，萬事醉間來。竹雨深宜晚，江梅半欲開。風燈挑不焰，寒火撥成灰。

連日大雪以疾作不出聞蘇公與德麟同登女郎臺

掠地衝風敵萬人，蔽天密雪幾微塵。漫山塞壑疑無地，投隙穿帷巧致身。晚節讀書今已老，閉門高卧不緣貧。遥知更上湖邊寺，一笑潛回萬室春。是日賜柴米。

立春

馬蹄殘雪未成塵，梅子梢頭已着春。巧勝向人眞耐老，衰顏從俗不宜新。高門肯送靑絲菜，下里誰思白髮人？共學少年天下士，獨能濡濕轍中鱗。

次韻敬酬元弼三兄

冥冥雨力及時來，冉冉春光作意回。白髮尙堪供語笑，靑衫不惜着風埃。林廬要自家家到，尊酒寧辭日日開！只恐未便文字飲，人間無夢到陽臺。

除夜對酒贈少章

歲晚身何託，燈前客未空。半生憂患裏，一夢有無中。髮短愁催白，顏衰酒借紅。我歌君起舞，潦倒略相同。

贈知命

黑頭居士元方弟，不肯作公稱法嗣。外人怪笑那得知，他日靈山親授記。學詩初學杜少陵，學書不學王右軍。黃塵扶杖笑鄰女，白衫騎驢驚市人。靜中作業此何因，醉裏逃禪却甚眞。顧我無錢呼畢曜，有人載酒尋子雲。君家魯直不解事，愛作文章可人意。一人可以窮一家，怪君又以才爲累。請將飲酒換吟詩，酒不窮人能引睡。不須無事與多愁，老不欲醒惟欲醉。

謝傅監

好士如好色，昔聞今則無。平生席爲門，未識長者車。曠士棄林谷，羇人辱泥塗。願爲執鞭役，莫順下風趨。去年辱公先，懷刺留寓居。我往拜其門，鷟鸑鳴高梧。論交不計年，取材忘其愚。一寒我如此，百鎰公無餘。今年賀公歸，乃復過我廬。當使有近行，膺門有長須。小家不耐事，鷄飛犬升閭。莫歸自有恨，親顏一何娱！汝家吾無憂，能致賢大夫。吴公漢庭右，賈生世用疏。平分大倉粟，盡讀鄴侯書。士爲知己留，不爲食有魚。三言移曾母，投杼公何如？

次韻答秦少章

學詩如學仙，時至骨自换。縹緲鴻鵠上，衆目焉能玩？子從淮海來，一喙當百難。師儒有韓孟，拭目互驚惋。老生時在旁，縮手愧顔汗。黄公金華伯，莞爾回一盻。彼方試子難，疾前不應懦。要當攻石堅，勿作摶沙散。植璧雖具美，礲錯加璀璨。我老不足畏，後生何可慢！

九月十三日出善利門

十載都城客，孤身冒百艱。一飢非死所，萬里有生還。去國吾何意，歸田病不關。共看霜白鬓，似得半生閑。

湖上晚歸寄詩友

髭髮難藏老，湖山穩寄身。却尋方外士，招作社中人。霜葉深於染，秋花晚自春。無人還有礙，詩卷莫辭頻。

簑笠宜多病，衣冠錯致身。清愁偏待客，白髮解禁人。江月深留雪，山梅借探春。興從湖上發，詩爲道人頻。

功名違壯志，戒律負前身。劉德長欺客，王融却笑人。殘年憎送歲，病眼怯逢春。杖屨知何向，如君未厭頻。

紅緑羞明眼，欹斜久病身。年齡不待命，湖海却留人。點滴花間露，新鮮柳上春。情懷將底用，詩外不須頻。

寄邢和叔

昔作梁宋遊，幽憂廢朝昏。閉門無往還，不厭兒女喧。隔牆聞剥啄，暮夜誰叩門？知是邢夫子，低回過高軒。願爲布衣交，不顧年德尊。忽忽立談罷，又見東南奔。江湖多病後，僅免餉魚黿。久廢數行書，因人問寒暄。但愛孤山西，松筠數家村。便欲築居室，插秧仍灌園。生前不自愛，身後何足論！草《玄》笑揚雄，贊《易》悲虞翻。文章徒自苦，紙筆莫更存。却尋南郭老，隱几學忘言。他日宦遊客，誤入桃花源。葦間見漁父，誰識王侯孫？

十七日觀潮

潮頭初出海門山，千里平沙轉面間。猶有江神憐北客，欲將奇觀破衰顔。
江水悠悠自在流，向人無恨一作「限」。不應愁。相逢不覺渾相似，誰使清波早白頭。

宿錢塘尉廨

平湖遶舍山無盜，官事長閑俸有金。安得終身爲禦寇，不辭兒女作吴音。

贈關彦長

少年初識字，已誦《子虛賦》。嘗疑天上人，已離人間去。蹉跎二十年，久自歎遲暮。倦遊梁宋間，却踏江湖路。此地始逢君，秋陽破朝霧。白首鬢毛新，青衫顔色故。問君胡爲然，竟坐文字誤。人事久難知，高才常不遇。論人較賢智，富貴寧在數。不見竹林詩，山王俱不與。湖塘發高興，山林有佳處。追此閒暇時，觀遊莫辭屢。功名如附贅，得失何用顧。但當勤秉燭，長願隨杖屨。

贈太素菴軻律師山居不出十四年矣。

林間細路暗通門，火閣深藏雪裏春。自笑世間千計錯，羨他湖上十年人。

次韻闞子容湖上晚飲

風樹吹花落四鄰，暮雲將雨作催人。旋傾美酒留連客，急作新詩報答春。試傍清湖看鬢髮，莫辭行樂費金銀。如今歸去還高卧，更問風光有幾旬。

夏日書事

花絮隨風盡，歡娛過眼空。窮多詩有債，愁極酒無功。家在斜陽下，人歸滿月中。肝腸渾欲破，魂夢更無窮。

答無咎畫苑

卒行無好步，事忙不草書。能事莫促迫，快手多粗疏。君看荷葦槲葉扇，崔家中叔三人俱。掃除事物費歲月，收完神氣忘形軀。恍然有得奪天巧，衰顏生態能相如。市師信手無贏餘，一日畫出東封圖。眼前百口怪神速，背後十指争揶揄。君家畫苑傾東都，錦囊玉軸行盈車。補完破碎收亡逋，欲得不計有與無。問君此病何當祛，君言無事聊自娱。世間何事非迷途，挾策未必賢樗蒲。苑中最愛文與蘇，情親不獨生同閭。自謂知子誰知余，叔也不癡回不愚。憐君用意常勤渠，揮毫灑墨填空虛。風梢雨葉出新意，老樹僵立何年枯？我生百事不留意，外物不足煩敺除。翰墨纔能記名字，模臨寫貌無工夫。見溺不救危不扶，獨無一物充庖厨。看君髮漆顏丹朱，意氣健如生馬駒。逢人不信六十餘，郁然一莖無白鬢。呂公落寞起釣屠，南山四老東宫須。人生晚達有如此，應笑虞翻早著書。

次韻應物有歎黄樓

一代蘇長公，四海名未已。投荒忘歲月，積毁高城壘。斯樓亦何與，與人壓復起。紛紛徒爾爲，長劍須天倚。循分卽可久，吾行誰與止？邇來賢達人，五十笑百里。賴有寇公子，衆毁聞獨美。直氣懾狂童，牵聯皆可紀。少公作長句，班揚安得擬？頗有喜事人，睥睨欲槌毁。一朝陵谷變，天語含深旨。驚倒樓前人，今朝有行履。

和休文至自新安

無成底事到天涯，重見春工换柳枝。歷盡江山苦行役，歸來風雨過花時。驅馳共厭人間世，險阻時聞别後詩。獨有窮愁銷未盡，一番相見一伸眉。

次韻蘇公西湖觀月聽琴

公詩端王道，亭亭如紫雲。落世不敢學，謂是詩中君。獨有黄太史，抱杓挹其尊。韻出百家上，誦之心已醺。黄鍾毁少合，大裘擯不文。世事如病耳，螘鬭作牛鬭。苦懷太史惠，養豹煙雨昏。後世無高學，舉俗愛許渾。

城南

白下官楊小弄黃，騎臺南路緑無央。含紅破白連連好，度水吹香故故長。蹲滑踏青穿馬耳，轉危緣險出羊腸。熟知南杜風流在，預怯排門有斷章。

贈魯直

相逢不用早，論交宜晚歲。平生易諸公，斯人眞可畏。見之三伏中，凜凜有寒意。名下今有人，胸中本無事。神物護詩書，星斗見光氣。惜無千人力，負此萬乘器。生前一尊酒，撥棄獨何易。我亦奉齋戒，妻子以爲累。君如雙井茶，衆口願其嘗。顧我如麥飯，猶足塡飢腸。陳詩傳筆意，願立弟子行。何以報嘉惠，江湖永相忘。

放歌行二首

春風永巷閉娉婷，長使青樓誤得名。不惜捲簾通一顧，怕君着眼未分明。

當年不嫁惜娉婷，抹白施朱作後生。說與旁人須早計，隨宜梳洗莫傾城。

送李奉議亳州判官

吾友孫子實，愛學吾所畏。持身如處子，得句有餘味。交驩艱難際，凜然見名誼。吾病卧里中，車馬日一至。遣醫饋粱肉，憂喜見顏際。殷勤勸加餐，代我破戒罪。一別已三秋，君室乃其季。輪囷見眼中，不作千里外。因聲問何如，胡不枉一字？吾友張文潛，君行乃其里。當年釣遊處，壯者或可指。聞風起遐想，意作千古士。不知塵土中，奴揞婢不齒。胸中無一塵，筆下有百紙。勿問見自知，未語君已喜。與遊今已後，行已勿停軌。

陳詢秀才歸徐

千里相從愧子心，未堪歸路馬駸駸。更能作意憐衰病，肯復一作「後」。重來道古今？三歲有期看一舉，百年聊待到千尋。行逢淨社論餘習，爲說登臨久廢吟。

登彭祖樓

城上危樓江上城，風流千載擅佳名。水兼汴泗浮天闊，山入青齊煥眼明。喬木下泉餘故國，黃鸝白鳥解人情。須知壯士多秋思，不露文章世已驚。

遊鵲山院

積石横成嶺，行楊密映門。人聲隱林杪，僧舍遶雲根。頓攝塵緣盡，方知象教尊。只應羊叔子，名字與山存。南豐先生出守日，常遊是院。

和南豐先生西遊之作

孤雲秀壁共崔嵬，倚壁看雲足懶回。睡眼朧緣寒綠洗，醉頭强爲好峰擡。山僧煮茗留寛坐，寺板題名卜再來。有愧野人能自在，塵樊束縛久低徊。

和南豐先生出山之作

側徑籃舁兩眼明，出山猶帶骨毛清。白雲笑我還多事，流水隨人合有情。不及鳥飛渾自在，羨他僧住便平生。未能與世全無意，起爲蒼生試一鳴。

和張次道再遊翠巖之作

去歲尋山有舊題，重來似與故人期。回巒俯仰如迎客，流水喧鳴擬索詩。嶺路依危通鳥過，吾身趁健白雲隨。自憐久快屠門嚼，欲住安能久茹芝？

和富中容朝散值雨感懷

節物驚心懶復嗟，樽中酒盡復誰賒？風撩雨脚俄成陣，雪閣雲頭欲結花。萬里可堪長作客，一年將盡未還家。自憐落落終難合，白首詩書謾五車！

謝賓闍棃見訪

好在談經老上人，衝風踏雪到江濱。百篇出篋自新得，一鉢隨身依舊貧。終歲杜門逃俗士，爲師設榻對修筠。蒲團藜杖焚香坐，此意此時無點塵。

和沈世卿推官見寄

倦看世態久低徊，且置窮通近酒杯。未忍一身閑處着，暫容雙眼醉時開。爲呼阿武扶頭起，擬與山公倒載回。好在東籬舊時菊，無心準擬白衣來。

和王明之見寄

末路相逢首重回，紫芝眉宇向人開。老來惟有風情在，事去空憐歲月催。憔悴不堪臨楚澤，棲遲無路上燕臺。少陵肺病疏杯斝，想負花前載酒來。

和酬施和叟宣德

山陰傾蓋兩綢繆，十載重來鬢已秋。往事侵尋如昨日，故人牢落半滄洲。流離道路生涯拙，蕪没田園歲計休。久要尚憐君子在，爲言雞黍亦遲留。

送澤之過維揚

夢裏揚州十載間，青樓陳迹故依然。袍争爛錦催詩筆，雨濺明珠落酒船。顧我老無騎鶴興，羡君行及看花天。囊中繡句歸應滿，不負韋郎五色牋。

再到錢塘呈會宗伯益

負笈重來感舊遊，流年衰鬢兩經秋。湖山依舊渾相識，風月愁人不自由。尚有故交重冷榻，可堪歸夢到滄洲！誰憐壯志空凋落，百鍊今爲遶指柔。

簡李伯益

虀鹽度歲每無餘，垂橐東歸口未餬。貧裏交遊新斷絕，老來光景半消除。時情視我門前雀，人好看君屋上烏。尚喜敝廬連蔣徑，願求佳句遞髯奴。

九日無酒書呈漕使韓伯修大夫

老大悲傷節物催，酒腸枯涸壯心灰。慚無白水真人分，難置青州從事來。倦筆懶從都市出，醉眸剛爲麯車回。黄花也似相欺得，坐對空樽不肯開。

過杭留別曹無逸朝奉

陳蕃解榻爲留連，俯仰徒驚歲月遷。故意斯人奈風雨，多情於我獨山川。可憐顏貌非前日，依舊窮愁似去年。後夜相思隔煙水，夢魂空寄過江船。

別戚德寺

三宿城隈寺，輕齎類老禪。暫來真偶爾，適去更翛然。笑別留春塢，行尋下瀨船。此身猶斷梗，飄泊且隨緣。

沈道院有水墨壁畫奇筆也惜其窮年無買之者賈明叔請余同賦

壁間水墨畫，爲爾拂塵埃。草樹精神出，溪山氣勢回。路從沙嘴斷，人自渡頭來。莫怪知音少，牙絃匣不開。

和彥詹題遠軒

開窗得遠意，興出杳冥間。芳草日邊路，片雲天外山。好花和露斷，修竹夾藤删。每許南鄰伴，時來一寄顔。

夜坐有懷一作《秋懷》。

瑣瑣重門閉，蕭蕭一再更。一作「稍稍昏烟集，鼕鼕一再更」。短檠昏細字，高枕笑一作「忘」。平生。來鴈防身早，一作「妨身健」。秋陽換眼明。已須甘酒力，不用占時名。一作「水言鄰里舊，心肯向人傾」。

馬上口占呈立之

廉纖小雨濕黃昏，十里塵泥不受辛。轉就鄰家借油蓋，始知公是最閑人。

丹淵集鈔

文同,字與可,蜀梓州人。初以文贇文潞公,公譽重之,由是知名。登皇祐元年進士,爲邛州軍事判官,調靖難軍幕。至和中,召試館職,判尚書職方兼編較史館書籍。以親老請通判邛州,尋改漢州。熙寧中,復入朝,與執政議新法,不合,以論禮坐奪一官,出知陵州,徙洋州,所至皆有政績。代還,判登聞鼓院,數月,出知湖州。尋卒。稱石室先生。自謂有四絶:詩一,楚辭二,草書三,畫四。且云:「世無知我者,惟子瞻一見,識吾妙處。」其詩清蒼蕭散,無俗學補綴氣,有孟襄陽、韋蘇州之致。與東坡中表,每切規戒,蘇門亦嚴重之,不與秦、張輩列。送蘇倅杭云:「北客若來休問事,西湖雖好莫吟詩。」蘇不能聽也。世以爲知言。

早晴至報恩山寺

山石巉巉磴道微,拂松穿竹露沾衣。煙開遠水雙鷗落,日照高林一雉飛。大麥未收治圃晚,小蠶猶卧斫桑稀。暮煙已合牛羊下,信馬林間步月歸。

睡起

寥寥公館靜,門掩似山家。竹簟屢移枕,石盤頻浸花。閑多新得策,事少早休衙。一覺高春睡,誰來伴試茶？

織婦怨

擲梭兩手倦，踏躡雙足趼。三日不住織，一疋纔可翦。織處畏風日，剪時謹刀尺。皆言邊幅好，自愛經緯密。昨朝持入庫，何事監官怒？大字雕印文，濃和油墨污。父母抱歸舍，抛向中門下。相看各無語，淚迸若傾瀉。質錢解衣服，買絲添上軸。不敢輒下機，連宵停火燭。當須了租賦，豈暇恤襦袴？前知寒切骨，甘心肩骭露。里胥踞門限，叫罵嗔納晚。安得織婦心，變作監官眼！

眢公溉

晚泊眢公溉，船頭餘落暉。攜家上岸行，愛此風滿衣。村巷何蕭條，四顧煙火稀。問之曰去歲，此地遭凶飢。斯民半逃亡，在者生計微。請看林木下，牆屋皆空圍。好田無人耕，惟有荆棘肥。至今深夜中，鬼火流清輝。衆稚聞此語，競走來相依。錯莫驚且哭，牽挽求速歸。

謝友人寄畫

客從長安來，厚紙封小軸，題云此奇畫，寄贈公可蓄。開之掛高壁，爛絹止一幅。中有兩駱駝，氣韵頗不俗。大駝載半髀，正面頸愈曲。小駝方就乳，蹲身脚微跼。一馬立其後，纔露頭與足。三犬乃子母，共卧銜觸肉。老胡抱朱旗，狀貌何狼愎！端然立高岸，勢若不可觸。定是虜中酋，華旃蓋鮮服。不知何所來，隨從無一僕。初誰作此畫，精妙亦可録。應餘右方在，次第不止獨。更願君訪來，我肯萬錢贖。

夏日閑書墨君堂二首

先人有弊廬，涪水之東邊。我罷漢中守，歸此聊息焉。是時五六月，赤日烘遥天。山川盡燀燥，草木皆焦燃。塵襟既暫解，勝境乃獨專。高林抱深麓，清蔭密石綿。層岩敞户外，淺瀨流窗前。邀客上素琴，留僧酌寒泉。竹簟白石枕，穩處只屢遷。忽時乘高風，遠望立雲烟。野興極浩蕩，俗慮無一緣。氣爽神自樂，世故便可捐。却憶爲吏時，荷重常滿肩。几案堆簿書，區處忘食眠。冠帶坐大暑，頳汗常涓涓。每懼落深責，取適敢自便？安閑獲在兹，怳若夢遊仙。行將佩守符，復爾趍洋川。山中豈不戀，事有勢外牽。尚子願未畢，安能賦歸田。

歸來山中住，便作山中人。冠帶亦自閑，累月不着身。散髮層巖阿，濯足清澗濱。石蘚黏簡册，松風墮衣巾。鄉里多舊遊，不厭過從頻。山肴與野釀，待我如佳賓。有召卽走赴，愛其愛我真。常恐禮數乖，取問吾交親。正此一夏樂，忽兹遘蕭辰。還愧擁千騎，又走西道塵。

重過舊學山寺

當年讀書處，古寺擁羣峰。不改歲寒色，可憐門外松。有僧皆老大，待客轉從容。又下白雲去，樓頭敲暮鐘。

閑樂

晝睡忽過午，好風吹竹牀。溪雲生薄暮，山雨送微涼。粉裛衣裳潤，蘭薰簟席香。歸來閑且樂，多謝聖君堂。

晚至村家

高原磽确石徑微，籬巷明滅餘殘暉。舊裾飄風採桑去，白袷卷水秧稻歸。深葭繞澗牛散臥，積麥滿場雞亂飛。前谿後谷暝煙起，稚子各出關柴扉。

過友人谿居

籬巷接菰蒲，閑扉掩自娛。水蟲行插岸，林鳥過提壺。白浪搖秋艇，青煙蓋晚厨。主人誇野飯，爲我煮新蘆。

江上主人

客路逢江國，人家占畫圖。青林隨遠岸，白水滿平湖。魚小猶論尺，鷗輕欲問銖。何時遂休去，來此伴潛夫！

極寒

燈火宜冬杪，圖書稱夜長。簾鈎挂新月，窗紙漏飛霜。酒醴慚孤宦，皮毛逐異鄉。誰知舊山下，梅艷滿東牆。

六月十日中伏玉峰園避暑值雨

南國避中伏，意適晚忘歸。牆外谷雲起，簷前山雨飛。興餘思秉燭，坐久欲添衣。爲愛東崗下，泉聲通翠微。

訪李奐山人隱居

多暇無所適，故來尋隱君。搴開壓屋樹，觸散擁門雲。狀貌不妨古，言談何太文。令人重高趣，歸去每斜曛。

安仁道中早行

行馬江頭未曉時，好風無限滿輕衣。寒蟬噪月成番起，野鴨驚沙作隊飛。揭揭酒旗當岸立，翩翩魚艇隔灣歸。此間物象皆新得，須信詩情不可違。

面川亭

幽亭最孤絶，直入亂叢間。近晚獨來此，有誰相與閑。卷簾通大野，臨檻數前山。便欲教擕酒，陶然踏月還。

北郭

繞樹垂蘿蔭曲堤，暖煙深處亂禽啼。何人來此共擕酒，可惜拒霜花一谿！

讀史

不得滎陽遂失秦，始知成敗盡由人。可憐一擲贏天下，只使黄金四萬斤。

夜學

已叨名第雖堪放，未到根原豈敢休！文字一牀燈一盞，只應前世是深仇。

冷瓶

海南有陶器，質狀矮而橢。云初日炙就，鍛鑠不以火。水壺醜突兀，酒瓻肥磥砢。山罍頸微腫，石鼎足已跛。圓如鴟夷形，大比康瓠顆。華元腹且皤，王莽口何哆！蕃胡入中國，萬里隨大舸。擕之五羊市，巾匱費包裹。侏儺講其效，瀉辯若炙輠。課以沸泉沃，冰雪變立可。炙敲療中渴，其用豈么麽！君凡幾錢得，不惜持遺我。曾將對佳客，屢試輒亦果。勿云遠且陋，幸可置之左。

中秋夜試院寄子平

憶初我來時，夜色如墨障。心常念明月，幾日西南上？松梢倚樓角，一玦偃相向。漸見輪中物，依稀吐形狀。今宵東嶺外，灩灩金波漲。人間重此夕，一歲號佳賞。而我督秋試，鎖宿密如蕆。細務紛滿前，約束甚機鞅。無由奉朋侶，徹曉坐清曠。之人富才華，筆力遒且壯。誰陪把樽酒，露下與酬唱？南牆咫尺地，使我起遐想。人生此良會，可惜已虛放。獨立中夜歸，俛首入書幌。

成都楊氏江亭

汀洲煙雨卷輕霏，遥望軒窗隱翠圍。萬嶺西來供曉色，一江南下載晴暉。鳧鷗慣入闌干宿，魚蟹長隨舴艋歸。我亦舊多滄海思，幾時如此得苔磯？

無爲山寺

一組危磴遶崢嶸，上徹幽深入化城。煙外川原誰繡畫，雲中樓閣自陰晴。老僧高論都無著，古佛真身宛若生。聞道軍持新呪水，願傾涓滴洒塵纓。

郡學鎖宿

長栢高柟蔭廣庭，夜涼人静夢魂清。不知山月幾時落，每到曉鐘聞雨聲。

月嵓齋又言累石爲山上有一峰穿竅如月謂之月嵓齋詩中子平即子瞻也。

月爲太陰精，石亦月之類。月常寄孕於石中，事理如此何足異！天地始分判，日月各一物。既名物乃入形器，安有形器不消没？況此日與月，曉夜東西走，珠流璧轉無暫停，豈與天地同長久！其爲勞苦世共知，惟是月有生死時。既然須常換新者，人但不見神所爲。日須上天生，月必地中産。君不見虢州朱陽縣之山谷間，纔成未就知何限！石有不才者，往往其卵毈，霢媼棄置不復惜，任人取去爲珍玩。佳者留之待天取，藏滿庫樓千萬許。彥瞻博物天下稱更無，定不以予之說爲寱語。予恐世人不知嵩丘嵓洞中，中有八萬二千修月户。其人所食盡玉屑，昔有王生見之滿襆提斤斧。應是當年靈鷲山，直自天竺飛落西湖前。其上有石姙月月已滿，此人揭來就彼剜剔歸上天。所以此石拆疈不復合，至今神胞所附之處其痕圓。拋擲道傍凡幾歲，風剛雨淋塵土穢。子平一見初動心，輦致東齋自摩洗。更還他山相擁列，就中獨爾一峰最奇絶。每至瑶崐流光下照時，玉柱横欹無少缺。子平謂我同所嗜，萬里書之特相寄。邀我爲詩我豈能，窗前累日臨空紙。遥想嵓前寶穴通，玉蟾從此去無蹤，請君爲我細書字側名爲月母峰。

和提刑度支王店雞詩

王店有郵吏，養雞殊可笑。昂然處高櫫，不肯以時嗈。官有宿此者，西征待初曉。雞竟不一鳴，問吏吏已告。云此最荒絶，左右悉蓬蓼。狐狸占爲宅，恣横不可道。前此三四雞，一一遭其暴。尋聲即知處，盡獲爪牙弔。自後始得此，其若有人教。東方或未明，羣醜尚騰趠。此雞但鉗結，直伺太陽耀。雖然謂失旦，似得保身要。官曰此何用？不然則宜糶。不見不鳴鴈，先死蓋自召。天下已明白，豈假更喧鬧。徒爾費稻粱，曾莫知所報。吏云官言是，且願勿嘲誚。知是本在人，此物何足校！

送棋僧惟照

學成九章開方訣，誦得一行乘除詩。自然天性曉絶藝，可敵國手應吾師。窗前橫榻擁爐處，門外大雪壓屋時。獨翻舊局辨錯著，冷笑古人心許誰？

送龐中秀才

曼倩學精知蜥蜴，公明術妙識蜘蛛。臨邛復有龐成叔，萬事先將入卦圖。

遣興效樂天

君莫學楊虞欽奉李宗閔，宗閔權勢豈能久？君莫學劉栖楚附李逢吉，逢吉禄位寧長守？雖然一時身暫好，其奈千古名常醜。丈夫讀書要知道，所信不篤被其誘。大張富貴作羅網，愚者紛紛以身就。左纏右繞不可脱，誅竄還當逐其後。君不見虞卿須遇李固言，君不見栖楚終遭韋處厚。一朝摧折靈氣盡，龍如蛇兮虎如狗。勸君聖賢術内好潛心，勸君邪佞黨中休入手，豈不知潞州處士田佐時，喚與美官嫌不受。

野逕

山圃饒秋色，林亭近晚晴。禽蟲依月令，藥草帶人名。排石鋪衣坐，看雲緩帶行。官閑惟此樂，與世欲無營。

寄何首烏丸與友人

此草有奇效，嘗聞於習之。陵陽亦舊産，其地尤所宜。翠蔓走嵓壁，芳叢蔚參差。下有根如拳，赤白相雄雌。斷之高秋後，氣味乃不虧。斷以苦竹刀，蒸曝凡九爲。夾羅下香屑，石蜜相和治。入臼杵萬過，盈盤走纍纍。日進豈厭屢，初若無所滋。漸久覺膚革，鮮潤如凝脂。旣已鬢髮換，白者無一絲。耳目固聰明，步履欲走馳。十年親友別，忽見皆生疑。問胡得爾術，容貌曾莫衰。爲之講靈苗，不爲世俗知。蓋以多見賤，蓬藋同一虧。君如聽予服，此語不敢欺。勿信柳子厚，但誇仙靈脾。

秋日田家

洶漉溝源築野塘，滿坡煙草臥牛羊。今年且喜輸官辦，豆夾繁多粟穗長。

可笑口號七章

可笑庭前小兒女，栽盆貯水種浮萍。不知何處聞人說，一夜一根生七莖。

可笑陵陽太守家，閑無一事只栽花。已開漸落并纔發，長作亭中五色霞。

可笑此公何大惑，讀書寫字到三更。也知學得終無用，自肯辛勤比後生。

可笑生平事迂闊，向人不肯强云云。到頭官職難遷轉，一似城南蕭次君。

可笑爲官太僥幸，養愚藏拙在深山。君看處置繁難者，日夜經營心不閑。

可笑兒孫亦滿眼，朝朝庭下立參差。謂言飽讀詩書去，憔悴如翁亦好爲。

可笑山州爲刺史，寂寥都不是川城。若無書籍兼圖畫，便不教人白髮生。

山城秋日野望感事書懷詩呈吴龍圖

已是秋陰更夕曛，亂山高下起寒雲。危樓顧見客何處，遠笛不知人厭聞。身外流年波渺渺，眼前生事葉紛紛。此愁萬斛誰量得，直爲重捻庾信文。

子平寄惠希夷陳先生服唐福山藥方因戲作雜言謝之

蜀江之東山色盡如赭，有道人云此是丹砂伏其下。煙雲光潤若洗濯，澗谷玲瓏如刻畫。我聞神仙草藥不在凡土生，是中當是靈苗異卉之根莖。果然人言所出山芋爲第一，西南諸郡有者皆虛名。就中唐福衆稱賞，肥實甘香天所養。有時崑頭倒垂三尺壯士臂，忽然洞口直舉一合仙人掌。土人入冬農事閑，千籌萬鍤來此山。可憐所得不甚貴，着價即售曾不慳。往年子瞻爲余說，言君所部之內此物尤奇絕。後復寄書勸我當餌之，滿紙親題華嶽先生訣。予因購之不惜錢，依方服餌將一年。其功神聖久乃見，牙牢體溢支節堅。自問丹霄幾時上，早生兩翅教高颺。塵世如留不可居，會看鴻濛對雲將。

貧居

繩牀擁敝裯，初起髮未櫛。南窗展書卷，就暖讀寒日。門前絶車馬，薄暮垂片席。短牆挂纖蔓，幽鳥啄紅實。羣蝸惡積雨，繚繞篆空壁。男兒處貧賤，舉首宇宙窄。翩翩槍榆鳩，宛轉匿絮蝨。妻奴競相笑，憔悴守文筆。

江原張景通善頌堂

庭前雲蓋碧巉嵒，堂上先生雪滿髯。說藥客來聊下榻，謁齋僧去便垂簾。種時法好花難謝，買處錢多石易添。子舍光榮身壯健，只將香火事華嚴。雲蓋，堂下石銘。

寄宇文公南自文州曲水令棄官。

彭澤長謠便歸去，君辭曲水亦其徒。一官何藉五斗米，二子况皆千里駒。懶對俗人常咨颯，厭聞時事但盧胡。從來綿竹多賢者，惟是揚雄識壯夫。

送潘司理秘校二首

已自多時賦式微，五峰佳景夢長飛。四年遠地爲官去，萬里高堂喜客歸。下馬便呈新授勅，開箱争認舊縫衣。鄉人覓次來相賀，蓴菜鱸魚正軟肥。

曲棧繞斜谷，鉤欄天際分。吟鞭揺嶺月，倦枕拂溪雲。好景不關俗，新詩皆屬君。西南有歸客，一一幸相聞。

清景堂

公外捐塵慮，閑中見物情。蕉花紅炬密，竹節粉環輕。燕泊簾鉤語，蜂尋筆架鳴。静能知此趣，吃吃笑勞生。

呈李堅甫中舍杞。

往年曾憶過長安，短紙書名詣門下。君時延我坐終日，洒掃東軒留看畫。横圖巨軸不知數，但見匣中時一把。甲猶未竟乙復作，門類著番開滿架。使人歎羨不能已，只恨有門歸隔夜。歸來兀坐想精絶，念此榮觀若爲謝。就中寒林兩大幅，此物世間誰敢價！倏然一别十五載，常向人前盛誇詫。因君奉使臨敝邑，見先問此餘不暇。君能爲我再講説，座上不容人俗話。如君所蓄更誰有，有亦未能無笑罵。况君累世盡清職，摹本敢來前弄詐！君今還省正擢用，異日須求作鄰舍。峩巾曳履日相謁，更欲重煩開幾帊。待尋前輩用心處，款曲應須頻假借。每厨閲訖當便還，不敢奉欺言羽化。

采芡通判盧微之擣種種之，次年大盛。

芡盤團團開碧輪，城東壕中如疊鱗。漢南父老舊不識，日日岸上多少人。骿頭斮鬆露秋熟，緑刺紅針割寒玉。提籠當筵破紫苞，老蚌一開珠一掬。吹臺北下凝祥池，圃田東邊僕射陂。如今兩處盡湮没，異日此地名應馳。物貴新成味尤美，可惜飄零還入水。料得明年轉更多，一匝清波流珠子。

峰鐵峽

東風吹空力何短，三月隴山全未暖。文法姦酋引騎兵，飛隨銀鶻弓刀滿。霜矛雪甲寒如水，候卒何由知首尾！君不見峰鐵峽頭雲色死，一過蕭然五十里。

北齋雨後

小庭幽圃絶清佳，愛此常教放吏衙。雨後雙禽來占竹，秋深一蝶下尋花。喚人掃壁開吳畫，留客臨軒試越茶。野興漸多公事少，宛如當日在山家。

疑雲樹晚興

晚策倚危樹，羣峰天際横。雲陰下斜谷，雨勢落褒城。遠渡孤煙起，前村夕照明。遥懷寄新月，又見一稜生。

山堂偶書

幾日無公事，山堂興頗清。和詩防積壓，丸藥趁晴明。斸石新稜出，澆蔬晚甲生。此皆忙外得，低首笑壓纓。

將赴洋州書東谷舊隱

晚客無一來，獨步入東谷。園林已成就，此景頗不俗。落落巖畔松，修修澗邊竹。爽氣逼襟袖，清如新出浴。寒泉激亂石，磊磊漱瓊玉。荒溪漬餘潤，滿地苔蘚綠。珍禽靜相倚，毛羽華且縟。高下相和鳴，不去若馴伏。幽花雜紅紫，點滴亂盈目。坐久微風來，時聞散餘馥。往年讀書處，宛爾舊茅屋。雖然小破壞，修整可數木。開門拂軒窗，無限起蝙蝠。縱横列蟲網，不免自掃撲。壁間細書字，多是親寫錄。當時苦謀身，如此用意毒。于今三十年，才抵羊胛熟。一從入仕路，行步每踖踧。所畏惟簡書，其甘者藜菽。中間何大幸，致身在天祿。無狀陪俊游，俛首常自恧。連章乞外補，得郡悉鄉曲。雖名二千石，敢自辭碌碌！朝廷設新法，布作天下福。或慮多垢玩，訓戒稍嚴肅。刺史當是時，能不爲驅督？行之以中道，勉副議者欲。刻薄素所憎，忍復用刑獄！進身豈不願，實懼有陰戮。昨從漢中歸，於此度炎燠。親朋日相會，分誼愈敦篤。便欲從之遊，投簪解朝服。退自數年計，伏臘殊未足。還當武康去，就養若雞鶩。貧雖士之常，於我何迫蹙！簞瓢若自具，尚可繼前躅。奈何食口衆，不比回也獨！東方千餘騎，導從催我速。行復登長途，貌展心甚縮。淵明豈俗士，幸此有松菊！

崔觀詩 大中時人。

崔觀者高士，梁州城固人。讀書不求官，但與耕稼親。夫婦既已老，左右無子孫。一日召奴婢，盡以田宅均。俾之各爲業，不用來相聞。遂去隱南山，雜跡麋鹿羣。約日或過汝，所給爲我陳。有時攜其妻，來至諸人門。乃與具酒食，嘯詠相歡忻。山南鄭餘慶，辟之爲參軍。見趣使就職，漫不知吏文。已復許謝事，但謂長者云。補闕王直方，本觀之比鄰。文宗時上書，召見蒙咨詢。薦觀有高行，用可追至淳。詔授起居郎，褒斜走蒲輪。辭疾不肯至，高風槩秋旻。我昨過其縣，徘徊想芳塵。訪問諸故老，寂無祠與墳。斯人久不競，薄夫何由敦！此縣漢唐時，諸公揚清芬。刻詩子堅廟，來者期不泯。

翡翠

清晨有珍禽，翩翩下魚梁。其形不盈握，毛羽鮮且光。天人裁碧霞，爲爾縫衣裳。晶熒炫我目，非世之青黃。愛之坐良久，常恐驚爾翔。忽然投清漪，得食如針鋩。如是者三四，厭飫已一肮。既飽且自嬉，翻身度回塘。飛鳴逐佳匹，相和音琅琅。是時鳧與鴈，狼藉島嶼旁。滿腹釀腥穢，紛紛晒晴陽。鶖鶬最粗惡，觜大脚脛長。入水捕蛇鱓，淤泥亦啣將。想其見爾時，一喙亦爾傷。其心肯謂爾，被體凝華章！勸爾慎所止，好醜難同鄉。清溪多纖鮮，亦足充爾腸。江海深且闊，所獲未可量。爾當事澡刷，帝囿參鸞凰。

晚泊金牛

一襟初覺晚霜清，短鞚垂頭任馬行。斜日斂回疏木影，急風收斷落泉聲。望窮好景番番別，題徧新詩閱閱精。終是教人伏潘令，許多才調賦西征。

寄子駿運使時按西鄉。

西鄉巴嶺下，嶮道人孱顏。使騎到荒驛，野禽啼亂山。問民青靄裏，訪古白雲間。幾日南城路，新詩滿軸還。

寄景孺提刑

江由嵓嶮地，萬木與雲齊。弭節山中宿，思歸夜半啼。麝香霑野草，虎跡滑春泥。到此須凭酒，何人手可攜？

往年寄子平

往年記得歸在京，日日訪子來西城。雖然對坐兩寂寞，亦有大笑時相轟。顧子心力苦未老，猶弄故態如狂生。書窗畫壁恣掀倒，脫帽褫帶隨縱橫。諠譀歌詩嘲文字，蕩突不管鄰人驚。更呼老卒立臺下，使抱短簫吹月明。清歡居此僅數月，夜夜放去常三更。別來七年在鄉里，已忝三度移雙旌。今茲惛惛意思倦，加以跕跕疾病嬰。每思此樂一絕後，更不逢人如夜行。

依韻和蒲誠之春日卽事

輕煙漠漠雨斜斜，無事常教放雨衙。問客江邊求好石，倩人山裏覓奇花。新蔬宛宛生晴圃，淺溜涓涓出暖沙。入夏盃盤須准備，繞畦親灌邵平瓜。

木瓜園

驅馬下高岡，吟鞭只自揚。溪山過新霽，草木發清香。浩蕩來江闊，縈紆去棧長。春風吹欲盡，樽酒嘆何嘗。

水碓

激水爲碓嘉陵民，構高穴深良苦辛。十里之間凡共此，麥入麵出無虛人。彼眦居險所産薄，世世食此江之濱。朝廷遣使興水利，嗟爾平輪與側輪！

長舉驛樓

爽氣浮空紫翠濃，隔江無限有奇峰。君如要識營丘畫，請看東頭第五重。

柳溪贈丁絪

場屋聲名四十年，五車書誤一囊錢。老來山驛爲監吏，相對春風但惘然。

此君庵

斑斑墮籜開新篁，粉光璀璨香氛氳。我常愛君此默坐，勝見無限尋常人。

晉銘

長安鬻碑者，遺我古鼎銘。不知其所來，有眼實未經。凡百十九字，詭怪摹物形。縱橫下點畫，不類子與丁。試考諸傳說，其源已冥冥。宣王石鼓文，氣韻殊飄零。始皇嶧山碑，骨骼何竛竮！我恐鬼哭時，正爲此物靈。安得不死神，提去詢大庭，爲我譯其辭，讀之駭聾聽！

秦詔

山流灈幽阮，銅篆發古耀。我行奉天縣，叟以百錢糶。讀之迺二世，元年所刻詔。謂法度量者，盡始皇帝造。辭止曰皇帝，久遠若爲道。乃命斯去疾，具述紀其右。文章既精簡，字畫亦佳妙。亥爾何等人，敢作萬世調？其爲者非是，所累纔一廟。區區頌微末，回首皆可吊。郡兵厭寶玉，得此只揮掉。漂流落荒壤，千載厄潛奧。乃知天宇內，事有不可料。此物今何爲，惟助觀者笑！

謝楊侍讀惠端溪紫石硯

學文二十年，語氣殊未成。所以文房中，四譜無一精。豈不顧收貯，竊恐好事名。自愧中槁然，敢假外物榮！前日下秘閣，謁公來西城。公常顧遇厚，待以爲墨卿。延之吐佳論，出口無雜聲。語次座上物，硯有紫石英。云在嶺使得，渠常美其評。因取手自封，見授囑所擎。倉皇奉以拜，其喜懷抱盈。歸來示家人，衆目歡且驚。言並我所有，瓦礫而瑶瓊。貴價市珍煤，風前試寒泓。磨知密理潤，點覺浮光清。洗濯鑑面瑩，彈扣牙音鏗。遂剪十襲巾，加以重篋盛。客來有欲觀，稍俗不敢呈。願傳之子孫，更重金滿籯。作詩叙嘉貺，慚比毫毛輕。

西岡僦居

出官在秦蜀，始末凡十年。所治得公宇，靡不完且堅。中堂與挾廊，角翼相鉤聯。領屬僅十口，出處皆安便。冬夏惡風日，侵薄曾無緣。今年歸中都，職事叨磨鉛。未免僦屋住，敢謂須華鮮！西岡頗幽僻，愛此遠市廛。問得王氏居，十楹月四千。牀榻案几外，空處無一椽。匽溷及井竈，坼壁皆相連。經庳須俛首，過隘常側肩。所謂十口者，日繞蝸殼旋。前時大暑中，幾不禁袢延。鬱若鼎釜炊，局如狴犴攣。走蝎過亂蟻，飛蚊劇羣蟬。今日幸過之，復畏明日然。喜見白露節，相賀肌肉全。如何下淫雨，曉夕常綿綿！瓦破榱棟漏，柱陷牆垣穿。惟供改席坐，豈暇安枕眠！中庭止數步，深已可載船。盡室徒跣行，一起復一顛。京師費耗地，居止實重遷。俸料計月入，外得無幾錢。却思已過分，僅免親犂田。自望于古人，若地而升天。小廬焦生高，陋巷顔子賢。引之諭妻孥，吾道宜此焉。猶勝比鄰者，寒突無晨煙。

閿鄉值風

烈風吹華陰，古槐若長呼。高沙起黃磧，四望如一鋪。上馬低便回，據鞍兀長途。日晚過潼關，行客亦已疏。守吏索姓名，沸亂如蟲蛆。兩目不可開，說之使白書。夜至閿鄉縣，僮僕相欷歔。坐定即洗濯，泥土把短鬢。草草具盤餐，零落飯與蔬。恨無姜少府，爲膾黃河魚。

積雨

京師値積雨，浮淖皆滿城。況當淘決時，左右羅深坑。有客南河居，旦夕隄上行。病僕挾羸馬，十步八九傾。職事有出入，長抱落膽驚。都人素豪恣，小官常見輕。排闕要穩道，斂避不敢爭。試欲效呵止，圜目根姓名。往往被濺污，直落舌與睛。歸來事洗濯，袍袴紛縱横。仰首問天公，春澤當早晴。幸有好日月，何惜施光明？

大熱過散關因寄里中友人

六月日正午，大暑若沸鑊。時行古關道，十步九立脚。煙雲炙盡散，樹木晒欲落。喉鼻喘不接，齒舌津屢涸。擔血僮破領，鞍汗馬濡膊。幽坑困猿狖，密莽渴鳥雀。至此因自謂，胡爲就名縛？所利緣底物，奔走冒炎惡。塵心日夜迫，欲往不能略。因念吾故園，左右悉林薄。昔我未第時，此有文酒樂。長松借高蔭，飛瀑與清濯。層崖對僧詠，大石引客酌。畏景雖赫然，無由此流爍。于今只夢想，欲往途路邈。所效殊未立，期歸尚誰約？徒爾發短歌，西首謝巖壑。

送張宗益工部知相州

學術深沉久未施，晚登臺省世方知。詩章好奏周文廟，字法宜磨魏武碑。禁掖便當提大筆，名藩猶自擁高麾。應憐共試金坡者，答颯渾如鄭鮮之。

送王恪司門知絳州

絳守園池天下誇，紹述有記詞聱牙。蒼官青士左右樹，神君仙人高下花。遠水依然尚鈎帶，舊門想已無鞾檛。自憐俗狀不能到，此去羨君專宴衙。

新霜

新霜着庭樹，葉下如猛剉。蕭然物容改，有若懼凌挫。砌下丹橘落，牆邊紫榴破。精光竹勁健，沮喪柳怯懦。覽景惜向暮，感時驚忽過。勝事實可樂，閑愁本堪唾。何當共佳客，對此酌香糯！

紅樹

萬葉驚風盡卷收，獨餘紅樹擬禁秋。已疑斷燒生前嶺，更共殘霞入遠樓。楓岸最深霜未落，柿園渾變雨初休。勸君莫上青山道，粧點行人分外愁。

鄧隱老木寒牛

蒼崖棱層草芊綿，巨木半死生枯煙。羸牛日晚已噍草，稚子天寒猶打錢。

蒲生鍾馗

寒風酸號月慘苦，梟飛狐鳴滿墟墓。叢棘亂礓翳野霧，古社禿剥倒枯樹。下有三鬼相嘯聚，初行誰家作疰忤？痛熱腫痒快嘔吐，塞噎咽喉脹臍肚。呼巫召覡使呪詛，翁驚嫗忙設賽具。茅盤草船置五路，飯盂炙串狼藉布。相共收斂各執去，方此危坐歠且哺。忽爾相視生畏怖，有神傑然駕巨牯。前呵後擁從二豎，此神啖鬼充旦暮。其腹尚餒色躁怒，鬼遥見之悉失措。竄匿不暇相告諭，酒傾肉落雜穢污。魄醜飛蕩身偃仆：一入木底只四據，一尚把盞愕以顧，一自隱蔽捩眦覷，神用氣攝縛束固。前死入吻無十步，計之嚼嚙或味飫。蒲生胡爲適爾遇，畫之滿卷無一誤。筆墨醜怪實可懼，持以贈余子何故？搖手不取一錢賂。他日乞詩者尤屢，試爲言之寫其故。

謝任瀘州師中寄荔支

有客來山中，云附瀘南信。開門得君書，歡喜失鄙吝。筠籢包荔子，四角俱封印。童稚瞥聞之，羣來立如陣。競言此佳果，生眼不識認。相煎求拆觀，顆顆紅且潤。衆手攫之去，爭奪遞追趁。貪多乃爲得，廉耻曾不論。喧鬧俄傾間，咀嚼一時盡。空餘皮與核，狼藉入煨燼。

襄陽詩鈔

米黻，自云黻卽芾也，故亦作芾，字元章，太原人。徙居襄陽，號襄陽漫仕。後徙居吳。以母侍宣仁后藩邸舊恩，補浛光尉。歷知雍丘縣、漣水軍使，太常博士，知無爲軍。召爲書畫學博士，賜對便殿，上其子友仁《楚江清曉圖》，擢禮部員外郎，出知淮陽軍。卒。解音律、象緯，善屬文，作韻語，要必己出爲工，務崖絕魁壘。悟竹簡以竹聿行漆，故篆籀法特古。作字遒勁奇峭。畫山水人物，自成一家，極江南煙雲變滅之趣。晚以研山易北固園亭，名海嶽庵、浄名齋，又作寶晉齋，因號海嶽外史。又以曾監中嶽廟，號中嶽外史。自稱家居道士。有潔癖，世謂水淫。任太常，奉祀太廟，洗去祭服藻火，坐是被黜。冠服作唐人，所好多違世異俗，故人皆稱「米顛」。嘗作詩云：「飯白雲留子，茶甘露有兄。」人叩之，曰：「只是甘露哥哥耳。」王安石愛其詩，摘書扇上。東坡云：「元章奔逸絕塵之氣，超妙入神之字，清新絕俗之文，相知二十年，恨知公不盡。」答曰：「更有知不盡處。」其風致可想也。有《山林集》十卷，恨未見其全。

垂虹亭

斷雲一葉洞庭帆，玉破鱸魚金破柑。好作新詩繼桑苧，垂虹秋色滿東南。

題多景樓

欲雨氣不透，庭梧有棲煙。回首望北固，雲藏淨名天。呼童速具輿，凭高覽山川。隱見豈不好，開霽景固全。須臾剛風流，湛湛清露圓。歸途知有伴，華月上丹淵。

觀音巖

秦驅禹鑿已寥寥，却爲高人得姓焦。飽餌有時邀趍釣，海雲常覺護山樵。巖多陰霧龍藏角，虹絓蒼林玉露臕。濁氣不侵靈睨下，方壇曾駐紫清飆。

題泗濱南山石壁曰第一山

京洛風沙千里還，船頭出汴翠屏間。莫論衡霍撞星斗，且是東南第一山。

山光寺

竹園山徑晚風清，又入山光寺裏行。一一過僧談舊事，遲遲繞壁認題名。仙來石畔懷灰刼，鶴語池邊勸後生。三十年間成底事，空叨閒祿是浮榮。

望海樓

雲間鐵甕近青天，縹緲飛樓百尺連。三峽江聲流筆底，六朝帆影落樽前。幾番畫角催紅日，無事滄洲起白煙。忽憶賞心何處是，春風秋月兩茫然。

題子敬范新婦唐模帖

貞觀款書丈二紙，不許兒奇專婦美。何爲寥寥實是似，遭亂歸貞火兼水。千年誰人能繼趾，不自名家殊未智！嗟爾方來眼須洗，玉躞金題半歸米。

雲物龍蛇森動紙，父子王家眞濟美。張翼小兒寧近似，滄溟浩對蹄涔水。騰蛇無足蜈多趾，以假易眞信用智！龜潰雖多手屢洗，卷不生毛誰似米。

直裂紋勻眞古紙，跋印多時俗眼美。誠懸尚復誤疑似，有渭不能辨涇水。眞僞頭面拳跌趾，久假中分辨愚智。寶軸開時心一洗，百氏何人傳至米？

濮王宗漢作蘆鴈有佳思贈以詩

偃蹇汀眠鴈，蕭梢風觸蘆。京塵方滿眼，速爲喚花奴。

野趣分茗水，風光剪霅湖。塵中不作惡，爲有鄴公圖。

答薛紹彭

世言米薛或薛米，猶言弟兄與兄弟。四海論年我不卑，品定多知定如是。

酬劉涇

唐滿書奩晉不收，却緣自不信雙眸。發狂爲報豢龍子，不怕人稱米薛劉。

擬古

青松勁挺姿，凌霄耻屈盤。種種出枝葉，牽連上松端。秋花起絳煙，旖旎雲錦殷。不羞不自立，舒光射丸丸。柏見吐子效，鶴疑縮頸還。青松本無華，安得保歲寒！

龜鶴年壽齊，羽介所托殊。種種是靈物，相得忘形軀。鶴有冲霄心，龜厭曳尾居。以竹兩附口，相將上雲衢。報汝慎勿語，一語墮泥塗。

秋登峴山之作

皎皎中天月，團團徑千里。震澤乃一水，所占已過二。娑羅即峴山，謬云形大地。地惟東吴偏，山水古佳麗。中有皎皎人，瓊衣玉爲餌。位惟列仙長，學與千年對。幽操久獨處，迢迢顧招類。金飈帶秋威，欻逐雲檣至。朝隮輿馭飈，暮返光浮袂。雲盲有風驅，蟾餮有刀利。亭亭太陰宮，無乃瞻星氣！輿深夷險一，理洞軒裳僞。紛紛誇俗勞，坦坦忘懷易。浩浩將我行，蠢蠢須公起。

西山書院丹徒私居也上皇樵人以異石來告余凡八十一穴狀類泗淮山一品石加秀潤焉余因題爲洞天一品石以麗其八十一數令百夫

贊致寶晉齋又七日甘露下其石梧桐柳竹椿杉蕉菊無不霑也自五月望至廿六日猶未已因思之作此詩

我思岳麓抱黄閣，飛泉元在半天落。石鯨吐出涴一里，赤日霧起陰紛薄。我曾坐石浸足眠，肘項抵水洗背肩。客時救我病欲死，一夜轉筋着艾燃。如今病渴擁爐坐，安得縮却三十年？嗚呼，安得縮却三十年，重往石上浸足眠？

甘露寺

六代蕭蕭木葉稀，樓高北固落殘暉。兩州城郭青烟起，千里江山白鷺飛。海近雲濤驚夜夢，天低月露濕秋衣。使君肯負時平樂，長倒金鍾盡醉歸。

答劉巨濟

劉郎收晝早甚卑，折枝花草首徐熙。十年之後始聞道，取吾韓戴爲神奇。邇來白首進道奥，學者信有髓與皮。始知十襲但遮壁，牛馬便可裹弊帷。峩峩太平老寺主，白紗冒首無冠蕤。武士後列肅大劍，宫女旁侍顰修眉。神清眸子知寡欲，齒露脣反法定飢。世人睹服似摩詰，不知六朝居士衣。後人勿把亂唐突，梁時筆法了可知。道子見之必再拜，曹劉何物望藩籬？本當第一品天下，却緣顧筆在漣漪。

潤州甘露寺

色改重重構，春歸户户嵐。槎浮龍委骨，畫失獸遺眈。神護衛公塔，天留米老庵。柏梁終厭勝，會副越人談。

雜詩

揚清歌，發皓齒，北方佳人東鄰子。且吟白紵停緑水，長袖拂面爲君起。寒雲夜卷霜海空，胡風吹天飄塞鴻。玉顔滿堂樂未終，館娃日落歌吹濃。絃歌與罷拂衣還，棄米何嘗有俸錢。恩自大鈞能逐物，只應訪藥是優賢。

寄薛郎中紹彭

老來書與獨未忘，頗得薛老同徜徉。天下有識誰鑒定，龍宫無術療膏肓。淮風吹几稀訟牒，與客閉閤閑壺漿。吟樹對山風景聚，墨池濯硯龜魚藏。珠臺寶氣每貫月，月觀桂實時飄香。銀淮燭天限織女，烟海括地生靈光。擕兒乃是翰墨侶，挾竹不使輿衛將。象管鈿軸映瑞錦，玉麟棐几舖雲肪。依依烟苹動勃鬱，蟜蟜龍蛇起混茫。持此以爲風月伴，四時之樂渠未央。部刺不糾翰墨病，聖恩養在林泉鄉。風沙漲天烏帽客，胡不東來從此荒？

歐怪褚妍不自持，猶能半蹈古人規。公權醜怪惡札祖，從兹古法蕩無遺。張顛與柳頗同罪，鼓吹俗子起亂離。懷素獦獠小解事，僅趨平淡如盲醫。可憐智永研空白，去本一步呈千嗤。已矣此生爲此困，有口能談手不隨。誰云心存乃筆到，天工自是秘精微。二王之前有高古，有志欲購無高貲。殷勤分治薛紹彭，散金購取重跋題。

寄紹彭

蕭李駿子弟，不收慰問帖。妙迹固通神，水火土更刼。所存慰問者，班班在箱笈。使惡乃神護，不然無寸札。自此輒畫相，後人眼徒擪。

揚州

東風何索寞，帶雪入揚州。尚想遺釵雀，重覿上玉鈎。真同一夢覺，空憶十年遊。邂逅逢孫楚，酣歌慰滯留。

竹西寺

竹西桑柘暮鴉盤，特地霜風滿倦顏。不用使君相料理，都緣塵土蔽青山。

貞孃墓歌

何不學仙冢纍纍，白楊西郭陰風悲。虎丘一叩貞孃墓，薜荔援牆委蘭露。千歲蒙茸幾樹花，夜飄鬼火曉啼鴉。向憐挾瑟彈清月，猶憶吹簫乘彩霞。吴閶少年往來道，黛娥釵燕誰能好？酒滴春雲夢不消，泉聲幽咽鐘聲老。陌上行遊緩緩歸，昨日紅顏今日非。東望闔閭穿葬處，玉鳧欲化湛盧飛。

余嘗硾越竹光滑如金版在油拳上短截作作軸入笈番覆一日數十張學書作詩寄劉薛

越筍萬杵如金版，安用杭油與池繭？高壓巴郡烏絲欄，平欺澤國清華練。老無他物適心目，天使殘年同筆硯。圖書滿室翰墨香，劉薛何時眼中見？

將之苕溪戲作呈諸友

松竹留因夏，溪山去爲秋。久賡白雪詠，更度采菱謳。縷玉鱸推案，團金橘滿洲。水宮無限景，載與謝公遊。

半載依修竹，三時看好花。懶傾惠泉酒，點盡壑源茶。主席多同好，羣峰伴不譁。朝來還蠹簡，便起故巢嗟。（余居半載，諸公載酒不輟，而余以疾，每約置膳清話而已。復借書劉、李、周三姓。）

好懶難辭友，知窮豈念通。貧非理生拙，病覺養心功。小圃能留客，青冥不厭鴻。秋帆尋賀老，載酒過江東。

仕倦成流落，遊頻慣轉蓬。熱來隨意住，涼至逐緣東。入境親疏集，他鄉彼此同。暖衣兼食飽，但覺愧梁鴻。

旅食緣交駐，浮家爲興來。句留荆冰話，襟向卞峰開。過剡如尋戴，遊梁定賦枚。漁歌堪晝處，又有昝公陪。

密友從春拆，紅薇過夏榮。團枝殊自得，顧我若含情。漫有蘭隨色，寧無石對聲！却憐皎皎月，依舊滿船行。

與薛老

何必識難字，辛苦笑揚雄。自古寫字人，用字或不通。要知皆一戲，不當問拙工。意足我自足，放筆一戲空。

蕭閒堂詩并叙

四明從事晉陵錢君世系，字延叟，過襄陽米芾，曰：「昨送季濟民渡江，與汪行之復會蕭閒堂，已撤幕，壁間有君像，題曰『權杭州觀察推官米元章像』。楊之儀筆楊之傑贊曰：『君子之友，小人之讐。以今方人，叔度宜儔。』余以袖掩字而問行之曰：『誰歟？』行之曰君也。僕爲檢同氣德友識面三編，無二君名姓。嗚呼，古人論世取友，況同世哉！世復有三君子者：觀文殿學士王公韶字子純、樞密直學士劉公庠字希道，則僕竟不識其面。選人蔡君肇字天啓，於相知間語僕如素心腹者，云得僕於王荆公。蓋僕於元豐六年赴希道金陵從事之辟，會公謫居，始識荆公於鍾山。開公門有數十後進，喜爭名而相非；又記以長者之言也，如天啓樂道人善者，一人而已。僕老矣，不知一蔡、二楊，行能識面乎？」因延叟之語，發悲嘆，并記其事於家集中，以貽子孫。嗚呼，仕開求進之路，則世人之邪說大行，紛紛不求己而求人，豈其本心？實利誘然。今樂善君子一何多耶！彼口不道忠信、捷捷而惡人、翩翩而自喜、默默懷奸藏慝、竊竊掩人之善、沾沾自標置者，得不少悛乎！既序其事，因系以詩。

誰起蕭閒堂，圖贊凡醜質。昧昧豈我思，有懷斯士吉。吾生終不遇，二陵已相失。苟養走四方，公卿更絕跡。向我交漸稀，背憎十六七。豐吾九畹蘭，任汝滿地棘。我豈蕭閒人，偶然得空壁。美哉何方彥，精絕入妙筆！君不愧顧長康，取媚桓溫圖九錫。我不愧孟浩然，緩策京山遇摩詰。前此交道久不康，紛紛白頭多不卒。嗚呼！紛紛白頭多不卒，回首此君應辟易。

山谷詩鈔

黄庭堅，字魯直，分寧人。遊灊皖山谷寺、石牛洞，樂其勝。自號山谷老人，天下因稱山谷，以配東坡。過涪，又號涪翁。第進士，歷知太和。哲宗召爲校書郎、《神宗實録》檢討官，起居舍人。除秘書丞，國史編修官。紹聖間出知宣、鄂。章、蔡論《實録》多誣，責問，條對不屈，貶涪州別駕，安置黔州。即日上道，投牀大鼾，人以是賢之。徽宗起監鄂州稅，歷知舒州。丐郡，得大平州，旋罷。嘗忤趙挺之，及相，嗾除名，羈管宜州。卒，年六十一。宋初詩承唐餘，至蘇、梅、歐陽變以大雅。然各極其天才筆力，非必鍛鍊勤苦而成也。庭堅出而會萃百家句律之長，究極歷代體製之變。自成一家，雖隻字半句不輕出，爲宋詩家宗祖，江西詩派，皆師承之。史稱自黔州以後，句法尤高，實天下之奇作。自宋興以來，一人而已，非規模唐調者，所能夢見也。惟本領爲禪學，不免蘇門習氣，是用爲病耳。

柳閎展如蘇子瞻甥也其才德甚美有意於學故以桃李不言下自成蹊八字作詩贈之

柳君文甚武，一作「武甚」。睥視萬人豪。「睥視」，一作「睨睨」。老氣鼓不作，卷旗解弓刀。上爲朝陽桐，下爲濶溪毛。囊中有美實，期子種蟠桃。

浮陽愧嘉魚，道傍多苦李。古來賢達人，不争咸陽市。吾子富春秋，日月東趨一作「逝」。水。潛聖有玉音，聞道而已矣。

霜威能折綿，風力猶冰酒。勤子來訪道，枵然我何有？寢興與時俱，由我屈伸肘。飯羹自知味，如此是道不。

任世萬鈞重，載言以爲軒。空文誤來世，聖達欲無言。咸池浴日月，深宅養靈根。胸中浩然氣，一家同化元。

陸沉百世師，寄食魯柳下。我今見諸孫，風味窺大雅。大雅久不作，圖王勿成覇。偉哉居移氣，蘭鮑在所化。

聖學魯東家，恭惟同出自。乘流去本遠，遂有作書肆。日中駕肩來，薄晚常掉臂。徒嚣終無贏，歸矣求己事。

清潤玉泉冰，高明秋景晴。妙年勤翰墨，銀鈎爛縱横。藍田生美璞，未琢價連城。思爲萬乘器，柱下貴晚成。

八方去求道，渺渺困多蹊。歸來坐虛室，夕陽在吾西。君今秣高馬，夙駕先鳴雞。愼勿取我語，親行乃不迷。

奉和文潛贈無咎篇末多見及以既見君子云胡不喜爲韻

龜以靈故焦，雉以文故翳。本心如日月，利欲食之既。後生玩華藻，照影終没世。安得八紘罝，以道獵衆智。

談經用燕説，束棄諸儒傳。濫觴雖有罪，末派瀰九縣。張侯真理窟，堅壁勿與戰。難以口舌争，水清石自見。

野性友麋鹿，君非我同羣。文明近日月，我亦不如君。十載長相望，逝川水沄沄。何當談絶倒，茗椀對鑪薰。

北寺鎖齋房，陳鑰時一啓。晁張跫然來，連璧照書几。庭柏鬱葱葱，紅榴鋅多子。時蒙吐佳句，幽處萬籟起。

先皇元豐末，極厭士淺聞。只今舉秀孝，天未喪斯文。晁張班馬首，崔蔡不足云。當令横筆陣，一戰静楚氛。

張侯窘炊玉，戲屋得空壚。但見索酒郎，不見酒家胡。雖肥如瓠壺，胸中殊不粗。何用知如此，文采似於菟。

荆公六藝學，妙處端不朽。諸生用其短，頗復鑿户牖。譬如學捧心，初不悟己醜。玉石恐俱焚，公爲區别不。

吾友陳師道，抱獨門掃軌。晁張作薦書，射雉用一矢。吾聞舉逸民，故得天下喜。兩公陣堂堂，此士可摩壘。

子瞻詩句妙一世乃云效庭堅體蓋退之戲效孟郊樊宗師之比以文滑稽耳恐後生不解故以韻道之

我詩如曹鄶，淺陋不成邦。公如大國楚，吞五湖三江。赤壁風月笛，玉堂雲霧窗。句法提一律，堅城受我降。枯松倒澗壑，波濤所舂撞。萬牛挽不前，公乃獨力扛。諸人方嗆點，渠非晁張雙。但懷相識察，牀下拜老龐。小兒未可知，客或許敦龐。誠堪壻阿巽，買紅纏酒缸。

留王郎 純亮世弼。

河外吹沙塵，江南水無津。骨肉常萬里，寄聲何由頻。我隨簡書來，顧影將一身。留我左右手，奉承白頭「白頭」，一作「白髮」。親。小邦王事略，蟲鳥聲無人。王甥解鞍馬，夜語雞喚晨。母慈家人肥，女慧男垂紳。有田爲酒事，豚韭及秋春。生涯得如此，舊學更光新。索去何草草，少留慰懃勤。百年才一炊，六籍經幾秦。要知胸中有，不與跡同陳。郢人懷妙質，聊欲運吾斤。

贛上食蓮有感

蓮實大如指，分甘念母慈。共房頭𩟗𩟗，更深兄弟思。實中有么荷，拳如小兒手。令我憶衆雛，迎門索梨棗。蓮心政自苦，食苦何能甘。甘餐恐腊毒，素食則懷慚。蓮生淤泥中，不與泥同調。食蓮誰不甘，知味良獨少。吾家雙井塘，十里秋風香。安得同裘子，歸製芙蓉裳。

次韻張仲謀過酺池寺齋詢。

十年醉錦幄，酴醾照金沙。畝眠春風底，不去留君家。是時應門兒，紫蘭茁其牙。只今將弟妹，嬉戲牽羊車。忽書滿窗紙，整整復斜斜。平生悲歡事，頭緒如亂麻。苟禄無補報，幾成來食嗟。喜君崇名節，青雲似可涯。我夢江湖去，釣船刺蘆花。江濱開園宅，畦蔬蒔梨柤。夢驚如昨日，炊玉困京華。公來或藜羹，愛我不疵瑕。深念煩鄉里，忍窮禁貸賒。夜談簾幕冷，霜月動金蛇。即是桃李月，春蟲語交加。我亦無酒飲，一室可盤媧。要公共文字，朱墨勘舛差。非復少年日，聲名取嫮姱。諸阮有二妙，能詩定自嘉。何時來煮餅，蟹眼試官茶。

次韻子瞻送顧子敦河北

儒者給事中，顧公甚魁偉。經明往行河，商略頗應史。勞人又費乏，國計安能已。成功渠有命，得人斯可喜。似聞阻飢餘，惡少驚邑里。啓鑰探珠金，奪懷取姝美。部中十盜發，一二書奏紙。西連魏兩河，東盡齊四履。此豈小事哉，何但行治水。使民皆農桑，乃見真儒耳。

今代顧虎頭，骨相自雄偉。不令長天官，亦合丞御史。能貧安四壁，無慍可三已。昨來立清班，國士相顧喜。何因將使節，風日按千里。汲黯不居中，似非朝廷美。大任録萬事，御坐留諫紙。發政恐傷民，天步薄冰履。蒼生憂其魚，南畝多被水。公行圖安集，信目勿信耳。

跋子瞻和陶詩

子瞻謫嶺南，時宰欲殺之。飽喫惠州飯，細和淵明詩。彭澤千載人，東坡百世士。出處雖不同，風味乃相似。

送李德素歸舒城

僧夏莫問塗，麥秋宜煮餅。北寺旬休歸，長廊六月冷。簟翻寒江浪，茶破蒼壁影。李侯爲我來，遽以歸期請。青衿廢詩書，白髮違定省。荒畦當鉏灌，蠹簡要籤整。挽衣不可留，決去事幽屏。天恢猶德網，日饎養賢鼎。此士落江湖，熟思令人癭。胸中吉祥宅，膜外榮辱境。婆娑萬物表，藏刃避肯綮。人生要當學，安燕不徹警。古來惟深地，相待汲修綆。

次韻冕仲考進士試卷

少來迷翰墨，無異蟲蠹木。諸生程藝文，承詔當品目。牀敷設箱篚，賦納忽數束。糊名混甲乙，謄寫失句讀。晝窗過白駒，夜几跋紅燭。釣深思嘉魚，攻璞願良玉。談天用一律，佇詐厭重複。絲布澀難縫，快意忽破竹。聖言裨曲學，割衮綴邪幅。注金無全巧，竊發或中鵠。翟公辟雎老，薪槱茂棫樸。御史威降霜，行私不容粟。吏部提英鑒，片善蒙采録。博士刈其楚，銓量煩三復。因人享成事，賤子真碌碌。

次韻答秦少章乞酒覯。

朝事鞍馬早，吏曹文墨拘。初無尺寸補，但於友朋疏。豈知簞瓢子，卧起一牀書。炙背道堯舜，雪屋相與娛。步出城東門，野鳥吟廢墟。頗知富貴事，勢窮心亦舒。詩來獻窮狀，水餅嚼冰蔬。斗酒得醉否，枵腹如瓠壺。亦可召西舍，侯嬴非博徒。

贈秦少儀覿。

汝南許文休，馬磨自衣食。但聞郡功曹，滿世名籍籍。渠命有顯晦，非人作通塞。秦氏多英俊，少游眉最白。頗聞鴻雁行，筆皆萬人敵。吾早知有觀，而不知有覿。少儀袖詩來，剖蚌珠的皪。乃能持一鏃，與我箭鋒直。自吾得此詩，「此詩」，一作「此士」。三日卧向壁。挽士「挽士」，一作「挽來」。不能寸，推去輒數尺。才難不其然，有亦未易識。

次韻子實題少章寄寂齋

虛名誤壯夫，今古可笑閔。屍裹萬里歸，書載五車擯。安知衡門下，身與天地準。秦晁兩美士，內行頗修謹。余欲造之深，抽琴去其軫。寄寂喧鬨間，此道一作「鈎深」。有汲引。獄户聞笞榜，市聲雜嘲䎣。二生對曲肱，圭玉發石蘊。小大窮鵬鷃，短長見椿槿。一作「付椿槿」。欲聞寂時聲，黃鍾在龍筍。

次韻謝斌老送墨竹十二韻

古今作生竹，能者未十輩。吴生勒枝葉，筌寀遠不逮。江南鐵鉤鎖，最許誠懸會。燕公洒墨成，落落與時背。譬如刳心松，中有歲寒在。湖州三百年，筆與前哲配。規摹轉銀鉤，幽賞非俗愛。披圖風雨入，咫尺莽蒼外。吾子學湖州，師逸功已倍。有來竹四幅，冬夏生變態。預知更入神，後出遂無對。吾詩被壓倒，物固不兩大。世傳江南李正作竹，自根至梢，極小者一一鉤勒成，謂之鐵鉤鎖。自云，惟柳公權有此筆法。

次韻答斌老病起獨遊東園

主人心安樂，花竹有和氣。時從物外賞，自益酒中味。斸枯蟻改穴，掃籜笋迸地。萬籟寂中生，乃見風雨至。

顏徒貧樂二首

衡門低首過，環堵容膝坐。四傍無給侍，百衲自纏裹。論事直如絃，觀書曲肱卧。飢來或乞食，有道無不可。

小山作友朋，義重子輿桑。香草當姬妾，不須珠翠粧。烏烏窺凍硯，星月入幽房。兒報無炊米，浩歌繞屋梁。

以椰子茶瓶寄德孺

炎丘椰木實，入用隨茗椀。譬如楛石砮，但貴從來遠。往時萬里物，今在籬落間。知君一拂拭，想我瘴霧顔。

次韻子瞻題郭熙畫秋山

黄州逐客未賜環，江南江北飽看山。玉堂卧對郭熙畫，發興已在青林間。郭熙官畫但荒遠，短紙曲折開秋晚。江村煙外雨脚明，歸雁行邊餘疊巘。坐思黄甘洞庭霜，恨身不如雁隨陽。熙今頭白有眼力，尚能弄筆映窗光。畫取江南好風日，慰此將老鏡中髮。但熙肯畫寬作程，五日十日一水石。

詠李伯時摹韓幹三馬次蘇子由韻簡伯時兼寄李德素公麟粢。

太史瑣窗雲雨垂，試開三馬拂蛛絲。李侯寫影韓幹墨，自有筆如沙畫錐。絶塵超日精爽緊，若失其一望路馳。馬官不語臂指揮，乃知仗下非新羈。吾嘗覽觀在坰馬，駑駘成列無權奇。緬懷胡沙英妙質，一雄可將十萬雌。決非厮養所成就，天驥生駒人得之。千金市骨今何有，士或不價五羖皮。李侯畫隱百寮底，初不自期人誤知。戲弄丹青聊卒歲，身如閲世老禪師。

次韻子瞻和子由觀韓幹馬因論伯時畫天馬

于闐花驄龍八尺，看雲不受絡頭絲。西河驄作葡萄錦，雙瞳夾鏡耳卓錐。長楸落日試天步，知有四極無由馳。電行山立氣深穩，可耐珠韉白玉羈。李侯一顧歎絶足，領略古法生新奇。一日真龍入圖畫，在坰羣雄望風雌。曹霸弟子沙苑丞，喜作肥馬人笑之。李侯論幹獨不爾，妙盡骨相遺毛皮。翰林評書乃如此，賤肥貴瘦渠未知。況我平生賞神俊，「俊」，一作「駿」。僧中云是道林師。

戲和文潛謝穆父松扇

猩毛束筆魚網紙，松柎織扇清相似。動搖懷袖風雨來，想見僧前落松子。張侯哦詩松韻寒，六月火雲蒸肉山。持贈小君聊一笑，不須射雉彀黃間。

次韻王炳之惠玉版紙伯虎。

王侯鬚若緣坡竹，哦詩清風起空谷。古田小牋惠我百，信知溪翁能解玉。鳴碪千杵動秋山，裹糧萬里來輦轂。儒林丈人有蘇公，相如子雲再生蜀。往時翰墨頗橫流，此公歸來有邊幅。小楷多傳樂毅論，高詞欲奏雲門曲。不持歸掃蘇公門，乃令小人今拜辱。去騷甚遠文氣卑，畫虎不成書勢俗。董狐南史一筆無，誤掌殺青司記録。雖然此中有公議，或辱五鼎榮半菽。顧公進德使見書，不敢求君米千斛。

雙井茶送子瞻

人間風月不到處，天上玉堂森寶書。想見東坡舊居士，揮毫百斛瀉明珠。我家江南摘雲腴，落磑霏霏雪不如。爲公喚起黃州夢，獨載扁舟向五湖。

常父答詩有煎點徑須煩緑珠之句復次韻戲答

小鬟雖醜巧粧梳，掃地如鏡能檢書。欲買娉婷供煮茗，我無一斛明月珠。知公家亦闕掃除，但有文君對相如。政當爲公乞如願，作牋遠寄宮亭湖。

戲呈孔毅父 平仲。

管城子無食肉相，孔方兄有絕交書。文章功用不經世，何異絲窠綴露珠。校書著作頻詔除，猶能上車問何如？忽憶僧牀同野飯，夢隨秋雁到東湖。

以團茶洮州綠石研贈無咎文潛

晁子智囊可以括四海，張子筆端可以回萬牛。自我得二士，意氣傾九州。道山延閣委竹帛，清都太微望冕旒。貝宮胎寒弄明月，天網下罩一日收。此地要須無不有，紫皇訪問富春秋。晁無咎贈君越侯，所貢蒼玉璧，可烹玉塵試春色。澆君胸中過秦論，斟酌古今來活國。張文潛贈君洮州綠石含風漪，能淬筆鋒利如錐。請書元祐開皇極，第入思齊訪落詩。

謝送碾賜壑源揀芽

矞雲從龍小蒼璧，元豐至今人未識。壑源包貢第一春，緗奩碾香供玉食。睿思殿東金井欄，甘露薦椀天開顏。橋山事嚴庀百局，補袞「補袞」，一作「袞司」。諸公省中宿。中人傳賜夜未央，雨露恩光照宮燭。左丞似是李元禮，好事風流有涇渭。肯憐天祿校書郎，親敕家庭遣分似。春風飽識大官羊，不慣腐儒湯餅腸。搜攬十年燈火讀，令我胸中書傳香。已戒應門老馬走，客來問字莫載酒。

以小團龍及半挺贈無咎并詩用前韻爲戲

我持玄圭與蒼璧，以暗投人渠不識。城南窮巷有佳人，不索賓郎常晏食。赤銅茗椀雨斑斑，銀粟翻光解破顔。上有龍文下棋局，檐囊「擔囊」，一作「探囊」。贈君諾已宿。此物已是元豐春，光皇聖功調玉燭，晁子胸中開典禮，平生自期莘與渭。故用澆君磊隗胸，莫令鬢毛霜相似。曲几團蒲聽煮湯，煎成車聲繞羊腸。鷄蘇胡麻留渴羌，不應亂我官焙香。肥如瓠壺鼻雷吼，幸君飲此勿飲酒。

觀伯時畫馬

儀鸞供帳饕蝨行，翰林濕薪爆竹聲。風簾官燭淚縱横，木穿石槃未渠透。坐窗不遨令人瘦，貧馬百䕽逢一豆，眼明見此五花騘，徑思著鞭隨詩翁，城西野桃尋小紅。

次韻子瞻送李豸

驥子墮地追風日，未試千里誰能識。習之實録葬皇祖，斯文如女有正色。今年持橐佐春官，遂失此人難塞責。雖然一鬨有奇耦，博懸於投不在德。君看巨浸朝百川，此豈有意潢潦前。願爲霧豹懷文隱，莫愛風蟬蛻骨仙。

次韻子瞻寄眉山王宣義

參軍但有四立壁，初無臨江千木奴。白頭不是折腰具，桐帽棕鞵稱老夫。滄江鷗鷺野心性，陰壑虎豹雄牙須。鵜鶘作裘初服在，猩血染帶鄰翁無。昨來杜鵑勸歸去，更得把酒聽提壺。當今人材不乏使，天上二老須人扶。兒無飽飯尚勤書，婦無複褌且著襦。社甕可漉溪可漁，更問黃雞肥與癯。林間醉著人伐木，猶夢官下聞追呼。萬釘圍腰莫愛渠，富貴安能潤黃壚。

聽宋宗儒摘阮歌

翰林尚書宋公子，文采風流今尚爾。自疑耆域是前身，囊中探丸起人一作「九」。死。貌如千歲枯松枝，落魄酒中無定止。得錢百萬送酒家，一笑不問今餘幾。手揮琵琶一作「琵琶」，一作「阮咸」。送飛鴻，促絃聒醉驚客起。寒蟲催織月籠秋，獨雁叫羣天拍水。楚國羈臣放十年，漢宮佳人嫁千里。深閨洞房語恩怨，紫燕黃鸝韻桃李。楚狂行歌驚市人，漁父挐舟在葭葦。問君枯木著朱繩，何能道人意中事。君言此物傳數姓，玄璧庚庚有橫理。閉門三月傳國工，身今親見阮仲容。我有江南一丘壑，安得與君醉其中，曲肱聽君寫松風。

答黃冕仲索煎雙井并并簡揚休裳。

江夏無雙乃吾宗，同舍頗似王安豐。能澆茗椀湔祓我，風袂欲挹浮丘翁。吾宗落筆賞幽事，秋月下照澄江空。家山鷹爪是小草，敢與好賜雲龍同。不嫌水厄幸來辱，寒泉湯鼎聽松風，夜堂朱墨小燈籠。惜無纖纖來捧椀，唯倚新詩可傳本。

再答冕仲

丘壑詩書誰數窮，田園芋栗頗時豐。小桃源口雨繁紅，春溪蒲稗没鳧翁。投身世網夢歸去，擿山鼓聲雷隱空。秋堂一笑共燈火，與公草木臭味同。安用茗澆磊隗胸，他日過飯隨家風。買魚貫柳雞著籠。更當力貧開酒椀，走謁鄰翁稱子本。

戲答陳元輿軒。

平生所聞陳汀州，蝗不入境年屢豐。東門拜書始識面，鬢髮幸未成老翁。官饔同盤厭腥膩，茶甌破睡秋堂空。自言不復蛾眉夢，枯淡頗與小人同。但憂迎笑花枝紅，夜窗冷雨打斜風。秋衣沉水換薰籠。銀屏宛轉復宛轉，意根難拔如薤本。

考試局與孫元忠博士竹間對窗夜聞元忠誦書聲調悲壯戲作竹枝歌三章和之林。

南窗讀書聲吾伊，北窗見月歌《竹枝》。我家白髮問烏鵲，他家紅粧占蟢絲。

屋山啼鳥兒當歸，玉釵罥蛛郎馬嘶。去時燈火正月半，階前雪消萱草齊。

㶉姑夫婦喜相喚，街頭雪泥卽漸乾。已放遊絲高百尺，不應桃李尚春寒。

王稚川既待一作「得」。官都下有所盼未歸予戲作林夫人欸乃歌二章與之

竹枝歌本出三巴其流在湖湘耳欸乃乃湖南歌也欸音襖，乃音藹。

花上盈盈人不歸，棗下纂纂實已垂。臘雪在時聽馬嘶，長安城中花片飛。

從師學道魚千里，蓋世成功黍一炊。日日倚門人不見，看盡林烏反哺兒。

演雅

桑蠶作繭自纏裹，珠蝥結網工遮邏。燕無居舍經始忙，蝶爲風光勾引破。老鶬銜石宿水飲，稺蜂趨衙供蜜課。鵲傳吉語安得閒，雞催晨興不敢臥。氣陵千里蠅附驥，枉過一生蟻旋磨。蝨聞湯沸尚血食，雀喜宮成自相賀。晴天振羽樂蜉蝣，空穴祝兒成蜾蠃。蛣蜣轉丸賤蘇合，飛蛾赴燭甘死禍。井邊蠹李螬苦肥，枝頭飲露蟬常餓。天螻伏隙錄人語，射工含沙須影過。訓狐啄屋真行怪，蟏蛸報喜太多可。鸕鷀密伺魚蝦便，白鷺不禁塵土涴。絡緯何嘗省機織，布穀未應勤種播。五技鼯鼠笑鳩拙，百足馬蚿憐鱉跛。老蚌胎中珠是賊，醯雞瓮裏天幾大。螳螂當轍恃長臂，熠燿宵行驚照火。提壺猶能勸沽酒，黃口只知貪飯顆。伯勞饒舌世不問，鸜鵒纔言便關鎖。春蛙夏蜩更嘈雜，土蚓壁蟫何碎瑣。江南野水碧於天，中有狎「狎」，一作「白」。鷗閒似我。

戲答趙伯充勸莫學書及爲席子澤解嘲叔盎延堂。

平生飲酒不盡味，五鼎餽肉如嚼蠟。我醉欲眠便遣客，三年窺牆亦面壁。空餘小來翰墨場，松烟兔穎傍明窗。偶隨兒戲洒墨汁，衆人許在崔杜行。晚學長沙小三昧，幻出萬物真成狂。龍蛇起陸雷破柱，自喜奇觀繞繩牀。家人罵笑寧有道，污染黄素敗粉牆。誠不如南隣席明府，蛛網鎖硯蝸書梁。懷中探丸起九死，才術頗似漢太倉。感君詩句喚夢覺，邯鄲初未熟黄粱。身如朝露無牢强，玩此白駒過隙光。從此永明書百卷，自公退食一爐香。

出城送客過故人東平侯趙景珍墓令瓚。

朱顏苦一作「欲」。留不肯住，百髮政爾欺得人。嬋娟去作誰家妾，意氣都成一聚塵。今日牛羊上丘壟，當時近前左右嗔。花開鳥啼荆棘裏，誰與平章作好春！

題小猿叫驛知命。

大猿叫罷小猿啼，箐裏行人白晝迷。惡藤牽頭石齧足，嫗牽兒隨淚録續。我亦下行莫啼哭。

王充道送水仙花五十枝欣然會心爲之作詠

淩波仙子生塵襪，水上輕盈步微月。是誰招此斷腸魂，種作寒花寄愁絶。含香體素欲傾城，山礬是弟梅是兄。坐對真成被花惱，出門一笑大江橫。

武昌松風閣

依山築閣見平川，夜闌箕斗插屋椽。我來名之意適然，老松魁梧數百年。斧斤所赦今參天，風鳴媧皇五十絃。洗耳不須菩薩泉，嘉二三子甚好賢。力貧買酒醉此筵，夜雨鳴廊到曉懸。相看不歸卧僧氈，泉枯石燥復潺湲。山川光輝爲我妍，野僧早飢不能饘。曉見寒谿有炊煙，東坡道人已沉泉。張侯何時到眼前，釣臺驚濤可晝眠。怡亭看篆蛟龍纏，安得此身脱拘攣，舟載諸友長周旋。

次韻文潛

武昌赤壁弔周郎，寒溪西山尋漫浪。忽聞天上故人來，呼船淩江不待餉。我瞻高明少吐氣，君亦歡喜失微恙。年來鬼祟覆三豪，詞林根柢頗摇蕩。天生大材竟何用，只與千古拜閣像。「閣像」，一作「遺像」。張侯文章殊不病，歷險心膽元自壯。汀洲鴻雁未安集，風雪牖户當塞向。有人出手辦兹事，政可隱几窮諸妄。經行東坡眠食地，拂拭寶墨生楚愴。水清石見君所知，此是吾家秘密藏。

書磨崖碑後

春風吹船著浯溪，扶藜上讀《中興碑》。平生半世看墨本，摩挲石刻鬢成絲。明皇不作包桑計，顛倒四海由禄兒。九廟不守乘輿西，萬官已作烏擇栖。撫軍監國太子事，何乃趣取大物爲。事有至難天幸爾，上皇蹻蹐還京師。内間張后色可否，外間李父頤指揮。南内淒涼幾苟活，高將軍去事尤危。臣結春陵二三策，臣甫杜鵑再拜詩。安知忠臣痛至骨，世上但賞瓊琚詞。同來野僧六七輩，亦有文士相追隨。斷崖蒼蘚對立久，凍雨爲洗前朝悲！

再答元輿

君不能入身帝城結子公，又不能擊強有如諸葛豐。法當憔悴百寮底，五十天涯一禿翁。問君何自今爲郎，便殿作賦聲摩空。偶然樽酒相勞苦，牛鐸調與黃鍾同。安得朱轓各憑熊，江南樓閣白蘋風。勸歸啼鳥曉窗籠，男兒邂逅功補衮。烏倦歸巢葉歸本。

送王郎

酌君以蒲城桑落之酒，泛君以湘纍秋菊之英，贈君以黟川點漆之墨，送君以陽關墮淚之聲。酒澆胸中之磊隗，菊制短世之頽齡。墨以傳千古文章之印，歌以寫一家兄弟之情。江山萬里頭俱白，骨肉十年眼終青。連牀夜語雞戒曉，書囊無底談未了。有功翰墨乃如此，何恨遠別音書少！炒沙作糜終不飽，鏤冰文章費工巧。須要心地收汗馬，孔孟行世日杲杲。有弟有弟力持家，婦能養姑供珍鮭。兒大詩書女絲一作「桑」。麻，公但讀書煮春茶。

送舅氏野夫之宣城二首李莘。

籍甚宣城郡，風流數貢毛。霜林收鴨脚，春網薦琴高。共理須良守，今年輟省曹。平生割雞手，聊試發硎刀。試說宣城郡，停杯且細聽。晚樓明宛水，春騎簇昭亭。耙稏豐圩户，桁楊卧訟庭。謝公歌舞處，時對换鵝經。

次韻崔伯易席上所賦因以贈行二

迎新與送故，渠已不勝勤。民實腰間劍，公寬柱後文。諸郎投賜沐，高會惜臨分。去國雖千里，分憂即近君。

次韻秦少章晁適道贈答詩

二子論文地，陰風雪塞廬。寧穿東郭履，不奉子公書。士固難推挽，時聞有詔除。負暄真得計，獻御恐成疏。

次韻答高子勉

君不居郎省，還應上諫坡。才高殊未識，歲晚喜無它。櫪馬羸難出，鄰雞凍不歌。寒爐餘幾火，灰裏撥陰何。

志士難推轂，將如高子何。心期誠不淺，餘論或相多。欲向滄洲去，還能小艇麽。鸕鷀西照處，相並晒漁蓑。

次韻柳通叟寄王文通

故人昔有凌雲賦，何意陸沉黄綬間。頭白眼花行作吏，兒婚女嫁望還山。心猶未死杯中物，春不能朱鏡裏顔。寄語諸公肯湔祓，割雞令得近鄉關。

次韻王定國揚州見寄

清洛思君晝夜流，北歸何日片帆收？未生白髮猶堪酒，垂上青雲却佐州。飛雪堆盤鱠魚腹，明珠論斗煮雞頭。平生行樂自不惡，豈有竹西歌吹愁。

寄黄幾復

我居北海君南海，寄雁傳書謝不能。桃李春風一杯酒，江湖夜雨十年燈。持家但有四立壁，治病不蘄三折肱。想得讀書頭已白，隔溪猿哭瘴溪藤！

次韻幾復和答所寄

海南海北夢不到，會合乃非人力能。地褊未堪長袖舞，夜寒空對短檠燈。相看鬢髮時窺鏡，曾共詩書更曲肱。作箇生涯終未是，故山松長到天藤。

寄上叔父夷仲二首

少年有功翰墨林，中歲作吏幾陸沉。庖丁解牛妙世故，監市履豨知民心。萬里書來兒女瘦，十月山行冰雪深。夢魂和月遶秦隴，漢節落毛何處尋！

闗寒塞雪欲嗣音，燕雁拂天河鯉沉。百書不如一見面，幾日歸來兩慰心。弓刀陌上望行色，兒女燈前語夜深。更懷父子東歸得，手種江頭柳十尋。

次韻宋楙宗僦居甘泉坊雪後書懷

漢家太史宋公孫，漫逐班行謁帝閽。燕頷封侯空有相，蛾眉傾國自難昏。家移四壁書侵坐，馬瘦一作「馬瘦」，一作「馬癬」。三山葉擁門。安得風帆隨雪水，江南石上對窪罇。

次韻宋楙宗三月十四日到西池都人盛觀翰林公出遊

金狨繫馬曉鶯邊，不比春江上水船。人語車聲喧法曲，花光樓影倒晴天。人間化鶴三千歲，海上看羊十九年。還作遨頭驚俗眼，風流文物屬蘇仙。

次韻楊君全送酒長句

扶衰却老世無方，唯有君家酒未嘗。秋入園林花老眼，茗搜文字響枯腸。醉頭夜雨排簷滴，盃面春風繞鼻香。不待澄清遣分送，定知佳客對空觴。

贈李輔聖

交蓋相逢水急流，八年今復會荆州。已回青眼追鴻翼，肯使黄塵没馬頭。舊管新收幾粧鏡，流行坎止一虚舟。相看絶歎女博士，筆硯管絃成古丘。女博士謂輔聖後房孔居也，於文藝無不妙絶。

和高仲本喜相見

雨昏南浦曾相對，雪滿荆州喜再逢。有子才如不羈馬，知公心是後彫松。閒尋書册應多味，老傍人門似更慵。何日晴軒觀筆硯，一尊相屬要從容。

新喻道中寄元明用觴字韻

中年畏病不舉酒，孤負東來數百觴。唤客煎茶山店遠，看人秧稻午風凉。但知家裏俱無恙，不用書來細作行。一百八盤攜手上，至今猶夢遶羊腸。

湖口人李正臣蓄異石九峰東坡先生名曰壺中九華并爲作詩後八年自海外歸過湖口石已爲好事者所取乃和前篇以爲笑實建中靖國元年四月十六日明年當崇寧之元五月二十日庭堅繫舟湖口李正臣持此詩來石既不可復見東坡亦下世矣感歎不足因次前韻

有人夜半持山去，頓覺浮嵐暖翠空。試問安排華屋處，何如零落亂雲中。能迴趙璧人安在，已入南柯夢不通。賴有霜鍾難席卷，袖椎來聽響玲瓏。

追和東坡題李亮功歸來圖

今人常恨古人少，今得見之誰謂無？欲學淵明歸作賦，先煩摩詰畫成圖。小池已築魚千里，隙地仍栽芋百區。朝市山林俱有累，不居京洛不江湖。

王才元惠梅花三種皆妙絶戲答三首棫

城南名士遣春來，三月乃見臘前梅。定知鎖著江南客，故放绿梢「梢」，一作「陰」。春晚回。

舍人梅塢無關鎖，攜酒俗人來未曾。舊時愛菊陶彭澤，今作梅花樹下僧。

病夫中歲屏桮杓，百葉緗梅觸撥人。拂殺「殺」，一作「掠」。官黄春有思，滿城桃李不能春。

題伯時畫頓塵馬

竹頭搶地風不舉，文書堆案睡自語。忽看高馬頓風塵，亦思歸家洗袍袴。

竹枝詞二首

古樂府有「巴東三峽巫峽長，猿鳴三聲淚霑裳」，但以抑怨之音和爲數疊，惜其聲今不傳。予自荆州上峽入黔中，備嘗山川險阻，因作二疊，傳與巴娘，令以《竹枝》歌之。前一疊可和云「鬼門關外莫言遠，「五十三驛是皇州」。後一疊可和云「鬼門關外莫言遠，四海一家皆弟兄」。或各用四句入《陽關》《小秦王》，亦可歌也。

撐崖拄谷蝮蛇愁，入箐攀天猿掉頭。鬼門關外莫言遠，五十三驛是皇州。
浮雲一百八盤縈，落日四十九渡明。鬼門關外莫言遠，四海一家皆弟兄。

予既作竹枝詞夜宿歌羅驛夢李白相見於山間曰予往謫夜郎於此聞杜鵑作竹枝詞三疊世傳之不予細憶集中無有請三誦乃得之

一聲望帝花片飛，萬里明妃雪打圍。馬上胡兒那解聽，琵琶應道不如歸。
竹竿坡面蛇倒退，摩圍山腰胡孫愁。杜鵑無血可續淚，何日金雞赦九州？
命輕人鮓甕頭船，日瘦鬼門關外天。北人墮淚南人笑，青壁無梯聞杜鵑。

題驢瘦嶺馬鋪知命。

老馬飢嘶驢瘦嶺，病人生入鬼門關。病人甘作五溪卧，老馬猶思十二閒。

上南陵坡知命。

風餐水宿六千里，蛇退猿愁百八盤。上得坡來總歡喜，摩圍依約見峰巒。

病起荆江亭卽事十首

輸墨場中老伏波，菩提坊裏病維摩。近人積水無鷗鷺，時有歸牛浮鼻過。

維摩老子五十七，天子大聖初元年。傳聞有意用幽側，病著不能朝日邊。

禁中夜半定天下，仁風義氣徹修門。十分整頓乾坤了，復辟歸來道更尊。

成王小心似文武，周召何妨略不同。不須要出我門下，實用人材卽至公。

司馬丞相昔「昔」，一作「驟」。登庸，招用元老超羣公。楊綰當朝天下喜，斷碑零落卧秋風！

死者已死黃霧中，三事不數兩蘇公。豈謂「謂」，一作「爲」。高才難駕御，空歸萬里白頭翁。

文章韓杜無遺恨，草詔陸贄傾諸公。玉堂端要真學士，須得儋州禿鬢翁。

閉門覓句陳無己，對客揮毫秦少游。正字不知温飽未，西風吹「吹」，一作「揮」。淚古藤州。

張子耽酒語蹇吃，聞道潁州又陳州。形模彌勒一布袋，文字江河萬古流。

魯中狂士邢尚書，本意扶日上天衢。惇夫若在鐫此老，不令平地生「生」，一作「成」。崎嶇。

謝答聞善二兄

身入醉鄉無畔岸，心與歡伯爲友朋。更闌罵坐客星散，午過未蘇髮鬅鬙。

羣豬過飲尚可醉，疥手輮甕庸何傷。柳家兄弟大迫窄，狂藥不容人發狂。

公擇醉面桃花紅，人百忤之無慍容。莘老夜闌傾數斗，焚香默坐日生東。李公擇尚書、孫莘老中丞。

推牀破面棖觸人，作無義語怒四鄰。尊中歡伯笑爾輩，我本和氣如三春。

陶令舍中有名酒，無夕不爲父老傾。四坐歡欣覩酒德，一燈明暗又詩成。

次韻向何鄉行松滋縣與鄒天錫夜語南極亭

衝風衝雨走七縣，唯有白鷗盟未寒。坐中更得江南客，開盡南窗借月看。

戲簡朱公武劉邦直田子平

朱公趣朝瘦至骨，歸來豪健踞胡牀。日看省曹闇者面，何如田家侍兒粧！

戲贈米元章二首

萬里風帆水着天，麝煤鼠尾過年年。滄江静夜虹貫月，定是米家書畫船。

我有元暉古印章，印刓不忍與諸郎。虎兒筆力能扛鼎，教字元暉繼阿章。

往歲過廣陵值早春嘗作詩云春風十里珠簾捲髣髴三生杜牧之紅藥梢頭初繭栗揚州風動鬢成絲今春有自淮南來者道揚州事戲以前韻寄王定國二首

淮南二十四橋月，馬上時時夢見之。想得揚州醉年少，正圍紅袖寫烏絲。

日邊置論誠深矣，聖處時中乃得之。莫作秋蟲促機杼，貧家能有幾絇絲。

從張仲謀乞臘梅

聞君寺後野梅發，香蜜染成宮樣黄。不擬折來遮老眼，欲知春色到池塘。

寄杜家父二首

紅紫争春觸處開，九衢終日轒車雷。閒情欲被春將去，鳥喚花驚只麽回。

風塵點汚青春面，自汲寒泉洗醉紅。逕欲題詩嫌浪許，杜郎覓句有新功。

寺齋睡起

桃李無言一再風，黄鸝唯見緑怱怱。人言九事八爲律，倘有江船吾欲東。

次韻王稚川客舍

身如病鶴翅翎短，心似亂絲頭緒多。此曲朱門歌不得，湖南湖北竹枝歌。

六月十七日晝寢

紅塵席帽烏鞾裏，想見滄洲白鳥雙。馬齧枯萁諠午枕，夢成風雨浪翻江。

王楊康國

君家秋實羅浮種，已作纍纍半拂牆。莫遣兒童酸打盡，要看霜後十分黄。

雨中登岳陽樓望君山二首

投荒萬死鬢毛斑，生入瞿塘灧澦關。未到江南先一笑，岳陽樓上對君山。
滿川風雨獨凭欄，綰結湘娥十二鬟。可惜不當湖水面，銀山堆裏看青山。

寄賀方回

少游醉卧古藤下，誰與愁眉唱一盃。解作江南斷腸句，只今唯有賀方回。

戲答王子予送凌風菊二首

病來孤負鸕鷀杓，禪板蒲團入眼中。浪説閒居愛重九，黄花應笑白頭翁。
王郎頗病金瓢酒，不耐寒花晚更芳。瘦盡腰圍怯風景，故來歸我一枝香。

次韻文潛立春日絶句

渺然今日望歐梅，已發皇州首更回。試問淮南風月主，新年桃李爲誰開。

求范子默染鴉青紙

學似貧家老「老」，一作「免」。破除，古今迷忘失三餘。極知鵠白非新得，漫染鴉青襲舊書。

伯時彭蠡春牧圖

岳陽樓上春已歸，湖中鴻雁拍波飛。布帆天闊隨鳥道，石林風晚吹人衣。春水初生及馬腹，浮灘欲上西山麓。遥看絶嶺秀雲松，上有垂蘿暗溪谷。沙眠草嚙性不驕，側身注目鳴相招。林間瞥過星爍爍，原上獨立風蕭蕭。君不見中原真種胡塵没，南行市骨何蒼卒。祇收力健載征夫，肯向時危辨奇骨。即今貢馬西北來，東西坊監屯雲開。紛然駑驥同一秣，爾可不憂四蹄脱。

臨河道中

村南村北禾黍黄，穿林入塢歧路長。據鞍夢歸在親側，弟妹婦女笑兩廂。甥姪跳梁暮堂下，唯我小女始扶牀。屋頭撲棗爛盈斗，嬉戲喧争挽衣裳。覺來去家三百里，一園兔絲花氣香。可憐此物無根本，依草着木浪自芳。風煙雨露非無力，年年結子飄路傍。不如歸種秋柏實，他日隨我到冰霜。臨河屬開德路由河隄，今集中有《曹村道中》一首「瓜田餘蔓有荒壠，梨子壓枝鋪短牆。明月風烟如夢寐，平生親舊隔湖湘」。是也。蓋經行先曹村，後臨河。故前詩有「覺來去家三百里」之句，指大名也。

觀劉永年團練畫角鷹

劉侯才勇世無敵，愛畫工夫亦成癖。弄筆掃成蒼角鷹，殺氣稜稜動秋色。爪拳金鈎觜屈鐵，萬里風雲藏勁翮。兀立槎枒不畏人，眼看青冥有餘力。霜飛晴空塞草白，雲垂四野陰山黑。此時軒然奮飛去，何乃巑岏立西壁？祇應真骨下人世，不謂雄姿留粉墨。造次更無高鳥喧，等閒亦恐狐狸嚇。旁觀未必窮神妙，乃是天機貫胸臆。瞻相突兀摩空材，想見其人英武格。傳聞揮毫頗容易，持以與人無甚惜。物逢真賞世所珍，此畫他年恐難得。

同朱景瞻分題汴上行

東風何時來，堤柳芳且柔。河冰日已銷，漫漫春水流。寒梅未破萼，芳草綠猶稠。歲月不我還，念此人生浮。高車無完輪，積水有覆舟。鹿門不返者，誰得從之游。

奉答固道

平生湖海漁竿手，強學來操製錦刀。末俗相看終眼白，古人不見想山高。未乘春水歸行李，倘得閒官去坐曹。自是無能欲樂爾，煩君錯爲歎賢勞。

次韻公秉子由十六夜憶清虛

九陌無塵夜際天，兩都風物各依然。車馳馬逐燈方鬧，地静人閒月自妍。佛館醉談懷舊歲，齊宫詩思鎖今年。但聞公子微行去，門外驊騮立繡韉。

謝王烟之惠茶

平生心賞建溪春，一丘風味極可人。香包解盡寶帶胯，黑面碾出明窗塵。家園鷹爪改嘔冷，官焙龍文常食陳。於公歲取壑源足，勿遣沙溪來亂真。

還家呈伯氏葉縣作。

去日櫻桃初破花，歸來着子如紅豆。四時驅迫少須臾，兩鬢飄零成老醜。永懷往在江南日，原上急難風雨後。私田苦薄王稅多，諸弟號寒諸妹瘦。扶將白髮渡江來，吾二人如左右手。苟從祿仕我邅回，且慰家貧兄孝友。強趨手板汝陽城，更責愆期被訶詬。法官毒螫草自搖，丞相霜威人避走。賤貧孤遠蓋如此，此事端於我何有？一囊粟麥七千錢，五人兄弟二十口。官如元亮且折腰，心似次山羞曲肘。北窗書册久不開，筐篋黃塵生鏁鈕。何當略得共討論，況迺雍容把杯酒。意氣敷腴貴壯年，不早計之且衰朽。安得短船萬里隨，江風養魚去作陶朱公。斑衣奉親伯與儂，四方上下相依從。用舍由人不由己，迺是伏轅駒犢耳。

次韻時進叔二十六韻

時子河上園，竹間開棟宇。大兒勝衣冠，小兒豐頰輔。嫁女與朱公，伏臘可稱舉。髮疏雖蒼莨，齒嚼未齟齬。雞棲牛羊下，各自有室處。四牆規模小，易守若滕莒。舍前花木深，春物麗覼覶。舍後曲池哇，齊堂風月苦。此豈不足歟，歎歲不我與！客宦孤雲耳，未知秦吴楚。向來千駟公，果愧一丘土。寧當損軒昂，聊欲效俯傴。時子欣然笑，吾已寤倉鼠。少猶守章句，晚實愛農圃。鵲巢最知風，蟻穴識陰雨。世網事諳委，醉鄉俗淳古。坐忘兩家説，肉堅與腸腐。酒至卽使傾，客來敢辭窶。時邀五柳陶，共過三徑詡。往在少年場，豪氣壓潁汝。借令今尚爾，真復難共語。稍知憐麴糵，漸解等灕漉。朋友半山阿，光陰共行旅。人故義當親，衣故義當補。飛凫王令尹，期我向君所。君爲拂眠牀，淹留莫成阻。水自河出爲灉，自濟出爲濋。

招子高二十二韻兼簡常甫世弼

我行向厭次，夏扇日在摇。甘瓜未除蟲，高柳尚鳴蜩。駕言聊攝歸，飛霜曉封條。負薪泣裘褐，公子御狐貂。歲月坐晼晚，鬢顏颯然凋。道德千古事，斯文非一朝。往者我不及，後生多見超。吾黨二三子，士林聳孤標。小謝抱《周易》，忘言獨參寥。崔郎楚左史，二典考舜堯。王生風雅學，談辯秋江潮。洒筆驚有司，小敵謂可驕。安知樗蒱局，臨闕敗三梟。三生數步隔，屢赴茗椀邀。小謝殊未來，我覺百里遥。問之憂菽水，心慮極無聊。父憐母不訶，日以濁酒澆。此道如鼎實，念子羹未調。古來有親養，回也樂一瓢。不田鶉生宎，在物乃爲祅。吾言有師承，可信如斗杓。詩以解子憂，亦用當子招。

林爲之送筆戲贈

閻生作三副，規摹宣城葛。外貌雖銑澤，毫心或粗糲。巧將希栗尾，拙迺成棗核。李慶縛散卓，含墨能不洩。病在惜白毫，往往半巧拙。小字亦周旋，大字難曲折。時時一毛亂，迺似逆梳髮。張鼎徒有表，徐偃元無骨。模畫記姓名，亦可應倉卒。爲之街南居，時通鈴下謁。晴軒坐風涼，怪我把枯筆。開囊撲蠹魚，遺奴送一束。洗硯磨松煤，揮洒至日没。早年學屠龍，適用固疏闊。廣文困虀鹽，烹茶對秋月。略無人問字，況有客投轄。文章寄呻吟，講授費頰舌。閒無用心處，雌黄到筆墨。時不與人遊，孔子尚愛日。作詩當鳴鼓，聊自攻短闕。

再和答爲之

君勿嘲廣文，沍寒被絺葛。君勿嘲廣文，窮年飯粢糲。常恐俎豆予，與世充肴核。凡木不願材，大折小枝洩。櫟依曲轅社，聊用神其拙。吾家本江南，一丘藏曲折。瀕溪蔭蒼葭，蕭灑可散髮。既無使鬼錢，又無封侯骨。薄祿庇閒曹，且免受逼卒。爲此懶出門，徒敝懷中謁。直齋賓客退，風物供落筆。詩成著牀頭，不知今幾束。君何向予勤，見詩歎埋没。嗣宗須酒澆，未信胸懷闊。自狀一片心，碧潭浸寒月。令德感來教，爲君賦車轄。君思揚雄吃，何似張儀舌。此意恐大狂，願爲引繩墨。政使此道非，改過從今日。報章望瓊琚，勿使音塵闕。

再和答爲之

林君維閩英，數面成瓜葛。鄰居接杖藜，過飯厭疏糲。讀書飽工夫，論事極精核。奮身君子場，勇若怒未洩。窮年栖旅巢，由命非由拙。王良驅八駿，方駕度九折。學堂疏雨餘，石砌長苔髮。弟子肥如瓠，先生瘦唯骨。林君在朱氏講授，朱氏兒皆面白豐肥，而林君如刻削。北門一都會，塵埃人卒卒。高蓋如秋荷，勢利相奔謁。唯君尚寂寞，來觀草玄筆。斯文未易陳，政當高閣束。金馬事陸沉，市門逐乾没。未須相賢愚，聊自嘲迂闊。憶昨戲贈詩，酉辱報明月。極知推挽意，我車君欲轄。屠龍真狂言，奔馬不及舌。賜書盈五車，直舍方二墨。會意便欣然，餘事過窗日。尚恐素餐錢，諸生在城闕。

次韻感春

張侯脱朝衣，兒褐多純緑。聞道無米舂，煮木學辟穀。官吏但索錢，詔書哀婷獨。東方長九尺，不得侏儒禄。屋中聲鵝雁，日暮攪心曲。窮巷無桃李，緼袍非春服。我吟白駒詩，知君在空谷。茶如鷹爪拳，湯作蟹眼煎。時邀草玄客，晴明坐南軒。笑談非世故，獨立萬物先。春風引車馬，隱隱何闐闐。高蓋相摩戛，騎奴争道喧。吾人撫榮觀，宴處自超然。城中百年木，有鵲巢其顛。鳴鳩來相宅，日暮更謀遷。

謝張泰伯惠黄雀鮓

去家十二年，黄雀慳下筯。笑開張侯盤，湯餅始有助。蜀王煎蘱法，醢以羊彘兔。俗謂亥卯未餛飩。麥餅薄於紙，含漿和鹹酢。秋霜落場穀，一一挾㲉絮。殘飛蒿艾間，入網輒萬數。烹煎宜老稚，罌缶煩愛護。南包解京師，至尊所珍御。玉盤登百十，睥睨輕桂蠹。五侯噦豢豹，見謂美無度。瀕河飯食漿，瓜葅已佳茹。誰言風沙中，鄉味入供具。坐令親饌甘，更使客得與。蒲陰雖窮僻，勉作三年住。願公且安樂，分寄尚能屢。

次韻無咎閻子常攜琴入村

士寒餓，古猶今。向來亦有子桑琴，倚檻嘯歌非寓淫。伯牙山高水深深，萬世丘壟一知音。閻君七絃抱幽獨，晁子爲之《梁父吟》。天寒絡緯悲向壁，秋高風露聲入林。冷絲枯木拂蛛網，十指乃能寫人心。村村擊鼓如鳴鼉，豆田見角穀成螺。歲豐寒士亦把酒，滿眼飣餖梨棗多。晁家公子屢經過，笑談與世殊臼科。文章落落映晁董，詩句往往妙陰何。閻夫子，勿謂知人難，使琴抑怨久不和。明光畫開九門肅，不令高才牛下歌。

同堯民遊靈源廟廖獻臣置酒用馬陵二字賦詩

靈源廟前木，我昔見拱把。七年身屢到，鬱鬱蔭簷瓦。春風響馬銜，並轡客蕭灑。更顧少尹賢，置酒意傾寫。齋堂有佳處，花柳輕婭姹。蓮塘想舊葉，稻畦識枯苴。開闢撫洪河，黃流極天瀉。憶昔武皇來，繫璧沉白馬。從官親土石，襁負至鰥寡。空餘《瓠子》詩，哀怨逼騷雅。白圭自聖禹，今誰定真假。晁子發讜言，聖功諒難亞。排河著地中，勢必千里下。移民就寬閒，何地不耕稼？此論似太高，吾亦茫取舍。有器可深川，吾未之學也。馬字。

洪河壯觀遊，太府佳友朋。春色挽我出，東風如引繩。昏昏版築氣，王事始繁興。大隄如連山，小隄如岡陵。增卑更培薄，萬杵何登登。憶昨河失道，平原魚可罾。田萊人未復，瘡大國方懲。忽念耒耜閒，爲民保丘塍。百縣伐鼛出，夜半廢曲肱。吾儕愧祿廩，遊衍事鞍乘。晁子漢公孫，新法司馬丞。出幹大農部，才術見嗟稱。我坐廣文舍，七年讀書燈。結髮入場屋，肯謂河難凭。爾來觸事短，癡甚霜前蠅。世味極淡薄，不了人愛憎。唯得一巵酒，尚能別淄澠。所以對樽俎，未曾問斗升。酌我良已多，狂言恐侵陵。暮雲吞落日，歸鳥求其朋。復用前韻。冷官僕馬瘦，及門鼓騰騰。陵字。

奉和王世弼寄上七兄先生用其韻

宮槐弄黃黃，蓮葉綠婉婉。時同二三友，竹軒涼夏晚。駕言都城南，以望征車返。何知苦淹回，及此秋景短。愁思令人瘦，舉目道路遠。西風脫一葉，薦士聞鄉選。簡書催渡河，賓客不得展。親憂對萱叢，婦病廢巾盥。言趨厭次城，鞭馬倦長阪。棗林蔽天日，交陰不容繖。仰看實離離，憶見花簒簒。異鄉懷節物，不共斟酒盞。舉場下馬入，深鏁嚴籥管。諸生所程書，捃束若稭稈。蜜燈坐回環，丹硯精料柬。披榛拔芝蘭，斷石收琰琬。紛爭一日事，聲實溷端窾。天球或棄遺，斗筲尚何算。西歸到官舍，塵土昏案板。寒窗穿碧疏，潤礎鬧蒼蘚。詩書鵲巢翻，帷幔蛛絲罥。果知兄未來，光陰坐晼晚。昨蒙叔父報，亦歎音書簡。薄言使事重，激切被天遣。逋流一方病，責任媿和扁。咨詢懷靡及，不皇暇息偃。嚼冰進糜飱，衝雪踏層巘。嚴霜八月飛，貂狐無餘煗。念嗟叔母劉，窮年寄甥館。尚憐公初黜，誘掖到昭宛。庭堅薄才資，行又出畦町。浮雲與世疎，短綆及道淺。匠伯首暫回，大樗終偃蹇。學宮尸廩入，奉養闕豐腆。學徒日新聞，孤陋猶舊典。小材渠困我，持斵問輪扁。復用此一韻，事異，似不害。大材我屈渠，越雞當鵠卵。未能引分去，戀祿幸苟免。平生報一飽，從事極黽勉。豈如不見收，放身就閒散。思伯卧江南，無心趣軒冕。龐翁跡頗親，黃蘗門屢款。齋餘佛飯香，茶沸甘露滿。逢人問進退，餘事寄一筦。仲父挾高材，甘爲溝中斷。青黃可犧樽，薦廟配瑚璉。季父有逸興，未嘗入都輦。臨流呼釣船，拂石弄琴阮。雍容從朋交，林下追遊衍。田園雖足樂，及時思還返。陰寒不鳴條，望損倚門眼。南枝喜鵲鳴，尺素託黃犬。又以奄夕留，歸期指姑洗。寄聲問僧護，兒髮可以綰。妙言對賓客，稱渠萬金産。爾來弄筆硯，墨水惡翻建。大字如栖鴉，已不作肥軟。《魯論》未徹章，政苦諸叔懶。新詩開累紙，欲罷不能卷。遠懷託孤高，別思盈繾綣。秋月明夜潮，柘漿凍金椀。疏杵韻寒砧，幽泉流翠筧。吟哦口垂涎，嚼味有餘雋。傳示同好人，我家東牀坦。風煙意氣生，揮毫寫藤繭。獵山窮鶤鶩，罩海極蝦蜆。銀鈎亂眼眩，佳句濯肺脘。且言伯仁野，用友必推挽。五叄列清廟，聖緒今皇纘。真信運之樞，道化迫天顯。朝論惜才難，逸民大蒐獮。豈聞任方物，包貢遺羽翰。招車必翹翹，前席思謇謇。王甥欲好懷，高意恐難轉。長篇題遠筒，封寄淚空潸。遙知雲際開，灰飛黃鍾管。

贈張仲謀

車如雞栖馬如狗，閉門常多出門少。去天尺五張公子，官居城南地館好。健兒快馬紫遊韁，迎我不知沙路長。江楡老柳媚寒日，枯荷小鴨凍野航。津人刺船起應客，遙知故人一水隔。下馬索酒呼三遍，騎奴笑言客竟癡。向來情義比瓜葛，萬事略不置町畦。追數存亡異憂樂，燭如白虹貫酒卮。開軒臨水弄長笛，吹落殘月風淒淒。城頭漏下四十刻，破魔驚睡聽新詩。君詩清壯悲節物，政與秋蟲同一律。爾來更覺苦語工，思婦霜砧擣寒月。朱顏綠髮深誤人，不似草木長青春。潔身好賢君自有，今日相看進於舊。以茲敢傾一杯酒，爲太夫人千歲壽。

送薛樂道知鄖鄉

黄山葉縣連牆居，謝公席上對樗蒱。雙鬟女弟如桃李，早許歸我舍中雛。平生同憂共安樂，歲晚相望青雲衢。去年樽酒輦轂下，各喜身爲反哺烏。城頭歸烏尾畢逋，春寒啄雪送行車。解珮我無明月珠，折柳下對千里駒。念君胸中極了了，作吏辦事猶詩書。濁酒挽人作年少，關防心地亦時須。鄖鄉縣古民少訟，但問自已不關渠。登臨一笑雙白髮，宜城凍笋供行厨。人生此樂他事無，行李道出漢南都。寄聲諸謝今何如，謝公書堂迷竹塢。手種竹今青青否？我思謝公淚成雨，屬公去灑穰下土。

送張沙河遊齊魯諸邦

張侯去沙河，三食鄴下麥。筆力望晁董，頗遭俗眼白。平生學經綸，胸中負奇畫。未論功活人，飽飯不常得。妻寒尚賓敬，兒餓猶筆墨。側聞共伯城，魚稻頗宜客。又待塵生甑，欲往立四壁。平生貸米家，十輩來薄責。囊無孔方兄，面有在陳色。守株伺投兔，歲晚將何獲。廣道無人行，春風轉沙石。栖栖馬如狗，去謁東侯伯。布衣未可量，蒼髯身八尺。魚乾要斗水，士困易爲德。譬之舉大木，人借一臂力。諸公感意氣，豈待故相識。吾窮乏祖餞，折柳當馬策。

送吴彦歸番陽

學省困齏鹽，人材任尊奬。倥侗祝螟蛉，小大器罌瓬。諸生厭晚成，蹴學要儈駔。摹書説偏旁，破義析名象。九鼎奏簫韶，爰居端不饗。青衿少到門，庭除晝閒敞。竹風交槐陰，三見秋氣爽。時賴解事人，載酒直心賞。吳郎楚國材，幽蘭秀榛莽。彥國吐嘉言，子將喜標榜。平生欽豪俊，久客慕鄉黨。虛齋延洒掃，薄飯薦腒鯗。詩句唾成珠，笑嘲愜爬痒。春夏頻謝除，曾未厭來往。歸雁多喜聲，寒蟬停哀響。黃花滿籬落，白蟻鬧甕盎。留君待佳節，忽忽戒徂兩。親戚傷離居，交遊念疇曩。棋局無對曹，樗蒲失朋長。問君去爲何？雲物愁莽蒼。壽親髮斑斑，千里勞夢想。家雞藁頭肥，寒魚受罾網。甘旨嵗中厨，伊啞弄文襁。此行樂未央，安知川塗廣。深秋上滄江，遠水平如掌。人生要得意，壯士多曠蕩。野鶴疲籠樊，江鷗戀菰蔣。本來丘壑姿，不著芻豢養。寄聲謝鄉鄰，爲我具兩槳。有路卽歸田，君其信非誑。

薛樂道自南陽來入都留宿飲會作詩餞行

薛侯本貴胄，射策一矢中。金蘭託平生，瓜葛比諸從。數面尚成親，況乃居連棟。交遊及父子，講學連伯仲。奴人通使令，孩稚接戲弄。相憐負米勤，同力采蘭供。每持君家書，平安覘款縫。秦人與吾炙，憂樂一體共。釋之廷尉曹，微過成繫訟。從此張長公，不肯爲時用。丘阿無梧桐，曲直不在鳳。生涯谷口耕，世事邯鄲夢。自君抱憂端，酒椀未忍嗅。高秋自南歸，意氣稍寬縱。黃花尚滿籬，白蟻方浮甕。私言助燕喜，且莫戒輜重。霜風獵帷幕，銀燭吐螮蝀。密坐幸頗歡，劇飲寧辭痛。疏鐘鳴曉撞，小雨作寒霿。廐馬蕭蕭鳴，征人稍稍動。九衢槐柳中，縱緩青絲鞚。朱樓豪士集，紅袖清歌送。河鯉獻鱠材，江橙解包貢。蟹擘鵝子黃，酒傾琥珀凍。舉觴遥酌我，發噓知見頌。行行鞭箠倦，短句煩屢諷。

次韻奉送公定

去年君渡河，棗下實離離。今年君渡河，剝棗詠豳詩。直緣恩義重，不憚鞍馬疲。詩書半行李，道路費歲時。親交歎存没，學問訪闕遺。我多後時悔，君亦見事遲。卽此有真意，定非兒女知。虛名無用處，北斗與南箕。燕趙遊俠子，長安輕薄兒。狂掉三寸舌，躐登九級墀。覆手雲雨翻，立談光陰移。歃血盟父子，指天出肝脾。從來國器重，見謂骨相奇。築巖發夢寐，獵渭非熊羆。百工改繩墨，一世擅文詞。全人脰肩肩，甕盎嫵且宜。大槐陰黃庭，女蘿綿絡之。韶陽兩兄弟，還自妒蛾眉。工顰又宜笑，百輩來茹咨。班姬輕鴻毛，更合衆口吹。引繩痛排根，蒙蔽枉成帷。唯恐出己上，殺之如弈棋。塵埃百年琴，絶絃爲鍾期。落落虎豹文，義難管中窺。至今揚子雲，不與俗諧嬉。歲晚草玄經，覃思寫天維。脱身天禄閣，危於劍頭炊。卧聞策董賢，閉門甘忍飢。五侯盛賓客，騶轡交横馳。時通問字人，得酒未曾辭。近者君家翁，天與脱羈鞿。已爲冥冥鴻，矰繳尚安施。養蘭尋僧圃，愛竹到水湄。北闕免朝請，西都分保釐。文章九鼎重，富貴一黍累。趙良請灌園，但爲商君嗤。棄甲尚文過，兕多牛有皮。出仕書掣肘，歸來菊荒蘺。不爲五斗折，自無三徑資。勝箭洗蹀血，歸鞍懸月支。斯人萬户侯，造物付鑪錘。我觀史臣篇，疏略記糟醨。譬如官池蛙，誰能問公私。君懷明月珠，簸弄滄海涯。深房珮芳蘭，固是王所姬。南貢尚包橘，漢濱莫大隨。每來促談塵，風生塵竹枝。骯髒得家法，伊優不能爲。但聽呼樽蒲，便足解人頤。功成在漏刻，潁利處囊錐。失勢落坑穽，寒窀如愁鴟。得馬折足禍，亡羊多歧悲。屢敵因心計，伏兵幾面欺。長戈仰闕來，吐款受羈縻。萬事只如此，畢竟誰成虧。愛君方寸閒，醇朴乃器師。安得攡俗纏，東岡並鉏犁。由來在陰鶴，不必振羽儀。送行傾車蓋，載酒湍鴟夷。天高木葉落，潦退河流卑。屯雲搴六幕，新月吐半規。人生會面難，取醉聽狂癡。語穽發欺笑，一作「期笑」。詩鋒犯嘲譏。懸知履霜來，少別爲不怡。天津媚河漢，闕角挂秋霓。中有鬼與神，赤舌弄陰機。夜光但什襲，出懷即瑕疵。去去善道旅，東膠約重持。山藥倒壽架，紅梨帶寒曦。坐須騎奴還，淹留歲恐朞。無爲出門念，牽衣嬰孺啼。短韻願成頌，時時寄相思。

對酒歌答謝公靜

我爲北海飲，君作《東武吟》。看君平生用意處，蕭灑定自知人心。南陽城邊雪三日，愁陰不能分皂白。擢輪踠蹄泥數尺，城門晝閉眠賈客。移人僵尸在旦夕，誰能忍長待食麥。身憂天下自有人，寒士何者愁填臆。民生政自不願材，可乘以車可鞭策。君不見，海南水沉紫旃檀，碎身百煉金博山。豈如不蒙斧斤賞，老大絶崖霜雪間。投身有用禍所集，何況四達之衢井先汲。昨日青童天上回，手捧玉帝除書來。一番通籍清都闕，百身書名赤城臺。飛昇度世無虚日，怪我短褐趨塵埃。顧謂彼童子，此何預人事。但對清樽卽眼開，一杯引人著勝地。傳聞官酒亦自清，徑須沽取續吾瓶。南山朝來似有意，今夜倘放春月明。

戲贈彦深李原，字彦深。厚之弟，居南陽。

李髯家徒立四壁，未嘗一飯能留客。春寒茅屋交相風，倚牆捫蝨讀書策。老妻甘貧能養姑，寧剪髮鬢不典書。大兒得飧不索魚，小兒得袴不索襦。庾郎鮭菜二十七，大常齋日三百餘。上丁分膰一飽飯，藏神夢訴羊蹴蔬。世傳寒士有食籍，一生當飯百甕菹。冥冥主張審如此，附郭小圃宜勤鉏。葱秧青青葵甲緑，早韭晚菘羹糝熟。充虚解戰賴湯餅，芼以菲蘴與甘菊。幾日憐槐已著花，一心呪笋莫成竹。羣兒笑髯窮百巧，我謂勝人飯重肉。羣兒笑髯不若人，我獨愛髯無事貧。君不見猛虎即人厭麋鹿，人還寢皮食其肉。濡需終與豕俱焦，飫肥擇甘果非福。蟲蟻無知不足驚，横目之民萬物靈。請食熊蹯楚千乘，立死山壁漢公卿。李髯作人有佳處，李髯作詩有佳句。雖無厚禄故人書，門外猶多長者車。我讀揚雄《逐貧賦》，斯人用意未全疏。

寄南陽謝外舅

謝公遂偃蹇，南陽無舊廬。天與解纓紱，元非傲當塗。庖丁釋牛刀，衆手斫大觚。白雲曲肱卧，青山滿牀書。妙質落川澤，果然天網疏。然知一作「故知」。今人巧，未覺古人迂。築場歲功休，夜泉鳴竹渠。胸懷鬱磊隗，此物諒時須。兒能了翁事，安用府中趨。孫能誦翁詩，乃是千里駒。人生行樂耳，用舍要自如。我方神其拙，社櫟官道樗。公猶憂斧斤，睥睨斲樽壺。萬古身後前，芭蕉秋雨餘。少年喜狡獪，叱化粒成硃。謨功可歌舞，學古則嫫姝。所好果不同，未可一理驅。眇忠忘言對，安得南飛鳧。鄙心生蔓草，萌芽望耘鉏。離筵如昨日，春柳見霜枯。未辱錦繡段，時蒙雙鯉魚。憶在參几杖，雍容覿規模。引接開藻鑒，高明通事樞。門生五七輩，寂寞半白鬚。談經落麈尾，行樂從藍輿。看竹辟強宅，閱士黄公壚。雪屋煮茶藥，晴簷張畫圖。幽寺促燈火，青氊置樗蒲。遶牀叫一擲，十白九雉盧。蔡澤來分功，袁耽必上都。開旗縱七走，破竹殄羣胡。成梟燭爲明，挾長朋佐呼。終飲見温克，所争匪錙銖。誰令運甓翁，見謂牧猪奴。事託丈人重，乃愛屋上烏。舊言如對面，形迹滯舟車。風簾想隱几，天籟鳴寒梧。尚喜讀書否，還能把酒無。郛城渺塵沙，冠蓋若秋渠。相過問寒温，意氣馳九衢。楚客雖工瑟，齊人本好竽。永懷溟海量，北斗不可斟。勝夜覩筆墨，因來明月珠。

和謝公定征南謡

傳聞交州初陸梁，東連五溪西氐羌。軍行不斷蠻標盾，謀主皆收漢畔亡。合浦譙門腥血沸，晉興城下白骨荒。謀臣異時坐致寇，守臣今日愧包桑。已遣戈船下灕水，更分樓船浮豫章。頗聞師出三鴉路，盡是中屯六郡良。漢南食麥如食玉，湖南驅人如驅羊。營平請穀三百萬，祁連引兵九千里。少府私錢不可知，大農計歲今餘幾。士兵番馬貔虎同，蝮蛇毒草篁竹中。未論芻粟捐金費，直愁瘴癘連營空。我思荆州李太守，欲募蠻夷令自攻。至今民歌尹殺我，州郡擇人誠見功。張喬祝良不難得，誰借前箸開天聰。詔書哀痛言語切，爲民一洗横屍血。摧鋒陷堅賞萬户，塹山堙谷窮三穴。南平舊時頗臣順，欲獻封疆請旌節。廟謀猶計病中原，豈知一朝更屠滅。天道從來不争勝，功臣好爲可喜説。交州雞肋安足貪，漢開九郡勞臣監。呂嘉不肯佩銀印，徵側持戈敵百男。君不見，往年瀕海未郡縣，趙地閉關罷朝獻。老翁竊帝聊自娛，白頭抱孫思事漢。孝文親遺勞苦書，稽首請去黃屋車。得一亡十終不忍，太宗之仁千古無。

寄題欽之草堂

河南有伏流，經營太行根。盛德不終晦，發爲清濟源。公家濟源上，太行正當門。修竹帶藩籬，百禽鳴朝暾。仰視浮雲作，俯窺流水奔。相望有盤谷，李愿故居存。主人國之老，實惟商巖孫，班行昔供奉，屢進逆耳言。天子色爲動，羣公聲亦吞，肅肅冰霜際，不改白玉温。出處士所重，其微難共論。公勿懷草堂，朝廷待公尊。

和答梅子明王揚休點密雲龍

小璧雲龍不入香，元豐龍焙承詔作。二月常新官字盞，游絲不到延春閣。去年曾□減光輝，人間十九人未知。外家春官小宗伯，分送蓬山裁半璧。建安甆椀鷓鴣斑，谷簾水與月共色。五除試湯飲墨客，泛甌銀粟無水脉。辟宮邂逅王廣文，初觀團團破龍紋。諸公自別淄澠了，兔月葵花不足論。石硙春芽風雪落，煮澆肺渴初不惡。河伯來觀東海若，鹿逢朱雲眞折角。子眞雲孫吐成珠，廟堂只今用諸儒。鍊成五石補天手，上書致身可亨衢。顧我賜茶無骨相，他年幸公肯相餉。

次韻子瞻春菜

北方春蔬嚼冰雪，妍暖思采南山蕨。韭苗水餅姑置之，苦菜黃雞羹糝滑。蓴絲色紫菰首白，蔞蒿牙甜蔊頭辣。生葅入湯翻手成，芼以薑橙誇縷抹。驚雷菌子出萬釘，白鵝截掌鼈解甲。琅玕林深未飄籜，軟炊香秔煨短茁。萬錢自是宰相事，一飯且從吾黨說。公如端爲苦笋歸，明日青衫誠可脫。

次韻答堯民

君開蘇公詩，疾讀思過半。譬如聞韶耳，三月忘味歎。我詩豈其朋，組麗等俳玩。不聞南風絃，同調《廣陵散》。鶴鳴九天上，肯作家雞伴。晁子但愛我，品藻私月旦。官閒樂相從，梨栗供杯案。門靜鳥雀嬉，花深蜂蝶亂。忽蒙加禮貌，齋戒事揩盥。問大心更小，意督辭反緩。君材於用多，舞選弓矢貫。聰明回自照，勝己果非懦。我如相繪事，素質施朽炭。古來得道人，非獨大庭館。晁子已不疑，冬寒春自暖。繫表知藥言，擇友得苟粲。

再和寄子瞻聞得湖州

天下無相知，得一已當半。桃僵李爲仆，芝焚蕙增歎。佳人在江湖，照影自娛玩。一朝入漢宮，掃除備冗散。何如終流落，長作朝雲伴。相思欲面論，坐起雞五旦。身慚尸廩祿，有罪未見案。公又雄萬夫，嗷嗷不自亂。臧穀皆亡羊，要以道湔盥。傳聲向東南，王事不可緩。春波下數州，快若匕札貫。椎鼓張風帆，相見激衰懦。空文不傳心，千古付煨炭。安得垂天雲，飛就吴興館。魚饜柳絮肥，筍煮溪沙暖。解歌使君詞，樽前有三粲。

答王道濟寺丞觀許道寧山水圖

往逢醉許在長安，蠻溪大硯磨松烟。忽呼絹素翻硯水，久不下筆或經年。異時踏門闖白首，巾冠攲斜更索酒。舉杯意氣欲翻盆，倒卧虚樽將八九。醉拈枯筆墨淋浪，勢若山崩不停手。數尺江山萬里遥，滿堂風物冷蕭蕭。山僧歸寺童子後，漁伯欲渡行人招。先君笑指溪上宅，鸕鷀白鷺如相識。許生再拜謝不能，元是天機非筆力。自言年少眼明時，手揮八幅錦江絲。贈行卷送張京兆，心知李成是我師。張公身逐銘旌去，流落不知今主誰。大梁畫肆閲水墨，我君盤礴忘揖客。蛛絲煤尾意昏昏，幾年風動人家壁。雨雪涔涔滿寺庭，四圍冷落讓丹青。笑誚肆翁十萬錢，卷付騎奴市盡傾。王丞來觀皆失席，指點如見初畫日。四時風物入句圖，信知君家有摩詰。我持此圖二十年，眼見緑髮皆華顛。許生縮手入黄泉，衆史弄筆摩青天。君家枯松出老翟，風煙枯枝倚崩石。蠹穿風物君愛惜，不誣方將有人識。

過家

絡緯聲轉急，田車寒不遲。兒時手種柳，上與雲雨近。舍傍舊傭保，少换老欲盡。宰木鬱蒼蒼，田園變畦畛。招延屈父黨，勞問走婚親。歸來翻作客，顧影良自哂。一生萍託水，萬事雪侵鬢。夜闌風隕霜，乾葉落成陣。燈花何故喜，大是報書信。親年當喜懼，兒齒欲毁齓。繫船三百里，去夢無一寸。

食筍十韻

洛下斑竹筍，花時壓鮭菜。一束酬千金，掉頭不肯賣。我來白下聚，此族富庖宰。蠒栗戴地翻，觳觫觸牆壞。纖纖入中厨，如償食竹債。甘葅和菌耳，辛膳胹薑芥。烹鵝雜股掌，炰鼈亂裙介。小兒哇不美，鼠壤有餘嘬。可貴生於少，古來食共噫。尚想高將軍，五溪無人采。

蕭巽葛敏修二學子知予食筍詩次韻答之

北饌厭羊酪，南庖豐筍菜。自北初落南，幾爲兒所賣。習知價廉平，百態事烹宰。鹽晞枯腊瘦，蜜漬真味壞。就根煨茁美，豈念炮烙債。咀吞千畝餘，胸次不蔕芥。二妙各能詩，才名動江介。詩論多佳句，膾炙甘我嘬。因君思養竹，萬籟聽秋噫。從此繕藩籬，下令禁漁采一作「下書示漁采」。

韭黃照春盤，菰白媚秋菜。惟此蒼竹苗，市上三時賣。江南家家竹，剪伐誰主宰。半以苦見疏，不言甘易壞。葛陂雕龍睡，未索兒孫債。獺膾能分杯，虎魄妙拾芥。此物於食殺，如客得儐介。思入帝鼎烹，忍遭飢涎嘬。懶林供翰墨，碪杵風號噫。每下歎枯株，焚如落樵采。

答永新宗令寄石耳

飢欲食，首山薇。渴欲飲，潁川水。嘉禾令尹清如冰，寄我南山石上耳。筠籠動浮烟雨姿，瀹湯磨沙光陸離。竹萌粉餌相發揮，芥薑作辛和味宜。公庭退食飽下筯，杞菊避席遺萍虀。雁門天花不復憶，況乃桑鵝與楮雞。小人藜羹亦易足，嘉蔬遺餉荷眷私。吾聞石耳之生，常在蒼崖之絕壁，苔衣石腴風日炙。捫蘿挽葛採萬仞，歹足委骨豺虎宅。佩刀買犢劍買牛，作民父母今得職。閔仲叔不以口腹累安邑，我其敢用鮭菜煩嘉禾？顧公不復甘此鼎，免使射利登嵯峨。

彫陂

彫陂之水清且泚，屈爲印文三百里。呼船載過七十餘，褰裳亂流初不記。竹輿嘔啞山徑涼，僕姑呼婦聲相倚。篁中猶道泥滑滑，僕夫慘慘耕夫喜。窮山爲吏如漫郎，安能爲人作嚆矢。老僧迎謁喜我來，吾以王事篤行李。知民虛實應縣官，我寧信目不信耳。僧言生長八十餘，縣令未曾身到此。

長句謝陳適用惠送吴南雄所贈紙

廬陵政事無全牛，恐是漢時陳太丘。書記姓名不肯學，得紙無異夏得裘。琢詩包紙送贈我，自狀明月非暗投。詩句縱横剪宫錦，惜無阿買書銀鉤。蠻溪切藤卷盈百，側釐羞滑繭羞白。想當鳴杵砧面平，桄榔葉風溪水碧。千里鵝毛意不輕，瘴衣腥膩北歸客。君侯謙虛不自供，胡不贈世文章伯。一涔之水容牛蹄，識字有數我自知。小時雙鈎學楷法，至今兒子憎家雞。雖然嘉惠敢虛辱，煮泥續尾成大軸。寫心與君心莫傳，平生落魄不問天。樽前花底幸好戲，爲君絕筆謝風煙。已無商頌猗那手，請續《南華》內外篇。

上大蒙籠乙卯晨起。

黄霧冥冥小石門，苔衣草路無人迹。苦竹參天大石門，虎迒兔蹊聊倚息。陰風搜林山鬼嘯，千丈寒藤遶崩石。清風源裏有人家，牛羊在山亦桑麻。向來陸梁慢官府，試呼使前問其故。衣冠漢儀民父子，吏曹擾之至如此。窮鄉有米無食鹽，今日有田無米食。但願官清不愛錢，長養兒孫聽驅使。

勞坑入前城乙卯飯後。

刀坑石如刀，勞坑人馬勞。窈窕篁竹陰，是常主逋逃。白狐跳梁去，豪猪森怒嗥。黄雲覺日瘦，木落知風饕。輕軒息源口，飯羹煮溪毛。山農驚長吏，出拜家騷騷。借問淡食民，祖孫甘餔糟。賴官得鹽喫，政苦無錢刀。

乙卯宿清泉寺

税輿陟高岡，却立倚天壁。就輿亂清溪，轉石飛霹靂。十步一沮洳，五步一枳棘。上方未言返，豁見平土宅。田家雞犬歸，佛廟檀欒碧。蓮蕩落紅衣，泉泓數白石。人如安巢鳥，稍就一板息。鐘魚各知時，吾亦自得力。

丙辰仍宿清泉寺

山農居負山，呼集來苦遲。既來授政役，謠詠謂余欺。按省其家貲，可忍鞭抶之。恩言諭公家，疑阻久迺隨。滕口終自愧，吾敢乏王師。官寧憚淹留，職在拊惸嫠。所將部曲多，洄汝父老爲。西山失半壁，且復下囊韜。啼鴉散篇帙，休吏稅巾衣。石泉鼓坎坎，竹風吹參差。書冷行熠燿，壁蟲催杼機。昏釭夜未央，高枕夢登巇。

己未過太湖僧寺得宗汝爲書寄山蕷自酒長韻詩寄答

從學晚聞道，謀官無見功。早衰觀水鑒，内熱愧鄰邦。北鄰有宗侯，治劇乃雍容。摩手撫鰥寡，稾砧傑強梁。桃李與荊棘，稱物施露霜。政經甚縝密，私不蚍蜉通。吏舍無請賕，家有侯在堂。府符下鹽策，縣官勸和羹。作民敏風雨，令先諸邑行。我居萬夫上，闒惰世無雙。此邑宅巖嶽，里中頗秦風。翁媪無恙時，出分如蜂房。一錢氣不直，白挺及父兄。簪筆懷三尺，揖我爲我臧。向來豪傑吏，治之以牛羊。我不忍敵民，教養如兒甥。荊雞伏鵠卵，久望羽翼成。訟端洶洶來，諭去稍聽從。尚餘租庸調，歲歲稽法程。按圖索家貲，四壁達牖窗。揜目鞭朴之，桁楊相推棖。身欲免官去，駑馬戀豆糠。所以積廪鹽，未使户得烹。八月釃社酒，公私樂年登。遣徒與會稽，而悉走荻篁。吾惟不足遣，夙駕略我疆。邑西軼戾地，是嘗嬰吾鋒。齟齬其強宗，彼乃可使令。夙夜于遠郊，草露沾帷裳。入磴履虎尾，捫蘿觸蠆芒。借問夕何宿，煙邊數峰横。松竹不見天，蟠空作秋聲。谷鳥與溪瀨，合絃琵琶箏。稅駕亂石間，巖寺鳴疏鐘。山農頗來服，見其父孫翁。苦辭王賦遲，户户無積藏。民病我亦病，呻吟達五更。韻爲誦書語，一作「書空語」。行歌類楚狂。舉鞭問嘉禾，秣馬可及城。惜哉憂城旦，不得對榻牀。洒筆付飛鳥，北風吹報章。書回銀鈎壯，句與麝煤香。浮蛆撥官醅，傾壺嫩鵝黄。山氣常薪蒸，此物可屢觴。蘋藥剖紫藤，開籠喜手封。味温頗宜人，芼以石飴薑。舉杯引藥糜，詠詩對寒江。寄聲甚勞苦，相思秋月明。我邑萬户鄉，其民資嚚凶。欲割以壽公，使之承化光。反以來壽我，中有吞舟鯨。銅墨俱王命，職思慰孤惸。何時賭一擲，燒燭呪明瓊。

庚申宿觀音院

谷底一墟落，地形如盎盆。榱題相照耀，其民頗家温。土風甚於秦，不可借釜甗。僧屋無陶瓦，剪茅蒼竹樊。借問僧安在？乞飯走諸門。人閧烏鳥語，簟涼風水文。旁有蜂蜜廬，頗聞衙集喧。將雨蟻爭丘，鏖兵復追奔。紅英委鳳翼，赤幘峩雞冠。汲烹寒泉窟，伐燭古松根。相戒莫浪出，月黑虎夔藩。

金刀坑迎將家待追漿坑十餘户山農不至因題其壁

窮鄉阻地險，篁竹嘯夔魈。惡少擅三窟，不承吏追呼。老翁燕無凶，偃蹇坐里閭。後生習聞見，官不禁權輿。懷書斥長吏，持杖鏖公徒。遂令五百里，化爲豺豕墟。古來沉牛羊，檄水臣鱷魚。猛虎剝文章，刓而民髮膚。哀哉奉其身，曾不如烏烏。破家縣令手，南面天子除。要能伐強梁，然後活惸孤。屬爲民父母，未教忍先誅。山川甚秀拔，人物亦詩書。十室有忠信，此鄉何獨無？

代書

阿熊去我時，秋暑削甘瓜。離別日日除，蓮房倒箭叡。得書報平安，肥字如栖鴉。汝才躍鑪金，自必爲鏌鋣。窮年抱新書，挽條咀春葩。弄筆不能休，屈宋欲作衙。屈指推日星，許身上雲霞。安知九天闕，虎豹守夜叉。祝田操豚蹄，持狹所欲奢。文章六經來，汗漫十牛車。譬如觀滄海，細大極龍蝦。古人以聖學，未肯廢百家。舊山木十圍，齋堂緑陰遮。紅稻香盂飯，黄雞厭食鮭。摩挲垂便腹，頗復讀書耶？念汝齒壯矣，無婦助烹茶。父兄亦憐汝，須兒牧犬豭。且伐千章材，贈行當馬撾。嬴糧果後時，定隨八月槎。覺民在中林，丁丁聞兔罝。奉身甚和友，幹父辦咄嗟。臺源吟松瀨，先生岸巾紗。留客醉風月，槃筋供柔嘉。仍工朱絲絃，洗心拂奇邪。孤臣發楚調，傾國怨胡笳。把筆學鬪鼓，字形錐畫沙。詩書乃甫好，不爲蓬生麻。元明祖師禪，妙手發琵琶。已無富貴心，鼓吹一池蛙。天民服農圃，頗復秋斂賒。下田督未耘，入嶺按新畬。悉力輸王賦，至今困生涯。知命叔山徒，爐香嚴佛花。唯思苾蒭園，脱冠著袈裟。起家望兩季，佩金蹋朝韡。嘉魚在南國，宗廟薦鱨鯊。我爲萬夫長，朝論不齒牙。刺頭薄領中，蚤蝨麼搔爬。世累已纏縛，官箴易疵瑕。何時煙雨裏，驅羊入金華。遺奴迫王事，不暇學「學」，一作「草」。驚蛇。

寄陳適用

日月如鶩鴻，歸燕不及社。清明氣妍暖，亹亹向朱夏。輕衣頗宜人，裘褐就椸架。已非紅紫時，春事歸桑柘。空餘車馬跡，顛倒桃李下。新晴百鳥語，各自有匹亞。林中僕姑歸，苦遭拙婦罵。氣候使之然，光陰促晨夜。解甲號清風，卽有幽蟲化。朱墨本非工，王事少閑暇。幸蒙餘波及，治郡得黃霸。邑鄰陳太丘，威德可資借。決事不遲疑，敏手擘泰華。頗復集紅衣，呼僚飲休假。歌梁韻金石，舞地委蘭麝。寄我五字詩，句法窺鮑謝。亦嘆薄領勞，行欲問田舍。相期黃公壚，不異秦人炙。我初無廊廟，身願執耕稼。今將荷鉏歸，區芋畦甘蔗。覩君氣如虹，千輩可陵跨。自當出懷璧，往取連城賈。賜也買歌童，珠翠羅廣廈。富貴不相忘，寄聲相慰藉。

讀方言

八月梨棗紅，繞牆風自落。江南風雨餘，未覺衣衾薄。壁蟲憂寒來，催婦織衣去聲著。荒畦杞菊花，猶用充羹臛。連日無酒飲，令人風味惡。頗似揚子雲，家貧官落魄。忽聞輶軒書，濫讀勞輔齶。虛堂漏刻閒，九土可領略。願多載酒人，喜我識字博。設心更自笑，欲過屠門嚼。往時抱經綸，待價一丘壑。卜師非熊羆，夢相解靡索。所欲吾未奢，黨使耕可穫。今年美牟麥，廚饌豐餅拓。摩抄腹中書，安知非糟粕！

送彥孚主簿

斯文當兩都，江夏世無雙。叔度初不言，漢庭望風降。中間眇人物，潛伏老崆峒。本朝開典禮，棫樸作株椿。世父盛文藻，如陸海潘江。三戰士皆北，韔弓錦韜杠。白衣受傳詔，短命終螢窗。夢升卧南陽，耆舊無兩龐。空鑱歐陽銘，松風悲隴瀧。四海羣從間，邇來頗琤淙。主簿吾宗秀，其能任爲邦。軀幹雖眇小，勇沉鼎可扛。擇師別陳許，取友覬羿逢。折腰佐髯令，邑訟銷吠尨。時邀府中飲，下箔蠟燒釭。紅裳笑千金，清夜酒百缸。同僚有惡少，嘲謔語亂哤。君但隱几笑，諸老歎敦厖。況乃工朱墨，氣和信甚矼。持此應時須，十年擁麾幢。相逢常軮掌，衙鼓趨鼕鼕。簿書敗清談，汗顏吏樅樅。臨分何以贈，要我賦蘭茳，黃華雖衆笑，白雪不同腔。野人甘芹味，敢饋厭羊羫。顧余百短拙，飽腹慸胮肛。維思解官去，一丘事耕耬。君當取富貴，鐘鼓羅擊撞。伏藏鼪鼯徑，猶想足音跫。

和曹子方雜言

正月尾，垂雲如覆盂，雁作斜行書。三十六陂浸煙水，想對西江彭蠡湖。人言春色濃如酒，不見插秧吳女手。冷鄉小塢頗藏春，張侯官居柳對門。當風橫笛留三弄，燒燭圍棊覆九軍。盡是向來行樂事，每見琵琶憶朝雲。只今不舉蛾眉酒，紅牙捍撥網蛛塵。曹侯東書丞太僕，試說相馬猶可人。照夜白，眞乘黃，萬馬同秣隨低昂。一矢射落阜鵰雙，張侯猶思在戎行。橫山虎北開漢疆，冷卿智多髮蒼浪。牛刀發硎思一邦，政成十綴舞紅粧。兩侯不如曹子方，朵頤論詩蝟毛張。龜藏六用中有光。何時端能俱過我，掃除北寺讀書堂。菊苗煮餅深注湯，更碾盤龍不入香。

戲贈曹子方家鳳兒

東芽入湯獅子吼，荔子新剝女兒頰。鳳郎但喜風土樂，不解生愁山疊疊。目如點漆射清揚，歸時定自能文章。莫隨閬嶺「閬嶺」，一作「阿圖」。三年語，轉却中原萬籟簧。

送張材翁赴秦簽

金沙酴醾春縱横，提壺栗留催酒行。公家諸父酌我醉，横笛送晚延月明。此時諸兒皆秀發，酒間乞書藤紙滑。北門相見後十年，醉語十不省七八。吏事衮衮談趙張，乃是樽前緑髮郎。風悲松丘忽三歲，更覺緑竹能風霜。去作將軍幕下士，猶聞防秋屯虎兕。只今陛下思保民，所要邊頭不生事。短長不登四萬日，愚智相去三十里。百分舉酒更若爲，千户封侯儻來爾。

奉謝劉景文送團茶

劉侯惠我大玄璧，上有雌雄雙鳳跡。鵝溪水練落春雪，粟面一杯增目力。劉侯惠我小玄璧，自裁半璧煮瓊糜。收藏殘月惜未碾，直待阿衡來説詩。絳囊團團餘幾璧，因來送我公莫惜。箇中渴羌飽湯餅，雞蘇胡麻煮同喫。

謝景文惠浩然所作廷珪墨

廷珪贋墨出蘇家，麝煤添澤紋鳥韡。柳枝瘦龍印香字，十襲一日三摩挲。劉侯愛我如桃李，揮贈要我書萬紙。不意神禹治水圭，忽然入我懷袖裏。吾不能手抄五車書，亦不能寫論付官奴。便當閉門學水墨，灑作江南驟雨圖。

題落星寺

落星開士深結屋，龍閣老翁來賦詩。寺僧擇隆作宴，坐小軒爲落星之勝處。小雨藏山客坐久，長江接天帆到遲。宴寢清香與世隔，畫圖妙絶一作「絶筆」。無人知。僧隆畫甚富，而寒山、拾得畫最妙。蜂房各自開户牖，處處煮茶藤一枝。

過致政屯田劉公隱廬

兒時拜公牀，眼碧眉紫煙。舍前架茅茨，爐香坐僧禪。女奴煮甖粟，石盆瀉機泉。今來掃門巷，竹間翁蜕蟬。堂堂列五老，勝氣失江山。石盆爛黄土，茅齋薪壞椽。女奴爲民妻，又瘞蒿里園。當年笑語地，華屋轉朱欄。課兒種松子，傘蓋上參「上參」，一作「高參」。天。投策數去日，木行天再環。先生古人風，鐵膽石肺肝。眼前不可意，壯日挂其冠。解衣廬君峰，洗耳瀑布源。霧豹藏文章，驚世時一斑。衆人初易之，久遠乃見難。憶昔子政在，爲翁數解顔。五兵森武庫，河漢落舌端。王陽已富貴，塵冠不肯彈。呻吟刊十史，凡例墨新乾。宰木忽拱把，相望風隧寒。百楹書萬卷，少子似翁賢。

貴池

池人祀昭明爲郭西九郎。時新覆大舟，水死十二人。以爲神之威也。

横雲初抹漆，爛熳南紀黑。不見九華峰，如與親友隔。憶當秋景明，九老對几席。何曾閉蓬窗，卧聽寒雨滴。不食貴池魚，喜尋昭明宅。筆硯鼠行塵，芝菌生銅鬲。思成佳句夢，貽我錦數尺。厲者浪吞舟，風雹更附益。老翁哭婦兒，相將難再得。存亡如日月，薄蝕行道失。流俗暗本原，謂神吐其食。神理儻有私，丘禱久以默。

庚寅乙未猶泊大雷口

廣原嗥終風，發怒土囊口。萬艘萍無根，迺知積水厚。龍鱗火熒熒，鞭笞雷霆走。公私運檣休，森如束春韭。倚笻蒹葭灣，垂楊欲生肘。雄文酬江山，惜無韓與柳。五言呻吟内，慚愧陶謝手。送菜煩鄰船，買魚熟溪友。兒童報晦冥，正晝見箕斗。吾方廢書眠，鼻鼾鞲囊吼。猶防盜窺家，嚴鼓申夜守。冶城謝公墩，牛渚蕩子婦。何時快登臨，篙師分牛酒。

乙未移舟出口畏風濤復入，遂宿焉。同行有劉三班，善射，沙夾遇盜，劉手殺三人。

江湖吞天胸，蛟龍垂涎口。養軀無千金，特爲親故厚。本心非華軒，而與馬争走。聘婦緝落毛，教兒耨葱韭。衣食端須幾，將老猶掣肘。安能詭隨人，曲折作杞柳。桓公甕盎瘻，楚國不龜手。生涯但如此，那問託婚友。久陰快夜晴，天文若科斗。村南鬼火寒，村北風虎吼。野人驅雞豚，縛落堅纆守。劉郎弓石人，猛氣壓馮婦。一試金僕姑，歸飲軟臂酒。

阻水泊舟竹山下

竹山蟲鳥朋友語，討論陰晴怕風雨。丁寧相教防禍機，草動塵驚忽飛去。提壺歸去意甚真，柳暗花濃亦半春。北風幾日銅官縣，欲過五松無主人。

次韻伯氏長蘆寺下

風從落帆休，天與大江平。僧坊晝亦淨，鐘磬寒逾清。淹留屬暇日，植杖數連甍。頗與幽子逢，煮茗當酒傾。攜手霜木末，朱欄見潮生。檣移永正縣，鳥度建康城。薪者得樹難，羹盂味南烹。香秔炊白玉，飽飯愧閒行。叢祠思歸樂，吟弄夕陽明。思歸誠獨樂，薇蕨漸春榮。

贈別李端叔

我觀江南山，如目不受垢。憶食江南薇，子獨於我厚。在北思江山，如懷冰雪顏。千峰上雲雨，岑絕何由攀。當時喜文章，各有兒子氣。爾來頷須白，有兒能拜起。讀書浩湖海，解意開春冰。成山更崇堀，顧我魄丘陵。白玉著石中，與物太落落。涇渭相將流，世不名清濁。乞言既不易，贈言良獨難。古來得道人，挂舌屋壁間。牧羊金華道，載酒太玄宅。支頤聽晤語，願君喙三尺。我行風雨夜，船窗聞遠雞。故人不可見，故人心可知。

曉放汴舟

秋聲滿山河，行李在粱宋。川塗事雞鳴，身亦逐羣動。霜清魚下流，橘柚入包貢。又持三十口，去作江南夢。

發舒州向皖口道中作寄李德叟

黑雲平屋簷，一作「崔嵬雲壓空」。晨夜隔星月。曉裝商旅前，冰底泥活活。野人攘畔耕，一作「侵畔耕」。蹇馬不能滑，駝裘惜蒙茸，俱落水塘缺。孤村小蝸舍，乞火乾履襪。前登極崢嶸，一作「高寒」。他日飛鳥沒。寒花委亂草，耐凍鳴風葉。一作「耐凍風葉間，梅言零亂發」。江形篆平沙，分派回勁筆。胥弟不俱來，得句漫剞劂。一作「漫得句奇崛」。却望同安城，唯有松鬱鬱。遥知浦口晴，諸峰見明雪。一作「松雪」。

徐孺子祠堂

喬木幽人三畝宅，生芻一束向誰論。藤蘿得意干雲日，簫鼓何心進酒樽。白屋可能無孺子，黃堂不是欠陳蕃。古人冷淡今人笑，湖水年年到舊痕。

池口風雨留三日

孤城三日風吹雨，小市人家只菜蔬。水遠山長雙屬玉，身閒心苦一舂鉏。翁從旁舍來收網，我適臨淵不羨魚。俛仰之間已陳迹，莫窗歸了讀殘書。

思親汝州作

歲晚寒侵遊子衣，拘留幕府報官移。五更歸夢三百里，一日思親十二時。車上吐茵元不逐，市中有虎竟成疑。秋毫得失關何事，總爲平安書到遲。

衙雪宿新寨忽忽不樂

縣北縣南何日了，又來新寨解征鞍。山啣斗柄三星没，雪共月明千里寒。小吏忽一作「有」。時須束帶，故人頗問不休官。江南長盡梢雲竹，歸及春風斬釣竿。

郭明父作西齋于潁尾請予賦詩

食貧自以官爲業，聞説西齋意凜然。萬卷藏書宜子弟，十年種木長風煙。未嘗終日不思潁，想見先生多好賢。安得雍容一樽酒，女郎臺下水如天。

戲詠江南土風

十月江南未得霜，高林殘水下寒塘。飯香獵户分熊白，酒熟漁家擘蟹黄。橘摘金苞隨驛使，禾舂玉粒送官倉。踏歌夜結田神社，遊女多隨陌上郎。

和答孫不愚見贈

詩比淮南似小山，酒名麴米出雲安。且凭詩酒勤春事，莫愛兒郎作好官。簿領侵尋台相筆，風埃蓬勃使星鞍。小臣才力堪爲掾，敢學前人便挂冠。

次韻裴仲謀同年

交蓋春風汝水邊，客牀相對卧僧氈。舞陽去葉纔百里，賤子與公俱少年。白髮齊生加有種，青山好去坐無錢。煙沙篁竹江南岸，輸與鸕鷀取次眠。

稚川約晚過進叔次前韻贈稚川并呈進叔

人騎一馬鈍如蛙，行向城東小隱家。道上風埃迷皁白，堂前水竹湛清華。我歸河曲定寒食，公到江南應削瓜。樽酒光陰俱可惜，端須連夜發園花。

同世弼韻作寄伯氏在濟南兼呈六舅祠部學士

山光埽黛水挼藍，聞説樽前惬笑談。伯氏清修如舅氏，濟南蕭灑似江南。屢陪風月乾吟筆，不解笙簧醉舞衫。只恐使君乘傳去，拾遺今日是前銜。

次韻蓋郎中率郭郎中休官二首

仕路風波雙白髮，閒曹笑傲兩詩流。故人相見自青眼，新貴即今多黑頭。桃葉柳花明曉市，荻芽蒲筍上春洲。定知聞健休官去，酒户家園得自由。郭文時御道中，野服過親黨飯。頗爲分臺御史所訶，故有此句。

世態已更千變盡，心源不受一塵侵。一作「險阻艱難新得力，是非憂樂飽經心」。青春白日無公事，紫燕黄鸝俱好音。付與兒孫知伏臘，聽教魚鳥逐飛沉。黄公壚下曾知味，定是逃禪入少林。

和張沙河招飲

張侯耕稼不逢年，過午未炊兒女煎。腹裏雖盈五車讀，囊中能有幾錢穿。況聞緼素尚黄葛，可怕雪花鋪白氈。誰料丹徒布衣侶，今朝忽有酒如川。

次韻答柳通叟求田問舍之詩

少日心期轉繆悠，蛾眉見妒且障羞。但令有婦如康子，安用生兒似仲謀。横笛牛羊歸晚徑，捲簾瓜芋熟西疇。功名可致猶回首，何況功名不可求！

謝送宣城筆

宣城變樣蹲一作「尊」。雞距，諸葛名家捋一作「將」。鼠鬚。一束喜從公處得，千金求買市中無。漫投墨客摹科斗，勝與朱門飽蠹魚。愧我初非草玄手，不將閒寫吏文書。

和陳君儀讀太真外傳三首

扶風喬木夏陰合，斜谷鈴聲秋夜深。人到愁來無處會，不關情處總傷心。

《梁州》一曲當時事，一作「開元夢」。記得曾拈玉笛吹。端正樓空春晝永，小桃猶學淡燕支。

高麗條脱琱紅玉，一作「一雙條脱玫瑰玉」。邏逤琵琶撚緑絲。一作「三尺琵琶緑繭絲」。蛛網屋煤昏故物，一作「脂澤歇」。此生唯有夢來時。

楊朴墓

三尺孤墳一布衣，人言無復似當時。千秋萬歲還來此，月笛煙莎世不知。楊朴喜吹笛，嘗作莎詩，極工。

戲和舍弟船場探春

雨餘禽語催天曉，月上梨花放夜闌。莫聽遊人待妍暖，十分傾酒對春寒。
百舌解啼泥滑滑，忽成風雨落花天。城南一段春如錦，喚取詩人到酒邊。

次韻寅菴四首

四時說盡菴前事，寄遠如開水墨圖。略有生涯如谷口，非無卜肆在成都。旁籬榛栗供賓客，滿眼雲山奉宴居。閒與老農歌帝力，年豐村落罷追胥。

兄作新菴接舊居，一原風物萃庭隅。陸機招隱方傳洛，張翰思歸正在吳。五斗折腰慚僕妾，幾年合眼夢鄉閭。白雲行處應垂淚，黃犬歸時早寄書。

大若塘邊獨網魚，小桃源口帶經鉏。詩催孺子成雞栅，茶約鄰翁掘芋區。苦楝狂風寒徹骨，黃梅細雨潤如酥。此時睡到日三丈，自起開關招酒徒。

未怪窮山寂寞居，此情常與世情疏。誰家生計無閒地，太半歸來已白須。不用看雲眠永日，會思臨水寄雙魚。公私逋負田園薄，未至妨人作樂無。

呻吟齋睡起二首

棐几坐清晝，博山凝妙香。蘭牙依客土，柳色過鄰牆。巷僻過從少，官閒氣味長。江南一枕夢，高卧聽鳴根。

牆下蓬蒿地，兒童課剪除。蔓萵隨分種，杞菊未須鉏。河水傳烽火，交州報捷書。無能落閒處，慚愧飽春蔬。

和師厚郊居示里中諸君

籬邊黃菊關心事，窗外青山不世情。江橘千頭供歲計，秋蛙一部洗朝酲。歸鴻往燕競時節，宿草新墳多友生。身後功名空自重！眼前樽酒未宜輕。

次韻外舅謝師厚喜王正仲三丈奉詔相南兵回至襄陽捨驛馬就舟見過三首

漢上思見龐德公，別來悲歎事無窮。聲名籍甚漫前日，鬢鬚索然成老翁。家釀已隨刻漏下，園花更開三四紅。相逢不飲未爲得，聽取百鳥啼忽忽。

能來問疾好音傳，蹇步昏花當日痊。烹鯉得書增目力，呼兒扶立候門前。游談取重慚犀首，居物多贏昧計然。唯有交親等金石，白頭忘義復忘年。

語言少味無阿堵，冷一作「冰」。雪相看有此君。燈火詩書如夢寐，麒麟圖畫屬浮雲。平章息女能爲婦，歡喜兒曹解綴文。憂樂同科惟石友，別離空復數朝曛。

夜發分寧寄杜澗叟

陽關一曲水東流，燈火旌陽一釣舟。我自只如常日醉，滿川風月替人愁。

次韻胡彥明同年羈旅京師寄李子飛三章一章道其困窮二章勸之歸三章言我亦欲歸耳胡李相甥也故有檳榔之句

看除日月坐中銓，一歲應無官九遷。葱韭盈盤市門食，詩書滿枕客牀氈。留連節物孤朋酒，惱亂鄰翁謁子錢。誰料丹徒布衣侶，困窮且忍試新年。

丁未同升鄉里賢，別離寒暑未推遷。蕭條羈旅深窮巷，早晚聲名上細氈。碧嶂清江元有宅，白魚黃雀不論錢。檳榔一斛何須得，李氏弟兄佳少年。

畏人重祿難堪忍，閱世浮雲易變遷。徐步當車飢當肉，鉏頭爲枕草爲氈。元無馬上封侯骨，安用人間使鬼錢。不是朱門爭底事，清溪白石可忘年。

上蕭家峽

玉笥峰前幾百家，山明松雪水明沙。趁虛人集春蔬好，桑菌竹萌煙蕨芽。晚年本云：「趁虛人在烟中語，荷蓧歸來有蕨芽」。

出迎使客質明放船自瓦窑歸

鼓吹喧江雨不開，丹楓落葉放船回。風行水上如雲過，地近嶺南無雁來。樓閣人家捲簾幕，菰蒲鷗鳥樂灣洄。惜無陶謝揮斤手，詩句縱横付酒杯。

登快閣

癡兒了却公家事，快閣東西倚晚晴。落木千山天遠大，澄江一道月分明。朱絃已爲佳人絶，青眼聊因美酒横。萬里歸船弄長笛，此心吾與白鷗盟。

題安福李令朝華亭

丹楹刻桷上峥嵘。表裏江山路眼平。曉日成霞張錦綺，青林多露綴珠纓。人如旋磨觀羣蟻，田似圍棋據一枰。對案昏昏迷簿領，暫來登覽見高明。

寄舒申之户曹

吉州司户官雖小，曾屈詩人杜審言。今日宣城讀書客，還趨手板傍轅門。江山依舊歲時改，桃李欲開煙雨昏。公退但呼紅袖飲，剩傳歌曲教新翻。

弈棊一首呈任公漸

偶無公事客休時，席上談兵校一作「角」。兩棊。心似蛛絲遊碧落，身如蜩甲化枯枝。湘東一目誠甘死，天下中分尚可持。誰爲吾徒猶愛日，參横月落不曾知。

奉答李和甫代簡二絶句

山色江聲相與清，卷簾待得月華生。可憐一曲並船笛，説盡故人離別情。

夢中往事隨心見，醉裏繁華亂眼生。長爲風流惱人病，不如天性總無情。

次韻君庸寓慈雲寺待韶惠錢不至

主簿看梅落雪中，閩人應賦首飛蓬。問安兒女音書少，破笑壺觴夢寐同。馬祖峰前青未了，鬱孤臺下水如空。江山信美思歸去，聽我勞歌亦欲東。

奉同公擇作揀芽詠

赤囊歲上雙龍璧，囊貢小團亦單疊，唯揀芽則雙疊。曾見前朝盛事來。想得天香隨御所，延春閣道轉輕雷。元豐末作延春閣。

元明題哥羅驛竹枝詞

尺五攀天天慘顔，鹽煙溪瘴鎖諸蠻。平生夢亦未嘗處，聞有鴉飛不到山。風黑馬跪驢瘦嶺，日黃人度鬼門關。黔南去此無多遠，想在夕陽猿嘯間。

長沙留別

折脚鐺中同淡粥，曲腰桑下把離杯。知君不是南遷客，魑魅無情須早回。

元明留別

桄榔笋白映玉箸，椰子酒清宜具觴。市井衣裘半夷夏，陰晴朝暮變炎涼。莫推月色共千里，不寄江南書一行。無賴笳聲上雲漢，曉來偏繞九迴腸。

宿山家效孟浩然

秋陽沉山西，委照藩落下。霧連雲氣平，濛濛翳中野。空村晚無人，一二小蝸舍。老翁止客宿，喬木縻我馬。松爐依稀煙，槁竹照清夜。幽泉抱除鳴，生涯渺蕭灑。翁家炊黃粱，殺雞延食罷。問余所從誰，庸詎學丘也。投身解世紛，耻問老農稼。予生久邅回，百累未一謝。斑斑吾親髮，弟妹逼婚嫁。無以供甘旨，何緣敢閒暇。安得釋此懸，相從老桑柘。

漫尉并序。庚戌爲葉縣尉時作。

庭堅讀漫叟文，愛其不從於役，而人性物理，翕然詣於根理，因戲作《漫尉》一篇。簡舞陽尉裴仲謨，兼寄贈郝希孟、胡深夫二同年，爲我相與和而張之，尚使來者知居厚爲寡悔之府然，知我罪我，皆在此詩。

豫章黄魯直，既拙又狂癡。往在江湖南，漁樵乃其師。腰斧入白雲，揮車棹清溪。虎豹不亂行，鷗鳥相與嬉。遇人不崖異，順物無瑕疵。不知愛故厭，不悔爲人欺。晨朝常漫出，暮夜亦漫歸，漫尉葉公城，漫撫病餘黎。不篡非己事，不趨非吾時。人罵狂癡拙，魯直更喜之。或請陳漫尉，壽尉蒲萄巵。酒行激懦氣，攘袂起哨規。君子守一官，烏肯苟簡爲。奈何如秋葭，信狂風離披。漫行恐污德，漫止將敗機。漫默買猜謗，漫言來訴譏。漫尉謝答客，願客深長思。漫行無軌躅，漫止無畢畿。漫默怨者寡，漫言知者希。吾生漫叟後，不券與之齊。於戲獨如子，因使目爲眉。强顔不許返，乾坤一醯雞。崑崙視糟垤，既化不自知。悔吝雖萬塗，直道甚坦夷。覆轍索孤竹，奔車求仲尼。以旌招虞人，賤者不肯尸。玉潤安可涸，日光安可緇。斯言出繫表，當以罔象窺。賦分有自然，那用時世移。吾漫誠難改，盡醉不敢辭。

按田并序

余與晁端國斯道，奉檄按馬鞍山東港河稻田陂。官丁誤引道左次。水澤山深，徑危泥潦，堅冰長幹挾馬，僅可以度。行五十里，遂不容馬。步沮洳，虎迹新往來，烏鳥叢噪荆榛，盡日出入，乃至河上。集近山之農，告以獻利者。皆以爲瀕水爲舍居，旁治新田，果蓏有畦，桑棗成行。自山之東西，皆不可爲陂。港河原出四頭山，支分爲三，其一盡南出，少折而東入舞陽。其一稍西流，又折而北入石塘河。其一港河也，出山而東流，卒與一水合而入汝河。汝河，今漕河也。吾二人既臨河，具知獻利者之狀，而余獨有感焉！頃歲肉食者以羌胡爲憂，師老西鄙，而士大夫知與不知，争道孫吴覆軍殺將，開虜之輕量中國心，而富貴者今日比肩。近者朝言多在民事，欲化西北之麥隴，皆爲東南之稻田。良吏攘臂起，郡有召信臣、縣有史起矣。夫土性者，自先王所不能齊，而一切不問嬦夫。故苗灌爲新田，茫茫水陂，丘壟平盡，其君子威以法刑，其小人毒以鞭朴。有舉斯有功，有功斯有賞。作者之議曰，前日吏持印相授，以偷眼前，而厚利棄於蒼煙野草之間，是豈不可笑！以余觀之，恐是非特未定也。觀朝廷之意，初不責必成，奉承者要必有功，遂失之耳！語曰：「事傳三人，輒失其真。」詩曰：「周爰咨謀」，蓋使指也。今也，咨謀者不慘怛，以告者未忠信歟！夫聽言之道，必以事觀之。奪民之故習，而强以所未嘗，其利安在？興利者受實賞，力田者受實弊；郡縣行空文，朝廷收虚名。名爲利民，其實害之。議者謂之有意於民乎？吾不知也。以爲有功於民乎？今既若是矣。予既有是言，斯道屢歎而已。是日所至已遠，不能歸，遂宿水濱民家。北風黄草，破屋見星月。與晁五引酒相酌，忽然已醉，不知跋涉之勞也。綴以詩，强斯道和之。

河冰積峥嶸，山雪晴索寞。幽齋怯寒威，況復出城郭。馬爲蝟毛縮，人歎狐裘薄。淤泥虎跡交，叢社烏聲樂。橋經野燒斷，崖值天風落。洩雲迷鴻濛，戴石瘦犖嶨。攀緣若登天，扶服如入槖。窮幽至河麋，落日更槃礴。新民數十家，飄寓初棲託。壯産無惰農，荒榛盡開鑿。臨流遣官丁，悉使呼老弱。恩言諭官意，鄣水陂可作。春秧百頃秔，秋報千倉穫。掉頭笑應儂，吾麥自不惡。麥苗不爲稻，誠恐非民瘼。不知肉食者，何必苦改作。我行疲鞍馬，且用休羈絡。艱難相顧歎，共道折腰錯。勢窮不得已，來自取束縛。月明夜蕭蕭，解衣寬帶索。卧看雲行天，北斗挂屋角。析薪爨酒鼎，興至且相酌。

將歸葉先寄明復季常

初日照屋山，好鳥哢簷角。卷簾吏却掃，齋舍寒蕭索。呼兒篘春醪，期與夫子酌。簡書驅我出，衝雪凍兩脚。暮行星輝輝，曉起雞喔喔。青煙過空村，商旅無遠槖。豈不欲少留，王事苦敦薄。平生白眼人，今日折腰諾。可憐五斗米，奪我一溪樂。公等何逍遥，睥睨寄講學。談犀振清風，碁局落秋雹。雲陰愁濛鴻，山路險犖确。慎無告歸軒，使我數日惡。羸驂逆歸心，旋濘蹶霜濼。悲嘶惜鄣泥，短箠冷難捉。南征喜氣動，迎面蛛絲落。買網鱠金橙，歸償炊黍約。

新寨餞南歸

初更月蝕缺半璧，三更北風雪平屋。夜寒置酒送歸客，長歌燕雁燈前落。故園無書已十月，目極千里雲水隔。客方有行乃未已，歸且經予江上宅。比鄰諸老應相問，爲道於今不如昔。新知翻手覆手間，故人江南與江北。有時日高天氣清，炙背南軒把書策。可憐斯人巧言語，今已埋没黃土陌。乃知生前傾意氣，不用身後書竹帛。往在江南最少年，萬事過眼如鳥翼。夜行南山看射虎，失脚墜入崖底黑。却攀荆棘上平田，何曾悔念身可惜。辭家上馬不反顧，談笑據鞍似無敵。邇來多病足憂虞，平地進寸退數尺。意氣索然成老翁，所有鬢髮猶未白。閒居爲婦執薪爨，宿處野人争卧席。昔壯今衰殆不如，吾恐未必不爲福。寄聲諸老善自愛，客行努力更强食。門前種柳今幾長，戒兒勿令打鸂鶒。不晚歸來躑躅間，爲公置酒臨江閣。

曉起臨汝

缺月欲峥嵘，鳴雞有期信。征人催夙駕，客夢未渠盡。野荒多斷橋，河凍無裂璺。羸馬踏冰翻，疑狐觸林遁。清風蕩初日，喬木囀幽韻。崧高忽在眼，岌峩臨數郡。玄雲默垂空，意有萬里潤。寒暗不成雨，卷懷就膚寸。觀象思古人，動静配天運。物來斯一時，無得乃至順。涼暄但循環，用舍誰喜愠。安得忘言者，與講《齊物論》。

戲贈陳季張

氣清語不凡，郭與陳季優。季子有美質，明月懸高秋。詞談貫百家，炙轂出膏油。放聲寄大塊，肆情無去留。方圓付自爾，規矩爲瘡疣。當其説荒唐，衆口莫能咻。書案鼠篆塵，衙蔬罘滿頭。居不省家舍，那問犬馬牛。吾嘗觀聖人，與世爲獻酬。道通衆人行，智欲萬物周。微言觀季子，頗亦有意不。季子捧腹笑，吾豈搢紳囚。我將乘扶摇，南與大鵬遊。相羊九萬里，厭則下滄洲。黄子失所答，如耕不能耰。井蛙延海鱉，樂事擅一丘。束牲盟伯夷，固自取揶揄。無心以觸物，愛子如虛舟。維楫苟不存，傾覆當誰尤。尚思濟來者，非但自爲謀。

卽席

落葉不勝掃，月明樹陰疏。親鄰二三子，樽酒相與俱。霜栗剥寒橐，晚菘煮青蔬。解官方就閒，敦薄無簡書。純益氣蕭蕭，未羈天馬駒。元禮喜作詩，豪氣小未除。大薛知力學，日來反三隅。小薛受善言，如以卯貫魚。天民嘗逸駕，近稍就橛株。知命雖畸人，清談頗有餘。阿盧快犢子，規矩尚小殊。不材於用少，我則澗底樗。會合只偶然，等閒異秦吳。人生一世間，何異樂出虛。過耳莫省領，披懷使恢疎。買網尚可鱠，倒壺更遺沽。不當愛一醉，倒倩路人扶。

和舍弟中秋月

高秋搖落四十五，清都早霜凋桂叢。纖塵不隔四維淨，寒光獨照萬象中。少年氣與節物競，詩豪酒聖難爭鋒。桓伊老驥思千里，尚能三弄當清風。廣文陋儒嬾於事，浩歌不眠倚梧桐。百憂生火作內熱，何時心與此月同。後生晚出不勉學，從漢至今無揚雄。天馬權奇大宛種，吾家阿熊風骨聳。言詩已出靈運前，行身未闚孟軻勇。明窗文字不取讀，蜘蛛結網塵堆壅。少壯幾時夏已秋，待而成人吾木拱。憐汝起予秋月篇，我衰安得筆如椽。但使樽中常有酒，不辭座上更無氈。把詩問字爲汝說，便當侯家歌舞筵。

秋懷二首

秋陰細細壓茅堂，吟蟲啾啾昨夜涼。雨開芭蕉新間舊，風撼篔簹宮應商。砧聲已急不可緩，簷景既短難爲長。狐裘斷縫棄牆角，豈念晏歲多繁霜。

茅堂索索秋風發，行繞空庭紫苔滑。蛙號池上晚來雨，鵲轉南枝夜深月。翻手覆手不可期，一死一生交道絶。湖水無端浸白雲，故人書斷孤鴻没！

四月末天氣陡然如秋遂御裌衣游北沙亭觀江漲

沙岸人家報急流，船官解纜正夷猶。震雷將雨度絶壑，遠水粘天吞釣舟。甚欲去揮白羽箑，可堪更着紫茸裘。平生得意無人會，浩蕩春鉏且自由。

何造誠作浩然堂陳義甚高然頗喜度世飛昇之術築屋飯方士願乘六氣遊天問故作浩然詞以贈之

萬物浮沉共我家，清明心水徧河沙。無鈎狂象聽人語，露地白牛看月斜。小雨呼兒藝桃李，疏簾幃客轉琵琶。塵塵三昧開門户，不用丹田養素霞。

答余洪範

懸磬齋厨數米炊，貧中氣味更相思。可無昨日黄花酒，又是春風柳絮時。

次韻任道食荔支有感

一錢不直程衞尉，萬事稱好司馬公。白髮永無懷橘日，六年惆悵荔支紅。

韓信爲黄幾復作。

韓生高材跨一世，劉項存亡翻手耳。終然不忍負沛公，頗似從容得天意。成臯日夜望救兵，取齊自重身已輕。躡足封王能早寤，豈恨淮陰食千户。雖知天下有所歸，獨憐身與噲等齊。蒯通狂説不足撼，陳豨孺子胡能爲？子嘗貰酒淮陰市，韓信廟前木十圍。千年事與浮雲去，想見留侯決是非。丈夫出身佐明主，用舍行藏可自知。功名邂逅軒天地，萬事當觀失意時。

以右軍書數種贈丘十四

丘郎氣如春景晴，風暄百菓草木生。眼如霜鶻齒玉冰，擁書環坐愛窗明。松花泛硯摹真行，字身藏潁秀勁清。問誰學之果蘭亭，我昔頗復戲墨卿。銀鈎蠆尾爛箱籯，贈君鋪案黏曲屏。小字莫作癡凍蠅，樂毅論勝遺教經。大字無過《瘞鶴銘》，官奴作草欺伯英。隨人作計終後人，自成一家始逼真。卿家小女名阿潛，眉目似翁有精神。試留此書他日學，往往不減衞夫人。

贈別幾復

風驚鹿散豫章城，邂逅相逢食楚苹。佳友在門忘燕寢，故人發藥見平生。只今滿坐且樽酒，後夜此堂還月明。契闊愁思已知處，西山影落莫江清。

趙令許載酒見過

玉馬何時破紫苔，南溪水滿綠徘徊。買魚斫鱠須論網，撲杏供盤不數枚。廣漢威名知訟少，平原樽俎費詩催。草玄寂寂下簾幕，稍得閒時公合來。

和答趙令同前韻

人生政自無閒暇，忙裏偷閒得幾回。紫燕黃鸝驅日月，朱櫻紅杏落條枚。詩成稍覺嘉賓集，飲少先愁急板催。親遣小童釭草徑，鳴騶早晚出城來。

趙令答詩約攜山妓見訪

晴波㶉鶒漾潭隈，能使遊人判不回。風入園林寒漠漠，日移宮殿影枚枚。未嘗綠蟻何妨撥，宿戒紅妝莫待催。缺月西南光景少，仍須挽一作「擔」。取燭籠來。

春近四絕句

閏後陽和臘裏回，濛濛小雨暗樓臺。柳條榆莢弄顏色，便恐入簾雙燕來。

亭臺經雨壓塵沙，春近登臨意氣佳。更喜輕寒勒成雪，未春先放一城花。

小雪晴沙不作泥，疏簾紅日弄朝暉。年華已伴梅梢晚，春色先從草際歸。

梅英欲盡香無賴，草色才蘇綠未勻。苦竹空將歲寒節，又隨官柳到青春。

迎醇甫夫婦

陳甥歸約柳青初，一作「飲屠蘇」。麥隴纖纖忽可鉏。望子從來非一日，因人畧不寄雙魚。園中鳥語勸沽酒，窗下日長宜讀書。策馬得行休更秣，一作「遠嫁蕭咸親髮白」。已令童稚割生芻。一作「平安行李莫徐徐」。

登南禪寺懷裴仲謀

茅亭風入葛衣輕，坐見山河表裏清。歸燕畧無三月事，殘蟬猶占一枝鳴。天高秋樹葉公邑，日暮碧雲樊相城。別後寄詩能慰我，似逃空谷聽人聲。

夏日夢伯兄寄江南

故園相見畧雍容，睡起南窗日射紅。一作「相對猶聽隔溪春，睡起開書見手封」。詩酒一年談笑隔，江山千里夢魂通。河天月暈魚分子，槲葉風微鹿養茸。幾度白沙青影裏，審聽嘶馬自搘筇。一作「白髮倚門愁絕處，可甚衣斷去時縫」。

同孫不愚過昆陽

田園恰恰值春忙，驅馬悠悠昆水陽。古廟藤蘿穿户牖，斷碑風雨碎文章。真人寂寞神爲社，堅壘委蛇女採桑。拂帽村帘誇酒好，爲君聊解一瓢嘗。今昆陽有水，俗號灰河，圖經乃以爲壞河。予考之，皆不然。正在昆陽城南，恐是昆水。《地理志》言昆水出南，儻是乎？

題雙鳧觀

飄蕭閲世等虚舟，一作「人世若虚舟」。歎息眼前無此流。滿地悲風盤翠竹，半叢寒日破紅榴。青山空在衣冠古，一作「不逐市朝改」。白鶴不歸一作「歸來」。宫殿秋。王令平生樽酒地，千年萬歲想來遊。

雪中連日行役戲書簡同僚

簡書催出似驅雞，聞道飢寒滿屋啼。炙背宵眠榾柮火，嚼冰晨飯薩波虀。風如利劍穿狐腋，雪似流沙飲馬蹄。官小責輕聊自慰，猶勝擐甲去征西。

客自潭府來稱明因寺僧作静照堂求予作

客從潭府渡河梁，籍甚傳誇静照堂。正苦窮年對塵土，坐令合眼夢湖湘。市門曉日魚蝦白，隣舍秋風橘柚黄。去馬來舟争歲月，老僧元不下胡牀。

道中寄景珍兼簡庾元鎮

傳語濠州賢刺史，隔年詩債幾時還！因循樽俎疏相見，棄擲光陰只等閒。心在青雲故人處，身行紅雨亂花間。遥知別後多狂醉，惱殺江南庾子山。

喜念四念八至京

朔雪蕭蕭映薄幃，夢回空覺淚痕稀。驚聞庭樹烏烏樂，知我江湖鴻雁歸。拂榻喜開姜季技，上堂先着老萊衣。酒樽煙火長相近，酬勸從今更不違。

講武臺南有感

月明猶在搭衣竿，曉踏臺南路屈盤。騶子雨中先馬去，村童烟外倚牆看。鴉啼辛木秋風急，鷺立漁船野水乾。花似去年堪折贈，插花人去淚闌干。